BUR
rizzoli

Sofocle in BUR

Antigone. Edipo re. Edipo a Colono

A cura di Franco Ferrari

La saga della famiglia maledetta dei Labdacidi: le cupe vicende di Edipo, autore inconsapevole di parricidio e incesto, e la coraggiosa lotta della figlia Antigone che rivendica il diritto e il dovere di obbedire alle leggi non scritte della Pietà.

Classici greci e latini - Pagine 416 - ISBN 1712360

Trachinie. Filottete

Introduzione di Vincenzo Di Benedetto

Premessa al testo e note di Maria Serena Mirto

Traduzione di Maria Pia Pattoni

Le tragedie dell'inganno e dell'autoinganno. La folle gelosia di Deianira, ingannata dal centauro Nesso, provoca involontariamente la morte del marito Eracle; l'eroe Filottete, abbandonato dai compagni durante la navigazione verso Troia, è costretto a trascorrere una vita misera e solitaria.

Classici greci e latini - Pagine 304 - ISBN 1716780

Sofocle

AIACE
ELETTRA

Introduzione di Enrico Medda
Traduzione di Maria Pia Pattoni
Note di Enrico Medda e Maria Pia Pattoni

Testo greco a fronte

BUR rizzoli

CLASSICI GRECI E LATINI

ISBN 978-88-17-17111-3

Titoli originali delle opere:
ΑΙΑΣ
ΗΛΕΚΤΡΑ

Prima edizione BUR Classici greci e latini 1997
Settima edizione BUR Classici greci e latini giugno 2010

INTRODUZIONE

I. *Spazio scenico e conflitto tragico nell'"Aiace"*

Già un lettore antico dell'*Aiace*, le cui osservazioni ci sono rimaste nella forma di scolio marginale al testo, si soffermava sulla singolarità del procedimento per cui Aiace, nel terzo episodio, compare da solo in scena e pronuncia il monologo che precede il suicidio: «La scena si sposta in un luogo solitario dove Aiace, disposta in modo opportuno la spada, pronuncia un discorso prima di morire [...]; casi come questo sono rari negli autori antichi: d'abitudine infatti essi comunicano l'accaduto per mezzo di messaggeri»[1]. L'attuazione del proposito suicida del protagonista, che la consuetudine teatrale del tempo avrebbe affidato di preferenza al racconto di un messaggero, è posta infatti da Sofocle al centro di una scena di alta intensità patetica nella quale l'eroe dà l'addio alla vita di fronte agli spettatori e poi si lascia cadere sulla propria spada[2].

[1] Schol. *ad v.* 815; lo scoliaste ricorda in proposito il precedente delle *Tracie* di Eschilo, dove la morte di Aiace veniva annunciata da un ἄγγελος («messaggero»), secondo la normale convenzione tragica, e attribuisce la scelta innovativa di Sofocle al desiderio di non seguire le orme del predecessore. Uno scolio precedente (*ad v.* 813) si limita invece ad osservare che l'allontanamento del Coro è necessario perché Aiace possa avere l'occasione di uccidersi.

[2] Ci sono buoni motivi per credere che l'atto materiale del gettarsi sulla spada non avvenisse sotto gli occhi del pubblico (si veda più avanti), ma questo nulla toglie alla novità della situazione.

L'ultimo discorso di Aiace è caratterizzato anche dalla presenza di altri procedimenti scenici non frequenti nel teatro tragico. A metà del terzo episodio della tragedia, dopo aver ricevuto dal Messaggero le notizie relative alla profezia di Calcante, il Coro esce dall'orchestra per andare alla ricerca del protagonista. Lo spazio scenico resta quindi vuoto per un breve lasso di tempo, e prima che ricompaia in scena l'attore che impersona Aiace si verifica un cambio dell'arredo scenico, per cui l'azione si svolge non più davanti alla tenda di Aiace ma in un solitario boschetto presso il mare[3]. In più, Aiace entra in scena da solo e pronuncia uno dei pochissimi monologhi in senso stretto (cioè in assoluta solitudine) che ci sono noti nel teatro tragico[4].

Non abbiamo modo di verificare se nella produzione perduta di Sofocle si incontrassero altri casi come questo, ma un simile addensarsi di forzature nella tecnica drammatica diffi-

[3] L'unico parallelo certo per il cambio di scena è offerto dalle *Eumenidi* di Eschilo, che addirittura cambiano per due volte il luogo dell'azione (da Delfi al tempio di Atena in Atene prima e dal tempio all'Areopago poi). In questa stessa tragedia si ha anche l'associazione fra l'uscita del Coro dallo spazio scenico (μετάστασις) e il cambiamento di scena, esattamente come nell'*Aiace* (le Erinni lasciano l'orchestra per inseguire Oreste da Delfi ad Atene). In altri casi (*Alcesti* ed *Elena* di Euripide) l'allontanamento del Coro non è accompagnato anche dal cambio di scena. Per una trattazione più dettagliata di questi procedimenti scenici rimando a V. Di Benedetto - E. Medda, *La tragedia sulla scena. La tragedia greca in quanto spettacolo teatrale*, Torino 1997, Parte II, Cap. IV e Cap. VIII.

[4] La struttura della tragedia attica, che prevedeva una quasi costante presenza del Coro nell'orchestra, non favoriva le situazioni in cui un personaggio potesse restare da solo in scena ed esprimersi monologicamente. In Sofocle la solitudine assoluta di un personaggio si ritrova soltanto nella monodia cantata da Elettra in *El.* 86-120, e forse nella *rhēsis* («discorso») di Deianira che costituisce il prologo delle *Trachinie* (in questo caso però è più probabile che la Nutrice sia presente in scena fin dall'inizio, e che Deianira la ignori fino a che essa non prende la parola al v. 48). Si tratta comunque di situazioni sensibilmente diverse da quella del monologo di Aiace, in quanto entrambe si verificano nel prologo, e cioè nella parte della tragedia anteriore all'ingresso del Coro. I tragici per altro utilizzano ampiamente forme di soliloquio che non presuppongono la solitudine del personaggio: si tratta di allocuzioni rivolte a interlocutori presenti solo nel pensiero di chi parla e pronunciate senza tener conto della presenza di altri personaggi (cfr. in proposito il fondamentale studio di W. Schadewaldt, *Monolog und Selbstge-*

cilmente può essere attribuito al caso. Esso testimonia una vitale ricerca del poeta, che puntava a tradurre in dato visuale e in concreta organizzazione dello spazio scenico l'eccezionalità della natura di Aiace e il suo progressivo, ineluttabile distacco dagli altri esseri umani. La morte in solitudine del protagonista della tragedia è infatti il punto di arrivo di una sua dolorosa quanto orgogliosa presa di coscienza della propria diversità e della progressiva chiusura dei contatti dialogici che esistevano in precedenza con gli altri personaggi[5].

La scelta autodistruttiva di Aiace si traduce in atto in uno spazio che appare commisurato a tale diversità e che risulta anche fisicamente distinto rispetto a quello che Aiace ha condiviso in precedenza con gli altri personaggi e col Coro. Ed è proprio per creare questo "altro" spazio scenico che Sofocle ha spinto al limite le possibilità di una tecnica drammatica che, al momento in cui egli componeva l'*Aiace* (per noi una

spräch, Berlin 1926). In Sofocle, in particolare, la condizione espressiva monologica a cui pervengono molti personaggi va al di là di un semplice fatto di tecnica scenica e assume un significato esistenziale che tocca le nervature più profonde della tragicità del poeta (si veda in proposito Di Benedetto, *Sofocle*, Firenze 1988[2], e il secondo capitolo del mio lavoro *La forma monologica. Ricerche su Omero e Sofocle*, Pisa 1983).

[5] Questo percorso spirituale, che porta Aiace a comprendere la propria irrimediabile estraneità rispetto a un mondo governato da leggi che non gli si confanno e a sottrarsi al crollo del codice morale che aveva strutturato la sua esistenza, è stato messo in luce, con diverse sfumature, nei più rilevanti contributi critici dedicati alla tragedia. Ricordo qui soltanto gli scritti di F.G. Welcker (*Über den Aias des Sophokles*, «Rheinisches Museum» 3, 1829, pp. 44-92 e 229-264, ristampati in *Kleine Schriften*, II, Bonn 1845, pp. 264-340; *Der erste Monolog des sophokleischen Aias*, «Rheinisches Museum» 15, 1860, pp. 419-427) e alcuni studi che meglio hanno illustrato questo nucleo tematico dell'opera: il capitolo dedicato all'*Aiace* da K. Reinhardt (*Sophokles*, Franfkurt am Main 1947[3], trad. it., *Sofocle*, Genova 1989); i saggi di B.M.W. Knox (*The Ajax of Sophocles*, «Harvard Studies in Classical Philology» 45, 1961, pp. 1-37) e M. Sicherl (*Die Tragik des Aias*, «Hermes» 98, 1970, pp. 14-37); le preziose note fraenkeliane raccolte in *Due seminari romani di Eduard Fraenkel*, a cura di alcuni partecipanti, Roma 1977; e più di recente l'analisi di Di Benedetto (*Sofocle* cit., pp. 33-83) e l'introduzione di Guido Paduano alla sua traduzione di tutto il teatro di Sofocle (*Sulla diversità*, in *Sofocle. Tragedie e frammenti*, I, Torino 1982, pp. 9-41). Per la restante copiosa produzione critica sull'*Aiace* rimando alla bibliografia.

delle più antiche fra le tragedie superstiti)[6], si era già consolidata in diversi anni di esperienza.

L'organizzazione dello spazio scenico di questa tragedia, in sostanza, affonda le sue radici nella raffigurazione dell'individuo che accentra in sé il conflitto tragico. È istruttivo in questo senso notare la differenza rispetto al precedente eschileo delle *Eumenidi*.

Lo spostamento della scena da Delfi ad Atene messo in atto da Eschilo nelle *Eumenidi* risponde alla volontà di situare il dibattito sul matricidio (un atto di violenza originato da un ordine del dio delfico) nel contesto giuridico ateniese, in modo che risulti possibile superare le arcaiche esigenze del sangue attraverso un inglobamento delle stesse nell'ambito istituzionale della *polis*. Nell'*Aiace* si tratta invece di uno spostamento spazialmente più modesto, ma intimamente connesso con l'individualità del protagonista, che vuol morire nell'unico luogo che ancora gli appare suo, sottraendosi alla permanenza nel campo greco che rappresenta per lui un passato dal quale si sente ormai definitivamente sciolto.

Più in generale, tutta l'organizzazione dello spazio teatrale nell'*Aiace* riflette da vicino la percezione che dell'ambiente

[6] Per quanto le datazioni basate sulla forma abbiano sempre un ampio margine di incertezza, numerosi elementi concorrono a far ritenere l'*Aiace* una tragedia di datazione relativamente alta: in particolare la forma arcaica della parodo (introdotta da una sequenza anapestica come in Eschilo), l'uso limitato dell'*antilabē*, gli aspetti epicheggianti dello stile, il richiamo alla concezione eschilea della ὕβϱις (il superamento dei limiti imposti dalla condizione umana), più tardi del tutto abbandonata. L'*Aiace* dovrebbe dunque collocarsi tra il 450 e il 435 circa; resta incerto se esso sia anteriore all'*Antigone*, che apparentemente presenta caratteri ancor più arcaici, e che risale al 442 o al 441. Due diverse valutazioni degli argomenti da cui si possono trarre conclusioni sulla cronologia relativa delle due tragedie si leggono in G. Perrotta, *Sofocle*, Messina-Milano 1935, pp. 163-184 (favorevole all'anteriorità dell'*Antigone* e al 431 come data dell'*Aiace*) e M. Pohlenz, *La tragedia greca*, trad. it. Brescia 1961, II, pp. 88-89 (che si pronuncia invece per la priorità dell'*Aiace*); e cfr. anche A. Lesky, *Die Tragische Dichtung der Hellenen*, Göttingen 1972[3], pp. 180-181. Quale che sia la soluzione del problema, l'*Aiace* e l'*Antigone* rappresentano comunque una fase già evoluta dell'attività drammaturgica di Sofocle, che aveva partecipato per la prima volta al concorso tragico nel 468 a. C. (o forse già nel 470).

circostante ha il protagonista, con la creazione di una dialettica oppositiva tra fasce diverse di spazio (la tenda, il campo greco, la natura selvaggia della costa troiana) che riproduce e visualizza concretamente di fronte al pubblico il conflitto violento che oppone Aiace all'esercito greco e il tormentato distacco dalla sua precedente condizione di guerriero da tutti onorato per la sua ἀρετή («valore»)[7].

Lo spazio scenico del teatro di Dioniso, dunque, si fa spazio drammatico disegnato a misura della tragicità di Aiace, e si pone dunque come un ineludibile passaggio interpretativo l'esigenza di individuare la strategia che il poeta segue nel definire il significato dello spazio scenico visibile agli spettatori e anche nell'evocare gli spazi non direttamente visibili al pubblico all'interno dei quali agiscono i personaggi del dramma.

Certo, il tentativo di ricostruire la messa in scena di un testo tragico antico incontra ostacoli consistenti, dovuti alla scarsità di informazioni di cui dispone il lettore moderno circa alcuni elementi essenziali delle rappresentazioni ateniesi del V secolo a. C. L'aspetto e i mezzi tecnici del teatro in cui i drammi vennero rappresentati ci sono noti solo parzialmente, e lo stesso vale per la musica e la danza che si accompagnavano al testo, e per il modo di recitare degli attori[8]. Questo costringe talvolta a ricorrere a ipotesi non verificabili e più spesso a restare nell'incertezza circa la realizzazione pratica di singole azioni sceniche. Ciò nonostante, la ricchezza di indicazioni relative all'azione che caratterizza i testi tragi-

[7] Il nesso esistente fra l'organizzazione dello spazio scenico e le tensioni che innervano la vicenda tragica è oggetto di alcuni importanti contributi critici recenti: per un'articolata panoramica su questo tipo di approccio ai testi tragici si veda il saggio di M. Fusillo, *Lo spazio di Filottete (per una poetica dello spazio sofocleo)*, «Studi Italiani di Filologia Classica» 23, 1989, pp. 19-59.

[8] Non è possibile qui dar conto delle varie ipotesi di ricostruzione dell'aspetto del teatro ateniese del V secolo a. C.: i dati archeologici sono raccolti e analizzati nel fondamentale studio di A. Pickard-Cambridge, *The Theatre of Dionysus in Athens*, Oxford 1946. Per una descrizione generale del teatro di Dioniso e dei mezzi tecnici a disposizione dei poeti tragici cfr. Di Benedetto-Medda, *La tragedia sulla scena* cit., Parte I e II.

ci ci consente di cogliere le linee fondamentali che strutturavano la messa in scena di una tragedia antica e, nel caso dell'*Aiace*, di ricostruire come venisse visualizzato sulla scena il conflitto tragico che Sofocle aveva individuato nell'antica leggenda del giudizio per le armi di Achille[9].

Già i primi versi dell'*Aiace*, come d'uso nei prologhi, situano con precisione nello spazio il quadro che gli spettatori vedevano di fronte a sé. La scena d'apertura della tragedia si svolge nello spazio antistante la tenda di Aiace, che si trova all'estremità orientale dell'accampamento acheo a Troia (cfr. vv. 3-4). Non si tratta di una vera e propria tenda fatta di pelli, ma di una sorta di capanna in legno, una casa-tenda di cui si vede la facciata, nella quale si apre una porta (cfr. v. 11). All'interno della tenda bisogna immaginare una colonna che sostiene il tetto (ad essa Aiace dichiara di aver legato l'ariete che, nella sua follia, crede essere Odisseo, cfr. vv. 108-110). La collocazione marginale della tenda di Aiace rispetto al campo greco rimanda alla tradizione epica, che voleva Aiace e Achille detentori delle posizioni estreme del campo (Odisseo si trovava invece nel mezzo)[10]. Mentre però in Omero quella collocazione simboleggiava il coraggio dell'eroe pronto a occupare la posizione più esposta agli attacchi nemici, in Sofocle essa viene anche resa funzionale all'identificazione degli spazi extrascenici adiacenti, quelle fasce cioè di spazio non visibile che si devono imma-

[9] Tra i molti contributi specificamente dedicati all'*Aiace* prestano attenzione particolare alla messa in scena E. Pöhlmann, *Bühne und Handlung im Aias des Sophokles,* «Antike und Abendland» 32, 1986, pp. 20-32; G. Ley, *A Scenic Plot of Sophocles' Ajax and Philoctetes*, «Eranos» 86, 1988, pp. 85-115; S. Stelluto, *La visualizzazione scenica dell'Aiace di Sofocle*, «Civiltà Classica e Cristiana» 11, 1990, pp. 33-64; L. Polacco, *Problemi di scenografia nell'Aiace di Sofocle*, «Numismatica e Antichità Classica: Quaderni Ticinesi» 19, 1990, pp. 77-97.

[10] Il rinvio alla disposizione omerica (cfr. *Il.* VIII 223-225 e XI 5-9) è evidente nella precisazione del v. 4: «dove egli occupa la posizione estrema» (cfr. Stelluto, *La visualizzazione scenica* cit., p. 34, che osserva anche giustamente come la disposizione del campo greco evochi sul piano simbolico «il contrasto tra la sfera eroica rappresentata da Achille e Aiace e la nuova sfera di valori umani rappresentata da Odisseo»).

ginare come poste immediatamente al di là delle due *eisodoi* (gli ingressi laterali che davano accesso all'orchestra).

Uno dei due accessi infatti mette in comunicazione l'area in cui si trova la tenda di Aiace con il resto del campo greco, posto a occidente; l'altro invece porta verso oriente, verso la campagna aperta che si estende sino al mare[11]. Una immediata conseguenza pratica di questa disposizione della tenda è che Aiace, quando decide di allontanarsi da solo per darsi la morte, può accedere direttamente a un luogo tranquillo e isolato, senza dover passare attraverso il campo greco; ma più importante deve essere considerata la tensione che si crea fra i due ambiti spaziali extrascenici (il paesaggio della costa troiana e il campo greco) i cui prolungamenti vengono a incontrarsi davanti alla tenda di Aiace, cioè nello spazio scenico visibile agli spettatori, che è il fulcro della vicenda tragica nella prima parte del dramma. Questa tensione si rapporta alle relazioni che intercorrono tra i personaggi, i cui movimenti dallo spazio extrascenico a quello scenico e viceversa si articolano sulla base del conflitto tragico.

L'*eisodos* che va verso il campo dell'esercito acheo gioca un ruolo di rilievo nella prima parte del dramma: la utilizzano Odisseo nel prologo, il Coro nella parodo, il Messaggero nel terzo episodio, e probabilmente anche Atena alla fine del prologo[12]. Essa rappresenta la comunicazione con lo spazio

[11] K. Joerden, *Zur Bedeutung des Außer- und Hinterszenischen*, in *Die Bauformen der griechischen Tragödie*, hsg. v. W. Jens, München 1971, p. 409, definisce diversamente il significato delle *eisodoi* nell'*Aiace*. Per lui l'uscita di sinistra conduce al campo greco e quella di destra (su questo punto Joerden si esprime dubitativamente) dà accesso al campo dei marinai di Aiace. Sembra però senz'altro preferibile che i marinai entrino dalla stessa parte di Odisseo, vista l'allusione che essi fanno (nei vv. 148-153) alle voci sparse da Odisseo stesso al ritorno dalla missione indagatrice che costituisce il prologo (voci che essi devono aver potuto ascoltare). Né c'è altro nel testo che possa indurre a caratterizzare l'*eisodos* di destra nel modo proposto da Joerden.

[12] La posizione e i movimenti di Atena nel prologo sono oggetto di discussione (cfr. n. 3 al testo). Ritengo comunque (per le ragioni addotte da Pickard-Cambridge, *The Theatre of Dionysus* cit., p. 48, e cfr. anche O. Taplin, *Greek Tragedy in Action*, Berkeley-Los Angeles 1978, p. 185, n. 12) che la dea sia visibile agli spettatori e non si trovi in alto, sul cosiddetto θεολογεῖον (il «luogo

sociale della vita dell'eroe a Troia, con la sfera cioè dei rapporti di carattere ufficiale, all'interno della quale Aiace si è trovato in grave difficoltà dopo l'ingiusto giudizio delle armi, che lo ha privato dell'onore universalmente riconosciutogli (cioè del fondamento stesso della sua personalità eroica, radicata nei valori tipici di una *shame culture*). Con questo spazio che adesso gli è divenuto ostile il protagonista non ha più alcun contatto produttivo, e se Aiace lo prende in considerazione è soltanto per sfogare il suo odio contro i nemici e il desiderio di vendetta che lo anima.

Nella parte iniziale del dramma viene menzionato – come già accaduto, nella notte che ha preceduto l'inizio della tragedia – un solo spostamento di Aiace in quella direzione, e non a caso si tratta di un atto violentemente ostile verso l'esercito e del tutto distorto rispetto alla normalità. Lo spettatore viene infatti a sapere da Tecmessa che Aiace si è recato nella direzione del campo in piena notte, con uno stravolgimento delle consuetudini quotidiane della vita militare. Racconta Tecmessa: «Nel cuore della notte, quando i fuochi della sera non ardevano più, egli, impugnata la spada a doppio taglio, si preparava a fare una sortita, senza motivo. Ed io lo rimprovero, gli dico: "Aiace, che fai? Perché ti lanci in quest'impresa senza es-

da cui parlano gli dei», ovvero una piattaforma sopraelevata sulla quale comparivano le divinità, secondo la testimonianza dell'erudito Giulio Polluce), ma sullo stesso piano di Odisseo e Aiace (all'ipotesi del *theologheion* danno credito tra gli altri J.C. Kamerbeek, *The Ajax*, Leiden 1963², p. 22 e D. Seale, *Vision and Stagecraft in Sophocles*, Chicago-London 1982, pp. 144 e 176, n. 3). È possibile che Atena sia già in scena al momento dell'ingresso di Odisseo oppure, meglio, che entri silenziosamente dietro di lui e ne osservi per un po' i movimenti. Alla fine del prologo i due escono poi assieme, dalla stessa parte. Per quanto riguarda invece l'arrivo di Eurisace ai vv. 541-544, dal testo si ricava soltanto che il bambino compie un tragitto relativamente lungo per arrivare all'ingresso della tenda. Egli proviene probabilmente da uno degli ingressi laterali (così ad esempio M. Heath, *The Poetics of Greek Tragedy*, London 1987, p. 183, n. 21; Ley, *A Scenic Plot* cit. p. 90), meno probabilmente da una seconda porta della tenda corrispondente a una stanza adiacente a quella in cui si trova Aiace (così pensa ad esempio Kamerbeek, *The Ajax* cit., p. 117). Tecmessa comunque afferma con chiarezza che Eurisace si trova vicino (v. 539), assistito da servi, per cui il suo ingresso è inequivocabilmente collegato alla sfera spaziale di stretta pertinenza dell'attendamento di Aiace.

ser stato chiamato? Nessun messaggio ti è giunto dagli araldi, né hai udito squillo di tromba. A quest'ora tutto l'esercito è immerso nel sonno"» (vv. 285-291). E anche Atena, nel prologo, aveva comunicato a Odisseo – e agli spettatori – che Aiace era andato «di notte, solo, furtivo» fino alle tende degli Atridi (in atteggiamento quindi del tutto contrario alla sua natura: cfr. il v. 47 con l'aggettivo δόλιος, «furtivo», «ingannevole», assolutamente inusitato per un eroe sempre caratterizzato da grande lealtà in battaglia)[13]. L'esasperato e frustrato tentativo di vendetta messo in atto da Aiace ha chiuso del tutto i suoi rapporti con l'esercito: nessun altro spostamento è più possibile né ipotizzabile per lui in quella direzione.

Appena tornato in sé dopo l'accesso di follia, Aiace è pienamente consapevole dell'impossibilità di riprendere il suo posto tra i compagni d'armi, e la sua esclusione si traduce in una esasperata e frustrata esigenza di allontanarsi dall'esercito: «Dove fuggire? In quale luogo potrei andare e rimanere, se il mio passato è distrutto, o amici, con queste vittime che mi stanno accanto, e noi giaciamo prostrati su stolide prede? L'esercito intero con assalto furioso di propria mano mi ucciderà» (vv. 404-409). È significativo che nella *rhēsis* dei vv. 430 ss., dove l'eroe esprime in forma lucidamente razionale la necessità del suicidio, il progressivo chiudersi di tutte le possibilità prospettate da Aiace si configuri come la negazione di possibili spostamenti dell'eroe, prima in direzione della propria casa lontana (vv. 460-461: «Dovrei forse far ritorno in patria, lasciare i quartieri delle navi, gli Atridi soli, e attraversare il mar Egeo?») e poi in direzione di Troia, col ritorno a combattere e con la ricerca di una morte gloriosa che riscatti almeno il valore militare (vv. 466-468: «Debbo allora andare alle mura dei Troiani, piombare io solo contro essi soli, e compiendo qualche atto di valore trovare infine la morte?»). Quest'ultima prospettiva, che costituirebbe una forma

[13] Cfr. anche l'insistenza sull'ora notturna della spedizione di Aiace nei vv. 180-181, 216-217.

subordinata di riavvicinamento ai commilitoni, con un'azione capace di ripristinare almeno la loro stima per il valore di Aiace (il quale comunque ipotizza un'azione rigorosamente compiuta da solo) viene dichiarata inaccettabile, perché sarebbe motivo di gioia per gli odiati Atridi.

Sulla base di queste considerazioni difficilmente si potrà ritenere una circostanza casuale il fatto che i due personaggi che arrivano in scena (prima della morte di Aiace) dall'*eisodos* che corrisponde al campo acheo, e cioè Odisseo nel prologo e il Messaggero al v. 719, non instaurino alcun dialogo né entrino in altro modo in contatto con il protagonista. Anzi, tutte e due le volte si può notare come Sofocle abbia intenzionalmente sottolineato il rilievo drammatico del mancato contatto.

Nel primo caso il poeta ricorre a una convenzione scenica non realistica, grazie alla quale scaturisce una scena fra le più dolorose e terribili di tutto il dramma greco. Atena nel prologo chiama Aiace fuori dalla tenda per esporlo crudelmente allo sguardo di Odisseo, e fa in modo che egli non possa vedere il suo nemico, contro il quale l'eroe inveisce senza rendersi conto di averlo accanto (Aiace è convinto che Odisseo si trovi nella sua tenda, legato alla colonna). Odisseo, che nelle intenzioni della dea dovrebbe gioire delle sofferenze del suo nemico, resta invece scosso dalla vista di Aiace ridotto in quello stato. Si avverte una netta sfasatura fra le massime di moderazione che egli pronuncia nei vv. 121-126 (massime che sono valide per lui e per gli spettatori, ma non certo per Aiace) e la gioia della illusoria vendetta di cui sta godendo Aiace nella sua follia: un Aiace che più tardi, rinsavito, sprofonderà nel dolore che nasce dalla consapevolezza dell'atto compiuto, ma non si pentirà affatto del suo proposito omicida[14]. Tutto questo

[14] Il nesso tra conoscenza e dolore, con coincidenza fra il non sapere e la felicità (cfr. le parole di Aiace al figlioletto: «Nel non comprendere nulla dolcissima è la vita», v. 554), per cui il ritorno alla normalità coincide con un dolore invincibile, è individuato come nucleo della tragicità di Aiace da Di Benedetto, *Sofocle* cit., pp. 33 ss.

è congruente col fatto che le conclusioni moderate e sagge di Odisseo porteranno questo personaggio nel finale della tragedia a un parziale incontro con Teucro, il fratello che sostituisce Aiace dopo la sua morte e che rappresenta una figura intermedia, spogliata dei caratteri di eccesso che avevano reso impenetrabile il protagonista: Odisseo e Teucro potranno incontrarsi, Odisseo e Aiace no.

Nel secondo caso il poeta fa allontanare Aiace verso il luogo in cui si darà la morte immediatamente prima che entri in scena il Messaggero inviato da Teucro per riferire la profezia di Calcante (tra l'uscita di Aiace e l'ingresso del Messaggero il Coro canta il secondo stasimo, un breve canto che esprime una gioia destinata a tramutarsi in sgomento di lì a poco). Impedendo l'incontro tra i due personaggi Sofocle ha posto in forte rilievo la sostanziale estraneità di Aiace rispetto all'interpretazione didattica della sua vicenda, di cui è autore Calcante ed è latore il Messaggero. Questa interpretazione può essere valida per gli altri personaggi, ma non per il protagonista[15]. Non ci sono spiragli per una riconciliazione di Aiace con la collettività, mediata dalla figura istituzionale di Calcante e dalla sequenza eschilea ὕβϱις – punizione – apprendimento: Aiace non può restare nella tenda per accogliere le notizie del Messaggero e la possibilità di salvezza offerta dalla dea. E l'infrazione al comando del vate si compie sulla scena anticipatamente, quando gli spettatori vedono l'eroe (che non avrebbe dovuto allontanarsi dalla tenda e soprattutto non avrebbe dovuto farlo da solo, come gli spettatori e il Coro apprenderanno poco dopo dal Messaggero) avviarsi da solo, spada nella mano, in una direzione che appare sia fisicamente che simbolicamente opposta a quella del campo, da dove

[15] Il fatto che Aiace non venga a conoscenza della profezia e non possa trarre dai suoi mali alcun insegnamento di moderazione resta l'indizio più importante contro le interpretazioni che vorrebbero recuperare lo schema eschileo della ὕβϱις e della punizione come struttura ideologica portante dell'*Aiace*. Le conoscenza acquisita da Aiace è di natura ben diversa dal μανθάνειν («apprendere») di Eschilo.

arriverà il Messaggero che avrebbe potuto "salvare" Aiace. L'autonomia ormai acquisita da Aiace, che della "salvezza" ha un'idea ben diversa da quella di tutti gli altri personaggi, trova piena rispondenza nell'organizzazione dei movimenti scenici dei personaggi.

La conquista di questa autonomia è un processo che si svolge nel corso della tragedia. Non si tratta però di un processo decisionale che porta il protagonista alla determinazione di uccidersi: la scelta di morire è già presente nelle prime parole che Aiace rivolge al Coro. Si tratta invece dell'acquisizione di una propria dimensione (attinta attraverso il distacco progressivo e doloroso da tutti), dell'approdo a una limpida e profonda consapevolezza di sé e del proprio rapporto col mondo, una sorta di interpretazione della morte (comunque inevitabile) che consente ad Aiace, per dirla con Fraenkel, di «mettersi fuori» dalle leggi degli uomini e degli dèi[16].

Sul piano scenico si possono rilevare due momenti significativi in corrispondenza di questo percorso intellettuale. In una prima fase Aiace, passato l'accesso di follia, resta nella tenda, ed è caratterizzato da una sinistra e per lui inusitata immobilità, che lascia presagire funesti propositi: è lì che avviene il disperato confronto con la realtà rappresentata dalle carcasse delle bestie uccise e che si manifesta la crisi profonda dei valori aristocratici che hanno sorretto la sua esistenza (crisi che emerge in piena luce nelle due *rhēseis* dei vv. 430-480 e 545-582). Solo quando il processo è definitivamente compiuto Aiace esce dalla tenda, pronuncia la bellissima *rhēsis* dei vv. 646 ss. e si avvia a uscire di scena. L'eroe ha compreso fino in fondo la propria radicale alterità, e abbandona, sia fisicamente che metaforicamente, lo spazio della tenda, che ancora mantiene un tenue legame con la vita di prima, col campo greco, col Coro, con Tecmessa ed Eurisace. L'equilibrio fra le due sfere che si incontravano sul limitare della tenda di Aiace si è definitivamente rotto. È tempo di

[16] Cfr. Fraenkel, *Due seminari romani* cit., p. 23.

cambiare scena, perché il fuoco del dramma si sposta altrove, dove va il protagonista.

L'*eisodos* che porta a oriente diviene così scenicamente attiva proprio in corrispondenza dell'uscita di Aiace al v. 692. Lo spazio che nel corso della tragedia si è venuto delineando al di là di essa si caratterizza come naturale, libero dalla presenza umana: è un mondo di «sentieri sonanti del mare, antri marini e selve costiere» (vv. 412-413) che per lunghi anni hanno visto Aiace combattere sotto Troia, e con i quali l'eroe ha sviluppato nel tempo un legame profondo, al punto che gli elementi della natura troiana sono da lui accomunati, nell'estremo saluto alla vita, all'amata Salamina e alla splendida Atene come suoi τροφῆς (vv. 859-863: «O luce, o sacro suolo della patria terra Salamina, o sede del focolare avito; illustre Atene, con il tuo popolo che è cresciuto con me, fonti e fiumi e pianure troiane che pure mi avete nutrito: io vi saluto, addio!»)[17].

Aiace sente questo spazio come l'unico all'interno del quale egli può procedere alla "purificazione", il solo scenario possibile per l'attuazione del suo proposito. Un'altra caratteristica di questa fascia di spazio è la sua connessione con la morte, che già si coglie nelle esasperate invocazioni al mare e alle spiagge di Troia dei vv. 414 ss.: «voi mi trattenevate intorno a Troia: ma non più mi accoglierete, non più col soffio della vita. Questo sappia chi ben intenda. O vicine correnti dello

[17] Sul rapporto di Aiace e più in generale dei personaggi sofoclei con la natura si veda la bella analisi offerta da Schadewaldt, *Monolog und Selbstgespräch* cit., pp. 64-66, in particolare p. 65: «la luce e la terra sono divine anche per Aiace, ma accanto a quelle religiose si riconoscono nuove sfumature: Aiace parla della luce che ha illuminato *lui*, della terra che ha nutrito *lui*...»; cfr. anche quanto osservo in *La forma monologica* cit., pp. 90-91. Che Aiace al v. 459 sostenga che lo odiano «tutta Troia e queste pianure» non è in contraddizione con il legame dell'eroe nei confronti del paesaggio. Si tratta infatti di un'espressione esasperata nella quale prevale l'aspetto dell'emarginazione assoluta; anche al v. 819, del resto, la Troade è definita «terra nemica» in un contesto che individua come causa della morte di iace la spada maledetta del nemico Ettore e la terra dei Troiani, strumento dell'ineluttabile ostilità divina.

Scamandro, benevole agli Argivi, non rivedrete mai più quest'uomo, un uomo – dirò un'orgogliosa parola – a cui nell'esercito nessuno eguale Troia vide da ellenica terra venire»[18].

Le indicazioni più chiare che tratteggiano questa parte dello spazio extrascenico si trovano però nel celebre discorso "ingannatore", che precede l'allontanamento definitivo del protagonista in quella direzione. Aiace parla del luogo nel quale sta per recarsi, sottolineandone l'estraneità rispetto allo spazio degli uomini costituito dalla sua stessa tenda e dal campo acheo: «Ora andrò ai lavacri e ai prati che costeggiano la riva del mare per purificare le mie macchie e sfuggire all'ira pesante della dea. Poi, giunto là ove io trovi un luogo intatto d'orma umana, nasconderò questa mia spada» (vv. 654-658). Alla necessità di purezza del luogo, imposta dal rituale (circostanza questa che contribuisce a trarre in inganno chi ascolta Aiace), si sovrappone il desiderio di compiere l'atto in un luogo estraneo a tutti gli altri esseri umani. Nel momento in cui l'eroe abbandona la scena e si avvia al luogo della morte, quindi, egli traduce in azione scenica (e sancisce così anche visivamente in modo definitivo) il processo di dissociazione rispetto al mondo degli uomini al quale lo spettatore ha assistito fino a questo punto della tragedia e soprattutto in quest'ultima *rhēsis*, che i φίλοι (gli «amici») di Aiace possono udire, ma che è di fatto un monologo. La profondissima consapevolezza di sé e del mondo che ha acquisito (l'unica, parziale contropartita della sofferenza tremenda che ha dovuto affrontare) Aiace non ha più modo né desiderio di comunicarla agli altri[19]: non gli resta che morire nel *suo* spazio, rivolgendo l'estremo saluto alla luce e alla terra troiana.

[18] È notevole anche che l'invocazione al paesaggio troiano segua immediatamente quella alla tenebra e all'Erebo, ossimoricamente qualificati come «mia luce» e «per me luminosissimo»: ad essi Aiace chiede di prenderlo come «abitatore» nei vv. 394-396.

[19] Le ambiguità della cosiddetta *Trugrede*, che tanto hanno travagliato gli studiosi dell'*Aiace*, sono state interpretate da Di Benedetto (*Sofocle* cit., pp. 53-55) come un tentativo di difesa da parte di Aiace della propria dimensione monologica, operato attraverso l'uso di espressioni che scoraggino un

Anche per quanto riguarda la seconda *eisodos* si individua dunque una significativa corrispondenza fra la valenza simbolica assegnata allo spazio extrascenico cui essa dà accesso e l'organizzazione dei movimenti scenici, per cui, fin quando il fondale rappresenta la tenda, nessun personaggio esce in quella direzione: essa viene riservata ad Aiace per l'uscita – determinante nella parabola del dramma – del v. 692. Da quella parte usciranno dopo di lui, al v. 814, una metà del Coro e Tecmessa[20], quando, ricevuto dal Messaggero il terribile annuncio chiarificatore, tutti si precipiteranno alla ricerca dell'aspirante suicida, lasciando la scena vuota. Quella direzione porta a uno spazio che è soltanto di Aiace[21].

eventuale intervento di Tecmessa e del Coro, non desiderato dall'eroe (la natura di monologo di questa difficile *rhēsis* era già stata individuata da Welcker, *Über den Aias* cit., p. 233, e poi da H. Weinstock, *Sophokles*, Leipzig-Berlin 1931, p. 46, Knox, *The Ajax* cit., pp. 1-37, Fraenkel, *Due seminari romani* cit., pp. 22-25, 37-39).

[20] È molto probabile che Tecmessa esca dall'uscita opposta a quella del Messaggero, che torna verso il campo greco (cfr. Seale, *Vision and Stagecraft* cit., p. 162); l'uscita da quella parte rende ancor più evidente la ripresa da parte di Tecmessa dell'intenzione espressa da Aiace (ἀλλ'εἶμι... v. 654; ἀλλ'εἶμι κἀγώ... v. 810). Quanto ad Atena nel prologo, si è visto sopra che la sua uscita dovrebbe avvenire dalla stessa parte di quella di Odisseo (sempre che ella non si trovi sul *theologheion*, il che rimuoverebbe il problema). Per quanto riguarda invece l'ingresso in scena del Coro al v. 172, non mi sembra credibile l'ipotesi di Ley (*A Scenic Plot* cit., p. 89), secondo il quale «per fluidità di realizzazione» sarebbe meglio che il Coro entrasse dalla parte opposta rispetto a quella da cui sono usciti Atena e Odisseo: l'allusione dei coreuti alle voci messe in giro da Odisseo indica che essi provengono dalla direzione in cui si è allontanato il loro nemico (giuste considerazioni in proposito si leggono in Stelluto, *La visualizzazione scenica* cit., p. 40). Infine, il fatto che il Coro si divida in due semicori ed esca anche dalla parte che va verso il campo greco, pur sapendo in che direzione è uscito Aiace, va inteso come un modo di evidenziare la completezza della ricerca, che verrà effettuata sulla riva del mare sia a oriente che a occidente.

[21] Una sorta di specializzazione di una delle due *eisodoi* per un solo personaggio si riscontra probabilmente anche nel *Filottete*, dove tutte le entrate e le uscite dei personaggi diversi da Filottete avvengono per la via che conduce alla spiaggia e alla nave: l'altro passaggio laterale, che porta all'interno dell'isola di Lemno, è usato solo da Filottete al suo arrivo in scena (sui problemi scenici del *Filottete* cfr. Di Benedetto-Medda, *La tragedia sulla scena* cit., pp. 116-118).

Il cambio di scena che si verifica tra il v. 814 e il v. 815 è dunque tutt'altro che improvviso: esso si attua come naturale conseguenza dell'organizzazione dello spazio scenico ed extrascenico impostata nella prima parte della tragedia.

Lo spostarsi di Aiace, che è uscito per uno degli accessi laterali, trascina con sé, in una sorta di slittamento della scena, Tecmessa e il Coro, che escono alla ricerca del loro signore e rientreranno in uno spazio scenico dal significato mutato.

Quando Aiace si presenta in scena al v. 815, alle sue spalle non vi è più la tenda, ma un boschetto di cespugli (νάπος, v. 892) che si trova non lontano dal mare. Su come avvenisse concretamente il cambiamento della scenografia non abbiamo nessuna notizia sicura. L'ipotesi più semplice è che la struttura raffigurante la tenda venisse rimossa e sostituita da elementi scenici mobili atti a raffigurare la vegetazione; in alternativa si può pensare alla sostituzione di pannelli che identificavano la *skēnē* come tenda di Aiace con altri che raffiguravano il bosco[22]. Il protagonista si presenta sulla scena completamente solo, grazie all'espediente che ha permesso l'uscita del Coro.

Questa solitudine, come si è visto, corrisponde sul piano scenico al massimo espandersi monologico del personaggio

[22] In questo lavoro parto dal presupposto che la *skēnē* per tutto il V secolo a. C. sia rimasta una struttura lignea leggera e facile da rimuovere: gli argomenti su cui si basa questa convinzione sono esposti in Di Benedetto-Medda, *La tragedia sulla scena* cit., Parte I, Cap. I. Una scena che raffigura un boschetto, senza bisogno di *skēnē*, si ha nell'*Edipo a Colono* dello stesso Sofocle. Pickard-Cambridge (*The Theatre of Dionysus* cit., p. 49) pensava che i segnali della nuova scena fossero già pronti su un margine della *skēnē*, e che dal v. 815 in poi la tenda venisse semplicemente ignorata; egli ricavava una sicura indicazione circa la collocazione marginale del cespuglio dietro il quale dovrebbe cadere Aiace dal termine πάραυλος, usato dal Coro al v. 892 per il grido di Tecmessa. Ma il raro termine sembra indicare semplicemente vicinanza, e l'interpretazione di *Oed. Col.* 785 avanzata da Pickard-Cambridge è forzata (ed è anche possibile che πάραυλος sia composto di αὐλός e significhi «luttuoso»). In ogni caso, quando al v. 1170 Tecmessa ed Eurisace arrivano da una delle *eisodoi* (che evidentemente collega la scena con la tenda, immaginata fuori scena) sarebbe stato motivo di confusione che la tenda fosse ancora visibile, anche se convenzionalmente ignorata.

nell'imminenza della morte: ma la tragedia non finisce con la morte di Aiace. Il luogo isolato nei pressi del mare, metafora del suo isolamento e al tempo stesso della sua disperata affermazione di sé nei confronti del mondo e degli dèi, diventa adesso *lo spazio scenico*, non solo per il breve lasso di tempo occupato dall'atto suicida, ma per tutta la disputa sulle esequie, che saranno dominate dalla dolorosa presenza del cadavere. La nuova scena, creata da Sofocle in risposta all'esigenza di far morire Aiace solo, senza interlocutori diversi dal paesaggio troiano, diventa un elemento fondamentale della seconda parte della tragedia: tutto ciò che segue la morte di Aiace accadrà nello spazio di Aiace, uno spazio che si sottrae ai rapporti di subordinazione e di potere vigenti nell'ambito del campo acheo.

Prima di proseguire, è necessario soffermarsi un poco sui problemi scenici posti dal momento del suicidio e dalla fase immediatamente successiva alla morte di Aiace. Ci sono molte incertezze circa il modo in cui il gesto suicida veniva compiuto e il punto dell'orchestra in cui si trovava l'attore che impersonava Aiace al momento della morte. Il problema è rilevante soprattutto in relazione alla controversa questione della visibilità del cadavere per il pubblico.

È sicuro che i due semicori, rientrando in scena dalle due *eisodoi* per portare a termine l'affannosa ricerca del loro re, non ne scorgono il cadavere (cfr. vv. 866-890). Questo induce a pensare che il suicidio non sia avvenuto nei pressi di una delle due entrate (infatti, per quanto convenzionalmente in tragedia si possa ignorare anche qualcosa che risulta visibile agli spettatori, il Coro difficilmente avrebbe potuto fingere di non vedere un cadavere cui avrebbe dovuto passare vicinissimo) e che il corpo sia in qualche modo nascosto, o almeno difficilmente visibile a chi si trova nell'orchestra.

È Tecmessa che trova il cadavere e fa risuonare il suo grido di dolore dall'interno del boschetto («di chi un grido vicino si levò dal bosco?», si domanda spaventato il Coro al v.

892); subito dopo ella entra in scena, uscendo dal bosco[23]. Questa modalità d'ingresso sembra preferibile perché se Tecmessa arrivasse da una delle *eisodoi* come i due semicori sarebbe poco credibile che ella abbia potuto vedere il corpo di Aiace e il Coro no. Sembrerebbe dunque che il cadavere in questa fase sia invisibile al Coro (e agli spettatori?), cioè che l'eroe abbia compiuto il suicidio lasciandosi cadere all'interno del boschetto, così che il pubblico possa immaginarlo disteso nel folto della vegetazione.

Più avanti però il cadavere di Aiace risulta senz'altro presente in scena, come dimostra il forte richiamo al dato visivo da parte di Teucro (vv. 992-993: «O spettacolo per me più doloroso fra tutti quanti i miei occhi videro»; vv. 1001-1004: «ma ora, vedendoti, mi sento morire! Ahimè! Va', scoprilo: che io veda intera la mia sciagura! O vista insostenibile allo sguardo, volto d'amara audacia»), che certo non si esprimerebbe così se il cadavere non fosse visibile sulla scena[24]. Pertanto, è necessario ipotizzare o che il cadavere di Aiace venisse a un certo punto spostato da alcuni inservienti, oppure che esso fosse collocato in un punto che permetteva di farlo diventare visibile senza troppe difficoltà[25]. In

[23] Se la *skēnē* era stata rimossa, Tecmessa doveva nascondersi dietro qualcuno dei nuovi elementi scenici e poi uscire; altrimenti, ella poteva uscire dalla porta stessa della *skēnē* (il problema si pone anche per l'ingresso di Aiace al v. 815: cfr. Seale, *Vision and Stagecraft* cit., p. 163; Stelluto, *La visualizzazione scenica* cit., pp. 51-52).

[24] La battuta dei vv. 992-993 avrebbe anche potuto essere pronunciata senza vedere il corpo di Aiace, come espressione dell'emozione violenta che pervade Teucro; ma l'ἐκκάλυψον («scoprilo») del v. 1003 sembra inequivocabile. La questione è discussa in dettaglio da Stelluto, *La visualizzazione scenica* cit., p. 58, che ritiene impossibile individuare esattamente il momento il cui il corpo di Aiace viene portato in scena dagli inservienti.

[25] Se si pensa a un intervento di inservienti, il momento più adatto è sicuramente costituito dai vv. 1000-1003, durante i quali gli attendenti sono occupati attorno al cadavere di Aiace per scoprirlo, e non dai vv. 920-921 («Ahimè, che fare? Chi ti solleverà dei tuoi cari? Dov'è Teucro?») che esprimono soltanto la disperazione di Tecmessa. Mi sembra senz'altro da escludere in questa circostanza l'uso della macchina teatrale detta ἐκκύκλημα (questa ipotesi, avanzata e poi ritrattata da Bethe, sostenuta da Reinhardt,

questo secondo caso, bisogna tener conto anche della necessità pratica di far scivolare via l'attore che impersonava Aiace per poterlo utilizzare in un altro ruolo, sostituendolo con un fantoccio[26].

La questione non è solubile con certezza, ma si possono fare almeno alcune considerazioni. Al v. 891 Tecmessa non è ancora visibile; dopo il secondo grido invece il Coro dichiara di vederla (vv. 894-895: «L'infelice Tecmessa, la sposa conquistata con le armi, vedo immersa in questo lamento»). In questa fase Tecmessa ha vicino a sé il cadavere di Aiace, che designa col deittico ὅδε ai vv. 898 e 904, descrivendo anche la posizione della spada (vv. 906-907); il Coro invece ancora non vede Aiace, e domanda dove si trovi (vv. 912-914). La risposta di Tecmessa è che il cadavere è troppo sconciato, e che lo coprirà con un velo perché i suoi cari non siano turbati da quella vista orrenda (v. 915-924). Dal v. 925 in poi, invece, lo scambio lirico fra Tecmessa e il Coro assume il tono di un lamento rituale (ϑϱῆνος: il termine è usato da Tecmessa al v. 924) e il Coro non parla più del suo desiderio di vedere il cadavere.

Benché non vi siano nel testo inequivocabili indizi del fatto che a questo punto il corpo di Aiace sia divenuto visibile, il lamento del Coro, che si rivolge in seconda persona

Sofocle cit., pp. 41 e 258, è ripresa di recente da Ley, *A Scenic Plot* cit., p. 92, Seale, *Vision and Stagecraft* cit., p. 166 e Pöhlmann, *Bühne und Handlung* cit., p. 31). Tale macchina, ammesso e non concesso che fosse utilizzata dai tragici nel V secolo (cfr. più avanti n. 39), risulta sempre connessa con la rivelazione di un interno, e sembra fuori posto in un contesto all'aperto come quello della morte di Aiace: cfr. O. Taplin, *The Stagecraft of Aeschylus*, Oxford 1977, p. 442; H.-J. Newiger, *Ekkyklema e mechané nella messa in scena del teatro greco,* «Dioniso» 59, 1989, pp. 173-185.

[26] Ha avuto fortuna l'ipotesi che sulla scena fosse sistemato, davanti alla *skēnē*, un cespuglio, dietro il quale Aiace avrebbe piantato la spada: ma un allestimento scenico di questo tipo sembra contraddetto dal fatto che Tecmessa lancia il primo grido quando ancora è all'interno del bosco e sicuramente non è visibile al Coro, il che creerebbe difficoltà se Tecmessa fosse all'interno della *skēnē* e il corpo di Aiace invece all'esterno, dietro il cespuglio. Cfr. Fraenkel, *Due seminari romani* cit., p. 30.

al defunto, risulta molto più efficace se pronunciato in presenza del corpo, come avviene normalmente nel rituale del lamento[27]. Per di più la velatura del cadavere si propone di renderlo presentabile a chi deve vederlo (come osserva correttamente lo scolio al v. 916), e sembrerebbe strano che Tecmessa velasse un cadavere che doveva restare poi invisibile ai φίλοι durante tutto il loro lamento. La battuta di Tecmessa dei vv. 915-924, dunque, dovrebbe corrispondere al momento in cui il cadavere di Aiace, velato, diventa visibile.

Sul modo come tale rivelazione poteva essere messa in atto si possono fare numerose ipotesi: tra queste un movimento del Coro che si avvicinava al punto dove giaceva il cadavere, combinato con lo spostamento del corpo ad opera di inservienti[28].

In ogni caso, è importante sottolineare il dato primario della centralità scenica del cadavere di Aiace, che risulta determinante per la seconda parte del dramma[29]. Quale che sia la soluzione dei problemi relativi alla messa in scena del suici-

[27] A questa considerazione si potrebbe ribattere che è normale, in momenti di forte *pathos*, l'allocuzione a un interlocutore solo pensato, e non presente concretamente di fronte a chi parla. Ma sarebbe una stranezza il fatto che un simile procedimento si attuasse quando il cadavere di Aiace si trova a pochi passi dal Coro, e cioè accanto a Tecmessa che sta dialogando col Coro stesso.

[28] Per altre proposte di ricostruzione scenica, comunque basate sulla presenza di una *skēnē* inamovibile, si vedano i lavori di C.P. Gardiner, *The Staging of the Death of Ajax*, «Classical Journal» 75, 1979-1980, pp. 10-14, e S.P. Mills, *The Death of Ajax*, «Classical Journal» 76, 1980-1981, p. 131 (che riprende in parte la ricostruzione di T.B.L. Webster, *Greek Theatre Production*, London 1970², pp. 17-18).

[29] L'importanza di questo dato è sottolineata da Reinhardt, *Sofocle* cit., p. 258. E proprio la perdita di esso mi sembra il limite più serio della ricostruzione scenica di questa parte dell'*Aiace* offerta da Pöhlmann (*Bühne und Handlung* cit., pp. 20-32), che si fonda sull'ipotesi che l'orchestra del teatro ateniese dell'età di Pericle non fosse di forma circolare, ma rettangolare e assai allungata in senso trasversale. Secondo Pöhlmann la *skēnē* sarebbe stata piuttosto lunga (circa 30 m) e dotata di due porte, l'una delle quali avrebbe rappresentato la tenda, e l'altra invece il boschetto. Il cambio di scena sarebbe consistito così in un semplice decentramento degli attori in direzione della seconda porta, e l'uscita di Aiace dal boschetto sarebbe avvenuta con l'utilizzazione (per la seconda volta nella tragedia) dell'ἐκκύκλημα.

dio, infatti, Aiace è morto là dove ha voluto morire, in solitudine, e il suo corpo, che giace nel luogo da lui prescelto, è divenuto una presenza scenica di primo piano.

Dopo il cambio di scena, una delle due *eisodoi* assume nuovo significato. Essa porta adesso alla tenda di Aiace, e sarà utilizzata da Tecmessa (per uscire al v. 973 e per rientrare assieme a Eurisace al v. 1168)[30] e da Teucro (per l'uscita del v. 1184 e il successivo rientro al v. 1223, che risulta quasi coincidente con l'ingresso in scena di Agamennone dalla parte opposta, a sottolineare anche visivamente l'opposizione irriducibile fra le due parti). L'altra *eisodos* invece rappresenta ancora la via che conduce al campo dell'esercito greco.

La contrapposizione fra i due spazi extrascenici che caratterizzava la prima parte dell'opera (spazio dell'esercito *vs.* spazio di Aiace, spazi che come si è visto si connettevano davanti alla tenda) viene riformulata adesso nella contrapposizione fra l'ambito spaziale della tenda, in cui prevalgono le esigenze affettive della famiglia (da qui provengono adesso i φίλοι di Aiace), e lo spazio ufficiale e politico dell'esercito, i cui capi vorrebbero infierire anche sul cadavere. Lo spettatore viene di nuovo a trovarsi, come nella prima parte del dramma, esattamente nel fulcro della tensione che struttura adesso la tragedia, e cioè quella tra la sfera del privato e la struttura di potere cui Aiace si è sottratto con la morte. Il processo per cui l'intimità del dolore di Teucro, Tecmessa ed Eurisace prevale sulle meschine e brutali richieste dei capi dell'esercito (e anche sul tentativo di conciliazione operato da Odisseo) si svolge nel punto in cui le due fasce spaziali extrasceniche si incontrano, e cioè proprio nel luogo dove si trova il cadavere

[30] È possibile che l'ordine di Teucro dei vv. 985-989, rivolto al Coro, sia eseguito da Tecmessa, rimasta muta in scena dopo la sua ultima battuta (v. 973) ancora per qualche momento. Il Coro infatti riferisce a Teucro che il bambino è solo presso la tenda, e probabilmente non si esprimerebbe così se Tecmessa fosse già uscita in quella direzione. In alternativa, l'uscita della donna andrà collocata al v. 973. Ella rientra al v. 1168 come personaggio muto, e l'attore che la impersonava passa ad altro ruolo.

di Aiace, che domina adesso lo spazio scenico visibile al pubblico[31].

Lo spostamento della scena avvenuto al v. 815, dunque, va al di là della semplice esigenza di realizzare in solitudine il suicidio del protagonista e si rivela una delle scelte portanti della tragedia. Esso fa sì che tutta la disputa relativa alle esequie di Aiace abbia luogo nello spazio che si è caratterizzato come proprio dell'eroe, e che il parametro di valutazione dei discutibili valori etici espressi dai capi dell'esercito sia la muta presenza del cadavere, che evidenzia, senza bisogno di parole, l'incommensurabile distanza fra la dimensione di Aiace e quella degli Atridi.

Sofocle in sostanza ha voluto togliere alla violenta contesa fra Teucro e gli Atridi il carattere istituzionale che essa avrebbe potuto avere se si fosse svolta nel campo dei Greci, dove avrebbe avuto un peso rilevante il giudizio dell'esercito e il ruolo di comando che in esso giocano Agamennone e Menelao. Là invece, nel solitario boschetto che la prima parte del dramma ha caricato di forti valenze simboliche, l'odio degli Atridi (lo stesso odio che animava Aiace, se si vuole, ma senza la grandezza di lui) si infrange contro il muro dell'affettuoso ricordo che quell'uomo così difficile ha saputo lasciare nei suoi cari; e il richiamo al principio etico di subordinazione all'autorità da parte di Agamennone e Menelao rivela tutta la sua inadeguatezza a inquadrare la vicenda di Aiace, il cui conflitto con le leggi di uomini e dèi si muoveva su un piano cosmico al quale i due comandanti appaiono del tutto estranei.

Tutta la seconda parte della tragedia appare, in un certo senso, come uno sviluppo della profonda intuizione espressa da Tecmessa nella sua ultima battuta, ai vv. 966-970: «Amara per me e a loro gradita, questa morte per lui non fu che dol-

[31] Per quanto riguarda la tenda di Aiace, dopo la morte dell'eroe essa si spoglia delle risonanze connesse alla sua follia: divenuta punto di riferimento extrascenico, la tenda si caratterizza come luogo degli affetti, dove si trova, ormai solo, il piccolo Eurisace (v. 985).

cezza: s'acquistò quel che bramava ottenere, la morte che voleva. Perché dunque dovrebbero ridere di lui? Egli è morto per volontà degli dèi, non per loro opera, no». Tecmessa è colei che legge meglio di tutti nell'animo del suo uomo suicida; ella sa bene che quella fine tremenda è il risultato dello scontro di Aiace con le oscure vie del potere divino e che il significato di quella morte è tutt'altro rispetto a quello al quale vorrebbero ridurla gli Atridi, che insistono sull'incapacità dell'eroe di sottomettersi alla disciplina (vv. 1069 ss.) e tentano di sminuirne il contributo dato nella guerra.

La ὕβρις di Aiace (ché di ὕβρις si tratta, non v'è dubbio) non può essere in alcun modo ricondotta soltanto al problema della collocazione di un uomo come lui all'interno di una struttura di potere. E in teatro la sostanziale incomprensione dei due capi dell'esercito rispetto alla profondità del dramma che si è compiuto è scenicamente rappresentata dal loro arrivo dal campo (uno spazio che per tutta la tragedia resta escluso dal nucleo intimo della vicenda di Aiace) e dal loro successivo allontanamento ancora nella stessa direzione, senza che sia intervenuta alcuna conciliazione. Le loro meschine istanze di vendetta risultano perdenti nel confronto col sincero dolore degli altri personaggi (è sempre Tecmessa che osserva con grande penetrazione, prima di restare definitivamente in silenzio, che «per essi Aiace non è più... ma per me, andandosene, ha lasciato sventure e gemiti», vv. 972-973)[32].

Il nesso fra l'autorevolezza con cui Teucro si oppone agli Atridi e lo spazio entro cui si colloca la contesa diventa ancor più chiaro se si raffronta questa situazione con lo scontro fra

[32] Tecmessa esaurisce con queste parole la sua funzione attiva di personaggio, e nel seguito, pur tornando in scena, non parlerà più. Tuttavia, nel breve spazio che va dalla morte di Aiace all'arrivo di Teucro, ella si fa veicolo di un'interpretazione che coglie l'essenza più profonda della vicenda dolorosa di Aiace, e assurge a un ruolo insolitamente rilevante per un personaggio secondario, come è stato messo opportunamente in evidenza da Di Benedetto, *Sofocle* cit., pp. 57 ss.

Teucro e l'esercito avvenuto in precedenza nel campo greco e narrato dal Messaggero ai vv. 719-732. Il Messaggero racconta che Teucro, di ritorno da una scorreria e ignaro di tutto, è stato aggredito dai capi e dai soldati del campo greco e ha rischiato la lapidazione, evitata soltanto da un intervento pacificatore degli anziani. Lo scontro, all'interno dello spazio ostile del campo, avrebbe avuto senz'altro un esito sfavorevole a Teucro, nel quale i soldati vedono un equivalente di Aiace. Le cose invece vanno ben diversamente quando Teucro si trova presso il cadavere del fratello e oppone ad Agamennone la forza dei legami affettivi profondi che stringono in unità lui, Eurisace e Tecmessa: «Ma sappi bene ciò: se voi getterete da qualche parte questo corpo, getterete insieme anche noi tre, accanto a lui distesi» (vv. 1308-1309). La forza e l'autorevolezza con cui egli difende le ragioni del fratello trovano riscontro visuale nel quadro che si compone davanti agli spettatori ai vv. 1168 ss.: il piccolo Eurisace arriva, assieme a Tecmessa, dalla tenda, siede accanto al cadavere del padre stringendo una ciocca delle chiome sue, della madre e di Teucro («l'unica ricchezza del supplice», v. 1175), e lì resta sino alla fine del dramma, prova visibile del legame che unisce i tre personaggi di fronte agli altri e simbolo della dimensione sacrale della morte, la cui violazione comporterebbe le terribili punizioni invocate nella maledizione di Teucro.

È questo profondo senso della rete di affetti che si dirama da Aiace a permettere la vittoriosa difesa del suo diritto alla sepoltura. E anche in questo caso Sofocle ha cura di sottolineare con una dettagliata descrizione verbale i gesti degli attori che meglio evidenziano tale aspetto, concentrando l'attenzione del pubblico su di essi e consolidando l'efficacia simbolica del rituale stesso[33].

Neppure Odisseo – che pure riconosce e onora il valore del morto, e ne compiange la sorte in nome della comune condizione umana – riesce a superare la barriera che divide

[33] Cfr. Stelluto, *La visualizzazione scenica* cit., p. 63.

Aiace dai suoi ex compagni d'armi. Quando chiede di poter partecipare alle esequie e di dare al morto tutti gli onori dovuti, egli non è ammesso da Teucro alla parte più intima del rito, quella che comporta il contatto con il cadavere (Teucro lascia aperta soltanto la possibilità di una sua partecipazione, assieme ad altri dell'esercito, in forma più limitata, ma la tragedia termina subito dopo queste parole, e la cosa rimane del tutto priva di sviluppo, rigettata com'è nel tempo extradrammatico).

L'organizzazione scenica del finale si configura dunque come un indizio importante per l'interpretazione: nel momento in cui Odisseo si avvia a uscire per l'*eisodos* che va verso il campo[34], gli spettatori avranno colto in questa uscita il rientro anche di questo personaggio più umano di altri nella dimensione che durante il dramma è stata sempre estranea ad Aiace. Teucro organizza la cerimonia funebre, inviando una parte del Coro a preparare il necessario per il funerale e una parte a prendere le armi di Aiace rimaste nella tenda. Sulla scena restano lui ed Eurisace, che si accostano al morto per sollevarlo, in un quadro di composto dolore che non ha nulla di solenne e che tende a porsi invece in una dimensione familiare, privata[35].

L'uscita di Odisseo e la conseguente atrofizzazione della prospettiva di una sua partecipazione al rito non sembrano cioè corroborare le interpretazioni che tendono a cogliere in questo personaggio la vera novità della tragedia, il portatore di una nuova e vincente concezione dell'uomo destinata a sostituire quella grandiosa, ma ormai improponibile, del protagonista. Odisseo è indubbiamente caratterizzato in modo po-

[34] Dalla quale è anche verosimilmente entrato al v. 1315.

[35] Come ha ben visto Di Benedetto (*Sofocle* cit., p. 81, n. 31), è erroneo parlare di «processione» finale. Teucro si limita a impartire ordini ai coreuti e agli inservienti, suddividendo i compiti, e poi si accosta assieme a Eurisace al cadavere ancora sanguinante. Ed eccessiva mi sembra anche l'enfasi posta da alcuni commentatori sul culto eroico di Aiace e sulla glorificazione finale dell'eroe. La chiusa dell'*Aiace* è triste e la riabilitazione di Aiace non riscatta il dolore suo e dei suoi cari.

sitivo, come portatore di una morale ispirata a princípi di saggia moderazione (rispetto della giustizia, riconoscimento del valore dell'avversario, rispetto delle leggi divine e delle norme comuni dei Greci, rifiuto del guadagno illecito), ma non è lui che domina il finale della tragedia. La sua funzione – quella di rendere possibile il rito funebre attraverso una parziale conciliazione con Teucro – si esaurisce con l'uscita di scena, senza per altro che i termini della contesa con gli Atridi siano mutati, come risulta evidente dall'ultima battuta pronunciata da Agamennone: «Sappi bene che a te concederei un favore anche maggiore di questo; ma costui, che stia qui o laggiù nell'Ade, sarà egualmente il mio più grande nemico» (vv. 1370-1373). E alla fine, protagonista resta il dolore di Teucro e dei suoi.

Sul rapporto dialettico che intercorre fra gli spazi extrascenici immaginati al di là delle uscite laterali, si innesta, con altrettanta forza di visualizzazione, l'opposizione fra l'interno e l'esterno della tenda di Aiace. Come al v. 815 si ha l'eccezionale procedimento per cui uno spazio in precedenza extrascenico viene portato alla vista del pubblico e diventa scena, così al v. 347 l'apertura della porta della tenda rivela alla vista dello spettatore una fascia di spazio che normalmente resta invisibile, chiusa all'interno della *skēnē*: Aiace viene mostrato mentre giace prostrato fra le vittime della sua follia.

Per quanto si tratti di un fatto meno raro in tragedia rispetto al cambiamento di scena, l'inusitata lunghezza della sezione del dramma che si svolge a porta aperta (ben duecentoquarantotto versi, comprendenti un dialogo lirico fra il Coro, Tecmessa e Aiace e ben tre *rhēseis*) ne fa un caso del tutto particolare, ed è indizio del peso che il poeta ha voluto assegnare a questo momento emotivamente forte del dramma. Per di più, l'apertura della tenda è accuratamente preparata da una serie di anticipazioni visualizzanti, presenti nel prologo e nel racconto di Tecmessa al Coro, che contribuiscono a suscitare nello spettatore viva attesa per il quadro che gli si presenterà di lì a poco[36].

L'allargamento visuale dello spazio scenico anche in questa direzione affonda le sue radici in una dialettica fra lo stare di Aiace all'interno o all'esterno della tenda che viene impostata fin dall'inizio della tragedia. Atena nei primi versi del dramma si rivolge a Odisseo, che deve verificare se Aiace «è dentro o non è dentro» (v. 7), per dirgli che non è necessario che guardi «dentro questa porta» (v. 11), perché sarà lei a informarlo di tutto; al v. 73 poi la dea invita Aiace a uscire («dico a te, Aiace: esci davanti alla tua dimora!»), creando il primo contatto fra spazio scenico e spazio interno alla tenda, con l'intenzione di mettere sotto gli occhi di Odisseo la grandezza del suo potere e di schernire Aiace. Questa commistione di sfera interna e sfera esterna non è gradita a Odisseo, che, intimorito dalla possibile reazione di Aiace, prima ribatte alla dea: «non chiamarlo fuori!» (v. 74), e poi: «lascia che resti dentro! » (v. 76); e ancora al v. 80 osserva: «a me basta che egli resti nella sua dimora»[37].

Quando Aiace esce dalla tenda è ancora in preda all'accesso di follia e descrive la situazione dell'interno, affermando che l'odiato nemico Odisseo è «dentro», con suo immenso piacere (v. 105), e che ne sta facendo strazio dopo averlo legato alla colonna. Nel prologo della tragedia, dunque, l'interno della tenda si connota come un luogo positivo per Aiace, in quanto, almeno finché dura il suo stato di alterazione mentale, esso coincide con la gioia per la vendetta che Aiace cre-

[36] Cfr. vv. 105-110 (Aiace descrive ad Atena la sorte di Odisseo – in realtà una delle bestie – legato alla colonna dentro la tenda e frustato a morte); vv. 218-220: «all'interno della tenda puoi vedere le vittime sgozzate dalle sue mani, in un lago di sangue»; vv. 308-310: «si abbatte fra le carcasse degli agnelli uccisi e lì rimane a giacere, stroncato fra corpi stroncati, afferrandosi i capelli con le unghie, a piene mani»; vv. 323-325: «Ora giace nella sua avvilente sciagura, senza prender cibo né bevanda: se ne sta seduto, quieto, dove cadde, in mezzo alle bestie sgozzate dal suo ferro».

[37] Anche al v. 88, sia pure con senso più generale, Odisseo esprime il desiderio di non essere coinvolto in quella situazione con l'espressione «vorrei esserne fuori» (ἤθελον δ'ἂν ἐκτὸς ὢν τυχεῖν).

de di aver compiuto (una felicità che l'eroe perderà irrimediabilmente nel seguito). Dopo un breve dialogo, Aiace vuol subito rientrare a compiere il suo lavoro (v. 116: «Vado a compiere l'opera») e lo spettatore prova un senso di sollievo nel momento in cui egli si sottrae alla crudele irrisione di Atena, rientrando in uno spazio almeno parzialmente protetto. All'esterno infatti egli è indifeso di fronte allo strapotere della dea, che lo espone alla derisione dei nemici (cfr. vv. 66-67: «Mostrerò anche a te questo suo male in piena luce, perché, dopo aver visto, tu lo possa annunziare a tutti gli Argivi») suscitando in Odisseo un moto di compassione.

Alla fine del prologo lasciamo dunque Aiace folle nella sua tenda intento a «compiere l'opera». L'ingresso del Coro e il suo dialogo con Tecmessa invertono completamente la polarità interno/esterno individuata nel prologo, valutando la collocazione spaziale di Aiace nella prospettiva di chi vorrebbe aiutarlo. Il Coro nella parodo invita il suo re a non restare nascosto nella tenda, ad alzarsi e uscire, per fronteggiare da par suo le voci maligne messe in giro da Odisseo (vv. 190 ss.). Lo «star dentro» di Aiace appare adesso un dato negativo, un cedere ai nemici e un rifiutarsi di rientrare nella dimensione normale dei rapporti con gli altri Greci del campo.

Con un effetto di sorpresa cui Sofocle ricorre più volte in questa tragedia, non è però Aiace a uscire al v. 201, bensì Tecmessa, che riferisce notizie sconfortanti per i coreuti: l'eroe non dà segno di voler uscire dalla tenda, dove giace prostrato tra le vittime della sua violenza dal momento in cui ha ripreso coscienza di sé, in preda a una sinistra inerzia che lascia presagire insani propositi (è notevole l'insistenza sull'essere «dentro»: cfr. σκηνῆς ἔνδον, v. 218, e ancora ἔσω al v. 235 e al v. 296). A Tecmessa è affidato il resoconto del doloroso recupero delle facoltà mentali che per Aiace ha trasformato la tenda da luogo della vendetta e della gioia a ineludibile conferma visiva della sua rovina. Il rinsavimento dell'eroe lo inchioda adesso alla necessità di confrontarsi con le conseguenze del proprio gesto, sottoponendo a verifica la coerenza del proprio codice morale e prendendo atto che l'unica strada percorribile è quella della morte.

È una grande intuizione scenica di Sofocle il far sì che questo confronto avvenga non all'esterno, ma all'interno della tenda di Aiace. Escludendo lo spazio esterno, il poeta impone al Coro e agli spettatori la prospettiva del protagonista, tutta centrata sul suo conflitto morale interiore e poco interessata invece alle conseguenze del conflitto esteriore con l'esercito. I marinai del Coro hanno menzionato con terrore la prospettiva della morte per lapidazione, che li coinvolgerebbe personalmente assieme al loro re (cfr. vv. 229-232: «Ho timore di quanto sta per venire: è chiaro che egli morrà per aver ucciso con mano delirante, con la nera spada, le mandrie e i guardiani guidatori di cavalli»; vv. 251-256: «temo di morire, crudelmente lapidato, al fianco di quest'uomo sul quale incombe un pauroso destino»); ma il problema che tormenta Aiace non è come far fronte a questa minaccia, bensì come trovare una «prova» che gli permetta di essere all'altezza della sua stirpe e di un modello di comportamento terribilmente esigente come quello del padre Telamone (cfr. vv. 470-472).

Far uscire dalla tenda Aiace in risposta alla richiesta del Coro avrebbe significato coinvolgere il protagonista in un confronto pubblico sui propri atti che in questo momento non interessa all'eroe (e cioè al poeta). Sofocle punta invece ad evidenziare scenicamente la frustrazione del tentativo operato da Tecmessa e dal Coro di far breccia, percorrendo la via dell'affetto, nella chiusura psicologica del protagonista. L'avvicinamento sul piano affettivo si traduce in un avvicinamento fisico dei coreuti allo spazio della tenda, che adesso si configura come metafora dell'emarginazione dell'eroe. La donna invita il Coro a «entrare», nella speranza che i discorsi degli amici vincano l'ostinazione di Aiace (cfr. vv. 328-330); e all'amicizia fanno riferimento le prime parole che Aiace rivolge ai marinai (vv. 349-350: «Ah, cari marinai, miei soli amici, che soli rimanete ancora fedeli a giusta legge»; vv. 356-361:«Ah, stirpe mio sostegno nell'arte navale, che t'imbarcasti per volgere il remo marino, in te, in te solo io vedo difesa dai mali: uccidimi dunque!»).

Ma la risonanza al proprio dolore che Aiace vorrebbe trovare nei coreuti, che immagina pronti ad aiutarlo nel suo desiderio di morte, si scontra subito con le risposte banali del Coro, che non sa andare al di là di generiche richieste di prudenza e di qualche luogo comune. La sfasatura è evidente anche sul piano formale, con Aiace che si esprime in metri lirici e il Coro e Tecmessa che rispondono in trimetri giambici. Il contatto dialogico si indebolisce rapidamente, tanto che già al v. 372 Aiace abbandona la seconda persona e comincia a esprimersi monologicamente, rivolgendo le sue invocazioni ai nemici assenti e poi alla tenebra, all'Erebo e al paesaggio troiano. L'impossibilità di stabilire una sintonia emotiva che si riscontra nel dialogo lirico è il presupposto di tutto ciò che segue, fino alla chiusura della tenda. Le riflessioni che Aiace sviluppa nei vv. 430-480 sono di fatto monologiche, e non comportano più alcuno scambio col Coro. L'eroe ha bisogno di chiarire a se stesso i presupposti del proprio agire: il dialogo è limitato al secco «hai udito tutto» che conclude il discorso.

Il Coro regredisce dunque rapidamente come interlocutore di Aiace, e lascia a Tecmessa il compito di tentare le corde dell'amore, ma anche la donna parla un linguaggio che in questo momento Aiace non può intendere. Solo a Eurisace, che non è in grado di rispondere e che ancora nulla comprende, l'eroe parla direttamente[38], in un toccante addio in cui invidia al figlio la sua felice condizione di incoscienza infantile: ma il bambino non è un interlocutore attivo, e di fatto anche questa *rhēsis* ha andamento ampiamente monologico.

[38] È significativo che gli unici personaggi con i quali Aiace potrebbe avere un contatto produttivo siano proprio Eurisace, che per la sua tenera età è escluso da qualsiasi capacità operativa e comunicativa, e Teucro, che non compare prima che Aiace sia uscito di scena. Entrambi sono invocati da Aiace poco prima che si apra la porta della tenda, e nel finale uniti assieme riusciranno almeno a garantire il rito funebre per l'eroe.

La lunga scena a porta aperta sancisce così in sequenza il distacco del protagonista dal Coro, da Tecmessa, da Eurisace. Quando la porta della tenda si richiude Aiace non ha più nulla da dire a nessuno, al di là di ordini pratici immediati: e il suo restare ostinatamente nella tenda, chiudendo anche fisicamente i contatti con l'esterno, corrisponde all'incapacità di prescindere dalla sua oggettiva condizione di disonore e dalla conseguente necessità di morire.

Dopo una simile conclusione della scena, l'uscita dell'eroe dalla tenda al v. 646 ha un effetto di sorpresa. Invece di un prevedibile messaggero che annunci la morte dell'eroe, è Aiace che si ripresenta in scena, pronunciando un discorso ambiguo che inganna il Coro e Tecmessa. È evidentemente intervenuto uno scatto psicologico nella percezione che Aiace ha della sua vicenda, e l'eroe stesso sottolinea il suo mutamento. Egli dichiara di volersi avviare alla purificazione e alla riconciliazione con la dea; l'interno della tenda, che fino a pochi versi prima sembrava destinato a essere teatro del suicidio, è abbandonato definitivamente. Aiace ordina a Tecmessa di tornare dentro (v. 685), per pregare gli dèi che compiano il suo volere. Il terribile fraintendimento del Coro e di Tecmessa, che si illudono che Aiace abbia deciso di non uccidersi più, è la diretta conseguenza del fatto che Aiace sviluppa i suoi pensieri disinteressandosi dei presenti, con i quali non gli importa più di comunicare: essi leggono l'uscita di Aiace sulla base della polarità interno/esterno che hanno individuato sinora, e credono che l'abbandono della tenda significhi la reintegrazione di Aiace nella normale vita di relazione.

La gioia traboccante che ne deriva è espressa nel canto dei vv. 693-718 che, come spesso in Sofocle, prepara un improvviso e brutale cambiamento di prospettiva. L'arrivo del Messaggero inviato da Teucro inverte di nuovo la polarità e ripristina l'opposizione spaziale delineata nel prologo, con la tenda che avrebbe potuto essere per l'eroe il luogo della salvezza dall'ira della dea e che invece è stata abbandonata. Torna di nuovo l'insistenza sugli avverbi di luogo. Alla domanda del Messaggero che vuol sapere dov'è Aiace, il Coro risponde οὐκ ἔνδον («non è dentro», v. 735) e aggiunge che l'uscita appena avvenuta è indizio del mutato atteggiamento: «è uscito da poco, avendo aggiogato a nuovi sentimenti nuovi propositi» (vv. 735-736). Di fronte all'esplicitazione dell'ordine di Calcante, per cui Aiace non doveva uscire dalla tenda in quel giorno, i coreuti ancora oppongono la risposta «ma è uscito con l'animo rivolto al più favorevole proposito, per riconciliarsi con gli dèi, senza rancore» (vv. 743-744).

Si evidenzia di nuovo una profonda sfasatura fra Aiace e gli altri nella valutazione della propria condizione esistenziale e della conseguente collocazione spaziale. Aiace con le considerazioni dei vv. 646 ss. ha definitivamente sottratto il suo conflitto alla sfera dei rapporti umani, spostandolo in quella delle leggi che guidano l'intero ordine del mondo. La tenda o comunque una parte dell'accampamento sarebbero per lui uno spazio inadeguato al compimento del suicidio, perché ancora collegherebbero il suo gesto alla contesa con gli Atridi, e cioè ad un contesto troppo restrittivo. Quindi egli abbandona la tenda e va nel luogo che sente idoneo alla sua nuova coscienza di sé e del mondo. La valenza di morte di questa scelta non è leggibile per gli altri, che danno alle parole di Aiace solo il loro valore superficiale e hanno bisogno delle informazioni provenienti da Calcante per comprendere i fatti nella loro vera dimensione.

L'impatto della rivelazione è violento: Tecmessa e il Coro devono prendere atto del loro errore e si precipitano a inseguire fisicamente l'eroe ormai a un passo dalla morte, cercando di rimediare alla «cattiva uscita» che coincide con la sua distruzione (vv. 798-799, 806). Solo dopo aver acquisito una dolorosa conoscenza («Ora comprendo d'esser stata da lui ingannata e respinta dall'affetto antico», vv. 807-808) Tecmessa arriva a intuire la dimensione in cui si muoveva Aiace, ma è ormai troppo tardi e per lei restano solo «sventure e gemiti» (v. 973).

Stante il grande rilievo della dialettica creata da Sofocle fra spazio esterno e spazio interno della tenda, sarebbe prezioso per noi sapere come fosse tecnicamente realizzata l'apertura della porta, e in che misura l'interno della tenda diventasse visibile al Coro e agli spettatori. Purtroppo, gli elementi che possediamo anche in questo caso non permettono di andare al di là di alcune ipotesi, nessuna delle quali può imporsi con certezza. Nel testo si parla soltanto di «aprire» la porta (vv. 344-347: Tecmessa aveva invitato poco sopra il Coro a «entrare», v. 329), un procedimento che poteva essere realizzato in modo piuttosto semplice, rimuovendo un diaframma per poter avere accesso visuale allo spazio retrostante. Non vi sono indizi cogenti che possano fare pensare all'utilizzazione della macchina detta ἐκκύκλημα, una ipotesi che ha trovato più sostenitori di quel che meriti[39].

Non avendo alcuna conoscenza precisa circa le dimensioni e l'esatta collocazione della porta e neppure circa la posizione di Aiace, che poteva trovarsi nei pressi dell'ingresso e risultare quindi agevolmente visibile, non possiamo dare risposta alla domanda più importante, e cioè che cosa realmente vedessero gli spettatori dell'interno della tenda (e in particolare se ciò che essi vedevano coincidesse con quello che

[39] La questione dell'ἐκκύκλημα prende le mosse dall'interpretazione dello scolio al v. 346, che si apre con questa frase: ἐνταῦθα ἐκκύκλημά τι γίνεται. I sostenitori dell'uso della macchina intendono queste parole come «a questo punto c'è l'uso dell'ἐκκύκλημα», ma esse possono anche semplicemente significare «a questo punto si ha in qualche modo una rivelazione (dell'interno)», secondo un significato che per il termine ἐκκύκλημα è attestato nel greco tardo (a favore di questa interpretazione sembra giocare la presenza dell'indefinito τι, meno comprensibile con l'altra). Ma anche ammettendo che l'estensore della nota marginale avesse in mente la macchina, egli poteva far riferimento a un uso teatrale di epoca più tarda, e non si può trarre dalle sue parole la conclusione che la macchina fosse presente nella messa in scena originale. In mancanza di chiare indicazioni nel testo che obblighino a postulare la soluzione ecciclematica è più prudente ricostruire una messa in scena semplice e facilmente realizzabile coi mezzi a disposizione dei tragici nel V secolo: cfr. Pickard-Cambridge, *The Theatre of Dionysus* cit., p. 109-110, Di Benedetto, *Sofocle* cit., pp. 63; Stelluto, *La visualizzazione scenica* cit., pp. 43-44.

vedeva il Coro oppure no). Si possono formulare due ipotesi, che valutano in maniera diversa le numerose descrizioni verbali dell'interno della tenda contenute nella parte della tragedia che precede l'apertura della porta. La prima è che il quadro di Aiace prostrato tra le sue vittime diventasse concretamente visibile, e che le anticipazioni visualizzanti servissero a prepararlo e a intensificarne l'effetto; la seconda è che esse avessero invece la funzione di creare nell'immaginazione del pubblico un quadro visivo della tenda che in realtà non diventava del tutto accessibile alla vista, ma veniva in gran parte descritta dal Coro, posto in posizione più favorevole per poterne scorgere la parte interiore.

Un'altra questione di rilievo è se la scena fosse intesa da Sofocle come un interno *tout court*, col Coro che deve essere considerato dentro la tenda di Aiace, oppure come una scena *in limine*, col Coro, Tecmessa e il protagonista disposti su tre livelli diversi di profondità (appena fuori dalla tenda i coreuti, sulla porta Tecmessa e immediatamente all'interno di essa Aiace), e quale fosse di conseguenza l'utilizzazione della scena e dell'orchestra in corrispondenza dell'una o dell'altra possibilità. Si è voluto far leva sulla replica di Aiace a Tecmessa del v. 369 (οὐκ ἐκτός, lett. «non te ne vai fuori?») per concludere che la scena è intesa come un interno[40], ma si tratta di una base assai fragile. A parte il fatto che l'espressione greca ha spesso il significato più generale di «non te vai via?», «non ti allontani?», l'invito di Aiace a uscire potrebbe corrispondere a un movimento di Tecmessa dalla soglia verso l'interno, bloccato dall'intimazione «non te ne vai fuori?». Inoltre dal testo si ricava che Tecmessa ha una visuale più ampia rispetto ad Aiace, e può vedere l'esterno della tenda verso i lati, perché descrive all'eroe, che non può vederlo, l'arrivo di Eurisace condotto da un servo. Alla fine della scena, poi, non vi è cenno di una uscita dalla tenda del Coro, che

[40] Così ad esempio Pöhlmann, *Bühne und Handlung* cit., p. 29, con uso dell'ἐκκύκλημα.

passa subito a cantare lo stasimo dei vv. 596-645. Tutto questo sembra accordarsi bene con l'idea che il Coro in realtà non entri nella tenda, ma si fermi nei pressi dell'ingresso quando ode le grida di Aiace dall'interno (vv. 333, 336, 339, 342) e che, dopo l'apertura della tenda, conduca la conversazione da questa posizione.

C'è infine una terza fascia di spazio extrascenico che viene evocata nel corso della tragedia, a un livello diverso dalle precedenti: si tratta della patria lontana, di Salamina e Atene, della casa dei vecchi genitori dell'eroe. Questo spazio è richiamato a più riprese e risulta singolarmente coincidente, nella dimensione extradrammatica, con i luoghi in cui si trovano gli spettatori.

Ai vv. 201-204 è Tecmessa che si rivolge ai marinai con il significativo epiteto di «Eretteidi» e li coinvolge nel suo dolore osservando che «abbiamo motivo di piangere noi che amiamo la lontana casa di Telamone». Ancora una volta, si ha una divaricazione profonda tra la valenza che questi luoghi assumono per il Coro e quella che essi hanno per Aiace. Per Aiace l'immagine della patria lontana coincide con la figura del padre che blocca ogni possibilità di ritorno ed esaspera la consapevolezza dell'insuccesso (solo immediatamente prima della morte Salamina e Atene sono evocate in un affettuoso saluto). Nei vv. 430 ss. è ricordato il viaggio di andata e ritorno di Telamone a Troia, che coincise con l'acquisizione della gloria che è stata negata invece ad Aiace: e proprio il non aver ripercorso le orme del padre impedisce al figlio di compiere adesso quello stesso viaggio di ritorno. Per il Coro invece, che si muove su un livello diverso, di sostanziale non comprensione – nonostante l'affetto per lui – delle motivazioni più profonde dell'agire di Aiace, la casa lontana si delinea come luogo di pace e di serenità da vagheggiare in opposizione alle presenti vicende dolorose e più in generale all'orrore della guerra, soprattutto nel bel finale dello stasimo dei vv. 1185-1222 («Oh potessi trovarmi là dove, coperto di selve, il promontorio battuto dai flutti si sporge sul mare, ai piedi dell'estremo lembo del Sunio, per salutare la sacra Atene!»). Analogo valore oppositivo rispetto alle durezze della vita militare viene attribuito a Salamina all'inizio del canto corale dei vv. 596-645: «O illustre Salamina, felice tu dimori percossa dai flutti marini, sempre da tutti ammirata. E io, misero, da gran tempo resto qui, avendo per giaciglio i prati erbosi dell'Ida, senza tregua, dopo mesi innumerevoli, logorato dall'attesa, nella amara speranza di discendere un giorno nel cieco, abominevole Ade».

II. *Elettra o il vuoto della vendetta*

A differenza di quanto avviene nell'*Aiace*, nell'*Antigone* e nell'*Edipo Re* (tragedie che presentano l'irrimediabile dissociazione dei protagonisti dal gruppo sociale cui appartengono a seguito di scelte etiche lucidamente compiute e altrettanto lucidamente tradotte in azione), nei tre drammi che possiamo attribuire all'ultima fase della produzione di Sofocle (*Elettra, Filottete, Edipo a Colono*)[41] la vicenda dei personaggi prende le mosse da una condizione già esistente di emarginazione e di

[41] Il *Filottete* e l'*Edipo a Colono* sono databili con precisione: il primo fu rappresentato nel 409, quando Sofocle era vicino ai novant'anni, il secondo risale agli ultimissimi tempi prima della morte del poeta (avvenuta nel novembre-dicembre del 406) e fu rappresentato postumo nel 401, a cura del nipote Sofocle il giovane. L'*Elettra* presenta numerosi indizi (cospicua presenza di *antilabē* nei trimetri giambici, libertà nel trattamento degli anapesti e dei metri lirici, struttura della parodo preceduta da una monodia, sviluppo della tecnica del dialogo a tre, ecc.) che suggeriscono una datazione tarda, certamente posteriore al 420, ma forse anche più bassa (e non molto lontana dal *Filottete*, rispetto al quale si rilevano numerose analogie). La datazione tarda si impone indipendentemente dalla *vexata quaestio* del rapporto con l'*Elettra* di Euripide, che obbligherebbe, se fosse dimostrabile la priorità euripidea, a porre il *terminus post quem* attorno al 420. Sulla datazione dell'*Elettra* sofoclea si vedano le articolate discussioni di A. Vögler, *Vergleichende Studien zur sophokleischen und euripideischen Elektra*, Heidelberg 1967, pp. 86-100; Perrotta, *Sofocle* cit., pp. 363-404; G. Ronnet, *Réflexions sur la date des deux Électre,* «Revue des Études Grecques» 83, 1970, pp. 309-332; per l'*Elettra* di Euripide cfr. G. Basta Donzelli, *Studio sull'"Elettra" di Euripide*, Catania 1978, pp. 27 ss.

miseria fisica e spirituale che viene – almeno apparentemente – superata con la reintegrazione all'interno di una comunità sociale o (nel caso di Edipo) nell'incontro misterioso dell'uomo con la divinità. Non si tratta però di tragedie che possano essere definite "a lieto fine": esse rivelano una visione della condizione umana non meno dolorosa e sofferta di quella delle opere più antiche, e il tema caratteristicamente sofocleo dell'inconciliabile diversità del protagonista rispetto alla società che lo circonda emerge nitidamente, accompagnato da un intento di svuotamento dei valori etico-politici che ne rivela l'insufficienza ad affrontare la realtà di un vivere che si scontra continuamente con l'esperienza sconvolgente del dolore.

Dei tre drammi, l'*Elettra* è quello in cui il contrasto fra la conclusione apparentemente felice della vicenda e la cupa atmosfera di violenza e di inasprimento spirituale in cui si muovono i personaggi appare più accentuato. Questa è una delle ragioni che hanno indotto negli interpreti moderni perplessità e forti divergenze di giudizio, soprattutto in relazione al problema della valutazione morale data dal poeta al matricidio commesso da Oreste, che appare sensibilmente diversa dalla grandiosa interpretazione che di questo mito aveva offerto Eschilo nell'*Orestea*. Divisi fra chi attribuisce al poeta un pio intento di giustificazione della vendetta di Oreste e chi invece vuol leggere nella tragedia una netta condanna del matricidio[42], molti interpreti hanno fondato il loro giudizio soprattutto sul trattamento del problema etico e hanno ritenuto l'*Elettra* il dramma meno felice di Sofocle, che non sarebbe riuscito a tratteggiare in questa vicenda figure nitide e moralmente ineccepibili come altrove. Nessuno d'altra parte nega alla tragedia l'eccellenza dal punto di vista della tecnica tea-

[42] Esiste anche una terza linea interpretativa, secondo la quale Sofocle avrebbe semplicemente ignorato il problema etico concentrandosi sui risvolti psicologici offertigli dalla vicenda mitica e riagganciandosi al trattamento omerico del mito, che non problematizzava il comportamento di Oreste. Un sintetico quadro delle principali interpretazioni della tragedia è offerto da J.H. Kells, *Sophocles. Electra*, Cambridge 1973, pp. 2-5.

trale, una concessione che ha sapore vagamente consolatorio a fronte dell'imbarazzo creato dalla vicenda sul piano etico[43].

L'*Elettra* comunque ebbe grande successo nell'antichità, e questa circostanza ci deve indurre a tenere nel debito conto il grande impatto emotivo che il suo efficace meccanismo teatrale doveva produrre in spettatori certamente meno concentrati sul problema etico di quanto non lo sia il lettore moderno. Dal punto di vista delle emozioni, del resto, l'*Elettra*, con lo spazio che concede al *pathos* della protagonista, col suo intrecciarsi di realtà e finzione (magistralmente mediato dall'uso degli oggetti scenici, come l'urna tenuta fra le mani da Elettra disperata), col suo continuo coinvolgimento delle conoscenze dello spettatore (che è al corrente dell'intrigo e sa quindi di più degli attori stessi), non appare davvero seconda a nessun altro dramma. La valutazione di questo aspetto, e più in generale dell'atmosfera entro la quale Sofocle colloca il compimento della vendetta che giunge al culmine di una terribile discesa di Elettra nell'abisso del dolore, è importante per l'interpretazione del dramma almeno quanto la valutazione dei risvolti etici del matricidio compiuto da Oreste.

[43] È esemplare in questo senso il giudizio di un commentatore acuto ed equilibrato come Kamerbeek, secondo il quale l'*Elettra* «ut summae artis dramaticae specimen haud dubie nobis praebet, ita non ad intimam tragoediam humanae condicionis pertinet, ut variis modis pertinent *Oedipus Tyrannus* et *Antigone*; non enim, ut mihi quidem videtur, poëtae contigit ut suam interpretationem matricidii omni ex parte aptam ad persuadendum efficeret» (*The Electra*, Leiden 1974, p. VII). Ancor più severo appare il giudizio di P. Mazon, che dopo aver osservato che nell'*Elettra* si afferma al massimo grado la maestria dell'uomo di teatro soggiunge: «e malgrado tutto, non lo si può negare, l'*Elettra* è senza dubbio, tra le opere conservate di Sofocle, quella che in fondo ci tocca di meno» (*Sophocle*, texte établi par Dain et traduit par P. Mazon, Paris 1972[4], vol. II, p. 133). Eppure l'*Elettra* fu ritenuta dagli antichi uno dei capolavori del poeta (cfr. l'epigramma conservato in *Anth. Pal.* VII 37, vv. 9-10: «che tu voglia dire Antigone, oppure Elettra, non sbaglierai: entrambi sono capolavori») e questo dovrebbe far riflettere; non ha torto forse un interprete recente quando osserva che la nostra idea del dramma di Sofocle è troppo condizionata dalla tendenza a ritenere sofoclee per eccellenza le tragedie del ciclo tebano, con la conseguenza che se ne ricercano i tratti caratteristici anche negli altri quattro drammi (cfr. S.L. Schein, *Electra. A Sophoclean Problem Play*, «Antike und Abendland» 28, 1982, p. 69).

La sanguinosa vendetta del figlio nei confronti della madre era un dato portante del mito, e dopo che la saga di Oreste era stata trattata con tanta profondità da Eschilo certamente Sofocle non poteva pensare di alterare lo svolgimento della vicenda su un punto così rilevante. Ma neppure egli voleva ricalcare i passi del suo predecessore, e le sue scelte, già a partire dal titolo del dramma (*Elettra* e non *Oreste*), lasciano trasparire la volontà di affrontare il contenuto del racconto mitico da una prospettiva completamente diversa.

Nelle *Coefore* Oreste, ricevuto da Apollo l'ordine di compiere la vendetta, è lacerato fra l'impossibilità di disobbedire al comando divino e la ripugnanza che prova a far violenza alla propria madre: il problema è essenzialmente religioso, e l'esitazione di Oreste di fronte a Clitemestra, quando ella scopre il seno materno (cfr. *Choeph.* 899: «Pilade, che devo fare? Devo aver ritegno a uccidere mia madre?») è superata grazie all'intervento esterno di Pilade, che richiama l'amico al supremo volere del dio delfico. Il comando del dio prevale, e il nucleo del dramma va individuato nell'intrinseca contraddittorietà dell'atto, giusto in quanto prescritto dalla divinità, eppure destinato a gettare Oreste in preda alle Erinni suscitate dal sangue materno irrimediabilmente versato.

In Sofocle la tensione tra questi due poli e il conseguente contrasto interiore di Oreste scompaiono. Il giovane non ha momenti di esitazione nel compiere la vendetta, né, per quello che possiamo vedere, si manifestano dubbi di questo genere in Elettra, in Crisotemi o nel Coro, nonostante il matricidio sia prospettato abbastanza esplicitamente in più punti della tragedia. Drasticamente ridimensionato appare anche il ruolo delle Erinni, che nell'*Elettra* sono evocate sempre in relazione alla vendetta per la morte di Agamennone, e mai alla morte di Clitemestra[44]. In tutto il dramma Oreste fa riferimento ad

[44] Che Sofocle presupponesse negli spettatori la capacità di integrare, sulla base della loro conoscenza del mito e del precedente eschileo, i dati omessi nella vicenda (e in particolare la persecuzione di Oreste da parte delle Erinni dopo la fine della tragedia) è un'ipotesi interpretativa che contraddice

Apollo solo per confermare che ha agito eseguendo un ordine divino, con determinazione ed efficienza; e dopo il matricidio, a differenza di quanto accade nell'*Elettra* euripidea, egli è ancora lucido e in grado di proseguire la vendetta nei confronti di Egisto senza alcun segno di cedimento[45].

La scelta di mettere in secondo piano l'aspetto religioso del matricidio rientra nel quadro più ampio dello spostamento di Elettra al centro della tragedia, realizzato attraverso una radicale revisione del personaggio di Oreste, il cui ruolo regredisce notevolmente rispetto a Eschilo e perde la sua carica di tragicità eschilea, in modo da lasciare spazio al pianto e alla volontà di vendetta della sorella. Il desiderio di vendetta maturato per anni nell'animo di Elettra e le conseguenze che esso genera nella sua vita fisica e affettiva sono dunque l'argomento del dramma, ancor più che il matricidio, che sarà compiuto, nei binari del racconto mitico, da Oreste.

Elettra non si presenta come un doppione al femminile del

le scelte operate dal poeta. L'inversione dell'ordine delle morti di Clitemestra e di Egisto rispetto a Eschilo e a Euripide, quale che ne sia la motivazione (cfr. sotto n. 62), ha comunque l'effetto di lasciare fuori dal dramma questa prospettiva. E cercare di leggere nei soli vv. 1424-1425 («nella casa tutto va bene, se bene Apollo ha vaticinato») l'espressione di un dubbio di Oreste circa la legittimità dell'ordine del dio – dubbio che aprirebbe la strada all'irrompere delle Erinni nel suo futuro – costituisce una forzatura del testo, non tanto per motivi linguistici (sul valore di εἰ come equivalente di una causale cfr. H. Erbse, *Zur "Elektra" des Sophokles,* «Hermes» 106, 1978, pp. 287-288), quanto perché è difficile pensare che il poeta attribuisse a un solo verso, pronunciato quasi alla fine della tragedia in un momento di azione scenica concitata (dove mancano per altro spunti di riflessione sull'atto commesso), la funzione di condizionare la valutazione etica di tutto quello che è avvenuto sino a quel punto. Su questo problema giuste osservazioni si leggono in T.C.W. Stinton, *The Scope and Limits of Allusion in Greek Tragedy,* in *Collected Papers on Greek Tragedy,* Oxford 1990, pp. 466-479; cfr. anche Di Benedetto, *Sofocle* cit., pp. 164-168.

[45] Nell'*Elettra* di Euripide, invece, la tensione interiore di Oreste esplode con violenza, anche se in una prospettiva totalmente diversa da quella eschilea. Il matricidio è infatti presentato da Euripide come delitto ripugnante ordinato da una divinità «non saggia» e Oreste, appena commesso l'atto, prende coscienza del crimine di cui si è fatto strumento e va incontro a una profonda crisi psicologica nella quale è coinvolta anche Elettra, che lo ha spinto a mettere da parte gli scrupoli morali nei confronti della madre.

fratello. Sofocle non ha spostato su di lei il problema religioso, anzi ha fatto sì che ella non venga a sapere nulla dell'oracolo di Apollo, neanche quando Oreste si è ormai rivelato: le motivazioni del suo agire restano completamente sul piano umano[46]. Ciò che genera l'impulso al matricidio è l'erosione progressiva, maturata nel tempo e giunta al suo culmine nelle vicende di questa terribile giornata, del legame filiale che univa Elettra alla madre, trasformatosi in un odio profondo e inasprito dal rinnovarsi quotidiano della violenza e dello scherno da parte di Clitemestra e del suo spudorato amante Egisto.

Questo doloroso processo Elettra l'ha vissuto per anni da sola, senza il conforto di un affetto vero, di una persona cara che potesse comprendere le sue ragioni e sentirsi in piena sintonia con il suo pianto disperato, un pianto che appare agli estranei (e alla stessa sorella Crisotemi) una manifestazione eccessiva, per quanto mossa da nobili motivazioni. La scelta di essere fedele alla memoria del padre le è costata una vita di sofferenza e di isolamento: e la sua immagine bifronte, che accoppia l'inflessibile capacità di resistenza alla coscienza della propria fragilità e alla disperazione di fronte alla miseria della propria esistenza, la accomuna alle altre grandi figure del teatro sofocleo, delle quali la figlia di Agamennone riassume in sé l'eccezionalità della tempra morale e la capacità di sopravvivere dignitosamente anche in condizioni di terribile abbandono fisico e psicologico. I sentimenti di Elettra oscillano tra i due poli dell'odio per la madre e del desiderio di riavere accanto a sé il fratello: rapporto concreto e quotidiano di violenta

[46] Non si può escludere in via assoluta l'ipotesi che la lacuna di un verso (un trimetro giambico), rivelata dalla metrica al v. 1264, potesse contenere un'allusione di Oreste ad Apollo, ma le parole mancanti sono molto poche, e nel verso precedente Oreste si limita alla generica affermazione «mi hai visto quando gli dèi mi hanno spinto a tornare». Le battute successive di Elettra, del resto, non contengono indizi circa una simile rivelazione. Buone osservazioni sulla centralità del rapporto fra Elettra e Clitemestra e sulla desacralizzazione del problema rispetto a Eschilo si leggono in M. de Oliveira-Pulquério, *Problemática da tragédia sofocliana*, Coimbra 1968, pp. 93-111.

contrapposizione il primo, disperata ricerca di affetto e di comunicazione il secondo (ma la ricerca è frustrata dall'assenza di Oreste prima e poi dalla terribile convinzione che anch'egli, come Agamennone, sia ormai solo un nulla nell'Ade)[47]. La dialettica tra questi due sentimenti si traduce sulla scena in un oscillare di Elettra tra momenti di feroce aggressività nel confronto consapevole con la madre e accenti di grande tenerezza nel dialogo, a lungo non consapevole, col fratello.

Per quanto riguarda Clitemestra, è chiara la volontà del poeta di presentarla come una madre snaturata e violenta, che impone alla figlia la sua quotidiana, insostenibile ὕβρις. A differenza della Clitemestra euripidea, una donna interiormente stanca e cosciente di aver commesso un atto tremendo, la Clitemestra di Sofocle è una creatura malvagia, il cui ritratto è affidato dal poeta soprattutto alle parole della figlia, della quale lo spettatore è sollecitato a condividere il punto di vista. Ella non soltanto ha ucciso brutalmente il marito, ma soprattutto ha pervertito i rapporti familiari all'interno della casa degli Atridi, vivendo senza alcun ritegno insieme all'amante («quali giorni immagini che io trascorra... quando vedo l'oltraggio estremo: l'omicida nel letto di mio padre, con al fianco la madre sciagurata, se madre devo chiamare la donna che giace con lui?» domanda Elettra al Coro nei vv. 266-274) e imponendo ai figli una condizione di assoluta dipendenza dagli assassini del loro padre («sono costretta a vivere nella mia casa con gli assassini del padre: da questi ricevo ordini, da loro dipende che io ottenga una cosa o ne resti priva»,

[47] Si tratta di temi tra i più vitali della produzione teatrale sofoclea: un rapporto di contrapposizione violenta ai propri nemici si coniuga con la dolorosa ricerca di affetti sinceri in personaggi come Filottete (che odia Odisseo e gli Atridi, ma si apre ad un nuovo, leale rapporto con Neottolemo) e Edipo nell'*Edipo a Colono* (ferocemente ostile a Creonte e al proprio figlio Polinice, ma capace di grandissima tenerezza nei confronti delle figlie e di leale amicizia per Teseo). La dialettica tra presenza e assenza di un possibile interlocutore era del resto già sfruttata nell'*Aiace*, dove Teucro, che avrebbe costituito un interlocutore potenzialmente sintonizzato con Aiace, viene tenuto lontano e fatto intervenire solo quando ormai tutto è compiuto.

vv. 262-265), fino al punto di farsi beffe anche delle pratiche religiose, con l'istituzione di riti mensili che celebrano la ricorrenza della morte di Agamennone (vv. 277-281): un'irrisione insopportabile per Elettra.

Clitemestra con la sua vita accanto ad Egisto è passata dunque dalla categoria dei φίλοι (cui per natura apparterrebbe) a quella degli ἐχθροί, e dei «nemici» ha assunto tutte le caratteristiche, non ultima la volontà di schernire chi deve subire la sua prevaricazione, quel γελᾶν che tanto angustiava Aiace e che più volte compare anche nell'*Elettra* (cfr. v. 277: ἐγγελῶσα τοῖς ποιουμένοις, «irridendo al delitto commesso», lo stesso verbo che Elettra userà al v. 807 commentando l'uscita di scena della madre, che se ne va con una battuta sarcastica verso lei e il fratello; e cfr. anche i vv. 1153 e 1295)[48]. Che una madre possa così violentemente insultare e irridere una figlia è circostanza che può apparire brutale agli occhi di un lettore moderno, cui essa appare in stridente contrasto con la morale cristiana; ma la situazione della tragedia sofoclea va valutata sul metro del principio etico del «far bene agli amici e far male ai nemici» che per i Greci del V secolo costituiva la norma (e che appare applicato in pieno nell'*Elettra*, un dramma in cui l'abisso dell'odio è descritto senza infingimenti)[49]. Clitemestra è una donna sfrontata, capace di tutto («Ed ella, ella è tanto sfrontata che vive con quell'essere impuro, senza temere alcuna Erinni», vv. 275-276; «se non fosse per natura la più sfrontata delle donne, non avrebbe mai

[48] Al v. 1300 il verbo γελᾶν è utilizzato da Oreste e Elettra per se stessi in previsione del successo del loro piano: «dopo che avremo raggiunto con successo il nostro scopo, allora ci sarà concesso di gioire e ridere liberamente».

[49] La sovrapposizione dell'ottica cristiana su una vicenda i cui presupposti morali sono radicalmente diversi ha spesso causato ostacoli all'interpretazione della tragedia. Corrette considerazioni in proposito si leggono in T.A. Szlezák, *Sophokles' Elektra und das Problem des ironischen Dramas*, «Museum Helveticum» 38, 1981, pp. 20-21; sull'applicazione del principio etico del «far bene agli amici e far male ai nemici» nel teatro di Sofocle si veda M.W. Blundell, *Helping Friends and Harming Enemies. A Study in Sophocles and Greek Ethics*, Cambridge 1989 (in particolare, per l'*Elettra*, le pp. 149-157).

incoronato con libagioni oltraggiose il sepolcro dell'uomo che uccise», vv. 439-441; e cfr. anche v. 273).

A dividere Elettra dalla madre c'è dunque molto di più del semplice desiderio di vendicare la morte di Agamennone. Il rapporto fra le due donne si è avvelenato nel tempo proprio per l'atteggiamento della regina, che ha rinnegato i suoi affetti di madre sia nei confronti di Oreste, salvato a stento dalla sua furia omicida, sia soprattutto nei confronti di Elettra, che ha reagito con l'unica arma consentitale dalla sua posizione di inferiorità sul piano dei rapporti di forza e dalla sua condizione di donna: il pianto, un pianto inquietante e insopportabile per Clitemestra, nella quale esso genera un incessante stato di paura.

Elettra ha enormemente dilatato nel tempo il lamento funebre per il padre, dando carattere di continuità a una pratica rituale che sarebbe dovuta durare solo il tempo necessario per permettere ai vivi di distaccarsi del tutto dal defunto, e di rientrare nella normalità quotidiana. Il suo γόος («lamento») invece non si è mai interrotto e non ha consentito che il re assassinato scomparisse definitivamente dalla vita della famiglia (ai vv. 239-250 Elettra ricorda al Coro che non cesserà il lamento, perché questo significherebbe che il morto sarebbe ormai soltanto «terra e null'altro», e gli assassini resterebbero impuniti)[50], mantenendo così viva la possibilità della vendetta che angoscia Clitemestra (ai vv. 784-786 la madre dice della figlia: «lei, che era un flagello ancora maggiore, poiché viveva nella mia casa e mi succhiava senza tregua il sangue puro dall'anima»).

Il lamento di Elettra assume anche, in via subordinata, una funzione di denuncia nei confronti della collettività, testimoniata dal desiderio della giovane di levare la sua voce, appe-

[50] Il carattere rituale di lamento funebre del pianto di Elettra per Agamennone è più volte sottolineato nel corso della tragedia: esso è chiamato ϑρῆνος ai vv. 88, 104, 232, 255, γόος ai vv. 81, 104, 243, 291, 353, 375, 379 (ai vv. 869-870 inoltre Elettra lamenta il fatto che Oreste non ha potuto avere da lei i dovuti onori funebri e il pianto rituale). Un'interessante analisi di questo aspetto della tragedia è offerta da R. Seaford, *The Destruction of Limits in Sophocles' Electra*, «Classical Quarterly» 35, 1985, pp. 315-323.

na le è possibile, «davanti alla porta», portando fuori dall'atmosfera cupa della casa una voce di dissenso. La stessa Clitemestra, al momento di pronunciare la sua preghiera ad Apollo, si preoccupa perché la figlia «con il suo rancore e la sua lingua sfrenata, potrebbe seminare per tutta la città voci insensate» (vv. 641-642, e cfr. anche i vv. 516-518). Questo dato assume una particolare rilevanza scenica in considerazione del fatto che tutta la tragedia si svolge davanti all'ingresso della casa, con una serrata sequenza di entrate e uscite che evidenziano il rapporto di opposizione fra la sfera dell'interno, caratterizzata dalla violenza e dalla maledizione della stirpe, e quella dell'esterno, da cui si aspetta che arrivino i liberatori a compiere la vendetta. Il ruolo di tramite tra questi due mondi è svolto proprio da Elettra, che resta per tutta la tragedia nei pressi della porta e che al momento dell'assassinio condurrà un tremendo dialogo a distanza con i personaggi che si trovano all'interno della casa maledetta. Una valenza di forte denuncia, di smascheramento dell'orrenda ipocrisia della madre hanno anche le numerose occasioni in cui la giovane non esita a usare un linguaggio truce e a ricordare i particolari più violenti o scabrosi della vicenda di suo padre: ad esempio quando descrive in modo quanto mai diretto la morte del re (vv. 98-99), la brutale pratica del μασχαλισμός («mutilazione»: cfr. n. 39 al testo) cui era stato sottoposto il cadavere di Agamennone (vv. 444-446), l'infame rapporto della madre con Egisto (vv. 272-273, 587-589).

Da questa situazione è derivato nel tempo un rapporto di esasperata, reciproca aggressività, nell'ambito del quale la madre cerca di sopraffare la figlia riducendola al silenzio (Elettra ne ricorda i «latrati» ogni volta che qualcuno accenna al ritorno di Oreste, vv. 293-299), mentre la figlia sfoga la propria esasperazione in violenti attacchi verbali che spesso superano i limiti della moderazione. Sofocle ne offre allo spettatore un esempio concreto, portando sulla scena, nella forma di un vero e proprio agone retorico, una delle molte liti che si devono immaginare quotidianamente ripetute nel corso dei lunghi anni trascorsi (già nelle prime parole pronunciate da Clitemestra si coglie la ripetitività della situazione: «Libera, a quanto pare, ti aggiri ancora. Non c'è qui Egisto, che ti impediva, ogni volta, di venire sulla porta a diffamare i tuoi congiunti», vv. 516-518; e cfr. anche i vv. 523-524: «ma non è prepotenza la mia: se ti rivolgo parole dure, è perché ne sento in continuazione di simili da parte tua»).

L'agone, costruito con la tecnica tipicamente giudiziaria della contrapposizione di argomento ad argomento (una forma di dibattito che doveva risultare gradita al pubblico, anche se appare piuttosto schematica alla sensibilità del lettore moderno)[51], sancisce la sostanziale insufficienza della concezione puramente retributiva della giustizia, invocata da Clitemestra per dimostrare che l'uccisione di Agamennone era stata il giusto contraccambio per il sacrificio di Ifigenia e che il re era venuto meno ai suoi doveri di padre privilegiando le richieste di Menelao a scapito della propria famiglia.

La risposta di Elettra demolisce questa interpretazione con argomentazioni stringenti. L'uccisione di suo padre, giusta o ingiusta che fosse[52], fu un atto infame e il richiamo a Δίκη

[51] Non di rado su questo agone sono stati espressi giudizi severamente negativi (si veda ad esempio Perrotta, *Sofocle* cit., p. 341, che lo giudica «la scena meno felice della tragedia»). Recentemente però Heath ha fatto opportune precisazioni sulla percezione che di questo tipo di dibattiti doveva avere l'uditorio ateniese, le cui attese nei confronti del dramma erano diverse da quelle del lettore moderno (concentrato soprattutto sulla coerenza e sulla naturalezza della psicologia dei personaggi) e che apprezzava la contrapposizione retorica delle posizioni (*The Poetics* cit., pp. 130-137). Le argomentazioni contenute nell'agone dell'*Elettra* di Sofocle sono in evidente rapporto con l'agone che compare nell'omonimo dramma di Euripide: sinora però i tentativi di stabilire quale dei due poeti ha attinto dall'altro non sono approdati a risultati affidabili. Per un'analisi dettagliata delle affinità e delle differenze fra i due agoni cfr. Perrotta, *op. cit.*, pp. 377-381 (favorevole alla priorità euripidea); Vögler, *Vergleichende Studien* cit., pp. 179-186 (dell'opinione opposta).

[52] Gli interpreti che delineano un quadro sostanzialmente negativo della personalità di Elettra trovano strano che ella ammetta – anche solo in via ipotetica – che la morte di Agamennone possa essere stata giusta. Ma si tratta solo di uno schema retorico che formula prima un principio generale (l'assassinio, giusto o ingiusto che fosse, fu atto infame) e poi lo chiarisce subito

non regge, dal momento che il vero movente dell'atto fu la persuasione esercitata su Clitemestra da Egisto. Il comportamento di Agamennone era stato imposto da Artemide, che voleva vendetta per un atto orgoglioso del re, ed egli fu costretto a cedere contro la propria volontà. Elettra poi mette in discussione ancora più a fondo il criterio retributivo, ricordando alla madre che, se esso dovesse essere applicato coerentemente, ne discenderebbe immediatamente la necessità della sua morte[53].

L'aspetto più rilevante dell'agone, tuttavia, è il fatto che, esaurita la contrapposizione dialettica di argomento ad argomento, la *rhēsis* di Elettra smaschera le vere motivazioni della madre e si porta sul terreno che presuppone l'attrito più forte. Significativamente in questa parte dell'agone si passa al presente («Spiegami, se credi, per quale motivo ti trovi ora a compiere le azioni più vergognose, tu che giaci insieme all'assassino con il quale hai massacrato mio padre, e gli dai anche dei figli, mentre quelli di prima, legittimi e nati da nozze consacrate, li hai allontanati da te», vv. 585-590) e, abban-

specificando che comunque *non* si è trattato di un'azione giusta (cfr. le corrette osservazioni di B. Alexanderson, *On Sophocles' Electra*, «Classica et Mediaevalia» 27, 1966, p. 87).

[53] Su questa affermazione, più ancora che sul v. 560, fa leva lo studio di H. Friis Johansen che ha proposto un'interpretazione negativa del personaggio di Elettra (*Die Elektra des Sophokles. Versuch einer neuen Deutung*, «Classica et Mediaevalia» 25, 1964, pp. 8-32) della quale discuto più avanti. Traendo la logica conseguenza di queste parole, il matricidio risulterà del tutto equivalente all'azione di Clitemestra e a sua volta dovrà essere punito con la stessa pena. Elettra dunque si condannerebbe da sola (cfr. Friis Johansen, *op. cit.*, p. 19; sulla sua scia si pone Kells, *Electra* cit., p. 128). Ma assegnare alle parole di Elettra questo significato è possibile soltanto se si ignora il contesto retorico in cui esse sono inserite. Si tratta di una tipica ritorsione dell'argomento dell'avversario, che porta Elettra a far notare alla madre come il principio da lei invocato della giustizia retributiva (Agamennone per Ifigenia) comporterebbe anche la sua morte (Clitemestra per Agamennone), ed è quindi inutilizzabile come argomento; non c'è volontà di alludere a ulteriori implicazioni, che certamente sono ricavabili da un punto di vista puramente logico, ma che difficilmente saranno state ricercate dallo spettatore, interessato soprattutto alla battaglia retorica fra le due posizioni (cfr. Alexanderson, *On Sophocles'Electra* cit., p. 87, e Heath, *The Poetics* cit., p. 135).

donato lo schema degli argomenti contrapposti, Elettra rinfaccia aspramente a Clitemestra il suo amore infame per Egisto, il disamore per i figli legittimi a favore degli altri e l'aggressività che ella dimostra ogni volta che le figlie cercano di consigliarla. Viene qui focalizzata in tutta chiarezza la responsabilità di Clitemestra in relazione alla miseria esistenziale della figlia (concretizzata anche visualmente sulla scena, nel contrasto fra le vesti regali dell'una e il misero aspetto, quasi di serva, dell'altra) e quindi alla durezza della sua reazione; e l'accusa è aggravata dalla menzione anche di Oreste, che per colpa della madre vive esule e povero («e l'altro, l'esule infelice, sfuggito a stento dalle tue mani, consuma tristemente la sua esistenza», vv. 601-602).

Elettra considera sua madre soltanto una padrona: Clitemestra non ha argomenti per ribattere. Questa parte della risposta di Elettra assume il carattere di uno sfogo esasperato, evidenziato dalla durezza del linguaggio e dalla maggior vivacità espressiva rispetto alla parte precedente[54]. Clitemestra cerca di far leva sul senso di disagio, sulla vergogna (αἰσχύνη) che la figlia dovrebbe provare per il modo in cui si comporta, ma la violenta risposta di Elettra la lascia senza parole: ella non ha paura di essere chiamata impudente e svergognata, e ritorce contro la madre anche quest'accusa («se sono per natura esperta di tali arti, forse non reco disonore al tuo sangue», vv. 608-609), affermando di essere consapevole di comportarsi in modo non confacente alla sua età e alla sua condizione, ma di esservi costretta dall'odio e dalle infami azioni della madre («da opere turpi si apprendono opere turpi», v. 621)[55].

L'ampio spazio dedicato al confronto diretto dei due perso-

[54] Il carattere esasperato della *rhēsis* è evidenziato da Di Benedetto, *Sofocle* cit., pp. 184-185. In relazione a questo aspetto eccessivo del discorso di Elettra sarà probabilmente da intendere il tanto discusso commento del Coro dei vv. 610-611, per il quale cfr. la nota 57 al testo.

[55] Il tema della costrizione, della violenza sia fisica sia psicologica che obbliga Elettra a non seguire la moderazione e la *pietas,* risuona più volte nel dramma: cfr. ad esempio vv. 221, 256, 271, 308-309, 1192.

naggi sulla scena risponde all'esigenza di chiarire a fondo le loro motivazioni e il rapporto che li lega prima che il verificarsi di un fatto nuovo (l'arrivo del Pedagogo) inneschi il processo che porta al compimento della vendetta. Al termine dell'agone ragioni e comportamenti delle due donne appaiono agli occhi dello spettatore in rapporto di ineludibile opposizione: libere e mosse da abietti motivi sono state le scelte della madre, obbligate invece e dolorose quelle di Elettra, il cui turbamento intimo discende proprio dalla volontà di restare fedele a quei principi morali inattaccabili che mancano del tutto a Clitemestra. In questo senso mi sembra significativo l'uso del raro aggettivo δύσθυμος[56], che il Coro nella parodo aveva attribuito all'animo di Elettra, esacerbato e incapace di liberarsi dal ricordo del delitto («molti mali hai procurato a te stessa, con il tuo animo inasprito [σᾷ δυσθύμῳ ψυχᾷ] creando sempre nuovi conflitti», vv. 217-219), e che ritorna, sfrontatamente negato, sulla bocca di Clitemestra, quando ella afferma di non provare rimorso per il delitto (ἐγὼ μὲν οὖν οὐκ εἰμὶ τοῖς πεπραγμένοις δύσθυμος, «io non ho turbamenti per ciò che ho fatto», vv. 549-550).

Anche se Elettra più volte valica il limite della σωφροσύνη e si abbandona a comportamenti eccessivi, il poeta le offre solide motivazioni e cerca di suscitare nei suoi confronti sentimenti ben diversi che nei confronti di Clitemestra, per la quale è impossibile non provare disprezzo e avversione. Tale impressione risulta confermata dalla mostruosa preghiera dei vv. 637-659, nella quale la regina chiede ad Apollo di allontanare da lei i cattivi presagi del sogno, ritorcendoli contro i suoi nemici, e conclude con una appena velata, agghiacciante allusione alla morte di Oreste (vv. 655-659).

Preparato dalle scene che hanno riempito la prima parte

[56] Esso non ricorre mai in poesia al di fuori dei due passi dell'*Elettra*. In tragedia qualche volta si incontra il sostantivo δυσθυμία (Soph., fr. 663, 1; Eur. *Med.* 691, fr. 822, 3 N.^{2}; in Eur. *Suppl.* 696 il termine ha il senso di «scoraggiamento»). Euripide usa anche una volta la forma verbale δυσθυμουμένῃ, riferita a Medea (*Med.* 91).

del dramma, e in particolare dal violento contrasto cui ha appena assistito, lo spettatore viene adesso messo di fronte alle reazioni di Elettra e Clitemestra alla notizia, portata dal Pedagogo, che Oreste è miseramente perito nella gara di Delfi. Si tratta di un bell'esempio della tecnica del contrasto emozionale, che Sofocle applica in larga misura nell'*Elettra*. All'agone in cui la figlia riusciva a prevalere sulla madre segue immediatamente una scena in cui è invece Clitemestra (apparentemente, come lo spettatore sa bene) a trionfare su di lei. Che Sofocle volesse mantenere vive le emozioni suscitate dalla scena precedente, e che ad esse volesse agganciare l'interpretazione dei fatti che seguono l'agone è chiaramente indicato dalla rinuncia a separare con un intermezzo corale la scena dell'agone dall'arrivo del Pedagogo. E far annunciare brutalmente: «Oreste è morto» appena dodici versi dopo la terribile preghiera della regina è una scelta di grandissimo effetto: Apollo sembra aver esaudito in pieno Clitemestra e per Elettra si profila un ulteriore passo nel baratro del dolore.

La giovane reagisce con immediatezza e semplicità alla notizia, con un moto di disperazione espressa nella consapevolezza di «non essere più nulla» senza il fratello (vv. 674 e 677). Clitemestra invece chiede altri dettagli al sedicente messo di Fanoteo, perché intravede la salvezza e vuol essere certa di tutto. Al termine della lunga *rhēsis* del Pedagogo, che strazia l'animo di Elettra con i toccanti particolari sulla morte di Oreste, anche Clitemestra mostra un momento di sincero turbamento, colto dal poeta con grande finezza psicologica: ella d'improvviso avverte con tragica immediatezza quanto sia orribile il fatto che la sua salvezza sia inestricabilmente legata alla morte del figlio, per il quale una madre, nonostante tutto, non può cancellare l'affetto. L'incomprimibile, momentaneo affiorare del sentimento materno, lungi dall'essere una manifestazione di feroce ipocrisia[57], rende ancor

[57] Scrive in proposito Perrotta: «Per un istante solo, essa pronunzia parole umane e accorate, le uniche ch'essa dica in tutta la tragedia... Come questo

più terribile la lucida determinazione con cui la donna sceglie di proseguire per la sua strada: il dolore viene subito soffocato dalla gioia per la liberazione dalla paura. Clitemestra rinnova, sotto gli occhi degli spettatori, la sua scelta delittuosa e uccide definitivamente in sé la madre: di lei rimane, agli occhi di Elettra (e del pubblico), solo e soltanto l'odiosa padrona che trionfa sulla sua nemica credendo di aver finalmente annullato la carica dirompente delle parole e dei lamenti di lei («in questo giorno mi sono liberata dalla paura del figlio e di lei, che era un flagello ancora maggiore, poiché viveva nella mia casa e mi succhiava senza tregua il sangue puro dall'anima», vv. 783-786). L'uscita di scena di Clitemestra avviene così su una nota di scherno brutale («Tu e Oreste dunque non porrete fine a tutto questo?»[58], v. 795; «Entra, e lascia che costei resti qui fuori a lamentare le sventure proprie e quelle dei suoi cari», vv. 802-803), sottolineata dal commento rivolto da Elettra al Coro: «se n'è andata con un sorriso di scherno» (ἐγγελῶσα, v. 807).

Il senso delle ultime battute di Clitemestra è inequivocabile: ella compie l'estrema ὕβρις nei confronti del figlio (come Elettra rileva nei vv. 789-790 e 794) e dimostra di meritare pienamente la punizione che Oreste le infliggerà[59]. Clitemestra non tornerà più in scena, e non avrà più spazio per giustificarsi o cercare di salvare il salvabile. Di lei si udranno soltanto, dall'interno del palazzo, le grida disperate al momento dell'assassinio (un evidente richiamo alle grida

incontenibile grido materno sia stato scambiato da molti interpreti per la più odiosa e ignobile ipocrisia, io non so spiegarmi; certo, chi commette questo errore imperdonabile, non ha animo per intendere la poesia» (*Sofocle* cit., p. 349; cfr. anche Reinhardt, *Sofocle* cit., p. 280).

[58] Dain stampa questo verso come un'affermazione («Dunque, né tu né Oreste potrete distruggere tutto questo»), ma esso è più efficace e sarcastico se inteso come domanda, come vogliono R.C. Jebb (*Sophocles. The Plays and Fragments.* Part VI, *The Electra*, Cambridge 1896 [repr. Amsterdam 1962], n. *ad loc.*) e Kamerbeek, *Electra* cit., p. 112.

[59] Le considerazioni svolte sin qui non lasciano spazio, mi sembra, a una lettura del dramma come quella avanzata nel commento di Kells (*Electra* cit., pp. 1-12), che individua nel breve turbamento di Clitemestra alla notizia

di Agamennone in Eschilo, *Agam.* 1343-1345, di cui costituiscono il tremendo contraccambio), quando rivolge a Oreste l'inutile appello ad aver pietà di sua madre. Ma sarà Elettra, non Oreste, a risponderle, in un impressionante dialogo a distanza, dall'esterno della casa: pietà ella non ha avuto dei suoi figli, e pietà non le sarà concessa adesso. L'invito a colpire una seconda volta sancisce il pieno compimento della vendetta[60].

Quanto si è venuti dicendo sin qui circa la netta contrapposizione tra i personaggi di Elettra e Clitemestra potrebbe

della morte del figlio il vero e proprio nucleo della tragedia: la regina non sarebbe cioè un personaggio del tutto negativo, anzi sarebbe descritta da Sofocle in modo da suscitare pietà negli spettatori. Sulla base di questa ipotesi, unita all'interpretazione ambigua dell'oracolo di Apollo avanzata da J.T. Sheppard (cfr. *Electra. A Defence of Sophocles,* «Classical Review» 41, 1927, pp. 2-9; *Electra Again*, *ibid*., pp. 163-165; sotto, n. 70), Kells sviluppa un'interpretazione ironica dell'*Elettra* come dramma che, pur mantenendo inalterato l'aspetto esteriore della vicenda, punterebbe a smascherare la violenza e la brutalità del matricidio attraverso la presentazione non negativa di Clitemestra. Ma se Sofocle avesse voluto indirizzare in tal senso le emozioni degli spettatori, avrebbe fatto uscire di scena la regina con quelle feroci battute nei confronti della figlia? E se l'idea motrice del dramma fosse stata per il poeta quella di cogliere in Clitemestra il permanere dell'affetto materno – come accadrà ad esempio nel rifacimento moderno di Voltaire –, sarebbe credibile che tutto ciò fosse affidato a quei cinque soli versi, per altro seguiti immediatamente da dure considerazioni sull'estraneità di Oreste (vv. 776-779) e sulla paura che i figli hanno indotto nella madre per tanto tempo? Kells se la prende con chi valuta ciò che è importante in un dramma solo sulla base del numero dei versi: ma costruire l'interpretazione di un personaggio ignorando una serie notevolmente più cospicua di indizi in contrario è altrettanto, se non più pericoloso.

[60] Questa realizzazione scenica del matricidio, con Elettra che, fuori dalla casa, risponde alle grida di Clitemestra provenienti dall'interno, colpì probabilmente Euripide, che la riprese nel suo *Oreste* (del 408, pochi anni dopo l'*Elettra* sofoclea) per l'agguato ad Elena. Due volte si ode infatti dalla casa il grido di Elena aggredita, cui risponde una prima volta Elettra, con la preghiera a Zeus perché aiuti Oreste e Pilade (preghiera che ricorda Soph. *El.* 1376-1383), e la seconda volta Elettra assieme al Coro con un violentissimo incitamento a uccidere (vv. 1296-1310). Nell'*Oreste* però, in modo tipicamente euripideo, le attese indotte nello spettatore vengono frustrate, perché la morte di Elena sarà smentita di lì a poco dal racconto del Frigio. Per una trattazione più generale delle situazioni in cui si instaura un contatto fonico fra l'interno della casa e l'orchestra cfr. Di Benedetto-Medda, *La tragedia sulla scena* cit., Parte I, Cap. III, §§ 3 e 4.

sembrare il presupposto per una lettura dell'*Elettra* come dramma di liberazione, tragedia della giusta vendetta che porta infine, dopo molte sofferenze, a una conclusione positiva per i protagonisti. In questo senso sembrerebbe muoversi anche il commento finale del Coro (vv. 1508-1510: «O stirpe d'Atreo, dopo quanto soffrire ti sei aperta, con quest'ultimo assalto, un faticoso varco alla tua libertà!»), che è stato letto da alcuni interpreti come suggello di una vicenda dolorosa coronata infine dal successo e dalla libertà[61].

Una lettura simile però può essere condotta solo ignorando alcuni importanti segnali drammatici che rivelano l'intento del poeta di suscitare nello spettatore emozioni di segno opposto. Anche dopo che il momento più terribile del dolore di Elettra è stato superato dal ricongiungimento dei fratelli, infatti, l'atmosfera di sofferenza e di incertezza per il futuro che ha caratterizzato la prima parte della tragedia non viene dissipata; e benché Elettra dia sfogo alla sua gioia per aver ritrovato il fratello, il peso opprimente del dolore passato non appare del tutto scosso e il compimento della vendetta non apre prospettive luminose per il futuro.

Dopo il riconoscimento il ritmo dell'azione accelera considerevolmente. La gioia derivante dalla liberazione tanto agognata non ha sulla scena uno spazio neppur lontanamente comparabile a quello dedicato all'esposizione della sofferenza e al lamento della protagonista nella prima parte della tragedia. In particolare colpisce il fatto che né Oreste né Elettra pronuncino parole di soddisfazione e neppure di giustificazione riguardo all'uccisione di Clitemestra, che pure rappresenta per loro la liberazione da un incubo; e questo nonostan-

[61] L'interpretazione dell'*Elettra* come dramma del matricidio giustificato e come presa di posizione del pio Sofocle rispetto al dissacrante trattamento del mito operato da Euripide fu sostenuta in particolare da U. von Wilamowitz-Moellendorff nel suo articolo *Die beiden Elektren*, «Hermes» 18, 1883, pp. 214-263; su questa linea procedono anche le analisi di C.M. Bowra, *Sophoclean Tragedy*, Oxford 1944, pp. 212-260 e Pohlenz, *La tragedia greca* cit., I, pp. 364-373.

te che la morte di Clitemestra preceda quella di Egisto e non si collochi a ridosso della fine del dramma (lo spazio per eventuali riflessioni sull'atto compiuto non sarebbe dunque mancato)[62]. Alla morte di Clitemestra sono dedicati solo due versi, nei quali Oreste rassicura la sorella che non dovrà più temere gli oltraggi della madre (vv. 1426-1427); e anche se nella lacuna rivelata dalla metrica dopo il v. 1427 ci fossero state altre considerazioni in proposito, non si andrebbe comunque oltre i cinque versi, uno spazio singolarmente ridotto per un atto come quello appena compiuto.

Al matricidio segue immediatamente la preparazione dell'agguato a Egisto, che conclude la tragedia in modo decisamente innovativo rispetto alla tradizione, con l'ingresso del vendicatore e della vittima nella casa perché si compia l'ennesimo omicidio. Le ominose parole da pronunciate da Egisto prima di morire («È dunque una legge assoluta che questa casa debba vedere i mali presenti e futuri dei Pelopidi?», vv. 1497-1498)[63] rafforzano l'impressione che ciò che è accaduto non abbia veramente liberato e rinnovato l'esistenza dei due figli di Agamennone; e nella stessa direzione sembra muoversi anche l'organizzazione scenica del finale, con Ore-

[62] Riguardo all'anticipazione della morte di Clitemestra rispetto a quella di Egisto, che caratterizza l'*Elettra* di Sofocle rispetto alle *Coefore* di Eschilo e all'*Elettra* di Euripide, mi trova pienamente concorde il giudizio di Paduano (*Sofocle. Tragedie e frammenti* cit., II, pp. 612-613), secondo il quale l'inversione dell'ordine tradizionale esprime una sostanziale equivalenza, nell'esasperata prospettiva di Elettra, fra la morte di Clitemestra e quella di Egisto: il che, se da una parte è espressione culminante della scarnificazione del rapporto madre-figlia, dall'altra contribuisce a svuotare il matricidio della problematicità conferitagli da Eschilo, presentandolo come una parte della vendetta, e non come *la* vendetta.

[63] In questi versi non è da leggere un'allusione alla presenza delle Erinni nel futuro di Oreste (sostanzialmente estranea alla problematica della tragedia), ma un generico presagio relativo alla casa degli Atridi, che continuerà a vedere violenze, prima fra tutte, come Oreste duramente fa notare al suo avversario, la morte di Egisto stesso. Del resto, come osserva Szlezák, *Sophokles'Electra* cit., pp. 18-19, le sofferenze tradizionali causate a Oreste dalle Erinni non si verificano nella casa, ma in esilio. Cfr. anche Stinton, *The Scope and Limits of Allusion* cit., pp. 478-479.

ste che non esce di scena da una delle *eisodoi* per avviarsi all'esilio (e quindi all'espiazione e alla successiva purificazione), ma entra nel sinistro palazzo che ha dominato la vicenda dall'inizio alla fine per uccidere ancora, mentre Elettra resta – come all'inizio – presso la porta[64]. Sofocle evita di strutturare il finale in modo acquietante e rimuove le allusioni a una possibile conciliazione futura del conflitto escludendo l'intervento finale della divinità, così da lasciare nello spettatore emozioni contrastanti in relazione a quello che ha appena veduto accadere sulla scena.

La presenza di questi elementi inquietanti, addensati soprattutto nel finale, si oppone irrimediabilmente a letture ottimistiche dell'*Elettra* che individuino nella tragedia l'affermazione della giustizia e la liberazione di Elettra dal dolore. Ma è legittimo trarre da essi conclusioni di segno opposto, e leggervi i segnali della volontà del poeta di insinuare negli spettatori un radicale dubbio sulla statura morale della protagonista?

È questa la tesi sostenuta trent'anni fa da H. Friis Johansen, in un fortunato lavoro che ha esercitato un considerevole influsso sulle successive interpretazioni dell'*Elettra*. L'idea di Friis Johansen è che il prolungato contatto con una realtà malvagia come quella che si è instaurata nella casa di Agamennone abbia progressivamente corrotto lo spirito di Elettra, assimilandola sempre più alla malvagità dei suoi avversari, e che l'odio si sia radicato in lei al punto di far coincidere il suo scopo di vita con la vendetta. Al punto che, compiuto l'atto matricida, Elettra resterebbe priva di qualsiasi altra motivazione esistenziale, «una donna interiormente spezzata», per dirla con le parole di Friis Johansen[65].

[64] Cfr. in proposito O. Taplin, *Sophocles in his Theatre*, «Entretiens Hardt» 29, Vandoeuvres-Genève 1982, pp. 163-164.

[65] Friis Johansen, *Die Elektra* cit., p. 32. Che se ne condivida o meno la tesi di fondo, l'articolo di Friis Johansen ha comunque contribuito in misura rilevante all'approfondimento di risvolti importanti di questo difficile dramma. Hanno seguito la linea di Friis Johansen, con diverse sfumature di inter-

Questa lettura dell'*Elettra*, indubbiamente affascinante per la sua modernità, appare però poco coerente con le linee che conosciamo del teatro di Sofocle, all'interno del quale non troviamo mai messa in dubbio la limpidezza dei princípi morali che muovono i protagonisti, anche quando la volontà di rispettare quei princípi si traduce in conseguenze rovinose, come accade per Antigone o Aiace[66]. E per quanto sia necessario essere prudenti nel trarre conclusioni generali sulla base della ristretta porzione della produzione sofoclea che è giunta sino a noi, sembra impossibile obliterare la presenza, nella strutturazione del personaggio di Elettra, di caratteri che lo accomunano ad altri protagonisti sofoclei.

Elettra, come Antigone, Aiace, Filottete, segue un preciso codice morale che le impone un dovere da compiere e compie questo dovere accettando l'isolamento, la miseria materiale, la vergogna e l'intimo tormento che ne derivano. Ella è riuscita a rinnegare la propria capacità di tenerezza negli affetti (capacità che il toccante dialogo con le ceneri del fratello rivela senz'ombra di dubbio) ed è diventata aspra verso la madre, sfacciata e sempre pronta ad alimentare il conflitto, rifiutando qualsiasi soluzione che acquieti le tensioni e reagendo spesso in maniera eccessiva anche a comportamenti che non sono mossi da ostilità nei suoi confronti, come quelli del-

pretazione, C.P. Segal (*Tragedy and Civilization. An Interpretation of Sophocles*, Cambridge Mass.-London 1981, pp. 248-291) e R.P. Winnington-Ingram (*Sophocles. An Interpretation*, Cambridge 1980, pp. 217-247); sul fronte opposto si pongono invece P.T. Stevens, *Sophocles: Electra, Doom or Triumph*?, «Greece and Rome» 25, 1978, pp. 111-120, e Szlezák, *Sophokles' Elektra* cit.

[66] Di questo è ben cosciente Friis Johansen, che osserva a p. 20:«Nonostante Elettra abbia tutti i tratti di un'eroina sofoclea... ella tuttavia stabilisce con la sua avversaria principale un tipo di contatto che le conferisce una posizione particolare tra gli eroi sofoclei che conosciamo», e a p. 31: «Per poter compiere la vendetta con Oreste, ella deve avvicinarsi alla sfera dei suoi nemici, il che per un eroe sofocleo è pressoché innaturale». Non è possibile qui discutere nel dettaglio i singoli passi su cui Friis Johansen costruisce la sua interpretazione (alcuni sono stati ricordati nelle note precedenti): il suo lavoro ha trovato comunque una precisa e pacata confutazione nelll'articolo di Alexanderson più volte citato e in numerosi lavori successi-

la sorella Crisotemi. Si sottrae al senso della misura (memorabile la sua risposta al Coro che la invita a non peggiorare la situazione andando oltre la giusta misura nel lamento: «E quale misura c'è nel male?», v. 236) e al senso del tempo, individuando lo scopo della sua vita nel tormentare continuamente i suoi nemici (λυπεῖν, cfr. vv. 354-356: «Non vivo, forse? Male, lo so, ma a me basta così. E intanto li tormento, rendendo in questo modo onore al morto, se pure qualche piacere si prova laggiù») e lasciando per sé soltanto la consapevolezza di non dispiacere a se stessa (τοὐμὲ μὴ λυπεῖν, v. 363). Elettra è pronta anche ad andare incontro alla morte, quando si impone la necessità di agire da sola, e la sua risposta alla sorella, che le prospetta il pericolo insito nel folle progetto, è di stampo tutto sofocleo: «Io non voglio vivere con leggi come queste» (v. 1043)[67]. Sono tutti tratti caratteristici che definiscono la tragicità delle creature teatrali di Sofocle, una tragicità che risulterebbe profondamente intaccata se – nel caso di Elettra – accettassimo l'ipotesi di una sua intima corruzione.

Se c'è un aspetto che individua Elettra rispetto ai protagonisti di altri drammi, questo è semmai il deciso prevalere della sofferenza sull'azione, e insieme il grande spazio dato al lamento e alla stanchezza per una vita che va consumandosi inutilmente nel pianto, divenuto per lei una stabile condizione esistenziale. Non sembra dunque legittimo ricavare dalle ripetute ammissioni della giovane di non poter vivere in modo conforme a σωφροσύνη ed εὐσέβεια (cfr. vv. 307-309: «In una simile condizione, amiche, non è possibile conservare né saggezza né pietà: vivendo nel male è inevitabile prati-

vi anch'essi già ricordati nelle note precedenti, cui rimando per le argomentazioni specifiche.

[67] All'«antigonica» decisione di Elettra di compiere ugualmente la vendetta non bisogna tuttavia assegnare un peso maggiore di quello che ha realmente nell'economia della tragedia: si tratta di uno spunto esasperato, più inteso a evidenziare la capacità di affrontare anche le conseguenze estreme che a ottenere un risultato concreto (risultato che è invece centrale nell'atto di Antigone). Lo dimostra anche la sfida di Elettra che invita Crisotemi a de-

care il male») l'implicito riconoscimento di una affinità profonda con la madre[68]. L'ipotesi di una negativizzazione di Elettra risulta in evidente contrasto con l'ineludibile strutturazione oppositiva del rapporto fra le due donne, alla quale il poeta ha conferito ampio rilievo scenico: nel comportamento immorale di Clitemestra è individuato infatti lucidamente il fattore generante degli eccessi che certo sono presenti nel comportamento della figlia (cfr. vv. 620-621).

I segnali negativi che compaiono nella parte finale della tragedia vanno letti, io credo, non tanto in relazione alla valutazione etica del matricidio (la vicenda dell'*Elettra* non può comunque essere ridotta al semplice dilemma «Elettra e Oreste sono nobili vendicatori del padre o brutali assassini?») quanto sullo sfondo delle relazioni affettive che intercorrono fra i personaggi.

L'interesse del poeta non si concentra infatti soltanto sull'esplodere dell'odio che spinge Elettra al furente grido «colpisci due volte, se puoi», ma anche sul suo profondo bisogno, per anni frustrato, di una vita affettiva normale. Rimossa a seguito delle dolorose vicende della casa la prospettiva del matrimonio e della maternità, questo bisogno di Elettra si è focalizzato totalmente sulla figura del fratello, idealizzata quale unica alternativa alla distruzione che Clitemestra ha operato degli affetti familiari. La chiave che potrebbe aprire la porta di un nuovo futuro a Elettra, più ancora dell'uccisione della madre, è il ritorno del fratello.

Ma proprio per il personaggio di Oreste Sofocle ha operato una scelta radicalmente innovativa, non soltanto per quan-

nunciare tutto alla madre. E in effetti il progetto di Elettra viene completamente messo da parte nel seguito.

[68] Tantomeno andrà letta in quest'ottica l'asserzione che chiude l'agone con Clitemestra (vv. 605-609: «Quindi, proclama pure davanti a tutti che sono una malvagia, una svergognata, un'impudente. Se sono per natura esperta di tali arti, forse non reco disonore al tuo sangue»), che è solo una ritorsione dialettica e non va enfatizzata come ammissione di un'affinità della natura (φύσις) delle due donne: cfr. in proposito Alexanderson, *On Sophocles'Electra* cit., p. 86.

to riguarda la rimozione della problematica religiosa che lo caratterizzava in Eschilo, ma anche in relazione alla sua capacità di porsi come polo positivo nella vicenda che coinvolge la sorella[69]. Se Elettra appare spinta da profonde – e tragiche – motivazioni a un odio tremendo ma in linea di principio comprensibile e giusto, Oreste invece sembra muoversi su un piano etico meno limpido e anche dal punto di vista affettivo rimane ampiamente al di sotto delle attese che in lui ha riposto la sorella.

Lo spettatore ha modo di vederlo già nel prologo, mentre espone con freddezza il suo progetto d'azione; egli appare interessato soprattutto agli aspetti pratici della vendetta che, sia pure su ordine di Apollo[70], risulta comunque attuata attraver-

[69] La novità dell'Oreste sofocleo è sottolineata e discussa in tutte le sue implicazioni da Di Benedetto, che precisa anche i termini dell'analogia che si riscontra con l'Odisseo del *Filottete* (cfr. *Sofocle* cit., pp. 161-164).

[70] Per quanto riguarda il vaticinio di Apollo, non è necessario aggiungere nulla agli argomenti già portati da più parti contro la tesi di Sheppard (accolta da Perrotta, e più ampiamente ripresa nel commento di Kells) che l'oracolo sia ambiguo e che non ordini a Oreste di compiere la vendetta, ma si limiti soltanto a definire le modalità dell'azione. La legittimità dell'atto è chiaramente sancita dalle parole del dio (vv. 36-37) e l'incarico di compierlo è accettato da Oreste senza angosciosi conflitti interiori (in Sofocle sono assenti le gravi minacce del dio necessarie a convincere l'Oreste eschileo, cfr. *Choeph.* 269 ss.). Apollo è una divinità tipicamente sofoclea, il cui volere appare distante e imperscrutabile. Il suo ordine di uccidere la madre non è di per sé né più né meno giusto che la punizione inflitta da Artemide ad Agamennone per l'uccisione del cervo (per non parlare della punizione che Atena infligge ad Aiace): l'interesse di Sofocle va ai sentimenti e alle sofferenze che derivano agli uomini da queste decisioni, non al tentativo di comprendere razionalmente il senso della volontà divina. Contro la tesi di Sheppard si vedano in particolare Stevens, *Sophocles: Electra, Doom or Triumph* cit.; Erbse, *Zur "Elektra"* cit., pp. 285-286; D.A. Hester, *Some Deceptive Oracles: Sophocles, Electra 32-37*, «Antichthon» 15, 1981, pp. 15-25. Non convince il tentativo di G.R. Horsley (*Apollo in Sophocles' Elektra*, «Antichthon» 14, 1980, pp. 18-29) di leggere l'*Elettra* come una critica nei confronti di Apollo, maturata come reazione all'atteggiamento anti-ateniese tenuto dall'oracolo di Delfi durante la prima fase della Guerra del Peloponneso. Lo stesso Horsley del resto osserva che «il significato del ruolo di Apollo e il legame fra il dio e la distruzione nel dramma non può essere percepito appieno da tutti i presenti tra il pubblico», il che non milita certo a favore dell'evidenza della sua tesi.

so l'inganno. In particolare, l'enfasi che Oreste pone sull'intrigo concordato col Pedagogo, lasciando del tutto da parte i risvolti affettivi che il ritorno in patria avrebbe potuto suggerire, non contribuisce a suscitare le simpatie degli spettatori. Oreste è preoccupato che nulla turbi il καιρός, l'«occasione» propizia, e appare anche molto interessato al recupero dei beni paterni usurpati da Egisto (cfr. vv. 71-72). Il modo in cui egli persegue il suo scopo, attraverso uno stratagemma (μηχάνημα), si pone in una dimensione ben diversa dalla linea culturale aristocratica secondo la quale il nobile figlio di nobile padre sarebbe dovuto tornare a riprendere, in virtù del proprio limpido eroismo, il giusto possesso della regalità usurpata. Questa linea aristocratica è presente solo a livello di finzione nella narrazione del Pedagogo, che esalta la luminosa gloria (l'epico κλέος) del giovane, travolto – nel racconto fittizio – da un tragico destino: ma l'Oreste che compare in scena è ben diverso, e sostanzialmente estraneo a quei valori. Significativamente, del resto, sia pure in una prospettiva esaltata e vagamente allucinata, sarà Elettra a tentare di farsi carico del recupero del codice morale aristocratico, decidendo di uccidere da sola Egisto e prefigurandosi la gloria e il rispetto che ne verranno per lei e la sorella[71]. Ma anche in questo caso si tratta di una decisione mossa dall'esasperazione della sofferenza, non produttiva dal punto di vista drammatico nel seguito della tragedia. Il mondo in cui si svolge la storia di Oreste ed Elettra non è un mondo eroico.

Anche sul piano affettivo l'Oreste che compare in carne e ossa di fronte alla sorella appare sensibilmente diverso dall'immagine del fratello tante volte evocata da Elettra nel suo lamento: gli mancano soprattutto gli accenti di profonda te-

[71] L'addensarsi di espressioni tipiche del lessico aristocratico nel secondo incontro fra Elettra e Crisotemi è opportunamente sottolineato da Schein, *Electra* cit., pp. 76-77: ἐυσέβεια vv. 968; ἐλεύθερος v. 970; εὔκλεια v. 973; κλέος v. 985; αἰσχρόν v. 989; τιμᾶν v. 983; ἀνδρεία v. 983. Questo aspetto è colto dal Coro, che nel successivo, difficile stasimo riconosce a Elettra le caratteristiche della vera nobiltà (vv. 1081-1085).

nerezza che caratterizzano il monologo di Elettra sull'urna («tu eri più caro a me che non alla madre; nessuna nella casa, se non io, ti era nutrice, io, la sorella che sempre chiamavi», vv. 1145-1148). Difficilmente sarà casuale, dopo queste parole, che Oreste, una volta rivelatosi, non si rivolga mai a Elettra col dolce nome di «sorella», e non si abbandoni nemmeno per un attimo alla commozione e al ricordo della tenerezza di un tempo. Così, nel dialogo lirico che segue il riconoscimento (un modulo formale che in tragedia privilegia l'espandersi del *pathos* e delle emozioni violente), le voci dei due fratelli rimangono fortemente sfasate l'una rispetto all'altra. Quella di Elettra trabocca di gioia, e – quasi dimentica, nella piena del sentimento, della stessa esigenza di vendicarsi – si concentra sul caro viso del fratello, finalmente ricomparso, al quale chiede di restare per sempre accanto a lei; quella di Oreste invece è più fredda e contenuta, con ripetuti inviti a Elettra perché taccia e non riveli con le sue grida la presenza del vendicatore (questi inviti sono formulati anche in tono brusco: cfr. vv. 1236, 1238, 1259, e al di fuori della parte lirica vv. 1322, 1353). La mancanza di sintonia tra i due fratelli è evidenziata anche dalla scelta formale di far esprimere Oreste sempre in trimetri giambici, mentre Elettra plasma le sue emozioni in articolati metri lirici[72].

Oreste pensa soltanto al suo piano e chiede a Elettra di subordinare ad esso le emozioni, cosa che la sorella accetta di fare solo a fatica, pronunciando, proprio nel momento in cui accetta il ruolo subalterno impostole dal fratello, alcuni versi profondamente significativi: «Sì, fratello: come a te piace, così sarà il mio comportamento, poiché le gioie di cui godo mi provengono da te, e non sono mie. Non accetterei mai, nem-

[72] Una conferma di questa radicale diversità dei due personaggi viene dalla constatazione che Elettra è il personaggio sofocleo tra quelli che conosciamo che ha la maggior percentuale di versi cantati, mentre Oreste non pronuncia alcuna battuta in metri lirici in tutta la tragedia. Per il lettore moderno, che non può cogliere l'immediato effetto sulla scena del canto e della recitazione, non è facile farsi un'idea adeguata del contrasto che si produceva alle orecchie dello spettatore ateniese.

meno se dovessi riceverne un grande beneficio (κέρδος), di darti il minimo dolore (λυπήσασα): in questo modo, infatti, non servirei con fedeltà il destino che è al nostro fianco» (vv. 1301-1306). Non è difficile cogliere il contrasto tra queste parole e quelle pronunciate nel prologo da Oreste quando voleva liberarsi da qualsiasi esitazione nel far circolare l'ominosa notizia della sua morte (vv. 59-61): «Perché mi dovrebbe angustiare l'esser morto a parole, se nei fatti sono vivo e ne acquisto rinomanza? A parer mio, nessuna parola è di cattivo augurio quando arreca un vantaggio» (cfr. in particolare οὐδὲν ῥῆμα σὺν κέρδει κακόν, v. 61). Sofocle suggerisce in qualche modo agli spettatori un confronto fra le due linee di comportamento.

Oreste ha subordinato le esigenze affettive a quelle pratiche (il κέρδος), e per far questo ha inflitto a Elettra, con la falsa notizia della sua morte, un immenso dolore che forse avrebbe potuto esserle risparmiato (dal punto di vista dell'azione l'aver ingannato Elettra appare in effetti irrilevante). Elettra probabilmente non avrebbe agito così nei confronti del fratello. La sua linea d'azione, se fosse stato necessario, sarebbe stata di ben diversa limpidezza («sappi però che se fossi rimasta sola non avrei fallito una di queste due mete: o salvarmi con onore o con onore morire», vv. 1319-1321), e questo evidenzia ancor più i limiti dell'agire e dei sentimenti di Oreste. Un accenno al dolore provato da Elettra durante il racconto della morte di Oreste c'è anche nelle parole che ella rivolge più avanti al Pedagogo, rientrato in scena per sollecitare l'azione: «come hai potuto starmi vicino così a lungo senza che io me ne accorgessi, senza svelarti a me, anzi farmi morire con le tue parole quando dolcissimi erano i fatti che mi serbavi?» (vv. 1358-1360; e cfr. anche i vv. 1362-1363: «sappi che in uno stesso giorno io ti ho odiato e amato più di chiunque altro»).

Si ha dunque la sensazione che il mondo degli affetti di Elettra e quello dell'azione di Oreste rimangano sostanzialmente separati e che il poeta abbia volutamente evitato di offrire alla protagonista un *partner* all'altezza della sua intensità emozionale, un fratello ritrovato che potesse rappresentare per lei l'inizio di una nuova vita di affetti familiari. La conseguenza è che l'isolamento doloroso nel quale la giovane aveva vissuto fino al giorno fatidico della vendetta non appare, alla fine, del tutto superato[73].

Anche il compimento della vendetta, disperatamente perseguito da Elettra, non discende da una ritrovata comunanza di sentimenti col fratello e neppure, come nelle *Coefore* di Eschilo, da una potente comunione magico-rituale dei figli nell'invocare il padre defunto perché li guidi nella vendetta. I due fratelli non prendono accordi, non pianificano insieme l'azione da compiere, poiché tutto è già stato deciso da Oreste: egli si limita a chiedere alla sorella se Clitemestra è sola in casa e le impedisce di dilungarsi in esposizioni relative ai soprusi compiuti da Egisto e dalla madre («Tralascia le parole superflue, non mi dire quanto malvagia è nostra madre, né come Egisto dà fondo ai beni della casa paterna, dissipandoli e seminandoli al vento: questi discorsi potrebbero precluderti l'occasione propizia. Dimmi piuttosto cosa è opportuno fare nel momento presente», vv. 1288-1294), invitandola soltanto a non mostrare un aspetto troppo sorridente che potrebbe tradirla[74].

Il momento della gioia, del libero espandersi dei sentimenti viene rinviato ad una fase successiva, significativamente

[73] In questo senso avrà forse significato anche l'omissione da parte di Sofocle di qualsiasi accenno al tradizionale matrimonio di Elettra con Pilade, che in Euripide viene prescritto dai Dioscuri in qualità di *dei ex machina* (cfr. Eur. *El.* 1259 e anche *Or.* 1658-1659).

[74] Da questo punto di vista non posso trovarmi d'accordo con T.M. Woodard quando, nel suo importante saggio dedicato all'*Elettra* (*Electra by Sophocles: The Dialectical Design* I, «Harvard Studies in Classical Philology» 68, 1964, pp. 163-205 e II, *ibid.* 70, 1965, pp. 195-233), definisce Elettra e Oreste dopo il riconoscimento un «harmonious team» composto da due personaggi che prima costituivano poli separati e parla di «cooperazione intricata, scambio di informazioni, pianificazione comune dell'azione» (I, p. 170). Mi sembra che questa valutazione sia troppo influenzata dall'interpre-

extradrammatica («dopo che avremo raggiunto con successo il nostro scopo, allora ci sarà concesso di gioire e ridere liberamente», vv. 1299-1300), mentre sulla scena resta solo il brutale compimento della vendetta, che trova riflesso nella battuta rivolta da Oreste a Egisto con cui si conclude la tragedia (vv. 1503-1507: «Temo che tu muoia a piacer tuo: devo riserbarti una fine amara. Questa punizione, la morte, si dovrebbe immediatamente infliggere a chiunque intende trasgredire le leggi: la delinquenza non sarebbe molta»), significativamente accompagnata dall'ingresso dei due nella casa, ancora carica di una valenza sinistra[75].

Una conferma del fatto che l'arrivo di Oreste non viene presentato da Sofocle come realmente risolutivo rispetto alla condizione di dolore ed emarginazione nella quale vive Elettra si ricava anche dalla considerazione del trattamento del tempo nella tragedia.

Nelle *Coefore* di Eschilo l'azione si sviluppava nel giorno del ritorno in patria di Oreste; il tempo intercorso tra la morte di Agamennone e l'arrivo di Oreste ad Argo risultava assorbito nell'intervallo fra l'*Agamennone* e le *Coefore*, cioè in un tempo extradrammatico che lo rendeva di fatto irrilevante. Il dramma poteva così focalizzarsi sul nesso diretto che inter-

tazione dialettica e ottimistica del dramma avanzata nel saggio, secondo la quale nella vicenda sarebbe presente una serie di princípi opposti che trovano mediazione e conciliazione nel riconoscimento dei due fratelli, rendendo possibile la vendetta che si configura come attuazione di una norma cosmica di giustizia universale. Il lavoro di Woodard risulta comunque molto pregevole per l'accurata disamina di alcuni dei temi fondamentali della tragedia, come appunto l'opposizione λόγος/ἔργον, il senso del tempo, le caratteristiche odissiache dei due fratelli (dell'eroe omerico Oreste ha l'astuzia, Elettra la capacità di sopportazione).

[75] I tre versi finali del Coro (vv. 1508-1510) non andranno certamente espunti, come vorrebbe R.D. Dawe nella sua edizione di Sofocle, ma restano un commento generico sostanzialmente sfasato rispetto all'atmosfera della scena finale e non possono comunque riportare la vicenda su un binario di ottimismo e di liberazione dal dolore. Del resto anche in questa ottimistica battuta del Coro ricorrono due allusioni alla tremenda sofferenza della casa di Atreo, πολλὰ παθόν (eco dell'odissiaco πολλὰ πάθεν ἄλγεα, cfr. Di Benedetto, *Sofocle* cit., p. 181) e μόλις (cfr. v. 1256).

corre fra la morte di Agamennone e quella di Clitemestra, legate dalla dura legge del contraccambio. Sofocle invece scrive la storia della vendetta dal punto di vista di Elettra e trova proprio in quel lasso di tempo lasciato in ombra da Eschilo un terreno tutto da esplorare, escogitando, per poterlo recuperare all'interno del dramma, un riuscito espediente: il lungo rinvio del riconoscimento tra i due fratelli che consente di aprire una vasta finestra sul passato attraverso le parole di Elettra.

Alla fine del prologo Oreste ed Elettra sono per un momento vicinissimi, ma le esigenze del piano vengono fatte prevalere e impediscono al giovane di fermarsi ad ascoltare i lamenti che provengono dalla casa, pur chiaramente identificati come appartenenti alla sorella[76]. Evitando l'incontro immediato si crea lo spazio per rappresentare sulla scena quella che dovrebbe essere una qualsiasi giornata della figlia di Agamennone, ancora ignara di ciò che sta per accadere. La sua sofferenza (che dobbiamo immaginare uguale a quella quotidianamente patita nei lunghi anni dell'assenza di Oreste) viene rappresentata sulla scena e assume un rilievo che va ben al di là di quanto si sarebbe potuto ottenere facendole narrare, a un Oreste già riconosciuto, le tristi vicende del passato.

L'interesse che Sofocle dimostra per la rappresentazione diretta del dolore di Elettra e lo spazio che egli intendeva riservare all'effusione del *pathos* che la caratterizza trova

[76] L'attribuzione delle battute nei vv. 78-85 è stata messa in discussione prima da A. Nauck nell'edizione del 1893 e poi da F.H. Sandbach, *Sophocles, El. 77-85*, «Proceedings of the Cambridge Philological Society» n.s. 23, 1977, pp. 71-73. Essi attribuiscono i vv. 78-81 al Pedagogo e i vv. 82-85 a Oreste, cosicché sarebbe quest'ultimo, e non il Pedagogo, a sottolineare la necessità di non fermarsi ad ascoltare i lamenti di Elettra. L'ipotesi è suggestiva, perché risulterebbe ancor più evidenziato l'atteggiamento poco sensibile di Oreste verso la sorella, ma gli argomenti addotti non sono del tutto convincenti, e l'attribuzione tradizionale (accolta nella recente edizione di H. Lloyd-Jones e N. Wilson, Oxford 1990) è difendibile. Una chiara messa a punto del problema è offerta da A.C. Skouvig, *Sophocles, El. 77-85*, «Classica et Mediaevalia» 40, 1989, pp. 134-144 (favorevole alla proposta di Nauck e Sandbach).

corrispondenza nell'utilizzazione di un modulo formale che appare inconsueto nella produzione sofoclea che conosciamo. La protagonista entra in scena da sola, cantando un lamento monodico cui fa seguito l'ingresso del Coro[77]. Vi risuonano accenti dolorosi, che si allargano a una dimensione cosmica con l'invocazione alla luce e all'etere; il giorno e la notte sono chiamati a testimoni del dolore di Elettra, di cui si sottolinea l'aspetto ciclico, di perenne rinnovamento, un aspetto che affiora anche in relazione alla volontà di non cessare il lamento, nell'espressione polare «fin quando vedrò i fulgidi raggi degli astri e questa luce del giorno» (vv. 105-106)[78]. Quando il Coro fa il suo ingresso nell'orchestra, già la sua prima domanda ha l'effetto di proiettare nel passato tutto quello che lo spettatore ha appena visto e ascoltato: «perché ti consumi in questo eterno, insaziabile pianto per Agamennone, che in un tempo lontano cadde nell'inganno più empio?» (vv. 122-125). Il ricorrere degli avverbi «sempre» (ἀεί) e «un tempo» (πάλαι) preannuncia il *leitmotiv* del dialogo che segue, e cioè l'invito rivolto dal Coro a Elettra perché si sottometta alla legge del Tempo, il «dio che tutto rende agevole», lasciando il compito della vendetta alle superiori istanze di Zeus. L'invito è rifiutato senza

[77] Il modulo formale che fa precedere la parodo da una monodia e struttura poi la parodo stessa in forma di scambio lirico fra Coro e attore sembra caratteristico di Euripide (cfr. *Troad.* 98-234, *El.* 112-211, *Ion* 82-237, *Hel.* 167-251), mentre in Sofocle compare solo qui. Difficilmente sarà una coincidenza fortuita il fatto che esso sia presente proprio nelle due *Elettre* (per una valutazione delle analogie in relazione al controverso problema della priorità cfr. ad esempio Perrotta, *Sofocle* cit., pp. 368-373, che propende per la priorità euripidea, e in direzione opposta Vögler, *Vergleichende Studien* cit., pp. 136-147). Si tratta comunque, assieme all'eccezionale monologo di Aiace prima del suicidio (*Ai.* 815-865), di uno dei due unici casi di solitudine assoluta del personaggio sulla scena nel teatro di Sofocle; la solitudine è motivata con il desiderio di sfruttare l'assenza di Egisto per portarsi fuori della casa, e assume una valenza simbolica in relazione alla condizione marginale di Elettra all'interno della sua stessa casa.

[78] La concezione ciclica del tempo che caratterizza Elettra rispetto al tempo lineare di Oreste è stata ben evidenziata da Woodard, *Electra* cit., II, pp. 197-203.

esitazione da Elettra, che ribadisce l'ineluttabilità della sua sorte con toni che mostrano scarsa fiducia nella realizzazione delle sue speranze[79]; ella ricorda che il suo pianto si rinnova così come si rinnova lo stimolo che lo produce, poiché ella vede «sempre, di notte e di giorno» (v. 259: si osservi il richiamo del tema iniziale della monodia, vv. 91 ss.) le sofferenze paterne crescere e non scemare, vede Egisto assiso sul trono di Agamennone e vestito delle sue vesti regali, che si occupa dei sacrifici e dorme nel letto che fu dell'Atride. Anche le scene con Crisotemi e Clitemestra sono introdotte da espressioni che ne rimarcano il carattere ripetitivo e le presentano come episodi di una lunga, quotidiana vicenda di duri scontri familiari (cfr. vv. 328-331: «Che sono ancora queste grida che fai risuonare sulla soglia dell'atrio, sorella? Neppure dopo tanto tempo vuoi imparare a non indulgere così vanamente al tuo insensato furore?»; v. 516: «Libera, a quanto pare, ti aggiri ancora»).

La statica ripetitività della vita di Elettra, che sembra destinata a non subire modificazioni, viene invece squassata e messa in discussione dalla notizia della morte di Oreste, che spinge all'estremo la sofferenza della donna e annulla del tutto la prospettiva di una salvezza futura. «Questo giorno» diventa sì per Elettra diverso da tutti gli altri, ma nel senso che esso proietta definitivamente verso il futuro la condizione dolorosa che ha caratterizzato il suo passato, cancellando ogni speranza. La reazione, immediata e disperata, è il desi-

[79] L'avverbio temporale ἀεί ricorre in tutta la parodo e nel successivo dialogo in trimetri fra Elettra e il Coro, caricato di connotazione negativa da parte delle donne micenee (cfr. vv. 140-141: «Tu, varcando ogni misura, ti struggi gemendo senza posa in un affanno inconsolabile»; vv. 217-219: «Molti mali hai procurato a te stessa, con il tuo animo ribelle creando sempre nuovi conflitti»), positiva invece da parte di Elettra che richiama ai vv. 147-149 il paradigma mitico dell'usignolo. Ma anche Elettra avverte il peso del tempo che passa: ai vv. 164 ss. la prospettiva si allarga nella descrizione della sua condizione di donna frustrata, privata di figli e di giuste nozze, e all'attesa spasmodica del fratello che «sempre desidera, ma nonostante questo desiderio non si degna mai d'apparire» (vv. 171-172).

derio di morte e la consapevolezza di «essere finiti» (v. 796: πεπαύμεθ' ἡμεῖς, οὐχ ὅπως σὲ παύσομεν); passato e presente si contrappongono solo per sottolineare che l'oggi segna il tramonto di ogni speranza e il trionfo di Clitemestra (cfr. vv. 788, 794, 812). Elettra rifiuta il futuro e rifiuta di rientrare in quella casa, dove il suo ruolo sarebbe ormai per sempre quello di una schiava senza possibilità di riscatto. Il proposito che ella enuncia di continuare il suo lamento è inteso come preludio della morte, che qualcuno vorrà darle per interrompere un fastidioso pianto che ha perduto ormai tutta la sua carica di lotta contro gli usurpatori (vv. 817-822). Della vita Elettra non ha più alcun desiderio.

Una luce di speranza per il futuro vorrebbe apportare Crisotemi, che arriva piena di gioia (ancora un violento contrasto di emozioni nello spettatore) ad annunciare il rinvenimento dei segni che testimoniano il ritorno di Oreste; ma anche lei viene duramente disillusa da Elettra, che ne raggela le speranze. E proprio il chiudersi di ogni prospettiva per il futuro induce la protagonista a formulare compiutamente il suo disperato disegno di vendetta, all'interno del quale la rappresentazione del tempo a venire ha caratteri di esaltazione e di esasperazione che ne rivelano la natura illusoria. Con toni lievemente allucinati, Elettra immagina l'affetto e la gratitudine che tutti i cittadini manifesteranno a lei e a Crisotemi e le celebrazioni riservate nelle feste pubbliche alle due sorelle tirannicide[80]. Ma la decisione di Elettra resta lontana da qualsiasi concreta operatività e viene poi superata dall'arrivo di Oreste: resta solo l'impressione di una lucida accettazione del pericolo, anzi quasi la volontà di andare incontro alla morte, dando in qualsiasi modo un segno della propria ostilità ai nemici. Non c'è dunque reale progettualità per il futuro, ma solo esasperato desiderio di por fine a sofferenze insopportabili.

[80] Del rapporto fra questa *rhēsis* di Elettra e la tradizione ateniese relativa ai tirannicidi si occupa un recente lavoro di D.M. Juffras, *Sophocles' Electra 973-985 and Tyrannicide,* «Transactions and Proceedings of the American Philological Association» 121, 1991, pp. 99-108.

Il senso dell'annullamento del futuro e del contrasto doloroso con le speranze di un tempo compare anche nella bellissima *rhēsis* pronunciata da Elettra sull'urna, la cui articolazione appare scandita dalla dialettica fra passato e presente, fra speranze e dolorosa realtà, fra la partenza di un tempo e il ritorno delle ceneri, espressa dagli avverbi temporali che ricorrono in gran numero: νῦν μὲν (v. 1129), πάροιθεν (v. 1131), νῦν δέ (v. 1136), πάλαι (v. 1143), νῦν δ'ἐν ἡμέρᾳ μιᾷ (v. 1149). Il culmine è raggiunto con la dolorosa constatazione che la richiesta espressa nella preghiera iniziale agli dèi ctonî («mandatemi mio fratello», v. 117) si è avverata purtroppo in modo opposto a quello desiderato: il dèmone «ti manda a me in tale stato: cenere ed ombra vana in luogo delle tue amate sembianze» (vv. 1158-1159). Elettra ormai può unirsi col fratello soltanto nella tomba, dove avranno finalmente termine le sofferenze.

Il fortissimo impatto emotivo del lamento di Elettra spinge infine Oreste a rivelarsi, quando ormai sono già scorsi via 1230 versi del dramma. Nei trecento versi restanti, il recupero della felicità e delle prospettive per il futuro, che ci si potrebbe legittimamente aspettare a questo punto, non compare. La bilancia non si equilibra, e il passato prevale ancora, anche nelle effusioni di gioia di Elettra, che ricorda il suo tremendo dolore con le parole «il nostro male irreparabile, che non troverà mai oblio» (vv. 1246-1250), e ancora vorrebbe parlarne, adesso che finalmente ha «bocca libera» (v. 1256). La sua gioia è compressa e frenata dai bruschi inviti di Oreste al silenzio, e la battuta che conclude il dialogo lirico che segue il riconoscimento appare perlomeno singolare. Elettra afferma infatti che non potrà dimenticare il caro volto del fratello «nemmeno in mezzo ai mali», lasciando in qualche modo aperta una prospettiva di ulteriori sofferenze[81]. La gioia

[81] L'"atipicità" di questa chiusa è evidenziata da Di Benedetto, *Sofocle* cit., p. 188, che fornisce un'ampia valutazione delle singolarità della scena di riconoscimento sofoclea rispetto alle scene analoghe dell'*Ifigenia Taurica*, dello *Ione*, dell'*Elena* e dell'*Ipsipile* di Euripide.

per la vittoria viene rimandata ad altro momento (e resterà di fatto fuori dal dramma) sia da Oreste (vv. 1299-1300) che dal Pedagogo, che risponde all'affettuoso saluto rivoltogli da Elettra rinviando i racconti sul passato ai molti giorni e alle molte notti che ancora verranno; l'espressione usata (πολλαὶ κυκλοῦνται νύκτες ἡμέραι τ' ἴσαι, «molte notti e altrettanti giorni si avvicenderanno», v. 1365) richiama non casualmente le espressioni usate da Elettra per il suo lamento all'inizio della tragedia, lasciando anche qui l'impressione che forse il futuro di Elettra non riuscirà a liberarsi del tutto dalle dolorose vicende del passato.

Sofocle ha sbilanciato nettamente le due prospettive temporali presenti nella tragedia: a fronte di un passato di dolore che si fa scenicamente presente e riemerge di continuo nel pensiero dei personaggi sta un futuro compresso e limitato. La tragedia si chiude con il compiersi violento di un necessario atto di giustizia; un atto fortemente voluto da Elettra, ma che può essere compiuto solo soffocando, adesso come nel passato, la parte affettivamente più ricca della protagonista. Non sorprende allora constatare che il ruolo di Elettra, personaggio assolutamente predominante sulla scena fino al momento del riconoscimento, regredisca rapidamente nel finale in corrispondenza del mancato incontro affettivo col fratello. Di lei restano nella memoria degli spettatori il terribile grido di vendetta e le ultime rabbiose parole che chiedono a Oreste di uccidere alla svelta Egisto, perché quello è l'unico rimedio per tutti i mali che ella ha patito (vv. 1487-1490): il punto d'incontro dei due fratelli è soltanto la vendetta, e non l'affetto che Elettra ha vagheggiato negli anni della solitudine.

Nel finale dell'*Elettra* prevale in definitiva l'impressione che la vicenda mitica, compiutasi nei modi e nei tempi voluti dalla divinità, si sovrapponga alla vicenda interiore di Elettra senza riuscire a riscattarne l'enorme sofferenza, senza ravvivarne la vita affettiva. L'azione di Oreste si limita ad attuare una giustizia che l'uomo deve accogliere perché manifestazione del volere divino, ma che resta sostanzialmente insufficiente a ripagare gli uomini del dolore che hanno dovuto patire per essa e a creare una nuova comunità fondata su affetti veri e profondi. Elettra vede appagato l'odio che ha nutrito per la madre-non madre, ma il tempo perduto e la giovinezza consumata nel lamento, senza sposo, né figli, né affetti, non appaiono compensati dal ritorno di Oreste. Alla casa degli Atridi (che incombe sulla scena nel finale come incombeva all'inizio del dramma) anche nell'immediato tempo extradrammatico restano associate morte e violenza.

Lo svolgimento tradizionale della saga è rispettato (come avviene anche nel *Filottete* grazie all'espediente del *deus ex machina*), ma appare uno scheletro inadeguato a contenere una realtà dolorosa più articolata e profonda, all'interno della quale si muovono le esigenze interiori di Elettra. A lei, diversamente da quanto accade a Filottete e al vecchio Edipo (che approda in Atene a una morte liberatrice), resta estraneo anche il conforto di un nuovo legame affettivo, non convenzionale e sincero come quello di Neottolemo con il figlio di Peante o di Antigone e Ismene col padre. Perduta in un mondo ostile, Elettra è davvero sola in mezzo alla tempesta (come il Coro la descrive al v. 1074), sballottata da eventi messi in moto da un volere divino distante e incomprensibile, di cui agli uomini è percepibile soltanto la conseguenza immediata sulla loro esistenza, e cioè la sofferenza.

Questa condizione non viene superata da alcun valore etico consolidato (la giusta vendetta contro gli assassini è ben lontana dal cancellare la tremenda esperienza del dolore che ha segnato Elettra) e può solo essere affrontata con una disperata, quasi autolesionistica riconferma di sé. Sofocle non approda, come Eschilo, a una teodicea che assegni alla sofferenza umana un valore didattico all'interno di un processo che porta l'uomo alla salvezza, né ad alcun'altra forma di dialettizzazione della presenza del dolore e del male nella vita umana che la giustifichi e la renda accettabile.

Quella dell'*Elettra* è una prospettiva particolarmente cupa, priva di aperture, che se da una parte ricorda il finale dell'*E*-

dipo Re, dall'altra fra presentire la ricerca di nuove esperienze affettive che caratterizzerà il *Filottete* e l'*Edipo a Colono*. Ma anche Euripide, nella cui produzione tarda compaiono numerosi punti di contatto con Sofocle, sembra aver recepito questa atmosfera: pochi anni dopo l'*Elettra* egli metterà in scena l'*Oreste*, un dramma dove la profonda tenerezza fraterna delle scene d'apertura si accompagna alla violenza spietata del tentato assassinio di Elena e del rapimento di Ermione, reazione esasperata di due *paria* nei confronti di una società che li ha rifiutati e che si è dimostrata completamente incapace di affrontare il nodo etico del matricidio, se non con l'ulteriore atto di violenza costituito dalla condanna a morte.

ENRICO MEDDA

GIUDIZI CRITICI

I

C'è in tutte le tragedie un identico pilastro drammatico: l'immagine sempre bifronte dell'uomo. In essa, al chiaro talento eroico s'oppone la disarmata fragilità alla rete degli eventi. Certo, nulla di nuovo: era l'angolatura da cui i Greci avevano osservato da sempre la condizione mortale. Ne fanno fede i testi di Omero, degli elegiaci arcaici, dei poeti lirici. Ma Sofocle crea un'espressione originale, nelle forme del dramma. Come tutti quei poeti prima di lui, Sofocle pare ossessionato dal bisogno di dimostrare con certezza che lo spirito umano, nella sua fibra profonda, detiene dignità e valore: l'uomo ha in sé la *potenza* del coraggio, della sagacia, dell'energia morale, insomma dell'umanità [...]: la dote eminente è la capacità di fronteggiare la sofferenza con un conscio resistere, non con quel genuflettersi ottuso che è proprio dell'animale. La presenza del «male» nel mondo non è dimostrazione che quei caratteri positivi non esistano, o che il loro valore si possa annientare: traduciamo con «male», in mancanza dell'espressione più esatta, il τὸ κακόν greco, che è insieme malasorte, dolore, vizio. Questo polo negativo è sempre riconosciuto dal poeta come una faccia reale del mondo, quale è: impastate con la sua idoneità ad elevarsi a grandi altezze, l'uomo ha in sé disperazione e mortale pochezza. Può dunque essere «divino» nei talenti naturali e nell'eccellenza degli esiti: ma è anche preda di un'immensa ragnatela di circostanze esterne che sfuggono al suo dominio, imprigionato dal fattore tempo, dall'ignoranza del passato, del presente e del futuro, accecato dalle passioni che ne offuscano l'intelletto e ne minano la volontà, sempre sul filo del rasoio di devastare se stesso e chi gli sta vicino con la sua incapacità – o riluttanza ostinata – a comprendere.

[P.E. Easterling, in *La letteratura greca della Cambridge University*, a cura di P.E. Easterling e B.M.W. Knox, ed. it. a cura di E. Savino, Milano 1989, I, pp. 540-541].

II

Così al tutto mancherebbe qualcosa se per bocca degli Atridi non si manifestasse quel mondo falso, opposto, di cui Aiace aveva voluto vendicarsi. E se nell'*Aiace* non vi fosse il contrasto tra ciò che è grande e la meschinità del desiderio di vendetta, non si renderebbe il giusto onore a colui che gli dèi hanno fatto precipitare [...]. La nobiltà tutta esteriore, contro quello che è invece il valore innato, si riveste del vuoto suono delle formule gnomiche, delle sentenze che proclamano la salvezza nell'ubbidienza, la stabilità dello Stato; parole che incutono paura, come nella polis le leggi: ecco come dovrebbe essere il comando dell'esercito! Che contrasto tra la grandiosità di Aiace e questa meschinità! Tra il torto del grande e il diritto dei mediocri!

[K. Reinhardt, *Sofocle,* trad. it. Genova 1989, pp. 43-44].

III

L'*Aiace* non è il miglior dramma che Sofocle ha scritto. Esso contribuisce, secondo me, a scacciare l'idea negativa di uno spirito della tragedia attica che non può commettere errori, e a rimpiazzarlo con un poeta efficace, capace di raggiungere la magnificenza nonostante, anzi talvolta proprio a causa di difetti ed errori. Se si potesse dire di un dramma di Sofocle che non è un buon dramma, ma è una grande opera, questo sarebbe l'*Aiace*.

[R. Lattimore, *The Poetics of Greek Tragedy*, Baltimore 1958, p. 80].

IV

E anche nell'*Aiace* il protagonista soccombe, nel senso che egli esce dalla tenda proprio questo giorno preciso che non doveva uscire, e muore. Ma c'è un limite ben preciso a questo soccombere. [...] Sulla bocca di Aiace non compare l'espressione di disperata sorpresa che esce dalla bocca di Edipo e di Eracle. Aiace non si lascia sorprendere dal gioco della dea. Lui ha già predisposto le sue difese. Lui ha già disposto le sue cose in modo da non poter essere sorpreso. Il fatto che Aiace si dia la morte può essere considerato come un segno di vittoria della dea; ma a guardare le cose più nel profondo si vede che il gioco crudele di Atena trova un limite proprio nel fatto che Aiace, consapevolmente, si toglie la vita.

[V. Di Benedetto, *Sofocle,* Firenze 1988[2], pp. 61-62].

V

Ma per poter svolgere questo ruolo (*scil.* di vendicatrice), ella (*scil.* Elettra) deve sacrificare molto di più di un Aiace, un'Antigone o un Edipo. Essi sacrificano la loro vita o la loro felicità, Elettra invece sacrifica la propria personalità. Già prima del ritorno di Oreste si è preparata per anni, alla scuola di sua madre, al ruolo di vendicatrice nei confronti della madre. Per poter portare a termine la vendetta assieme ad Oreste, ella deve in un certo senso avvicinarsi alla sfera dei suoi avversari, il che per un eroe sofocleo è un fatto pressoché innaturale. [...] Se e come Elettra è destinata a sopravvivere dopo il suo atto, se sposerà Pilade, come in Euripide, se le Erinni perseguiteranno lei e Oreste, o solo Oreste, o nessuno dei due – tutto questo per noi è abbastanza indifferente. Poiché alla fine di questa cupa tragedia, come estrema conseguenza del comando divino, noi vediamo solo un giovane divenuto insicuro e una donna interiormente spezzata.

[H. Friis Johansen, *Die Elektra des Sophokles. Versuch einer neuen Deutung*, «Classica et Mediaevalia» 25, 1964, pp. 31-32].

VI

Per me Elettra è una persona che accetta un biasimo giustificato in vista di uno scopo più alto, cioè vendicare suo padre e affermare τὸ δίκαιον. Non c'è alcun difficile dilemma morale, la sua scelta è evidente. Ancor meno è possibile sostenere che ella si corrompe moralmente (altra cosa è il fatto che ella non sia un'eroina di tempra inossidabile). Oreste compie la vendetta senza esitazione. Forse gli passa per la mente l'idea che all'azione potrebbero seguire sofferenze, ma non vi presta attenzione. Né questo è permesso allo spettatore. Giustizia è fatta, e gli Atridi si sono aperti lottando la loro via alla libertà. Se le Erinni interverranno per qualche tempo o se altri dolori incombono sugli assassini prima di una riconciliazione finale non lo sappiamo, poiché tale domanda non compare.

[B. Alexanderson, *On Sophocles' Electra*, «Classica et Mediaevalia» 27, 1966, p. 98].

VII

Nonostante Oreste abbia lasciato la scena nel prologo e rientri soltanto nella scena del riconoscimento, egli influisce sul corso dell'azione interiore come se fosse presente. In Eschilo era il vendicatore del padre, in Euripide diviene quasi uno strumento nelle mani della sorella, in Sofocle invece egli è la condizione di vita di Elettra: ella vive grazie alla speranza del suo ritorno, la sua morte è l'annientamento di lei: ὥς μ' ἀπώλεσας θανών.

[W. Schadewaldt, *Monolog und Selbstgespräch*, Berlin 1926, pp. 60-61].

VIII

Così scompare questa creatura poetica, una delle più grandi che Sofocle abbia mai creata, certamente la più complessa: fortissima, risoluta, violenta sino ad esser feroce; tenerissima, dolce, fragile, sino ad essere nient'altro che una donna. Anima ardente, che sa amare e sa odiare; e non si può dire se vinca l'odio o vinca l'amore, perché il suo odio è figlio d'amore. Tutta la tragedia muove da lei, a lei unicamente s'ispira. Essa non è la tragedia della vendetta, né la tragedia del riconoscimento; ma la tragedia delle sofferenze di Elettra.

[G. Perrotta, *Sofocle*, Messina-Milano 1935, p. 361].

BIBLIOGRAFIA

EDIZIONI E COMMENTI

Il testo di Sofocle fu stampato più volte nel Cinquecento. Dopo l'*editio princeps*, curata a Venezia da Aldo Manuzio nel 1502, vide la luce la Giuntina del 1522, alla quale seguirono tre edizioni curate da filologi illustri come Camerarius (1534), Stephanus (1562) e Canter (1579). Di rilievo è anche l'edizione settecentesca di R.F.P. Brunck, Strasburgo 1786-1789. Un progresso decisivo nella critica del testo sofocleo si ebbe però con l'edizione di C.G.A. Erfurdt, *Sophoclis tragoediae*, Lipsiae 1802-1811 (Erfurdt non pubblicò l'*Edipo a Colono*, aggiunto da L. Heller e L. Döderlein nel 1825), rielaborata con l'aggiunta di note dal grande Gottfried Hermann (1811-1851): è un testo a cui si deve ancor oggi fare spesso ricorso. Fra le edizioni ottocentesche si possono ricordare quelle di E. Wunder, Lipsiae 1825 (1831-1837^{2}, poi rivista da N. Wecklein, 1875-1890) e di G. Dindorf (*Sophoclis tragoediae*, Lipsiae 1860^{3}), rivista da S. Mekler (1885^{6}). Nel secolo scorso il testo standard è stato a lungo quello dell'edizione oxoniense di A.C. Pearson, *Sophoclis fabulae*, Oxonii 1924. Una più soddisfacente valutazione dei rapporti fra i manoscritti e dei dati conservati dalla tradizione si ha con l'edizione di A. Dain, *Sophocle*, I-III, Paris 1955-1960 (traduzione francese di P. Mazon); un ulteriore cospicuo approfondimento in questa direzione è stato poi messo in atto da R.D. Dawe nell'edizione teubneriana (*Sophocles. Tragoediae* I-II, Leipzig 1975-1979 [1996^{3}]), anche se la cura nell'indagine sui manoscritti non sempre si è tradotta in scelte editoriali soddisfacenti, con propensione eccessiva all'espunzione e all'emendazione arbitraria. Dopo quella di Dawe, che rimane comunque un importante punto di riferimento per chi voglia avere un quadro preciso dei dati della tradizione, il testo sofocleo ha avuto altre due edizioni critiche, elaborate da A. Colonna (*Sophoclis fabulae*, I-III, Torino 1975-1978-1983, di carattere molto conservativo), e da H. Lloyd-Jones e N.G. Wilson (*Sophoclis fabulae*, Oxford 1990), quest'ultima destinata a sostituire l'ormai invecchiato testo di Pearson nella collana degli «Oxford Classical Texts». L'edizione di Lloyd-Jones e Wilson è accompagnata anche da un volumetto che contiene la giustificazione delle scelte testuali più rilevanti (*Sophoclea*, Oxford 1990). Recentemente Lloyd-Jones ha curato anche un'edizione sofoclea per la collana Loeb (*Sophocles*, ed. by H. Lloyd-Jones, Cambridge Mass.-London 1994).

Particolare importanza rivestono alcune ormai classiche e ancora validissime edizioni commentate: quella di L. Campbell, *Sophocles. The Plays and Fragments*, I-II, Oxford 1879²-1881, ricca di finissime osservazioni linguistiche; il commento di R.C. Jebb, *Sophocles. The Plays and Fragments*, I-VII, Cambridge 1883-1896 (rist. Amsterdam 1962), vero monumento della filologia sofoclea del diciannovesimo secolo; gli agili ma preziosi commenti modestamente destinati all'«uso scolastico» da F.W. Schneidewin (*Sophokles*, I-VII, 1849-1854) più volte rielaborati, prima da A. Nauck (1873-1878) e poi da E. Bruhn e L. Radermacher (Berlin 1909-1914). Bruhn nel 1899 aggiunse anche una ricca appendice sulla lingua e sullo stile del poeta (VIII, *Anhang*, Berlin 1899). Da segnalare per il lettore italiano l'edizione di G. Paduano, *Sofocle. Tragedie e frammenti*, Torino 1982, che offre un testo rivisto rispetto all'edizione di Pearson, ampie note interpretative e una bella traduzione del testo e dei frammenti. Non fornita di un proprio testo critico, ma ugualmente ricchissima di contributi testuali, è la serie dei commentari felicemente portata a termine da J.C. Kamerbeek, *The Plays of Sophocles* (*The Ajax*, Leiden 1963²; *The Trachiniae*, 1959; *The Oedipus Tyrannus*, 1967; *The Electra*, 1974; *The Antigone*, 1978; *The Philoctetes*, 1980; *The Oedipus Coloneus*, 1984).

Per l'*Aiace* in particolare si segnalano il classico commento di C.A. Lobeck (*Sophokles. Ajax*, Lipsiae 1866³), ricca miniera di osservazioni linguistiche, e l'edizione commentata di W.B. Stanford (*Sophocles. Ajax*, London 1963); in italiano F. Ferrari, *L'Aiace di Sofocle*, Torino 1974. Si segnala anche il volume Sofocle. *Aiace*, prefazione e traduzione di M.G. Ciani, testo e commento di S. Mazzoldi, Venezia 1999. Per l'*Elettra* le edizioni di O. Jahn (Bonn 1861; rev. di A. Michaelis,1882²) e G. Kaibel (*Elektra*, Lipsiae 1896 [rist.

Stuttgart 1967]), con ampio commento; P. Groeneboom, *Sophokles. Elektra*, Groningen 1935; J.H. Kells, *Sophocles. Elettra*, Cambridge 1973 (nella serie «Cambridge Greek and Latin Classics», che si sta avviando a completare i commenti alle tragedie di Sofocle: sono usciti, oltre all'*Elettra*, l'*Edipo Re* di R.D. Dawe [1982], il *Filottete* di T.B.L. Webster [1974], le *Trachinie* di P.E. Easterling [1982]). Sia l'*Aiace* sia l'*Elettra* si sono inoltre arricchiti di una nuova edizione critica commentata: *Sophocles*, *Ajax*, edited with introduction, translation and commentary by A.F. Garvie, Warminster, 1998 e Sophocles, *Electra*, edited with introduction, translation and commentary by J. March, Warminster 2001.

I frammenti delle tragedie perdute sono stati raccolti, alla fine del 1800, da A. Nauck, *Tragicorum Graecorum Fragmenta*, Lipsiae 1889², e poi da A.C. Pearson, *The Fragments of Sophocles*, I-III, Cambridge 1917 (a completamento del lavoro di Jebb; ancora utilissimo l'ampio commento al testo). Queste due classiche edizioni sono state oggi sostituite dal volume di S.L. Radt, *Tragicorum Graecorum Fragmenta*, vol. IV, *Sophokles*, Göttingen 1977, che contiene anche le testimonianze relative alla vita e all'arte di Sofocle. Le numerose acquisizioni papiracee sono state edite e discusse da R. Carden, *The Papyrus Fragments of Sophocles*, Berlin-New York 1974.

Gli scolii al testo sofocleo si leggono nell'edizione di P.N. Papageorgiu, *Scholia in Sophoclis tragoedias vetera*, Lipsiae 1888, da integrare con V. De Marco, *Scholia in Sophoclis Oedipum Coloneum*, Roma 1952 e G.A. Christodoulou, *The Ancient Scholia on Sophocles' Aiax*, Atene 1977. Si veda anche O. Longo, *Scholia Byzantina in Sophoclis Oedipum Tyrannum*, Padova 1971.

Tuttora insostituibile risulta il prezioso *Lexicon Sophocleum* compilato da F. Ellendt e rivisto da H. Genthe (Berlin 1872²); per i frammenti si ricorre agli indici dell'edizione di Radt. Sulla lingua e lo stile del poeta vanno ricordati, oltre alla citata appendice di Bruhn, almeno F.R. Earp, *The Style of Sophocles*, Cambridge 1944, e A.C. Moorhouse, *The Syntax of Sophocles*, Leiden 1982. Per le analisi metriche si fa riferimento a O. Schroeder, *Sophoclis Cantica*, Lipsiae et Berolini 1923; H. Pohlsander, *Metrical Studies in the Lyrics of Sophocles*, Leiden 1964 e a A.M. Dale, *Metrical Analyses of Tragic Choruses*, «Bulletin of the Institute of Classical Studies of the University of London» Supp. 21, 1 (*Dactylo-Epitrite*), London 1971; 2 (*Aeolo-Choriambic*), 1981; 3 (*Dochmiac-Iambic*), 1983.

La storia della tradizione manoscritta è trattata nei basilari lavori di A. Turyn, *The Manuscript Tradition of the Tragedies of Sophocles*, Urbana 1952 e R.D. Dawe, *Studies on the Text of Sophocles*, I-III, Leiden 1973-1978. Alcune questioni importanti, tra cui quella dell'esistenza di un archetipo, sono discusse con contributi innovativi da F. Ferrari, *Ricerche sul testo di Sofocle*, Pisa 1983.

Traduzioni italiane complete: E. Bignone, *Sofocle. Le tragedie*, Firenze 1938; G. Lombardo Radice, *Sofocle. Le tragedie*, Torino 1976^6; E Cetrangolo, *Le tragedie di Sofocle*, Torino 1971; F.M. Pontani, *Sofocle. Tutte le tragedie*, Roma 1978; G. Paduano nell'edizione già menzionata (Torino 1982).

STUDI GENERALI SULL'OPERA DI SOFOCLE

AA.VV., *Sophocles revisited*, Essays presented to Sir Hugh Lloyd Jones, ed. by Jasper Griffin, Oxford-New York 1999; S.M. ADAMS, *Sophocles the Playwright,* Toronto 1957; R. BERNARD-MOULIN, *L'element homérique chez les personnages de Sophocle*, Aix-en-Provence 1966; A. VON BLUMENTHAL, *Sophokles. Entstehung und Vollendung der griechischen Tragödie*, Stuttgart 1936; M.W. BLUNDELL, *Helping Friend and Harming Enemies. A Study in Sophocles and Greek Ethics*, Cambridge 1989; C.M. BOWRA, *Sophoclean Tragedy*, Oxford 1944; F. BUDELMANN, *The language of Sophocles*, Cambridge-New York (N.Y.) 2000; R.W.B. BURTON, *The Chorus in Sophocles' Tragedies*, Oxford 1980; V. DI BENEDETTO, *Sofocle*, Firenze 1988^2; ID., E. MEDDA, *La tragedia sulla scena. La tragedia greca in quanto spettacolo teatrale*, Torino 1997; H. DILLER, *Göttliches und menschliches Wissen bei Sophokles*, Kiel 1950; ID., *Über das Selbstbewusstsein der sophokleischen Personen*, «Wiener Studien» 69, 1956, 7085; ID., *Menschendarstellung und Handlungsführung bei Sophokles*, «Antike und Abendland» 6, 1957, 157-169; V. EHRENBERG, *Sophocles and Pericles*, Oxford 1954; H. FLASHAR, *Sophokles*, München 2000; C.P. GARDINER, *The Sophoclean Chorus. A Study of Character and Function*, Iowa City 1987; G.H. GELLIE, *Sophocles. A Reading*, Melbourne 1972; V. HÖSLE, *Il compimento della tragedia nell'opera tarda di Sofocle. Osservazioni storico-estetiche sulla struttura della tragedia attica*, trad it. Napoli 1986; G.M. KIRKWOOD, *A Study of Sophoclean Drama*, Ithaca (NewYork) 1958; H.D.F. KITTO, *Sophocles, Dramatist and Philosopher*, London 1958; B.M.W. KNOX, *The Heroic Temper*,

Berkeley/Los Angeles 1964; V. LEINIEKS, *The Plays of Sophocles*, Amsterdam 1982; A. LESKY, *Sophokles und das Humane*, «Almanach der Österreichischen Akademie» 101, 1951, 222-247; H. LLOYD-JONES, N.G. WILSON, *Sophocles. Second Thoughts*, Göttingen, 1997; A. MACHIN, *Cohérence et continuité dans le théâtre de Sophocle*, Haute-Ville, Quebec 1981; A. MADDALENA, *Sofocle*, Torino 1963; E. MEDDA, *La forma monologica. Ricerche su Omero e Sofocle,* Pisa 1983; C. MIRALLES, *Il tragico in Sofocle*, «Lexis» 5, 1997, 33-44; M. DE OLIVEIRA-PULQUÈRIO, *Problemática de tragédia sofocliana*, Coimbra 1968; G. PERROTTA, *Sofocle*, Messina-Milano 1935; K. REINHARDT, *Sophokles*, Franfkurt am Main 1947[3] (trad. it. Genova 1989); A. RODIGHIERO, *La parola, la morte, l'eroe*, Padova 2000; G. RONNET, *Sophocle poète tragique*, Paris 1969; W. SCHADEWALDT, *Sophokles und das Leid*, in *Hellas und Hesperien*, Stuttgart 1960, 231-247; D. SEALE, *Vision and Stugecraft in Sophocles*, Chicago-London 1982; C.P. SEGAL, *Tragedy and Civilization. An Interpretation of Sophocles*, Cambridge Mass.-London 1981; D.F. SUTTON, *The Lost Sophocles*, Lanham 1984; O. TAPLIN, *Sophocles in his Theatre*, «Entretiens Hardt» 29, 1982, 155-183; E. TUROLLA, *Saggio su la poesia di Sofocle*, Bari 1934; G. UGOLINI, *Sofocle e Atene*, Roma 2000; M. UNTERSTEINER, *Sofocle*, Firenze 1935 (1974[2]); H. WEINSTOCK, *Sophokles*, Leipzig-Berlin 1931 (Wuppertal 1948[3]); C.H. WHITMAN, *Sophocles. A Study of Heroic Humanism*, Cambridge Mass. 1951; U. VON WILAMOWITZ-MOELLENDORFF, *Die dramatische Technik des Sophokles*, Berlin 1917; C.W. WILLINK, *Critical studies in the Cantica of Sophocles*: I *Antigone*, «Classical Quarterly» 51, 2001, 65-89; II. *Ajax, Trachiniae, Oedipus Tyrannus, ibid.* 52, 2002, 50-80; III. *Electra, Philoctetes, Oedipus at Colonus, ibid.* 53, 2003, 75-110; R.P. WINNINGTON-INGRAM, *Sophocles. An Interpretation*, Cambridge 1981.

STUDI SULL'«AIACE»

U. ALBINI, *Il percorso di Aiace*, in *Interpretazioni Teatrali. Da Eschilo ad Aristofane*, 3, Firenze 1981, 34-41; L. BERGSON, *Der Aias des Sophokles als «Trilogie». Versuch einer Bilanz,* «Hermes» 114, 1986, 36-50; J. BOULOGNE, *Ulysse. Deux figures de la démocratie chez Sophocle*, «Révue de Philologie» 62, 1988, 99-107; A.M. BOWIE, *The End of Sophocles' Ajax*, «Liverpool Classical Monthly» 8, 1983, 114-115; W.E. BROWN, *Sophocles' Ajax and Homer's Hector*, «Classical Journal» 16, 1965-1966, 118-121; P. BURIAN, *Supplication and Hero Cult in Sophocles' Ajax*, «Greek, Roman and Byzantine Studies» 13, 1972, 151-156; R. CAMERER, *Zu Sophokles' Aias*, «Gymnasium» 60, 1953, 289-327; M.G. CIANI, *Aiace tra epos e tragedia*, «Studi Italiani di Filologia Classica» 15, 1997, 176-187; D. COHEN, *The Imagery of Sophocles. A Study in Aiax' Suicide*, «Greece and Rome» 25, 1978, 24-36; F.L. CORALUPPI, *Interpretazione dell'Aiace di Sofocle*, «Dioniso» 42, 1968, 115-142; G. CRANE, *Ajax, the Unexpected and the Deception Speech*, «Classical Philology» 85, 1990, 89-101; L.R. CRESCI, *Il prologo dell'Aiace*, «Maia» 26, 1974, 217-225; G. DALMEYDA, *Sophocle, Ajax*, «Révue des Études Grecques» 46, 1933, 1-14; J.F. DAVIDSON, *The Parodos of Sophocles' Ajax*, «Bulletin of the Institute of Classical Studies of the University of London» 22, 1975, 163-177; ID., *Sophoclean Dramaturgy and the Ajax Burial Debates*, «Ramus» 14, 1985, 16-29; F. DIRLMEIER, *Der Aias des Sophokles. Ein Beitrag zur Deutung*, «Neue Jahrbücher für antike und deutsche Bildung» 1, 1938, 297-319; G. DONINI, *Note di lettura sull'Aiace di Sofocle*, «Atene & Roma» 29, 1984, 162-171; G. DORE, *Morale gentilizia e morale sofistica nell'Aiace e nel Filottete di Sofocle*, «Rivista Critica di Storia della Filosofia» 21, 1966, 355-372; P.E. EASTERLING, *The Tragic Homer*, «Bulletin of the Institute of Classical Studies of the University of London» 31, 1984, 1-8; R. EBELING, *Missverständnisse um den Aias des Sophokles*, «Hermes» 76, 1941, 283-314; C. EUCKEN, *Die Thematische Einheit des sophokleischen Aias*, «Würzburger Jahrbücher für Altertumswissenschaft» n.F. 17, 1991, 119-133; J.A.S. EVANS, *A Reading of Sophocles' Ajax*, «Quaderni Urbinati di Cultura Classica» 38, 1991, 69-85; J. FERGUSON, *Ambiguity in Ajax*, «Dioniso» 44, 1970, 12-29; F. FERRARI, *La composizione del terzo monologo di Aiace*, «Maia» 32, 1981, 199-205; B.H. FOWLER, *Thought and Underthought in three Sophoclean Plays*, «Eranos» 79, 1981, 1-22; E. FRAENKEL, *Zwei Aias-Szenen hinter der Bühne*, «Museum Helveticum» 24, 1967, 78-86; ID., *Due seminari romani di Eduard Fraenkel: Aiace e Filottete di Sofocle*, Roma 1977; ID., *Un veterano per Aiace. Dai pomeriggi di Bari 66*, «Belfagor» 38, 1983, 433-451; C.P. GARDINER, *The Staging of the Death of Ajax*, «Classical Journal» 75, 1979-1980, 10-14; A. GARVIE, *L'hybris, particuliérment chez Ajax*, in *Sophocle. Le lext et les personnages*, Actes du Colloque International de Aix-en-Provence, 10-11-12/1/1992, ét. rass. par A. Machin et L. Pernée, Aix-en-Provence 1993, 243-253; H. GASTI,

Sophocles' Ajax: the Military Hybris, «Quaderni Urbinati di Cultura Classica» n. s. 40, 1992, 81-93; ID., *Ajax' 'Trugrede'*, «Arctos» 31, 1997, 19-40; H. GOLDER, *Sophocles' Ajax: Beyond the Shadow of Time*, «Arion» 1, 1990, 9-34; G. GROSSMANN, *Das Lachen des Aias*, «Museum Helveticum» 25, 1968, 65-85; W.K.C. GUTHRIE, *Odysseus in the Ajax*, «Greece and Rome» 16, 1947, 115-119; M. HEATH, *The Poetics of Greek Tragedy*, London 1987, 165-208; D.A. FIESTER, *The Heroic Distemper*, «Prometheus» 5, 1979, 241-255; P. HOLT, *The debate-scenes in the Ajax*, «American Journal of Philology» 102, 1981, 275-288; G.M. KIRKWOOD, *Homer and Sophocles' Ajax*, in *Essays Presented to H.D.F. Kitto*, London 1965, 51-70; B.M.W. KNOX, *The Ajax of Sophocles*, «Harvard Studies in Classical Philology» 45, 1961, 1-37; E. LEFÈVRE, *Die Unfähigkeit, sich zu erkennen: Sophokles' Aias*, «Würzburger Jahrbücher für Altertumswissenschaft» n.F. 17, 1991, 91-117; V. LEINIEKS, *Aias and the Day of Wrath*, «Classical Journal» 69, 1974, 193-201; G. LEY, *A Scenic Plot of Sophocles' Ajax and Philoctetes*, «Eranos» 86, 1988, 85-115; I.M. LINFORTH, *Three Scenes in Sophocles' Ajax*, «University of California Publications in Classical Philology» 15, 1954, 1-28; J.M. LUCAS, *Estructura del Ajax de Sófocles*, «Emerita» 42, 1974, 263-285; A. MACHIN, *Ajax, ses ennemis et les dieux,* «Les Études Classiques» 68, 2000, 3-26; G. MARKANTONATOS, *Tragic Irony in the Ajax of Sophokles*, «Platon» 27, 1975, 269-272; M. MASLANKA, *Le problème de la souffrance tragique chez Sophocle (dans Ajax et Oedipe Roi)*, «Eos» 72, 1984, 27-43; L. MASSA-POSITANO, *L'unità dell'Aiace di Sofocle*, Napoli 1946; S.P. MILLS, *The Death of Ajax*, «Classical Journal» 76, 1980-1981, 129-135; R.W. MINADEO, *Sophocles' Ajax and kakia*, «Eranos» 85, 1987, 19-23; P. VON MÖLLENDORFF, *Die Konstruktion von Helden. Rezeptionslenkung durch Intertextualität im "Aias" des Sophokles*, in *Konstruktionen von Wirklichkeit. Bilder im Griechenland des 5. und 4. Jahrhunderts*, hrsg. v. C.R. von den Hofft und S. Schmidt, Stuttgart 2001, 261-279; I. MOORE, *The Dissembling Speech of Ajax*, «Yale Classical Studies» 25, 1977, 47-66; S. MURNAGHAN, *Trials of the Hero in Sophocles' Ajax*, in *Images of Authority, Papers Presented to J. Reynolds*, Cambridge 1989, 171-193; R.M. NIELSEN, *Sophocles' Ajax. A Matter of Judgment*, «Antichthon» 12, 1978, 18-27; D. O'HIGGINS, *The Second Best of the Achaeans*, «Hermathena» 147, 1989, 43-56; G.P. OUELLETTE, *La mort harmonieuse d'Ajax*, «Cahiers des Études Anciennes» 21, 1988, 67-74; G. PAVANO, *L'Aiace di Sofocle*,

«Atti dell'Accademia di Scienze e Lettere di Palermo» III 2, 1942, 539-605; G. PERROTTA, *L'Aiace di Sofocle*, «Dioniso» 7, 1939, 135-149; A.J. PODLECKI, *Ajax's Gods and the Gods of Sophocles*, «L'Antiquité Classique» 49, 1980, 48-56; J.P. POE, *Genre and Meaning in Sophocles' Ajax*, Frankfurt am Main 1987; E. PÖHLMANN, *Bühne und Handlung im Aias des Sophokles*, «Antike und Abendland» 32, 1986, 20-32; ID., *Stage and action in Sophocles' Ajax*, in *Scaenica Saravi-Varsoviensia. Beiträge zum antiken Theater und zu seinem Nachleben*, hrsg. v. J. Axer und W. Görler, Warszawa 1997, 27-44; L. POLACCO, *Problemi di scenografia nell'Aiace di Sofocle*, «Numismatica e Antichità Classica: Quaderni Ticinesi» 19, 1990, 77-97; M. DE RABANAL, *La desgracia de llamarse Ayax*, in *Athlon, Satura grammatica in honorem Francisci R. Adrado*, vol. II, Matriti 1987, 763-766; H.M. ROISMAN, *Guileful Ajax and guileless Odysseus*, «T&P» 19, 1998, 102-110; V.J. ROSIVACH, *Sophocles' Ajax*, «Classical Journal» 72, 1976, 47-61; A. ROVERI, *Il prologo dell'Aiace di Sofocle*, «Vichiana» I 1, 1964, 22-54; G. SARANTOGLOU, *Quelques réflexions psychologiques et psychothérapeutiques à propos de la folie de l'Ajax sophocléen*, «Littérature, médecine et sociéte» 2, 1980, 1-50; ID., *Fonction dramaturgique du fait pathophysiologique dans l'Ajax de Sophocle*, «Littérature, médecine et sociéte» 5, 1983, 55-67; E. SCARCELLA, *Odisseo uomo della μῆτις*, «Rudiae» 1, 171-186; E. SCHLESINGER, *Erhaltung im Untergang. Sophokles' Aias als «pathetische» Tragödie*, «Poetica» 3, 1970, 359-387; R. SCODEL, *The Politics of Sophocles' 'Ajax'*, «SCI» 22, 2003, 31-42; C. SEGAL, *Drama, Narrative and Perspective in Sophocles' Ajax*, in *Opes Atticae, Miscellanea Philologica et Historica Raimondo Bogaert et Hermanno Van Looy oblata*, ed. M. Geerard, Steenbrugge 1990, 395-404; Y. SHIROE, *The Suicide of Ajax*, «Classical Studies» 3, 1987, 1-22; M. SICHERL, *Die Tragik des Aias*, «Hermes» 98, 1970, 14-37; M. SIMPSON, *Sophocles' Aiax. His Madness and Transformation*, «Arethusa» 2, 1969, 88-103; C.E. SORUM, *Sophocles' Ajax in Context*, «Classical World» 79, 1986, 361-377; J.M. STAHL, *Zum Aias des Sophokles*, «Rheinisches Museum» 69, 1914, 515-521; W.B. STANFORD, *Light and Darkness in Sophocles' Ajax*, «Greek, Roman and Byzantine Studies» 19, 1978, 189-197; J. STAROBINSKI, *Trois Fureurs*, Paris 1974 (trad. it. Milano 1982), 9-71; S. STELLUTO, *La visualizzazione scenica dell'Aiace di Sofocle*, «Civiltà Classica e Cristiana» 11, 1990, 33-64; P.T. STEVENS, *Ajax in the Trugrede*, «Classical Quarterly» 36, 1986, 327-336; H.W.

STUBBS, *De Minervae nimia, ut nonnullis videtur, in Ajacem ira*, «Siculorum Gymnasium» 29, 1976, 439-448; K. SYNODINOU, *Tekmessa in the Ajax of Sophocles. Amid Slavery a Moment of Liberation*, «Antike und Abendland» 33, 1987, 99-107; O. TAPLIN, *Yelding to Forethought. Sophocles' Ajax*, in *Arktouros. Hellenic Studies Presented to B.M.W Knox*, Berlin 1979, 122-129; J. TYLER, *Sophocles' Ajax and Sophoclean Plot Construction*, «American Journal of Philology» 95, 1974, 24-42; W.B. TYRRELL, *The Unity of Sophocles' Ajax*, «Arethusa» 18, 1985, 155-185; G. UGOLINI, *Aspetti politici dell'Aiace sofocleo*, «Quaderni di Storia» 42, 1995, 5-33; I. WAERN, *Odysseus bei Sophokles*, «Eranos» 60, 1962, 1-7; F.G. WELCKER, *Über den Aias des Sophokles*, «Rheinisches Museum» 3, 1829, 44-92; 229-264; ID., *Der erste Monolog des sophokleischen Aias*, «Rheinisches Museum» 15, 1860, 419-427; M.M. WIGODSKY, *The «Salvation» of Ajax*, «Hermes» 90, 1962, 149-158; N. WORMAN, *The Herkos Achaion transformed: character type and spatial meanings in the Ajax*, «Classical Philology» 96, 2001, 228-25; S. YOSHITAKE, *The Hatred of Ajax. Sophocles' Ajax*, «Journal of Classical Studies» 37, 1989, 23-33; A.E. YOUMAN, *A Perfect Home for Ajax*, «Classical World» 79, 1986, 397-400; G. ZANKER, *Sophocles' Ajax and the Heroic Values of the Iliad*, «Classical Quarterly» 42, 1992, 20-25; B. ZIMMERMANN, *Der tragische Homer. Zum Aias des Sophokles*, in *Epea pteroenta. Beiträge zur Homerforschung*. Festschrift für Wolfgang Kullmann zum 75. Geburtstag, hrsg. V.M. Reichel und A. Rengakos, Stuttgart 2002, 239-246.

STUDI SULL'«ELETTRA»

U. ALBINI, *Qualche ipotesi sull'Elettra di Sofocle*, in *Interpretazioni Teatrali. Da Eschilo ad Aristofane*, 2, Firenze 1976, 42-56; B. ALEXANDERSON, *On Sophocles' Electra*, «Classica et Mediaevalia» 27, 1966, 79-98; A. ALLEN, *Electra's Hair*, «American Journal of Philology» 107, 1986, 246-248; J. ALSINA, *Observaciones sobre la figura de Clitemestra*, «Emerita» 27, 1959, 297; J. BARRETT, *Mêtis in Sophocles' Electra*, «T&P» 19, 1998, 16-23; J. BOLLACK, *Une question de mot: δίκη dans Sophocle, Électre, v. 610 sq.*, «Révue des Études Grecques» 101, 1988, 173-180; G. BONA, *Note all'Elettra di Sofocle*, in *La Polis e il suo teatro*, a cura di E. Corsini, Padova 1986, 75-102; E. BRANN, *A Note on the Strutture of Sophocles' Electra*, «Classical Philology» 52, 1957, 103-104; I.M. BREMER, *Exit Electra*,

«Gymnasium» 98, 1991, 325-342; P. BRUNEL, *Le mythe d'Électre*, Paris 1971; W.M. CALDER III, *The End of Sophocles' Electra*, «Greek, Roman and Byzantine Studies» 4, 1963, 213-216; J. CASE, *Apollo and the Erinyes in the Electra of Sophocles*, «Classical Review» 16, 1902, 195-200; M. DO CÉU ZAMBUJO FIALHO, *Sófocles, Electra*, «Humanitas» 49, 1997, 283-304; C. CHUAQUI, *Dos poetas fingen matar a Orestes*, «Nova Tellus» 7, 1989, 33-44; A. COLONNA, *Sulla cronologia dell'Elettra di Sofocle*, «Dioniso» 10, 1947, 204-209; ID., *Il volto di Elettra nel dramma di Sofocle*, «Dioniso» 19, 1956, 14; A.M. DALE, *The Electra of Sophocles*, in *Essays in Honour of F. Letters*, Melbourne 1966, 71-77; J. DAVIDSON, *Homer and Sophocles' Elektra*, «Bulletin of the Institute of Classical Studies of the University of London» 35, 1988, 45-72; ID., *Oh, brotherly head: Sophocles, Electra 1164 and related matters*, «Quaderni Urbinati di Cultura Classica» 38, 1991, 87-96; M. DAVIES, *The three Electras: Strauss, Hofmannsthal, Sophocles, and the tragic version*, «Antike und Abendland» 45, 1999, 36-65; B.X. DE WET, *The Electra of Sophocles. A Study in Social Values*, «L'Antiquité Classique» 20, 1977, 23-36; F.M. DUNN, *Orestes and the urn*, «Mnemosyne» Ser. 4 51, 1998, 438-443; F. DUPONT, *L'insignifiance tragique. "Les Choéphores" d'Eschyle, "Électre" de Sophocle, "Électre" d'Euripide*, Paris 2001; M.A. ELISEI, *Le due Elettre*, «Rendiconti dell'Accademia dei Lincei» 7, 1931, 93-169; H. ERBSE, *Zur Elektra des Sophokles*, «Hermes» 106, 1978, 284-300; I. ERRANDONEA, *El Coro de la Electra de Sófocles*, La Plata 1968; A.D. FITTONBROWN, *Notes on Sophocles' Electra*, «Classical Quarterly» n.s. 6, 1956, 38-39; H. FLASHAR, *Die antike Gestalt der Elektra*, in *Inszenierte Antike - Die Antike, Frankreich und wir. Neue Beiträge zur Antikenrezeption in der Gegenwart*, hrsg. v. H. Thorau, H. Köhler. Frankfurt am Main 2000, 47-58; W.H. FRIEDRICH, *Euripides und Diphilos*, München 1953, 71-88; H. FRIIS JOHANSEN, *Die Elektra des Sophokles: Versuch einer neuen Deutung*, «Classica et Mediaevalia» 25, 1964, 8-32; A. GIHON, *The Significance of the Sphragis in Sophocles' Electra*, Diss. Harvard Univ., Cambridge Mass. 1989; A. GREEN, *Oreste et Oedipe*, in *Entretiens sur l'art et la psychanalyse*, Paris-La Haye 1968, 173-223; D.A. HESTER, *Some Deceptive Oracles. Sophocles, Electra 32-37*, «Antichton» 15, 1981, 15-25; G.H.R. HORSLEY, *Apollo in Sophokles' Elektra*, «Antichthon» 14, 1980, 18-29; J. IRIGOIN, *Les deux Électres et les deux Électre*, in *Sophocle. Le texte et les personnages*, Actes du Colloque International de Aix-en-Provence, 10-11-12/1/1992, *cit.*, 163-172; J. JOUANNA, *L'Électre de Sophocle, tragédie du retour*, in *Sophocle. Le texte et les personnages*, Actes du Colloque International de Aix-en-Provence, 10-11-12/1/1992, *cit.*, 173-187; D.M. JUFFRAS, *Sophocles' Electra 973-85 and Tyrannicide*, «Transactions and Proceedings of the American Philological Association» 12, 1991, 99-108; J.H. KELLS, *Sophocles' Electra Revisited*, in *Studies in Honour of T.B.L. Webster*, Bristol 1986, 153-160; G.M. KIRKWOOD, *Two Structural Features of Sophocles' Electra*, «Transactions and Proceedings of the American Philological Association» 73, 1942, 86-95; P. KLIMPE, *Die Elektra des Sophokles und Euripides' Iphigenie bei den Taurern*, Göttingen 1970; E. LEFÈVRE, *Die Unfähigkeit, sich zu erkennen: Sophocles' Electra*, «Würzburger Jahrbücher» n.s. 19, 1993, 19-46; I.M. LINFORTH, *Electra's Day in the Tragedy of Sophocles*, «Univ. of California Publications in Classical Philology» 19/2/1963, 119-121; A. MACHIN, *Antigone et Électre*, «Connaissance Hellénique» 12, 1982, 3-11; ID., *Oreste ou l'échec glorieux. Sophocle, Électre 741-745*, «Pallas» 34, 1988, 45-60; L. MACLEOD, *Dolos and Dike in Sophokles' Elektra* (Mnemosyne Suppl. 219), Leiden-Boston-Köln 2001; G. MARKANTONATOS, *Tragic Irony in the Electra of Sophokles*, «Platon» 28, 1976, 147-150; A. MARTINA, *Il riconoscimento di Oreste nelle Coefore e nelle due Elettre*, Roma 1975; A.S. MCDEVITT, *Shame Honour and the Hero in Sophocles' Electra*, «Antichthon» 17, 1983, 1-12; R.W. MINADEO, *Plot, Theme and Meaning in Sophocles' Electra*, «Classica et Mediaevalia» 28, 1967, 114-142; C.W. MÜLLER, *Überlegungen zum zeitlichen Verhältnis der beiden Elektren*, in *Dramatische Wäldchen*. Festschrift für Eckard Lefèvre zum 65. Geburtstag, hrsg. von E. Stärk und G. Vogt-Spira, Hildesheim-Zürich-New York 2000, 37-45; H.J. NEWIGER, *Hofmannstahls Elektra und die Griechische Tragödie*, «Arcadia» 4, 1969, 138-163; A.S. OWEN, *TA T'ONTA KAI MELLONTA: The End of Sophocles' Electra*, «Classical Review» 61, 1927, 51-52; ID., *The Date of the Electra of Sophocles*, in *Greek Poetry and Life, Essays Presented to Gilbert Murray*, Oxford 1936, 50-52; G. PADUANO, *L''Elektra' di Hofmannsthal come interpretazione di Sofocle*, «Studi Italiani di Filologia Classica» 20.1-2, 2002, 266-284; L. PARMENTIER, *Une scène de l'Électre de Sophocle*, in *Mélanges H. Weil*, Paris 1898, 333-354; O. RIBBECK, *Zu Sophokles' und Euripides' Elektra*, «Leipziger Studien zur classischen Philologie» 8, 1885, 382-386; M. RINGER, *Electra and the empty urn. Metatheater and ro-*

le playing in Sophocles, Univ. of North Carolina Press, 1998; G. RONNET, *Réflexions sur la date des deux Électre*, «Révue des Études Grecques» 88, 1970, 309-332; A. SALMON, *L'ironie tragique dans l'exodos de l'Électre de Sophocle*, «Les Études Classiques» 29, 1961, 241-270; F.H. SANDBACH, *Sophocles, El. 77-85*, «Proceedings of the Cambridge Philological Association» 23, 1977, 71-73; S.L. SCHEIN, *Electra. A Sophoclean Problem Play*, «Antike und Abendland» 28, 1982, 69-80; E.R. SCHWINGE, *Abermals: die Elektren*, «Rheinisches Museum» 112, 1969, 1-13; R. SEAFORD, *The Destruction of Limits in Sophokles' Electra*, «Classical Quarterly» 35, 1985, 315-323; C.P. SEGAL, *The Electra of Sophocles*, «Transactions and Proceedings of the American Philological Association» 97, 1966, 473-545; A. SERGHIDOU, *Électre ἔποικος. Alienation domestique et réintégration dans l'"Électre" de Sophocle*, «Quaderni di Storia» 38, 1993, 85-110; J.T. SHEPPARD, *The Tragedy of Elettra, According to Sophocles*, «Classical Quarterly» 12, 1918, 80-88; ID., *Electra: A defense of Sophocles*, «Classical Review» 41, 1927, 2-9; ID., *Electra again*, «Classical Review» 41, 1927, 163-165; S.C. SHUCARD, *Some Developments in Sophocles' Later Plays of Intrigue*, «Classical Journal» 69, 1973-1974, 133-138; A.C. SKOUVIG, *Sophocles, Electra 77-85*, «Classica et Mediaevalia» 40, 1989, 135-144; A.H. SOMMERSTEIN, *Alternative scenarios in Sophocles' "Electra"*, «Prometheus» 23, 1997, 193-214; C.E. SORUM, *The Fatnily in Sophocles'Antigone and Electra*, «Classical World» 75, 1982, 201-221; P.T. STEVENS, *Sophocles: Electra, Doom or Triumph?*, «Greece and Rome» 25, 1978, 111-119; P. SUYS, *Recherches sur l'Électre de Sophocle*, «Les Études Classiques» 10, 1941, 117-129, 275-280; 11, 1942, 73-83, 204-210, 355-366; G.J. SWART, *The Dramatic Function of the ἀγών scene in the Electra of Sophocles*, «Acta Classica» 27,1984,23-39; T.A. SZLEZÁK, *Sophokles' Elektra und das Problem des ironischen Dramas*, «Museum Helveticum» 38, 1981, 1-21; W. THEILER, *Die ewigen Elektren*, «Wiener Studien» 79, 1966, 102-112; M. TRÉDÉ, *Kairos dans le théâtre de Sophocle et son róle dans l'action dans l'Électre et le Philoctète*, in *Sophocle. Le texte et les personnages*, Actes du Colloque International de Aix-en-Provence, 10-11-12/1/1992, *cit.*, 201-217; J. VAHLEN, *Zur Sophokles und Euripides Elektra*, «Hermes» 26, 1891, 351-365; C.V. VERDE CASTRO, *La «muerte» de Orestes en la Electra de Sófocles*, «Argos» 6, 1982, 45-83; A. VOGLER, *Vergleichende Studien zur sophokleischen und euripideischen Elektra*, Heidelberg

1967; U. VON WILAMOWITZ-MOELLENDORFF, *Die Beiden Elektren*, «Hermes» 18, 1883, 214-263; R.P. WINNINGTON-INGRAM, *The Electra of Sophocles: Prolegomena to an Interpretation*, «Proceedings of the Cambridge Philological Association» 183, 1954-1955, 20-26; T.M. WOODARD, *Electra by Sophocles: The Dialectical Design*, «Harvard Studies in Classical Philology» 68, 1964, 163-205; 70, 1965, 195-233; V. WOOLF, *On not knowing Greek*, in *The Common Reader*, New York s.d. (1925); W. WUHRMANN, *Strukturelle Untersuchungen zu den beiden Elektren und zum euripideischen Orestes*, Diss. Zürich 1940.

Lekythos attica a figure rosse raffigurante il suicidio di Aiace, forse del pittore di Alkimachos, databile al 460 a. C. circa (Basilea, Antikenmuseum). Aiace è rappresentato nudo, in ginocchio, davanti alla sua spada, solo. La testa è rivolta verso l'alto, la bocca semiaperta, le braccia tese, con le mani aperte, in atteggiamento di chi sta pregando gli dèi. Dietro di lui lo scudo è appoggiato ad una colonnina, e in alto si scorge il fodero della spada, vuoto. La tipologia di questa scena non ricorre altrove. La rappresentazione non è lontana dal testo sofocleo; una dipendenza diretta del vaso dalla tragedia è stata ipotizzata da K. Schefold (*Sophokles' Aias auf einer Lekythos*, «Antike Kunst» 19, 1976, pp. 71-78), che daterebbe quindi l'*Aiace* al 460-450 circa e il vaso agli anni immediatamente successivi. Va osservato comunque che nella tragedia di Sofocle Aiace si allontana dalla tenda con la sola spada, dopo aver dichiarato che lo scudo resterà come eredità al piccolo Eurisace, e che alla fine Teucro invia una parte del Coro a prendere le armi rimaste presso la tenda.

Anfora attica a figure nere di Exechias, raffigurante i preparativi di Aiace per il suicidio, databile al 540 a. C. circa (Bologna, Museo Municipale 558). A sinistra una palma situa la scena in contesto esotico; al centro si vede Aiace nudo, coi capelli corti cinti da una fascia, mentre, stando piegato sulle ginocchia, fissa la spada in un monticello di terra. Sulla destra si scorgono le sue armi (lancia, elmo e scudo con immagine della Gorgone), elemento questo che non ricorre nella scena del suicidio della tragedia sofoclea (cfr. la didascalia della foto precedente). La tipologia di questa scena non ricorre altrove.

Coppa attica a figure rosse del Pittore di Brygos, attribuita al primo quarto del V secolo a. C. (New York, Metropolitan Museum L. 69-11.35, ex Coll. Bareiss). Sul medaglione interno è raffigurato il cadavere di Aiace nudo, coi capelli bagnati e in disordine, che giace steso sulla schiena. Il braccio destro è piegato sotto la testa rovesciata all'indietro, il torso è trafitto dalla spada. Una donna, verosimilmente Tecmessa, si accinge a coprire il cadavere con un drappo. La scena, di grande intensità patetica, corrisponde abbastanza bene ai vv. 915-916 dell'*Aiace*, anche se per motivi cronologici sembra impossibile ipotizzare una dipendenza diretta da Sofocle.

Coppa corinzia del «Pittore della Cavalcata», raffigurante numerosi guerrieri dell'esercito acheo a Troia che hanno appena rinvenuto il cadavere di Aiace (580 a. C. circa; Basilea, Antikenmuseum). Aiace, contrassegnato da una iscrizione (AIϜAΣ), giace a terra rivolto a sinistra e trafitto dalla sua spada; intorno a lui numerosi personaggi, tutti indicati col nome (Nestore, Fenice, Agamennone, Odisseo, Diomede, Teucro e Aiace di Oileo) sembrano discutere animatamente. È interessante osservare che Aiace è raffigurato assai più grande (quasi il doppio) degli altri guerrieri, quasi a significarne la statura eroica anche dopo la morte.

Kalyx-cratere attico a figure rosse della metà circa del V secolo a. C., attribuito al Pittore della Docimasia (Boston, Museum of Fine Arts 63. 1246), lato B, raffigurante l'uccisione di Egisto da parte di Oreste. Oreste, raffigurato in armi, con la spada in pugno, afferra per i capelli Egisto, che sta scivolando a terra da uno scranno, e si accinge a trafiggerlo una seconda volta. La prima ferita è evidente sul petto di Egisto che, ormai morente, lascia cadere a terra la lira che tiene nella mano sinistra, mentre con la destra abbozza un gesto estremo di difesa. Da sinistra accorre una donna armata di ascia (solo parzialmente visibile nella foto), probabilmente Clitemestra, da destra invece, col braccio destro teso in avanti, arriva Elettra. Alcuni studiosi invertono l'identificazione delle due figure femminili, e ritengono che Elettra sia invece la donna armata d'ascia. Va tenuto presente che il vaso rappresenta sul lato A la morte di Agamennone, in modo precisamente corrispondente a quella di Egisto, che ne appare il giusto contraccambio. Sofocle si discosta largamente da questa raffigurazione, e nell'*Elettra* inverte l'ordine delle uccisioni, facendo morire per prima Clitemestra: l'uccisione di Egisto è inoltre messa in atto dal solo Oreste all'interno della casa, mentre Elettra resta fuori.

Frammento di rilievo tombale in pietra calcarea, da Taranto (New York, Metropolitan Museum 29.54), databile alla seconda metà del IV secolo a. C. La scena raffigura l'incontro, nei pressi di un altare, tra una donna, vestita con chitone e *himation*, e un giovane rappresentato nudo, con clamide sulle spalle e spada in mano. Sullo sfondo sta appesa un'armatura; sul terreno è appoggiata un'idria. Le due figure sono state identificate da numerosi studiosi come Elettra e Oreste, il cui riconoscimento costituisce l'argomento anche di altre raffigurazioni funebri tarantine dello stesso periodo.

Anfora campana a figure rosse, databile al 340 a. C. circa (Malibu, Getty Museum 80. AE. 155.1). Oreste, rappresentato nudo con calzari alti e mantelletto, armato di spada, afferra per i capelli e sta per uccidere Clitemestra inginocchiata davanti a lui; la donna cerca di dissuaderlo mostrandogli il seno materno. In alto si scorge il busto di un'Erinni con serpi nelle mani. Il motivo del mostrare il seno materno, utilizzato da Eschilo nelle *Coefore* prima dell'uccisione, quando i due personaggi sono ancora visibili in scena (*Cho*. 896-898), scompare in Sofocle, che volutamente colloca all'interno della casa il momento della rivelazione di Oreste alla madre e del matricidio, lasciando che gli spettatori vivano la scena attraverso le reazioni emotive di Elettra alle grida provenienti dall'interno. L'appello alla pietà per la madre si riduce in Sofocle al solo grido dei vv. 1410-1411 «O figlio, figlio, abbi pietà di chi ti ha dato la vita!».

PREMESSA AL TESTO

I. *Elementi biografici*

Le notizie che possediamo sulla vita di Sofocle derivano in gran parte dall'anonima *Vita* che compare nei principali manoscritti (ma non in L), integrata da notizie sparse presenti in Aristotele, da alcune date fissate nell'iscrizione ellenistica detta *Marmor Parium,* dalla voce Σοφοκλῆς del lessico bizantino Suda e da numerose testimonianze di autori diversi (tutto il materiale biografico si può leggere nella sezione *Testimonia vitae atque artis* dell'edizione dei frammenti sofoclei curata da Stefan Radt nel 1977).

La vita di Sofocle copre quasi completamente l'arco del V secolo a. C.: il *Marmor Parium* gli attribuisce infatti 92 anni di vita, che si estendono dal 497/496 al 406/405 (T 3 R.). Nacque nel demo di Colono *Agoraios* da Sofillo, un ricco fabbricante d'armi che lo fece educare in modo signorile; si distinse nella ginnastica e nella musica, disciplina questa nella quale avrebbe avuto come maestro il celebre Lampro. All'età di diciassette anni (secondo una notizia riportataci dalla *Vita*) guidò il coro di giovinetti che intonavano il peana per la vittoria di Salamina. Fu un cittadino in vista, non soltanto per la sua prestigiosa carriera di drammaturgo, ma anche per la costante partecipazione alla vita politica della città, che lo portò a ricoprire cariche importanti come quella di ἑλληνοταμίας, cioè amministratore del tesoro della Lega Delio-Attica (443/442), e di stratego assieme al grande Pericle (nel

441/440); questa seconda carica gli sarebbe stata assegnata come riconoscimento per la composizione dell'*Antigone*, che dovrebbe di conseguenza essere datata al 442 o al 441 (cfr. *Argum.* I dell'*Antigone* = T 25 R.). Meno sicura è la notizia di una sua seconda strategia nel 428/427, assieme a Nicia (cfr. Plut. *Nic.* 15, 2 = T 26 R.). Dopo la grave disfatta degli Ateniesi in Sicilia (413) fu scelto, come cittadino di provata onestà e prestigio, tra i dieci probuli che dovevano rivedere l'assetto costituzionale ateniese, preparando il governo oligarchico dei Quattrocento: compito questo che, stando a quanto testimonia Aristotele nella *Retorica* (1419 a = T 27 R.), Sofocle svolse malvolentieri, con la consapevolezza però che si trattava di una scelta inevitabile. Il suo rapporto con l'attività politica e militare dovette essere di sereno distacco, come sembra indicare l'ironia che egli stesso avrebbe fatto, in presenza del poeta Ione di Chio, sulla sua scarsa abilità di stratego nella spedizione contro Samo (cfr. Ath. XIII , 63 e = T 25 R., 25-30). Oltre a quella di Pericle, Sofocle coltivò l'amicizia con un altro grande del suo secolo, Erodoto, cui dedicò un'ode di saluto quando questi partì per la colonia panellenica di Turi, nel 442 (alcune allusioni evidenti al testo erodoteo nell'*Antigone* e nell'*Edipo a Colono* sono state interpretate come omaggi del poeta all'amico). Fu uomo impegnato anche nella vita religiosa, e contribuì all'introduzione in Atene del culto di Asclepio, avvenuta nel 420: accolse infatti nella sua casa la statua del dio, che in occasione dei Grandi Misteri fu trasportata da Epidauro ad Atene. Il poeta compose in quell'occasione un peana in onore di Asclepio, di cui un'epigrafe ha conservato solo il primo verso. In relazione a questo impegno religioso va posto il culto eroico che gli fu tributato dopo la morte con il nome di Δεξίων (cioè «colui che accoglie», cfr. T 67-73a R.).

L'immagine del poeta concordemente trasmessa dalla tradizione è quella di un uomo dal carattere affabile e dalla personalità affascinante, amante della vita e dei piaceri dell'amore, benvoluto dai concittadini e risparmiato persino dalle frecciate dei comici. Si tratta di un quadro un po' troppo perfetto per non suscitare qualche dubbio; è ragionevole infatti supporre che i biografi antichi siano stati influenzati dal desiderio di ritrovare anche nella vita privata del poeta la presunta «serenità» che ne caratterizzava le opere (questa serenità è frutto in realtà di un fraintendimento critico che ha pesantemente influenzato in passato gli studi sofoclei). In ogni caso, però, la presenza di testimonianze contemporanee (come quelle di Frinico, Aristofane, Ione di Chio) garantisce un fondo di verità storica all'immagine del Sofocle εὔκολος, «affabile», che l'antichità ci ha tramandato. Un solo evento, per quel che sappiamo, turbò i rapporti di Sofocle con la famiglia: il processo intentato contro di lui dal figlio Iofonte (natogli da Nicostrata), probabilmente per gelosia nei confronti del nipote Sofocle il giovane (figlio di Aristone, nato a Sofocle da una relazione con Teoride di Sicione). La tradizione afferma che il poeta, accusato di demenza senile, rispose all'accusa leggendo ai giudici alcuni brani dell'*Edipo a Colono,* che stava allora componendo (cfr. *Vita,* 47 ss.; Cic. *Cato mai.* 22 = T 81 R.). Il processo però è probabilmente da datare al 417, e la storia ha tutta l'aria di essere solo una bella invenzione dei biografi.

Se è vera una notizia riportata da Plutarco (*Cim.* 8,7 = T 36 R.), che fa coincidere l'esordio di Sofocle nel concorso tragico con una vittoria, la carriera teatrale del poeta ebbe inizio con la vittoria del 468 (ottenuta nientemento che su Eschilo, col *Trittolemo,* cfr. T 33 R.); ma la cosa è dubbia, e non si può escludere che egli avesse partecipato all'agone già prima, nel 470. Il successo giovanile continuò ininterrotto per tutta la carriera di Sofocle: egli risultò vincitore nel concorso tragico almeno diciotto volte, ma forse raggiunse le venti (secondo Suda) o ventiquattro (secondo la *Vita*) vittorie. Il pubblico lo prediligeva, ed egli non scese mai al di sotto del secondo posto. Purtroppo della fase iniziale della sua produzione non conosciamo quasi nulla: le tragedie conservate non risalgono probabilmente oltre il 450, e ben quattro (*Edipo Re, Elettra,*

Filottete, Edipo a Colono) appartengono all'ultimo venticinquennio della vita del poeta, un periodo straordinariamente fecondo di capolavori (il *Filottete* fu scritto a ottantasette anni, l'*Edipo a Colono* intorno ai novanta).

La data della morte è inquadrata con precisione da due avvenimenti. Alle Dionisie del 406 il poeta era vivo, e impose agli attori delle sue tragedie, a seguito della morte di Euripide, di vestire a lutto e di non portare corone (*Vita Eur.* 2 = T 54 R.); ma l'anno dopo, alle Lenee del gennaio-febbraio 405, Aristofane nelle *Rane* parla di lui come morto da poco. Sofocle sarà dunque scomparso nel novembre-dicembre del 406 (T 102-104 R.). Del tutto fantasiose appaiono le circostanze della morte tramandate dalla tradizione: il poeta sarebbe morto soffocato da un acino d'uva, oppure stremato dalla recitazione di un lungo brano dell'*Antigone* privo di pause (queste due versioni compaiono nella *Vita*); secondo altri testimoni invece sarebbe stato vinto dalla gioia per l'ennesima vittoria (cfr. T 85, 86, 87 R.).

Delle 123 opere attribuitegli da Aristofane di Bisanzio solo sette (*Aiace, Antigone, Trachinie, Edipo Re, Elettra, Filottete, Edipo a Colono*) sono sopravvissute nella tradizione medievale; un ampio frammento di un dramma satiresco, gli *Ichneutai* («I cercatori di tracce») è stato restituito da un papiro nel 1912. Delle tragedie note solo tre sono databili con precisione: l'*Antigone,* del 442 o 441, il *Filottete,* del 409, e l'*Edipo a Colono*, rappresentato postumo nel 401.

II. *La tecnica drammatica*

Sofocle rientra a buon diritto nel novero dei più grandi uomini di teatro di ogni tempo. La sua padronanza dei mezzi tecnici della tragedia e il suo costante intento di adattarli alle proprie esigenze espressive sono testimoniati da numerose notizie tramandate nella *Vita,* nel lessico bizantino Suda e nella *Poetica* di Aristotele. A lui venivano attribuiti l'introduzione del terzo attore, l'innalzamento del numero dei coreuti da dodici a quindici e lo scioglimento del legame trilogico, con la conseguente presentazione di tre drammi indipendenti l'uno dall'altro. Queste notizie non possono essere prese alla lettera, perché sappiamo che già Eschilo aveva ampiamente esplorato le possibilità tecniche del teatro del suo tempo: nell'*Orestea* del 458 il terzo attore è utilizzato (e la *Vita di Eschilo* ne attribuisce a lui l'introduzione: se invece fosse stato Sofocle, l'innovazione dovrebbe essere collocata tra il 468 e il 458) e certamente già nel 472 il poeta di Eleusi aveva presentato tre drammi sciolti dal legame trilogico (*Fineo, Persiani, Glauco Potnieo*). Potremo però accogliere delle fonti antiche l'idea di un Sofocle che dà carattere definitivo e consapevole a tentativi tecnici precedentemente avanzati, in forma non sistematica, sia da lui stesso che dal suo grande predecessore. Certamente lo scioglimento del legame trilogico consentì a Sofocle di dare pieno sviluppo alla sua tendenza a concentrare l'attenzione sulla vicenda di un singolo personaggio e sul contrasto con altre figure dominanti, lasciando in ombra il peso dei legami generazionali che erano stati invece in primo piano nelle trilogie eschilee.

L'interesse di Sofocle per il lato tecnico della sua attività è confermato dalla notizia che egli stesso avrebbe recitato in gioventù nei suoi drammi *Tamiri* e *Nausicaa,* abbandonando poi questa pratica a causa della debolezza di voce (*Vita* 5, T 28-30 R.), e dalla notizia del lessico Suda secondo la quale egli avrebbe scritto un trattato intitolato *Sul Coro,* del quale però non sappiamo assolutamente nulla (è possibile che il titolo si riferisse specificamente alle parti corali della tragedia, ma anche che il termine «coro» fosse soltanto un equivalente di «tragedia»).

Interessante è anche la notazione contenuta nella *Vita* là dove essa riferisce che Sofocle avrebbe composto le sue tragedie tenendo presenti le capacità specifiche degli attori a cui intendeva affidarle, probabilmente per perseguire al meglio quella rappresentazione dei caratteri che costituiva una delle peculiarità del suo stile.

Dobbiamo presupporre dunque uno scambio vitale di stimoli con Eschilo («imparò la tragedia da Eschilo», afferma senza mezze misure l'autore della *Vita*); lo stesso Sofocle avrebbe suddiviso l'arco della propria produzione poetica in tre fasi, la prima delle quali caratterizzata dall'imitazione del fasto eschileo, la seconda da uno stile più personale, ma difficile e artificioso, la terza dalla conquista di uno stile migliore, più semplice, adatto al carattere dei personaggi rappresentati (cfr. Plut. *De prof. in virt.* 7, 79b = T 100 R.). Purtroppo la perdita pressoché completa della produzione giovanile (tra le opere conservate, quelle di datazione più alta potrebbero arrivare al massimo alla fine degli anni '50, quando Sofocle era già tra i quaranta e i cinquant'anni) ci impedisce di valutare la fondatezza di questo giudizio del drammaturgo su se stesso, in particolare per quanto riguarda il rapporto con Eschilo, da cui drammi come l'*Antigone* e l'*Aiace*, pur mostrando alcuni tratti eschilei, sono già considerevolmente lontani.

Anche con il più giovane Euripide si coglie – al di là di profonde differenze nella visione del mondo e dell'uomo – un considerevole interscambio di idee e forme, nel ricorrere di passi paralleli o nell'accoglimento, da parte dell'uno o dell'altro poeta, di innovazioni formali (ad esempio la monodia iniziale dell'*Elettra* di Sofocle, che ricalca un modulo tipicamente euripideo, oppure la messa in scena dell'aggressione di Elena nell'*Oreste* di Euripide, assai vicina a quella di Clitemestra nell'*Elettra* di Sofocle), soprattutto nella produzione tarda dei due poeti. Si racconta che Sofocle avesse condensato il succo delle differenze fra lui e il rivale nel celebre giudizio conservatoci da Aristotele (*Poetica* 1460 b 32 = T 53a R.): «Io dipingo gli uomini come dovrebbero essere; Euripide come sono»; e anche che alla notizia della morte del rivale avesse esclamato: «È scomparsa la cote su cui affilavo le mie opere» (*Gnomol. Vat.* 517 = T 57 R.).

Aristotele (*Poetica* 1449 a 15 = T 95 R.) attribuisce a Sofocle anche l'invenzione della *skēnographia*, cioè l'uso di fondali dipinti che contribuivano a rendere più realistica l'ambientazione dei drammi: ma possiamo solo cogliere un'ombra di questo aspetto del teatro antico, a causa della povertà delle nostre informazioni sulla pittura del tempo e sulla struttura teatrale nell'ambito della quale questi fondali dipinti dovevano essere utilizzati. Doveva trattarsi probabilmente di pannelli da applicare sulla facciata della *skēnē*, alle spalle degli attori.

La maestria drammatica di Sofocle si esplica soprattutto nella capacità di sfruttare al meglio le possibilità offerte dallo spazio teatrale e dai mezzi scenici a sua disposizione. La perfetta organizzazione dello spazio scenico, le sequenze serrate ed efficacissime di entrate e uscite degli attori (con effetti di ironia tragica, come nel caso dell'*Elettra*), l'evocazione verbale di spazi extrascenici o retroscenici che si caricano di valenze simboliche, sono strumenti di cui egli si serve per suscitare e guidare le emozioni del pubblico, conducendolo al cuore della sua visione tragica dell'esistenza umana. Gli stessi oggetti di scena, lungi dall'essere mero riempitivo visuale dell'azione, diventano spesso simboli sui quali si concentra il *pathos* dei personaggi: la spada di Aiace, simbolo del suo sfortunato valore e dell'ostilità divina, l'urna con le ceneri di Oreste, supremo inganno per Elettra, l'arco di Filottete, concesso come pegno di amicizia e subdolamente sottratto da chi era stato creduto amico, diventano elementi integranti della vicenda tragica e restano nella memoria non meno dei personaggi che riversano su di essi le proprie emozioni.

Tutte le forme espressive della tragedia sono rivisitate da Sofocle con personale creatività: l'intreccio tra dialogo e monologo, la tensione patetica dei *kommoi*, con la diversa intensità emotiva dei metri lirici e dei trimetri giambici, il ritmo serrato delle sticomitie, che spesso evolvono in *antilabai*, le parti monodiche che caratterizzano i drammi più tardi si adeguano flessibilmente alla descrizione dei caratteri e alle vicende di doloroso isolamento che caratterizzano il suo teatro. Gli stessi prologhi, che in Euripide evolvono verso la semplice presentazione dell'antefatto del dramma in forma stereotipa, in Sofocle sono tutti dialogici (tranne forse quello delle *Trachinie*) e fanno parte a pieno titolo dell'azione drammatica, contribuendo a illuminarne i conflitti. È caratteristica appare la costruzione di finali in qualche modo "aperti", che non risolvono appieno la vicenda, lasciando un margine di incertezza e facendo intuire il prevalere della sofferenza sulla soluzione del conflitto tragico impostato nella tragedia (*Aiace* ed *Elettra*, i due drammi compresi in questo volume, costituiscono appunto un efficace esempio di questa tecnica).

III. *Storia della tradizione manoscritta*

Sulla prima fase della circolazione libraria dei testi tragici siamo assai poco informati; in particolare è difficile capire sino a che punto i copioni usati dagli attori per le riprese teatrali delle opere abbiano influito sulla tradizione successiva del testo. Per noi il primo evento significativo si colloca attorno al 330 a. C., epoca in cui l'oratore e uomo politico Licurgo fece depositare una copia ufficiale del testo delle opere dei tragici maggiori, e impose che gli attori si attenessero strettamente ad essa per le rappresentazioni. Fu questo un tentativo di limitare il processo di degrado cui i testi erano andati incontro nel corso del IV secolo, in particolare da quando si era affermata la consuetudine di replicare le rappresentazioni di tragedie famose (cioè dal 386 in poi). La copia ufficiale di Licurgo, stando a quanto ci racconta Galeno nel *Commento al terzo libro delle Epidemie di Ippocrate,* fu in seguito acquisita, con uno spregiudicato stratagemma, da Tolomeo III Evergete re d'Egitto. Questi desideroso di avere i testi per la Biblioteca di Alessandria, chiese in prestito l'originale per trarne delle copie, ma al momento della restituzione preferì mandare ad Atene una copia, trattenendo in Egitto il prezioso esemplare. A seguito di questa astuzia pervenne alla Biblioteca il testo dei tragici destinato a divenire il fondamento della tradizione successiva.

In ambito alessandrino i testi dei tragici maggiori ebbero le cure del grande Aristofane di Bisanzio (255-180 a. C. circa), che recensì il testo, cercò di dirimere le principali questioni relative all'autenticità e affrontò il problema della colometria delle parti liriche, scritte in antico come prosa continua. Aristofane cercò anche di rendere meglio comprensibili i testi, aggiungendo un sistema di accentazione e alcuni segni diacritici che evidenziavano i punti dubbi; particolarmente importante fu l'iniziativa di corredare ogni opera di brevi sommari, detti ὑποθέσεις, che in qualche caso sono giunti sino a noi. In essi erano contenuti dati molto rilevanti, come la data di prima rappresentazione dell'opera, la classificazione nel concorso tragico, il nome delle altre tragedie che la accompagnavano e altro.

Durante tutta l'epoca ellenistica le tragedie furono sempre testi molto frequentati, e richiamarono l'attenzione di altri autorevoli grammatici; abbiamo notizia del lavoro a esse dedicato da Aristarco di Samotracia (216-144 a. C. circa), che le corredò di commenti (ὑπομνήματα) nei quali erano discusse le principali questioni testuali e venivano glossati i termini più difficili. A questi commenti attinse ampiamente, in età romana, un altro importante studioso alessandrino, Didimo (I secolo a. C. – I secolo d. C.). A partire dalla fine del II secolo d. C. andò formandosi una scelta (*eklogh*ē) dei testi più letti nelle scuole, che ebbe purtroppo come conseguenza la progressiva perdita delle opere escluse; i testi selezionati invece (solo sette per Sofocle, come per Eschilo) furono copiati più volte e poterono giungere sino a noi superando la crisi culturale dell'Alto Medioevo. Nell'ambito di questa scelta, il grammatico Sallustio elaborò, nel III-IV secolo, le didascalie dell'*Antigone* e dell'*Edipo a Colono.* Il materiale accumulatosi in secoli di elaborazione critica confluì in parte negli scolî marginali presenti nei manoscritti medievali, che risultano quindi preziosi per ricostruire la storia della tradizione.

In età bizantina, nel IX secolo, si provvide alla traslitterazione degli antichi manoscritti in maiuscola nella nuova e più pratica scrittura minuscola. I nuovi esemplari traslitterati soppiantarono gli antichi e divennero i modelli per numerose copie, cioè per i manoscritti pervenuti sino a noi, sui quali si fondano le attuali edizioni critiche. L'attenzione degli studiosi bizantini si concentrò soprattutto su un gruppo ancora più ristretto di opere, la cosiddetta «triade bizantina», comprendente *Aiace, Elettra* e *Edipo Re,* con la conseguenza del moltiplicarsi delle copie di queste tragedie nei secoli successivi alla traslitterazione. Durante l'epoca dei Paleologi quattro studiosi, Massimo Planude, Manuele Moscopulo, Thomas Magister e Demetrio Triclinio si occuparono a fondo della triade, commentandola, dedicandole scolî e manifestando, per la prima volta dopo secoli di disattenzione per questo aspetto, interesse per i metri lirici (in questo campo si distinse particolarmente il Triclinio).

Si arriva così al Rinascimento, e precisamente al 1424, anno in cui Giovanni Aurispa, professore di greco a Bologna, inviò a Firenze all'amico Niccolò Niccoli il prezioso manoscritto oggi noto come L (*Laur.* 32, 9 della seconda metà del X secolo), contenente le tragedie di Eschilo e di Sofocle, assieme alle *Argonautiche* di Apollonio Rodio. Grazie a lui il codice, assieme a molti altri, evitò di scomparire nel dramma della presa di Costantinopoli del 1453. Il testo di Sofocle poté così approdare alla prima edizione a stampa (*editio princeps*) curata dall'editore veneziano Aldo Manuzio nel 1502 (sedici anni prima di quella di Eschilo).

La valutazione della tradizione manoscritta di Sofocle dipende molto dalla possibilità di individuare rami di tradizione indipendenti dal prezioso codice L (e dal frammento di un suo gemello, il palinsesto *Leidensis* B.P.G. 60 A, siglato P o Λ); in particolare, il dibattito si è centrato sulla valutazione della famiglia cui appartiene il codice A (*Par. Gr.* 2712), che Brunck usò nel Settecento per la sua edizione. L'importanza di questo codice fu sminuita di molto da Turyn, che in un importante studio sulla tradizione manoscritta del poeta espresse l'opinione che in esso per la triade si trovasse traccia del lavoro di Moscopulo, e per le altre opere fosse ravvisabile la discendenza dalla famiglia laurenziana e da quella romana (le lezioni proprie di A sarebbero dunque frutto di emendazione bizantina). Successivi studi hanno corretto questa prospettiva, e avanzato l'ipotesi che A fosse non un prodotto dell'attività di Moscopulo, ma una sua fonte, datandolo alla fine del XIII secolo; di conseguenza esso ha assunto di nuovo un ruolo importante nella costituzione del testo. È stata ridimensionata anche l'importanza da attribuire alla cosiddetta famiglia romana, costituita dai codici G (*Laur. Conv. Soppr.* 152, del 1282), R (*Vat. Gr.* 2291, del XV secolo) e Q (*Par. Suppl. Gr.* 109, del XVI secolo), che Turyn riteneva, assieme alla famiglia laurenziana, l'unica portatrice di tradizione antica. Alcuni studiosi, come ad esempio Dawe, dubitano addirittura che i tre codici possano appartenere a un gruppo omogeneo.

Al codice Laurenziano comunque nessuno contesta una posizione di preminenza nella costituzione del testo sofocleo. Altra cosa è invece formulare l'ipotesi che esso rappresenti proprio l'esemplare derivato dalla traslitterazione di un esemplare in maiuscola; e anche l'ipotesi di un archetipo, prospettata da Turyn (con la famiglia romana e laurenziana che discenderebbero da un esemplare corredato di varianti), appare insoddisfacente in presenza di fondati motivi per sospettare che la traslitterazione non sia in avvenuta una sola volta per tutte, ma abbia avuto luogo in diversi centri scrittorî dell'impero bizantino, come ha sostenuto Franco Ferrari in un importante lavoro (*Ricerche sul testo di Sofocle,* Pisa 1983, pp. 9-19).

AIACE

ΑΙΑΣ

ΑΙΑΣ

ΤΑ ΤΟΥ ΔΡΑΜΑΤΟΣ ΠΡΟΣΩΠΑ

ΑΘΗΝΑ
ΟΔΥΣΣΕΥΣ
ΑΙΑΣ, ΠΑΙΣ ΤΕΛΑΜΩΝΟΣ
ΧΟΡΟΣ ΣΑΛΑΜΙΝΙΩΝ ΝΑΥΤΩΝ
ΤΕΚΜΗΣΣΑ
ΑΓΓΕΛΟΣ
ΤΕΥΚΡΟΣ, ΑΔΕΛΦΟΣ ΑΙΑΝΤΟΣ
ΜΕΝΕΛΑΟΣ
ΑΓΑΜΕΜΝΩΝ

ΚΩΦΟΝ ΠΡΟΣΩΠΟΝ
ΕΥΡΥΣΑΚΗΣ, ΠΑΙΣ ΑΙΑΝΤΟΣ

I personaggi del dramma

ATENA
ODISSEO
AIACE, FIGLIO DI TELAMONE
CORO DI MARINAI DI SALAMINA
TECMESSA
NUNZIO
TEUCRO, FRATELLO DI AIACE
MENELAO
AGAMENNONE

PERSONAGGIO MUTO:
EURISACE, FIGLIO DI AIACE

La scena

Davanti alla tenda di Aiace, all'estremità orientale dell'accampamento greco, dove la costa della Troade si protende nel capo Reteo. È l'alba. Entra Odisseo e comincia ad aggirarsi furtivo, scrutando con attenzione ogni impronta di passi umani sul suolo sabbioso. Dietro di lui compare Atena.

ΑΘΑΝΑ

'Αεὶ μέν, ὦ παῖ Λαρτίου, δέδορκά σε
πεῖράν τιν' ἐχθρῶν ἁρπάσαι θηρώμενον·
καὶ νῦν ἐπὶ σκηναῖς σε ναυτικαῖς ὁρῶ
Αἴαντος, ἔνθα τάξιν ἐσχάτην ἔχει,
πάλαι κυνηγετοῦντα καὶ μετρούμενον
ἴχνη τὰ κείνου νεοχάραχθ', ὅπως ἴδῃς
εἴτ' ἔνδον εἴτ' οὐκ ἔνδον. Εὖ δέ σ' ἐκφέρει
κυνὸς Λακαίνης ὥς τις εὔρινος βάσις·
ἔνδον γὰρ ἀνὴρ ἄρτι τυγχάνει, κάρα
στάζων ἱδρῶτι καὶ χέρας ξιφοκτόνους·
καί σ' οὐδὲν εἴσω τῆσδε παπταίνειν πύλης
ἔτ' ἔργον ἐστίν, ἐννέπειν δ' ὅτου χάριν
σπουδὴν ἔθου τήνδ', ὡς παρ' εἰδυίας μάθῃς.

ΟΔΥΣΣΕΥΣ

Ὦ φθέγμ' Ἀθάνας, φιλτάτης ἐμοὶ θεῶν,
ὡς εὐμαθές σου, κἂν ἄποπτος ᾖς, ὅμως
φώνημ' ἀκούω καὶ ξυναρπάζω φρενί,

ATENA Ti ho sempre visto, figlio di Laerte, in atteggiamento di chi caccia, pronto a cogliere un'opportunità contro i tuoi nemici; ed ora, davanti alla tenda di Aiace, sul mare, qui dove egli occupa la posizione estrema[1], ti scorgo intento già da tempo a seguire ed esaminare le sue orme recenti, per capire se si trova o no nella tenda. E ben ti guida il tuo passo dal fiuto sottile, come di cagna lacena[2]: l'uomo, infatti, è da poco rientrato, col capo madido di sudore e le mani cruente. Non hai più alcun motivo di spiare dentro a questa porta. Dimmi piuttosto perché ti sei preso questa cura: io so, e da me potrai apprendere ogni cosa.

ODISSEO O voce di Atena, la dea a me più cara, come distinta, sebbene non ti possa scorgere[3], io intendo la tua voce, e

[1] Secondo la descrizione che si legge in *Il.* VIII 223-225 e XI 5-9, le tende di Aiace e quelle di Achille si trovavano alle due estremità del campo acheo a Troia, disposto a semicerchio: Aiace a Est, verso il Capo Reteo, Achille a Ovest verso il Sigeo. I due fortissimi eroi non avevano infatti alcun timore di occupare la posizione più esposta agli attacchi nemici, confidando nel loro valore. La tenda di Odisseo si trovava invece al centro.

[2] Le cagne della Laconia avevano fama di grandi capacità venatorie, sia per velocità che per olfatto, come ricordano ad esempio Pindaro (fr. 106 Sn.-M.), Platone (*Parm.* 128 c) e Senofonte (*Cyn.* 10, 4).

[3] È difficile stabilire dove si trovi Atena durante il prologo: Odisseo sottolinea il fatto che ha riconosciuto la dea pur non vedendola, ma l'interpretazione dell'aggettivo ἄποπτος è incerta, poiché esso può significare tanto «invisibile» quanto «lontano dalla vista», «difficile da scorgere» (cfr. per questo secondo senso *O.R.* 762; *El.* 1489). Si prospettano dunque queste possibilità: 1) Atena è invisibile sia a Odisseo che agli spettatori, e le sue battute sono pronunciate retroscenicamente lasciando alla fantasia degli spettato-

χαλκοστόμου κώδωνος ὡς τυρσηνικῆς.
Καὶ νῦν ἐπέγνως εὖ μ' ἐπ' ἀνδρὶ δυσμενεῖ
βάσιν κυκλοῦντ', Αἴαντι τῷ σακεσφόρῳ·
κεῖνον γάρ, οὐδέν' ἄλλον, ἰχνεύω πάλαι.
Νυκτὸς γὰρ ἡμᾶς τῆσδε πρᾶγος ἄσκοπον
ἔχει περάνας, — εἴπερ εἴργασται τάδε·
ἴσμεν γὰρ οὐδὲν τρανές, ἀλλ' ἀλώμεθα·
κἀγὼ 'θελοντὴς τῷδ' ὑπεζύγην πόνῳ.
'Εφθαρμένας γὰρ ἀρτίως εὑρίσκομεν
λείας ἁπάσας καὶ κατηναρισμένας
ἐκ χειρὸς αὐτοῖς ποιμνίων ἐπιστάταις.

l'accolgo nel mio cuore quale bronzeo squillo di tromba tirrena[4]! Sì, anche questa volta hai colto nel segno: mi aggiro in cerca di un nemico, di Aiace portatore di scudo[5]; di lui, e di nessun altro, seguo da tempo le tracce. Un gesto inconcepibile egli ha compiuto contro di noi questa notte, se pure è stato lui l'autore del fatto: nulla infatti sappiamo di chiaro, ma vaghiamo nel dubbio; ed io, spontaneamente, mi sono sobbarcato la fatica di questa ricerca. Poco fa abbiamo trovato ucci-

ri il compito di immaginare la dea (così Kitto; sembra difficile però che un dialogo articolato come quello che ella intreccia con Odisseo potesse svolgersi in questo modo); 2) ella è visibile agli spettatori ma non a Odisseo, e si trova sul θεολογεῖον, una piattaforma rialzata posta al di sopra della *skēnē* di cui fa menzione il lessicografo Polluce (IV 129-130); 3) ella è inizialmente lontana da Odisseo e quindi mal visibile nell'incerta luce dell'alba; poi Odisseo le va vicino e il dialogo può svilupparsi liberamente. Questa terza ipotesi sembra la più verosimile: infatti un dialogo che si sviluppa per ben 133 versi con ampie sezioni sticomitiche sembra mal conciliabile con una posizione sopraelevata di Atena (cfr. Pickard-Cambridge, *The Theatre of Dionysus* cit., p. 48). È possibile che Atena entri dalla stessa *eisodos* di Odisseo, dopo di lui, e lo osservi per un po' prima di rivolgergli la parola, come pensano Ley, *A Scenic Plot* cit., pp. 88-89 e Stelluto, *La visualizzazione* cit., p. 35 Nei vv. 91 ss. Aiace, affacciandosi sulla porta della tenda, dialoga con Atena (e non può vedere Odisseo che la dea rende a lui invisibile), e Tecmessa più avanti allude a quel dialogo dicendo che Aiace parlava «a un'ombra» (vv. 301-304).

[4] Il v. 17, efficacemente evocativo sul piano fonico (si noti l'iterazione dei suoni ο/ω), è denso di reminiscenze letterarie. Il solenne composto χαλκόστομος (lett. «dalla bronzea bocca») era già stato utilizzato da Eschilo in riferimento alla prua delle navi in *Pers.* 415; Sofocle lo riprende, in un'accezione che ricorda il nesso omerico ὄπα χάλκεον con cui è contrassegnata la squillante voce di Achille in *Il.* XVIII 222, all'interno di un passo in cui pure ricorre la similitudine con una tromba («come è sonora la voce della tromba che squilla [...] così allora fu sonora la voce dell' Eacide. E quelli, come udirono la bronzea voce dell'Eacide...», vv. 219-222). Lo scoliaste ricorda vari tipi di tromba, fra cui quella etrusca, che è più volte menzionata in letteratura (cfr. in particolare Aesch. *Eum.* 567 «la penetrante tromba tirrena», Eur. *Phoen.* 1377, Verg. *Aen.* VIII 526), il cui κώδων (ossia l'apertura a forma di campana) era ricurva all' estremità come nel *lituus* romano. Secondo la testimonianza di Pausania (II 21, 3) c'era in Argo un santuario dedicato ad Atena Σάλπιγξ, fondato da Egeleo, il figlio di Tirreno, che avrebbe inventato la σάλπιγξ *[N.d.T.]*.

[5] L'epiteto σακεσφόρος (v. 19) deriva per un processo di condensazione dalla formula omerica φέρων σάκος ἠΰτε πύργον («che porta uno scudo simile a torre»), utilizzata nell'*Iliade* esclusivamente in riferimento ad Aiace (cfr. *Il.* VII 219, XI 485, XVII 128) *[N.d.T.]*.

Τήνδ' οὖν ἐκείνῳ πᾶς τις αἰτίαν νέμει.
Καί μοί τις ὀπτὴρ αὐτὸν εἰσιδὼν μόνον
πηδῶντα πεδία σὺν νεορράντῳ ξίφει
φράζει τε κἀδήλωσεν· εὐθέως δ' ἐγὼ
κατ' ἴχνος ᾄσσω, καὶ τὰ μὲν σημαίνομαι,
τὰ δ' ἐκπέπληγμαι κοὐκ ἔχω μαθεῖν ὅτου.
Καιρὸν δ' ἐφήκεις· πάντα γὰρ τά τ' οὖν πάρος
τά τ' εἰσέπειτα σῇ κυβερνῶμαι χερί.
ΑΘ. Ἔγνων, Ὀδυσσεῦ, καὶ πάλαι φύλαξ ἔβην
τῇ σῇ πρόθυμος εἰς ὁδὸν κυναγίᾳ.
ΟΔ. Ἦ καί, φίλη δέσποινα, πρὸς καιρὸν πονῶ;
ΑΘ. Ὡς ἔστιν ἀνδρὸς τοῦδε τἄργα ταῦτά σοι.
ΟΔ. Καὶ πρὸς τί δυσλόγιστον ὧδ' ᾖξεν χέρα;
ΑΘ. Χόλῳ βαρυνθεὶς τῶν Ἀχιλλείων ὅπλων.
ΟΔ. Τί δῆτα ποίμναις τήνδ' ἐπεμπίπτει βάσιν;
ΑΘ. Δοκῶν ἐν ὑμῖν χεῖρα χραίνεσθαι φόνῳ.
ΟΔ. Ἦ καὶ τὸ βούλευμ' ὡς ἐπ' Ἀργείοις τόδ' ἦν;
ΑΘ. Κἂν ἐξεπράξατ', εἰ κατημέλησ' ἐγώ.
ΟΔ. Ποίαισι τόλμαις ταῖσδε καὶ φρενῶν θράσει;
ΑΘ. Νύκτωρ ἐφ' ὑμᾶς δόλιος ὁρμᾶται μόνος.
ΟΔ. Ἦ καὶ παρέστη κἀπὶ τέρμ' ἀφίκετο;
ΑΘ. Καὶ δὴ 'πὶ δισσαῖς ἦν στρατηγίσιν πύλαις.
ΟΔ. Καὶ πῶς ἐπέσχε χεῖρα μαιμῶσαν φόνου;
ΑΘ. Ἐγώ σφ' ἀπείργω, δυσφόρους ἐπ' ὄμμασι
γνώμας βαλοῦσα τῆς ἀνηκέστου χαρᾶς,
καὶ πρός τε ποίμνας ἐκτρέπω σύμμικτά τε
λείας ἄδαστα βουκόλων φρουρήματα·
ἔνθ' εἰσπεσὼν ἔκειρε πολύκερων φόνον
κύκλῳ ῥαχίζων· κἀδόκει μὲν ἔσθ' ὅτε
δισσοὺς Ἀτρείδας αὐτόχειρ κτείνειν ἔχων,

so tutto il bestiame, trucidato da mano d'uomo insieme con i guardiani stessi. Tutti ne attribuiscono la colpa a lui. Anzi, un testimone che lo vide percorrere da solo la pianura, a grandi balzi, con in pugno la spada intrisa di fresco sangue, mi ha riferito il fatto, precisandone i particolari. Subito mi lancio sulle sue tracce: alcune le identifico, ma per altre rimango perplesso, e non so comprendere a chi appartengano. Sei giunta a proposito: in tutto, nel passato come nel futuro, io mi lascio guidare dalla tua mano.

ATENA Lo so, Odisseo, e da tempo mi sono messa sui tuoi passi, vigile custode alla tua caccia.

ODISSEO Dunque, amata signora, la mia fatica non è vana?

ATENA Sì, poiché questo è opera sua.

ODISSEO E a che scopo egli spinse così la mano insana?

ATENA Era gravato dall'ira per le armi di Achille.

ODISSEO Ma perché è piombato con tale impeto contro il bestiame?

ATENA Credendo di immergere la mano nel vostro sangue.

ODISSEO Questo suo proposito era dunque rivolto agli Argivi?

ATENA E l'avrebbe attuato, se io non avessi provveduto.

ODISSEO Ma con quale ardire, con quale furia dell'animo?

ATENA Di notte, solo, furtivo, si diresse contro di voi.

ODISSEO E riuscì ad arrivarvi? Raggiunse la sua mèta?

ATENA Già si trovava alle porte dei due comandanti.

ODISSEO E come trattenne la mano, avida di sangue?

ATENA Io l'ho fermato, gettandogli sugli occhi le ingannevoli immagini di una gioia funesta, e l'ho deviato sulle vostre mandrie, sul bottino sorvegliato dai pastori, ancora confuso e indiviso. Là egli, avventatosi sulle prede, fece massacro del bestiame dalle molte corna, roteando intorno la spada e trucidando[6], e credeva di uccidere di sua mano ora i due Atridi,

[6] Il testo greco (lett. «colà piombato, egli radeva strage dalle molte corna, spezzando tutt'in cerchio il filo delle reni», vv. 55-56) evoca la vivida immagine dell'eroe circondato da carcasse di animali squartati (notevole sul piano fonico l'insistenza sui suoni gutturali κ/χ). Il verbo ῥαχίζω ricorre an-

ὅτ' ἄλλοτ' ἄλλον ἐμπίτνων στρατηλατῶν.
Ἐγὼ δὲ φοιτῶντ' ἄνδρα μανιάσιν νόσοις
ὤτρυνον, εἰσέβαλλον εἰς ἕρκη κακά.
Κἄπειτ' ἐπειδὴ τοῦδ' ἐλώφησεν φόνου,
τοὺς ζῶντας αὖ δεσμοῖσι συνδήσας βοῶν
ποίμνας τε πάσας εἰς δόμους κομίζεται,
ὡς ἄνδρας, οὐχ ὡς εὔκερων ἄγραν ἔχων·
καὶ νῦν κατ' οἴκους συνδέτους αἰκίζεται.
Δείξω δὲ καὶ σοὶ τήνδε περιφανῆ νόσον,
ὡς πᾶσιν Ἀργείοισιν εἰσιδὼν θροῇς.
Θαρσῶν δὲ μίμνε μηδὲ συμφορὰν δέχου
τὸν ἄνδρ'· ἐγὼ γὰρ ὀμμάτων ἀποστρόφους
αὐγὰς ἀπείρξω σὴν πρόσοψιν εἰσιδεῖν.
Οὗτος, σὲ τὸν τὰς αἰχμαλωτίδας χέρας
δεσμοῖς ἀπευθύνοντα προσμολεῖν καλῶ.
Αἴαντα φωνῶ· στεῖχε δωμάτων πάρος.
ΟΔ. Τί δρᾷς, Ἀθάνα; μηδαμῶς σφ' ἔξω κάλει.
ΑΘ. Οὐ σῖγ' ἀνέξῃ, μηδὲ δειλίαν ἀρῇ;
ΟΔ. Μή, πρὸς θεῶν· ἀλλ' ἔνδον ἀρκείτω μένων.
ΑΘ. Τί μὴ γένηται; πρόσθεν οὐκ ἀνὴρ ὅδ' ἦν;
ΟΔ. Ἐχθρός γε τῷδε τἀνδρὶ καὶ τανῦν ἔτι.
ΑΘ. Οὔκουν γέλως ἥδιστος εἰς ἐχθροὺς γελᾶν;
ΟΔ. Ἐμοὶ μὲν ἀρκεῖ τοῦτον ἐν δόμοις μένειν.
ΑΘ. Μεμηνότ' ἄνδρα περιφανῶς ὀκνεῖς ἰδεῖν;
ΟΔ. Φρονοῦντα γάρ νιν οὐκ ἂν ἐξέστην ὄκνῳ.
ΑΘ. Ἀλλ' οὐδὲ νῦν σε μὴ παρόντ' ἴδῃ πέλας.
ΟΔ. Πῶς; εἴπερ ὀφθαλμοῖς γε τοῖς αὐτοῖς ὁρᾷ.
ΑΘ. Ἐγὼ σκοτώσω βλέφαρα καὶ δεδορκότα.
ΟΔ. Γένοιτο μεντἂν πᾶν θεοῦ τεχνωμένου.
ΑΘ. Σίγα νυν ἑστώς, καὶ μέν' ὡς κυρεῖς ἔχων.

avendoli in suo potere, ora l'uno o l'altro dei capi greci, piombando loro addosso. E mentre l'uomo infuriava nel morbo della follia, io lo incitavo, lo sospingevo in funesti lacci. Quando poi fu sazio di tale strage, stretti in catene i buoi ancora vivi e tutte le pecore, li trascinò nella sua tenda, credendoli uomini e non preda dalle belle corna; e ora là dentro infierisce su di loro, così legati insieme. Mostrerò anche a te questo suo male in piena luce, perché, dopo aver visto, tu lo possa annunziare a tutti gli Argivi. Rimani lì senza paura, e non considerare quest'uomo un pericolo per te: io infatti stornerò la luce dei suoi occhi dalla vista di te. (*Rivolgendosi verso la tenda.*) O tu che costringi nei ceppi le mani dei prigionieri, accorri al mio richiamo! Dico a te, Aiace: esci davanti alla tua dimora!

ODISSEO Che fai, Atena? Non chiamarlo fuori!

ATENA Non te ne starai in silenzio? Vuoi mostrarti un vile?

ODISSEO No, in nome degli dèi, basti solo che egli rimanga dentro!

ATENA Che cosa temi che accada? Costui prima non era un uomo?

ODISSEO Sì, e mio nemico; e tale anche oggi rimane.

ATENA Ridere dei nemici non è forse il più bel riso?

ODISSEO A me basta che egli resti nella sua dimora.

ATENA Ti fa paura vederti davanti un folle?

ODISSEO Se fosse in senno, non lo eviterei per timore.

ATENA Ma nemmeno ora hai motivo di temere: non ti vedrà, per quanto tu gli sia vicino.

ODISSEO E come, se vede con gli stessi occhi di prima?

ATENA Li offuscherò, anche se continueranno a vedere.

ODISSEO Tutto può accadere, quando un dio usa le sue arti.

ATENA Sta' dunque in silenzio e rimani dove sei.

che nel racconto di Tecmessa al v. 299 (ἔσφαζε κἀρράχιζε), dove dà risalto al più comune verbo precedente, analogamente a quanto si verifica in Aesch. *Pers.* 426 ἔπαιον ἐρράχιζον (stessa sede metrica), all'interno di un passo in cui è delineata, in modo altrettanto efficace, la scena della disfatta della flotta persiana: «essi li colpivano con frammenti di remi e rottami, e spezzavano loro le reni come fossero tonni o una retata di pesci» *[N.d.T.]*.

ΟΔ. Μένοιμ' ἄν· ἤθελον δ' ἂν ἐκτὸς ὢν τυχεῖν.
ΑΘ. Ὦ οὗτος, Αἶαν, δεύτερόν σε προσκαλῶ·
τί βαιὸν οὕτως ἐντρέπῃ τῆς συμμάχου;

ΑΙΑΣ

Ὦ χαῖρ', Ἀθάνα, χαῖρε, Διογενὲς τέκνον,
ὡς εὖ παρέστης· καί σε παγχρύσοις ἐγὼ
στέψω λαφύροις τῆσδε τῆς ἄγρας χάριν.
ΑΘ. Καλῶς ἔλεξας· ἀλλ' ἐκεῖνό μοι φράσον,
ἔβαψας ἔγχος εὖ πρὸς Ἀργείων στρατῷ;
ΑΙ. Κόμπος πάρεστι κοὐκ ἀπαρνοῦμαι τὸ μή.
ΑΘ. Ἦ καὶ πρὸς Ἀτρείδαισιν ᾔχμασας χέρας;
ΑΙ. Ὥστ' οὔποτ' Αἴαντ', οἶδ', ἀτιμάσουσ' ἔτι.
ΑΘ. Τεθνᾶσιν ἄνδρες, ὡς τὸ σὸν ξυνῆκ' ἐγώ.
ΑΙ. Θανόντες ἤδη τἄμ' ἀφαιρείσθων ὅπλα.
ΑΘ. Εἶεν· τί γὰρ δὴ παῖς ὁ τοῦ Λαερτίου;
ποῦ σοι τύχης ἕστηκεν; ἦ πέφευγέ σε;
ΑΙ. Ἦ τοὐπίτριπτον κίναδος ἐξήρου μ' ὅπου;
ΑΘ. Ἔγωγ'· Ὀδυσσέα τὸν σὸν ἐνστάτην λέγω.
ΑΙ. Ἥδιστος, ὦ δέσποινα, δεσμώτης ἔσω
θακεῖ· θανεῖν γὰρ αὐτὸν οὔ τί πω θέλω.
ΑΘ. Πρὶν ἂν τί δράσῃς ἢ τί κερδάνῃς πλέον;
ΑΙ. Πρὶν ἂν δεθεὶς πρὸς κίον' ἑρκείου στέγης —
ΑΘ. Τί δῆτα τὸν δύστηνον ἐργάσῃ κακόν;
ΑΙ. Μάστιγι πρῶτον νῶτα φοινιχθεὶς θάνῃ.
ΑΘ. Μὴ δῆτα τὸν δύστηνον ὧδέ γ' αἰκίσῃ.
ΑΙ. Χαίρειν, Ἀθάνα, τἄλλ' ἐγώ σ' ἐφίεμαι,
κεῖνος δὲ τείσει τήνδε κοὐκ ἄλλην δίκην.

ODISSEO Rimango, ma vorrei essere lontano.
ATENA (*Ad alta voce.*) Aiace! Per la seconda volta ti chiamo. Così poco pensiero ti dai della tua alleata?

(*Aiace esce dalla tenda con in mano una sferza intrisa di sangue.*)

AIACE Salve, Atena, salve, figlia di Zeus! Quanto prezioso è stato il tuo aiuto[7]! In ringraziamento di questa caccia ti offrirò spoglie d'oro massiccio.
ATENA Sagge parole. Ma dimmi: hai bene immerso la tua spada nel sangue dei soldati argivi?
AIACE Sì, posso vantarmene, e non lo nego!
ATENA Anche sugli Atridi hai vibrato la tua mano?
AIACE In tal modo che mai più, lo so, oltraggeranno Aiace.
ATENA Dunque sono morti, se ho ben inteso le tue parole.
AIACE Morti: ed ora vengano a prendersi le mie armi!
ATENA Bene. E il figlio di Laerte? Che sorte gli hai riservato? Ti è sfuggito?
AIACE Mi hai chiesto dov'è quella scaltra volpe?
ATENA Appunto. Parlo di Odisseo, del tuo rivale.
AIACE Siede lì dentro in catene, o mia signora, prigioniero a me graditissimo. Ancora non voglio che muoia.
ATENA Cosa intendi fargli prima? Che altro vuoi ricavare da lui?
AIACE Prima, legato a una colonna del mio tetto ...
ATENA Qual pena darai a quell'infelice?
AIACE ... perisca sotto i colpi di sferza, col dorso insanguinato[8].
ATENA Oh no, non torturarlo così, povero sventurato!
AIACE Sono disposto ad appagarti in ogni altro desiderio, Atena, ma egli avrà la punizione che ho detto, e non diversa.

[7] Alcuni, anziché interpretare quest'espressione nel senso di «come bene mi hai assistito!», intendono «come sei giunta a proposito!». Ma cfr. l'analogo uso del verbo παρίστημι al v. 117 *[N.d.T.]*.

[8] «Da qui deriva il titolo del dramma» osserva lo scolio a questo verso con riferimento al titolo Αἴας Μαστιγοφόρος («Aiace portatore di frusta») che veniva attribuito a questa tragedia. Sappiamo però che nelle didascalie (gli elenchi ufficiali dei concorsi tragici) l'opera era registrata semplicemente come Αἴας (cfr. *Argum.*, ll. 13-16 Dain).

ΑΘ. Σὺ δ' οὖν, ἐπειδὴ τέρψις ἥδε σοι τὸ δρᾶν,
χρῶ χειρί, φείδου μηδὲν ὧνπερ ἐννοεῖς.
ΑΙ. Χωρῶ πρὸς ἔργον, τοῦτό σοι δ' ἐφίεμαι,
τοιάνδ' ἀεί μοι σύμμαχον παρεστάναι.
ΑΘ. Ὁρᾷς, Ὀδυσσεῦ, τὴν θεῶν ἰσχὺν ὅση;
Τούτου τίς ἂν σοι τἀνδρὸς ἢ προνούστερος
ἢ δρᾶν ἀμείνων ηὑρέθη τὰ καίρια;
ΟΔ. Ἐγὼ μὲν οὐδέν' οἶδ'· ἐποικτίρω δέ νιν
δύστηνον ἔμπας, καίπερ ὄντα δυσμενῆ,
ὁθούνεκ' ἄτῃ συγκατέζευκται κακῇ,
οὐδὲν τὸ τούτου μᾶλλον ἢ τοὐμὸν σκοπῶν.
Ὁρῶ γὰρ ἡμᾶς οὐδὲν ὄντας ἄλλο πλὴν
εἴδωλ', ὅσοιπερ ζῶμεν, ἢ κούφην σκιάν.
ΑΘ. Τοιαῦτα τοίνυν εἰσορῶν ὑπέρκοπον
μηδέν ποτ' εἴπῃς αὐτὸς ἐς θεοὺς ἔπος,
μηδ' ὄγκον ἄρῃ μηδέν', εἴ τινος πλέον
ἢ χειρὶ βρίθεις ἢ μακροῦ πλούτου βάθει·
ὡς ἡμέρα κλίνει τε κἀνάγει πάλιν
ἅπαντα τἀνθρώπεια· τοὺς δὲ σώφρονας
θεοὶ φιλοῦσι καὶ στυγοῦσι τοὺς κακούς.

ΧΟΡΟΣ

Τελαμώνιε παῖ, τῆς ἀμφιρύτου
Σαλαμῖνος ἔχων βάθρον ἀγχιάλου,
σὲ μὲν εὖ πράσσοντ' ἐπιχαίρω·

ATENA Ebbene, poiché è tuo piacere farlo, battilo pure, non risparmiare nulla di quanto hai in mente.
AIACE Vado a compiere l'opera. Questo soltanto ti chiedo: di assistermi alleata sempre, come ora.

(*Aiace rientra nella tenda.*)

ATENA Vedi, Odisseo, quanto è grande la potenza degli dèi? Quale uomo avresti potuto trovare più accorto di costui o più valente al momento d'agire?
ODISSEO Io non ne conosco nessuno. Ma nonostante mi sia nemico, ho pietà di quell'infelice, per la tremenda sciagura a cui si trova aggiogato: nella sorte di lui trovo riflessa anche la mia. Vedo che noi, quanti viviamo, null'altro siamo se non fantasmi o vana ombra[9].
ATENA Quanto hai visto ti insegni dunque a non proferire mai contro gli dèi alcuna parola arrogante e a non sollevarti ad orgoglio, se più di altri sei potente per braccio o per vastità di ricchezza: un giorno solo basta a piegare tutte le cose umane e ad innalzarle di nuovo. Gli dèi amano gli uomini saggi e odiano i malvagi.

(*Escono Atena e Odisseo. Fa il suo ingresso il Coro, formato da marinai di Salamina.*)

CORIFEO O figlio di Telamone, signore di Salamina[10], l'isola cinta dai flutti, io gioisco se la tua sorte è prospera; ma quan-

[9] La consapevolezza della fugacità delle cose umane è espressa con l'immagine dell'ombra, cara ai tragici e a Pindaro. Cfr. Pind. *Pyth.* VIII 96 σκιᾶς ὄναρ ἄνθρωπος («sogno di un'ombra è l' uomo»); Aesch. fr. 399 R. τὸ γὰρ βρότειον σπέρμ' ἐφήμερα φρονεῖ, καὶ πιστὸν οὐδὲν μᾶλλον ἢ καπνοῦ σκιά («il seme umano fa pensieri effimeri e gode fiducia non più che ombra di fumo»); fr. 154a, 9 R. [βροτὸ]ς κακωθεὶς οὐδὲν ἄλλ' εἰ μὴ σκιά («un mortale colpito da sventura non è altro che un'ombra»); Soph. fr. 945 R. ὦ θνητὸν ἀνδρῶν καὶ ταλαίπωρον γένος, ὡς οὐδέν ἐσμεν πλὴν σκιαῖς ἐοικότες («O stirpe degli uomini, travagliata e soggetta alla morte, siamo null' altro che ombre») e fr. 13 R. ἄνθρωπός ἐστι πνεῦμα καὶ σκιὰ μόνον («l'uomo non è che un'ombra, un respiro»).

[10] Il rapporto di Aiace con l'isola di Salamina, della quale era re, rendeva l'argomento della tragedia particolarmente vicino alla sensibilità del pubbli-

σὲ δ' ὅταν πληγὴ Διὸς ἢ ζαμενὴς
λόγος ἐκ Δαναῶν κακόθρους ἐπιβῇ,
μέγαν ὄκνον ἔχω καὶ πεφόβημαι
πτηνῆς ὡς ὄμμα πελείας.
Ὡς καὶ τῆς νῦν φθιμένης νυκτὸς
μεγάλοι θόρυβοι κατέχουσ' ἡμᾶς
ἐπὶ δυσκλείᾳ, σὲ τὸν ἱππομανῆ
λειμῶν' ἐπιβάντ' ὀλέσαι Δαναῶν
βοτὰ καὶ λείαν
ἥπερ δορίληπτος ἔτ' ἦν λοιπή,
κτείνοντ' αἴθωνι σιδήρῳ.
Τοιούσδε λόγους ψιθύρους πλάσσων
εἰς ὦτα φέρει πᾶσιν Ὀδυσσεύς,
καὶ σφόδρα πείθει· περὶ γὰρ σοῦ νῦν
εὔπειστα λέγει, καὶ πᾶς ὁ κλύων
τοῦ λέξαντος χαίρει μᾶλλον
τοῖς σοῖς ἄχεσιν καθυβρίζων.
Τῶν γὰρ μεγάλων ψυχῶν ἱεὶς
οὐκ ἂν ἁμάρτοις· κατὰ δ' ἄν τις ἐμοῦ
τοιαῦτα λέγων οὐκ ἂν πείθοι·
πρὸς γὰρ τὸν ἔχονθ' ὁ φθόνος ἕρπει·
καίτοι σμικροὶ μεγάλων χωρὶς
σφαλερὸν πύργου ῥῦμα πέλονται·
μετὰ γὰρ μεγάλων βαιὸς ἄριστ' ἄν,
καὶ μέγας ὀρθοῖθ' ὑπὸ μικροτέρων·
ἀλλ' οὐ δυνατὸν τοὺς ἀνοήτους
τούτων γνώμας προδιδάσκειν.
Ὑπὸ τοιούτων ἀνδρῶν θορυβῇ·
χἡμεῖς οὐδὲν σθένομεν πρὸς ταῦτ'
ἀπαλέξασθαι σοῦ χωρίς, ἄναξ·
ἀλλ' — ὅτε γὰρ δὴ τὸ σὸν ὄμμ' ἀπέδραν,
παταγοῦσιν ἅπερ πτηνῶν ἀγέλαι —

do su di te si abbatte il colpo di Zeus, o furioso ti assale malevolo discorso dei Danai, provo un'angoscia profonda e tremo, come l'occhio d'alata colomba. E così, nella notte che ora s'è spenta, grandi voci ci sono giunte, voci di disonore: che tu abbia invaso il prato battuto da veloci cavalli, e distrutto le greggi dei Danai, quanto ancora restava della preda conquistata, facendo strage col tuo ferro balenante. Tali voci Odisseo inventa e sussurra agli orecchi di tutti, e assai persuade: quanto ora dice di te è creduto degno di fede, e chiunque ascolta gode, ancora più di chi parla, nell'insultare ai tuoi dolori. Il dardo scagliato contro anime grandi non può fallire il segno; ma chi diffondesse simili ingiurie sul mio conto non troverebbe credito. È contro il potente che l'invidia striscia. Eppure, senza i grandi, gli umili sono instabile baluardo di torre[11], mentre un debole in unione con i potenti può giungere nel miglior modo alla salvezza, così come un potente con l'aiuto dei più deboli[12]. Ma non è possibile convincere per tempo gli stolti di queste verità. Da gente simile sei fatto oggetto di calunnie, e noi senza il tuo aiuto, o signore, non abbiamo la forza di respingere queste infamie. Essi, quando sfuggono al tuo sguardo, schiamazzano come stormi di uc-

co ateniese (Atene da sempre rivendicava il possesso di Salamina e la sentiva come parte del suo territorio). Sofocle non manca di sottolineare questo aspetto, come ad esempio al v. 203, dove i marinai di Aiace vengono chiamati da Tecmessa «stirpe degli Eretteidi autoctoni», con un epiteto che era tipico degli Ateniesi, tradizionalmente fieri della propria autoctonia (Eretteo, antico re di Atene, secondo alcune versioni del mito sarebbe infatti nato dalla terra).

[11] È possibile cogliere in questa immagine una reminiscenza di formule epiche: nei poemi omerici Aiace è ἕρκος Ἀχαιῶν («baluardo degli Achei»; cfr. *Il.* III 229, VI 5, VII 211), porta uno scudo simile a torre (cfr. sopra la n. 5), è lui stesso πύργος, «torre» di difesa per gli Argivi, secondo quanto afferma Odisseo in *Od.* XI 556 *[N.d.T.]*.

[12] Alcuni interpretano πύργου ῥῦμα al v. 159 (lett. «difesa di torre») nel senso di «torre di difesa», e vedono in ἄν... ὀρθοῖτο (vv. 160-161) il prolungarsi della metafora («in unione con i grandi il piccolo può tenersi eretto nel modo migliore, e così il grande a opera dei più piccoli»), con probabile allusione al fatto che la solidità di un'opera muraria è basata sull'alternarsi di pietre grandi e piccole che si sostengono vicendevolmente (un proverbio simile si legge in Platone *Leg.* 902d) *[N.d.T.]*.

μέγαν αἰγυπιόν ⟨γ'⟩ ὑποδείσαντες,
τάχ' ἄν, ἐξαίφνης εἰ σὺ φανείης,
σιγῇ πτήξειαν ἄφωνοι.

Ἦ ῥά σε Ταυροπόλα Διὸς Ἄρτεμις — Str
ὦ μεγάλα φάτις, ὦ
μᾶτερ αἰσχύνας ἐμᾶς —
ὥρμασε πανδάμους ἐπὶ βοῦς ἀγελαίας,
ἤ πού τινος νίκας ἀκάρπωτον χάριν,
ἤ ῥα κλυτῶν ἐνάρων
ψευσθεῖσ', ἀδώροις εἴτ' ἐλαφαβολίαις;
ἢ χαλκοθώραξ, εἴ τιν' Ἐνυάλιος
μομφὰν ἔχων ξυνοῦ δορὸς ἐννυχίοις
μαχαναῖς ἐτείσατο λώβαν;
Οὔ ποτε γὰρ φρενόθεν γ' ἐπ' ἀριστερά, Ant.
παῖ Τελαμῶνος, ἔβας
τόσσον ἐν ποίμναις πίτνων·
ἥκοι γὰρ ἂν θεία νόσος· ἀλλ' ἀπερύκοι
καὶ Ζεὺς κακὰν καὶ Φοῖβος Ἀργείων φάτιν·
εἰ δ' ὑποβαλλόμενοι
κλέπτουσι μύθους οἱ μεγάλοι βασιλῆς,
ἢ τᾶς ἀσώτου Σισυφιδᾶν γενεᾶς,

celli; ma se improvviso tu apparissi, come atterriti di fronte al grande avvoltoio, subito, privi di voce, si rannicchierebbero in silenzio.

CORO Forse la figlia di Zeus
che muove a corsa i tori, Artemide[13]
(o Fama possente
o madre della mia vergogna!)
ti spinse contro le giovenche indivise della mandria,
per qualche vittoria di cui non ricevette ricompensa,
poiché le negasti il dono di inclite spoglie
o di cervi uccisi nella caccia?
O forse Enialio, il dio dalla bronzea corazza[14],
avendo contro di te motivo di biasimo
perché non riconoscesti la sua lancia
alleata in battaglia, vendicò l'oltraggio
con notturne insidie?

Non certo per impulso della tua mente,
o figlio di Telamone,
ti sei spinto a tanta follia
da scagliarti sulle mandrie:
deve averti raggiunto un morbo mandato dagli dèi.
Ma Zeus e Febo disperdano
le malvagie voci degli Argivi!
Se i grandi condottieri
o il figlio della scellerata stirpe di Sisifo[15]

[13] Un culto di Artemide *Tauropolos* è storicamente attestato ad Ale Araphenides, sulla costa Sud-Est dell'Attica: qui si venerava una vetusta immagine (ξόανον) che si diceva fosse stata portata in Attica dalla terra dei Tauri (cfr. Strabo IX 1, 22; 399; Call. *Hymn. in Dian.* 173; Eur. *I.T.* 1453). L'epiteto Ταυροπόλος sarà però da riconnettere non con tale origine dello ξόανον, ma piuttosto con il sostantivo ταῦρος («toro») e con riti del tipo dei Ταυροπόλια.

[14] In Omero e in generale nell'epica Enialio e Ares sembrano coincidere, ma si tratta più probabilmente di due divinità distinte, come si può ricavare dall'ampio materiale raccolto nella nota di Kamerbeek *ad loc*.

[15] Si tratta di Odisseo. Spiega lo scolio al passo: «Si dice che Anticlea, inviata dall'Arcadia a Itaca presso Laerte per le nozze, si unì durante il viaggio

μὴ μή μ', ἄναξ, ἔθ' ὧδ' ἐφάλοις κλισίαις
ἐμμένων κακὰν φάτιν ἄρῃ.

'Αλλ' ἄνα ἐξ ἑδράνων ὅπου μακραίωνι Ep.
στηρίζῃ ποτὲ τᾷδ' ἀγωνίῳ σχολᾷ
ἄταν οὐρανίαν φλέγων.

'Εχθρῶν δ' ὕβρις ὧδ' ἀταρβήτως
ὁρμᾶτ' ἐν εὐανέμοις⟨ι⟩ βάσσαις,
πάντων καγχαζόντων
γλώσσαις βαρυάλγητ'·
ἐμοὶ δ' ἄχος ἕστακεν.

ΤΕΚΜΗΣΣΑ

Ναὸς ἀρωγοὶ τῆς Αἴαντος,
γενεᾶς χθονίων ἀπ' 'Ερεχθειδᾶν,
ἔχομεν στοναχὰς οἱ κηδόμενοι
τοῦ Τελαμῶνος τηλόθεν οἴκου·
νῦν γὰρ ὁ δεινὸς μέγας ὠμοκρατὴς
Αἴας θολερῷ
κεῖται χειμῶνι νοσήσας.

ΧΟ. Τί δ' ἐνήλλακται τῆς ἠρεμίας
νὺξ ἥδε βάρος;
παῖ τοῦ Φρυγίου ⟨σὺ⟩ Τελεύταντος,
λέγ', ἐπεὶ σε λέχος δουριάλωτον

diffondono furtivamente calunnie,
tu, o signore, non dare forza a una cattiva fama
tenendoti così nascosto[16] nella tenda sul mare.

Lèvati dalla dimora dove ormai da tanto tempo,
in quest'ozio che ti tiene lontano dalla lotta,
te ne stai inerte, attizzando
una calamità che giunge fino al cielo.
E la tracotanza dei nemici
si slancia indisturbata per le valli,
dove il vento impetuoso l'alimenta[17],
mentre tutti scherniscono con penosi sarcasmi.
In me sta immoto il dolore.

(*Dalla tenda esce Tecmessa.*)

TECMESSA Difensori della nave di Aiace, stirpe degli Eretteidi autottoni, abbiamo motivo di piangere noi che amiamo la lontana casa di Telamone. In questo momento, il terribile, il grande Aiace dall'indomita forza giace prostrato da oscuro turbine di follia.

CORIFEO Quale peso, dopo la quiete, ha portato la notte che declina[18]? Figlia del frigio Teleutante, parla. Te, preda di

con Sisifo, dal quale discendeva realmente Odisseo» e aggiunge «(Autolico) ospitò Sisifo e fece coricare sua figlia Anticlea con lui, dopodiché la sposò a Laerte, quando già era rimasta incinta di Sisifo». Questa versione della leggenda, che imparentava Odisseo con un personaggio mitico noto per la sua fraudolenta astuzia, è più volte utilizzata per screditare la figura dell'Itacese: cfr. in tragedia Aesch. fr. 175 R., Soph. fr. 567 R., Eur. *Cycl.* 202 ss.

[16] Al v. 192, in luogo di ἐμμένων, congettura di Reiske accolta nel testo da Dain, leggo con la tradizione manoscritta ὄμμ' ἔχων (lett.: «tenendo il tuo occhio dentro la tenda marina»), con κλισίαις come dativo locativo e l'avverbio ὧδε che suggerisce il concetto di «nascosto» (cfr. Jebb, Kamerbeek, Stanford) *[N.d.T.]*.

[17] Continua, nell'immagine delle «valli ben esposte ai venti» (v. 197), la metafora dell'incendio introdotta dal Coro al v. 195 *[N.d.T.]*.

[18] Lett. «Quale peso questa notte ha scambiato con la quiete?»: questa la traduzione secondo il testo di Dain, che al v. 208 accoglie la congettura ἠρεμίας di Thiersch in luogo del tràdito ἀμερίας, il quale suggerirebbe invece il concetto di una successione ininterrotta di sciagure («che peso questa notte ha ricevuto in cambio <di quello> del giorno?», con ἀμερίας

στέρξας ἀνέχει θούριος Αἴας·
ὥστ' οὐκ ἂν ἄϊδρις ὑπείποις.

ΤΕ. Πῶς δῆτα λέγω λόγον ἄρρητον;
θανάτῳ γὰρ ἴσον πάθος ἐκπεύσῃ·
μανίᾳ γὰρ ἁλοὺς ἡμὶν ὁ κλεινὸς
νύκτερος Αἴας ἀπελωβήθη·
τοιαῦτ' ἂν ἴδοις σκηνῆς ἔνδον
χειροδάϊκτα σφάγι' αἱμοβαφῆ,
κείνου χρηστήρια τἀνδρός.

ΧΟ. Οἵαν ἐδήλωσας Str.
ἀνέρος αἴθονος ἀγγελίαν
ἄτλατον οὐδὲ φευκτάν,

τῶν μεγάλων Δαναῶν ὕπο κληζομέναν,
τὰν ὁ μέγας μῦθος ἀέξει.

Ὤιμοι φοβοῦμαι τὸ προσέρπον· περίφαντος ἀνὴρ
θανεῖται, παραπλήκτῳ χερὶ συγκατακτὰς
κελαινοῖς ξίφεσιν βοτὰ καὶ βοτῆρας ἱππονώμας.

ΤΕ. Ὤιμοι· κεῖθεν κεῖθεν ἄρ' ἡμῖν
δεσμῶτιν ἄγων ἤλυθε ποίμναν·
ὧν τὴν μὲν ἔσω σφάζ' ἐπὶ γαίας,
τὰ δὲ πλευροκοπῶν δίχ' ἀνερρήγνυ·
δύο δ' ἀργίποδας κριοὺς ἀνελών,
τοῦ μὲν κεφαλὴν καὶ γλῶσσαν ἄκραν
ῥιπτεῖ θερίσας, τὸν δ' ὀρθὸν ἄνω
κίονι δήσας,
μέγαν ἱπποδέτην ῥυτῆρα λαβὼν
παίει λιγυρᾷ μάστιγι διπλῇ,
κακὰ δεννάζων ῥήμαθ' ἃ δαίμων
κοὐδεὶς ἀνδρῶν ἐδίδαξεν.

guerra e sua compagna, l'impetuoso Aiace ama con costanza d'affetti[19]: tu certo sai, e puoi rispondere.

TECMESSA Come svelare ciò che non è possibile esprimere a parole? Conoscerai un dolore pari alla morte: questa notte il nostro glorioso Aiace, colto da follia, si è coperto di vergogna. All'interno della tenda puoi vedere le vittime sgozzate dalle sue mani, in un lago di sangue: sacrifici offerti da non altri che lui.

CORO Quale annuncio ci hai dato
dell'ardente guerriero!
Un annuncio intollerabile
a cui non ci si può sottrarre,
divulgato dai possenti Atridi,
accresciuto dalla fama immane.
Ahimè, ho timore di quanto sta per venire:
è chiaro che egli morrà
per aver ucciso con mano delirante,
con la nera spada,
le mandrie e i guardiani guidatori di cavalli.

TECMESSA (*Indicando con la mano tesa.*) Ohimè! Di là a noi venne, di là, spingendo il gregge prigioniero, e parte ne sgozzò dentro la tenda, al suolo, parte egli squartò sui fianchi e divise a metà. Poi, sollevati due montoni dalle bianche zampe, all'uno recise la testa e la punta della lingua, che scagliò lontano; l'altro lo legò ritto ad una colonna e, impugnata una lunga correggia per legare i cavalli, con quella doppia sferza che acutamente sibilava[20] si mise a colpirlo, inveendo con parole oltraggiose che un demone, non certo un mortale, gli suggerì.

come aggettivo femminile che sottintende ὥρας, oppure come sostantivo a sé stante) *[N.d.T.]*.

[19] Lett. «avendo concepito amore per te, Aiace persiste», ovvero: «è costante nel suo affetto per te». Altri (Schol. *ad v.* 212, Kamerbeek), meno bene, intendono ἀνέχει nel senso di «onora» [*N.d.T.*].

[20] L'espressione va intesa nel senso che la lunga cavezza per imbrigliare i cavalli, ripiegata in due, formava una frusta a due corregge *[N.d.T.]*.

ΧΟ. Ὥρα τιν' ἤδη τοι Ant.
κρᾶτα καλύμμασι κρυψάμενον
ποδοῖν κλοπὰν ἀρέσθαι,

ἢ θοὸν εἰρεσίας ζυγὸν ἑζόμενον
ποντοπόρῳ ναῒ μεθεῖναι·

τοίας ἐρέσσουσιν ἀπειλὰς δικρατεῖς Ἀτρεῖδαι
καθ' ἡμῶν· πεφόβημαι λιθόλευστον Ἄρη
ξυναλγεῖν μετὰ τοῦδε τυπείς, τὸν αἶσ' ἄπλατος ἴσχει

ΤΕ. Οὐκέτι· λαμπρᾶς γὰρ ἄτερ στεροπᾶς
ᾄξας ὀξὺς νότος ὣς λήγει,
καὶ νῦν φρόνιμος νέον ἄλγος ἔχει.
Τὸ γὰρ ἐσλεύσσειν οἰκεῖα πάθη,
μηδενὸς ἄλλου παραπράξαντος,
μεγάλας ὀδύνας ὑποτείνει.

ΧΟ. Ἀλλ' εἰ πέπαυται, κάρτ' ἂν εὐτυχεῖν δοκῶ·
φρούδου γὰρ ἤδη τοῦ κακοῦ μείων λόγος.

ΤΕ. Πότερα δ' ἄν, εἰ νέμοι τις αἵρεσιν, λάβοις,
φίλους ἀνιῶν αὐτὸς ἡδονὰς ἔχειν
ἢ κοινὸς ἐν κοινοῖσι λυπεῖσθαι ξυνών;

CORO È tempo ormai che io mi ricopra il capo di veli
e di nascosto volga il piede in fuga,
o che, seduto agli agili banchi dei remi,
dia libero corso alla nave che solca il mare:
tanto terribili sono le minacce
che i due sovrani Atridi
scagliano contro di noi: temo di morire,
crudelmente lapidato[21], al fianco di quest'uomo
sul quale incombe un pauroso destino.

TECMESSA Non più: la tempesta del suo animo, che s'era scatenata violenta, si va placando, senza bagliori di lampi[22]. Ma ora, tornato in senno, egli è assalito da un nuovo dolore. Vedere le sciagure di cui si è causa, senza che nessun altro vi abbia preso parte, suscita immense sofferenze.

CORIFEO Ma se la crisi è cessata, credo che si possa star lieti: quando il male è ormai lontano, minore diventa la preoccupazione.

TECMESSA Se ti si offrisse la scelta, che cosa preferiresti? Godere tu solo tenendo nel dolore i tuoi cari, oppure avere in comune con loro l'angoscia[23]?

[21] La lapidazione esprimeva l'esecrazione della collettività nei confronti del colpevole, ed era riservata a delitti particolarmente gravi, che minacciavano la sopravvivenza della comunità stessa. Il Coro teme dunque di essere coinvolto nella punizione di Aiace, secondo l'antica concezione collettiva della responsabilità, per cui i membri di un *clan* o, come in questo caso, le persone vicine al colpevole devono subire la stessa punizione. È notevole come i marinai non avvertano alcun imbarazzo nell'affermare il loro timore per se stessi e il loro desiderio di fuga: in proposito si possono leggere le belle osservazioni di Fraenkel che commentando i vv. 900 ss. sottolineava la profonda diversità del senso morale degli antichi rispetto al nostro («i Greci di epoca classica sanno cos'è l'anima umana e non cercano di abbellirla», *Due seminari romani* cit., p. 31).

[22] Lett. «dopo essersi scatenato violento, come Noto, egli, senza bagliori di lampi, cessa». Noto, uno dei quattro venti principali presso gli antichi Greci, insieme con Borea, Zefiro ed Euro, era precisamente il vento del Sud, procelloso e apportatore di pioggia *[N.d.T.]*.

[23] Il poliptoto κοινὸς ἐν κοινοῖς (v. 267) sottolinea il concetto di reciproco appoggio fra φίλοι, al quale dà ulteriore rilievo il preverbio contenuto nel participio ξυνών *[N.d.T.]*.

ΧΟ. Τό τοι διπλάζον, ὦ γύναι, μεῖζον κακόν.
ΤΕ. Ἡμεῖς ἄρ' οὐ νοσοῦντες ἀτώμεσθα νῦν.
ΧΟ. Πῶς τοῦτ' ἔλεξας; οὐ κάτοιδ' ὅπως λέγεις.
ΤΕ. Ἀνὴρ ἐκεῖνος, ἡνίκ' ἦν ἐν τῇ νόσῳ,
αὐτὸς μὲν ἥδεθ' οἷσιν εἴχετ' ἐν κακοῖς,
ἡμᾶς δὲ τοὺς φρονοῦντας ἠνία ξυνών·
νῦν δ' ὡς ἔληξε κἀνέπνευσε τῆς νόσου,
κεῖνός τε λύπῃ πᾶς ἐλήλαται κακῇ,
ἡμεῖς θ' ὁμοίως οὐδὲν ἧσσον ἢ πάρος.
Ἆρ' ἔστι ταῦτα δὶς τόσ' ἐξ ἁπλῶν κακά;
ΧΟ. Ξύμφημι δή σοι καὶ δέδοικα μὴ 'κ θεοῦ
πληγή τις ἥκῃ. Πῶς γάρ, εἰ πεπαυμένος
μηδέν τι μᾶλλον ἢ νοσῶν εὐφραίνεται;
ΤΕ. Ὡς ὧδ' ἐχόντων τῶνδ' ἐπίστασθαί σε χρή.
ΧΟ. Τίς γάρ ποτ' ἀρχὴ τοῦ κακοῦ προσέπτατο;
δήλωσον ἡμῖν τοῖς ξυναλγοῦσιν τύχας.
ΤΕ. Ἅπαν μαθήσῃ τοὔργον, ὡς κοινωνὸς ὤν.
Κεῖνος γὰρ ἄκρας νυκτός, ἡνίχ' ἕσπεροι
λαμπτῆρες οὐκέτ' ᾖθον, ἄμφηκες λαβὼν
ἐμαίετ' ἔγχος ἐξόδους ἕρπειν κενάς.
Κἀγὼ 'πιπλήσσω καὶ λέγω· « Τί χρῆμα δρᾷς,
Αἴας; τί τήνδ' ἄκλητος οὔθ' ὑπ' ἀγγέλων
κληθεὶς ἀφορμᾷς πεῖραν οὔτε του κλύων
σάλπιγγος; ἀλλὰ νῦν γε πᾶς εὕδει στρατός. »
Ὁ δ' εἶπε πρός με βαί', ἀεὶ δ' ὑμνούμενα·
« Γύναι, γυναιξὶ κόσμον ἡ σιγὴ φέρει. »
Κἀγὼ μαθοῦσ' ἔληξ', ὁ δ' ἐσσύθη μόνος·

CORIFEO Un male doppio, o donna, è un male maggiore.

TECMESSA Così noi, pur non essendo malati, siamo ora sotto il peso della sciagura.

CORIFEO Che intendi dire? Non comprendo.

TECMESSA Quell'uomo, finché era in preda al delirio, traeva piacere, lui solo, dalle sventure in cui si trovava e affliggeva noi che, sani di mente, gli stavamo accanto; ma ora che il morbo lo ha lasciato e gli concede respiro, egli è interamente assalito da un grave tormento, e noi soffriamo non meno di prima. Non è questo, dunque, un duplice male, invece di uno solo?

CORIFEO È vero, e temo che il colpo provenga da un dio. Come dubitarne se egli, liberato dal male, non è per nulla più lieto di quando soffriva?

TECMESSA Così stanno le cose: bisogna che tu lo sappia.

CORIFEO Quale fu l'origine del male che lo assalì? Raccontaci quanto avvenne: noi condividiamo il tuo dolore.

TECMESSA Saprai tutto quello che ha compiuto: la nostra sventura è anche la tua. Nel cuore della notte, quando i fuochi della sera non ardevano più[24], egli, impugnata la spada a doppio taglio, si preparava a fare una sortita, senza motivo. Ed io lo rimprovero, gli dico: «Aiace, che fai? Perché ti lanci in quest'impresa senza esser stato chiamato? Nessun messaggio ti è giunto dagli araldi, né hai udito squillo di tromba. A quest'ora tutto l'esercito è immerso nel sonno». Egli mi rispose brevi parole, l'eterno ritornello: «Donna, alle donne è ornamento il silenzio»[25]. Io compresi e tacqui; egli si precipitò

[24] Si tratta di torce, fuochi di bivacchi, oppure bracieri simili a quelli descritti in *Od.* XVIII 307-311 *[N.d.T.]*.

[25] È possibile che questa sia un'espressione proverbiale, di cui si trova traccia in numerosi altri passi, come Soph. fr. 64 R. αἷς (*scil.* le fanciulle Argive) κόσμος ἡ σιγή τε καὶ τὰ παῦρ' ἔπη («per le quali sono ornamento il silenzio e le poche parole»), Arist. *Pol.* 1260a 30, Aesch. *Sept.* 232, Aristoph. *Lys.* 515, Democr. B 274 D.K. (κόσμος ὀλιγομυθίη γυναικί, «ornamento per la donna è il parlare poco»). Tuttavia, il modo in cui Tecmessa vi fa riferimento fa pensare a una espressione frequentemente usata da Aiace nei suoi confronti.

καὶ τὰς ἐκεῖ μὲν οὐκ ἔχω λέγειν πάθας·
ἔσω δ' ἐσῆλθε συνδέτους ἄγων ὁμοῦ
ταύρους, κύνας βοτῆρας, εὔκερών τ' ἄγραν.
Καὶ τοὺς μὲν ηὐχένιζε, τοὺς δ' ἄνω τρέπων
ἔσφαζε κἀρράχιζε, τοὺς δὲ δεσμίους
ᾐκίζεθ' ὥστε φῶτας ἐν ποίμναις πίτνων.
Τέλος δ' ἀπᾴξας διὰ θυρῶν σκιᾷ τινι
λόγους ἀνέσπα τοὺς μὲν Ἀτρειδῶν κάτα,
τοὺς δ' ἀμφ' Ὀδυσσεῖ, συντιθεὶς γέλων πολύν,
ὅσην κατ' αὐτῶν ὕβριν ἐκτείσαιτ' ἰών·
κἄπειτ' ἀπᾴξας αὖθις ἐς δόμους πάλιν
ἔμφρων μόλις πως ξὺν χρόνῳ καθίσταται.
Καὶ πλῆρες ἄτης ὡς διοπτεύει στέγος,
παίσας κάρα θώϋξεν· ἐν δ' ἐρειπίοις
νεκρῶν ἐρειφθεὶς ἕζετ' ἀρνείου φόνου,
κόμην ἀπρὶξ ὄνυξι συλλαβὼν χερί.
Καὶ τὸν μὲν ἧστο πλεῖστον ἄφθογγος χρόνον·
ἔπειτ' ἐμοὶ τὰ δείν' ἐπηπείλησ' ἔπη,
εἰ μὴ φανοίην πᾶν τὸ συντυχὸν πάθος,
κἀνήρετ' ἐν τῷ πράγματος κυροῖ ποτε.
Κἀγώ, φίλοι, δείσασα τοὐξειργασμένον
ἔλεξα πᾶν ὅσονπερ ἐξηπιστάμην.
Ὁ δ' εὐθὺς ἐξῴμωξεν οἰμωγὰς λυγράς,
ἃς οὔποτ' αὐτοῦ πρόσθεν εἰσήκουσ' ἐγώ·
πρὸς γὰρ κακοῦ τε καὶ βαρυψύχου γόους
τοιούσδ' ἀεί ποτ' ἀνδρὸς ἐξηγεῖτ' ἔχειν·
ἀλλ' ἀψόφητος ὀξέων κωκυμάτων
ὑπεστέναζε, ταῦρος ὣς βρυχώμενος.
Νῦν δ' ἐν τοιᾷδε κείμενος κακῇ τύχῃ
ἄσιτος ἀνήρ, ἄποτος, ἐν μέσοις βοτοῖς
σιδηροκμῆσιν ἥσυχος θακεῖ πεσών·

fuori, solo. Quel che avvenne là, non so dirlo; ma quando egli ritornò, conduceva con sé, legati insieme, tori, cani da pastore e prede dalle belle corna. Alcuni li decapitava, altri li sgozzava sollevandone il collo, oppure spezzava loro il dorso; altri, in catene, li tormentava come fossero uomini, e infieriva contro degli animali. Infine, balzato fuori per la porta, rivolgendosi ad un'ombra, scagliava ingiurie ora contro gli Atridi ora contro Odisseo, con grandi risa sulla vendetta che aveva loro inflitto. Poi, rientrato ancora con un balzo nella tenda, lentamente, a stento, ritrova il senno. Ma come vede il luogo ingombro della strage, si percuote il capo e lancia un terribile grido: si abbatte fra le carcasse degli agnelli uccisi e lì rimane a giacere, stroncato fra corpi stroncati[26], afferrandosi i capelli con le unghie, a piene mani. Restò a lungo in silenzio; poi levò la voce per minacciarmi con orribili parole se non gli avessi rivelato tutto l'accaduto: voleva sapere in quale situazione egli si trovasse. Io, amici, impaurita, gli svelai tutto ciò che aveva fatto, quanto, almeno, sapevo. E subito proruppe in amari gemiti, quali prima non avevo mai udito da lui: infatti diceva sempre che tali lamenti sono propri soltanto di un uomo da nulla, di un vile. Senza strepito di acute grida, gemeva sordamente, come un toro mugghiante. Ora giace nella sua avvilente sciagura, senza prender cibo né bevanda: se ne sta seduto, quieto, dove cadde, in mezzo alle bestie sgozzate dal

[26] La figura etimologica ai vv. 308-309 (un altro esempio poco oltre al v. 317) è uno stilema a cui Sofocle in questi contesti ricorre frequentemente per sottolineare a livello retorico il *pathos* della situazione drammatica *[N.d.T.]*.

καὶ δῆλός ἐστιν ὥς τι δρασείων κακόν·
τοιαῦτα γάρ πως καὶ λέγει κὠδύρεται.
Ἀλλ', ὦ φίλοι, τούτων γὰρ οὕνεκ' ἐστάλην,
ἀρήξατ' εἰσελθόντες, εἰ δύνασθέ τι·
φίλων γὰρ οἱ τοιοίδε νικῶνται λόγοις.
XO. Τέκμησσα, δεινά, παῖ Τελεύταντος, λέγεις
ἡμῖν, τὸν ἄνδρα διαπεφοιβάσθαι κακοῖς.
AI. Ἰώ μοί μοι.
TE. Τάχ', ὡς ἔοικε, μᾶλλον· ἢ οὐκ ἠκούσατε
Αἴαντος, οἵαν τήνδε θωΰσσει βοήν;
AI. Ἰώ μοί μοι.
XO. Ἁνὴρ ἔοικεν ἢ νοσεῖν, ἢ τοῖς πάλαι
νοσήμασι ξυνοῦσι λυπεῖσθαι παρών.
AI. Ἰὼ παῖ παῖ.
TE. Ὤιμοι τάλαιν'· Εὐρύσακες, ἀμφὶ σοὶ βοᾷ.
Τί ποτε μενοινᾷ; ποῦ ποτ' εἶ; τάλαιν' ἐγώ.
AI. Τεῦκρον καλῶ· ποῦ Τεῦκρος; ἢ τὸν εἰσαεὶ
λεηλατήσει χρόνον; ἐγὼ δ' ἀπόλλυμαι.
XO. Ἁνὴρ φρονεῖν ἔοικεν· ἀλλ' ἀνοίγετε·
τάχ' ἂν τιν' αἰδῶ κἀπ' ἐμοὶ βλέψας λάβοι.
TE. Ἰδού, διοίγω· προσβλέπειν δ' ἔξεστί σοι
τὰ τοῦδε πράγη, καὐτὸς ὡς ἔχων κυρεῖ.

[27] Di Teucro, fratello di Aiace, nella tradizione più antica non viene menzionata l'origine illegittima; secondo una variante più tarda (presente in *Il.* VIII 284 e accolta qui da Sofocle) sarebbe invece un figlio naturale di Telamone e della troiana Esione, ottenuta dal padre di Aiace come ricompensa per la spedizione contro Troia alla quale aveva partecipato assieme a Eracle. Teucro stesso parla della sua origine ai vv. 1299-1303, durante la lite con Agamennone.

[28] Il κἀπ' ἐμοί (v. 345) è innanzitutto dipendente da αἰδῶ... λάβοι (*i.e.*: «anche per mio riguardo egli si conterrà»), ma è evidente che l'espressione è collegabile anche con il participio βλέψας («volgendo su di me il suo sguardo»). La congiunzione καί ha qui valore restrittivo: cioè anche senza Teucro, la cui presenza avrebbe prodotto su Aiace un effetto presumibilmente diverso. Per questo καί "di modestia" cfr. *Phil.* 192 e la nota di Jebb a *Ant.* 719 *[N.d.T.]*.

suo ferro. È evidente che sta meditando qualche sinistro proposito: le sue parole, i suoi lamenti sono indizi funesti. Ma voi, amici, entrate nella tenda e soccorretelo, se potete: per questo sono venuta. Uomini come lui possono cedere alle parole degli amici.

CORIFEO Tecmessa, figlia di Teleutante, è tremendo quanto dici: quell'uomo reso folle dai suoi mali!

AIACE (*Dall'interno della tenda.*) Ahimè! Ahimè!

TECMESSA Presto, come sembra, la sciagura sarà maggiore. Non avete udito Aiace, qual grido emette?

AIACE Ahimè, ahimè!

CORIFEO Sembra che egli deliri, oppure soffra alla presenza dei mali trascorsi che con lui convivono.

AIACE Ah, figlio, figlio!

TECMESSA Ahimè, sventurata! Eurisace, per te grida. Che sta meditando? Dove sei? Me infelice!

AIACE Teucro chiamo. Dov'è Teucro[27]? O per tutto il tempo andrà facendo bottino? Ed io muoio!

CORIFEO Sembra in sé. Aprite! Forse, vedendomi[28], proverà qualche ritegno.

TECMESSA Ecco, apro: puoi vedere quel che egli ha fatto e in qual stato ora si trovi[29].

(*Tecmessa apre la tenda. Appare Aiace in mezzo al bestiame ucciso.*)

[29] Le prime grida di Aiace provenivano dall'interno della tenda, della quale adesso diventa visibile l'interno. Si tratta di un momento molto importante nella messa in scena del dramma, perché il tentativo di mettere in comunicazione interno ed esterno (e cioè Aiace con i suoi φίλοι) è destinato a essere frustrato (il che si traduce scenicamente nella chiusura della tenda al v. 595) e costituisce una tappa importante nel progresso di Aiace verso la dimensione di autonomia intellettuale ed espressiva che culmina nel monologo della morte. Sui problemi tecnici relativi all'apertura della porta (che non devono necessariamente essere risolti con il ricorso all'ἐκκύκλημα) cfr. quanto si è osservato sopra, pp. 37-38.

ΑΙ. Ἰὼ φίλοι ναυβάται, μόνοι ἐμῶν φίλων, Str. 1.
μόνοι ⟨ἔ⟩τ᾽ ἐμμένοντες ὀρθῷ νόμῳ,
ἴδεσθέ μ᾽ οἷον ἄρτι κῦμα φοινίας ὑπὸ ζάλης
ἀμφίδρομον κυκλεῖται.

ΧΟ. Οἴμ᾽ ὡς ἔοικας ὀρθὰ μαρτυρεῖν ἄγαν·
δηλοῖ δὲ τοὔργον ὡς ἀφροντίστως ἔχει.

ΑΙ. Ἰὼ γένος ναΐας ἀρωγὸν τέχνας, Ant. 1.
ἅλιον ὃς ἐπέβας ἑλίσσων πλάταν,
σέ τοι, σέ τοι μόνον δέδορκα πημονὰν ἐπαρκέσοντ᾽·
ἀλλά με συνδάϊξον.

ΧΟ. Εὔφημα φώνει· μὴ κακὸν κακῷ διδοὺς
ἄκος, πλέον τὸ πῆμα τῆς ἄτης τίθει.

ΑΙ. Ὁρᾷς τὸν θρασύν, τὸν εὐκάρδιον, Str. 2.
τὸν ἐν δαΐοις ἄτρεστον μάχαις,
ἐν ἀφόβοις με θηρσὶ δεινὸν χέρας;

Οἴμοι γέλωτος, οἷον ὑβρίσθην ἄρα.

ΤΕ. Μή, δέσποτ᾽ Αἴας, λίσσομαί σ᾽, αὔδα τάδε.

ΑΙ. Οὐκ ἐκτός; οὐκ ἄψορρον ἐκνεμῇ πόδα;
Αἰαῖ αἰαῖ.

ΤΕ. Ὦ πρὸς θεῶν, ὕπεικε καὶ φρόνησον εὖ.

ΑΙ. Ὢ δύσμορος, ὃς χερὶ μὲν
μεθῆκα τοὺς ἀλάστορας,
ἐν δ᾽ ἑλίκεσσι βουσὶ καὶ

AIACE Ah, cari marinai, miei soli amici,
che soli rimanete ancora fedeli a giusta legge[30],
guardate quale onda,
sotto il soffio di recente, sanguinosa tempesta,
in rapido vortice m'avvolge!

CORIFEO (*A Tecmessa.*) Ahimè, come troppo vera sembra la tua testimonianza! Il fatto dimostra che la sua mente è smarrita.

AIACE Ah, stirpe
mio sostegno nell'arte navale,
che t'imbarcasti per volgere il remo marino,
in te, in te solo io vedo difesa dai mali:
uccidimi[31] dunque!

CORIFEO Mitiga l'empia parola: non accrescere, dando al male un funesto rimedio, la pena di questa sciagura.

AIACE Vedi l'uomo fiero, il coraggioso,
l'intrepido nelle mischie ardenti,
me dalle mani terribili contro bestie innocue?
Ahi, derisione: quale oltraggio subii!

TECMESSA Aiace, mio signore, ti supplico, non parlare così.

AIACE Non te ne vai fuori? Non volgerai il piede indietro? Aiai, aiai!

CORIFEO[32] In nome degli dèi, cedi e sii ragionevole.

AIACE Oh disgraziato, che dalla mano
mi lasciai sfuggire i maledetti,
e scagliandomi sui buoi dalle ritorte corna

[30] Ovvero alla norma di lealtà che l'amicizia comporta *[N.d.T.]*.

[31] Il termine qui utilizzato da Sofocle è συνδάϊξον (v. 361), in cui il valore del preverbio συν- («con») rimane incerto: o «sgozzami insieme con le mandrie» (così il lessico Suda e il commento di Jebb), oppure «unisciti a me nell'uccidermi» (cioè «aiutami a uccidermi», come preferiscono intendere Kamerbeek e Stanford) *[N.d.T.]*.

[32] Al v. 371 mi discosto da Dain attribuendo la battuta non a Tecmessa bensì al Corifeo. Sulla stessa linea si pone l'analogo invito alla saggezza da parte del Coro al v. 362: all'esortazione a pronunciare parole di «buon augurio» (εὔφημα) segue ora il consiglio di pensare «bene» (εὖ). Cfr. in proposito Di Benedetto, *Sofocle* cit., p. 34, n. 2 *[N.d.T.]*.

κλυτοῖς πεσὼν αἰπολίοις
ἐρεμνὸν αἷμ' ἔδευσα.

ΧΟ. Τί δῆτ' ἂν ἀλγοίης ἐπ' ἐξειργασμένοις ;
Οὐ γὰρ γένοιτ' ἂν ταῦθ' ὅπως οὐχ ὧδ' ἔχειν.

ΑΙ. Ἰὼ πάνθ' ὁρῶν, ἁπάντων τ' ἀεὶ Ant. 2.
κακῶν ὄργανον, τέκνον Λαρτίου,
κακοπινέστατόν τ' ἄλημα στρατοῦ,
ἦ που πολὺν γέλωθ' ὑφ' ἡδονῆς ἄγεις.

ΧΟ. Ξὺν τῷ θεῷ πᾶς καὶ γελᾷ κὠδύρεται.

ΑΙ. Ἴδοιμι ⟨μήν⟩ νιν, καίπερ ὧδ' ἀτώμενος.
Ἰώ μοί μοι.

ΧΟ. Μηδὲν μέγ' εἴπῃς· οὐχ ὁρᾷς ἵν' εἶ κακοῦ ;

ΑΙ. Ὦ Ζεῦ, προγόνων προπάτωρ,
πῶς ἂν τὸν αἱμυλώτατον,
ἐχθρὸν ἄλημα, τούς τε δισ-
σάρχας ὀλέσσας βασιλῆς,
τέλος θάνοιμι καὐτός ;

ΤΕ. Ὅταν κατεύχῃ ταῦθ', ὁμοῦ κἀμοὶ θανεῖν
εὔχου· τί γὰρ δεῖ ζῆν με σοῦ τεθνηκότος ;

ΑΙ. Ἰὼ
σκότος, ἐμὸν φάος, Str. 3.
ἔρεβος ὦ φαεννότατον, ὡς ἐμοί,

e le splendide greggi di capre
ne versai il nero sangue!

CORIFEO Perché soffrire per fatti già compiuti? Certo, non si può fare in modo che non siano.

AIACE Ah, tu che tutto vedi,
di ogni perfidia sempre
strumento, figlio di Laerte,
sordidissima feccia dell'esercito,
molto ridere, certamente, tu fai per la gioia!

CORIFEO Con il volere del dio ognuno e ride e si lamenta.

AIACE Potessi vederlo, pur distrutto come sono! Ahimè, ahimè!

CORIFEO Non parlare con superbia! Non vedi a che punto di sventura ti trovi?

AIACE O Zeus, progenitore dei miei avi[33],
come potrei uccidere quell'astutissimo,
odiosa feccia, e i due re,
e infine morire anch'io?

TECMESSA Se è questo che implori, invoca anche per me di morire insieme: perché dovrei io vivere quando tu sia morto?

AIACE Oh, tenebra, mia luce,
o Erebo per me fulgidissimo[34],

[33] Aiace discendeva direttamente da Zeus attraverso il nonno Eaco, figlio del dio e della ninfa Egina, e il padre Telamone. L'uso dell'epiteto προπάτωρ (genericamente «progenitore») tende comunque a enfatizzare l'antichità della discendenza.

[34] Questa bellissima invocazione alla tenebra e all'Erebo porta a compimento un processo, avviatosi nelle prime battute dello scambio lirico fra Aiace e il Coro, per cui il protagonista, dopo un tentativo di trovare risonanza al proprio dolore nei marinai, si distacca progressivamente dal contatto dialogico per chiudersi in una disperata condizione monologica che perdura praticamente sino alla morte. Il dialogo si indebolisce vistosamente al v. 372: Aiace ricorda la folle strage delle bestie, e poi si rivolge all'odiato Odisseo e a Zeus; il Coro risponde con battute che appaiono emotivamente sfasate, limitandosi a sottolineare la necessità di non eccedere nel dolore e di accettare la volontà degli dèi. La tradizionale funzione consolatoria del Coro non può esplicarsi pienamente, e l'accresciuta consapevolezza che Aiace ha acquistato della ineluttabilità della propria vicenda non può essere comunicata agli altri personaggi presenti

ἕλεσθ' ἕλεσθέ μ' οἰκήτορα,
ἕλεσθέ μ'· οὔτε γὰρ θεῶν γένος
οὔθ' ἁμερίων ἔτ' ἄξιος
βλέπειν τιν' εἰς ὄνασιν ἀνθρώπων.
'Αλλά μ' ἁ Διός ⟨μ'⟩ ἀλκίμα θεὸς
ὀλέθριον αἰκίζει.
Ποῖ τις οὖν φύγῃ; ποῖ μολὼν μενῶ
εἰ τὰ μὲν φθίνει, φίλοι τοῖσ⟨ιν⟩ ὁμοῦ
πέλας, μώραις δ' ἄγραις προσκείμεθα;
πᾶς δὲ στρατὸς δίπαλτος ἄν με
χειρὶ φονεύοι.

TE. Ὦ δυστάλαινα, τοιάδ' ἄνδρα χρήσιμον
φωνεῖν, ἃ πρόσθεν οὗτος οὐκ ἔτλη ποτ' ἄν.

AI. ⟨'Ι⟩ὼ
πόροι ἁλίρροθοι Ant. 3
πάραλά τ' ἄντρα καὶ νέμος ἐπάκτιον,
πολὺν πολύν με δαρόν τε δὴ

accoglietemi, accoglietemi come vostro abitatore,
accoglietemi: io non sono più degno
di volgere lo sguardo alla stirpe
né degli dèi né degli uomini caduchi
per ricevere aiuto.
Ché anzi la figlia di Zeus,
possente dea,
fa strazio di me, rovinoso.
Dove fuggire? In quale luogo potrei andare
e rimanere, se il mio passato
è distrutto, o amici, con queste vittime
che mi stanno accanto,
e noi giaciamo prostrati su stolide prede[35]?
L'esercito intero
con assalto furioso[36]
di propria mano mi ucciderà.

TECMESSA Me disgraziata, che un uomo grande debba dire parole che prima mai avrebbe osato!

AIACE Ah, sentieri sonanti del mare,
antri marini e selve costiere,
per lungo e lungo tempo

sulla scena: all'eroe non resta che il monologo (cfr. in proposito Di Benedetto, *Sofocle* cit., pp. 39-47; Medda, *La forma monologica* cit., pp. 85-91).

[35] Al v. 406, i più intendono «se ci dedichiamo a insensate cacce», ma l'immagine concreta suggerita dal «giacere accanto» agli animali uccisi mi pare ben più efficace. Per questo valore di πρόσκειμαι cfr. anche *Ant.* 1223, e per l'uso dell'astratto ἄγρα in luogo del concreto («preda, selvaggina») si veda in particolare Aesch. *Eum.* 148 e, in questa stessa tragedia, il v. 64. L'aggettivo «stolto», grammaticalmente riferito a ἄγραις, rimanda naturalmente al «folle» gesto di Aiace *[N.d.T.]*.

[36] L'aggettivo δίπαλτος (v. 408), composto dal numerale δύο («due») e dall'aggettivo verbale derivato da πάλλειν («vibrare», «brandire», in riferimento all'arma), è stato variamente interpretato: alcuni vi hanno colto il riferimento alle due lance del guerriero omerico (cfr. *Il.* V 495: «palleggiando le due acute aste»), altri pensano al gesto di brandire l'arma con entrambe le mani. In ambedue i casi, comunque, il primo elemento del composto (δι-) alluderebbe in senso figurato alla furia dell'attacco degli Argivi contro Aiace, su di una linea analoga all'espressione eschilea τριπάλτων πημάτων («sciagure tre volte brandite», ovvero veementissime) in *Sept.* 985 *[N.d.T.]*.

κατεῖχετ' ἀμφὶ Τροίαν χρόνον·
ἀλλ' οὐκέτι μ', οὐκέτ' ἀμπνοὰς
ἔχοντα· τοῦτό τις φρονῶν ἴστω.
Ὦ Σκαμάνδριοι γείτονες ῥοαί,
εὔφρονες Ἀργείοις,
οὐκέτ' ἄνδρα μὴ τόνδ' ἴδητ', ἔπος
ἐξερέω μέγ', οἷον οὔ τινα Τροία
στρατοῦ δέρχθη χθονὸς μολόντ' ἀπὸ
Ἑλλανίδος· τανῦν δ' ἄτιμος
ὧδε πρόκειται.

ΧΟ. Οὔτοι σ' ἀπείργειν, οὐδ' ὅπως ἐῶ λέγειν
ἔχω, κακοῖς τοιοῖσδε συμπεπτωκότα.

ΑΙ. Αἰαῖ· τίς ἄν ποτ' ᾤεθ' ὧδ' ἐπώνυμον
τοὐμὸν ξυνοίσειν ὄνομα τοῖς ἐμοῖς κακοῖς;
νῦν γὰρ πάρεστι καὶ δὶς αἰάζειν ἐμοὶ
καὶ τρίς· τοιούτοις γὰρ κακοῖς ἐντυγχάνω·
ὅτου πατὴρ μὲν τῆσδ' ἀπ' Ἰδαίας χθονὸς
τὰ πρῶτα καλλιστεῖ' ἀριστεύσας στρατοῦ
πρὸς οἶκον ἦλθε πᾶσαν εὔκλειαν φέρων·
ἐγὼ δ' ὁ κείνου παῖς, τὸν αὐτὸν ἐς τόπον
Τροίας ἐπελθὼν οὐκ ἐλάσσονι σθένει,

[37] Sofocle interpreta il nome di Aiace come un presagio delle sventure che lo avrebbero colpito, facendolo derivare paretimologicamente dall'interiezione αἰαῖ. Si tratta di un procedimento comune in tragedia, fondato sull'antichissima credenza che il nome racchiudesse in sé l'essenza del destino e del carattere di una persona: cfr. ad esempio Aesch. *Agam.* 689-690 a proposito del nome di Elena, la «distruttrice di navi»; Soph. fr. 658 (Sidero) e 965 R.

voi mi trattenevate intorno a Troia:
ma non più mi accoglierete,
non più col soffio della vita.
Questo sappia chi ben intenda.
O vicine correnti dello Scamandro,
benevole agli Argivi,
non rivedrete mai più quest'uomo,
un uomo – dirò un'orgogliosa parola –
a cui nell'esercito nessuno eguale
Troia vide
da ellenica terra venire.
Ed ora egli giace così,
privato dell'onore.

CORIFEO Non so trattenerti e neppure lasciarti parlare, in tali mali tu sei caduto.

AIACE Aiai! Chi mai avrebbe pensato che il mio nome fosse così consonante alle mie sciagure[37]? Ora posso ben gridare due o tre volte «aiai»: tali sono i mali in cui mi trovo! Da questa terra Idea mio padre, dopo aver ottenuto il primo e più bel premio dell'esercito, tornò in patria riportando ogni gloria[38]: ed io, suo figlio, giunto nella stessa regione della Troade con forza non minore, e compiute di mia mano non meno grandi

(Odisseo); Eur. *Phoen.* 636 (Polinice); *Bacch.* 508 (Penteo). Nella sesta *Istmica* di Pindaro, coerentemente con il contesto celebrativo per un atleta di Egina, il poeta tebano aveva invece ricondotto il nome di Aiace al fausto prodigio dell'aquila (αἰετός) che si era mostrata durante una libagione di Eracle in casa di Telamone.

[38] Aiace allude alla partecipazione di Telamone alla spedizione organizzata da Eracle contro Laomedonte, re di Troia: quest'ultimo infatti, dopo aver chiesto aiuto a Eracle perché liberasse la sua terra da un terribile mostro marino, si era poi rifiutato di dargli la ricompensa pattuita. Durante la spedizione Telamone si distinse per valore ottenendo in premio una delle figlie di Laomedonte, Esione, dalla quale generò Teucro (cfr. sopra n. 27). La figura del padre incombe dunque su Aiace, e il paragone sul diverso esito delle due imprese contro Troia porta alla luce la rottura della continuità nella gloria della stirpe che costituisce una delle principali motivazioni che impediscono

οὐδ' ἔργα μείω χειρὸς ἀρκέσας ἐμῆς,
ἄτιμος 'Αργείοισιν ὧδ' ἀπόλλυμαι.
Καίτοι τοσοῦτόν γ' ἐξεπίστασθαι δοκῶ·
εἰ ζῶν 'Αχιλλεὺς τῶν ὅπλων τῶν ὧν πέρι
κρίνειν ἔμελλε κράτος ἀριστείας τινί,
οὐκ ἄν τις αὔτ' ἔμαρψεν ἄλλος ἀντ' ἐμοῦ.
Νῦν δ' αὔτ' 'Ατρεῖδαι φωτὶ παντουργῷ φρένας
ἔπραξαν, ἀνδρὸς τοῦδ' ἀπώσαντες κράτη·
κεἰ μὴ τόδ' ὄμμα καὶ φρένες διάστροφοι
γνώμης ἀπῇξαν τῆς ἐμῆς, οὐκ ἄν ποτε
δίκην κατ' ἄλλου φωτὸς ὧδ' ἐψήφισαν.
Νῦν δ' ἡ Διὸς γοργῶπις ἀδάματος θεὰ
ἤδη μ' ἐπ' αὐτοῖς χεῖρ' ἐπευθύνοντ' ἐμὴν
ἔσφηλεν ἐμβαλοῦσα λυσσώδη νόσον,
ὥστ' ἐν τοιοῖσδε χεῖρας αἱμάξαι βοτοῖς·
κεῖνοι δ' ἐπεγγελῶσιν ἐκπεφευγότες,
ἐμοῦ μὲν οὐχ ἑκόντος· εἰ δέ τις θεῶν
βλάπτοι, φύγοι γ' ἂν χὠ κακὸς τὸν κρείσσονα.
Καὶ νῦν τί χρὴ δρᾶν ; ὅστις ἐμφανῶς θεοῖς
ἐχθαίρομαι, μισεῖ δέ μ' 'Ελλήνων στρατός,
ἔχθει δὲ Τροία πᾶσα καὶ πεδία τάδε.
Πότερα πρὸς οἴκους, ναυλόχους λιπὼν ἕδρας
μόνους τ' 'Ατρείδας, πέλαγος Αἰγαῖον περῶ ;
Καὶ ποῖον ὄμμα πατρὶ δηλώσω φανεὶς
Τελαμῶνι ; πῶς με τλήσεταί ποτ' εἰσιδεῖν
γυμνὸν φανέντα τῶν ἀριστείων ἄτερ,
ὧν αὐτὸς ἔσχε στέφανον εὐκλείας μέγαν ;
Οὐκ ἔστι τοὔργον τλητόν. 'Αλλὰ δῆτ' ἰὼν
πρὸς ἔρυμα Τρώων, ξυμπεσὼν μόνος μόνοις
καὶ δρῶν τι χρηστόν, εἶτα λοίσθιον θάνω ;
'Αλλ' ὧδέ γ' 'Ατρείδας ἂν εὐφράναιμί που.
Οὐκ ἔστι ταῦτα· πεῖρά τις ζητητέα

imprese, così mi spengo, nel disprezzo degli Argivi[39]. Eppure questo almeno credo di sapere: se Achille, vivo, come premio del valore avesse dovuto aggiudicare le sue armi a qualcuno, nessun altro le avrebbe prese al posto mio. Ora invece gli Atridi le hanno assegnate con l'intrigo a un uomo d'animo malvagio, capace di tutto, disprezzando il mio valore. Ma se questi occhi e la mente stravolta non mi avessero deviato dal mio intento, essi non avrebbero mai più emesso un simile giudizio a danno di altri. Ora invece la figlia di Zeus, l'indomita dea dallo sguardo di Gorgone, mentre su di loro levavo il mio braccio, mi trasse in inganno lanciandomi furioso morbo di follia, sì che le mani fra queste mandrie insanguinassi; ed essi, scampati contro la mia volontà, esultano: se un dio vuol far del male, anche il vile può sfuggire al più forte. Ed ora che devo fare? Manifestamente sono inviso agli dèi; l'esercito dei Greci mi aborre e mi odiano tutta Troia e queste pianure. Dovrei forse far ritorno in patria, lasciare i quartieri delle navi, gli Atridi soli, e attraversare il mar Egeo? E quale volto mostrerò a mio padre, a Telamone, comparendogli innanzi? Come potrà sopportare[40] di vedermi apparire nudo senza i trofei, dei quali egli ebbe grande corona di gloria? No, non è sopportabile questo. Debbo allora andare alle mura dei Troiani, piombare io solo contro essi soli, e compiendo qualche atto di valore trovare infine la morte? Ma così farei contenti gli Atridi. Non può essere. Si deve cercare una prova per

ad Aiace il ritorno a casa. Lo schema culturale eroico e aristocratico per cui il figlio deve ripercorrere le imprese paterne e se possibile superarle appare in evidente crisi, e ha come sbocco il suicidio dell'eroe (su questo aspetto del dramma cfr. Di Benedetto, *Sofocle* cit., pp. 69-76).

[39] Il dativo Ἀργείοισιν (v. 440), dipendente da ἄτιμος («disonorato»), equivale sia a πρὸς Ἀργείων («ad opera degli Argivi») che a ἐν Ἀργείοις («davanti agli Argivi»), essendo i Greci nel contempo gli artefici e i testimoni del disonore di Aiace *[N.d.T.]*.

[40] Ancora un gioco di assonanza paretimologica (efficace anche se infondato linguisticamente) fra il nome del padre di Aiace (Τελαμών) e il verbo τλῆναι («sopportare»).

τοιάδ᾽ ἀφ᾽ ἧς γέροντι δηλώσω πατρὶ
μή τοι φύσιν γ᾽ ἄσπλαγχνος ἐκ κείνου γεγώς.
Αἰσχρὸν γὰρ ἄνδρα τοῦ μακροῦ χρῄζειν βίου,
κακοῖσιν ὅστις μηδὲν ἐξαλλάσσεται.
Τί γὰρ παρ᾽ ἦμαρ ἡμέρα τέρπειν ἔχει
προσθεῖσα κἀναθεῖσα τοῦ γε κατθανεῖν;
Οὐκ ἂν πριαίμην οὐδενὸς λόγου βροτὸν
ὅστις κεναῖσιν ἐλπίσιν θερμαίνεται·
ἀλλ᾽ ἢ καλῶς ζῆν ἢ καλῶς τεθνηκέναι
τὸν εὐγενῆ χρή. Πάντ᾽ ἀκήκοας λόγον.

ΧΟ. Οὐδεὶς ἐρεῖ ποθ᾽ ὡς ὑπόβλητον λόγον,
Αἴας, ἔλεξας, ἀλλὰ τῆς σαυτοῦ φρενός.
Παῦσαί γε μέντοι καὶ δὸς ἀνδράσιν φίλοις
γνώμης κρατῆσαι, τάσδε φροντίδας μεθείς.

ΤΕ. Ὦ δέσποτ᾽ Αἴας, τῆς ἀναγκαίας τύχης
οὐκ ἔστιν οὐδὲν μεῖζον ἀνθρώποις κακόν.
Ἐγὼ δ᾽ ἐλευθέρου μὲν ἐξέφυν πατρός,
εἴπερ τινὸς σθένοντος ἐν πλούτῳ Φρυγῶν·
νῦν δ᾽ εἰμὶ δούλη· θεοῖς γὰρ ὧδ᾽ ἔδοξέ που
καὶ σῇ μάλιστα χειρί. Τοιγαροῦν, ἐπεὶ
τὸ σὸν λέχος ξυνῆλθον, εὖ φρονῶ τὰ σά·

cui io possa mostrare al vecchio padre di essere da lui nato non degenere nell'indole. È turpe che desideri una lunga vita chi nei suoi mali non vede mutamento alcuno. Quale piacere ha in sé il giorno aggiunto a un altro giorno, che avvicini e allontani il morire[41]? Non posso tenere in nessun conto un mortale che si riscalda di vuote speranze. Chi è nato nobile deve o gloriosamente vivere o gloriosamente morire[42]. Hai udito tutto.

CORIFEO Nessuno dirà mai, Aiace, che hai fatto un discorso insincero[43]: tu hai parlato dal cuore. Ma calmati ora, e concedi agli amici di vincere sul tuo proposito, abbandonando questi pensieri.

TECMESSA Aiace, mio signore, non c'è per gli uomini male più grande della sorte imposta dalla necessità. Io nacqui da un padre libero, potente per ricchezza come nessun altro tra i Frigi; ed ora sono schiava: così è piaciuto agli dèi, e soprattutto al tuo braccio. Ma da quando salii sul tuo talamo, io pen-

[41] Si tratta di un'allusione al motivo per cui ogni giorno di vita è al tempo stesso un avvicinarsi alla morte e un allontanarla rinviandola a un tempo più lontano *[N.d.T.]*.

[42] Formulazione lapidaria del codice di valori aristocratico che impedisce ad Aiace di sopravvivere al suo gesto insano. Si confrontino le parole molto simili di Elettra in *El.* 989: «per le persone di nobile nascita è viltà vivere vergognosamente» (ζῆν αἰσχρὸν αἰσχρῶς τοῖς καλῶς πεφυκόσιν). Un ardito rovesciamento di quest'etica sarà realizzato da Euripide nell'*Ifigenia in Aulide,* dove Ifigenia chiede di non essere sacrificata con queste parole (*I.A.* 1250-1252): «Vedere la luce è la cosa più dolce per i mortali, e ciò ch'è sottoterra è nulla: è folle chi prega di morire. È meglio vivere da vili che morire gloriosamente».

[43] Sofocle ricorre qui alla pregnante espressione ὑπόβλητος (v. 481). Il verbo ὑποβάλλεσθαι era utilizzato in riferimento a una donna che di nascosto si appropriava del figlio di un'altra e lo faceva passare per proprio, secondo un costume ben noto anche in Atene (cfr. in particolare Aristoph. *Thesm.* 564-565), e ὑπόβλητος era appunto detto un figlio «sostituito», «spurio» (cfr. Apollod. III 5, 7). La metafora per cui, secondo il Coro, Aiace non ha fatto un discorso «spurio» (giustamente Eustazio p. 106, 7 parafrasa l'aggettivo sofocleo ὑποβολιμαίους con l'espressione λόγους τοὺς μὴ γνησίους, «discorsi non legittimi»), qui probabilmente è suggerita dall'insistenza dell'eroe sulla nobiltà di razza e sulla sopravvivenza nel figlio della φύσις («natura», «indole») del padre (cfr. la sua precedente *rhēsis* ai vv. 470-472, 479-480; sulla stessa linea cfr. anche *infra* ai vv. 547-549, 556-557) *[N.d.T.]*.

καί σ' ἀντιάζω πρός τ' ἐφεστίου Διὸς
εὐνῆς τε τῆς σῆς, ᾗ συνηλλάχθης ἐμοί,
μή μ' ἀξιώσῃς βάξιν ἀλγεινὴν λαβεῖν
τῶν σῶν ὑπ' ἐχθρῶν, χειρίαν ἐφείς τινι.
Ἧι γὰρ θάνῃς σὺ καὶ τελευτήσας ἀφῇς,
ταύτῃ νόμιζε κἀμὲ τῇ τόθ' ἡμέρᾳ
βίᾳ ξυναρπασθεῖσαν Ἀργείων ὕπο
ξὺν παιδὶ τῷ σῷ δουλίαν ἕξειν τροφήν.
Καί τις πικρὸν πρόσφθεγμα δεσποτῶν ἐρεῖ
λόγοις ἰάπτων· « Ἴδετε τὴν ὁμευνέτιν
Αἴαντος, ὃς μέγιστον ἴσχυσε στρατοῦ,
οἵας λατρείας ἀνθ' ὅσου ζήλου τρέφει ».
Τοιαῦτ' ἐρεῖ τις, κἀμὲ μὲν δαίμων ἐλᾷ,
σοὶ δ' αἰσχρὰ τἄπη ταῦτα καὶ τῷ σῷ γένει.
Ἀλλ' αἴδεσαι μὲν πατέρα τὸν σὸν ἐν λυγρῷ
γήρᾳ προλείπων, αἴδεσαι δὲ μητέρα
πολλῶν ἐτῶν κληροῦχον, ἥ σε πολλάκις
θεοῖς ἀρᾶται ζῶντα πρὸς δόμους μολεῖν·
οἴκτιρε δ', ὦναξ, παῖδα τὸν σόν, εἰ νέας
τροφῆς στερηθεὶς σοῦ διοίσεται μόνος
ὑπ' ὀρφανιστῶν μὴ φίλων, ὅσον κακὸν
κείνῳ τε κἀμοὶ τοῦθ', ὅταν θάνῃς, νεμεῖς.
Ἐμοὶ γὰρ οὐκέτ' ἔστιν εἰς ὅ τι βλέπω
πλὴν σοῦ· σὺ γάρ μοι πατρίδ' ᾔστωσας δορί·
καὶ μητέρ' ἄλλη μοῖρα τὸν φύσαντά τε
καθεῖλεν Ἅιδου θανασίμους οἰκήτορας·

so unicamente al tuo bene, e ti prego, in nome di Zeus protettore del focolare, in nome del tuo letto ove ti unisti a me, non fare che mi colga doloroso insulto ad opera dei tuoi nemici, lasciandomi in potere di uno di loro. Se tu muori, e morendo mi lasci, pensa che in quello stesso giorno, rapita con violenza dagli Argivi, assieme a tuo figlio, anch'io trarrò una vita da schiava. E qualcuno dei miei padroni dirà amara parola, sferzandomi con i suoi discorsi: «Guardate la compagna di Aiace, l'uomo più forte dell'esercito, quale esistenza servile conduce, in luogo di una sorte tanto invidiata»[44]. Così si dirà, e mentre io sarò tormentata dal mio destino, per te e per la tua stirpe queste parole saranno motivo d'infamia. Un senso di ritegno ti colga al pensiero d'abbandonare tuo padre in luttuosa vecchiezza; ed abbi rispetto per la madre, gravata dai molti anni, la quale spesso prega gli dèi che tu ritorni vivo a casa. Ti muova a pietà, o signore, tuo figlio, se rimasto privo di te, solo, senza una degna educazione ai suoi giovani anni, vivrà alla mercé di tutori non amici. Pensa quanto male infliggeresti, se tu morissi, a lui e a me. Io non ho più nulla al mondo su cui posare lo sguardo, se non te. Tu infatti mi distruggesti la patria con la tua lancia, e un altro destino avverso mi sottrasse la madre e il genitore, defunti abitatori del-

[44] Queste parole costituiscono un'evidente reminiscenza dell'incontro fra Ettore e Andromaca narrato in *Il.* VI 390-497; in Omero è però Ettore che immagina con tristezza le parole di scherno che saranno rivolte alla sua donna dopo la sua morte. Tutta la *rhēsis* di Tecmessa è costruita in parallelo con l'episodio omerico, rispetto al quale emergono sensibili differenze. Entrambi gli eroi hanno coscienza che solo la morte può garantire il loro onore in una «civiltà di vergogna» fondata sul giudizio della comunità nei confronti del singolo. Ma per Ettore si tratta di un codice etico accettato pienamente, che si realizza nella morte in battaglia, affrontata virilmente con un velo di angoscia e di rimpianto per il proprio mondo affettivo privato; per Aiace invece si tratta di un suicidio imposto dall'esasperazione di un codice di valori ormai evidentemente in crisi che lo condanna non solo alla morte, ma anche all'isolamento spirituale rispetto ai propri cari. Come osserva giustamente G. Paduano, «di questo più recente universo la molla generativa è il conflitto» (Sofocle, *Tragedie e frammenti* cit., p. 195), e non è un caso che le tristi profezie sul futuro siano poste in bocca a Tecmessa e non ad Aiace, ormai chiuso nella sua disperata solitudine.

τίς δῆτ' ἐμοὶ γένοιτ' ἂν ἀντὶ σοῦ πατρίς;
τίς πλοῦτος; ἐν σοὶ πᾶσ' ἔγωγε σῴζομαι.
'Αλλ' ἴσχε κἀμοῦ μνῆστιν· ἀνδρί τοι χρεὼν
μνήμην προσεῖναι, τερπνὸν εἴ τί που πάθῃ·
χάρις χάριν γάρ ἐστιν ἡ τίκτουσ' ἀεί·
ὅτου δ' ἀπορρεῖ μνῆστις εὖ πεπονθότος,
οὐκ ἂν λέγοιτ' ἔθ' οὗτος εὐγενὴς ἀνήρ.

ΧΟ. Αἴας, ἔχειν σ' ἂν οἶκτον ὡς κἀγὼ φρενὶ
θέλοιμ' ἄν· αἰνοίης γὰρ ἂν τὰ τῆσδ' ἔπη.

ΑΙ. Καὶ κάρτ' ἐπαίνου τεύξεται πρὸς γοῦν ἐμοῦ,
ἐὰν μόνον τὸ ταχθὲν εὖ τολμᾷ τελεῖν.

ΤΕ. 'Αλλ' ὦ φίλ' Αἴας, πάντ' ἔγωγε πείσομαι.

ΑΙ. Κόμιζέ νύν μοι παῖδα τὸν ἐμόν, ὡς ἴδω.

ΤΕ. Καὶ μὴν φόβοισί γ' αὐτὸν ἐξελυσάμην.

ΑΙ. 'Εν τοῖσδε τοῖς κακοῖσιν; ἢ τί μοι λέγεις;

ΤΕ. Μὴ σοί γέ που δύστηνος ἀντήσας θάνοι.

ΑΙ. Πρέπον γέ τἂν ἦν δαίμονος τοὐμοῦ τόδε.

ΤΕ. 'Αλλ' οὖν ἐγὼ 'φύλαξα τοῦτό γ' ἀρκέσαι.

ΑΙ. 'Επῄνεσ' ἔργον καὶ πρόνοιαν ἣν ἔθου.

ΤΕ. Τί δῆτ' ἂν ὡς ἐκ τῶνδ' ἂν ὠφελοῖμί σε;

ΑΙ. Δός μοι προσειπεῖν αὐτὸν ἐμφανῆ τ' ἰδεῖν.

ΤΕ. Καὶ μὴν πέλας γε προσπόλοις φυλάσσεται.

ΑΙ. Τί δῆτα μέλλει μὴ οὐ παρουσίαν ἔχειν;

ΤΕ. Ὦ παῖ, πατὴρ καλεῖ σε. Δεῦρο προσπόλων
ἄγ' αὐτὸν ὅσπερ χερσὶν εὐθύνων κυρεῖς.

ΑΙ. Ἕρποντι φωνεῖς, ἢ λελειμμένῳ λόγων;

ΤΕ. Καὶ δὴ κομίζει προσπόλων ὅδ' ἐγγύθεν.

l'Ade[45]. Chi potrebbe essermi patria, al posto tuo? Chi ricchezza? In te tutta io mi salvo. Dunque, ricordati anche di me: l'uomo, se ha mai provato qualche dolcezza, deve serbarne memoria. Gratitudine genera gratitudine, sempre; ma chi lascia dissolvere il ricordo di un bene ricevuto non può più essere considerato un nobile uomo.

CORIFEO Aiace, vorrei che tu avessi nell'animo compassione al pari di me: approveresti allora le sue parole.

AIACE Anche da parte mia otterrà viva lode, se solo avrà il coraggio di compiere bene quanto le sarà ordinato.

TECMESSA Mio caro Aiace, io ti obbedirò in tutto.

AIACE Conducimi dunque mio figlio: che io lo veda.

TECMESSA L'ho fatto allontanare, per timore.

AIACE Durante questo mio male? O che intendi dirmi?

TECMESSA Perché il misero non fosse ucciso, imbattendosi in te.

AIACE Certo, anche questo sarebbe stato degno del mio destino!

TECMESSA Ed io vigilai attenta per impedirlo.

AIACE Approvo il tuo gesto e la previdenza che ponesti.

TECMESSA In che cosa potrei giovarti, ora?

AIACE Concedi che io gli rivolga la parola, e lo veda in volto.

TECMESSA È qui accanto, in custodia dei servi.

AIACE E allora perché indugia a comparire?

TECMESSA Figlio, tuo padre ti chiama. (*A un servitore.*) E, tra i servi, tu che ti trovi a reggerlo per mano, conducilo qui.

AIACE Sta venendo l'uomo che tu chiami? O non ha inteso le tue parole[46]?

TECMESSA Ecco, il servo lo sta conducendo da qui vicino.

[45] Lett. «portò giù la madre e il genitore, sì che fossero defunti abitatori dell'Ade» (quest'ultima espressione è una prolessi predicativa, come risultato dell'azione espressa dal verbo reggente) *[N.d.T.]*.

[46] L'espressione λελειμμένῳ λόγων (v. 543) è stata interpretata nel senso «non ha sentito le tue parole» (Jebb, Campbell), oppure come «non si è curato delle tue parole» (Kamerbeek, Stanford); entrambe le accezioni sono documentabili, oltre che plausibili in questo contesto: cfr. LSJ *s.v.* λείπω, B II 2, 3, 4 *[N.d.T.]*.

ΑΙ. Αἶρ' αὐτόν, αἶρε δεῦρο· ταρβήσει γὰρ οὔ,
νεοσφαγῆ που τόνδε προσλεύσσων φόνον,
εἴπερ δικαίως ἔστ' ἐμὸς τὰ πατρόθεν.
'Αλλ' αὐτίκ' ὠμοῖς αὐτὸν ἐν νόμοις πατρὸς
δεῖ πωλοδαμνεῖν κἀξομοιοῦσθαι φύσιν.
Ὦ παῖ, γένοιο πατρὸς εὐτυχέστερος,
τὰ δ' ἄλλ' ὅμοιος, καὶ γένοι' ἂν οὐ κακός.
Καίτοι σε καὶ νῦν τοῦτό γε ζηλοῦν ἔχω,
ὁθούνεκ' οὐδὲν τῶνδ' ἐπαισθάνῃ κακῶν·
ἐν τῷ φρονεῖν γὰρ μηδὲν ἥδιστος βίος,
ἕως τὸ χαίρειν καὶ τὸ λυπεῖσθαι μάθῃς.
Ὅταν δ' ἵκῃ πρὸς τοῦτο, δεῖ σ' ὅπως πατρὸς
δείξεις ἐν ἐχθροῖς οἷος ἐξ οἵου 'τράφης.
Τέως δὲ κούφοις πνεύμασιν βόσκου, νέαν
ψυχὴν ἀτάλλων, μητρὶ τῇδε χαρμονήν.
Οὔτοι σ' 'Αχαιῶν, οἶδα, μή τις ὑβρίσῃ
στυγναῖσι λώβαις, οὐδὲ χωρὶς ὄντ' ἐμοῦ·
τοῖον πυλωρὸν φύλακα Τεῦκρον ἀμφὶ σοὶ
λείψω τροφῆς ἄοκνον ἔμπα, κεἰ τανῦν
τηλωπὸς οἰχνεῖ, δυσμενῶν θήραν ἔχων.
'Αλλ', ἄνδρες ἀσπιστῆρες, ἐνάλιος λεώς,
ὑμῖν τε κοινὴν τήνδ' ἐπισκήπτω χάριν,
κείνῳ τ' ἐμὴν ἀγγείλατ' ἐντολήν, ὅπως

(*Entra un servitore che conduce per mano il piccolo Eurisace.*)

AIACE Sollevalo, dammelo qui: non avrà paura al vedere questo sangue di recente strage, se veramente è mio figlio per parte di padre. Ma deve fin d'ora esser domato[47] nelle aspre leggi del padre e diventare a lui simile nell'indole. O figlio, possa tu essere più fortunato del padre, ma nel resto eguale: e non sarai un vile[48]. In questo momento, una cosa almeno ho da invidiarti: che non hai coscienza alcuna di questi mali. Nel non comprendere nulla, infatti, dolcissima è la vita, finché tu non conosca la gioia ed il dolore. Ma quando sarai giunto a questo, allora dovrai mostrare di fronte ai nemici da che padre tu nascesti qual sei. Fino ad allora, pasciti di lievi brezze, rinvigorendo la tua tenera vita[49], conforto per questa madre. Nessuno degli Achei, ne son certo, ti oltraggerà con odiosi insulti, neppure se rimarrai privo di me: un così vigile custode io lascerò presso di te, Teucro, sollecito della tua educazione, anche se ora si trova lontano, intento alla caccia dei nemici. (*Al Coro.*) A voi, guerrieri armati di scudo, popolo del mare, a voi come a lui affido questo favore; e annunciate a Teucro

[47] Il verbo, familiare alla prosa attica in riferimento all'educazione dei fanciulli, significa propriamente «esser domato come un puledro». Per un'altra metafora che equipara la fanciullezza al mondo della natura cfr. sotto la n. 49 *[N.d.T.]*.

[48] Altro riecheggiamento evidente dell'incontro di Ettore e Andromaca (*Il.* VI 476-480). La formulazione sofoclea sarà riecheggiata da Virgilio in *Aen.* XII 435: *Disce, puer, virtutem ex me verumque laborem, fortunam ex aliis,* e da Accio nell'*Armorum Iudicium,* fr. 10: *virtuti sis par, dispar fortunis patris.* Anche nel rapporto fra Aiace e il figlioletto emergono spunti sensibilmente diversi rispetto al modello omerico, evidenziati da Di Benedetto, *Sofocle* cit., pp. 74-76.

[49] L'immagine sottesa è quella di un giovane virgulto, ancora incapace di affrontare le tempeste della vita. Per una simile metafora attinta al mondo vegetale, si veda la descrizione della giovinezza che cresce in recinti protetti, al riparo dagli insulti del cielo, in *Trach.* 144 ss. (cfr. anche il ricorrere del verbo βόσκομαι al v. 144 come in *Ai.* 558, e inoltre l'immagine dell'«innalzare» la propria vita, tipica della pianta che cresce sullo stelo, espressa dal verbo ἐξαίρω in *Trach.* 147 e, in forma più sfumata, da ἀτάλλω in *Ai.* 559; sulla corretta accezione semantica di quest'ultimo termine – «tirar su», «allevare», «alimentare» – si veda LSJ, *s.v.*, II) *[N.d.T.]*.

τὸν παῖδα τόνδε πρὸς δόμους ἐμοὺς ἄγων
Τελαμῶνι δείξει μητρί τ᾽, Ἐριβοίᾳ λέγω,
ὥς σφιν γένηται γηροβοσκὸς εἰσαεὶ
μέχρις οὗ μυχοὺς κίχωσι τοῦ κάτω θεοῦ.
Καὶ τἀμὰ τεύχη μήτ᾽ ἀγωνάρχαι τινὲς
θήσουσ᾽ Ἀχαιοῖς, μήθ᾽ ὁ λυμεὼν ἐμός.
Ἀλλ᾽ αὐτό μοι σύ, παῖ, λαβὼν ἐπώνυμον,
Εὐρύσακες, ἴσχε διὰ πολυρράφου στρέφων
πόρπακος ἑπτάβοιον ἄρρηκτον σάκος·
τὰ δ᾽ ἄλλα τεύχη κοίν᾽ ἐμοὶ τεθάψεται.
Ἀλλ᾽ ὡς τάχος τὸν παῖδα τόνδ᾽ ἤδη δέχου,
καὶ δῶμα πάκτου, μηδ᾽ ἐπισκήνους γόους
δάκρυε· κάρτα τοι φιλοίκτιστον γυνή.
Πύκαζε θᾶσσον· οὐ πρὸς ἰατροῦ σοφοῦ
θρηνεῖν ἐπῳδὰς πρὸς τομῶντι πήματι.
ΧΟ. Δέδοικ᾽ ἀκούων τήνδε τὴν προθυμίαν·
οὐ γάρ μ᾽ ἀρέσκει γλῶσσά σου τεθηγμένη.
ΤΕ. Ὦ δέσποτ᾽ Αἴας, τί ποτε δρασείεις φρενί ;
ΑΙ. Μὴ κρῖνε, μὴ ᾽ξέταζε· σωφρονεῖν καλόν.
ΤΕ. Οἴμ᾽ ὡς ἀθυμῶ· καί σε πρὸς τοῦ σοῦ τέκνου
καὶ θεῶν ἱκνοῦμαι μὴ προδοὺς ἡμᾶς γένῃ.
ΑΙ. Ἄγαν γε λυπεῖς. Οὐ κάτοισθ᾽ ἐγὼ θεοῖς
ὡς οὐδὲν ἀρκεῖν εἰμ᾽ ὀφειλέτης ἔτι ;
ΤΕ. Εὔφημα φώνει.
ΑΙ. Τοῖς ἀκούουσιν λέγε.
ΤΕ. Σὺ δ᾽ οὐχὶ πείσῃ ;
ΑΙ. Πόλλ᾽ ἄγαν ἤδη θροεῖς.
ΤΕ. Ταρβῶ γάρ, ὦναξ.
ΑΙ. Οὐ ξυνέρξεθ᾽ ὡς τάχος ;
ΤΕ. Πρὸς θεῶν, μαλάσσου.
ΑΙ. Μῶρά μοι δοκεῖς φρονεῖν,
εἰ τοὐμὸν ἦθος ἄρτι παιδεύειν νοεῖς.

la mia volontà: conduca questo fanciullo alla mia casa, e lo mostri a Telamone e a mia madre, a Eribea dico, perché sia sempre il sostegno della loro vecchiezza, fin quando giungeranno nei recessi del dio sotterraneo. Quanto alle mie armi, nessun giudice di gara le proponga in premio agli Achei, e tanto meno colui che è stato la mia rovina. Ma tu, figlio mio, prenderai l'arma che ti ha dato il nome, o Eurisace[50], lo scudo infrangibile dai sette strati di cuoio, e lo imbraccerai stringendolo per la correggia saldamente ricucita. Le altri armi verranno sepolte insieme con me. (*A Tecmessa.*) Fa' presto, ora: prendi questo bambino e chiudi la tenda. E non restare a piangere davanti alla soglia: la donna è creatura assai incline al pianto! Chiudi più in fretta. Non è da un buon medico intonare queruli incantesimi sopra una piaga che ha bisogno di taglio.

CORIFEO Ascolto questo tuo slancio e ne provo sgomento: non mi piace la tua lingua affilata.

TECMESSA Aiace, mio signore, che mediti di fare?

AIACE Non chiedere, non indagare: è gran cosa l'aver assennatezza.

TECMESSA Ohimè, quanto sono inquieta! In nome di tuo figlio e degli dèi, ti supplico, non abbandonarci!

AIACE Tu mi infastidisci troppo. Non sai che nei confronti degli dèi non sono più obbligato a nessun dovere?

CORIFEO Non dire parole empie.

AIACE Parla a chi è disposto ad ascoltarti.

TECMESSA Non ti lascerai convincere?

AIACE Ormai parli troppo.

TECMESSA Perché io tremo, signore...

AIACE (*Ai servi.*) Non chiuderete al più presto la tenda?

TECMESSA Per gli dèi, calmati!

AIACE Mi sembra che tu ragioni da stolta, se credi di educare ora la mia indole.

[50] Il nome del bambino significa infatti «dal largo scudo»: cfr. l'aggettivo εὐρύς («largo») e il sostantivo σάκος («scudo»).

ΧΟ. Ὦ κλεινὰ Σαλαμίς, σὺ μέν που Str. 1.
ναίεις ἁλίπλακτος εὐδαίμων,
πᾶσιν περίφαντος αἰεί.

ἐγὼ δ' ὁ τλάμων παλαιὸς ἀφ' οὗ χρόνος
Ἰδαῖα μίμνων λειμώνι' ἔπαυλα μηνῶν
ἀνήριθμος αἰὲν εὐνῶμαι

χρόνῳ τρυχόμενος, κακὰν ἐλπίδ' ἔχων
ἔτι μέ ποτ' ἀνύσειν τὸν ἀπότροπον ἀΐδηλον Ἅιδαν.

Καί μοι δυσθεράπευτος Αἴας Ant. 1.
ξύνεστιν ἔφεδρος, ὤμοι μοι,
θείᾳ μανίᾳ ξύναυλος

(*La tenda viene rinchiusa. Tecmessa ed Eurisace seguono Aiace nella tenda*[51].)

CORO O illustre Salamina,
felice tu dimori
percossa dai flutti marini,
sempre da tutti ammirata[52].
Ed io, misero, da gran tempo resto qui,
avendo per giaciglio i prati erbosi dell'Ida,
senza tregua, dopo mesi innumerevoli,
logorato dall'attesa,
nell'amara speranza
di discendere un giorno
nel cieco, abominevole Ade[53].

Ed ora Aiace, in preda a un male incurabile,
si aggiunge, ahimè, ad accrescermi la pena:
una follia divina lo possiede.

[51] È oggetto di discussione se Tecmessa a questo punto entri nella tenda assieme ad Aiace oppure riporti il bambino là dove si trovava in precedenza (Stanford cerca di ovviare alla difficoltà ipotizzando che ella si rechi nei quartieri delle donne). Il testo non offre appigli sicuri: è comunque improbabile che Tecmessa resti in scena durante il canto del Coro, e quando ella rientra in scena al v. 646 il suo ingresso apparirebbe immotivato se ella provenisse da un luogo diverso da quello in cui si trovava Aiace. La soluzione più ragionevole è dunque che Aiace, Tecmessa ed Eurisace rientrino tutti assieme nella tenda, il che evita anche di lasciare solo Aiace in un momento in cui è chiaro che egli pensa al suicidio (cfr. in proposito Kamerbeek *ad loc.* e Fraenkel, *Due seminari romani* cit., p. 19).

[52] Per il pubblico ateniese gli epiteti «illustre» e «sempre da tutti ammirata» avranno senz'altro richiamato alla memoria i gloriosi fatti della battaglia di Salamina, prima della quale difficilmente l'isola avrebbe potuto aspirare a tanta fama: Sofocle si permette cioè un lieve anacronismo, un fenomeno tollerato senza difficoltà nel dramma attico (cfr. ad esempio la n. 8 all'*Elettra* sulla partecipazione di Oreste ai giochi Pitici).

[53] Nel testo greco c'è un intraducibile gioco etimologico fra Ἅιδης e l'aggettivo ἀΐδηλον, fondato su un'etimologia popolare (cfr. Plato *Gorg.* 493 b) che interpretava Ἅιδης come composto da ἀ- privativo più la radice (Ϝ)ιδ- del verbo «vedere» (cioè «il luogo oscuro, dove non si vede»). Si suggerisce quindi una connessione etimologica fra i due termini. Resta dubbio però quale sia l'esatto significato di ἀΐδηλος, che taluni intendono come «oscuro», altri invece come «di cui si cerca di evitare la vista».

ὃν ἐξεπέμψω πρὶν δή ποτε θουρίῳ
κρατοῦντ᾽ ἐν Ἄρει· νῦν δ᾽ αὖ φρενὸς οἰοβώτας
φίλοις μέγα πένθος ηὕρηται.

Τὰ πρὶν δ᾽ ἔργα χεροῖν μεγίστας ἀρετᾶς
ἄφιλα παρ᾽ ἀφίλοις ἔπεσ᾽ ἔπεσε μελέοις Ἀτρείδαις.

Ἦ που παλαιᾷ μὲν ἔντροφος ἁμέρᾳ, Str. 2.
λευκῷ δὲ γήρᾳ μάτηρ νιν ὅταν νοσοῦντα
φρενομόρως ἀκούσῃ,

αἴλινον αἴλινον
οὐδ᾽ οἰκτρᾶς γόον ὄρνιθος ἀηδοῦς

ἥσει δύσμορος, ἀλλ᾽ ὀξυτόνους μὲν ᾠδὰς
θρηνήσει, χερόπλακτοι δ᾽ ἐν στέρνοισι πεσοῦνται
δοῦποι καὶ πολιᾶς ἄμυγμα χαίτας.

Κρείσσων γὰρ Ἅιδᾳ κεύθων ὁ νοσῶν μάταν, Ant. 2.
ὃς ἐκ πατρῴας ἥκων γενεᾶς ἄριστος
πολυπόνων Ἀχαιῶν,

οὐκέτι συντρόφοις
ὀργαῖς ἔμπεδος, ἀλλ᾽ ἐκτὸς ὁμιλεῖ.

Ὦ τλᾶμον πάτερ, οἵαν σε μένει πυθέσθαι

Tu un giorno lo mandasti qui
vincitore nella furiosa battaglia;
ma ora, pascendo in solitudine i suoi pensieri,
egli è motivo di grande dolore per chi l'ama.
Le trascorse imprese del suo braccio,
segni di valore eccelso,
si son dileguate, dissolte,
indifferenti agli ingrati, miserabili Atridi.

Certo la madre, ad antico giorno
cresciuta ed a bianca vecchiezza,
quando udrà del figlio ammalato
di un morbo dell'anima,
grido lugubre – ahi, ahi! –
leverà, infelice, e non gemito
di flebile usignolo:
canti acutissimi piangerà,
e cadranno sul petto i colpi delle mani
e lo strazio della canuta chioma[54].

Meglio star nascosto nell'Ade
per l'uomo malato d'insania:
lui che era per stirpe paterna
il più nobile fra i tormentati Achei,
non è più saldo nella propria natura,
ma vive lontano, esule a sé medesimo.
O misero padre,
quale insostenibile sciagura del figlio
attende di svelarsi a te! Pari a questa
nessuno dei divini Eacidi

[54] Vengono qui sintetizzati i gesti rituali del lamento funebre (γόος) che la madre di Aiace leverà quando saprà della sventura del figlio. Il lamento però non presuppone il suicidio di Aiace, le cui intenzioni non sono ancora state comprese esattamente dai marinai: essi si riferiscono solo alla follia che lo ha colpito, restando anche in questo ben al di qua di una reale comprensione delle motivazioni di Aiace (che è assolutamente padrone di sé dal momento in cui compare sulla scena e analizza lucidamente i comportamenti che gli sono imposti dalle circostanze).

παιδὸς δύσφορον ἄταν, ἂν οὔπω τις ἔθρεψεν
δίων Αἰακιδᾶν ἄτερθε τοῦδε.

ΑΙ. Ἅπανθ' ὁ μακρὸς κἀναρίθμητος χρόνος
φύει τ' ἄδηλα καὶ φανέντα κρύπτεται·
κοὐκ ἔστ' ἄελπτον οὐδέν, ἀλλ' ἁλίσκεται
χὠ δεινὸς ὅρκος χαὶ περισκελεῖς φρένες.
Κἀγὼ γάρ, ὃς τὰ δείν' ἐκαρτέρουν τότε,
βαφῇ σίδηρος ὥς, ἐθηλύνθην στόμα
πρὸς τῆσδε τῆς γυναικός· οἰκτίρω δέ νιν
χήραν παρ' ἐχθροῖς παῖδά τ' ὀρφανὸν λιπεῖν.
Ἀλλ' εἶμι πρός τε λουτρὰ καὶ παρακτίους
λειμῶνας, ὡς ἂν λύμαθ' ἁγνίσας ἐμὰ
μῆνιν βαρεῖαν ἐξαλύξωμαι θεᾶς·
μολών τε χῶρον ἔνθ' ἂν ἀστιβῆ κίχω,
κρύψω τόδ' ἔγχος τοὐμόν, ἔχθιστον βελῶν,
γαίας ὀρύξας ἔνθα μή τις ὄψεται·
ἀλλ' αὐτὸ νὺξ Ἅιδης τε σῳζόντων κάτω.
Ἐγὼ γάρ, ἐξ οὗ χειρὶ τοῦτ' ἐδεξάμην
παρ' Ἕκτορος δώρημα δυσμενεστάτου,
οὔπω τι κεδνὸν ἔσχον Ἀργείων πάρα·
ἀλλ' ἔστ' ἀληθὴς ἡ βροτῶν παροιμία·
ἐχθρῶν ἄδωρα δῶρα κοὐκ ὀνήσιμα.
Τοιγὰρ τὸ λοιπὸν εἰσόμεσθα μὲν θεοῖς
εἴκειν, μαθησόμεσθα δ' Ἀτρείδας σέβειν.
Ἄρχοντές εἰσιν, ὥσθ' ὑπεικτέον· τί μή;

ha finora provato,
tranne costui.

(*Aiace esce dalla tenda con una spada in mano, seguito da Tecmessa.*)

AIACE Il tempo, grande e infinito, fa nascere le cose ancora nascoste e, una volta tratte alla luce, tutte le occulta. Nulla c'è di inaspettato: anche il solenne giuramento, anche gli animi più saldi vacillano[55]. Ed io, che allora resistevo con tremenda tenacia, come ferro temprato, ho sentito ammorbidirsi il mio labbro ad opera di questa donna: provo pietà al pensiero di lasciare lei vedova in mezzo ai nemici, e orfano mio figlio. Ora andrò ai lavacri e ai prati che costeggiano la riva del mare per purificare le mie macchie e sfuggire all'ira pesante della dea. Poi, giunto là ove io trovi un luogo intatto d'orma umana, nasconderò questa mia spada, la più funesta delle armi, scavando in un punto del terreno in cui nessuno la possa vedere: la custodiscano sotterra la notte e l'Ade. Da quando con la mia mano la ricevetti in dono da Ettore, il peggior nemico, io non ho più avuto dagli Argivi alcun segno d'onore. È pur vero il proverbio degli uomini: non sono doni i doni dei nemici, né arrecano vantaggio[56]. Così sapremo per l'avvenire cedere agli dèi, e impareremo a venerare gli Atridi. Essi sono i capi e pertanto bisogna soggiacere. Per-

[55] La celebre *rhēsis* "ingannatrice" di Aiace si apre con un'eco evidente di Archiloco (fr. 122 W.): Χρημάτων ἄελπτον οὐδέν ἐστιν οὐδ' ἀπώμοτον οὐδὲ θαυμάσιον, un passo del quale Sofocle si ricorda anche in *Ant.* 388: βροτοῖσι οὐδὲν ἔστ' ἀπώμοτον (cfr. anche Eur. fr. 761 N.^{2}).

[56] Al termine del duello narrato nel settimo libro dell'*Iliade* (vv. 303 ss.), conclusosi senza che uno dei due combattenti riesca a prevalere sull'altro, Aiace e Ettore si scambiano doni in segno di reciproco rispetto: l'eroe greco dona a Ettore il suo balteo (col quale il cadavere di Ettore sarà poi legato al carro di Achille e trascinato nella piana), e il troiano offre invece ad Aiace la sua spada, con la quale Aiace compirà il suicidio. Sofocle ha formulato in modo incisivo l'idea che i doni dei nemici sono sempre di cattivo augurio e potenzialmente pericolosi; il motivo sarà ripreso da Teucro ai vv. 1026-1035. Il verso 665 dell'Aiace è citato da Zenobio nella sua raccolta di *Proverbi* (IV, 4); cfr. anche Diogeniano IV 82. Un pensiero simile è espresso da Euripide (*Med.* 618) «il dono di un uomo cattivo non porta vantaggio» e da Menandro (*Sent.* 166) «nulla che venga da un nemico può recare vantaggio» (cfr. anche *A. P.* VII 152, 7 s.).

Καὶ γὰρ τὰ δεινὰ καὶ τὰ καρτερώτατα
τιμαῖς ὑπείκει· τοῦτο μὲν νιφοστιβεῖς
χειμῶνες ἐκχωροῦσιν εὐκάρπῳ θέρει·
ἐξίσταται δὲ νυκτὸς αἰανὴς κύκλος
τῇ λευκοπώλῳ φέγγος ἡμέρᾳ φλέγειν·
δεινῶν τ' ἄημα πνευμάτων ἐκοίμισε
στένοντα πόντον· ἐν δ' ὁ παγκρατὴς ὕπνος
λύει πεδήσας, οὐδ' ἀεὶ λαβὼν ἔχει·
ἡμεῖς δὲ πῶς οὐ γνωσόμεσθα σωφρονεῖν ;
'Εγὼ δ', ἐπίσταμαι γὰρ ἀρτίως ὅτι
ὅ τ' ἐχθρὸς ἡμῖν ἐς τοσόνδ' ἐχθαρτέος,
ὡς καὶ φιλήσων αὖθις, ἔς τε τὸν φίλον
τοσαῦθ' ὑπουργῶν ὠφελεῖν βουλήσομαι,
ὡς αἰὲν οὐ μενοῦντα· τοῖς πολλοῖσι γὰρ
βροτῶν ἄπιστός ἐσθ' ἑταιρείας λιμήν.
'Αλλ' ἀμφὶ μὲν τούτοισιν εὖ σχήσει. Σὺ δὲ
ἔσω θεοῖς ἐλθοῦσα διὰ τέλους, γύναι,
εὔχου τελεῖσθαι τοὐμὸν ὧν ἐρᾷ κέαρ.
Ὑμεῖς θ', ἑταῖροι, ταὐτὰ τῇδέ μοι τάδε
τιμᾶτε, Τεύκρῳ τ', ἢν μόλῃ, σημήνατε
μέλειν μὲν ἡμῶν, εὐνοεῖν δ' ὑμῖν ἅμα.
'Εγὼ γὰρ εἶμ' ἐκεῖσ' ὅποι πορευτέον·
ὑμεῖς δ' ἃ φράζω δρᾶτε, καὶ τάχ' ἄν μ' ἴσως
πύθοισθε, κεἰ νῦν δυστυχῶ, σεσωσμένον.

ΧΟ. Ἔφριξ' ἔρωτι, περιχαρὴς δ' ἀνεπτάμαν. Str.
'Ιὼ ἰώ, Πὰν Πάν,
ὦ Πάν, Πὰν ἁλίπλαγκτε, Κυλ-

ché no? Anche le forze terribili e più potenti si piegano all'autorità riconosciuta: così, gli inverni nevosi danno spazio all'estate feconda; l'oscura volta della notte retrocede innanzi al giorno dai bianchi puledri perché la sua luce rifulga; e il soffio dei venti impetuosi suole, cedendo, placare il mare gemente; allo stesso modo, il sonno che tutto doma scioglie chi ha avvinto in catene, né lo trattiene per sempre in suo potere. E noi, come non impareremo ad essere saggi? Io sono da poco consapevole che il nemico debba essere da noi odiato solo come se un giorno egli ci possa amare, e per quanto riguarda l'amico, vorrò fargli del bene ed aiutarlo soltanto nella convinzione che non rimarrà sempre tale. Per la maggior parte dei mortali, infatti, il porto dell'amicizia risulta infido. Ma circa queste cose tutto andrà bene. (*A Tecmessa.*) Tu rientra, donna, e prega gli dèi che si compia per intero ciò che il mio cuore desidera. (*Al Coro.*) E voi, compagni, rispettate al pari di lei queste mie volontà e a Teucro, quando verrà, dite di prendersi cura di noi e, insieme, d'esser con voi benevolo. Io vado là dove devo andare. Voi fate ciò che vi dico, e presto forse saprete che ho trovato la salvezza, anche se ora sono infelice.

(*Aiace esce dalla scena, diretto verso la spiaggia. Tecmessa entra nella tenda.*)

CORO Io fremo di piacere, già mi libro
sulle ali della gioia[57]. Oh Pan, oh Pan!
O Pan, Pan che erri sul mare,

[57] È caratteristica di Sofocle la collocazione, immediatamente prima della catastrofe, di un canto che esprime gioia e sollievo (generati da un fraintendimento della situazione reale), con forte effetto di ironia tragica. Ad esempio in *O.R.* 1086-1109 la notizia che Edipo non è figlio di Polibo e Merope fa gioire il Coro nella speranza che il re sia un tebano, forse il figlio di un dio, mentre Giocasta ha già capito la terribile verità. In *Trach.* 633-662, invece, la gioia dei coreuti per il ritorno di Eracle sarà raggelata dalla rivelazione di Deianira, che si è resa conto della pericolosità del dono inviato al marito. Nello stasimo dell'*Aiace* l'invocazione a Pan, signore del monte Cillene nell'Arcadia, è motivata sia dal fatto che il dio era oggetto di culto a Psittalia, località dell'isola di Salamina (cfr. Aesch. *Pers.* 448 s.), sia dalla sua connessione con le danze di gioia delle Ninfe e delle Cariti.

λανίας χιονοκτύπου
πετραίας ἀπὸ δειράδος φάνηθ', ὦ,
θεῶν χοροποί', ἄναξ, ὅπως μοι
Νύσια Κνώσι' ὀρ-
χήματ' αὐτοδαῆ ξυνὼν ἰάψῃς.
Νῦν γὰρ ἐμοὶ μέλει χορεῦσαι.
Ἰκαρίων δ' ὑπὲρ πελαγέων μο-
λὼν ἄναξ Ἀπόλλων
ὁ Δάλιος εὔγνωστος
ἐμοὶ ξυνείη διὰ παντὸς εὔφρων.

Ἔλυσεν αἰνὸν ἄχος ἀπ' ὀμμάτων Ἄρης. Ant.
Ἰὼ ἰώ. Νῦν αὖ,
νῦν, ὦ Ζεῦ, πάρα λευκὸν εὐ-
άμερον πελάσαι φάος
θοᾶν ὠκυάλων νεῶν, ὅτ' Αἴας
λαθίπονος πάλιν, θεῶν δ' αὖ
πάνθυτα θέσμι' ἐξ-
ήνυσ' εὐνομίᾳ σέβων μεγίστᾳ.

Πάνθ' ὁ μέγας χρόνος μαραίνει

lasciando le pietrose balze del Cillene[58]
percosse dalle nevi, mostrati a noi,
o signore che guidi i cori degli dèi,
per lanciarti con me nelle spontanee
danze di Misia e di Cnosso[59]:
ora m'è grato danzare!
E sull'onde del mar Icario
giunga manifesto[60]
Apollo signore, il Delio,
e con me stia, per sempre, benevolo.

Ares disciolse dai miei occhi
la terribile angoscia.
Ora nuovamente, o Zeus,
ora la fulgida luce d'un giorno
felice s'accosta alle agili
rapide navi, poiché Aiace,
obliato di nuovo l'affanno,
ha compiuto, nel sommo rispetto delle leggi,
il divino rituale del sacrificio.
Tutte le cose il tempo possente consuma,

[58] Cillene è la montagna nel Nord-Est dell'Arcadia sulla quale Pan era nato e abitualmente dimorava.

[59] Al v. 699 le danze sono qualificate come Cnossie, cioè cretesi, con allusione alle danze dei Cureti dell'isola di Creta (celebre per l'abilità dei suoi ballerini) e Misie, cioè originarie della Misia, regione nella quale Pan compariva accanto alla Grande Madre Cibele, con allusione probabilmente al carattere selvaggio dei movimenti di danza (Dain accetta Νύσια dei mss. medievali, ma il *P. Oxy.* 1615 legge Μύσια, giustamente preferito da Lloyd-Jones e Wilson nell'edizione oxoniense del 1990). L'attributo αὐτοδαῆ (v. 700) significa propriamente «che si apprende in modo autonomo, senza maestro»: Pan deve ispirare (e non insegnare) ai Coreuti queste danze improvvisate, che si eseguono in estro subitaneo. Altri, meno bene, intendono: «seguendo queste danze che tu hai appreso da solo, senza l'insegnamento di nessuno» *[N.d.T.]*.

[60] Era detto Icario quel tratto di mare, già ricordato in *Il.* II 145, che circondava l'isola di Icaro (oggi Icaria o Nicaria), delle Sporadi Meridionali, situata fra Samo e Micono. Apollo deve giungere «manifesto», ossia facilmente riconoscibile, in forma che si può percepire con chiarezza (cfr., sulla stessa linea, ἐναργής in *Trach.* 11), non sotto mentite spoglie o invisibile *[N.d.T.]*.

κοὐδὲν ἀναύδατον φατίσαιμ' ἄν,
εὖτέ γ' ἐξ ἀέλπτων
Αἴας μετανεγνώσθη
θυμῶν 'Ατρείδαις μεγάλων τε νεικέων.

ΑΓΓΕΛΟΣ

Ἄνδρες φίλοι, τὸ πρῶτον ἀγγεῖλαι θέλω·
Τεῦκρος πάρεστιν ἄρτι Μυσίων ἀπὸ
κρημνῶν· μέσον δὲ προσμολὼν στρατήγιον
κυδάζεται τοῖς πᾶσιν 'Αργείοις ὁμοῦ.
Στείχοντα γὰρ πρόσωθεν αὐτὸν ἐν κύκλῳ
μαθόντες ἀμφέστησαν, εἶτ' ὀνείδεσιν
ἤρασσον ἔνθεν κἄνθεν οὔτις ἔσθ' ὃς οὔ,
τὸν τοῦ μανέντος κἀπιβουλευτοῦ στρατοῦ
ξύναιμον ἀποκαλοῦντες, ὡς οὐκ ἀρκέσοι
τὸ μὴ οὐ πέτροισι πᾶς καταξανθεὶς θανεῖν.
Ὥστ' εἰς τοσοῦτον ἦλθον ὥστε καὶ χεροῖν
κολεῶν ἐρυστὰ διεπεραιώθη ξίφη.
Λήγει δ' ἔρις δραμοῦσα τοῦ προσωτάτω
ἀνδρῶν γερόντων ἐν ξυναλλαγῇ λόγου.
'Αλλ' ἡμὶν Αἴας ποῦ 'στιν, ὡς φράσω τάδε ;
τοῖς κυρίοις γὰρ πάντα χρὴ δηλοῦν λόγον.
ΧΟ. Οὐκ ἔνδον, ἀλλὰ φροῦδος ἀρτίως, νέας
βουλὰς νέοισιν ἐγκαταζεύξας τρόποις.
ΑΓ. 'Ιοὺ ἰού·
βραδεῖαν ἡμᾶς ἆρ' ὁ τήνδε τὴν ὁδὸν
πέμπων ἔπεμψεν, ἢ 'φάνην ἐγὼ βραδύς.
ΧΟ. Τί δ' ἐστὶ χρείας τῆσδ' ὑπεσπανισμένον ;
ΑΓ. Τὸν ἄνδρ' ἀπηύδα Τεῦκρος ἔνδοθεν στέγης
μὴ 'ξω παρήκειν, πρὶν παρὼν αὐτὸς τύχῃ.
ΧΟ. 'Αλλ' οἴχεταί τοι πρὸς τὸ κέρδιστον τραπεὶς
γνώμης, θεοῖσιν ὡς καταλλαχθῇ χόλου.

e nulla potrei io dire impossibile
da quando Aiace, contro ogni attesa,
depose i suoi furori contro gli Atridi
e le feroci contese.

(*Entra il Nunzio*[61].)

NUNZIO O amici, voglio anzitutto annunciarvi: Teucro è qui, da poco tornato dalle rupi di Misia. Ma non appena giunto nel mezzo del campo, alla tenda dei comandanti, è insultato a un tempo da tutti gli Argivi. Da lontano lo riconobbero, mentr'egli si avvicinava, e lo circondarono da ogni parte, coprendolo di ingiurie da questo e da quel lato, e nessuno s'astenne: lo chiamavano fratello del folle che aveva tramato contro l'esercito, minacciandolo che non avrebbe evitato di morire, massacrato tutt'intero a colpi di pietre. A tanto si spinsero che già le loro mani sguainarono dal fodero le spade e le brandirono. La discordia, giunta all'apice, cessa infine per le parole concilianti degli anziani[62]. Ma il nostro Aiace dov'è, perché io possa dirgli queste cose? Ai capi, infatti, tutto si deve riferire.

CORIFEO Non è dentro, ma è uscito da poco, avendo aggiogato a nuovi sentimenti nuovi propositi.

NUNZIO Ahimè, ahimè! A tarda missione ebbe a mandarmi chi qui mi inviò, o troppo lento sono stato io nell'apparire!

CORIFEO E in che cosa è fallito questo tuo compito?

NUNZIO Teucro vietava che l'eroe uscisse fuori dalla tenda prima che egli fosse qui.

CORIFEO Ma è uscito con l'animo rivolto al più favorevole proposito, per riconciliarsi con gli dèi, senza rancore.

[61] Nella prassi normale della tragedia, l'arrivo di un messaggero a questo punto avrebbe potuto contenere il resoconto della morte di Aiace avvenuta fuori scena: ma Sofocle ha in mente di creare una scena del tutto particolare, con Aiace solo al momento del suicidio, e utilizza allora il nunzio per riferire le parole di Calcante e creare un'atmosfera di tensione e di affannosa corsa contro il tempo da parte dei marinai e di Tecmessa.

[62] Il resoconto della violenta contesa fra Teucro e i Greci del campo prepara lo scontro che egli avrà con gli Atridi nella seconda parte della tragedia (cfr. *Introduzione*, pp. 27-28).

ΑΓ. Ταῦτ᾽ ἐστὶ τἄπη μωρίας πολλῆς πλέα,
εἴπερ τι Κάλχας εὖ φρονῶν μαντεύεται.
ΧΟ. Ποῖον ; τί δ᾽ εἰδὼς τοῦδε πράγματος πέρι —
ΑΓ. Τοσοῦτον οἶδα καὶ παρὼν ἐτύγχανον·
ἐκ γὰρ συνέδρου καὶ τυραννικοῦ κύκλου
Κάλχας μεταστὰς οἶος ᾿Ατρειδῶν δίχα,
εἰς χεῖρα Τεύκρου δεξιὰν φιλοφρόνως
θεὶς εἶπε κἀπέσκηψε παντοίᾳ τέχνῃ
εἶρξαι κατ᾽ ἦμαρ τοὐμφανὲς τὸ νῦν τόδε
Αἴανθ᾽ ὑπὸ σκηναῖσι μηδ᾽ ἀφέντ᾽ ἐᾶν,
εἰ ζῶντ᾽ ἐκεῖνον εἰσιδεῖν θέλοι ποτέ·
ἐλᾷ γὰρ αὐτὸν τῇδε θἠμέρᾳ μόνῃ
δίας ᾿Αθάνας μῆνις, ὡς ἔφη λέγων.
Τὰ γὰρ περισσὰ κἀνόνητα σώματα
πίπτειν βαρείαις πρὸς θεῶν δυσπραξίαις
ἔφασχ᾽ ὁ μάντις, ὅστις ἀνθρώπου φύσιν
βλαστὼν ἔπειτα μὴ κατ᾽ ἄνθρωπον φρονῇ.
Κεῖνος δ᾽ ἀπ᾽ οἴκων εὐθὺς ἐξορμώμενος
ἄνους καλῶς λέγοντος ηὑρέθη πατρός.
῾Ο μὲν γὰρ αὐτὸν ἐννέπει· « Τέκνον, δορὶ
βούλου κρατεῖν μέν, σὺν θεῷ δ᾽ ἀεὶ κρατεῖν »·
ὁ δ᾽ ὑψικόμπως κἀφρόνως ἠμείψατο·
« Πάτερ, θεοῖς μὲν κἂν ὁ μηδὲν ὢν ὁμοῦ
κράτος κατακτήσαιτ᾽· ἐγὼ δὲ καὶ δίχα
κείνων πέποιθα τοῦτ᾽ ἐπισπάσειν κλέος ».
Τοσόνδ᾽ ἐκόμπει μῦθον. Εἶτα δεύτερον
δίας ᾿Αθάνας, ἡνίκ᾽ ὀτρύνουσά νιν
ηὗδᾶτ᾽ ἐπ᾽ ἐχθροῖς χεῖρα φοινίαν τρέπειν,
τότ᾽ ἀντιφωνεῖ δεινὸν ἄρρητόν τ᾽ ἔπος·
« ῎Ανασσα, τοῖς ἄλλοισιν ᾿Αργείων πέλας
ἵστω, καθ᾽ ἡμᾶς δ᾽ οὔποτ᾽ ἐκρήξει μάχη ».
Τοιοῖσδέ τοι λόγοισιν ἀστεργῆ θεᾶς

NUNZIO Queste sono parole colme di molta follia, se Calcante è indovino verace[63].

CORIFEO Cosa? Che sai tu al riguardo?

NUNZIO Ecco quanto so: per caso mi trovavo presente. Dal circolo dei principi seduti a consiglio Calcante levatosi solo, in disparte dagli Atridi, ponendo amichevolmente la destra nella mano di Teucro disse e raccomandò di trattenere con ogni mezzo Aiace nella tenda per tutta la durata di questo giorno che ora risplende, e di non lasciarlo uscire, se mai voleva rivederlo vivo: giacché ancora per questo solo giorno lo perseguiterà l'ira della divina Atena, come egli andava dicendo. I mortali che non sanno conservare la misura, inutili a se stessi, cadono in gravi sciagure per opera degli dèi, spiegava il profeta: chiunque, pur nato con natura di uomo, non pensi poi con mente umana. Aiace, subito al partire dalla casa paterna, mostrò la sua dissennatezza, sebbene il padre lo ammonisse con sagge parole. Questi gli diceva infatti: «Figlio, abbi la volontà di vincere con la tua lancia, ma di vincere sempre con l'aiuto del dio». Ma l'altro con stolta superbia rispose: «Padre, con il favore degli dèi anche chi è nulla può riportare vittoria; io ho fiducia di ottenere la gloria pur senza di essi». Così si vantava, con orgoglioso discorso. Un'altra volta, ad Atena divina, quand'ella incitandolo gli gridava di volgere contro i nemici la mano cruenta, rispose queste gravi e nefande parole: «Signora, sta' vicina agli altri Argivi: dove siamo noi, la linea di battaglia non s'infrangerà mai». Con tali detti si procurò l'ira implacabile della dea, poiché i suoi pensieri eccedevano l'umana misura[64]. Ma se egli

[63] Calcante è il venerando indovino figlio di Testore, che nell'*Iliade* rivela il motivo dell'ira di Apollo e pone così le basi della contesa fra Agamennone e Achille.

[64] È indubitabile che il modo in cui vengono presentate dal messo le ragioni dell'ira di Atena configurano agli occhi dello spettatore una colpa di Aiace, consistente nell'eccesso di orgoglio che lo ha portato a credere di poter fare a meno dell'aiuto degli dèi. È la tematica eschilea della ὕβρις, che tuttavia manca nell'*Aiace* di un elemento determinante: Aiace non viene a sapere nulla delle parole di Calcante, e non vi è alcuna acquisizione di consapevolezza o saggezza attraverso la punizione, che possa ricondurci alle formulazioni di Eschi-

ἐκτήσατ᾽ ὀργήν, οὐ κατ᾽ ἄνθρωπον φρονῶν.
Ἀλλ᾽ εἴπερ ἔστι τῇδε θἠμέρᾳ, τάχ᾽ ἂν
γενοίμεθ᾽ αὐτοῦ σὺν θεῷ σωτήριοι.
Τοσαῦθ᾽ ὁ μάντις εἶφ᾽· ὁ δ᾽ εὐθὺς ἐξ ἕδρας
πέμπει με σοὶ φέροντα τάσδ᾽ ἐπιστολὰς
Τεῦκρος φυλάσσειν. Εἰ δ᾽ ἀπεστερήμεθα,
οὐκ ἔστιν ἁνὴρ κεῖνος, εἰ Κάλχας σοφός.

ΧΟ. Ὦ δαΐα Τέκμησσα, δύσμορον γένος,
ὅρα μολοῦσα τόνδ᾽ ὁποῖ᾽ ἔπη θροεῖ·
ξυρεῖ γὰρ ἐν χρῷ τοῦτο, μὴ χαίρειν τινά.

ΤΕ. Τί μ᾽ αὖ τάλαιναν, ἀρτίως πεπαυμένην
κακῶν ἀτρύτων, ἐξ ἕδρας ἀνίστατε;

ΧΟ. Τοῦδ᾽ εἰσάκουε τἀνδρός, ὡς ἥκει φέρων
Αἴαντος ἡμῖν πρᾶξιν ἣν ἤλγησ᾽ ἐγώ.

ΤΕ. Οἴμοι, τί φῄς, ἄνθρωπε; μῶν ὀλώλαμεν;

ΑΓ. Οὐκ οἶδα τὴν σὴν πρᾶξιν, Αἴαντος δ᾽ ὅτι,
θυραῖος εἴπερ ἐστίν, οὐ θαρσῶ πέρι.

ΤΕ. Καὶ μὴν θυραῖος, ὥστε μ᾽ ὠδίνειν τί φῄς.

ΑΓ. Ἐκεῖνον εἴργειν Τεῦκρος ἐξεφίεται
σκηνῆς ὕπαυλον, μηδ᾽ ἀφιέναι μόνον.

ΤΕ. Ποῦ δ᾽ ἐστὶ Τεῦκρος, κἀπὶ τῷ λέγει τάδε;

ΑΓ. Πάρεστ᾽ ἐκεῖνος ἄρτι· τήνδε δ᾽ ἔξοδον
ὀλεθρίαν Αἴαντος ἐλπίζει φέρειν.

sopravvive a questo giorno, forse con l'aiuto divino potremo essere suoi salvatori. Questo disse l'indovino ed egli, Teucro, subito s'alzò dal suo posto, e mi manda qui a portare questo messaggio, perché tu lo osservi. Se il nostro tentativo fallisce, e se Calcante è esperto profeta, quell'uomo non è più.

CORIFEO O infelice Tecmessa, sventurata creatura, vieni a vedere quel che dice costui! La sua parola ferisce nella viva carne, sì che nessuno può gioirne.

(*Dalla tenda s'affaccia Tecmessa, con il figlio Eurisace.*)

TECMESSA Perché di nuovo, infelice ch'io sono, da poco uscita da inesausti dolori, mi togliete al mio riposo?

CORIFEO Ascolta quest'uomo, perché egli viene ad annunciarci la sorte di Aiace, per la quale io mi tormento.

TECMESSA Ahimè, che dici, messaggero? Siamo dunque perduti?

NUNZIO Della tua sorte non so, ma per quella di Aiace, se veramente egli è fuori di casa, non ho fiducia alcuna.

TECMESSA Sì, è lontano: e mi chiedo con angoscia che cosa intendi dire.

NUNZIO Teucro dà l'ordine di trattenerlo all'interno della tenda e di non lasciarlo uscire solo.

TECMESSA Dov'è Teucro e perché dice questo?

NUNZIO È qui, da poco: teme che quest'uscita di Aiace sia per lui portatrice di rovina[65].

lo. Sofocle non punta a mettere in discussione la giustizia divina, né a indagare la ragionevolezza del comportamento di una divinità che si manifesta soprattutto nel suo aspetto di superiore potenza rispetto all'uomo: quello che gli interessa è Aiace, che resta comunque estraneo alla dimensione della colpa/punizione, valida per gli altri ma non per lui. Anche il limite di tempo, per cui l'ira della dea durerà solo per la giornata in cui si svolge la vicenda, non fa altro che evidenziare come l'eroe si sia ormai sottratto alla dimensione del tempo, cui erano dedicate importanti considerazioni nella *rhēsis* dei vv. 646 ss. Da un punto di vista drammaturgico, poi, determinante è la collocazione della rivelazione di Calcante così avanti nell'opera: se Sofocle avesse voluto dare a questo tema un peso determinante, l'avrebbe collocato assai prima.

[65] Al v. 799 in luogo di ῥέπειν (F.W. Schmidt, Dain) leggo, con i codici, φέρειν *[N.d.T.]*.

ΤΕ. Οἴμοι τάλαινα, τοῦ ποτ' ἀνθρώπων μαθών;
ΑΓ. Τοῦ Θεστορείου μάντεως, καθ' ἡμέραν
τὴν νῦν, ὅτ' αὐτῷ θάνατον ἢ βίον φέρει.
ΤΕ. Οἲ 'γώ, φίλοι, πρόστητ' ἀναγκαίας τύχης,
καὶ σπεύσαθ' οἱ μὲν Τεῦκρον ἐν τάχει μολεῖν·
οἱ δ' ἑσπέρους ἀγκῶνας, οἱ δ' ἀντηλίους
ζητεῖτ' ἰόντες τἀνδρὸς ἔξοδον κακήν.
Ἔγνωκα γὰρ δὴ φωτὸς ἠπατημένη
καὶ τῆς παλαιᾶς χάριτος ἐκβεβλημένη.
Οἴμοι, τί δράσω, τέκνον; οὐχ ἱδρυτέον.
Ἀλλ' εἶμι κἀγὼ κεῖσ' ὅποιπερ ἂν σθένω.
Χωρῶμεν, ἐγκονῶμεν· οὐχ ἕδρας ἀκμὴ
σῴζειν θέλοντας ἄνδρα γ' ὃς σπεύδῃ θανεῖν.
ΧΟ. Χωρεῖν ἕτοιμος, κοὐ λόγῳ δείξω μόνον·
τάχος γὰρ ἔργου καὶ ποδῶν ἅμ' ἕψεται.

ΑΙ. Ὁ μὲν σφαγεὺς ἕστηκεν ᾗ τομώτατος
γένοιτ' ἄν, εἴ τῳ καὶ λογίζεσθαι σχολή,
δῶρον μὲν ἀνδρὸς Ἕκτορος ξένων ἐμοὶ
μάλιστα μισηθέντος, ἐχθίστου θ' ὁρᾶν·
πέπηγε δ' ἐν γῇ πολεμίᾳ τῇ Τρῳάδι,
σιδηροβρῶτι θηγάνῃ νεηκονής·
ἔπηξα δ' αὐτὸν εὖ περιστείλας ἐγὼ

[66] Il soggetto di φέρει (v. 802) è ἡ ἔξοδος (ovvero l'uscita di Aiace dalla sua tenda), come si ricava agevolmente dal v. 798, dove pure il termine ἔξοδον funge da soggetto sottinteso del verbo φέρειν *[N.d.T.]*.

[67] Con una soluzione molto ardita, ma realizzata con grande naturalezza, Sofocle riesce a concentrare l'attenzione dello spettatore sul suicidio di Aiace, liberando la scena dalla presenza del Coro, che prende parte alla ricerca dell'eroe. Sul peculiare significato di questo insolito procedimento scenico cfr. *Introduzione*, pp. 5 ss.

TECMESSA Ahi, me infelice! Da chi mai l'ha appreso?

NUNZIO Dall'indovino figlio di Testore, in questo giorno stesso in cui tale uscita[66] porterà ad Aiace morte o vita.

TECMESSA Ahimè, amici, proteggetemi dalla fatale necessità. E affrettatevi alcuni da Teucro perché venga presto; altri correndo alle baie d'occidente, altri a quelle d'oriente cercate l'infausta strada dell'eroe. Ora comprendo d'esser stata da lui ingannata e respinta dall'affetto antico. Ahimè, che fare, figlio? Non bisogna star qui a sedere. Andrò anch'io fin dove avrò forza. Mettiamoci in cammino, facciamo presto: non è il momento di indugiare se si vuol salvare un uomo che s'affretta a morire.

CORIFEO Sono pronto ad andare e lo mostrerò non soltanto a parole: seguiranno, insieme, rapidità di azione e di passi.

(Il Coro, diviso in due Semicori, esce dagli ingressi laterali. Escono anche il Nunzio e Tecmessa, che lascia il piccolo Eurisace nella tenda. Cambia la scena, che rappresenta ora un luogo deserto in riva al mare. Entra Aiace, pianta in terra la sua spada, con la punta rivolta verso l'alto, sul fondo della scena, dove sono folti arbusti di macchia; quindi avanza in direzione degli spettatori[67]*.)*

AIACE Il mio assassino è là... ritto, nel modo più tagliente – se mi è concesso ancora il tempo di riflettere –, dono di Ettore, il più abborrito per me fra gli ospiti[68] e il più odioso al mio sguardo; sta conficcato nella terra nemica di Troade, da poco affilato sulla cote che rode il ferro. L'ho piantato io ben saldo

[68] In seguito allo scambio di ξένια, ovvero di doni offerti in segno di reciproca stima (cfr. sopra la n. 56), Aiace ed Ettore si erano venuti a trovare nella condizione di ξένοι, ossia di persone che hanno contratto un legame di mutuo servizio, oppure di ospitalità. Ora che il dono di Ettore sta per divenire la causa della morte di Aiace, Ettore è ai suoi occhi il più odioso tra quanti si trovano nei suoi confronti nello stato di ξένοι. L'uso del termine ξένος al v. 817 («ospite» e «straniero» al tempo stesso) è un esempio significativo delle potenzialità semantiche in esso contenute (cfr. il latino *hospes* e il suo uso da parte di Didone in Verg. *Aen.* IV 323) *[N.d.T.]*.

εὐνούστατον τῷδ' ἀνδρὶ διὰ τάχους θανεῖν.
Οὕτω μὲν εὐσκευοῦμεν· ἐκ δὲ τῶνδέ μοι
σὺ πρῶτος, ὦ Ζεῦ, καὶ γὰρ εἰκός, ἄρκεσον.
Αἰτήσομαι δέ σ' οὐ μακρὸν γέρας λαχεῖν·
πέμψον τιν' ἡμῖν ἄγγελον, κακὴν φάτιν
Τεύκρῳ φέροντα, πρῶτος ὥς με βαστάσῃ
πεπτῶτα τῷδε περὶ νεορράντῳ ξίφει,
καὶ μὴ πρὸς ἐχθρῶν του κατοπτευθεὶς πάρος
ῥιφθῶ κυσὶν πρόβλητος οἰωνοῖς θ' ἕλωρ.
Τοσαῦτά σ', ὦ Ζεῦ, προστρέπω· καλῶ δ' ἅμα
πομπαῖον Ἑρμῆν χθόνιον εὖ με κοιμίσαι,
ξὺν ἀσφαδάστῳ καὶ ταχεῖ πηδήματι
πλευρὰν διαρρήξαντα τῷδε φασγάνῳ.
Καλῶ δ' ἀρωγοὺς τὰς ἀεί τε παρθένους
ἀεί θ' ὁρώσας πάντα τὰν βροτοῖς πάθη,
σεμνὰς Ἐρινῦς τανύποδας μαθεῖν ἐμὲ
πρὸς τῶν Ἀτρειδῶν ὡς διόλλυμαι τάλας.
Καί σφας κακοὺς κάκιστα καὶ πανωλέθρους
ξυναρπάσειαν, ὥσπερ εἰσορῶσ' ἐμὲ
αὐτοσφαγῆ πίπτοντα, τὼς αὐτοσφαγεῖς
πρὸς τῶν φιλίστων ἐκγόνων ὀλοίατο.
Ἴτ', ὦ ταχεῖαι ποίνιμοί τ' Ἐρινύες,
γεύεσθε, μὴ φείδεσθε πανδήμου στρατοῦ.
Σὺ δ', ὦ τὸν αἰπὺν οὐρανὸν διφρηλατῶν
Ἥλιε, πατρῴαν τὴν ἐμὴν ὅταν χθόνα
ἴδῃς, ἐπισχὼν χρυσόνωτον ἡνίαν
ἄγγειλον ἄτας τὰς ἐμὰς μόρον τ' ἐμὸν
γέροντι πατρὶ τῇ τε δυστήνῳ τροφῷ.
Ἦ που τάλαινα, τήνδ' ὅταν κλύῃ φάτιν,
ἥσει μέγαν κωκυτὸν ἐν πάσῃ πόλει.
Ἀλλ' οὐδὲν ἔργον ταῦτα θρηνεῖσθαι μάτην,
ἀλλ' ἀρκτέον τὸ πρᾶγμα σὺν τάχει τινί.

con cura[69], perché, con me assai benigno, mi conceda sollecita morte. Così son pronto: dopo di ciò, tu per primo, o Zeus, com'è giusto, assistimi. Non ti chiederò d'ottenere un grande dono. Manda per me un nunzio che porti a Teucro la triste notizia, perché per primo egli sollevi il mio corpo caduto su questa spada intrisa di fresco sangue, ed io non sia scorto prima da qualcuno dei miei nemici e gettato in pasto a cani ed uccelli. Di questo, o Zeus, ti supplico; e insieme prego Hermes[70], sotterranea guida, di addormentarmi dolcemente quando con rapido slancio, senza spasimi, su questa spada io mi apra il fianco. E invoco soccorritrici le vergini eterne che sempre vedono ogni umano travaglio, le venerande Erinni dai lunghi passi, perché sappiano come muoio infelice, per opera degli Atridi. Rapiscano esse quei miserabili e scellerati nel modo più orrendo, come ora vedono me [cadere per mia propria mano, così essi periscano sotto i colpi dei loro più cari discendenti][71]. Andate, o veloci Erinni della vendetta, assaporate il sangue, non risparmiate l'esercito intero! E tu, Sole, che l'alto cielo percorri sul tuo cocchio, quando vedrai la mia terra paterna, trattieni le briglie dorate e annunzia le mie sventure e la mia morte al vecchio padre e alla madre infelice che mi nutrì. Certo, la sventurata, quando apprenderà questa notizia, leverà per tutta la città un acuto gemito. Ma non giova insistere in questi vani lamenti: bisogna compiere l'opera

[69] L'espressione εὖ περιστείλας (v. 821, lett. «avendola accuratamente fissata») sembra denotare il gesto di collocare della terra attorno alla spada conficcata al suolo, come si fa nell'atto di piantare giovani alberi *[N.d.T.]*.

[70] Il dio Hermes è invocato qui nella sua veste di accompagnatore delle anime che raggiungono l'aldilà, come sottolinea l'epiteto πομπαῖος.

[71] Distaccandomi da Dain, sulla scia di Bothe, Hermann e altri considero interpolati i vv. 841-842 *[N.d.T.]*.

Ὦ Θάνατε, Θάνατε, νῦν μ' ἐπίσκεψαι μολών·
καίτοι σὲ μὲν κἀκεῖ προσαυδήσω ξυνών·
σὲ δ', ὦ φαεννῆς ἡμέρας τὸ νῦν σέλας,
καὶ τὸν διφρευτὴν Ἥλιον προσεννέπω,
πανύστατον δή, κοὔποτ' αὖθις ὕστερον.
Ὦ φέγγος, ὦ γῆς ἱερὸν οἰκείας πέδον
Σαλαμῖνος, ὦ πατρῷον ἑστίας βάθρον,
κλειναί τ' Ἀθῆναι, καὶ τὸ σύντροφον γένος,
κρῆναί τε ποταμοί θ' οἵδε, καὶ τὰ Τρωϊκὰ
πεδία προσαυδῶ, χαίρετ', ὦ τροφῆς ἐμοί·
τοῦθ' ὑμὶν Αἴας τοὔπος ὕστατον θροεῖ,
τὰ δ' ἄλλ' ἐν Ἅιδου τοῖς κάτω μυθήσομαι.

ΗΜΙΧΟΡΙΟΝ Α'

Πόνος πόνῳ πόνον φέρει·
πᾷ πᾷ
πᾷ γὰρ οὐκ ἔβαν ἐγώ;
κοὐδεὶς ἐπίσταταί με συμμαθεῖν τόπος.
Ἰδοὺ ἰδού,
δοῦπον αὖ κλύω τινά.

ΗΜΙΧΟΡΙΟΝ Β'

Ἡμῶν γε ναὸς κοινόπλουν ὁμιλίαν.
Α' Τί οὖν δή;
Β' Πᾶν ἐστίβηται πλευρὸν ἕσπερον νεῶν.
Α' Ἔχεις οὖν;
Β' Πόνου γε πλῆθος, κοὐδὲν εἰς ὄψιν πλέον.

[72] L'addio di Aiace alla vita mostra un profondo rapporto dell'eroe con la natura e i luoghi che deve ora abbandonare, segno del suo approdo a una dimensione esistenziale più profonda, incomunicabile agli altri uomini: è un tema che Sofocle riprenderà altre volte, in particolare nel *Filottete*, dove il

in fretta. O Morte, Morte, vieni a guardarmi, ora; ma anche laggiù sarò con te e potrò continuare a parlarti. Invece a te, fulgore di questo giorno splendente, e a te, Sole che avanzi sul tuo carro, voglio rivolgere il mio saluto: per l'ultima volta, certo, e mai più di nuovo per l'avvenire. O luce, o sacro suolo della patria terra Salamina, o sede del focolare avito; illustre Atene, con il tuo popolo che è cresciuto con me, fonti e fiumi e pianure troiane che pure mi avete nutrito: io vi saluto, addio! Questa è l'ultima parola che Aiace vi rivolge; le altre le dirò nell'Ade ai morti[72].

(*Si getta sulla spada. Alcuni arbusti nascondono il suo corpo alla vista dei Coreuti che stanno entrando dagli ingressi laterali, suddivisi in due Semicori.*)

I SEMICORO (*Scrutando qua e là.*)
Fatica apporta fatica
in aggiunta a fatica.
Dove, dove,
dove non andai io?
E nessun luogo
sa rendermi compartecipe
del suo segreto.
Attento, attento!
Sento ora un rumore.

II SEMICORO Siamo noi, compagni di comune navigazione.

I SEMICORO Ebbene?

II SEMICORO È stato esplorato l'intero lato occidentale della flotta.

I SEMICORO Hai dunque trovato?

II SEMICORO Solo molta fatica, e nulla di più per quanto riguarda la vista.

legame fra l'eroe sofferente e la natura si dilata nel tempo, nei lunghi anni di solitudine trascorsi dal protagonista nell'isola di Lemno. Una splendida analisi dello sviluppo emotivo dell'ultimo monologo di Aiace è offerta da Schadewaldt, *Monolog* cit., pp. 77-79.

Α΄   'Αλλ' οὐδὲ μὲν δὴ τὴν ἀφ' ἡλίου βολῶν
κέλευθον ἀνὴρ οὐδαμοῦ δηλοῖ φανείς.

ΧΟ.   Τίς ἂν δῆ⟨τά⟩ μοι, τίς ἂν φιλοπόνων   Str.
ἁλιαδᾶν ἔχων ἀΰπνους ἄγρας,
ἢ τίς 'Ολυμπιάδων θεᾶν, ἢ ῥυτῶν
Βοσπορίων ποταμῶν,
τὸν ὠμόθυμον εἴ ποθι
πλαζόμενον λεύσσων
ἀπύοι ; σχέτλια γὰρ
ἐμέ γε τὸν μακρῶν ἀλάταν πόνων
οὐρίῳ μὴ πελάσαι δρόμῳ,
ἀλλ' ἀμενηνὸν ἄνδρα μὴ λεύσσειν ὅπου.

ΤΕ.   'Ιώ μοί μοι.
ΧΟ.   Τίνος βοὴ πάραυλος ἐξέβη νάπους ;
ΤΕ.   'Ιὼ τλήμων.
ΧΟ.   Τὴν δουρίληπτον δύσμορον νύμφην ὁρῶ
Τέκμησσαν, οἴκτῳ τῷδε συγκεκραμένην.
ΤΕ.   Οἴχωκ', ὄλωλα, διαπεπόρθημαι, φίλοι.
ΧΟ.   Τί δ' ἔστιν ;
ΤΕ.   Αἴας ὅδ' ἡμῖν ἀρτίως νεοσφαγὴς
κεῖται κρυφαίῳ φασγάνῳ περιπτυχής.
ΧΟ.   Ὤμοι ἐμῶν νόστων·
ὤμοι, κατέπεφνες, ἄναξ,

I SEMICORO Ma neppure lungo il nostro cammino dalla parte dei raggi del sole egli è apparso in alcun luogo.

(*I due Semicori si riuniscono.*)

CORO Chi, dunque, chi tra i laboriosi pescatori,
intento alla sua caccia insonne,
o quale delle dee d'Olimpo
o dei fiumi scorrenti al Bosforo
può dirmi se ha visto vagare in qualche luogo
l'eroe dall'aspro cuore[73]?
È atroce per me
che vado errando con lunghe fatiche
non averlo raggiunto con corsa propizia,
né scoprire dove si trovi
quell'uomo affranto dai mali.

(*Si ode dal fondo della scena un lamento.*)

TECMESSA Ahi, ahimè!
CORIFEO Di chi un grido vicino si levò dal bosco?

(*Tecmessa appare dalla macchia selvosa.*)

TECMESSA O sventurata me!
CORIFEO L'infelice Tecmessa, la sposa conquistata con le armi, vedo immersa in questo lamento.
TECMESSA Son perduta, morta, annientata, amici!
CORIFEO Che c'è?
TECMESSA Il nostro Aiace, da poco ucciso, giace qui, su occulta spada ravvolto[74].
CORO Ohimè, il mio ritorno!
Ohimè, uccidesti, mio signore,

[73] Questa domanda del Coro che affannosamente cerca traccia di Aiace ricorda la parodo delle *Trachinie*, dove il Coro chiede al Sole di dargli notizie di Eracle (*Trach.* 94-99).

[74] Ovvero piegato sopra la spada che non è visibile in quanto è interamente penetrata dentro di lui; l'aggettivo περιπτυχής (v. 899) indica propriamente che il corpo di Aiace circonda, quasi in un abbraccio, l'arma che l'ha trafitto, il che trova riscontro in raffigurazioni vascolari del suicidio *[N.d.T.]*.

τόνδε συνναύταν, τάλας·
ὦ ταλαίφρων γύναι.

ΤΕ. Ὡς ὧδε τοῦδ' ἔχοντος αἰάζειν πάρα.

ΧΟ. Τίνος ποτ' ἆρ' ἔπραξε χειρὶ δύσμορος;

ΤΕ. Αὐτὸς πρὸς αὑτοῦ· δῆλον. Ἐν γάρ οἱ χθονὶ
πηκτὸν τόδ' ἔγχος περιπετὲς κατηγορεῖ.

ΧΟ. Ὤμοι ἐμᾶς ἄτας, οἶος ἄρ' αἱμάχθης,
ἄφαρκτος φίλων·
ἐγὼ δ' ὁ πάντα κωφός, ὁ πάντ' ἄϊδρις,
κατημέλησα· πᾷ πᾷ
κεῖται ὁ δυστράπελος
δυσώνυμος Αἴας;

ΤΕ. Οὔτοι θεατός· ἀλλά νιν περιπτυχεῖ
φάρει καλύψω τῷδε παμπήδην, ἐπεὶ
οὐδεὶς ἂν ὅστις καὶ φίλος τλαίη βλέπειν
φυσῶντ' ἄνω πρὸς ῥῖνας ἔκ τε φοινίας
πληγῆς μελανθὲν αἷμ' ἀπ' οἰκείας σφαγῆς.
Οἴμοι, τί δράσω; τίς σε βαστάσει φίλων;
Ποῦ Τεῦκρος; ὡς ἀκμαῖος, εἰ βαίη, μόλοι,
πεπτῶτ' ἀδελφὸν τόνδε συγκαθαρμόσαι.
Ὦ δύσμορ' Αἴας, οἷος ὢν οἵως ἔχεις,
ὡς καὶ παρ' ἐχθροῖς ἄξιος θρήνων τυχεῖν.

ΧΟ. Ἔμελλες, τάλας, ἔμελλες χρόνῳ Ant.
στερεόφρων ἄρ' ἐξανύσσειν κακὰν
μοῖραν ἀπειρεσίων πόνων. Τοιά μοι
πάννυχα καὶ φαέθοντ'
ἀνεστέναζες ὠμόφρων

questo tuo compagno di nave, o infelice[75]!
Oh, misera donna!

TECMESSA Se egli è in questa condizione, a noi non rimane che il pianto.

CORIFEO Per mano di chi, sventurato, l'ha fatto?

TECMESSA Egli da se stesso, è chiaro. Lo denunzia il ferro da lui infisso nel suolo: il ferro su cui si gettò.

CORO Ahi, mia sventura!
Sei caduto nel tuo sangue, solo,
non difeso da amici.
E a tutto inerte
e di tutto inconsapevole
io non posi mente.
Dove, dove giace
l'irremovibile Aiace
dall'infausto nome?

TECMESSA No, non può essere visto: lo coprirò con questo mantello che interamente l'avvolga, poiché nessuno potrebbe, per quanto amico, sostenere la vista di lui che dalle nari e dalla rossa ferita esala nero sangue, per il colpo a se stesso inferto. Ahimè, che fare? Chi ti solleverà dei tuoi cari? Dov'è Teucro? Come giungerebbe a proposito – se pure potesse venire – per aiutarmi a comporre il corpo del fratello morto! O sventurato Aiace, quale tu fosti e quale ora sei, degno d'avere il pianto persino dai nemici!

CORO Tu dovevi, o misero,
tu dovevi un giorno,
anima inflessibile,
porre termine al funesto destino
di travagli infiniti.
Tale, ora comprendo[76], era il presagio
dei lamenti ostili che contro gli Atridi

[75] Per la reazione del Coro cfr. sopra n. 21.

[76] Il μοι (v. 927) è una sorta di dativo etico che sottolinea il coinvolgimento del Coro: «per quanto mi riguarda», «come ora ritengo» *[N.d.T.]*.

ἐχθοδόπ' Ἀτρείδαις
οὐλίῳ σὺν πάθει.

Μέγας ἄρ' ἦν ἐκεῖνος ἄρχων χρόνος
πημάτων, ἦμος ἀριστόχειρ
⟨οὐλομένων⟩ ὅπλων ἔκειθ' ἀγὼν πέρι.

ΤΕ. Ἰώ μοί μοι.
ΧΟ. Χωρεῖ πρὸς ἧπαρ, οἶδα, γενναία δύη.
ΤΕ. Ἰώ μοί μοι.
ΧΟ. Οὐδέν σ' ἀπιστῶ καὶ δὶς οἰμῶξαι, γύναι,
τοιοῦδ' ἀποβλαφθεῖσαν ἀρτίως φίλου.
ΤΕ. Σοὶ μὲν δοκεῖν ταῦτ' ἔστ', ἐμοὶ δ' ἄγαν φρονεῖν.
ΧΟ. Ξυναυδῶ.
ΤΕ. Οἴμοι, τέκνον, πρὸς οἷα δουλείας ζυγὰ
χωροῦμεν, οἷοι νῷν ἐφεστᾶσιν σκοποί.
ΧΟ. Ὤμοι, ἀναλγήτων
δισσῶν ἐθρόησας ἄναυδ'
ἔργ' Ἀτρειδᾶν τῷδ' ἄχει.
Ἀλλ' ἀπείργοι θεός.
ΤΕ. Οὐκ ἂν τάδ' ἔστη τῇδε, μὴ θεῶν μέτα.
ΧΟ. Ἄγαν ὑπερβριθὲς τ⟨όδ'⟩ ἄχθος ἤνυσαν.
ΤΕ. Τοιόνδε μέντοι Ζηνὸς ἡ δεινὴ θεὸς
Παλλὰς φυτεύει πῆμ' Ὀδυσσέως χάριν.
ΧΟ. Ἦ ῥα κελαινώπαν θυμὸν ἐφυβρίζει
πολύτλας ἀνήρ,

nella notte e nella luce innalzavi,
aspro nel tuo cuore,
da esiziale passione travolto.
Grande principio di mali
fu dunque quel tempo
quando per le armi funeste
fu proposto l'agone di valore.

TECMESSA Ahi, ahimè!

CORIFEO Fiero dolore, lo so, ti assale il cuore.

TECMESSA Ahi, ahimè!

CORIFEO Non mi stupisco, donna, che tu ancora raddoppi i tuoi gemiti: un tale uomo hai appena perduto, così amato.

TECMESSA Tu non puoi che immaginare questo dolore: ma io... troppo lo sento!

CORIFEO È vero.

TECMESSA Ahimè, figlio, a qual giogo di servitù ci avviamo, quali padroni ora ci sovrastano!

CORO Ohimè, nefande azioni
dei due Atridi dicesti,
gelidi a questa sofferenza[77].
Ma possa un dio da noi distorglierle!

TECMESSA Le cose non sarebbero così senza l'intervento degli dèi.

CORIFEO Troppo, troppo grave è il peso che essi ci imposero!

TECMESSA Tale sventura la terribile dea figlia di Zeus, Pallade, fa germogliare per compiacere a Odisseo.

CORO Certo insolentisce
nell'oscuro del suo cuore
l'eroe infaticabile[78],

[77] Interpreto, seguendo Kamerbeek, l'atipico dativo τῷδ' ἄχει (v. 948) come collegato con l'aggettivo ἀναλγήτων (lett. «insensibili in questa situazione di dolore»). Altri, meno bene, attribuiscono al complemento valore strumentale («con questo grido di dolore», «esprimendo questo dolore tu dicesti»: Campbell, ecc.) *[N.d.T.]*.

[78] Il tradizionale e positivo epiteto omerico per Odisseo (πολύτλας v. 956, lett. «che molto sopporta», «paziente») qui probabilmente è utilizzato con valenza amaramente ironica, attribuendo al τλῆναι il valore di «osare», «ar-

γελᾷ δὲ τοῖσ⟨ι⟩ μαινομένοις ἄχεσιν
πολὺν γέλωτα, φεῦ, φεῦ,
ξύν τε διπλοῖ βασιλῆς
κλύοντες ᾿Ατρεῖδαι.

ΤΕ. Οἱ δ᾽ οὖν γελώντων κἀπιχαιρόντων κακοῖς
τοῖς τοῦδ᾽. Ἴσως τοι, κεἰ βλέποντα μὴ ᾽πόθουν,
θανόντ᾽ ἂν οἰμώξειαν ἐν χρείᾳ δορός.
Οἱ γὰρ κακοὶ γνώμαισι τἀγαθὸν χεροῖν
ἔχοντες οὐκ ἴσασι, πρίν τις ἐκβάλῃ.
᾿Εμοὶ πικρὸς τέθνηκεν ἢ κείνοις γλυκύς,
αὑτῷ δὲ τερπνός· ὧν γὰρ ἠράσθη τυχεῖν
ἐκτήσαθ᾽ αὑτῷ, θάνατον ὅνπερ ἤθελεν.
Τί δῆτα τοῦδ᾽ ἐπεγγελῷεν ἂν κάτα ;
Θεοῖς τέθνηκεν οὗτος, οὐ κείνοισιν, οὔ.
Πρὸς ταῦτ᾽ ᾿Οδυσσεὺς ἐν κενοῖς ὑβριζέτω·
Αἴας γὰρ αὐτοῖς οὐκέτ᾽ ἔστιν, ἀλλ᾽ ἐμοὶ
λιπὼν ἀνίας καὶ γόους διοίχεται.

ΤΕΥΚΡΟΣ

᾿Ιώ μοί μοι.

ΧΟ. Σίγησον. Αὐδὴν γὰρ δοκῶ Τεύκρου κλύειν
βοῶντος ἄτης τῆσδ᾽ ἐπίσκοπον μέλος.

ΤΕΥ. Ὦ φίλτατ᾽ Αἴας, ὦ ξύναιμον ὄμμ᾽ ἐμοί,
ἆρ᾽ ἠμπόληκας ὥσπερ ἡ φάτις κρατεῖ;

ΧΟ. Ὄλωλεν ἁνήρ, Τεῦκρε, τοῦτ᾽ ἐπίστασο.

ΤΕΥ. Οἴμοι βαρείας ἆρα τῆς ἐμῆς τύχης.

dire», piuttosto che quello di «soffrire»: quindi, «che tollera di intraprendere ogni azione» pur di raggiungere i suoi turpi scopi, in una accezione non molto lontana, nella sostanza, da παντουργῷ del v. 445 *[N.d.T.]*.

e sui nostri mali che la follia ha causato
con lunghe risa, ahimè, ahimè, egli ride,
e con lui,
all'udire questa notizia,
anche i due re,
gli Atridi.

TECMESSA Ridano pure e gioiscano dei suoi mali. Ma forse, se non lo amavano vivo, morto lo potranno rimpiangere, nella pressante necessità della guerra. Gli stolti non riconoscono il bene che hanno tra le mani, prima di perderlo. Amara per me e a loro gradita, questa morte per lui non fu che dolcezza: s'acquistò quel che bramava ottenere, la morte che voleva. Perché dunque dovrebbero ridere di lui? Egli è morto per volontà degli dèi, non per loro opera, no[79]! Dunque Odisseo sfoghi pure la sua insolenza nel vuoto. Per essi Aiace non è più... ma per me, andandosene, ha lasciato sventure e gemiti.

(*Si ode il lamento di Teucro, prima ancora che entri in scena.*)

TEUCRO Ahi, ahimè!
CORIFEO Taci. Mi pare di udire la voce di Teucro: egli grida un lamento che ben risponde a questa sciagura.

(*Entra Teucro.*)

TEUCRO Aiace carissimo, volto a me fraterno, sei finito dunque così, com'è fama ormai diffusa?
CORIFEO Egli è morto, Teucro, sappilo.
TEUCRO Ohimè, grave dunque la mia sventura!

[79] Tecmessa dimostra profonda comprensione della vicenda di Aiace nel momento in cui sottolinea che egli è morto a causa degli dèi, non degli Atridi, e che «s'acquistò... la morte che voleva». Ella si pone così in una sfera sostanzialmente estranea a quella più meschina all'interno della quale si muove il risentimento dei capi Greci verso Aiace. È singolare, osserva Di Benedetto (*Sofocle* cit., p. 59), la sintonia che Tecmessa raggiunge con Aiace dopo il suicidio (anche sul piano di alcuni echi verbali, cfr. i vv. 937-939 con i vv. 333-336, e il v. 904 con il v. 432), e lo sviluppo inconsueto che il poeta assegna a un personaggio secondario, che arriva a «individuare il significato peculiare della morte di Aiace» dissociandosi sia dal divino che dai rappresentanti del potere umano.

ΧΟ. Ὡς ὧδ' ἐχόντων —
ΤΕΥ. Ὦ τάλας ἐγώ, τάλας.
ΧΟ. πάρα στενάζειν·
ΤΕΥ. Ὦ περισπερχὲς πάθος.
ΧΟ. Ἄγαν γε, Τεῦκρε.
ΤΕΥ. Φεῦ τάλας. Τί γὰρ τέκνον
τὸ τοῦδε; ποῦ μοι γῆς κυρεῖ τῆς Τρῳάδος;
ΧΟ. Μόνος παρὰ σκηναῖσιν —
ΤΕΥ. Οὐχ ὅσον τάχος
δῆτ' αὐτὸν ἄξεις δεῦρο, μή τις ὡς κενῆς
σκύμνον λεαίνης δυσμενῶν ἀναρπάσῃ;
Ἴθ', ἐγκόνει, σύγκαμνε· τοῖς θανοῦσί τοι
φιλοῦσι πάντες κειμένοις ἐπεγγελᾶν.
ΧΟ. Καὶ μὴν ἔτι ζῶν, Τεῦκρε, τοῦδέ σοι μέλειν
ἐφίεθ' ἀνὴρ κεῖνος, ὥσπερ οὖν μέλει.
ΤΕΥ. Ὦ τῶν ἁπάντων δὴ θεαμάτων ἐμοὶ
ἄλγιστον ὧν προσεῖδον ὀφθαλμοῖς ἐγώ,
ὁδός θ' ὁδῶν πασῶν ἀνιάσασα δὴ
μάλιστα τοὐμὸν σπλάγχνον, ἣν δὴ νῦν ἔβην,
ὦ φίλτατ' Αἴας, τὸν σὸν ὡς ἐπῃσθόμην
μόρον διώκων κἀξιχνοσκοπούμενος.
Ὀξεῖα γάρ σου βάξις ὡς θεοῦ τινος
διῆλθ' Ἀχαιοὺς πάντας ὡς οἴχῃ θανών.
Ἁγὼ κλύων δύστηνος ἐκποδὼν μὲν ὢν
ὑπεστέναζον, νῦν δ' ὁρῶν ἀπόλλυμαι.
Οἴμοι.
Ἴθ', ἐκκάλυψον, ὡς ἴδω τὸ πᾶν κακόν.
Ὦ δυσθέατον ὄμμα καὶ τόλμης πικρᾶς,
ὅσας ἀνίας μοι κατασπείρας φθίνεις.
Ποῖ γὰρ μολεῖν μοι δυνατόν, εἰς ποίους βροτούς,
τοῖς σοῖς ἀρήξαντ' ἐν πόνοισι μηδαμοῦ;
Ἦ πού ⟨με⟩ Τελαμών, σὸς πατὴρ ἐμός θ' ἅμα,
δέξαιτ' ἂν εὐπρόσωπος ἵλεώς τ' ἴσως

CORIFEO In questa situazione di dolore...
TEUCRO O misero me, misero!
CORIFEO ... è ben lecito piangere.
TEUCRO O sciagura impetuosa!
CORIFEO Sì, troppo, Teucro.
TEUCRO Ahimè, infelice! E suo figlio? In qual punto della Troade si trova?
CORIFEO Solo, presso la tenda.
TEUCRO (*A Tecmessa.*) Non lo condurrai dunque qui al più presto, perché nessuno dei nemici lo rapisca, come cucciolo di leonessa rimasta sola? Va', corri, aiutami! Tutti godono a schernire i morti che a terra giacciono.

(*Esce Tecmessa, diretta alla tenda.*)

CORIFEO Quando l'eroe era ancora in vita, ti incaricava, o Teucro, d'aver cura di suo figlio, proprio come fai.
TEUCRO O spettacolo per me più doloroso fra tutti quanti i miei occhi videro; strada che più di ogni altra strada mi ha torturato le viscere, quella che ora percorsi, mio amato Aiace, quando, perseguendo e cercando le tue orme, seppi del tuo destino! Di te, come mandata da un dio, rapida fama si sparse fra tutti gli Achei che eri morto. E all'udirla da lontano, me infelice, sommessamente gemevo: ma ora, vedendoti, mi sento morire! Ahimè! (*A un servo.*) Va', scoprilo: che io veda intera la mia sciagura! (*Il servo esegue l'ordine e scopre il cadavere.*) O vista insostenibile allo sguardo, volto d'amara audacia[80], di quante pene con la tua morte hai per me gettato il seme! Dove potrò andare, fra quali uomini, io che nei tuoi mali non seppi darti soccorso alcuno? Certo Telamone, tuo padre e mio insieme, mi accoglierà con volto affabile e mite,

[80] Il modo più corretto di interpretare τόλμης πικρᾶς (v. 1004) è di vedervi un genitivo di stima in riferimento a ὄμμα (termine che oscilla qui tra il significato di «volto», «forma», «aspetto» e quello di «vista», «spettacolo») *[N.d.T.]*.

χωροῦντ᾽ ἄνευ σοῦ· πῶς γὰρ οὔχ ; ὅτῳ πάρα
μηδ᾽ εὐτυχοῦντι μηδὲν ἥδιον γελᾶν.
Οὗτος τί κρύψει ; ποῖον οὐκ ἐρεῖ κακόν,
τὸν ἐκ δορὸς γεγῶτα πολεμίου νόθον,
τὸν δειλίᾳ προδόντα καὶ κακανδρίᾳ
σέ, φίλτατ᾽ Αἴας, ἢ δόλοισιν, ὡς τὰ σὰ
κράτη θανόντος καὶ δόμους νέμοιμι σούς.
Τοιαῦτ᾽ ἀνὴρ δύσοργος, ἐν γήρᾳ βαρύς,
ἐρεῖ, πρὸς οὐδὲν εἰς ἔριν θυμούμενος·
τέλος δ᾽ ἀπωστὸς γῆς ἀπορριφθήσομαι,
δοῦλος λόγοισιν ἀντ᾽ ἐλευθέρου φανείς.
Τοιαῦτα μὲν κατ᾽ οἶκον· ἐν Τροίᾳ δέ μοι
πολλοὶ μὲν ἐχθροί, παῦρα δ᾽ ὠφελήσιμα·
καὶ ταῦτα πάντα σοῦ θανόντος ηὑρόμην.
Οἴμοι, τί δράσω ; πῶς σ᾽ ἀποσπάσω πικροῦ
τοῦδ᾽ αἰόλου κνώδοντος, ὦ τάλας, ὑφ᾽ οὗ
φονέως ἄρ᾽ ἐξέπνευσας ; Εἶδες ὡς χρόνῳ
ἔμελλέ σ᾽ Ἕκτωρ καὶ θανὼν ἀποφθίσειν ;
Σκέψασθε, πρὸς θεῶν, τὴν τύχην δυοῖν βροτοῖν·
Ἕκτωρ μέν, ᾧ δὴ τοῦδ᾽ ἐδωρήθη πάρα,
ζωστῆρι πρισθεὶς ἱππικῶν ἐξ ἀντύγων,
ἐκνάπτετ᾽ αἰὲν ἔστ᾽ ἀπέψυξεν βίον·

quando giungerò senza di te! Come no? Egli che neppure nella buona sorte è capace di un più dolce sorriso. Che cosa mi risparmierà? Quale ingiuria non rivolgerà contro il bastardo, nato da una prigioniera di guerra[81]? Che ti ho abbandonato per viltà e codardia, o Aiace carissimo, oppure per inganno, al fine d'impadronirmi, alla tua morte, del tuo diritto regale e del tuo palazzo: questo dirà quell'uomo collerico, aspro nella sua vecchiaia, che per un nulla s'accende a contesa. E alla fine, esule dalla patria, sarò cacciato via e apparirò, per le sue parole, uno schiavo[82] invece che uomo libero. Questo avverrà in patria; e a Troia molti sono i miei nemici, pochi gli appoggi. Tali i vantaggi che mi son guadagnato[83] con la tua morte! Ahimè, che fare? Come strapparti, o infelice, a questo acuto, scintillante ferro, l'assassino per cui spirasti? E tu sapevi che un giorno Ettore, pur morto, ti avrebbe distrutto? Considerate[84], in nome degli dèi, la sorte di questi due mortali: Ettore con la cintura che ricevette in dono da Aiace fu legato ai parapetti del carro e trascinato senza sosta finchè esalò la vita;

[81] Cfr. sopra n. 27.

[82] Lo scoliaste e la maggior parte dei commentatori (cfr. in particolare Campbell, Jebb, Kamerbeek, Stanford) riferiscono l'alquanto vago λόγοισιν (v. 1020) a Telamone («per effetto delle parole ingiuriose o degli argomenti di Telamone»). Il termine forse implica anche il contrasto con un sottinteso ἔργῳ δέ («sembrerò schiavo in luogo di libero, come realmente sono»). Altri (cfr. per esempio Masqueray e Paduano) preferiscono riferirlo alle chiacchiere degli uomini comuni: «sembrerò nei discorsi della gente uno schiavo», «parleranno di me come di uno schiavo». Teucro fu effettivamente costretto all'esilio dall'ira di Telamone, e si rifugiò nell'isola di Cipro, dove fondò la città di Salamina di Cipro. Una tragedia perduta di Sofocle portava il titolo *Teucro*: in essa doveva essere trattato il ritorno in patria dell'eroe e il successivo esilio, ma non siamo in grado di ricostruire i particolari. Un frammento ci ha conservato le tristi parole di Telamone alla notizia della morte di Aiace: «Figlio mio, vana era dunque la gioia che provavo all'udirti lodare, credendoti vivo: e invece nascosta nella tenebra l'Erinni mi allettava, ingannato da falsi piaceri» (fr. 577 R.) *[N.d.T.]*.

[83] Il verbo εὑρίσκομαι (v. 1023) è qui utilizzato in forma ironica, in quanto il termine εὕρημα è solitamente riferito a un inaspettato guadagno (cfr. εὑρίσκεσθαι [...] ἀγαθόν in Xen. *An.* II 1, 8; ὠφελίαν in Thuc. I 31, 2). Per un simile uso ironico in tragedia, cfr. Aesch. *Prom.* 267 *[N.d.T.]*.

[84] Alcuni interpreti hanno voluto vedere nella seconda persona plurale σκέψασθε una apostrofe *ad spectatores,* o addirittura (così ad esempio Ra-

οὗτος δ' ἐκείνου τήνδε δωρεὰν ἔχων
πρὸς τοῦδ' ὄλωλε θανασίμῳ πεσήματι.
Ἆρ' οὐκ Ἐρινὺς τοῦτ' ἐχάλκευσεν ξίφος,
κἀκεῖνον Ἅιδης, δημιουργὸς ἄγριος;
Ἐγὼ μὲν οὖν καὶ ταῦτα καὶ τὰ πάντ' ἀεὶ
φάσκοιμ' ἂν ἀνθρώποισι μηχανᾶν θεούς·
ὅτῳ δὲ μὴ τάδ' ἐστὶν ἐν γνώμῃ φίλα,
κεῖνός τ' ἐκεῖνα στεργέτω κἀγὼ τάδε.

ΧΟ. Μὴ τεῖνε μακράν, ἀλλ' ὅπως κρύψεις τάφῳ
φράζου τὸν ἄνδρα χὤ τι μυθήσῃ τάχα.
Βλέπω γὰρ ἐχθρὸν φῶτα, καὶ τάχ' ἂν κακοῖς
γελῶν ἃ δὴ κακοῦργος ἐξίκοιτ' ἀνήρ.

ΤΕΥ. Τίς δ' ἐστὶν ὅντιν' ἄνδρα προσλεύσσεις στρατοῦ;

ΧΟ. Μενέλαος, ᾧ δὴ τόνδε πλοῦν ἐστείλαμεν.

ΤΕΥ. Ὁρῶ· μαθεῖν γὰρ ἐγγὺς ὢν οὐ δυσπετής.

ΜΕΝΕΛΑΟΣ

Οὗτος, σὲ φωνῶ, τόνδε τὸν νεκρὸν χεροῖν
μὴ συγκομίζειν, ἀλλ' ἐᾶν ὅπως ἔχει.

ΤΕΥ. Τίνος χάριν τοσόνδ' ἀνήλωσας λόγον;

ΜΕ. Δοκοῦντ' ἐμοί, δοκοῦντα δ' ὃς κραίνει στρατοῦ.

ΤΕΥ. Οὔκουν ἂν εἴποις ἥντιν' αἰτίαν προθείς;

ΜΕ. Ὁθούνεκ' αὐτὸν ἐλπίσαντες οἴκοθεν
ἄγειν Ἀχαιοῖς ξύμμαχόν τε καὶ φίλον,

questi, che possedeva di lui (*indicando la spada*) tale dono, per opera sua con mortale caduta si spense. Non fu forse un'Erinni a forgiare questo ferro? E Ade, crudele artefice, quella cintura[85]? Quanto a me, dirò che queste cose, come tutte e sempre, sono state predisposte ad arte dagli dèi contro gli uomini. Se c'è qualcuno a cui questa riflessione non è gradita, abbia caro il suo giudizio, ed io il mio.

CORIFEO Non dilungarti, ma pensa a dar sepoltura a quest'uomo, e a cosa dire fra poco. Scorgo infatti un nemico: forse verrà a ridere, come uno scellerato, sulle nostre sventure.

TEUCRO Chi è dell'esercito l'uomo che vedi avvicinarsi?

CORIFEO Menelao, a causa del quale abbiamo intrapreso questa spedizione.

TEUCRO Vedo: è vicino. Non è difficile riconoscerlo.

(*Entra Menelao.*)

MENELAO Dico a te: ti ordino di non raccogliere fra le braccia questo morto, ma di lasciarlo come sta.

TEUCRO Perché sprechi queste parole?

MENELAO È la mia volontà, e quella di chi comanda l'esercito.

TEUCRO E non vuoi dire quale pretesto adduci?

MENELAO Il motivo è che noi, convinti di condurre qui a Troia dalla sua patria quest'uomo come alleato ed amico agli

dermacher n. *ad loc.*) un ammonimento che il poeta stesso darebbe al pubblico per bocca di Teucro (ipotesi per noi del tutto inverificabile). Senz'altro è difficile pensare che Teucro, travolto dall'emozione alla vista del cadavere di Aiace col quale istituisce un patetico dialogo, si rivolga qui al Coro, con il quale sin dall'inizio della *rhēsis* non sembra esserci contatto dialogico (il brevissimo ordine Ἴθ' ἐκκάλυψον del v. 1003 sarà rivolto a qualcuno degli attendenti di Teucro stesso). Tuttavia, l'apostrofe *ad spectatores* è un fenomeno sostanzialmente estraneo alla prassi della tragedia, e casi come questo, presenti in genere in contesti di elevato *pathos,* vanno intesi più probabilmente come parole rivolte a interlocutori solo pensati, generici, o come espressioni popolari ormai cristallizzate (così ad esempio Eur. *Or.* 128; cfr. Fraenkel, *Anrede an nur gedachte Zuhörer,* «Museum Helveticum» 24, 1967, pp. 190-193; D. Bain, *Audience Address in Greek Tragedy*, «Classical Quarterly» 25, 1975, pp. 13-25).

[85] Ancora un cenno al sinistro augurio del dono di Ettore, cfr. sopra n. 56.

ἐξηύρομεν ζητοῦντες ἐχθίω Φρυγῶν·
ὅστις στρατῷ ξύμπαντι βουλεύσας φόνον
νύκτωρ ἐπεστράτευσεν, ὡς ἕλοι δορί·
κεἰ μὴ θεῶν τις τήνδε πεῖραν ἔσβεσεν,
ἡμεῖς μὲν ἂν τήνδ᾽ ἣν ὅδ᾽ εἴληχεν τύχην
θανόντες ἂν προὐκείμεθ᾽ αἰσχίστῳ μόρῳ,
οὗτος δ᾽ ἂν ἔζη. Νῦν δ᾽ ἐνήλλαξεν θεὸς
τὴν τοῦδ᾽ ὕβριν πρὸς μῆλα καὶ ποίμνας πεσεῖν.
Ὧν οὕνεκ᾽ αὐτὸν οὔτις ἔστ᾽ ἀνὴρ σθένων
τοσοῦτον ὥστε σῶμα τυμβεῦσαι τάφῳ,
ἀλλ᾽ ἀμφὶ χλωρὰν ψάμαθον ἐκβεβλημένος
ὄρνισι φορβὴ παραλίοις γενήσεται.
Πρὸς ταῦτα μηδὲν δεινὸν ἐξάρῃς μένος·
εἰ γὰρ βλέποντος μὴ 'δυνήθημεν κρατεῖν,
πάντως θανόντος γ᾽ ἄρξομεν, κἂν μὴ θέλῃς,
χερσὶν παρευθύνοντες· οὐ γὰρ ἔσθ᾽ ὅπου
λόγων ἀκοῦσαι ζῶν ποτ᾽ ἠθέλησ᾽ ἐμῶν.
Καίτοι κακοῦ πρὸς ἀνδρὸς ἄνδρα δημότην
μηδὲν δικαιοῦν τῶν ἐφεστώτων κλύειν.
Οὐ γάρ ποτ᾽ οὔτ᾽ ἂν ἐν πόλει νόμοι καλῶς
φέροιντ᾽ ἄν, ἔνθα μὴ καθεστήκῃ δέος,
οὔτ᾽ ἂν στρατός γε σωφρόνως ἄρχοιτ᾽ ἔτι
μηδὲν φόβου πρόβλημα μηδ᾽ αἰδοῦς ἔχων.
Ἀλλ᾽ ἄνδρα χρή, κἂν σῶμα γεννήσῃ μέγα,
δοκεῖν πεσεῖν ἂν κἂν ἀπὸ σμικροῦ κακοῦ.
Δέος γὰρ ᾧ πρόσεστιν αἰσχύνη θ᾽ ὁμοῦ,
σωτηρίαν ἔχοντα τόνδ᾽ ἐπίστασο·
ὅπου δ᾽ ὑβρίζειν δρᾶν θ᾽ ἃ βούλεται παρῇ,

Achei, lo scoprimmo alla prova più nemico dei Frigi; egli, meditata strage all'esercito intero, di notte mosse all'assalto per sterminarci a colpi di lancia. E se qualcuno degli dèi non avesse spento tale suo proposito, noi, morti per questa sorte che costui ha avuto, giaceremmo al suolo, con destino vergognosissimo, mentre egli vivrebbe. Ma un dio deviò la sua violenza in modo che s'abbattesse su pecore e greggi. Pertanto nessuno ci sarà, tanto forte da poter seppellire il suo corpo in una tomba, ma, gettato là sulla pallida rena, egli diverrà pasto agli uccelli marini. Dunque non erompere in furiosa collera. E se non potemmo piegarlo da vivo, su lui morto – anche se tu non voglia – avremo dominio intero, guidandolo passo per passo con le nostre mani[86]. Infatti in vita non avvenne mai che egli volesse prestare ascolto alle mie parole. Eppure, si comporta da cattivo cittadino l'uomo del popolo che giudichi giusto non obbedire ai capi. Infatti non avrebbero mai efficacia le leggi in uno stato dove non sia radicato il timore, né potrebbe più essere governato con disciplina l'esercito a cui venga meno la protezione della paura e del rispetto. Un uomo deve sapere, anche se ha avuto da natura un corpo immane, che può soccombere, sia pure per lieve colpa; chi invece possiede insieme il senso del timore e del rispetto – sappilo – troverà salvezza. Là dove sia consentito insolentire e fare ciò

[86] Il valore di questa espressione è stato variamente inteso: alcuni vi colgono l'immagine di un aratore che costringe il bue a procedere diritto nel tracciare il solco, altri quella di un sorvegliante di schiavi che, camminando a lato del suo gruppo, lo fa avanzare in ordine e allineato (cfr. per esempio Campbell); Kamerbeek preferisce pensare a un cavallo refrattario al freno che il cavaliere «con le sue mani» (ovvero con la sua forza) ridurrà all'obbedienza. È tuttavia preferibile, prendendo spunto da Jebb, sottolineare la corrispondenza con il v. 542 e intendere il nesso al v. 1069 come riferito a un bambino che un adulto guida con le sue mani (χερσίν) negli incerti passi, standogli al fianco (cfr. la preposizione παρά contenuta nel verbo composto): il che, detto in riferimento al cadavere dell'eroe, docile strumento in balia degli Atridi, evidenzia la brutale ironia dell'immagine. In χερσίν è possibile cogliere anche un implicito contrasto con il λόγων del verso successivo, come pare indicare il γάρ del v. 1069: Aiace in vita non prestò mai ascolto alle «parole» dei Greci; ora che è morto, dovrà sottostare alle loro «mani» *[N.d.T.]*.

ταύτην νόμιζε τὴν πόλιν χρόνῳ ποτὲ
ἐξ οὐρίων δραμοῦσαν εἰς βυθὸν πεσεῖν.
Ἀλλ' ἑστάτω μοι καὶ δέος τι καίριον,
καὶ μὴ δοκῶμεν δρῶντες ἂν ἡδώμεθα
οὐκ ἀντιτίσειν αὖθις ἂν λυπώμεθα.
Ἕρπει παραλλὰξ ταῦτα. Πρόσθεν οὗτος ἦν
αἴθων ὑβριστής, νῦν δ' ἐγὼ μέγ' αὖ φρονῶ.
Καί σοι προφωνῶ τόνδε μὴ θάπτειν, ὅπως
μὴ τόνδε θάπτων αὐτὸς εἰς ταφὰς πέσῃς.
ΧΟ. Μενέλαε, μὴ γνώμας ὑποστήσας σοφὰς
εἶτ' αὐτὸς ἐν θανοῦσιν ὑβριστὴς γένῃ.
ΤΕΥ. Οὐκ ἄν ποτ', ἄνδρες, ἄνδρα θαυμάσαιμ' ἔτι,
ὃς μηδὲν ὢν γοναῖσιν εἶθ' ἁμαρτάνει,
ὅθ' οἱ δοκοῦντες εὐγενεῖς πεφυκέναι
τοιαῦθ' ἁμαρτάνουσιν ἐν λόγοις ἔπη.
Ἄγ', εἴπ' ἀπ' ἀρχῆς αὖθις, ἦ σὺ φῂς ἄγειν
τὸν ἄνδρ' Ἀχαιοῖς δεῦρο σύμμαχον λαβών;
οὐκ αὐτὸς ἐξέπλευσεν ὡς αὑτοῦ κρατῶν;
ποῦ σὺ στρατηγεῖς τοῦδε; ποῦ δὲ σοὶ λεῶν
ἔξεστ' ἀνάσσειν ὧν ὅδ' ἤγετ' οἴκοθεν;
Σπάρτης ἀνάσσων ἦλθες, οὐχ ἡμῶν κρατῶν,
οὐδ' ἔσθ' ὅπου σοὶ τόνδε κοσμῆσαι πλέον
ἀρχῆς ἔκειτο θεσμὸς ἢ καὶ τῷδε σέ.
Ὕπαρχος ἄλλων δεῦρ' ἔπλευσας, οὐχ ὅλων
στρατηγός, ὥστ' Αἴαντος ἡγεῖσθαί ποτε
Ἀλλ' ὧνπερ ἄρχεις ἄρχε, καὶ τὰ σέμν' ἔπη
κόλαζ' ἐκείνους· τόνδε δ', εἴτε μὴ σὺ φῂς
εἴθ' ἅτερος στρατηγός, εἰς ταφὰς ἐγὼ
θήσω δικαίως οὐ τὸ σὸν δείσας στόμα.

che si vuole, credi pure che questa città, anche se corra con venti propizi, finirà un giorno per precipitare nell'abisso[87]. Permanga dunque, a mio giudizio, una certa salutare paura: non dobbiamo credere che facendo ciò che ci aggrada non abbiamo poi a scontarne la pena col male che ci sarà dato di soffrire. Tali cose procedono con alterna vicenda. Prima costui era focoso, un violento; ora sono io ad insuperbire. E a te ordino di non seppellirlo, perché, seppellendolo, non abbia anche tu a cadere nella tomba.

CORIFEO Menelao, dopo aver stabilito saggi principi, non diventare tu stesso empio nei confronti dei morti.

TEUCRO Non mi meraviglierò più, o amici, che un uomo di oscura origine commetta delle colpe, se quanti hanno fama di nobili natali cadono in tali errori nei loro discorsi. (*A Menelao.*) Suvvia, riprendi le tue parole dall'inizio. Tu affermi di aver preso e condotto qui quell'uomo come alleato degli Achei? Ma non salpò egli di sua volontà, in quanto padrone di se stesso? In base a che cosa tu saresti suo stratega? Su quale fondamento ti è concesso di comandare sugli uomini che egli condusse dalla patria? Sei venuto come re di Sparta, non come nostro padrone[88]: non c'è ragione per cui tu avresti il diritto di comandare a lui più che non lui a te. Tu hai fatto vela qui come capo subalterno di altri, non come comandante generale che potesse dare ordini ad Aiace. Comanda dunque ai tuoi sudditi e riprendili pure con i tuoi solenni sermoni: quanto a quest'uomo, anche se tu o l'altro condottiero[89] dite di no, io lo deporrò in una tomba, com'è giusto, senza ti-

[87] Compare brevemente nel discorso di Menelao la diffusissima metafora della nave dello Stato, che Sofocle utilizza anche nell'*Antigone* (vv. 163 ss., 994) e nell'*Edipo Re* (vv. 22-24). Precedenti letterari celebri sono tra gli altri i frr. 105 e 106 W. di Archiloco, il fr. 208 V. di Alceo.

[88] Queste sprezzanti parole di Teucro avranno certo fatto leva sui sentimenti antispartani del pubblico ateniese, rinforzandone la simpatia nei confronti di Teucro: cfr. analoghe allusioni in Eur. *Andr.* 582: οὐχ ἅλις σοι τῶν κατὰ Σπάρτην κρατεῖν («non ti basta regnare sugli Spartani?») e fr. 723 N.[2] (dal *Telefo*): Σπάρτην ἔλαχες, κείνην κόσμει, «ti è toccata Sparta, a quella dài ordine».

[89] Cioè Agamennone, che subentrerà a Menelao nella contesa al v. 1226.

Οὐ γάρ τι τῆς σῆς οὕνεκ' ἐστρατεύσατο
γυναικός, ὥσπερ οἱ πόνου πολλοῦ πλέῳ,
ἀλλ' οὕνεχ' ὅρκων οἷσιν ἦν ἐπώμοτος,
σοῦ δ' οὐδέν· οὐ γὰρ ἠξίου τοὺς μηδένας.
Πρὸς ταῦτα πλείους δεῦρο κήρυκας λαβὼν
καὶ τὸν στρατηγὸν ἧκε· τοῦ δὲ σοῦ ψόφου
οὐκ ἂν στραφείην, ἕως ἂν ᾖς οἷός περ εἶ.
ΧΟ. Οὐδ' αὖ τοιαύτην γλῶσσαν ἐν κακοῖς φιλῶ·
τὰ σκληρὰ γάρ τοι, κἂν ὑπέρδικ' ᾖ, δάκνει.
ΜΕ. Ὁ τοξότης ἔοικεν οὐ σμικρὸν φρονεῖν.
ΤΕΥ. Οὐ γὰρ βάναυσον τὴν τέχνην ἐκτησάμην.
ΜΕ. Μέγ' ἄν τι κομπάσειας, ἀσπίδ' εἰ λάβοις.
ΤΕΥ. Κἂν ψιλὸς ἀρκέσαιμι σοί γ' ὡπλισμένῳ.
ΜΕ. Ἡ γλῶσσά σου τὸν θυμὸν ὡς δεινὸν τρέφει.
ΤΕΥ. Ξὺν τῷ δικαίῳ γὰρ μέγ' ἔξεστιν φρονεῖν.
ΜΕ. Δίκαια γὰρ τόνδ' εὐτυχεῖν κτείναντά με;
ΤΕΥ. Κτείναντα; δεινόν γ' εἶπας, εἰ καὶ ζῇς θανών.

more delle tue parole. Non per la tua donna Aiace partecipò alla guerra, come quei disgraziati gravati da molta fatica[90], bensì per il giuramento a cui era legato. Non certo per te: non aveva stima, infatti, degli uomini da nulla. Perciò ritorna pure qui con più araldi e anche con lo stesso generale: non mi lascerò distogliere dal tuo strepitare, fino a quando tu rimani l'uomo che sei.

CORIFEO Non amo un tale linguaggio nelle avversità; le parole dure, pur se giustissime, mordono.

MENELAO Non sembra tanto modesto l'arciere[91]!

TEUCRO Infatti: l'arte che appresi non è servile.

MENELAO Ben altra superbia dimostreresti, se portassi lo scudo[92].

TEUCRO Anche senz'armi basterei contro di te armato.

MENELAO Che tremendo coraggio t'ispira la tua lingua!

TEUCRO Esaltarsi è concesso a chi ha con sé la giustizia.

MENELAO È forse giusto che questo mio assassino abbia onori?

TEUCRO Tuo assassino? Un fatto prodigioso narri, se pur essendo morto tu vivi.

[90] L'espressione οἱ πόνου πολλοῦ πλέῳ (v. 1112) designerebbe secondo alcuni i sudditi di Menelao, secondo altri in generale gli uomini obbligati a lavori servili; altri, infine, seguendo l'interpretazione dello scoliaste, pensano a milizie mercenarie. Senz'altro migliore resta la prima interpretazione, a difesa della quale già Jebb riportava il parallelo di Eur. *Andr.* 695, dove il termine οἱ πονοῦντες, in contrapposizione allo στρατηγός, designa i militari della truppa. Nel compassionare i soldati al seguito degli Atridi, Teucro esprime sia la sua disapprovazione per il potere dispotico esercitato dai due generali, sia il suo orgoglio per lo spirito d'indipendenza mostrato dal fratello Aiace e da lui stesso *[N.d.T.]*.

[91] La polemica degli opliti, abituati al combattimento corpo a corpo, nei confronti degli arcieri che colpiscono da lontano (e sono quindi considerati molto meno valorosi) risale già a Omero: in *Il.* XI 385-395 Diomede esprime il suo profondo disprezzo per l'arciere Paride che lo ha ferito. Anche nel quinto secolo, comunque, i pregiudizi verso gli arcieri dovevano essere vivi, tanto più se si tien conto che l'arco era considerato l'arma per eccellenza dei barbari. Un interessante parallelo tragico per questo passo dell'*Aiace* si ha nell'*Eracle* di Euripide, dove Lico mette in dubbio il valore di Eracle sottolineando che egli ha conseguito i suoi successi con l'arco (*H. F.* 159 ss.).

[92] Ovvero «se tu fossi oplita» (si veda la nota precedente).

ΜΕ. Θεὸς γὰρ ἐκσῴζει με, τῷδε δ' οἴχομαι.
ΤΕΥ. Μὴ νῦν ἀτίμα θεούς, θεοῖς σεσωσμένος.
ΜΕ. Ἐγὼ γὰρ ἂν ψέξαιμι δαιμόνων νόμους;
ΤΕΥ. Εἰ τοὺς θανόντας οὐκ ἐᾷς θάπτειν παρών.
ΜΕ. Τούς γ' αὐτὸς αὑτοῦ πολεμίους· οὐ γὰρ καλόν.
ΤΕΥ. Ἦ σοί γὰρ Αἴας πολέμιος προὔστη ποτέ;
ΜΕ. Μισοῦντ' ἐμίσει, καὶ σὺ τοῦτ' ἠπίστασο.
ΤΕΥ. Κλέπτης γὰρ αὐτοῦ ψηφοποιὸς ηὑρέθης.
ΜΕ. Ἐν τοῖς δικασταῖς, κοὐκ ἐμοί, τόδ' ἐσφάλη.
ΤΕΥ. Πόλλ' ἂν καλῶς λάθρᾳ σὺ κλέψειας κακά.
ΜΕ. Τοῦτ' εἰς ἀνίαν τοὔπος ἔρχεταί τινι.
ΤΕΥ. Οὐ μᾶλλον, ὡς ἔοικεν, ἢ λυπήσομεν.
ΜΕ. Ἕν σοι φράσω· τόνδ' ἐστὶν οὐχὶ θαπτέον.
ΤΕΥ. Ἀλλ' ἀντακούσῃ τοῦτον ὡς τεθάψεται.
ΜΕ. Ἤδη ποτ' εἶδον ἄνδρ' ἐγὼ γλώσσῃ θρασὺν
ναύτας ἐφορμήσαντα χειμῶνος τὸ πλεῖν,
ᾧ φθέγμ' ἂν οὐκ ἀνηῦρες, ἡνίκ' ἐν κακῷ
χειμῶνος εἴχετ', ἀλλ' ὑφ' εἵματος κρυφεὶς
πατεῖν παρεῖχε τῷ θέλοντι ναυτίλων.
Οὕτω δὲ καὶ σὲ καὶ τὸ σὸν λάβρον στόμα
σμικροῦ νέφους τάχ' ἄν τις ἐκπνεύσας μέγας
χειμὼν κατασβέσειε τὴν πολλὴν βοήν.
ΤΕΥ. Ἐγὼ δέ γ' ἄνδρ' ὄπωπα μωρίας πλέων,
ὃς ἐν κακοῖς ὕβριζε τοῖσι τῶν πέλας.
Κᾆτ' αὐτὸν εἰσιδών τις ἐμφερὴς ἐμοὶ

MENELAO Un dio mi salva; ma per quanto stava in lui sarei morto.

TEUCRO Dunque non offendere gli dèi, se dagli dèi sei stato salvato.

MENELAO E sarei io a disprezzare le leggi divine?

TEUCRO Se sei qui per impedire la sepoltura dei morti.

MENELAO Dei miei nemici, intendi dire: infatti non sarebbe bene.

TEUCRO Forse Aiace ti affrontò mai come pubblico nemico[93]?

MENELAO Odiato mi odiava: e tu lo sapevi.

TEUCRO Sì, poiché fu provato che tu con la frode manipolasti i voti a suo danno.

MENELAO Per opera dei giudici, e non mia, egli incorse in quella sconfitta.

TEUCRO Tu sei abile ad ordire nell'ombra un gran numero di misfatti!

MENELAO Questa parola può procurare danno a qualcuno.

TEUCRO Non in misura maggiore – credo – del male che procureremo noi.

MENELAO Una sola cosa ti dirò: quest'uomo non deve essere seppellito.

TEUCRO E tu sentirai come risposta che egli verrà sepolto.

MENELAO Già vidi una volta un uomo audace di lingua, che spingeva i marinai a navigare in tempo di bufera; ma quando nella dura stretta della tempesta egli si trovò davvero, non avresti potuto sentire la sua voce: nascosto sotto il mantello si lasciava calpestare da chiunque dei naviganti lo volesse. Così avverrà di te e della tua proterva bocca: nata da piccola nube, una grande tempesta potrà presto spegnere questo alto clamore.

TEUCRO Ed io ho visto un uomo pieno di follia che insolentiva nelle disgrazie altrui. Lo scorse un tale simile a me, pro-

[93] Menelao al v. 1133 ha cercato di giustificare la sua posizione applicando ad Aiace il termine πολέμιος, che propriamente designa il nemico dello stato, in luogo del più appropriato ἐχθρός; Teucro approfitta di questa esagerazione di Menelao per rivolgergli ora l'ironica domanda *[N.d.T.]*.

ὀργήν θ' ὅμοιος εἶπε τοιοῦτον λόγον·
« Ὤνθρωπε, μὴ δρᾶ τοὺς τεθνηκότας κακῶς·
εἰ γὰρ ποιήσεις, ἴσθι πημανούμενος ».
Τοιαῦτ' ἄνολβον ἄνδρ' ἐνουθέτει παρών.
Ὁρῶ δέ τοί νιν, κἄστιν, ὡς ἐμοὶ δοκεῖ,
οὐδείς ποτ' ἄλλος ἢ σύ. Μῶν ᾐνιξάμην ;
ΜΕ. Ἄπειμι· καὶ γὰρ αἰσχρόν, εἰ πύθοιτό τις,
λόγοις κολάζειν ᾧ βιάζεσθαι παρῇ.
ΤΕΥ. Ἄφερπέ νυν· κἀμοὶ γὰρ αἴσχιστον κλύειν
ἀνδρὸς ματαίου φλαῦρ' ἔπη μυθουμένου.

ΧΟ. Ἔσται μεγάλης ἔριδός τις ἀγών.
Ἀλλ' ὡς δύνασαι, Τεῦκρε, ταχύνας
σπεῦσον κοίλην κάπετόν τιν' ἰδεῖν
τῷδ', ἔνθα βροτοῖς τὸν ἀείμνηστον
τάφον εὐρώεντα καθέξει.
ΤΕΥ. Καὶ μὴν ἐς αὐτὸν καιρὸν οἵδε πλησίοι
πάρεισιν ἀνδρὸς τοῦδε παῖς τε καὶ γυνή,
τάφον περιστελοῦντε δυστήνου νεκροῦ.
Ὦ παῖ, πρόσελθε δεῦρο, καὶ σταθεὶς πέλας
ἱκέτης ἔφαψαι πατρὸς ὅς σ' ἐγείνατο.
Θάκει δὲ προστρόπαιος ἐν χεροῖν ἔχων
κόμας ἐμὰς καὶ τῆσδε καὶ σαυτοῦ τρίτου,
ἱκτήριον θησαυρόν. Εἰ δέ τις στρατοῦ
βίᾳ σ' ἀποσπάσειε τοῦδε τοῦ νεκροῦ,
κακὸς κακῶς ἄθαπτος ἐκπέσοι χθονός,
γένους ἅπαντος ῥίζαν ἐξημημένος,
αὔτως ὅπωσπερ τόνδ' ἐγὼ τέμνω πλόκον.

prio uguale nell'indole, e gli rivolse il seguente discorso: «O uomo, non maltrattare i morti; se lo farai, sappi che ne avrai danno»[94]. Così egli ammoniva, standogli di fronte, lo sciagurato. Quest'uomo io l'ho davanti agli occhi e, come mi sembra, non è altri che te. Ho forse parlato per enigmi?

MENELAO Me ne vado: sarebbe una vergogna se si venisse a sapere che punisco a parole quando posso far uso della forza.

TEUCRO Sì, vattene: anche per me è vergogna grandissima stare a sentire uno stolto che blatera vane parole.

(*Esce Menelao.*)

CORIFEO Vi sarà una lotta di grande contesa. Ma tu, Teucro, più in fretta che puoi, provvedi sollecitamente per quest'uomo una fossa profonda dov'egli avrà l'umido sepolcro, a umana perenne memoria.

(*Entrano Tecmessa ed Eurisace.*)

TEUCRO Ecco, proprio al momento opportuno giungono il figlio e la donna di Aiace, a compiere il rito funebre per l'infelice morto. (*Ad Eurisace.*) Vieni qui, fanciullo, poniti vicino e supplice tocca il padre che ti generò. Siedi in atto di chi implora, tenendo in mano i capelli miei, di tua madre e di te come terzo, unica ricchezza del supplice[95]. E se qualcuno dell'esercito ti strappasse con la forza da questo cadavere, sia quel miserabile, privo di sepoltura, miserabilmente cacciato dalla patria; e sia la sua stirpe intera stroncata fin dalla radice, così come io recido questa ciocca dal mio capo. Prendila,

[94] Sofocle recupera, nel contesto della lite violenta fra Teucro e Menelao, la forma popolare dell'αἶνος, breve storiella contenente in genere un messaggio educativo, che aveva una lunga tradizione letteraria (se ne incontrano ad esempio nei giambi di Archiloco e in Cleobulina, frr. 1 e 2 W.). È notevole però che, mentre quella di Menelao è una vera e propria narrazione allegorica che alla fine viene ricondotta al comportamento di Teucro con οὕτω καὶ σέ..., Teucro si limita a descrivere il comportamento di Menelao parlando di lui in terza persona, e sprezzantemente domanda «parlo forse per enigmi?».

[95] Alla luce di Soph. *El.* 450 s. e Aesch. *Cho.* 193 questa sembra l'interpretazione corretta dell'espressione ἱκτήριον θησαυρόν (v. 1175), appropriata al contesto di *pathos*. Altri, meno efficacemente, interpretano: «il te-

Ἔχ' αὐτόν, ὦ παῖ, καὶ φύλασσε, μηδέ σε
κινησάτω τις, ἀλλὰ προσπεσὼν ἔχου.
Ὑμεῖς τε μὴ γυναῖκες ἀντ' ἀνδρῶν πέλας
παρέστατ', ἀλλ' ἀρήγετ' ἔστ' ἐγὼ μόλω
τάφου μεληθεὶς τῷδε, κἂν μηδεὶς ἐᾷ.

ΧΟ. Τίς ἄρα νέατος ἐς πότε λή- Str. 1.
ξει πολυπλάγκτων ἐτέων ἀριθμός,
τὰν ἄπαυστον αἰὲν ἐμοὶ
δορυσσοήτων μόχθων ἄταν ἐπάγων
ἀν τὰν εὐρώδη Τροΐαν,
δύστανον ὄνειδος Ἑλλάνων;

Ὄφελε πρότερον αἰθέρα δῦ- Ant. 1.
ναι μέγαν ἢ τὸν πολύκοινον Ἅιδαν
κεῖνος ἀνήρ, ὃς στυγερῶν
ἔδειξεν ὅπλων Ἕλλασιν κοινὸν Ἄρη.
Ὦ πόνοι πρόγονοι πόνων·
κεῖνος γὰρ ἔπερσεν ἀνθρώπους.

Ἐκεῖνος οὐ στεφάνων οὔτε βαθειᾶν Str. 2.
κυλίκων νεῖμεν ἐμοὶ τέρψιν ὁμιλεῖν
οὔτε γλυκὺν αὐλῶν ὄτοβον, δύσμορος,
οὔτ' ἐννυχίαν τέρψιν ἰαύειν·
ἐρώτων δ' ἐρώτων ἀνέπαυσεν ὤ-

ragazzo, conservala, e che nessuno ti allontani da qui, ma prostrato stringiti a lui. (*Ai Coreuti.*) E voi stategli accanto, non come donne ma come uomini, e proteggetelo fin quando, preparata la sua tomba malgrado tutti i divieti, io non sia tornato.

(*Esce Teucro.*)

CORO Quale sarà il termine, quando
la serie di anni inesausti
cesserà di condurre in eterno per me
l'inestinguibile sciagura
dei travagli di guerra
sul suolo della vasta Troia,
dolorosa infamia per gli Elleni?

Oh fosse prima scomparso
nelle profondità dell'immenso cielo
o dentro l'Ade, dimora comune d'ogni mortale,
l'uomo che insegnò ai Greci
la guerra che tutti coinvolge,
con le sue armi odiose.
O affanni progenitori d'affanni!
Fu lui la rovina dell'umanità!

Egli né di ghirlande
né di calici profondi
mi concesse di condividere
la gioia, né il soave suono dei flauti,
né, sciagurato, di godere
la dolcezza del sonno notturno:
e agli amori,
agli amori ha posto termine, ahimè!

soro dal quale il supplice trae la forza per il suo appello». – Il bambino dovrebbe porsi seduto presso il cadavere del padre, non in ginocchio come sostengono alcuni commentatori (ad esempio Jebb). Le offerte nelle mani del fanciullo indicano che la sua supplica è rivolta agli dèi inferi e allo spirito del defunto perché stornino ogni oltraggio da parte degli aggressori *[N.d.T.]*.

μοι. Κεῖμαι δ' ἀμέριμνος οὕ-
τως, ἀεὶ πυκιναῖς δρόσοις
τεγγόμενος κόμας,
λυγρᾶς μνήματα Τροίας.

Καὶ πρὶν μὲν ἐννυχίου δείματος ἦν μοι Ant. 2.
προβολὰ καὶ βελέων θούριος Αἴας·

νῦν δ' οὗτος ἀνεῖται στυγερῷ δαίμονι.
Τίς μοι, τίς ἔτ' οὖν τέρψις ἐπέσται;

Γενοίμαν ἵν' ὑλᾶεν ἔπεστι πόν-
του πρόβλημ' ἁλίκλυστον, ἄ-
κραν ὑπὸ πλάκα Σουνίου,
τὰς ἱερὰς ὅπως
προσείποιμεν Ἀθάνας.

ΤΕΥ. Καὶ μὴν ἰδὼν ἔσπευσα τὸν στρατηλάτην
Ἀγαμέμνον' ἡμῖν δεῦρο τόνδ' ὁρμώμενον·
δῆλος δέ μοὐστὶ σκαιὸν ἐκλύσων στόμα.

ΑΓΑΜΕΜΝΩΝ

Σὲ δὴ τὰ δεινὰ ῥήματ' ἀγγέλλουσί μοι
τλῆναι καθ' ἡμῶν ὧδ' ἀνοιμωκτεὶ χανεῖν·
σέ τοι, τὸν ἐκ τῆς αἰχμαλωτίδος λέγω.
Ἦ που τραφεὶς ἂν μητρὸς εὐγενοῦς ἄπο
ὑψήλ' ἐκόμπεις κἀπ' ἄκρων ὡδοιπόρεις,
ὅτ' οὐδὲν ὢν τοῦ μηδὲν ἀντέστης ὕπερ,

[96] Nell'*Agamennone* di Eschilo l'Araldo che annuncia il ritorno del re ricorda, descrivendo le penose condizioni di vita dell'esercito a Troia, le notti all'addiaccio e le rugiade che bagnavano il capo dei soldati: «I nostri giacigli erano vicini alle mura nemiche, dal cielo e dalla terra le rugiade prative ci ricoprivano di gocce, danno continuo delle vesti, e ci riempivano i capelli di bestiole» (*Agam.* 560 ss.).

[97] Il Sunio è il promontorio che chiude l'Attica a Sud-Est, doppiando il

Ed ora giaccio, così,
abbandonato,
le chiome sempre madide
di fitte rugiade[96]:
ricordo della funesta Troia.

Un tempo, contro l'angoscia
notturna e i dardi nemici
l'impetuoso Aiace era mio baluardo;
adesso egli è vittima consacrata
a un odioso demone. Quale,
quale gioia per me più resterà?
Oh potessi trovarmi là
dove, coperto di selve, il promontorio
battuto dai flutti si sporge sul mare
ai piedi dell'estremo lembo del Sunio [97],
per salutare la sacra Atene!

(*Entra Teucro.*)

TEUCRO Ho affrettato il passo per aver visto il comandante supremo Agamennone venire qui verso di noi. È per me chiaro che egli scioglierà la sua lingua maligna.

(*Entra Agamennone.*)

AGAMENNONE Sei tu che hai osato pronunziare così impunemente contro di noi le terribili parole che mi hanno riferito? Proprio tu, dico, tu, il figlio della schiava? Senza dubbio, se fossi nato da nobile madre, cammineresti in punta di piedi[98], e chissà quali discorsi superbi pronunzieresti, se, da quel nulla che tu sei, ti ergesti in difesa di chi non è più, e giurasti che noi

quale chi raggiungeva la Grecia da oriente (come farebbe il Coro tornando a casa da Troia) arrivava finalmente in vista di Atene e di Salamina. Il termine πλάκα allude alla piatta sommità del Capo Sunio, sulla quale si levava il tempio di Poseidone.

[98] Gesto che indicava, secondo gli antichi, orgoglio e sprezzante superbia: cfr. Eur. *Ion* 1166 s. e Libanio, IV 12.

κοὔτε στρατηγοὺς οὔτε ναυάρχους μολεῖν
ἡμᾶς 'Αχαιῶν οὔτε σοῦ διωμόσω,
ἀλλ' αὐτὸς ἄρχων, ὡς σὺ φῄς, Αἴας ἔπλει.
Ταῦτ' οὐκ ἀκούειν μεγάλα πρὸς δούλων κακά;
Ποίου κέκραγας ἀνδρὸς ὧδ' ὑπέρφρονα;
ποῖ βάντος ἢ ποῦ στάντος οὗπερ οὐκ ἐγώ;
Οὐκ ἆρ' 'Αχαιοῖς ἄνδρες εἰσὶ πλὴν ὅδε;
Πικροὺς ἔοιγμεν τῶν 'Αχιλλείων ὅπλων
ἀγῶνας 'Αργείοισι κηρῦξαι τότε,
εἰ πανταχοῦ φανούμεθ' ἐκ Τεύκρου κακοί,
κοὐκ ἀρκέσει ποθ' ὑμὶν οὐδ' ἡσσημένοις
εἴκειν ἃ τοῖς πολλοῖσιν ἤρεσκεν κριταῖς,
ἀλλ' αἰὲν ἡμᾶς ἢ κακοῖς βαλεῖτέ που
ἢ σὺν δόλῳ κεντήσεθ' οἱ λελειμμένοι.
'Εκ τῶνδε μέντοι τῶν τρόπων οὐκ ἄν ποτε
κατάστασις γένοιτ' ἂν οὐδενὸς νόμου,
εἰ τοὺς δίκῃ νικῶντας ἐξωθήσομεν
καὶ τοὺς ὄπισθεν εἰς τὸ πρόσθεν ἄξομεν.
'Αλλ' εἰρκτέον τάδ' ἐστίν· οὐ γὰρ οἱ πλατεῖς
οὐδ' εὐρύνωτοι φῶτες ἀσφαλέστατοι,
ἀλλ' οἱ φρονοῦντες εὖ κρατοῦσι πανταχοῦ.
Μέγας δὲ πλευρὰ βοῦς ὑπὸ σμικρᾶς ὅμως
μάστιγος ὀρθὸς εἰς ὁδὸν πορεύεται.
Καὶ σοὶ προσέρπον τοῦτ' ἐγὼ τὸ φάρμακον
ὁρῶ τάχ', εἰ μὴ νοῦν κατακτήσῃ τινά·
ὃς ἀνδρὸς οὐκέτ' ὄντος, ἀλλ' ἤδη σκιᾶς,
θαρσῶν ὑβρίζεις κἀξελευθεροστομεῖς.
Οὐ σωφρονήσεις; οὐ μαθὼν ὃς εἶ φύσιν
ἄλλον τιν' ἄξεις ἄνδρα δεῦρ' ἐλεύθερον,
ὅστις πρὸς ἡμᾶς ἀντὶ σοῦ λέξει τὰ σά;
Σοῦ γὰρ λέγοντος οὐκέτ' ἂν μάθοιμ' ἐγώ·
τὴν βάρβαρον γὰρ γλῶσσαν οὐκ ἐπαΐω.

siamo venuti qui né come generali né come navarchi degli Achei o di te; ma Aiace, a tuo dire, salpò per Ilio come capo egli stesso. Sentire questo da chi è schiavo non è forse un grave insulto? E chi è mai l'uomo che tu hai con tanto clamore e alterigia esaltato? Dov'è andato, dov'è stato, senza che vi fossi anch'io? Forse non vi sono uomini fra gli Achei, tranne lui? Amari, sembra, furono gli agoni per le armi d'Achille che un tempo noi bandimmo agli Argivi, se ovunque ad opera di un Teucro dovremo apparire ingiusti; se non vi piacerà mai, neppure sconfitti, di cedere alla sentenza decretata dalla maggioranza dei giudici, ma sempre ci assalirete con ingiurie o ci pungolerete in modo fraudolento, voi, i perdenti! Sulla base di simili costumi, certo, non vi sarebbe mai stabilità di legge alcuna, se ricacciassimo indietro coloro che vincono con giustizia e mandassimo avanti chi viene dopo. No, bisogna impedirlo. I più saldi, infatti, non sono gli uomini di vasta mole e dalle larghe spalle: sono invece gli accorti che prevalgono in ogni circostanza. Il bue dai fianchi possenti è fatto procedere diritto nel cammino da una piccola sferza. Anche per te è pronto questo rimedio, lo vedo già, se non acquisterai un po' di senno, tu che per un uomo che non è più, soltanto ombra ormai, ci insulti audace e parli senza freno. Non sarai assennato? Non condurrai qui, sapendo chi sei per nascita, qualcun altro, un uomo libero che in vece tua sostenga davanti a noi le tue ragioni[99]? Quando parli tu, io non sono più in grado di capire: non comprendo, io, la lingua barbara.

[99] In Atene gli schiavi non avevano diritto di parola nei tribunali per difendere le proprie ragioni, e dovevano essere rappresentati dal loro padrone: cfr. Trag. Adesp. fr. 304 K.-S. («sei uno schiavo, non hai diritto di parola»). Agamennone dunque sprezzantemente rifiuta di continuare il dialogo con Teucro, da lui qualificato come schiavo, e causa la violenta risposta dell'avversario, che gli rinfaccia origini non proprio limpide (cfr. la n. 102).

ΧΟ. Εἴθ' ὑμὶν ἀμφοῖν νοῦς γένοιτο σωφρονεῖν·
τούτου γὰρ οὐδὲν σφῷν ἔχω λῷον φράσαι.
ΤΕΥ. Φεῦ· τοῦ θανόντος ὡς ταχεῖά τις βροτοῖς
χάρις διαρρεῖ καὶ προδοῦσ' ἁλίσκεται,
εἰ σοῦ γ' ὅδ' ἀνὴρ οὐδ' ἐπὶ σμικρῶν λόγων,
Αἴας, ἔτ' ἴσχει μνῆστιν, οὗ σὺ πολλάκις
τὴν σὴν προτείνων προὔκαμες ψυχὴν δορί·
ἀλλ' οἴχεται δὴ πάντα ταῦτ' ἐρριμμένα.
Ὦ πολλὰ λέξας ἄρτι κἀνόητ' ἔπη,
οὐ μνημονεύεις οὐκέτ' οὐδέν, ἡνίκα
ἑρκέων ποθ' ὑμᾶς οὗτος ἐγκεκλῃμένους,
ἤδη τὸ μηδὲν ὄντας, ἐν τροπῇ δορὸς
ἐρρύσατ' ἐλθὼν μοῦνος, ἀμφὶ μὲν νεῶν
ἄκροισιν ἤδη ναυτικοῖς ἑδωλίοις
πυρὸς φλέγοντος, εἰς δὲ ναυτικὰ σκάφη
πηδῶντος ἄρδην Ἕκτορος τάφρων ὕπερ;
Τίς ταῦτ' ἀπεῖρξεν; οὐχ ὅδ' ἦν ὁ δρῶν τάδε,
ὃν οὐδαμοῦ φῂς οὗ σὺ μή, βῆναι ποδί;
Ἆρ' ὑμὶν οὗτος ταῦτ' ἔδρασεν ἔνδικα;
χὤτ' αὖθις αὐτὸς Ἕκτορος μόνος μόνου,
λαχών τε κἀκέλευστος, ἦλθ' ἐναντίος,
οὐ δραπέτην τὸν κλῆρον ἐς μέσον καθεὶς
ὑγρᾶς ἀρούρας βῶλον, ἀλλ' ὃς εὐλόφου
κυνῆς ἔμελλε πρῶτος ἅλμα κουφιεῖν;

CORIFEO Oh se voi aveste entrambi spirito di moderazione! Non posso darvi consiglio migliore di questo.

TEUCRO Ahimè, nei confronti di chi è morto come rapida fra gli uomini trascorre la gratitudine, ed anzi la si coglie in tradimento, se di te, Aiace, nemmeno più con poche parole tiene vivo il ricordo quest'uomo, per il quale tu spesso lottasti esponendo la vita in battaglia: ma tutto questo è perduto, gettato nel disprezzo. Tu che poco fa hai detto tante stolte parole, non rammenti più nulla del giorno in cui foste rinchiusi dentro le mura, ormai annientati, e quando le sorti della battaglia s'erano volte contro di voi egli solo venne a salvarvi, mentre il fuoco stava già divampando intorno alle poppe delle navi, e verso le navi Ettore alto balzava, al di là del fossato[100]? Chi respinse quell'attacco? Non fu lui a farlo, l'uomo che, a quanto dici, non mise piede dove anche tu non fossi? E non fu giusto ai vostri occhi quel che fece? E quando poi egli, tratto a sorte e non per ordine di alcuno, mosse contro Ettore, da solo a solo? E non gettò nell'urna il contrassegno che sparì, una zolla di umida terra, ma anzi uno che leggero doveva balzare per primo dall'elmo ben chiomato[101]. Fu que-

[100] L'episodio dell'attacco troiano alle navi e del principio di incendio che stava per ridurre a mal partito l'esercito acheo è narrato in *Il.* XV 415 ss. e XVI 101-123; i tratti della narrazione omerica sono notevolmente drammatizzati da Sofocle, che rappresenta Ettore nell'atto di superare d'un balzo il fossato.

[101] I vv. 1283-1287 si riferiscono al duello tra Aiace ed Ettore, narrato in *Il.* VII 38-312. Ettore aveva sfidato uno degli eroi achei a singolar tenzone. Poiché in nove si offrirono nell' esercito greco, si ricorse al sorteggio: i nove eroi apposero il proprio segno ognuno su un κλῆρος o «sorte» (probabilmente un pezzo di coccio o una pietra) che poi gettarono nell' elmo di Agamennone. Nestore quindi scosse l'elmo finché non «balzò fuori» (ἐκ δ'ἔθορε in *Il.* VII 182, qui parafrasato in ἅλμα κουφιεῖν, «fare un leggero salto») una sorte, quella di Aiace, come era nascosta speranza di tutti. Aiace ed Ettore combatterono fino al calar della notte, quando l'intervento degli araldi pose fine al duello, e i due si scambiarono doni (cfr. sopra n. 56). Ai vv. 1285-1286 Sofocle allude a un possibile modo di truccare il sorteggio, simile a quello usato da Cresfonte, uno degli Eraclidi (cfr. Apollodoro II 8,4). Nella ripartizione del paese conquistato fra Cresfonte, Temeno e i figli di Aristodemo, Procle ed Euristene, fu stabilito che la Messenia, terra più fertile delle altre, sarebbe andata a colui la cui sorte fosse uscita per ultima. Cre-

Ὅδ' ἦν ὁ πράσσων ταῦτα, σὺν δ' ἐγὼ παρὼν
ὁ δοῦλος, οὐκ τῆς βαρβάρου μητρὸς γεγώς.
Δύστηνε, ποῖ βλέπων ποτ' αὐτὰ καὶ θροεῖς;
Οὐκ οἶσθα σοῦ πατρὸς μὲν ὃς προὔφυ πατὴρ
ἀρχαῖον ὄντα Πέλοπα βάρβαρον Φρύγα;
Ἀτρέα δ', ὃς αὖ σ' ἔσπειρε, δυσσεβέστατον
προθέντ' ἀδελφῷ δεῖπνον οἰκείων τέκνων;
Αὐτὸς δὲ μητρὸς ἐξέφυς Κρήσσης, ἐφ' ᾗ
λαβὼν ἐπακτὸν ἄνδρ' ὁ φιτύσας πατὴρ
ἐφῆκεν ἐλλοῖς ἰχθύσιν διαφθοράν.
Τοιοῦτος ὢν τοιῷδ' ὀνειδίζεις σποράν;
ὃς ἐκ πατρὸς μέν εἰμι Τελαμῶνος γεγώς,
ὅστις στρατοῦ τὰ πρῶτ' ἀριστεύσας ἐμὴν
ἴσχει ξύνευνον μητέρ', ἣ φύσει μὲν ἦν
βασίλεια, Λαομέδοντος, ἔκκριτον δέ νιν
δώρημα κείνῳ 'δωκεν Ἀλκμήνης γόνος.
Ἆρ' ὧδ' ἄριστος ἐξ ἀριστέοιν δυοῖν
βλαστὼν ἂν αἰσχύνοιμι τοὺς πρὸς αἵματος,
οὓς νῦν σὺ τοιοῖσδ' ἐν πόνοισι κειμένους
ὠθεῖς ἀθάπτους, οὐδ' ἐπαισχύνῃ λέγων;
Εὖ νυν τόδ' ἴσθι, τοῦτον εἰ βαλεῖτέ που,
βαλεῖτε χἡμᾶς τρεῖς ὁμοῦ συγκειμένους·
ἐπεὶ καλόν μοι τοῦδ' ὑπερπονουμένῳ
θανεῖν προδήλως μᾶλλον ἢ τῆς σῆς ὑπὲρ
γυναικός, ἢ τοῦ σοῦ ξυναίμονος λέγω.
Πρὸς ταῦθ' ὅρα μὴ τοὐμόν, ἀλλὰ καὶ τὸ σόν·

st'uomo a compiere simili gesta, e accanto a lui c'ero io, lo schiavo, il nato da madre barbara! Sciagurato, dove posi lo sguardo mentre dici tali parole? Non sai che colui che fu il padre di tuo padre, l'antico Pelope, era un barbaro Frigio? E che Atreo, il quale poi ti generò, imbandì al proprio fratello in esecrabile pasto i suoi figli? E tu stesso sei nato da una madre cretese che dal padre fu sorpresa con un amante e gettata in preda ai muti pesci[102]. E tu, che per nascita sei tale, mi rinfacci l'origine? Il padre da cui sono nato è Telamone, il quale per aver compiuto le gesta più valorose dell'esercito ha come compagna mia madre, che per stirpe era una regina, figlia di Laomedonte: e in scelto dono gliela offrì Eracle, il figlio di Alcmena. Io dunque, nobile qual sono, nato da due nobili, potrei disonorare i parenti del mio sangue, che tu ora, mentre giacciono in tale sventura, respingi dalla tomba... e non ti vergogni a proclamarlo? Ma sappi bene ciò: se voi getterete da qualche parte questo corpo, getterete insieme anche noi tre, accanto a lui distesi. Sarà bello per me morire lottando davanti a tutti per lui, piuttosto che per la tua donna (o anzi, dovrei dire, di tuo fratello[103]?). E quindi bada non al mio ma an-

sfonte, al posto di una pietra, come avevano fatto gli altri, gettò una zolla, che si sciolse nell'acqua contenuta nell'urna stessa: pertanto le sorti degli altri contendenti uscirono prima della sua *[N.d.T.]*.

[102] Teucro sintetizza in una efficacissima risposta le atrocità perpetrate della stirpe dei Pelopidi, di cui Agamennone è discendente. In particolare l'ultima allusione è relativa alle vicende della moglie di Atreo, Aerope, figlia di Catreo re di Creta: ella fu sorpresa dal padre tra le braccia di uno schiavo e per questo inviata a Nauplio, re dell'Eubea, che avrebbe dovuto metterla a morte. Nauplio però non ottemperò alla richiesta di Catreo, e Aerope andò sposa ad Atreo, al quale generò Agamennone e Menelao (queste vicende sono oggetto di una tragedia perduta di Euripide, *Le Cretesi*). Nella saga Aerope si macchiava anche di adulterio con il fratello di Atreo, Tieste, generando la funesta contesa tra i due sfociata nel mostruoso pasto imbandito da Atreo al fratello con le carni dei suoi figli.

[103] La parte finale del v. 1312 presenta qualche difficoltà: il testo dei manoscritti è concordemente τοῦ σοῦ θ' ὁμαίμονος, con un τε che dovrebbe essere interpretato come «anche» («per la tua donna, o devo dire anche di tuo fratello?»), il che è ritenuto impossibile da molti interpreti. Alcune correzioni sono state proposte per eliminare lo scomodo τε: ξυναίμονος (Dindorf, accolta nel testo dal Dain), γ' ὁμαίμονος (Bothe). Il pensiero resta comun-

ὡς εἴ με πημανεῖς τι, βουλήσῃ ποτὲ
καὶ δειλὸς εἶναι μᾶλλον ἢ 'ν ἐμοὶ θρασύς.

ΧΟ. Ἄναξ Ὀδυσσεῦ, καιρὸν ἴσθ' ἐληλυθώς,
εἰ μὴ ξυνάψων, ἀλλὰ συλλύσων πάρει.

ΟΔΥΣΣΕΥΣ

Τί δ' ἔστιν, ἄνδρες ; τηλόθεν γὰρ ᾐσθόμην
βοὴν Ἀτρειδῶν τῷδ' ἐπ' ἀλκίμῳ νεκρῷ.
ΑΓ. Οὐ γὰρ κλύοντές ἐσμεν αἰσχίστους λόγους,
ἄναξ Ὀδυσσεῦ, τοῦδ' ὑπ' ἀνδρὸς ἀρτίως ;
ΟΔ. Ποίους ; ἐγὼ γὰρ ἀνδρὶ συγγνώμην ἔχω
κλύοντι φλαῦρα συμβαλεῖν ἔπη κακά.
ΑΓ. Ἤκουσεν αἰσχρά· δρῶν γὰρ ἦν τοιαῦτά με.
ΟΔ. Τί γάρ σ' ἔδρασεν, ὥστε καὶ βλάβην ἔχειν ;
ΑΓ. Οὔ φησ' ἐάσειν τόνδε τὸν νεκρὸν ταφῆς
ἄμοιρον, ἀλλὰ πρὸς βίαν θάψειν ἐμοῦ.
ΟΔ. Ἔξεστιν οὖν εἰπόντι τἀληθῆ φίλῳ
σοὶ μηδὲν ἧσσον ἢ πάρος ξυνηρετεῖν ;
ΑΓ. Εἴπ'· ἦ γὰρ εἴην οὐκ ἂν εὖ φρονῶν, ἐπεὶ
φίλον σ' ἐγὼ μέγιστον Ἀργείων νέμω.
ΟΔ. Ἄκουέ νυν. Τὸν ἄνδρα τόνδε πρὸς θεῶν
μὴ τλῇς ἄθαπτον ὧδ' ἀναλγήτως βαλεῖν·
μηδ' ἡ βία σε μηδαμῶς νικησάτω
τοσόνδε μισεῖν ὥστε τὴν δίκην πατεῖν.
Κἀμοὶ γὰρ ἦν ποθ' οὗτος ἔχθιστος στρατοῦ,
ἐξ οὗ 'κράτησα τῶν Ἀχιλλείων ὅπλων·
ἀλλ' αὐτὸν ἔμπας ὄντ' ἐγὼ τοιόνδ' ἐμοὶ
οὐκ ἀντατιμάσαιμ' ἄν, ὥστε μὴ λέγειν
ἕν' ἄνδρ' ἰδεῖν ἄριστον Ἀργείων, ὅσοι

che al tuo interesse. Se mi farai del male, desidererai un giorno d'esser stato perfino un vile nei miei riguardi, anziché audace.

(*Entra Odisseo.*)

CORIFEO Signore Odisseo, sappi che sei giunto a proposito, se ti trovi qui non per riannodare ma per sciogliere la contesa.

ODISSEO Che c'è, uomini? Ho udito da lontano le grida degli Atridi sulla salma di questo valoroso.

AGAMENNONE Certo, signore Odisseo: non abbiamo forse sentito proprio ora frasi oltraggiosissime da parte di quest'uomo?

ODISSEO Quali? Ho comprensione per chi, udendo insulti, ricambi ingiuriose parole.

AGAMENNONE (*A Odisseo, indicando Teucro.*) Ha udito infamie, sì, perché faceva lo stesso con me.

ODISSEO E cosa ha fatto che potesse ferirti?

AGAMENNONE Dice che non lascerà questo cadavere privo della tomba, ma lo seppellirà contro il mio divieto.

ODISSEO È possibile ad un amico che ti dica la verità conservare la tua amicizia non meno di prima?

AGAMENNONE Parla. Se non lo permettessi, non sarei saggio, dal momento che ti considero l'amico più grande fra gli Argivi.

ODISSEO Ascolta dunque. Quest'uomo, in nome degli dèi, non avere il coraggio di gettarlo così spietatamente senza sepoltura, e in nessun modo la violenza prevalga su di te e ti ispiri tanto odio da indurti a calpestare la giustizia. Anche per me un tempo costui era il più aspro nemico dell'esercito, dal giorno in cui ottenni la vittoria per le armi di Achille. Ma se tale mi fu, non per questo potrei ricambiare l'oltraggio fino al punto di negare che io vidi in lui solo il più valoroso fra gli

que poco perspicuo. Sembra che Teucro voglia dire che non si cura se la donna per cui si combatte sia dell'uno o dell'altro fratello: è comunque una vergogna aver spinto l'esercito alla guerra per un motivo simile.

Τροίαν ἀφικόμεσθα, πλὴν Ἀχιλλέως.
Ὥστ' οὐκ ἂν ἐνδίκως γ' ἀτιμάζοιτό σοι·
οὐ γάρ τι τοῦτον, ἀλλὰ τοὺς θεῶν νόμους
φθείροις ἄν. Ἄνδρα δ' οὐ δίκαιον, εἰ θάνοι,
βλάπτειν τὸν ἐσθλόν, οὐδ' ἐὰν μισῶν κυρῇς.

ΑΓ. Σὺ ταῦτ', Ὀδυσσεῦ, τοῦδ' ὑπερμαχεῖς ἐμοί ;

ΟΔ. Ἔγωγ'· ἐμίσουν δ', ἡνίκ' ἦν μισεῖν καλόν.

ΑΓ. Οὐ γὰρ θανόντι καὶ προσεμβῆναί σε χρή ;

ΟΔ. Μὴ χαῖρ', Ἀτρείδη, κέρδεσιν τοῖς μὴ καλοῖς.

ΑΓ. Τόν τοι τύραννον εὐσεβεῖν οὐ ῥᾴδιον.

ΟΔ. Ἀλλ' εὖ λέγουσι τοῖς φίλοις τιμὰς νέμειν.

ΑΓ. Κλύειν τὸν ἐσθλὸν ἄνδρα χρὴ τῶν ἐν τέλει.

ΟΔ. Παῦσαι· κρατεῖς τοι τῶν φίλων νικώμενος.

ΑΓ. Μέμνησ' ὁποίῳ φωτὶ τὴν χάριν δίδως.

ΟΔ. Ὅδ' ἐχθρὸς ἀνήρ, ἀλλὰ γενναῖός ποτ' ἦν.

ΑΓ. Τί ποτε ποήσεις ; ἐχθρὸν ὧδ' αἰδῇ νέκυν ;

ΟΔ. Νικᾷ γὰρ ἀρετή με τῆς ἔχθρας πολύ.

ΑΓ. Τοιοίδε μέντοι φῶτες ἔμπληκτοι βροτῶν.

ΟΔ. Ἦ κάρτα πολλοὶ νῦν φίλοι καὖθις πικροί.

ΑΓ. Τοιούσδ' ἐπαινεῖς δῆτα σὺ κτᾶσθαι φίλους ;

ΟΔ. Σκληρὰν ἐπαινεῖν οὐ φιλῶ ψυχὴν ἐγώ.

ΑΓ. Ἡμᾶς σὺ δειλοὺς τῇδε θἠμέρᾳ φανεῖς ;

ΟΔ. Ἄνδρας μὲν οὖν Ἕλλησι πᾶσιν ἐνδίκους.

ΑΓ. Ἄνωγας οὖν με τὸν νεκρὸν θάπτειν ἐᾶν ;

Argivi, quanti giungemmo a Troia, tranne Achille. Perciò sarebbe iniquo che egli venga disonorato ad opera tua, giacchè non lui violeresti, bensì le leggi degli dèi. Non è giusto, infatti, recare offesa a un uomo nobile dopo che sia morto, anche se ti trovi ad odiarlo.

AGAMENNONE E tu, Odisseo, ti schieri così in sua difesa contro di me?

ODISSEO Sì; e l'odiavo, quando non era vergogna odiarlo.

AGAMENNONE E allora non dovresti anche calpestarlo, adesso che è morto?

ODISSEO Non godere, figlio d'Atreo, dei vantaggi che sono indegni.

AGAMENNONE Per un sovrano non è facile avere pietà.

ODISSEO Ma è facile aver rispetto per gli amici che esprimono buoni consigli.

AGAMENNONE L'uomo virtuoso deve prestare ascolto a chi è al potere.

ODISSEO Smetti. Proprio cedendo agli amici tu conservi il tuo potere[104].

AGAMENNONE Ricordati a quale uomo rendi questo beneficio.

ODISSEO Mi fu nemico, certamente: ma era un generoso.

AGAMENNONE Che cosa vuoi fare? Rispetti a tal punto un nemico morto?

ODISSEO Sì, perché il suo merito è per me di gran lunga superiore all'inimicizia.

AGAMENNONE Di tal fatta, appunto, sono gli uomini incostanti.

ODISSEO Certo: molti sono oggi amici e domani nemici.

AGAMENNONE E tu lodi chi cerca amici simili?

ODISSEO Io non amo lodare i cuori inflessibili.

AGAMENNONE Ci farai apparire dei vigliacchi in questo giorno?

ODISSEO No, uomini giusti agli occhi di tutti i Greci.

AGAMENNONE Mi esorti dunque a lasciar seppellire il cadavere?

[104] Per un simile concetto cfr. Aesch. *Agam.* 941 *[N.d.T.]*.

ΟΔ. Ἔγωγε· καὶ γὰρ αὐτὸς ἐνθάδ' ἵξομαι.
ΑΓ. Ἦ πάνθ' ὅμοια· πᾶς ἀνὴρ αὑτῷ πονεῖ.
ΟΔ. Τῷ γάρ με μᾶλλον εἰκὸς ἢ 'μαυτῷ πονεῖν;
ΑΓ. Σὸν ἆρα τοὔργον, οὐκ ἐμὸν κεκλήσεται.
ΟΔ. Ὣς ἂν ποήσῃς, πανταχῇ χρηστός γ' ἔσῃ.
ΑΓ. Ἀλλ' εὖ γε μέντοι τοῦτ' ἐπίστασ', ὡς ἐγὼ
σοὶ μὲν νέμοιμ' ἂν τῆσδε καὶ μείζω χάριν,
οὗτος δὲ κἀκεῖ κἀνθάδ' ὢν ἔμοιγ' ὁμῶς
ἔχθιστος ἔσται. Σοὶ δὲ δρᾶν ἔξεσθ' ἃ χρή.
ΧΟ. Ὅστις σ', Ὀδυσσεῦ, μὴ λέγει γνώμῃ σοφὸν
φῦναι τοιοῦτον ὄντα, μῶρός ἐστ' ἀνήρ.
ΟΔ. Καὶ νῦν γε Τεύκρῳ τἀπὸ τοῦδ' ἀγγέλλομαι,
ὅσον τότ' ἐχθρὸς ἦ, τοσόνδ' εἶναι φίλος·
καὶ τὸν θανόντα τόνδε συνθάπτειν θέλω
καὶ ξυμπονεῖν καὶ μηδὲν ἐλλείπειν ὅσων
χρὴ τοῖς ἀρίστοις ἀνδράσιν πονεῖν βροτούς.
ΤΕΥ. Ἄριστ' Ὀδυσσεῦ, πάντ' ἔχω σ' ἐπαινέσαι
λόγοισι, καί μ' ἔψευσας ἐλπίδος πολύ.
Τούτῳ γὰρ ὢν ἔχθιστος Ἀργείων ἀνὴρ
μόνος παρέστης χερσίν, οὐδ' ἔτλης παρὼν
θανόντι τῷδε ζῶν ἐφυβρίσαι μέγα,
ὡς ὁ στρατηγὸς οὑπιβρόντητος μολὼν
αὐτός τε χὠ ξύναιμος ἠθελησάτην
λωβητὸν αὐτὸν ἐκβαλεῖν ταφῆς ἄτερ.
Τοιγάρ σφ' Ὀλύμπου τοῦδ' ὁ πρεσβεύων πατὴρ
μνήμων τ' Ἐρινὺς καὶ τελεσφόρος Δίκη
κακοὺς κακῶς φθείρειαν, ὥσπερ ἤθελον
τὸν ἄνδρα λώβαις ἐκβαλεῖν ἀναξίως.
Σὲ δ', ὦ γεραιοῦ σπέρμα Λαέρτου πατρός,

ODISSEO Sì, giacché anch'io giungerò a quel termine...[105]
AGAMENNONE Sempre lo stesso! Ciascun uomo si affanna per sé medesimo.
ODISSEO Per chi altro dovrei pensare più che a me stesso?
AGAMENNONE L'opera, dunque, sarà detta tua, non mia.
ODISSEO Comunque tu agisca, ti dimostrerai in ogni caso giusto.
AGAMENNONE Sappi bene che a te concederei un favore anche maggiore di questo; ma costui, che stia qui o laggiù nell'Ade, sarà egualmente il mio più grande nemico. Puoi fare ciò che desideri[106].

(*Esce Agamennone.*)

CORIFEO È uno stolto, Odisseo, chiunque, essendo tu qual sei, non ti riconosce una mente saggia per natura.
ODISSEO Ed ora annunzio a Teucro che quanto gli fui nemico un tempo, altrettanto fin da questo momento gli sarò amico; e voglio aiutarlo a seppellire questo morto, dividere con lui la sua fatica e non tralasciare nessuno di questi onori che i mortali devono tributare agli uomini più valorosi.
TEUCRO Nobilissimo Odisseo, in tutto ho da lodarti per le tue parole. Di molto hai ingannato la mia previsione. Infatti, sebbene tu fossi il suo più odioso nemico tra gli Argivi, tu solo lo hai attivamente difeso, e non hai osato presentarti, tu vivo, a coprire di gravi insulti lui morto, come volevano fare il comandante supremo, giunto qui folle d'arroganza, e suo fratello, gettandone via il corpo oltraggiato senza sepoltura. Perciò il Padre che domina l'Olimpo, la memore Erinni e Dike suprema esecutrice annientino con infamia quegli infami, come essi volevano indegnamente respingere con oltraggi questo eroe. E tuttavia, o prole del venerando Laerte, io esito a la-

[105] Ossia «avrò bisogno di una tomba». È evidente in questa seconda comparsa in scena di Odisseo la ripresa e lo sviluppo di motivi presenti nel prologo, in particolare ai vv. 124-126.
[106] Al v. 1373, in luogo di χρή (codd., Dain: «ti è permesso fare ciò che occorre») leggo χρῇς (Dindorf) *[N.d.T.]*.

τάφου μὲν ὀκνῶ τοῦδ' ἐπιψαύειν ἐᾶν,
μὴ τῷ θανόντι τοῦτο δυσχερὲς ποῶ·
τὰ δ' ἄλλα καὶ ξύμπρασσε, κεἴ τινα στρατοῦ
θέλεις κομίζειν, οὐδὲν ἄλγος ἕξομεν.
Ἐγὼ δὲ τἄμὰ πάντα πορσυνῶ· σὺ δὲ
ἀνὴρ καθ' ἡμᾶς ἐσθλὸς ὢν ἐπίστασο.

ΟΔ. Ἀλλ' ἤθελον μέν· εἰ δὲ μή 'στί σοι φίλον
πράσσειν τάδ' ἡμᾶς, εἶμ', ἐπαινέσας τὸ σόν.

ΤΕΥ. Ἅλις· ἤδη γὰρ πολὺς ἐκτέταται
χρόνος. Ἀλλ' οἱ μὲν κοίλην κάπετον
χερσὶ ταχύνετε, τοὶ δ' ὑψίβατον
τρίποδ' ἀμφίπυρον λουτρῶν ὁσίων
θέσθ' ἐπίκαιρον· μία δ' ἐκ κλισίας
ἀνδρῶν ἴλη τὸν ὑπασπίδιον
κόσμον φερέτω.
Παῖ, σὺ δὲ πατρός γ', ὅσον ἰσχύεις,
φιλότητι θιγὼν πλευρὰς σὺν ἐμοὶ
τάσδ' ἐπικούφιζ'· ἔτι γὰρ θερμαὶ
σύριγγες ἄνω φυσῶσι μέλαν
μένος. Ἀλλ' ἄγε πᾶς φίλος ὅστις ἀνὴρ
φησὶ παρεῖναι, σούσθω, βάτω,
τῷδ' ἀνδρὶ πονῶν τῷ πάντ' ἀγαθῷ
κοὐδενί ⟨δή⟩ πω λῴονι θνητῶν·
Αἴαντος, ὅτ' ἦν τόδε φωνῶ.

ΧΟ. Ἦ πολλὰ βροτοῖς ἔστιν ἰδοῦσιν
γνῶναι· πρὶν ἰδεῖν δ' οὐδεὶς μάντις
τῶν μελλόντων ὅ τι πράξει.

sciarti porre mano al rito di questa sepoltura, nel timore di fare al morto cosa non grata[107]. Ma a tutto il resto puoi prendere parte, e se desideri condurre qualcuno dell'esercito non avremo a dolercene. Io compirò quanto rimane; e tu sappi che per noi hai dimostrato un animo generoso.

ODISSEO Avrei pur voluto, ma se la nostra opera non ti è gradita, me ne vado: approvo la tua decisidone.

(*Esce Odisseo.*)

TEUCRO Basta: il tempo trascorso è già molto. Voi, affrettatevi a scavare una fossa profonda: voi altri, disponete sul fuoco un tripode alto, pronto per le rituali abluzioni; e una schiera di guerrieri conduca dalla tenda l'armatura che egli portava sotto lo scudo[108]. (*Ad Eurisace.*) E tu, fanciullo, per quanto consentono le tue forze, toccando amorevolmente i fianchi di tuo padre aiutami a sollevarlo: le sue vene ancor calde esalano fiotti di nero sangue. Suvvia, chiunque dei presenti si professa amico, si affretti, venga a prestare la propria opera a quest'uomo sotto ogni aspetto egregio: e mai onore fu reso a più nobile mortale[109] [di Aiace, parlo di allora, quando era vivo][110].

CORIFEO Molti eventi è dato ai mortali di conoscere, una volta che li abbiano visti; ma prima di vederli nessuno è vate dei giorni futuri: di quale sarà il suo destino.

[107] L'eventuale partecipazione di Odisseo al rito funebre (con la necessità di sollevare il cadavere per il lavacro) avrebbe creato un legame diretto fra lui e il defunto, che Sofocle difficilmente avrebbe potuto introdurre presso un pubblico che ben ricordava il perdurare dell'odio fra i due eroi anche nell'Ade (cfr. *Od.* XI 543-564). Inoltre, l'allontanamento finale di Odisseo contribuisce a mantenere la sepoltura di Aiace su un livello privato, privo di enfasi e distaccato dalle figure che rappresentano il potere nell'esercito: cfr. in proposito l'analisi di Di Benedetto, *Sofocle* cit., pp. 76-81.

[108] Ovvero l'armatura che avvolgeva il corpo di Aiace (la corazza e gli schinieri; lo scudo infatti è destinato a Eurisace, cfr. *supra* vv. 574 ss.) *[N.d.T.]*.

[109] Al v. 1416, se il testo tràdito non è corrotto, va sottinteso πονήσας, come si desume dal πω. Lett. «prestando la propria opera per quest'uomo, e non avendola giammai prestata per nessuno più degno» *[N.d.T.]*.

[110] Il v. 1417 è probabilmente spurio, e andrebbe pertanto atetizzato *[N.d.T.]*.

ELETTRA

ΗΛΕΚΤΡΑ

ΗΛΕΚΤΡΑ

ΤΑ ΤΟΥ ΔΡΑΜΑΤΟΣ ΠΡΟΣΩΠΑ

ΠΑΙΔΑΓΩΓΟΣ
ΟΡΕΣΤΗΣ
ΗΛΕΚΤΡΑ
ΧΟΡΟΣ ΕΞ ΕΠΙΧΩΡΙΩΝ ΓΥΝΑΙΚΩΝ
ΧΡΥΣΟΘΕΜΙΣ
ΚΛΥΤΑΙΜΗΣΤΡΑ
ΑΙΓΙΣΘΟΣ

ΚΩΦΟΝ ΠΡΟΣΩΠΟΝ
ΠΥΛΑΔΗΣ

I personaggi del dramma

PEDAGOGO
ORESTE
ELETTRA
CORO DI DONNE DEL LUOGO
CRISOTEMI
CLITEMESTRA
EGISTO

PERSONAGGIO MUTO:
PILADE

La scena

A Micene, sulla sommità della rocca, davanti alla reggia degli Atridi. È l'alba. Entrano Oreste e Pilade accompagnati dal Pedagogo.

ΠΑΙΔΑΓΩΓΟΣ

Ὦ τοῦ στρατηγήσαντος ἐν Τροίᾳ ποτὲ
Ἀγαμέμνονος παῖ, νῦν ἐκεῖν᾽ ἔξεστί σοι
παρόντι λεύσσειν ὧν πρόθυμος ἦσθ᾽ ἀεί.
Τὸ γὰρ παλαιὸν Ἄργος οὑπόθεις τόδε,
τῆς οἰστροπλῆγος ἄλσος Ἰνάχου κόρης·
αὕτη δ᾽, Ὀρέστα, τοῦ λυκοκτόνου θεοῦ
ἀγορὰ Λύκειος· οὑξ ἀριστερᾶς δ᾽ ὅδε
Ἥρας ὁ κλεινὸς ναός· οἷ δ᾽ ἱκάνομεν,
φάσκειν Μυκήνας τὰς πολυχρύσους ὁρᾶν,

PEDAGOGO Figlio d'Agamennone, che a Troia un tempo fu signore d'eserciti, puoi ora contemplare davanti a te ciò che hai sempre desiderato: ecco l'antica Argo, che tanto rimpiangevi, la terra sacra alla figlia d'Inaco sospinta dall'assillo[1]; ed ecco, Oreste, la piazza Licea, dedicata al dio uccisore di lupi[2], e, a sinistra, l'illustre tempio di Hera. Nel luogo in cui siamo giunti – tu puoi ben dirlo – vedi Micene ricca d'oro[3]; e questa è l'insangui-

[1] La figlia di Inaco (dio fluviale, primo re di Argo secondo la leggenda) è Io, la giovane sacerdotessa argiva di Hera di cui si innamorò Zeus. Hera, mossa a gelosia, la trasformò in vacca e le impose la sorveglianza del mostruoso pastore Argo dai cento occhi; poi, quando quest'ultimo fu ucciso da Hermes, inviò un terribile tafano che pungolava continuamente Io, costringendola a vagare di terra in terra. Le sofferenze della giovane si conclusero in Egitto, dove Zeus la liberò dall'assillo e col suo tocco generò da lei un figlio, Epafo. Il mito di Io è ampiamente trattato in due tragedie di Eschilo, le *Supplici* e il *Prometeo Incatenato*.

[2] L'epiteto «Liceo» (Λύκειος), attribuito alla piazza dove sorge il santuario di Apollo (più spesso è riferito direttamente al dio), è connesso etimologicamente con la radice λυκ- (cfr. lat. *lux*) e va messo in relazione con la natura di Apollo, dio della luce. Sofocle però, seguendo una diffusa etimologia popolare, lo connette qui con λύκος, «lupo», probabilmente nel senso di «dio che protegge dai lupi», «che uccide i lupi», come si ricava dalla ripresa del termine nell'aggettivo λυκοκτόνος (cfr. però Aesch. *Sept.* 145, dove il dio è invocato perché sia «lupo contro l'esercito nemico»).

[3] Il Pedagogo dà una breve ma precisa descrizione dei luoghi che si suppongono visibili dall'altura di Micene, sulla quale si trovano i tre personaggi. La città di Argo distava circa dieci km dall'antica rocca di Micene, e si può supporre che gli edifici più cospicui della piana sottostante si potessero scorgere dalla sommità del rilievo. Va osservato che Sofocle utilizza il nome Ἄργος con l'antico valore, conservato nella lingua poetica, di «territorio di Argo», «piana di Argo», mentre al suo tempo lo si usava normalmente per in-

πολύφθορόν τε δῶμα Πελοπιδῶν τόδε,
ὅθεν σε πατρὸς ἐκ φόνων ἐγώ ποτε
πρὸς σῆς ὁμαίμου καὶ κασιγνήτης λαβὼν
ἤνεγκα κἀξέσωσα κἀξεθρεψάμην
τοσόνδ' ἐς ἥβης πατρὶ τιμωρὸν φόνου.
Νῦν οὖν, Ὀρέστα καὶ σύ, φίλτατε ξένων
Πυλάδη, τί χρὴ δρᾶν ἐν τάχει βουλευτέον,
ὡς ἡμὶν ἤδη λαμπρὸν ἡλίου σέλας
ἑῷα κινεῖ φθέγματ' ὀρνίθων σαφῆ,
μέλαινά τ' ἄστρων ἐκλέλοιπεν εὐφρόνη.
Πρὶν οὖν τιν' ἀνδρῶν ἐξοδοιπορεῖν στέγης,
ξυνάπτετον λόγοισιν· ὡς ἐνταῦθ' ἵμεν
ἵν' οὐκέτ' ὀκνεῖν καιρός, ἀλλ' ἔργων ἀκμή.

ΟΡΕΣΤΗΣ

Ὦ φίλτατ' ἀνδρῶν προσπόλων, ὥς μοι σαφῆ
σημεῖα φαίνεις ἐσθλὸς εἰς ἡμᾶς γεγώς·
ὥσπερ γὰρ ἵππος εὐγενής, κἂν ᾖ γέρων,
ἐν τοῖσι δεινοῖς θυμὸν οὐκ ἀπώλεσεν,
ἀλλ' ὀρθὸν οὖς ἵστησιν, ὡσαύτως δὲ σὺ
ἡμᾶς τ' ὀτρύνεις καὐτὸς ἐν πρώτοις ἕπῃ.
Τοιγὰρ τὰ μὲν δόξαντα δηλώσω, σὺ δέ,
ὀξεῖαν ἀκοὴν τοῖς ἐμοῖς λόγοις διδούς,
εἰ μή τι καιροῦ τυγχάνω, μεθάρμοσον.
Ἐγὼ γὰρ ἡνίχ' ἱκόμην τὸ Πυθικὸν
μαντεῖον, ὡς μάθοιμ' ὅτῳ τρόπῳ πατρὶ
δίκας ἀροίμην τῶν φονευσάντων πάρα,
χρῇ μοι τοιαῦθ' ὁ Φοῖβος ὧν πεύσῃ τάχα·
ἄσκευον αὐτὸν ἀσπίδων τε καὶ στρατοῦ
δόλοισι κλέψαι χειρὸς ἐνδίκους σφαγάς.

nata reggia dei Pelopidi[4], dove un giorno io ti sottrassi alla strage di tuo padre, e t'ebbi dalle mani di tua sorella, nata dallo stesso sangue, e ti salvai ed allevai fino a questa soglia di giovinezza per fare di te il vendicatore del padre ucciso. Ora, Oreste, e tu, Pilade, il più caro degli ospiti, bisogna decidere in fretta quel che è da farsi: già il luminoso chiarore del sole risveglia nel mattino limpide voci d'uccelli e la nera notte di stelle s'è dileguata. Accordatevi, prima che qualcuno esca dal palazzo; al punto in cui siamo non conviene più indugiare: è il momento di agire.

ORESTE Amico, il più caro tra i miei servitori, quali chiare prove tu mi dai della tua lealtà! Come un cavallo di razza, anche se vecchio, non smarrisce il coraggio nei pericoli, ma drizza l'orecchio, così tu ci sproni e ci segui in prima fila[5]. Per questo ti rivelerò i miei piani: tu porgi attento ascolto alle mie parole e se in qualcosa non colgo nel giusto segno correggimi. Quando mi recai all'oracolo di Pito per sapere in che modo avrei potuto vendicarmi degli assassini di mio padre, Febo mi rispose così come ora udrai: «Tu, di tua mano, senza scudi e senza esercito, con l'inganno, compirai di nascosto la

dicare solo la città (inoltre, dopo la distruzione di Micene da parte degli Argivi nel 423 a.C., i due nomi di Argo e Micene divennero praticamente sinonimi). Sono ricordati in particolare l'ἀγορά dedicata ad Apollo Liceo, nella quale sorgeva anche il tempio del dio, ai piedi della collina di Larisa, e il celebre tempio di Hera (bruciato nel 423 e ricostruito poco distante), che sorgeva a Nord-Ovest della città. A rigore l'Ἡραῖον non risultava visibile da Micene, essendo coperto da uno sperone roccioso, ma l'incongruenza topografica è irrilevante di fronte al desiderio del poeta di situare con precisione e con una certa solennità la scena del dramma.

[4] Già nelle prime battute della tragedia viene evocata la reggia degli Atridi, sinistra presenza nella quale si accentrano, anche dal punto di vista scenico, tutte le tragiche vicende della stirpe. Essa non a caso è individuata tramite la menzione dell'antico progenitore Pelope, che con il suo delitto diede l'avvio alla catena di uccisioni destinata a giungere fino alla vendetta di Oreste su Clitemestra (il tema sarà ripreso ai vv. 505-515, cfr. la n. *ad loc.*).

[5] L'immagine del vecchio destriero che affronta ancora una volta con coraggio la battaglia varia leggermente quella del fr. 287 Davies di Ibico, nel quale il poeta, ormai vecchio, teme il sopraggiungere di Eros, che ancora una volta lo prende, e si paragona a un vecchio corsiero che malvolentieri si appresta all'ennesima gara, ben consapevole di ciò che l'attende.

Ὅτ᾽ οὖν τοιόνδε χρησμὸν εἰσηκούσαμεν,
σὺ μὲν μολών, ὅταν σε καιρὸς εἰσάγῃ
δόμων ἔσω τῶνδ᾽, ἴσθι πᾶν τὸ δρώμενον,
ὅπως ἂν εἰδὼς ἡμὶν ἀγγείλῃς σαφῆ·
οὐ γάρ σε μὴ γήρᾳ τε καὶ χρόνῳ μακρῷ
γνῶσ᾽, οὐδ᾽ ὑποπτεύσουσιν ὧδ᾽ ἠνθισμένον·
λόγῳ δὲ χρῶ τοιῷδ᾽, ὅτι ξένος μὲν εἶ
Φωκεὺς παρ᾽ ἀνδρὸς Φανοτέως ἥκων· ὁ γὰρ
μέγιστος αὐτοῖς τυγχάνει δορυξένων·
ἄγγελλε δ᾽, ὅρκον προστιθείς, ὁθούνεκα
τέθνηκ᾽ Ὀρέστης ἐξ ἀναγκαίας τύχης,
ἄθλοισι Πυθικοῖσιν ἐκ τροχηλάτων
δίφρων κυλισθείς· ὧδ᾽ ὁ μῦθος ἑστάτω.
Ἡμεῖς δὲ πατρὸς τύμβον, ὡς ἐφίετο,
λοιβαῖσι πρῶτον καὶ καρατόμοις χλιδαῖς
στέψαντες, εἶτ᾽ ἄψορρον ἥξομεν πάλιν,
τύπωμα χαλκόπλευρον ἠρμένοι χεροῖν,
ὃ καὶ σὺ θάμνοις οἶσθά μοι κεκρυμμένον,
ὅπως λόγῳ κλέπτοντες ἡδεῖαν φάτιν
φέροιμεν αὐτοῖς, τοὐμὸν ὡς ἔρρει δέμας
φλογιστὸν ἤδη καὶ κατηνθρακωμένον.
Τί γάρ με λυπεῖ τοῦθ᾽, ὅταν λόγῳ θανὼν
ἔργοισι σωθῶ κἀξενέγκωμαι κλέος;
δοκῶ μὲν οὐδὲν ῥῆμα σὺν κέρδει κακόν·
ἤδη γὰρ εἶδον πολλάκις καὶ τοὺς σοφοὺς
λόγῳ μάτην θνῄσκοντας· εἶθ᾽, ὅταν δόμους
ἔλθωσιν αὖθις, ἐκτετίμηνται πλέον·

[6] L'ordine dell'oracolo è assolutamente chiaro nel momento in cui definisce «giusta» la strage, e non è legittimo attribuire ad Apollo un responso ambiguo, che si limiterebbe a esprimere il modo della vendetta, senza ordinare a Oreste di compierla (come ipotizzava Sheppard e più di recente sostiene anche Kells). Il dato oracolare è presupposto univocamente in tutto il dramma e

giusta strage[6]». Ora, poiché è tale l'oracolo da me udito, entra in quella casa, non appena ti si presenti l'occasione propizia, e osserva tutto quanto vi accade, in modo da potercelo riferire con chiarezza. Dopo tanto tempo, ormai vecchio, non ti riconosceranno, né potranno sospettare del tuo capo così fiorito di bianco. E fa' questo discorso: che sei straniero, della Focide, e giungi da parte di Fanoteo[7]; costui infatti è il più potente dei loro alleati. Poi annuncia, giurando, che Oreste è morto per un caso fatale, rotolando da un carro in corsa durante i giochi Pitici[8]. Tale dev'essere il tuo discorso. Noi, intanto, secondo l'ordine del dio, incoroneremo per prima cosa il sepolcro del padre con libagioni e con una ciocca di capelli recisa dal capo; poi ritorneremo di nuovo qui reggendo in mano l'urna di bronzo che, come sai, ho nascosto tra i cespugli. E così, con parole d'inganno, porteremo loro la lieta notizia che il mio corpo è distrutto, arso ormai e ridotto in cenere. Perché mi dovrebbe angustiare l'esser morto a parole, se nei fatti sono salvo e ne acquisto rinomanza? A parer mio, nessuna parola è di cattivo augurio quando arreca un vantaggio. Già molte volte vidi uomini anche saggi morire in falsi discorsi e poi, ritornati alle loro case, ricevere onori maggio-

non ci sono elementi che possano far ipotizzare una sua messa in discussione: cfr. sotto la n. 131 e quanto si è osservato nell'introduzione, alla n. 70.

[7] Fanoteo, eroe eponimo della città di Fanoteo in Focide, era fratello di Criso, eponimo di Crisa, città rivale della precedente: secondo la leggenda i due fratelli erano divisi da una rivalità insanabile, tale da farli litigare già all'interno del grembo materno. Il fatto che Criso fosse padre di Strofio, l'ospite focese di Agamennone che aveva allevato e protetto Oreste, offre a Sofocle il destro di innovare rispetto al mito, presentando Fanoteo, nemico di Criso, come amico di Egisto e Clitemestra; qualificandosi come messo di Fanoteo il Pedagogo renderà così la notizia della morte di Oreste assai più credibile per i sovrani di Micene.

[8] La partecipazione di Oreste ai giochi Pitici di Delfi costituisce un evidente anacronismo, poiché i giochi erano stati istituiti in piena età storica, nel 586 a. C., dopo la conquista della città di Crisa da parte dell'Anfizionia delfica. Ma né gli autori tragici né il pubblico ateniese si curavano gran che di questioni del genere.

ὣς κἄμ' ἐπαυχῶ τῆσδε τῆς φήμης ἄπο
δεδορκότ' ἐχθροῖς ἄστρον ὣς λάμψειν ἔτι.
'Αλλ', ὦ πατρῴα γῆ θεοί τ' ἐγχώριοι,
δέξασθέ μ' εὐτυχοῦντα ταῖσδε ταῖς ὁδοῖς,
σύ τ', ὦ πατρῷον δῶμα· σοῦ γὰρ ἔρχομαι
δίκῃ καθαρτὴς πρὸς θεῶν ὡρμημένος·
καὶ μή μ' ἄτιμον τῆσδ' ἀποστείλητε γῆς,
ἀλλ' ἀρχέπλουτον καὶ καταστάτην δόμων·
Εἴρηκα μέν νυν ταῦτα· σοὶ δ' ἤδη, γέρον,
τὸ σὸν μελέσθω βάντι φρουρῆσαι χρέος·
νὼ δ' ἔξιμεν· καιρὸς γάρ, ὅσπερ ἀνδράσι
μέγιστος ἔργου παντός ἐστ' ἐπιστάτης.

ΗΛ. 'Ιώ μοί μοι δύστηνος.

ΠΑ. Καὶ μὴν θυρῶν ἔδοξα προσπόλων τινὸς
ὑποστενούσης ἔνδον αἰσθέσθαι, τέκνον.

ΟΡ. Ἆρ' ἐστὶν ἡ δύστηνος 'Ηλέκτρα ; θέλεις
μείνωμεν αὐτοῦ κἀνακούσωμεν γόων ;

ΠΑ. Ἥκιστα· μηδὲν πρόσθεν ἢ τὰ Λοξίου
πειρώμεθ' ἔρδειν, κἀπὸ τῶνδ' ἀρχηγετεῖν
πατρὸς χέοντες λουτρά· ταῦτα γὰρ φέρει
νίκην τ' ἐφ' ἡμῖν καὶ κράτος τῶν δρωμένων.

ri di prima[9]. Così spero anch'io, dopo questa voce, di rifulgere ancora vivo, come un astro, davanti ai miei nemici. O terra dei miei padri, o Numi di questi luoghi, accoglietemi perché io abbia fortuna in questo mio cammino; e anche tu, casa paterna: io torno, sospinto dagli dèi, per renderti pura secondo giustizia. Non ricacciatemi senza onore da questa terra, ma concedetemi di entrare in possesso delle ricchezze avite e di restaurare la mia casa. Ho detto tutto. Ora va', o vecchio, e abbi cura di compiere la tua missione. Noi due ci allontaniamo: è giunta l'occasione propizia, che è la guida migliore d'ogni azione umana.

ELETTRA *(Dall'interno.)* Ahimè, ahimè infelice!

PEDAGOGO Figlio mio, mi è sembrato di sentir gemere, al di là delle porte, qualcuna delle ancelle.

ORESTE Che sia l'infelice Elettra? Vuoi che restiamo qui ad ascoltarne i lamenti?

PEDAGOGO No. Non si deve tentare nulla prima di aver eseguito l'ordine del Lossia[10], e proprio da questo iniziamo, versando le libagioni in onore del padre: è questo che ci darà forza e vittoria nell'azione[11].

[9] È difficile identificare con precisione gli «uomini saggi» cui Oreste (cioè Sofocle) si riferisce alludendo a queste storie di false morti: gli scoli al testo parlano di Pitagora, che si sarebbe fatto rinchiudere in una camera sotterranea facendo poi diffondere la notizia della propria morte, per ricomparire infine narrando le cose vedute nell'Ade; altri pensano invece a figure come il pitagoreo Salmoxis ricordato da Erodoto (IV 95). Non si può neppure escludere che vi fosse un'allusione a fatti contemporanei per noi non più comprensibile. In ogni caso, quel che conta dal punto di vista drammatico è il fatto che Oreste cerca di rimuovere un possibile aspetto negativo dell'inganno facendo appello all'evidente vantaggio (κέρδος) che ne deriverà: una linea di comportamento ben diversa da quella di altre figure sofoclee che invece rifiutano comunque l'inganno, giudicandolo indegno della loro moralità. È uno dei primi segni della profonda revisione della figura di Oreste che caratterizza l'*Elettra*, a proposito della quale rimando all'*Introduzione*.

[10] Lossia (Λοξίας) è uno degli epiteti di Apollo, il cui significato sembra da ricondursi all'aggettivo λοξός («obliquo»), con riferimento all'oscurità dei suoi vaticinî.

[11] Fondamentale per lo sviluppo drammatico della tragedia risulta la scelta di rinviare il riconoscimento tra fratello e sorella alla parte finale della tragedia, a differenza di quanto fanno Eschilo nelle *Coefore* (dove Oreste ed

ΗΛΕΚΤΡΑ

Ὦ φάος ἁγνὸν
καὶ γῆς ἰσόμοιρ' ἀήρ, ὥς μοι
πολλὰς μὲν θρήνων ᾠδάς,
πολλὰς δ' ἀντήρεις ᾔσθου
στέρνων πλαγὰς αἱμασσομένων,
ὁπόταν δνοφερὰ νὺξ ὑπολειφθῇ·
τὰ δὲ παννυχίδων ἤδη στυγεραὶ
ξυνίσασ' εὐναὶ μογερῶν οἴκων,
ὅσα τὸν δύστηνον ἐμὸν θρηνῶ
πατέρ'. ὃν κατὰ μὲν βάρβαρον αἶαν
φοίνιος Ἄρης οὐκ ἐξένισεν,
μήτηρ δ' ἡμὴ χὠ κοινολεχὴς
Αἴγισθος. ὅπως δρῦν ὑλοτόμοι,
σχίζουσι κάρα φονίῳ πελέκει·

(*Escono Oreste, Pilade e il Pedagogo, mentre sulla soglia della reggia compare Elettra.*)

ELETTRA[12] O luce pura,
o etere che avvolgi la terra,
quanti miei canti di lamento
hai udito, quanti colpi
inferti al petto sanguinante
quando l'oscura notte si dissolve.
L'odioso mio giaciglio
conosce ormai
le lunghe veglie notturne
in questa lugubre casa,
sa bene quanto piango
l'infelice mio padre, che su terra straniera
il cruento Ares non accolse ospite:
mia madre e il suo compagno di letto,
Egisto, come una quercia i boscaioli,
con la scure rossa di sangue

Elettra si riconoscono al v. 219) e Euripide nell'*Elettra* (nella quale il riconoscimento avviene poco prima della metà dell'opera). Sofocle può così dilatare il ruolo del personaggio di Elettra, che in Eschilo risulta marginale rispetto a Oreste, portatore dell'azione voluta da Apollo. Lo sconvolto mondo affettivo della giovane, la sua esistenza quasi di serva nella casa paterna, il lacerante rapporto con la madre diventano così centrali nel dramma, all'interno del quale l'isolamento doloroso della protagonista verrà spinto al limite estremo con l'annuncio della morte di Oreste.

[12] Tra il dialogo di Oreste col Pedagogo e l'ingresso del Coro viene inserita una monodia di Elettra in cui ella lamenta il proprio miserevole stato e invoca l'arrivo di Oreste a vendicarla. Si tratta di un modulo formale spesso utilizzato da Euripide (cfr. *Troad.* 98, *Hel.* 166-178, e soprattutto *El.* 112-166), che Sofocle probabilmente sperimentò sulla scia del rivale. Questa monodia e il monologo del suicidio di Aiace rappresentano gli unici due casi nel teatro sofocleo di personaggi che si esprimono in assoluta solitudine (cfr. *Introduzione,* n. 4). L'appello di Elettra alla luce e all'etere, dopo il buio della notte affollato di lamenti, esprime il senso di abbandono che incombe sulla giovane, evidenziando la mancanza di qualcuno che possa sostenerla nel suo dolore. Il successivo, affettuoso tentativo di consolazione da parte delle donne del Coro, per quanto ben accolto da Elettra, si pone su un livello diverso e non può costituire una risposta alle profonde motivazioni che muovono il desiderio di vendetta della figlia di Agamennone.

κοὐδεὶς τούτων οἶκτος ἀπ' ἄλλης
ἢ 'μοῦ φέρεται, σοῦ, πάτερ, οὕτως
ἀδίκως οἰκτρῶς τε θανόντος.

Ἀλλ' οὐ μὲν δὴ
λήξω θρήνων στυγερῶν τε γόων,
ἔστ' ἂν παμφεγγεῖς ἄστρων
ῥιπάς, λεύσσω δὲ τόδ' ἦμαρ,
μὴ οὐ τεκνολέτειρ' ὥς τις ἀηδὼν
ἐπὶ κωκυτῷ τῶνδε πατρῴων
πρὸ θυρῶν ἠχὼ πᾶσι προφωνεῖν·
ὦ δῶμ' Ἀΐδου καὶ Περσεφόνης,
ὦ χθόνι' Ἑρμῆ καὶ πότνι' Ἀρά,
σεμναί τε θεῶν παῖδες Ἐρινύες,

gli spaccarono il capo[13].
E nessun compianto di donna
ti è rivolto, padre, se non da me,
per questa tua morte così misera e indegna.

Ma io no,
non cesserò dal mio pianto
e dagli amari gemiti
fin quando vedrò i fulgidi raggi degli astri
e questa luce del giorno;
non cesserò,
come usignolo che ha perduto i figli[14],
di far risuonare su tutti,
davanti a queste soglie paterne,
l'eco del mio grido di dolore.
O dimora di Ade e di Persefone,
o sotterraneo Hermes,
e tu, potente Maledizione[15],
o Erinni, venerande figlie degli dèi,

[13] È possibile che in queste parole vi sia una reminiscenza dell'incontro tra Odisseo e l'ombra di Agamennone nel mondo dei morti, narrato in *Od.* XI 406-411: «non mi vinse Posidone dentro le navi... e neanche mi uccisero a terra uomini ostili, ma Egisto, dopo aver preparato la morte e il destino, con la mia sposa funesta mi uccise, invitandomi a casa a mangiare, come un bue alla greppia si uccide» (trad. G. A. Privitera). L'immagine dei boscaioli che tagliano le querce viene invece da *Il.* XXIII 114 ss.

[14] Secondo la leggenda Tereo, re di Daulide, prima aveva sposato Procne e poi, dopo aver fatto credere che fosse morta e averle tagliato la lingua perché non potesse rivelare a nessuno il segreto, aveva ottenuto in sposa anche la sorella di lei, Filomela. Procne però riuscì con uno stratagemma ad avvertire la sorella dell'inganno e, d'accordo con lei, si vendicò atrocemente uccidendo il figlio che aveva avuto da Tereo, Iti. Nel momento in cui Tereo stava per punire con la morte le due sorelle, la pietà degli dèi mutò tutti e tre i protagonisti della vicenda in uccelli: Tereo divenne l'upupa, Filomela la rondine e Procne l'usignolo, il cui acuto canto (reso onomatopeicamente dai Greci con «Iti, Iti») veniva interpretato come il disperato richiamo della madre per il figlio perduto. Questa fosca vicenda, sia qui che nel successivo dialogo col Coro, è assunta da Elettra a paradigma della propria sorte, selezionandone l'aspetto specifico della continuità del canto, assimilato al persistere del lamento di Elettra.

[15] La preghiera di Elettra è significativamente rivolta a divinità ctonie, connesse con la sfera della morte, con la quale la principessa intrattiene un

αἳ τοὺς ἀδίκως θνῄσκοντας ὁρᾶθ',
αἳ τοὺς εὐνὰς ὑποκλεπτομένους,
ἔλθετ', ἀρήξατε, τείσασθε πατρὸς
φόνον ἡμετέρου,
καί μοι τὸν ἐμὸν πέμψατ' ἀδελφόν·
μούνη γὰρ ἄγειν οὐκέτι σωκῶ
λύπης ἀντίρροπον ἄχθος.

ΧΟΡΟΣ

Ὦ παῖ, παῖ δυστανοτάτας Str. 1.
Ἠλέκτρα ματρός, τίν' ἀεὶ
τάκεις ὧδ' ἀκόρεστον οἰμωγὰν
τὸν πάλαι ἐκ δολερᾶς ἀθεώτατα
ματρὸς ἁλόντ' ἀπάταις Ἀγαμέμνονα
κακᾷ τε χειρὶ πρόδοτον ; ὡς ὁ τάδε πορὼν
ὄλοιτ', εἴ μοι θέμις τάδ' αὐδᾶν.

ΗΛ. Ὦ γενέθλα γενναίων,
ἥκετ' ἐμῶν καμάτων παραμύθιον·
οἶδά τε καὶ ξυνίημι τάδ', οὔ τί με
φυγγάνει· οὐδ' ἐθέλω προλιπεῖν τόδε,

voi che vedete
le morti senza giustizia,
i talami usurpati,
venite, aiutatemi, vendicate
l'eccidio di nostro padre,
e fate che mio fratello torni:
non posso più reggere, da sola,
il peso del dolore che mi piega.

(*Entra il Coro, formato da nobili donne di Micene*[16].)

CORO O figlia, figlia di scelleratissima madre,
Elettra, perché ti consumi
in questo eterno, insaziabile pianto
per Agamennone, che un tempo lontano
cadde nell'inganno più empio,
ordito dalla tua subdola madre,
e fu colpito a tradimento
da perfide mani?
Possa perire chi ha compiuto ciò,
se mi è lecito pronunciare questo augurio!

ELETTRA O figlie di nobile sangue, siete venute
a dare conforto alle mie pene.
Lo so, lo comprendo bene: nulla mi sfugge.
Ma non voglio cessare di piangere

rapporto privilegiato e doloroso (in particolare Hermes è menzionato nel suo aspetto di accompagnatore delle anime all'Ade). Ἀρά è la «Maledizione» che si immagina Agamennone abbia pronunciato quando fu barbaramente trucidato dalla moglie. È interessante osservare che le Erinni sono invocate con l'epiteto σεμναί («venerande») che era loro attribuito in Atene. Sul ruolo delle Erinni nella tragedia cfr. *Introduzione*, n. 44.

[16] Per la prima volta nelle tragedie di Sofocle a noi note la parodo non è costituita da un canto del Coro, ma da un dialogo lirico (κομμός) fra l'attore e il Coro, che trova precedenti nel *Prometeo* di Eschilo e in alcune tragedie euripidee certamente anteriori all'*Elettra*. Sofocle porterà questa forma al suo massimo sviluppo nel *Filottete* e nell'*Edipo a Colono*. Il Coro esercita un benevolo tentativo di distogliere Elettra dalla sua ostinazione nel lamentare la morte del padre, ma di fronte alle ferme argomentazioni della protagonista rinuncia al suo tentativo di consolazione e esprime solidarietà nei confronti della sfortunata giovane.

μὴ οὐ τὸν ἐμὸν στενάχειν πατέρ᾽ ἄθλιον

᾽Αλλ᾽, ὦ παντοίας φιλότητος ἀμειβόμεναι χάριν,
ἐᾶτέ μ᾽ ὧδ᾽ ἀλύειν,
αἰαῖ, ἱκνοῦμαι.

ΧΟ. ᾽Αλλ᾽ οὔτοι τόν γ᾽ ἐξ ᾽Αίδα Ant. 1.
παγκοίνου λίμνας πατέρ᾽ ἀν-
στάσεις οὔτε γόοισιν οὔτ᾽ ἄνταις.

᾽Αλλ᾽ ἀπὸ τῶν μετρίων ἐπ᾽ ἀμήχανον
ἄλγος ἀεὶ στενάχουσα διόλλυσαι
ἐν οἷς ἀνάλυσίς ἐστιν οὐδεμία κακῶν·
τί μοι τῶν δυσφόρων ἐφίῃ;

ΗΛ. Νήπιος ὃς τῶν οἰκτρῶς
οἰχομένων γονέων ἐπιλάθεται·
ἀλλ᾽ ἐμέ γ᾽ ἁ στονόεσσ᾽ ἄραρεν φρένας,
ἃ Ἴτυν, αἰὲν Ἴτυν ὀλοφύρεται,
ὄρνις ἀτυζομένα, Διὸς ἄγγελος.

᾽Ιὼ παντλάμων Νιόβα, σὲ δ᾽ ἔγωγε νέμω θεόν,
ἅτ᾽ ἐν τάφῳ πετραίῳ,
αἰαῖ, δακρύεις.

ΧΟ. Οὔτοι σοὶ μούνᾳ, τέκνον, Str. 2.

il mio padre sventurato.
E voi, che mi ricambiate la grazia
di un affetto totale,
lasciatemi a questa follia,
ahimè, vi supplico.

CORO Ma dalla palude di Ade,
a tutti comune destino,
non farai risalire il padre,
né con lacrime né con preghiere.
Tu, varcando ogni misura,
ti struggi gemendo senza posa
in un affanno inconsolabile,
né trovi in esso rimedio ai tuoi mali.
Perché tanto desiderio di soffrire?

ELETTRA Stolto chi dimentica i genitori
miseramente periti!
A me si accorda nell'animo
il desolato, querulo uccello
nunzio di Zeus,
che Iti, eternamente Iti
geme col suo canto.
O Niobe infelice,
che nel tuo sepolcro di roccia,
ahimè, piangi:
una dea io ti considero[17].

CORO Non a te sola fra i mortali,

[17] Niobe, figlia di Tantalo, per aver vantato la bellezza della sua prole, superiore secondo lei addirittura ai divini figli di Latona, fu punita in modo durissimo dagli stessi Apollo e Artemide, che le uccisero tutti i figli. Per il grande dolore ella pianse incessantemente finché fu trasformata in una roccia sul monte Sipilo in Lidia, dalla quale si diceva che continuassero a sgorgare le lacrime. Anche in questo esempio mitico, come in quello precedente di Iti, Elettra sottolinea l'aspetto della durata del pianto, non quello della punizione. Nell'espressione «una dea io ti considero» si deve probabilmente cogliere un riferimento ad *Ant.* 823 ss., dove all'esempio di Niobe richiamato da Antigone il Coro rispondeva osservando: «Ma ella è una dea, prole divina, noi invece siamo mortali...».

ἄχος ἐφάνη βροτῶν,
πρὸς ὅ τι σὺ τῶν ἔνδον εἶ περισσά,
οἷς ὁμόθεν εἶ καὶ γονᾷ ξύναιμος,
οἵα Χρυσόθεμις ζώει καὶ Ἰφιάνασσα,

κρυπτᾷ τ' ἀχέων ἐν ἥβᾳ
ὄλβιος, ὃν ἁ κλεινὰ
γᾶ ποτε Μυκηναίων
δέξεται εὐπατρίδαν, Διὸς εὔφρονι
λήματι μολόντα τάνδε γᾶν Ὀρέσταν.

ΗΛ. Ὅν γ' ἐγὼ ἀκάματα προσμένουσ', ἄτεκνος,
τάλαιν', ἀνύμφευτος, αἰὲν οἰχνῶ,
δάκρυσι μυδαλέα, τὸν ἀνήνυτον
οἶτον ἔχουσα κακῶν· ὁ δὲ λάθεται
ὧν τ' ἔπαθ' ὧν τ' ἐδάη· τί γὰρ οὐκ ἐμοὶ

figlia mia, si è rivelato il dolore;
ma in esso tu eccedi tra quanti
nella casa ti stanno accanto
e a cui sei congiunta per nascita e per sangue:
vedi come vivono Crisotemi e Ifianassa[18],
e colui che è felice nella sua giovinezza
ignara d'affanni,
l'uomo che, figlio di nobili padri,
la gloriosa terra di Micene
un giorno accoglierà,
quando, con il volere benevolo di Zeus,
muoverà verso questa terra: Oreste.

ELETTRA È lui che io attendo
senza mai stancarmi, mentre
senza figli nè sposo, infelice,
mi aggiro in eterna solitudine[19],
madida di lacrime, con la mia sorte
inesausta di sventure.
Ma egli non serba il ricordo
di ciò che ha avuto,
di ciò che ha appreso[20]:

[18] Sofocle menziona tra le sorelle di Elettra Ifianassa, che compariva nella versione del mito offerta dai *Canti Ciprî* (fr. 17 D.). In questo perduto poema epico, come osserva lo scolio al passo di Sofocle, erano ricordate infatti quattro figlie di Agamennone (Ifigenia, Crisotemi, Elettra, Ifianassa), mentre nella versione omerica le figlie di Agamennone erano solo tre: Crisotemi, Laodice, Ifianassa. Si tratta soltanto di un omaggio alla tradizione, visto che di Ifianassa nella tragedia non si parla più; è singolare comunque il fatto che nell'*Elettra* non venga mai fatto il nome di Ifigenia, nonostante che ai vv. 530 ss. si parli a lungo della sua morte per mano del padre. La ripresa di un motivo epico è sottolineata anche da una particolarità metrica, la presenza cioè di un intero esametro dattilico al v. 157.

[19] Il verbo οἰχνέω (v. 165) significa «mi muovo», «mi aggiro» (lo scolio glossa il verbo con περιέρχομαι; LSJ *s.v.*, I intendono «walk, i.e. live»), con implicito riferimento alla solitudine di Elettra (cfr. Jebb e Kamerbeek *ad loc.*). Altri, meno bene, lo considerano come equivalente a οἴχομαι o a ὄλλυμαι («sono perduta»; cfr. Kaibel e Kells *ad loc.*) *[N.d.T.]*.

[20] L'ἔπαθε («ha avuto») del v. 169 si riferisce al beneficio che Oreste ricevette da Elettra quando fu salvato (cfr. vv. 12, 1128, 1350), mentre ἐδάη («ha appreso») intende alludere ai messaggi da lui ricevuti durante il soggiorno a

ἔρχεται ἀγγελίας ἀπατώμενον ;
ἀεὶ μὲν γὰρ ποθεῖ,
ποθῶν δ' οὐκ ἀξιοῖ φανῆναι.

ΧΟ. Θάρσει μοι, θάρσει, τέκνον· Ant. 2.
ἔτι μέγας οὐρανῷ
Ζεύς, ὃς ἐφορᾷ πάντα καὶ κρατύνει·
ᾧ τὸν ὑπεραλγῆ χόλον νέμουσα,
μήθ' οἷς ἐχθαίρεις ὑπεράχθεο μήτ' ἐπιλάθου.

Χρόνος γὰρ εὐμαρὴς θεός·
οὔτε γὰρ ὁ τὰν Κρῖσαν
βούνομον ἔχων ἀκτὰν
παῖς Ἀγαμεμνονίδας ἀπερίτροπος,
οὔθ' ὁ παρὰ τὸν Ἀχέροντα θεὸς ἀνάσσων.

ΗΛ. Ἀλλ' ἐμὲ μὲν ὁ πολὺς ἀπολέλοιπεν ἤδη
βίοτος ἀνέλπιστος, οὐδ' ἔτ' ἀρκῶ·

ἅτις ἄνευ τοκέων κατατάκομαι,
ἇς φίλος οὔτις ἀνὴρ ὑπερίσταται,
ἀλλ' ἁπερεί τις ἔποικος ἀναξία
οἰκονομῶ θαλάμους πατρός, ὧδε μὲν

quale messaggio mi giunge da lui
che non sia ingannevole?
Sempre desidera tornare,
ma nonostante questo desiderio
non si degna mai d'apparire.

CORO Coraggio, figlia mia, coraggio.
È ancora grande in cielo
Zeus, che tutto vede e domina:
affida a lui il tuo tanto cupo rancore,
e nell'odio verso i tuoi nemici
non volerti affliggere troppo
né dimenticare.
È un dio, il Tempo,
che tutto rende agevole.
E certo non rimane indifferente colui che vive
sul lido di Crisa pascolo di mandrie,
il figlio di Agamennone,
né il dio che regna presso l'Acheronte[21].

ELETTRA Ma gran parte della mia vita
è ormai trascorsa senza speranza,
e non ho più forze:
senza genitori,
senza un uomo che mi ami e mi protegga
io mi consumo;
come una straniera indegna
servo nelle stanze del padre,

Crisa; con queste parole quindi Elettra sottolinea l'ingratitudine del fratello (così giustamente interpretano, oltre allo scoliaste, Bruhn, Schiassi, Masqueray, Mazon ecc.). A giudizio di altri interpreti invece sarebbe più consono al personaggio di Elettra intendere l'espressione come riferita alle offese subite da Oreste in seguito all'uccisione del padre, che ora attendono di essere da lui vendicate (su questa linea cfr. Jebb, Kells, Kamerbeek ecc.) *[N.d.T.]*.

[21] Il «dio che regna presso l'Acheronte» dovrebbe essere Ade, che in quanto dio dei defunti dovrebbe anche garantire la vendetta; secondo alcuni commentatori invece (ad esempio Campbell, Kamerbeek, Kells *ad loc.*) Sofocle allude allo spirito di Agamennone, che ha *status* regale anche nell'oltretomba e che si farà promotore della vendetta («colui che come un dio regna al di là dell'Acheronte»).

ἀεικεῖ σὺν στολᾷ,
κεναῖς δ' ἀμφίσταμαι τραπέζαις.

ΧΟ. Οἰκτρὰ μὲν νόστοις αὐδά, Str. 3.
οἰκτρὰ δ' ἐν κοίταις πατρῴαις,
ὅτε οἱ παγχάλκων ἀνταία
γενύων ὡρμάθη πλαγά.
Δόλος ἦν ὁ φράσας, ἔρος ὁ κτείνας,
δεινὰν δεινῶς προφυτεύσαντες
μορφάν, εἴτ' οὖν θεὸς εἴτε βροτῶν
ἦν ὁ ταῦτα πράσσων.

ΗΛ. Ὦ πασᾶν κείνα πλέον ἁμέρα
ἐλθοῦσ' ἐχθίστα δή μοι·
ὦ νύξ, ὦ δείπνων ἀρρήτων
ἔκπαγλ' ἄχθη·
τοὺς ἐμὸς ἴδε πατὴρ
θανάτους αἰκεῖς διδύμαιν χειροῖν,
αἳ τὸν ἐμὸν εἷλον βίον

con questa veste sordida,
e m'accosto a mense vuote.

CORO Straziante fu la voce
che si levò al ritorno,
straziante il grido dalle stanze paterne[22],
quando su di lui s'abbattè, in fronte,
il colpo della bronzea scure.
Fu l'inganno che tramò,
l'amore che colpì:
in modo orrendo
orrenda immagine generarono,
fosse un dio o un mortale
l'artefice di questo[23].

ELETTRA O giorno che venisti più odioso
a me di ogni altro!
O notte, o immenso tormento
del convito nefando!
Morte indegna, che il padre mio
vide, per mano dei due[24]
che si son presi a tradimento

[22] In Sofocle, come in Omero (*Od.* XI 418-424), l'omicidio avviene durante un banchetto, non nel bagno come in Eschilo. La ripresa della versione omerica non comporta però che si debba individuare nel testo anche un'allusione al grido di Cassandra, che muore immediatamente prima di Agamennone (come vorrebbe Jebb, n. *ad loc.*), oppure alle lugubri profezie che la profetessa pronuncia nell'*Agamennone* di Eschilo (vv. 1072 ss.): la «voce straziante» e il «grido straziante» di cui parla il Coro si riferiscono entrambi al grido di Agamennone morente, efficacemente rappresentato con un'endiadi (questa interpretazione presuppone al v. 195 la lieve correzione οἱ di Hermann al posto di σοι dei manoscritti, che obbligherebbe invece a riferire il grido a Elettra che assiste all'assassinio, il che sembra assai meno efficace).

[23] Jebb sospetta con ragione che in questa espressione del Coro ci sia un'eco di Aesch. *Agam.* 1500 s., dove Clitemestra afferma che a compiere l'azione non è stata lei in quanto moglie di Agamennone, ma il demone vendicatore che tormenta la stirpe (l'ἀλάστωρ, «colui che non dimentica», come lo chiama il poeta dell'*Orestea*) .

[24] L'espressione διδύμαιν χειροῖν (v. 206), che è diversa da δυοῖν (lett. «a opera di due paia di mani»), sottolinea la duplice responsabilità del delitto, che vede Clitemestra ed Egisto parimenti colpevoli *[N.d.T.]*.

πρόδοτον, αἵ μ' ἀπώλεσαν·
οἷς θεὸς ὁ μέγας Ὀλύμπιος
ποίνιμα πάθεα παθεῖν πόροι,
μηδέ ποτ' ἀγλαΐας ἀποναίατο
τοιάδ' ἀνύσαντες ἔργα.

ΧΟ. Φράζου μὴ πόρσω φωνεῖν· Ant. 3.
οὐ γνώμαν ἴσχεις ἐξ οἵων
τὰ παρόντ' οἰκείας εἰς ἄτας
ἐμπίπτεις οὕτως αἰκῶς;
Πολὺ γάρ τι κακῶν ὑπερεκτήσω,
σᾷ δυσθύμῳ τίκτουσ' αἰεὶ
ψυχᾷ πολέμους· τὰ δὲ τοῖς δυνατοῖς
οὐκ ἐριστὰ πλάθειν.
ΗΛ. Δεινοῖς ἠναγκάσθην, δεινοῖς·
ἔξοιδ', οὐ λάθει μ' ὀργά.
Ἀλλ' — ἐν γὰρ δεινοῖς οὐ σχήσω
ταύτας ἄτας,
ὄφρα με βίος ἔχῃ·
τίνι γάρ ποτ' ἄν, ὦ φιλία γενέθλα,
πρόσφορον ἀκούσαιμ' ἔπος,
τίνι φρονοῦντι καίρια;

[25] Con l'espressione ἐξ οἵων (v. 214) il Coro intende alludere al comportamento orgoglioso e ribelle di Elettra, mentre con οἰκείας... ἄτας (v. 215) si riferisce alle sciagure personali di lei, probabilmente con implicito accenno alla sua ostinazione, sulla stessa linea di *Ai.* 260 («provocate da te stessa» traducono Jebb e Kamerbeek) *[N.d.T.]*.

[26] Per un'espressione analoga cfr. v. 375 τῶν μακρῶν σχήσει γόων. Al v. 224 ἄτας sono le sciagure in cui, come osserva il Coro al v. 215, Elettra *sua sponte* precipita e che, imprecate contro altri, si esprimono in maledizioni e in esaltati lamenti. Altri interpretano: «non potrò fermare il corso fatale dei miei mali» (cfr. per esempio Kamerbeek *ad loc.*). In questo modo però il valore programmatico del verbo σχήσω risulta indebolito *[N.d.T.]*.

anche la mia vita,
che mi hanno annientata.
Il grande dio dell'Olimpo
li ricompensi con altrettante pene,
né mai gioiscano del trionfo
essi che un fatto tanto atroce commisero.

CORO Attenta: non parlare oltre.
Non comprendi da dove provengono[25]
queste tue disgrazie, nelle quali
giorno dopo giorno così indegnamente
precipiti? Molti mali hai procurato
a te stessa, con il tuo animo inasprito
creando sempre nuovi conflitti.
Non si possono ingaggiare
simili lotte con i potenti.

ELETTRA Da infamie tremende sono stata costretta,
tremende! Conosco la rabbia che ho dentro,
non mi sfugge.
Ma trovandomi in mezzo a miserie
così strazianti, finché vita mi rimanga
io non terrò a freno
questi esasperati lamenti[26].
Da chi, mie nobili amiche,
potrei mai udire un'utile parola,
da quale persona che abbia retto giudizio[27]?

[27] Varie interpretazioni sono state proposte per i vv. 226-228. La più corrente è quella che spiega l'interrogativo τίνι come una sorta di dativo di interesse collegato con ἀκούσομαι ed equivalente nella sostanza a παρὰ τίνος («Per chi, nell'interesse di chi, dovrei udire una parola di conforto?», e quindi «Per bocca di chi potrei ascoltare [...]?»; così Schol., Brunck, Ellendt, Kaibel, Bruhn, Campbell, Kells). Kamerbeek individua una possibile analogia per questa costruzione nel dativo (αὑτῇ) unito al verbo δέχεσθαι al v. 442, col senso di «ricevere qualcosa per mano di qualcun altro»: il verbo ἀκούειν infatti ha qui il significato pregnante di «sentire e accettare», «considerare come accettabile». Alternativamente, il τίνι può essere consi-

ἄνετέ μ', ἄνετε, παράγοροι·
τάδε γὰρ ἄλυτα κεκλήσεται·
οὐδέ ποτ' ἐκ καμάτων ἀποπαύσομαι
ἀνάριθμος ὧδε θρήνων.

ΧΟ. Ἀλλ' οὖν εὐνοίᾳ γ' αὐδῶ, Épode.
μάτηρ ὡσεί τις πιστά,
μὴ τίκτειν σ' ἄταν ἄταις.

ΗΛ. Καὶ τί μέτρον κακότατος ἔφυ ; φέρε,
πῶς ἐπὶ τοῖς φθιμένοις ἀμελεῖν καλόν ;
ἐν τίνι τοῦτ' ἔβλαστ' ἀνθρώπων ;
Μήτ' εἴην ἔντιμος τούτοις,
μήτ', εἴ τῳ πρόσκειμαι χρηστῷ,
ξυνναίοιμ' εὔκηλος, γονέων
ἐκτίμους ἴσχουσα πτέρυγας
ὀξυτόνων γόων.
Εἰ γὰρ ὁ μὲν θανὼν γᾶ τε καὶ οὐδὲν ὢν
κείσεται τάλας, οἱ δὲ μὴ πάλιν
δώσουσ' ἀντιφόνους δίκας,
ἔρροι τ' ἂν αἰδὼς ἁπάν-
των τ' εὐσέβεια θνατῶν.

ΧΟ. Ἐγὼ μέν, ὦ παῖ, καὶ τὸ σὸν σπεύδουσ' ἅμα
καὶ τοὐμὸν αὐτῆς ἦλθον· εἰ δὲ μὴ καλῶς
λέγω, σὺ νίκα· σοὶ γὰρ ἑψόμεσθ' ἅμα.

derato come un *dativus iudicantis* riferito all'intera frase («a giudizio di quale persona», quindi: «Chi crederà che io possa ricevere un'utile parola [...]?», come intendono Jebb, LSJ, Masqueray, Mazon), oppure, secondo un'interpretazione più forzata, come *dativus commodi* retto da πρόσφορον, e quindi logicamente equivalente a ἐμοί (in questo modo l'espressione «giovevole a chi potrei udire una parola, a chi che pensi rettamente» nella sostanza equivarrebbe a «perché non potrei udire mai un discorso giovevole a me che ho la coscienza della realtà?»: così Schiassi) *[N.d.T.]*.

Lasciatemi, lasciatemi, mie consolatrici!
Sciagure come queste
saranno sempre proclamate insanabili,
ed io non avrò mai tregua dai miei tormenti,
senza misura, così, nel pianto.

CORO Ma è per affetto che ti esorto,
come una vera madre,
a non aggiungere sciagure a sciagure.

ELETTRA E quale misura c'è nel male[28]?
Come può essere giusto, dimmi,
non darsi cura dei morti?
In quale essere umano è mai germogliata
questa legge? Di uomini tali
preferirei perdere la stima, né vorrei,
se in me c'è qualcosa di buono,
vivere con loro in serenità,
se dovessi tarpare le ali
ai miei acuti lamenti, privando il padre
di quest'onore che gli è dovuto.
Se chi muore giacerà abbandonato,
solo terra e nient'altro,
se costoro non pagheranno
la loro pena di sangue,
sparirebbero allora tra gli uomini
ogni rispetto e pietà.

CORIFEA Sono venuta qui, figlia, per il bene tuo e anche per il mio; ma se ciò che dico non è giusto, sii tu a vincere, e tutte insieme ti seguiremo.

[28] Il sostantivo κακότατος (v. 236) è stato inteso sia come «sventura», «miseria», in riferimento a Elettra (Jebb, Campbell, Masqueray, Mazon), sia come «malvagità», «crudeltà», in riferimento a Clitemestra ed Egisto (Kaibel, Kamerbeek) *[N.d.T.]*.

ΗΛ. Αἰσχύνομαι μέν, ὦ γυναῖκες, εἰ δοκῶ
πολλοῖσι θρήνοις δυσφορεῖν ὑμῖν ἄγαν·
ἀλλ' ἡ βία γὰρ ταῦτ' ἀναγκάζει με δρᾶν,
σύγγνωτε· πῶς γὰρ ἥτις εὐγενὴς γυνή,
πατρῷ' ὁρῶσα πήματ', οὐ δρῴη τάδ' ἄν,
ἁγὼ κατ' ἦμαρ καὶ κατ' εὐφρόνην ἀεὶ
θάλλοντα μᾶλλον ἢ καταφθίνονθ' ὁρῶ;
ᾗ πρῶτα μὲν τὰ μητρὸς ἥ μ' ἐγείνατο
ἔχθιστα συμβέβηκεν· εἶτα δώμασιν
ἐν τοῖς ἐμαυτῆς τοῖς φονεῦσι τοῦ πατρὸς
ξύνειμι, κἀκ τῶνδ' ἄρχομαι, κἀκ τῶνδέ μοι
λαβεῖν θ' ὁμοίως καὶ τὸ τητᾶσθαι πέλει.
Ἔπειτα ποίας ἡμέρας δοκεῖς μ' ἄγειν,
ὅταν θρόνοις Αἴγισθον ἐνθακοῦντ' ἴδω
τοῖσιν πατρῴοις, εἰσίδω δ' ἐσθήματα
φοροῦντ' ἐκείνῳ ταὐτὰ καὶ παρεστίους
σπένδοντα λοιβὰς ἔνθ' ἐκεῖνον ὤλεσεν;
ἴδω δὲ τούτων τὴν τελευταίαν ὕβριν,
τὸν αὐτοφόντην ἡμὶν ἐν κοίτῃ πατρὸς
ξὺν τῇ ταλαίνῃ μητρί, μητέρ' εἰ χρεὼν
ταύτην προσαυδᾶν τῷδε συγκοιμωμένην.
Ἡ δ' ὧδε τλήμων ὥστε τῷ μιάστορι
ξύνεστ', Ἐρινὺν οὔτιν' ἐκφοβουμένη·
ἀλλ' ὥσπερ ἐγγελῶσα τοῖς ποιουμένοις,
εὑροῦσ' ἐκείνην ἡμέραν ἐν ᾗ τότε
πατέρα τὸν ἁμὸν ἐκ δόλου κατέκτανεν,
ταύτῃ χοροὺς ἵστησι καὶ μηλοσφαγεῖ
θεοῖσιν ἔμμην' ἱερὰ τοῖς σωτηρίοις.
Ἐγὼ δ' ὁρῶσ' ἡ δύσμορος κατὰ στέγας
κλαίω, τέτηκα, κἀπικωκύω πατρὸς
τὴν δυστάλαιναν δαῖτ' ἐπωνομασμένην
αὐτὴ πρὸς αὐτήν· οὐδὲ γὰρ κλαῦσαι πάρα

ELETTRA Provo vergogna, o donne, se vi sembra per i miei molti lamenti che io ecceda nel dolore; ma comprendetemi: è la necessità che mi costringe a far questo. Come potrebbe una donna di nobile natura non agire così, avendo sotto gli occhi le sventure nate dalla morte di suo padre? Ed io ogni giorno e ogni notte le vedo crescere sempre più rigogliose, anziché languire. Innazitutto, il contegno di mia madre, di colei che mi ha dato la vita, ha suscitato in me l'odio più profondo; poi, sono costretta a vivere nella mia casa con gli assassini del padre: da questi ricevo ordini, da loro dipende che io ottenga una cosa o ne resti priva. E ancora: quali giorni immagini che io trascorra, quando vedo Egisto assiso sul trono che fu di mio padre, quando lo vedo indossare le stesse vesti che egli portava, e versare libagioni davanti al focolare, là dove lo uccise? Quando vedo l'oltraggio estremo: l'omicida nel letto di mio padre, con al fianco la madre sciagurata, se madre devo chiamare la donna che giace con lui? Ed ella, ella è tanto sfrontata che vive con quell'essere impuro, senza temere alcuna Erinni: anzi, quasi irridendo al delitto commesso, ha scelto proprio il giorno in cui un tempo uccise mio padre a tradimento per istituirvi danze e canti, e sacrificarvi ogni mese vittime in onore degli dèi salvatori. Ed io infelice, vedendo tali infamie, sotto questo tetto piango, mi consumo e gemo sullo sciagurato banchetto che ha assunto il nome di mio padre[29], sola con me stes-

[29] Clitemestra ha dunque stravolto la pia consuetudine, diffusa presso i Greci, di celebrare rituali mensili in onore degli «dèi salvatori», che proteggono la casa e i suoi abitatori: nella reggia ogni mese sacrifici, danze e banchetti festeggiano invece la ricorrenza della morte di Agamennone. Come ricorda lo scolio al v. 281, Deinias, uno storico locale argivo la cui opera è andata perduta, si riteneva in grado di stabilire che l'assassinio del re era avve-

τοσόνδ᾽ ὅσον μοι θυμὸς ἡδονὴν φέρει.
Αὕτη γὰρ ἡ λόγοισι γενναία γυνὴ
φωνοῦσα τοιάδ᾽ ἐξονειδίζει κακά·
« Ὦ δύσθεον μίσημα, σοὶ μόνῃ πατὴρ
τέθνηκεν ; ἄλλος δ᾽ οὔτις ἐν πένθει βροτῶν ;
κακῶς ὄλοιο, μηδέ σ᾽ ἐκ γόων ποτὲ
τῶν νῦν ἀπαλλάξειαν οἱ κάτω θεοί. »
Τάδ᾽ ἐξυβρίζει, πλὴν ὅταν κλύῃ τινὸς
ἥξοντ᾽ Ὀρέστην, τηνικαῦτα δ᾽ ἐμμανὴς
βοᾷ παραστᾶσ᾽· « Οὐ σύ μοι τῶνδ᾽ αἰτία ;
οὐ σὸν τόδ᾽ ἐστὶ τοὔργον, ἥτις ἐκ χερῶν
κλέψασ᾽ Ὀρέστην τῶν ἐμῶν ὑπεξέθου ;
ἀλλ᾽ ἴσθι τοι τείσουσά γ᾽ ἀξίαν δίκην. »
Τοιαῦθ᾽ ὑλακτεῖ, σὺν δ᾽ ἐποτρύνει πέλας
ὁ κλεινὸς αὐτῇ ταῦτα νυμφίος παρών,
ὁ πάντ᾽ ἄναλκις οὗτος, ἡ πᾶσα βλάβη,
ὁ σὺν γυναιξὶ τὰς μάχας ποιούμενος.
Ἐγὼ δ᾽, Ὀρέστην τῶνδε προσμένουσ᾽ ἀεὶ
παυστῆρ᾽ ἐφήξειν, ἡ τάλαιν᾽ ἀπόλλυμαι·

sa: neppure piangere mi è concesso, tanto quanto recherebbe conforto al mio cuore. Infatti quella donna, nobile soltanto a parole[30], mi scaglia gridando tali ingiurie: «Solo a te, o essere odioso, inviso agli dèi, è morto il padre? Nessun altro fra gli uomini è in lutto? Possa tu malamente perire, e che mai gli dèi inferi ti liberino da questi tuoi lamenti». In questo modo m'insulta. Ma quando sente poi dire che Oreste tornerà, mi assale come una pazza gridando: «Non ne sei forse tu la causa? Non è opera tua, questa? Fosti tu a sottrarmi dalle mani Oreste per metterlo al sicuro. Ma sappi che sconterai la meritata pena». Così abbaia rabbiosa, e intanto quell'altro, l'illustre sposo, sempre al suo fianco, l'aizza: lui, il vigliacco perfetto[31], il miserabile che combatte le sue battaglie con le donne. Ed io, nell'incessante attesa che Oreste ritorni a porre fine a questi mali,

nuto il 13 del mese Gamelione (cioè alla fine di gennaio).Tra gli «dèi salvatori» vanno annoverati soprattutto Zeus e Apollo, ma anche Artemide e in generale tutte le principali divinità olimpie. Quanto al fatto che il banchetto avesse preso nome da Agamennone, Eustazio ci informa che «banchetto di Agamennone» era un modo di dire proverbiale, per indicare un pasto che si conclude con la morte a tradimento di chi è stato invitato (*Comm. ad Hom. Od.* IV 531; 1507. 61).

[30] Il dativo λόγοισι (v. 287) può riferirsi a parole pronunciate dalla stessa Clitemestra («la donna che si proclama nobile» in quanto sostiene di essere stata, nell'uccisione di Agamennone, uno strumento di vendetta prescelto dagli dèi; così interpreta Jebb, che rimanda al v. 528), oppure a discorsi fatti da altri sul conto di Clitemestra («la donna che dicono nobile»). In entrambi i casi, comunque, è implicita la contrapposizione rispetto a un non espresso ἔργοις («nei fatti»), nel senso che i comportamenti di Clitemestra son ben lontani dalla nobiltà che ella si attribuisce o che altri le riconoscono. A giudizio di alcuni interpreti (cfr. per esempio Kamerbeek, Mazon), l'espressione nasconderebbe invece un significato ironico: «la donna dal nobile linguaggio», ossia, in realtà, volgare e insolente per le ingiurie che lancia contro la figlia *[N.d.T.]*.

[31] Elettra bolla Egisto con il termine ἄναλκις, «vile», che riprende l'immagine omerica dell'imbelle amante di Clitemestra (cfr. *Od.* III 310). Già Eschilo aveva sviluppato nell'*Orestea* il contrasto tra la capacità maschile di prendere decisioni mostrata da Clitemestra (il cui «cuore capace di maschio volere» è ricordato in *Agam.* 11) e il vile atteggiamento di Egisto, il «leone imbelle» che con l'aiuto della donna tende la trappola mortale al vincitore di Troia (cfr. *Agam.* 1224).

μέλλων γὰρ αἰεὶ δρᾶν τι τὰς οὔσας τέ μου
καὶ τὰς ἀπούσας ἐλπίδας διέφθορεν.
Ἐν οὖν τοιούτοις οὔτε σωφρονεῖν, φίλαι,
οὔτ' εὐσεβεῖν πάρεστιν· ἀλλ' ἐν τοῖς κακοῖς
πολλή 'στ' ἀνάγκη κἀπιτηδεύειν κακά.

ΧΟ. Φέρ' εἰπέ, πότερον ὄντος Αἰγίσθου πέλας
λέγεις τάδ' ἡμῖν, ἢ βεβῶτος ἐκ δόμων ;

ΗΛ. Ἦ κάρτα· μὴ δόκει μ' ἄν, εἴπερ ἦν πέλας,
θυραῖον οἰχνεῖν· νῦν δ' ἀγροῖσι τυγχάνει.

ΧΟ. Ἦ κἂν ἐγὼ θαρσοῦσα μᾶλλον ἐς λόγους
τοὺς σοὺς ἱκοίμην, εἴπερ ὧδε ταῦτ' ἔχει.

ΗΛ. Ὡς νῦν ἀπόντος ἱστόρει τί σοι φίλον.

ΧΟ. Καὶ δή σ' ἐρωτῶ. Τοῦ κασιγνήτου τί φῄς,
ἥξοντος ἢ μέλλοντος ; εἰδέναι θέλω.

ΗΛ. Φησίν γε· φάσκων δ' οὐδὲν ὧν λέγει ποεῖ.

ΧΟ. Φιλεῖ γὰρ ὀκνεῖν πρᾶγμ' ἀνὴρ πράσσων μέγα.

ΗΛ. Καὶ μὴν ἔγωγ' ἔσωσ' ἐκεῖνον οὐκ ὄκνῳ.

io infelice mi sto consumando. Ma ormai col suo eterno indugiare egli ha distrutto tutte le mie speranze, vicine e lontane. In una simile condizione, amiche, non è possibile conservare né saggezza né pietà: vivendo nel male è inevitabile praticare il male[32].

CORIFEA Ma dimmi: mentre ci parli così, Egisto è vicino o lontano dalla reggia[33]?

ELETTRA Fuori certamente: se fosse vicino, non credere che verrei sulla soglia. Adesso è nei campi.

CORIFEA Se è così, posso avvicinarmi con più coraggio per parlarti.

ELETTRA È lontano: di' pure ciò che vuoi.

CORIFEA Ecco, ti domando: di tuo fratello che dici? Arriverà o tarda ancora? Questo vorrei sapere.

ELETTRA Dice che verrà, ma non mantiene nessuna delle sue promesse.

CORIFEA Esita spesso l'uomo che intraprende una grande impresa.

ELETTRA Ma io non ho esitato quando lo salvai.

[32] L'ammissione da parte di Elettra dell'impossibilità di essere σώφρων e εὐσεβής nella condizione in cui si trova va letta per contrasto sullo sfondo della preghiera che ella rivolge al padre nelle *Coefore* di Eschilo (vv. 140-141): «concedimi di essere più saggia di mia madre e più pia nelle azioni». L'Elettra di Sofocle, a differenza di quella eschilea, si assume in prima persona la responsabilità della vendetta, ed è ben cosciente che questa scelta comporta il prezzo gravoso di venir meno ai valori di εὐσέβεια e σωφροσύνη nei confronti della madre. Tuttavia, come si è osservato nell'introduzione, non è corretto far leva su questi versi per impostare una lettura dell'*Elettra* che neghi la giustificazione del matricidio e qualifichi la protagonista come attratta nella dimensione maligna dei suoi stessi nemici: la distinzione fra Elettra, che agisce per necessità (cfr. v. 221: «da infamie tremende sono stata costretta, tremende!»), e i suoi oppositori è sempre netta in tutto il dramma.

[33] La domanda dei vv. 310-311 serve a introdurre un'informazione scenica importante per lo sviluppo della trama, e cioè l'assenza di Egisto dalla casa, che sarà sfruttata dai due fratelli per compiere indisturbati la vendetta sulla madre. Il fatto che Egisto sia momentaneamente lontano è però utilizzato da Sofocle (che si differenzia in questo da quanto fa Euripide nell'*Elettra*) anche per dare spazio sulla scena alla protagonista che effonde liberamente il suo lamento, cosa che risulterebbe invece impossibile in condizioni normali (cfr. vv. 312-313).

ΧΟ. Θάρσει· πέφυκεν ἐσθλὸς ὥστ' ἀρκεῖν φίλοις.
ΗΛ. Πέποιθ', ἐπεὶ τἂν οὐ μακρὰν ἔζων ἐγώ.
ΧΟ. Μὴ νῦν ἔτ' εἴπῃς μηδέν· ὡς δόμων δρῶ
τὴν σὴν ὅμαιμον, ἐκ πατρὸς ταὐτοῦ φύσιν,
Χρυσόθεμιν, ἔκ τε μητρός, ἐντάφια χεροῖν
φέρουσαν, οἷα τοῖς κάτω νομίζεται.

ΧΡΥΣΟΘΕΜΙΣ

Τίν' αὖ σὺ τήνδε πρὸς θυρῶνος ἐξόδοις
ἐλθοῦσα φωνεῖς, ὦ κασιγνήτη, φάτιν,
κοὐδ' ἐν χρόνῳ μακρῷ διδαχθῆναι θέλεις
θυμῷ ματαίῳ μὴ χαρίζεσθαι κενά;
Καίτοι τοσοῦτόν γ' οἶδα κἀμαυτὴν ὅτι
ἀλγῶ 'πὶ τοῖς παροῦσιν· ὥστ' ἄν, εἰ σθένος
λάβοιμι, δηλώσαιμ' ἂν οἷ' αὐτοῖς φρονῶ·
νῦν δ' ἐν κακοῖς μοι πλεῖν ὑφειμένῃ δοκεῖ,
καὶ μὴ δοκεῖν μὲν δρᾶν τι, πημαίνειν δὲ μή·
τοιαῦτα δ' ἄλλα καὶ σὲ βούλομαι ποεῖν.
Καίτοι τὸ μὲν δίκαιον οὐχ ᾗ 'γὼ λέγω,
ἀλλ' ᾗ σὺ κρίνεις· εἰ δ' ἐλευθέραν με δεῖ
ζῆν, τῶν κρατούντων ἐστὶ πάντ' ἀκουστέα·
ΗΛ. Δεινόν γέ σ' οὖσαν πατρὸς οὗ σὺ παῖς ἔφυς
κείνου λελῆσθαι, τῆς δὲ τικτούσης μέλειν.
Ἅπαντα γάρ σοι τἀμὰ νουθετήματα
κείνης διδακτὰ κοὐδὲν ἐκ σαυτῆς λέγεις.
Ἔπειθ' ἑλοῦ γε θάτερ', ἢ φρονεῖν κακῶς,
ἢ τῶν φίλων φρονοῦσα μὴ μνήμην ἔχειν·
ἥτις λέγεις μὲν ἀρτίως ὡς, εἰ λάβοις
σθένος, τὸ τούτων μῖσος ἐκδείξειας ἄν·

CORIFEA Non disperare; la sua natura è nobile: verrà in aiuto dei suoi.
ELETTRA Ho fiducia; altrimenti non sarei vissuta così a lungo.
CORIFEA Non dire altro: vedo uscire dalla reggia tua sorella Crisotemi, nata dallo stesso padre e dalla stessa madre, recando in mano le offerte funebri che è usanza destinare ai defunti.

(*Crisotemi esce dal palazzo portando le offerte rituali per Agamennone.*)

CRISOTEMI Che sono ancora queste grida che fai risuonare sulla soglia dell'atrio, sorella? Neppure dopo tanto tempo vuoi imparare a non indulgere così vanamente al tuo insensato furore? Anch'io soffro – ed io soltanto so quanto – per lo stato in cui siamo, e se ne avessi la forza mostrerei a costoro i miei veri sentimenti. Ma in mezzo alla tempesta di mali, come ora sono, mi sembra bene navigare con le vele ammainate, e non illudermi di compiere un atto coraggioso, quando in realtà contro di loro non posso far nulla. Vorrei che così ti comportassi anche tu. Riconosco che la giustizia non sta in ciò che io dico, ma è piuttosto come la giudichi tu; se però voglio continuare a vivere libera, occorre obbedire in tutto ai potenti.
ELETTRA È spaventoso che tu abbia dimenticato il padre, da cui pur nascesti, per curarti solo di tua madre. Tutti gli ammonimenti che mi hai rivolto ti sono stati ispirati da lei: nulla di ciò che dici proviene da te. E allora devi fare una scelta: o essere dissennata o, se vuoi aver senno, dimenticare i tuoi cari[34]. Hai detto poco fa che mostreresti il tuo odio nei con-

[34] Con l'espressione φρονεῖν κακῶς (v. 345), che qui designa un comportamento improntato alla temerarietà e all'imprudenza, al contrario dunque del φρονεῖν al verso successivo («essere accorto», «aver buonsenso», ecc.), Elettra vuol definire il proprio atteggiamento, che agli occhi degli altri può apparire sconsiderato e folle, in opposizione agli inviti alla prudenza che avevano caratterizzato il precedente discorso di Crisotemi. Analogamente, al

ἐμοῦ δὲ πατρὶ πάντα τιμωρουμένης
οὔτε ξυνέρδεις τήν τε δρῶσαν ἐκτρέπεις·
οὐ ταῦτα πρὸς κακοῖσι δειλίαν ἔχει;
Ἐπεὶ δίδαξον, ἢ μάθ' ἐξ ἐμοῦ, τί μοι
κέρδος γένοιτ' ἂν τῶνδε ληξάσῃ γόων.
Οὐ ζῶ; κακῶς μέν, οἶδ', ἐπαρκούντως δ' ἐμοί·
λυπῶ δὲ τούτους, ὥστε τῷ τεθνηκότι
τιμὰς προσάπτειν, εἴ τις ἔστ' ἐκεῖ χάρις.
Σὺ δ' ἡμὶν ἡ μισοῦσα μισεῖς μὲν λόγῳ,
ἔργῳ δὲ τοῖς φονεῦσι τοῦ πατρὸς ξύνει.
Ἐγὼ μὲν οὖν οὐκ ἄν ποτ', οὐδ' εἴ μοι τὰ σὰ
μέλλοι τις οἴσειν δῶρ', ἐφ' οἷσι νῦν χλιδᾷς,
τούτοις ὑπεικάθοιμι· σοὶ δὲ πλουσία
τράπεζα κείσθω καὶ περιρρείτω βίος·
ἐμοὶ γὰρ ἔστω τοὐμὲ μὴ λυπεῖν μόνον
βόσκημα· τῆς σῆς δ' οὐκ ἐρῶ τιμῆς τυχεῖν,
οὐδ' ἂν σύ, σώφρων γ' οὖσα. Νῦν δ' ἐξὸν πατρὸς
πάντων ἀρίστου παῖδα κεκλῆσθαι, καλοῦ
τῆς μητρός· οὕτω γὰρ φανῇ πλείστοις κακή,
θανόντα πατέρα καὶ φίλους προδοῦσα σούς.

ΧΟ. Μηδὲν πρὸς ὀργήν, πρὸς θεῶν· ὡς τοῖς λόγοις
ἔνεστιν ἀμφοῖν κέρδος, εἰ σὺ μὲν μάθοις
τοῖς τῆσδε χρῆσθαι, τοῖς δὲ σοῖς αὕτη πάλιν.

v. 994 Crisotemi insisterà sulla prudenza (εὐλάβεια), ed Elettra al v. 1027 risponderà di ammirare la sua saggezza ma di odiare la sua viltà. Secondo questa interpretazione, seguita tra gli altri da Jebb, Mazon, Paduano, il dilemma formulato ai vv. 345-346 è dunque fra due linee opposte di condotta, l'una di imprudente lealtà (e cioè l'atteggiamento di Elettra), l'altra di prudente slealtà verso il padre (l'atteggiamento finora tenuto da Crisotemi, e da quest'ultima enunciato ai vv. 335-340), tra le quali Crisotemi è ora invitata a decidere. Altri invece, in maniera meno convincente, intendono: «Scegli: o ammetti di ragionare male, o, se sei convinta di ragionare bene, devi riconoscere di aver dimenticato il tuo dovere». In questo modo Elettra inviterebbe Crisotemi a riconoscere che la sua condotta attuale è inaccettabile, poiché entrambe le interpretazioni proposte sono a lei sfavorevoli (così intendono Kells, Masqueray, ecc.) *[N.d.T.]*.

fronti di costoro, se ne avessi la forza; ma a me che cerco di vendicare con ogni sforzo il padre non presti aiuto; tenti, anzi, di distogliermi dal mio proposito. Non è viltà questa, un'altra sciagura che si aggiunge alle nostre miserie? Spiegami, o lascia che sia io a spiegarti: quale vantaggio avrei a desistere dai miei lamenti? Non vivo, forse? Male, lo so, ma a me basta così[35]. E intanto li tormento, rendendo in questo modo onore al morto, se pure qualche piacere si prova laggiù. Ma tu, l'aborritrice, conosci l'odio solo a parole; in realtà convivi con gli assassini del padre. Io no: nemmeno se mi venissero offerti quei tuoi privilegi dei quali ora vai orgogliosa, mi sottometterei mai a costoro. Per te sia pure imbandita una sontuosa mensa e fluisca ricca di beni la vita; unico cibo sarà per me non dispiacere a me stessa. Dei tuoi privilegi non desidero aver parte, e neppure tu li brameresti, se fossi saggia. Tu, che potresti esser chiamata figlia del più grande dei padri, fatti chiamare figlia di tua madre: così apparirai ignobile agli occhi dei più, poiché hai tradito il padre morto e i tuoi cari.

CORIFEA In nome degli dèi, non cedete all'ira! C'è dell'utile per entrambe in ciò che dite, se tu imparassi a trar profitto dalle sue parole e lei a sua volta dalle tue[36].

[35] È caratteristico delle opere tarde di Sofocle il presentare eroi che conducono un'esistenza difficoltosa, costretta in margini ristrettissimi, quasi ai limiti della sopravvivenza, e tuttavia capaci di affrontare giorno per giorno le difficoltà del vivere accettando quel poco che hanno: è il caso di Filottete nell'omonima tragedia e di Edipo nell'*Edipo a Colono*, che si esprime in modo analogo a Elettra quando ricorda che ben piccole sono le sue richieste, ancor meno è ciò che ottiene, e purtuttavia bastante per lui (*O.C.* 5-6: «io che chiedo poco, ancor meno del poco ottengo, e tuttavia anche questo mi basta»). Questa tematica è individuata e ampiamente discussa da Di Benedetto, *Sofocle* cit., pp. 170-171, 192 ss., 217 ss.

[36] 'Αμφοῖν (v. 370) può essere inteso tanto come dativo femminile («nel dialogo può esserci per entrambe un vantaggio»), quanto come genitivo femminile («nei discorsi di entrambe [...]»). Il Coro assume una posizione di equidistanza e si pone come mediatore fra le due parti, come accade spesso in simili contesti di scontro fra gli interlocutori (cfr. per esempio *Ant.* 724-725). Osserva giustamente Jebb che per Elettra si tratta di apprendere una lezione di prudenza, per la sorella di lealtà. Non è facile stabilire con certezza se il pronome σύ del v. 370 sia riferito a Elettra oppure a Crisotemi, in quanto le sorelle sono poste sullo stesso piano *[N.d.T.]*.

ΧΡ. Ἐγὼ μέν, ὦ γυναῖκες, ἠθάς εἰμί πως
τῶν τῆσδε μύθων· οὐδ' ἂν ἐμνήσθην ποτέ,
εἰ μὴ κακὸν μέγιστον εἰς αὐτὴν ἰὸν
ἤκουσ', ὃ ταύτην τῶν μακρῶν σχήσει γόων.

ΗΛ. Φέρ' εἰπὲ δὴ τὸ δεινόν· εἰ γὰρ τῶνδέ μοι
μεῖζόν τι λέξεις, οὐκ ἂν ἀντείποιμ' ἔτι.

ΧΡ. Ἀλλ' ἐξερῶ σοι πᾶν ὅσον κάτοιδ' ἐγώ·
μέλλουσι γάρ σ', εἰ τῶνδε μὴ λήξεις γόων,
ἐνταῦθα πέμψειν ἔνθα μήποθ' ἡλίου
φέγγος προσόψει, ζῶσα δ' ἐν κατηρεφεῖ
στέγῃ χθονὸς τῆσδ' ἐκτὸς ὑμνήσεις κακά.
Πρὸς ταῦτα φράζου καί με μή ποθ' ὕστερον
παθοῦσα μέμψῃ· νῦν γὰρ ἐν καλῷ φρονεῖν.

ΗΛ. Ἦ ταῦτα δή με καὶ βεβούλευνται ποεῖν ;

ΧΡ. Μάλισθ'· ὅταν περ οἴκαδ' Αἴγισθος μόλῃ.

ΗΛ. Ἀλλ' ἐξίκοιτο τοῦδέ γ' οὕνεκ' ἐν τάχει.

ΧΡ. Τίν', ὦ τάλαινα, τόνδ' ἐπηράσω λόγον ;

ΗΛ. Ἐλθεῖν ἐκεῖνον, εἴ τι τῶνδε δρᾶν νοεῖ.

ΧΡ. Ὅπως πάθῃς τί χρῆμα ; ποῦ ποτ' εἶ φρενῶν ;

ΗΛ. Ὅπως ἀφ' ὑμῶν ὡς προσώτατ' ἐκφύγω.

ΧΡ. Βίου δὲ τοῦ παρόντος οὐ μνείαν ἔχεις ;

ΗΛ. Καλὸς γὰρ οὑμὸς βίοτος ὥστε θαυμάσαι.

ΧΡ. Ἀλλ' ἦν ἄν, εἰ σύ γ' εὖ φρονεῖν ἠπίστασο.

ΗΛ. Μή μ' ἐκδίδασκε τοῖς φίλοις εἶναι κακήν.

CRISOTEMI Io, o donne, sono abituata a questi suoi discorsi, e non vi avrei mai accennato, se non avessi sentito di una gravissima minaccia che incombe su di lei e che la farà desistere dai suoi continui lamenti.

ELETTRA E dilla, dunque, questa minaccia terribile. Se sarà più grande di quanto già soffro non ti contrasterò più.

CRISOTEMI Ti dirò tutto quello che so. Sono decisi, se non cesserai questi pianti, a inviarti in un luogo in cui non vedrai più la luce del sole: là, consumando la vita in un oscuro antro, potrai cantare, lontano da questa terra, l'inno al tuo dolore[37]. Rifletti, dunque. Che non ti accada più tardi, nelle sofferenze, di dovermi rimproverare. Ora è il momento di ragionare.

ELETTRA Questo hanno deciso di farmi?

CRISOTEMI Sì, quando Egisto sarà di ritorno.

ELETTRA Se è per questo, venga, venga subito!

CRISOTEMI Che augurio ti fai, sciagurata?

ELETTRA Che torni, se pensa di fare questo!

CRISOTEMI Per averne che cosa? Hai perduto il senno?

ELETTRA Per fuggire lontano da voi, il più possibile.

CRISOTEMI E non hai alcun rimpianto per la tua vita?

ELETTRA Sì, una bella vita la mia, da destare invidia!

CRISOTEMI Lo sarebbe se tu sapessi esser saggia.

ELETTRA Non insegnarmi ad essere vile con i miei cari.

[37] La minaccia fatta da Egisto di imprigionare Elettra in un luogo dove non vedrà più la luce del sole costituisce un'evidente reminiscenza dell'*Antigone*, dove la protagonista viene effettivamente rinchiusa viva in una «tomba» (cfr. *Ant.* 855). È uno dei numerosi motivi che Sofocle riprende nell'*Elettra* dalla propria opera più antica, senza però dar loro particolare sviluppo (di questa minaccia infatti nel seguito della tragedia non si parlerà più); essi hanno la funzione di far balenare un impulso all'azione da parte di Elettra (che viene tendenzialmente assimilata in questo alla ben più incisiva capacità d'azione di Antigone), ma facendo in modo che tale impulso resti poi frustrato, con l'effetto di evidenziare l'esasperazione della condizione esistenziale della donna (cfr. Di Benedetto, *Sofocle* cit., pp. 182-184).

ΧΡ. Ἀλλ' οὐ διδάσκω· τοῖς κρατοῦσι δ' εἰκαθεῖν.
ΗΛ. Σὺ ταῦτα θώπευ'· οὐκ ἐμοὺς τρόπους λέγεις.
ΧΡ. Καλόν γε μέντοι μὴ 'ξ ἀβουλίας πεσεῖν.
ΗΛ. Πεσούμεθ', εἰ χρή, πατρὶ τιμωρούμενοι.
ΧΡ. Πατὴρ δὲ τούτων, οἶδα, συγγνώμην ἔχει.
ΗΛ. Ταῦτ' ἐστὶ τἄπη πρὸς κακῶν ἐπαινέσαι.
ΧΡ. Σὺ δ' οὐχὶ πείσῃ καὶ συναινέσεις ἐμοί;
ΗΛ. Οὐ δῆτα· μή πω νοῦ τοσόνδ' εἴην κενή.
ΧΡ. Χωρήσομαι τἄρ' οἷπερ ἐστάλην ὁδοῦ.
ΗΛ. Ποῖ δ' ἐμπορεύῃ; τῷ φέρεις τάδ' ἔμπυρα;
ΧΡ. Μήτηρ με πέμπει πατρὶ τυμβεῦσαι χοάς.
ΗΛ. Πῶς εἶπας; ἦ τῷ δυσμενεστάτῳ βροτῶν;
ΧΡ. Ὃν ἔκταν' αὐτή· τοῦτο γὰρ λέξαι θέλεις.
ΗΛ. Ἐκ τοῦ φίλων πεισθεῖσα; τῷ τοῦτ' ἤρεσεν;
ΧΡ. Ἐκ δείματός του νυκτέρου, δοκεῖν ἐμοί.
ΗΛ. Ὦ θεοὶ πατρῷοι, συγγένεσθέ γ' ἀλλὰ νῦν.
ΧΡ. Ἔχεις τι θάρσος τοῦδε τοῦ τάρβους πέρι;
ΗΛ. Εἴ μοι λέγεις τὴν ὄψιν, εἴποιμ' ἂν τότε.
ΧΡ. Ἀλλ' οὐ κάτοιδα πλὴν ἐπὶ σμικρὸν φράσαι.
ΗΛ. Λέγ' ἀλλὰ τοῦτο· πολλά τοι σμικροὶ λόγοι
ἔσφηλαν ἤδη καὶ κατώρθωσαν βροτούς.
ΧΡ. Λόγος τις αὐτήν ἐστιν εἰσιδεῖν πατρὸς
τοῦ σοῦ τε κἀμοῦ δευτέραν ὁμιλίαν
ἐλθόντος ἐς φῶς· εἶτα τόνδ' ἐφέστιον
πῆξαι λαβόντα σκῆπτρον οὑφόρει ποτὲ
αὐτός, τανῦν δ' Αἴγισθος· ἐκ δὲ τοῦδ' ἄνω

CRISOTEMI Non t'insegno questo, ma a cedere ai potenti.
ELETTRA Adula tu: non è questo il mio carattere.
CRISOTEMI Ma è bene non cadere in rovina per la propria stoltezza.
ELETTRA Cadrò, se occorre, ma vendicando il padre.
CRISOTEMI Nostro padre, lo so, ci perdona.
ELETTRA Queste son parole che piacciono ai vigliacchi.
CRISOTEMI Non vuoi convincerti e darmi retta?
ELETTRA No, non sarò tanto vuota di senno.
CRISOTEMI Allora non mi resta che andare dove ero diretta.
ELETTRA Dove vai? A chi porti queste offerte?
CRISOTEMI La madre mi manda a fare libagioni sulla tomba del padre.
ELETTRA Che dici? Proprio all'uomo che più odia?
CRISOTEMI All'uomo che lei uccise, vuoi dire.
ELETTRA Quale dei suoi amici l'ha persuasa? A chi è venuta quest'idea?
CRISOTEMI È stato per un incubo notturno, credo.
ELETTRA O dèi paterni, aiutatemi, almeno ora!
CRISOTEMI Vedi in questa sua paura un motivo di fiducia?
ELETTRA Se mi racconti il sogno, te lo potrò dire.
CRISOTEMI Non so dirti che ben poco.
ELETTRA Dimmelo ugualmente. Anche poche parole spesso bastano ad abbattere o sollevare un uomo.
CRISOTEMI Corre voce che abbia visto in sogno nostro padre tornare alla luce e unirsi a lei ancora una volta, e poi prendere lo scettro che un tempo egli reggeva e che ora è nelle mani di Egisto, e conficcarlo nel focolare. Dallo scettro, in alto, vi-

βλαστεῖν βρύοντα θαλλὸν ᾧ κατάσκιον
πᾶσαν γενέσθαι τὴν Μυκηναίων χθόνα.
Τοιαῦτά του παρόντος, ἡνίχ' Ἡλίῳ
δείκνυσι τοὔναρ, ἔκλυον ἐξηγουμένου·
πλείω δὲ τούτων οὐ κάτοιδα, πλὴν ὅτι
πέμπει μ' ἐκείνη τοῦδε τοῦ φόβου χάριν.
Πρός νυν θεῶν σε λίσσομαι τῶν ἐγγενῶν
ἐμοὶ πιθέσθαι μηδ' ἀβουλίᾳ πεσεῖν·
εἰ γάρ μ' ἀπώσῃ, σὺν κακῷ μέτει πάλιν.
ΗΛ. Ἀλλ', ὦ φίλη, τούτων μὲν ὧν ἔχεις χεροῖν
τύμβῳ προσάψῃς μηδέν· οὐ γάρ σοι θέμις
οὐδ' ὅσιον ἐχθρᾶς ἀπὸ γυναικὸς ἱστάναι
κτερίσματ' οὐδὲ λουτρὰ προσφέρειν πατρί·
ἀλλ' ἢ πνοαῖσιν ἢ βαθυσκαφεῖ κόνει
κρύψον νιν, ἔνθα μή ποτ' εἰς εὐνὴν πατρὸς
τούτων πρόσεισι μηδέν· ἀλλ' ὅταν θάνῃ,
κειμήλι' αὐτῇ ταῦτα σῳζέσθω κάτω.
Ἀρχὴν δ' ἄν, εἰ μὴ τλημονεστάτη γυνὴ
πασῶν ἔβλαστε, τάσδε δυσμενεῖς χοὰς
οὐκ ἄν ποθ', ὅν γ' ἔκτεινε, τῷδ' ἐπέστεφε.
Σκέψαι γὰρ εἴ σοι προσφιλῶς αὐτῇ δοκεῖ
γέρα τάδ' οὑν τάφοισι δέξεσθαι νέκυς,
ὑφ' ἧς θανὼν ἄτιμος ὥστε δυσμενὴς
ἐμασχαλίσθη, κἀπὶ λουτροῖσιν κάρᾳ
κηλῖδας ἐξέμαξεν· ἆρα μὴ δοκεῖς

de germogliare un pollone rigoglioso, che ricoprì d'ombra tutta la terra di Micene. Questo sentii raccontare da un uomo che era presente quando ella rivelò il suo sogno al Sole[38]. Di più non so, tranne che essa mi manda là a causa della sua paura. In nome degli dèi della nostra casa, ti prego di ascoltarmi e di non perderti per la tua follia: se adesso mi respingi, un giorno, nella sventura, tornerai a cercarmi.

ELETTRA Nulla di quanto le tue mani sostengono, mia cara, devi deporre sulla tomba. Non è lecito né pio che tu faccia offerte o versi libagioni funebri al padre per conto di una nemica. Disperdile ai venti o nascondile nella polvere, in una fossa profonda, in modo che nessuna di esse possa giungere al sepolcro del padre. Restino, questi tesori, conservati sotto terra per lei, quando morrà. Se non fosse per natura la più sfrontata di tutte le donne, non avrebbe mai incoronato con libagioni oltraggiose il sepolcro dell'uomo che uccise. Rifletti: ti sembra possibile che nella tomba il morto accetti volentieri queste offerte da parte della donna che l'ha turpemente ucciso e mutilato, quasi fosse un nemico, e che per purificarsi ha deterso le macchie di sangue sul capo della vittima[39]? Credi veramente

[38] Il sogno terribile che preannuncia a Clitemestra la sua prossima rovina era parte della tradizione, e compariva già nell'*Orestea* di Stesicoro (fr. 219 Davies: «le sembrò che venisse un serpente col capo lordo di sangue, e da quello apparve il re Plistenide», dove è discusso se il serpente si trasformasse in Agamennone o in Oreste). Eschilo lo aveva ripreso, accentuandone l'aspetto terribile, in *Cho.* 525 ss.: Clitemestra sogna infatti di partorire un serpente (Oreste) che, come un bimbo, le si accosta al seno succhiandone un grumo di sangue. Sofocle attenua i tratti più violenti ed espliciti del sogno eschileo, costruendo invece un sogno dai connotati ambigui, che mescola simboli di vita e simboli di morte: il morto Agamennone torna per unirsi di nuovo con la moglie (ὁμιλία ha quasi certamente valore sessuale); lo scettro che egli pianta genera un pollone rigoglioso, che sarà però causa di rovina per la regina. È nota la somiglianza di questa parte del sogno con i sogni di Astiage e di Serse in Erodoto (I 108 e VII 19).

[39] Il μασχαλισμός era la sanguinaria usanza di recidere le estremità della vittima, appendendole sotto le ascelle o intorno al collo per togliere al morto ogni possibilità di vendetta, (il verbo ἐμασχαλίσθη ricorre solo qui e in Aesch. *Cho.* 439; cfr. Ap. Rh. IV 477). Anche l'atto dell'asciugare sul capo della vittima le mani grondanti sangue risponde all'esigenza di allontanare da sé il peso del delitto commesso facendolo ricadere sull'ucciso.

λυτήρι' αὐτῇ ταῦτα τοῦ φόνου φέρειν;
Οὐκ ἔστιν· ἀλλὰ ταῦτα μὲν μέθες· σὺ δέ,
τεμοῦσα κρατὸς βοστρύχων ἄκρας φόβας
κἀμοῦ ταλαίνης, σμικρὰ μὲν τάδ', ἀλλ' ὅμως
ἄχω, δὸς αὐτῷ τήνδε λιπαρῆ τρίχα
καὶ ζῶμα τοὐμὸν οὐ χλιδαῖς ἠσκημένον·
αἰτοῦ δὲ προσπίτνουσα γῆθεν εὐμενῆ
ἡμῖν ἀρωγὸν αὐτὸν εἰς ἐχθροὺς μολεῖν,
καὶ παῖδ' Ὀρέστην ἐξ ὑπερτέρας χερὸς
ἐχθροῖσιν αὐτοῦ ζῶντ' ἐπεμβῆναι ποδί,
ὅπως τὸ λοιπὸν αὐτὸν ἀφνεωτέραις
χερσὶ στέφωμεν ἢ τανῦν δωρούμεθα.
Οἶμαι μὲν οὖν, οἶμαί τι κἀκείνῳ μέλον
πέμψαι τάδ' αὐτῇ δυσπρόσοπτ' ὀνείρατα.
Ὅμως δ', ἀδελφή, σοί θ' ὑπούργησον τάδε
ἐμοί τ' ἀρωγὰ τῷ τε φιλτάτῳ βροτῶν
πάντων ἐν Ἅιδου κειμένῳ κοινῷ πατρί.
ΧΟ. Πρὸς εὐσέβειαν ἡ κόρη λέγει· σὺ δέ,
εἰ σωφρονήσεις, ὦ φίλη, δράσεις τάδε.
ΧΡ. Δράσω· τὸ γὰρ δίκαιον οὐκ ἔχει λόγον
δυοῖν ἐρίζειν, ἀλλ' ἐπισπεύδειν τὸ δρᾶν.
Πειρωμένῃ δὲ τῶνδε τῶν ἔργων ἐμοί

che i doni che tu porti possano espiare il suo delitto? No, non può essere. Allora gettali via; e poi recidi l'estremità di un ricciolo dal tuo capo, e anche questa ciocca dal mio, sventurata che sono, – povera cosa, ma è tutto quello che posseggo – e offri a lui, insieme ai miei negletti capelli[40], questa mia cintura priva di ornamenti. E supplica, prostrandoti, che dal fondo della terra egli venga, benigno, a soccorrerci contro i nemici, e che il figlio Oreste, fiorente di vita, con la forza vittoriosa del suo braccio abbatta gli avversari e li calpesti: così che in avvenire possiamo rendergli onore con mani più generose di quanto doniamo ora. Io credo, sì, io credo che qualche cosa anche lui abbia in animo, se le ha inviato queste sinistre visioni[41]. Intanto, sorella, rendi questo servizio a te, a me e alla persona che più ci è cara, il padre comune che giace nell'Ade.

CORIFEA La fanciulla ti parla in nome della pietà filiale, e tu, mia cara, se sei saggia, farai quello che chiede.

CRISOTEMI Lo farò: per ciò che è giusto non v'è motivo di discutere[42], bisogna anzi affrettare l'opera. Voi però, amiche, mentre affronto il rischio di quest'atto, concedetemi il vostro

[40] Al v. 451 in luogo di τήνδε λῐπαρῆ («questa chioma da supplice»; Didimo, Dain-Mazon), leggo τήνδε τ' ἀλῐπαρῆ (Fröhlich e Bergk; codd. τήνδ' ἀλιπαρῆ); la corretta interpretazione dell'aggettivo ἀλῐπαρῆ è quella già proposta dallo scoliaste, che lo parafrasava con αὐχμηράν («squallida», «inaridita», «incolta»), intendendolo evidentemente come il negativo di λῐπαρός («lucente», «profumato», «splendente»). Analogamente, con un'accentuazione del dato realistico, l'Elettra euripidea addita la propria «sordida chioma» (πιναρὰν κόμαν) ed il peplo ridotto a «brandelli» (τρύχη; cfr. Eur. *El.* 183) *[N.d.T.]*.

[41] Ci sono due possibilità di interpretare il testo tràdito ai vv. 459-460: 1) μέλον (v. 459) può essere inteso come accusativo assoluto con valore causale; in questo caso πέμψαι (v. 460) costituisce un'oggettiva dipendente dal secondo οἶμαι, il soggetto della quale, ἐκεῖνον, è desumibile per economia dal κἀκείνῳ del v. 459 (= «Io credo, poiché anche a lui in qualche misura sta a cuore ciò, che egli le abbia inviato questi segni funesti»: Kells, Paduano); 2) μέλον sta per μέλον εἶναι, in dipendenza da οἶμαι, e a sua volta regge l'infinito πέμψαι (= «Io credo che proprio lui abbia in qualche misura voluto mandarle quelle sinistre visioni»: Schiassi, Masqueray, Mazon) *[N.d.T.]*.

[42] Per i vv. 466-467 sono possibili due costruzioni sintattiche, che tuttavia lasciano sostanzialmente immodificato il senso del passo: 1) τὸ δίκαιον è accusativo di relazione e οὐκ ἔχει λόγον è una forma impersonale («non è ragionevole per due persone litigare riguardo a ciò che è giusto»); 2) τὸ

σιγὴ παρ᾽ ὑμῶν, πρὸς θεῶν, ἔστω, φίλαι·
ὡς εἰ τάδ᾽ ἡ τεκοῦσα πεύσεται, πικρὰν
δοκῶ με πεῖραν τήνδε τολμήσειν ἔτι.

ΧΟ. Εἰ μὴ ᾽γὼ παράφρων μάντις ἔφυν καὶ γνώ- Str.
μας λειπομένα σοφᾶς,
εἶσιν ἁ πρόμαντις,
Δίκα δίκαια φερομένα χεροῖν κράτη·
μέτεισιν, ὦ τέκνον, οὐ μακροῦ χρόνου.
Ὕπεστί μοι θράσος,
ἁδυπνόων κλύουσαν ἀρτίως ὀνειράτων.
Οὐ γάρ ποτ᾽ ἀμναστεῖ γ᾽ ὁ φύσας Ἑλλάνων ἄναξ,
οὐδ᾽ ἁ παλαιὰ χαλκόπλακτος ἀμφάκης γένυς,
ἅ νιν κατέπεφνεν αἰσχίσταις ἐν αἰκίαις.

Ἥξει καὶ πολύπους καὶ πολύχειρ ἁ δει- Ant.
νοῖς κρυπτομένα λόχοις
χαλκόπους Ἐρινύς.

silenzio, in nome degli dèi: se lo verrà a sapere mia madre, credo che amara sarà un giorno per me questa azione temeraria.

(*Crisotemi esce, diretta alla tomba di Agamennone.*)

CORO Se non sono una veggente che delira
e priva di retto intendimento, verrà
colei che s'annunzia con questo presagio,
Dike, recando in mano vittoriosa
il giusto potere:
tra non molto, o figlia, giungerà.
Un fiducioso ardire mi penetra
all'udire di quei recenti sogni
che spirano conforto.
Non dimentica il padre che t'ha dato la vita,
il signore dell'Ellade, né l'antica scure
a doppio taglio, temprata di bronzo,
che con strazio infame l'uccise[43].

Verrà, con piedi innumerevoli
ed innumerevoli mani,
colei che in tremendi agguati si nasconde,
l'Erinni dal passo implacabile[44].

δίκαιον è soggetto e ἐρίζειν è infinito finale-consecutivo («ciò che è giusto non dà motivo a due di contendere»). Indipendentemente dalla costruzione del primo membro del periodo, nella seconda parte del v. 467 si deve sottintendere un ἔχει λόγον o un δεῖ, che regge l'infinito ἐπισπεύδειν *[N.d.T.]*.

43 L'allusione alla bipenne che «non dimentica» può essere letta sullo sfondo di una concezione sacrale dell'omicidio per la quale l'oggetto che causava la morte di qualcuno ne conservava in qualche modo la traccia su di sé e ne portava la responsabilità, tanto che in Atene esso poteva subire addirittura un processo di fronte all'arconte re ed essere espulso dalla terra attica, al fine di allontanare la contaminazione conseguente all'omicidio. Ma forse entra in gioco qui anche l'antichissima idea per cui l'arma che compie la vendetta dovrà essere la stessa che uccise Agamennone (cfr. Paduano, *Sofocle* cit., n. *ad loc.*). In questo stasimo il Coro evidenzia l'idea della giusta punizione e della vendetta per il sangue versato accostando l'immagine dell'arrivo di Δίκη (la «Giustizia»), presente nella strofe, a quella della venuta della Erinni, sviluppata con evidente corrispondenza nell'antistrofe.

44 L'epiteto χαλκόπους (lett. «dal piede di bronzo», v. 491), che in Omero si trova riferito ai cavalli per esprimere la solida forza dei loro zoccoli, suggeri-

Ἄλεκτρ', ἄνυμφα γὰρ ἐπέβα μιαιφόνων
γάμων ἁμιλλήμαθ' οἷσιν οὐ θέμις.
Πρὸ τῶνδέ τοί μ' ἔχει
μήποτε μήποθ' ἡμὶν ἀψεγὲς πελᾶν τέρας
τοῖς δρῶσι καὶ συνδρῶσιν. Ἦ τοι μαντεῖαι βροτῶν
οὐκ εἰσὶν ἐν δεινοῖς ὀνείροις οὐδ' ἐν θεσφάτοις,
εἰ μὴ τόδε φάσμα νυκτὸς εὖ κατασχήσει.

Ὦ Πέλοπος ἁ πρόσθεν πολύπονος ἱππεία, Épode.

La smania di un amplesso cruento,
priva di talamo,
priva di rito nuziale[45],
li travolse, illecita.
Per questo io confido
che no, non sarà mai senz'affanno
il presagio che incombe
sugli assassini e sui loro complici[46].
Se quella visione notturna
non avrà un felice compimento[47],
allora nessun vaticinio
esiste per gli uomini
nei sogni paurosi
né in responsi divini.

O antica corsa di Pelope,
fonte di tanti travagli,

sce qui l'avanzare inesorabile dell'Erinni (cfr. δεινόπους ἀρά, «la maledizione dal piede terribile» in *O.R.* 418). Altri commentatori (cfr. per esempio Kells *ad loc.*) vedono in questo composto la fusione di due concetti diversi: 1) l'Erinni si avvicina furtivamente col suo piede; 2) essa è armata di bronzo (χαλκός). È tuttavia preferibile la prima interpretazione. La ripetizione di -πους nei due aggettivi composti al v. 489 e al v. 491 si accorda con l'intento di sottolineare in modo ossessivo l'inevitabilità della vendetta: si veda in proposito l'analisi di questo passo svolta da Ferrari, *Ricerche* cit., pp. 31-34 *[N.d.T.]*.

45 Gli epiteti ἄλεκτρ' ἄνυμφα, «senza talamo, senza nozze» (v. 492), che sul piano logico definiscono le nozze (γάμοι), sono grammaticalmente concordati con il soggetto ἁμιλλήματα (lett. «ardori», «frenesie amorose», al plurale forse per indicare l'uguale coinvolgimento dei due amanti): l'enallage, suggerendo l'inestricabile relazione esistente fra la passione e il suo oggetto, conferisce particolare intensità all'espressione. Tali γάμοι sono a loro volta definiti μιαιφόνοι, in quanto contaminati dall'uccisione del legittimo sposo, e quindi «delittuosi», «macchiati di sangue omicida» *[N.d.T.]*.

46 Ἡμῖν (v. 496) è dativo etico («Ho fiducia che noi non vedremo mai il prodigio avvicinarsi agli autori e ai loro complici senza recar loro danno»), mentre il dativo τοῖς δρῶσι καὶ συνδρῶσι è retto sia dall'infinito πελᾶν che dal predicativo ἀψεγές (costruzione ἀπὸ κοινοῦ). Secondo la versione sofoclea, che s'accorda con quella omerica, Egisto è l'autore e il primo colpevole del delitto, Clitemestra la collaboratrice *[N.d.T.]*.

47 Più propriamente: «non giungerà felicemente in porto»; si tratta di una metafora desunta dal linguaggio marinaresco, in riferimento all'approdo della nave *[N.d.T.]*.

ὡς ἔμολες αἰανὴς τᾷδε γᾷ.

Εὖτε γὰρ ὁ ποντισθεὶς Μυρτίλος ἐκοιμάθη,
παγχρύσων δίφρων
δυστάνοις αἰκίαις
πρόρριζος ἐκριφθείς, οὔ τί πω
ἔλειπεν ἐκ τοῦδ' οἴκους πολύπονος αἰκία.

ΚΛΥΤΑΙΜΗΣΤΡΑ

Ἀνειμένη μέν, ὡς ἔοικας, αὖ στρέφῃ.
Οὐ γὰρ πάρεστ' Αἴγισθος, ὅς σ' ἐπεῖχ' ἀεὶ
μή τοι θυραίαν γ' οὖσαν αἰσχύνειν φίλους·
νῦν δ', ὡς ἄπεστ' ἐκεῖνος, οὐδὲν ἐντρέπῃ
ἐμοῦ γε· καίτοι πολλὰ πρὸς πολλούς με δὴ
ἐξεῖπας ὡς θρασεῖα καὶ πέρα δίκης
ἄρχω, καθυβρίζουσα καὶ σὲ καὶ τὰ σά.
Ἐγὼ δ' ὕβριν μὲν οὐκ ἔχω, κακῶς δέ σε
λέγω κακῶς κλύουσα πρὸς σέθεν θαμά.
Πατὴρ γάρ, οὐδὲν ἄλλο, σοὶ πρόσχημ' ἀεὶ
ὡς ἐξ ἐμοῦ τέθνηκεν· ἐξ ἐμοῦ, καλῶς
ἔξοιδα· τῶνδ' ἄρνησις οὐκ ἔνεστί μοι·
ἡ γὰρ Δίκη νιν εἷλεν, οὐκ ἐγὼ μόνη,

quale eterno dolore[48]
tu portasti alla nostra terra!
Da quando Mirtilo,
divelto dal cocchio d'oro
per il suo indegno oltraggio,
precipitò in mare e vi giacque
nel sonno della morte,
la funesta violenza
non ha più abbandonato questa casa[49].

(*Clitemestra appare sulla soglia del palazzo, seguita da un'ancella che reca delle offerte.*)

CLITEMESTRA Libera, a quanto pare, ti aggiri ancora. Non c'è qui Egisto, che ti impediva, ogni volta, di venire sulla porta a diffamare i tuoi congiunti. Ed ora che lui è lontano, non ti curi affatto di me. Già molte volte, di fronte a molta gente, hai detto che governo in modo arrogante ed iniquo, facendo violenza a te e a quanto t'è caro. Ma non è prepotenza la mia: se ti rivolgo parole dure, è perché ne sento in continuazione di simili da parte tua. Il tuo unico, eterno pretesto è il padre, ucciso per mano mia... per mano mia, lo so bene: non mi è possibile negarlo[50]. Ma Dike lo colse, e non io sola: e tu, se fossi

[48] L'aggettivo αἰανής (v. 506), che gli antichi sentivano collegato sia con αἰαῖ che con αἰεί, comporta l'idea di una sciagura incessante, riunendo quindi in sé il concetto di eternità e quello di dolore (lett. «come eternamente funesta a questa terra giungesti!») *[N.d.T.]*.

[49] Il funesto presagio del sogno richiama nella mente del Coro l'origine lontana di tutte le sciagure della casa di Agamennone: la colpa dell'antenato Pelope. Questi, desiderando sposare Ippodamia, aveva accettato la sfida del padre di lei Enomao, re di Pisa nell'Elide, che aveva promesso in sposa la figlia a chi lo avesse sconfitto in una corsa di carri. Il pretendente che avesse perduto avrebbe pagato con la vita, e già tredici principi avevano subito questa triste sorte prima di Pelope. Pelope allora convinse Mirtilo, l'auriga di Enomao, a tradire il re danneggiandone il carro, così che Enomao perì nella corsa e Ippodamia andò sposa al vincitore. Mirtilo però non poté godere il frutto del suo tradimento, poiché, forse per gelosia, fu gettato in mare dallo stesso Pelope, e proprio in quella circostanza pronunciò la tremenda maledizione destinata a travagliare i Pelopidi per generazioni.

[50] In questa ammissione di responsabilità da parte di Clitemestra e nel suo richiamarsi a Δίκη per giustificare la morte del marito, colpevole di aver sa-

ἣ χρῆν σ' ἀρήγειν, εἰ φρονοῦσ' ἐτύγχανες·
ἐπεὶ πατὴρ οὗτος σὸς ὃν θρηνεῖς ἀεὶ
τὴν σὴν ὅμαιμον μοῦνος Ἑλλήνων ἔτλη
θῦσαι θεοῖσιν, οὐκ ἴσον καμὼν ἐμοὶ
λύπης, ὅτ' ἔσπειρ', ὥσπερ ἡ τίκτουσ' ἐγώ.
Εἶεν, δίδαξον δή με τοῦ χάριν τίνων
ἔθυσεν αὐτήν. Πότερον Ἀργείων ἐρεῖς;
ἀλλ' οὐ μετῆν αὐτοῖσι τήν γ' ἐμὴν κτανεῖν,
ἀλλ' ἀντ' ἀδελφοῦ δῆτα Μενέλεω κτανὼν
τἄμ' οὐκ ἔμελλεν τῶνδέ μοι δώσειν δίκην;
Πότερον ἐκείνῳ παῖδες οὐκ ἦσαν διπλοῖ,
οὓς τῆσδε μᾶλλον εἰκὸς ἦν θνῄσκειν, πατρὸς
καὶ μητρὸς ὄντας ἧς ὁ πλοῦς ὅδ' ἦν χάριν;
Ἢ τῶν ἐμῶν Ἅιδης τιν' ἵμερον τέκνων
ἢ τῶν ἐκείνης ἔσχε δαίσασθαι πλέον;
Ἢ τῷ πανώλει πατρὶ τῶν μὲν ἐξ ἐμοῦ
παίδων πόθος παρεῖτο, Μενέλεω δ' ἐνῆν;
Οὐ ταῦτ' ἀβούλου καὶ κακοῦ γνώμην πατρός;
δοκῶ μέν, εἰ καὶ σῆς δίχα γνώμης λέγω·
φαίη δ' ἂν ἡ θανοῦσά γ', εἰ φωνὴν λάβοι.
Ἐγὼ μὲν οὖν οὐκ εἰμὶ τοῖς πεπραγμένοις
δύσθυμος· εἰ δὲ σοὶ δοκῶ φρονεῖν κακῶς,
γνώμην δικαίαν σχοῦσα τοὺς πέλας ψέγε.

ΗΛ. Ἐρεῖς μὲν οὐχὶ νῦν γέ μ' ὡς ἄρξασά τι
λυπηρὸν εἶτα σοῦ τάδ' ἐξήκουσ' ὕπο·
ἀλλ' ἢν ἐφῇς μοι, τοῦ τεθνηκότος θ' ὕπερ
λέξαιμ' ἂν ὀρθῶς τῆς κασιγνήτης θ' ὁμοῦ.

ΚΛ. Καὶ μὴν ἐφίημ'· εἰ δέ μ' ὧδ' ἀεὶ λόγους
ἐξῆρχες, οὐκ ἂν ἦσθα λυπηρὰ κλύειν.

stata ragionevole, avresti dovuto offrirle il tuo aiuto. Questo padre che piangi incessantemente ebbe cuore, unico fra i Greci, di immolare agli dèi tua sorella: lui che nel concepirla non aveva sofferto la stessa parte di pena mia quando la partorii. Ebbene dimmi: per quale motivo, per compiacere chi, la sacrificò? Forse per gli Argivi, dirai? Ma non era loro diritto sgozzare mia figlia. E se egli me l'ha uccisa per conto di Menelao, suo fratello, non doveva poi rendermi giustizia? Menelao non aveva forse due figli[51], che più della mia era naturale uccidere, i figli suoi e della donna per la quale si faceva la spedizione? O forse Ade aveva più desiderio di divorare i miei figli che non i suoi? Oppure nel tuo padre scellerato s'era spento ogni affetto per i figli avuti da me, e rimaneva, invece, per quelli di Menelao? Non è questa l'azione di un padre insensato e crudele? Io giudico così, nonostante la tua opinione sia ben diversa. Anche lei, la morta, m'approverebbe, se potesse riprendere la voce. Io non ho turbamenti per ciò che ho fatto. Se ti sembro irragionevole, dovresti riacquistare tu un retto giudizio, prima di denigrare chi ti sta vicino.

ELETTRA Non dirai, questa volta, che sono stata io la prima ad apostrofarti con spiacevoli parole, e che per questo ho dovuto ascoltarne di simili da te. Ma, se me lo concedi, vorrei dire la verità sul conto del padre morto e di mia sorella.

CLITEMESTRA Te lo permetto. Se tu mi avessi sempre rivolto la parola su questo tono, non saresti tanto sgradevole da ascoltare.

crificato la figlia, si avverte un'eco della parte finale dell'*Agamennone* di Eschilo (cfr. ad esempio *Agam.* 1380: «E ho agito in modo tale - questo non lo negherò - che non potesse sfuggire né difendersi dalla morte»; 1415 ss., 1432: «Per la Giustizia di mia figlia che trova compimento, per Ate e per l'Erinni, alle quali ho sgozzato quest'uomo», e anche i vv. 1521-1529, 1151-1153). Il gioco di richiami con l'*Agamennone* si farà poi ancora più esplicito al momento del compimento della vendetta, quando le modalità della morte di Clitemestra ricalcheranno quelle dell'assassinio da lei perpetrato (cfr. sotto n. 130).

[51] Menelao nella tradizione omerica e tragica ha solo una figlia, Ermione; si ha tuttavia notizia di un figlio maschio, Nicostrato, ricordato da Esiodo (fr. 175 M.-W.).

ΗΛ. Καὶ δὴ λέγω σοι. Πατέρα φῂς κτεῖναι· τίς ἂν
τούτου λόγος γένοιτ' ἂν αἴσχίων ἔτι,
εἴτ' οὖν δικαίως εἴτε μή; λέξω δέ σοι
ὥς οὐ δίκῃ γ' ἔκτεινας, ἀλλά σ' ἔσπασεν
πειθὼ κακοῦ πρὸς ἀνδρὸς ᾧ τανῦν ξύνει.
Ἐροῦ δὲ τὴν κυναγὸν Ἄρτεμιν τίνος
ποινὰς τὰ πολλὰ πνεύματ' ἔσχ' ἐν Αὐλίδι·
ἢ 'γὼ φράσω; κείνης γὰρ οὐ θέμις μαθεῖν.
Πατήρ ποθ' οὑμός, ὡς ἐγὼ κλύω, θεᾶς
παίζων κατ' ἄλσος ἐξεκίνησεν ποδοῖν
στικτὸν κεράστην ἔλαφον, οὗ κατὰ σφαγὰς
ἐκκομπάσας ἔπος τι τυγχάνει βαλών.
Κἀκ τοῦδε μηνίσασα Λητῴα κόρη
κατεῖχ' Ἀχαιούς, ὡς πατὴρ ἀντίσταθμον
τοῦ θηρὸς ἐκθύσειε τὴν αὑτοῦ κόρην.
Ὧδ' ἦν τὰ κείνης θύματ'· οὐ γὰρ ἦν λύσις

[52] In Eschilo (*Agam.* 192 ss.) la sosta forzata dell'esercito greco sul lido d'Aulide, di fronte all'isola di Eubea, è dovuta ai venti contrari che soffiano da Nord-Est, come già nella tradizione epica dei *Canti Ciprî*; Sofocle adduce invece come causa del rinvio della partenza per Troia una bonaccia che impediva la navigazione.

[53] Il verbo παίζειν (v. 567), pur non essendo un termine tecnico per indicare l'attività venatoria, può essere facilmente associato alla caccia, intesa come momento di svago e rilassamento (cfr. in proposito *Od.* VI 104 ss.; Luc. *Philops.* 22; Plut. *Alex.* 23). È probabile che Elettra ricorra a questa espressione allo scopo di sottolineare l'innocenza di Agamennone, presentando il fatto come puramente accidentale *[N.d.T.]*.

ELETTRA E allora parlo. Tu confessi di aver ucciso il padre. Può esserci affermazione più infame di questa, fosse giusto o no il delitto? E tuttavia ti dirò che non hai ucciso per sentimento di giustizia, ma perché ti travolse la lusinga di quell'uomo malvagio con il quale ora convivi. Domanda pure ad Artemide cacciatrice chi intendeva punire quando trattenne i molti venti che soffiavano in Aulide[52]. Lo dirò io, visto che da lei non è possibile saperlo. Un giorno mio padre, come ho sentito dire, mentre si divertiva a cacciare[53] nel bosco sacro della dea, stanò dalla macchia, col rumore dei passi, un cervo maculato dalle corna ramose, e dopo averlo colpito si lasciò sfuggire qualche espressione orgogliosa su quell'uccisione[54]. Adirata per questo, la figlia di Latona impediva la partenza degli Achei, perché mio padre immolasse la propria figlia in compenso dell'animale abbattuto. Ecco com'ebbe luogo il suo sacrificio. Altra soluzione non era concessa all'esercito,

[54] Come già aveva fatto nell'*Aiace* (vv. 176 s., 762 ss.), per spiegare la punizione inflitta all'eroe da Atena, anche qui Sofocle fa comparire, solo a livello di accenno, una motivazione tradizionale dell'uccisione di Ifigenia, che richiama il nesso tra ὕβϱις e punizione e riconduce la causa dell'ira di Artemide alle parole orgogliose pronunciate da Agamennone al momento della cattura dell'animale. Tale spunto però risulta inglobato nella struttura dell'agone fra Elettra e la madre, e serve solo a sottolineare lo stato di costrizione in cui aveva dovuto agire il re sacrificando la figlia; esso resta privo di ulteriore sviluppo nella tragedia. Dal punto di vista sintattico, il modo migliore di intendere il passo è di collegare insieme ἐκκομπάσας ἔπος τι τυγχάνει («gli capita di lasciarsi sfuggire una vanteria», v. 569) e di considerare il participio congiunto βαλών come riferito al momento in cui Agamennone atterra l'animale; il κατὰ σφαγάς («su quell'uccisione») può significare o la circostanza, l'occasione, o, meglio, il riferimento (κατά = πεϱί). Così interpretano Jebb, Kamerbeek, Schiassi. Altri (Schneidewin-Nauck, Kells), postulando l'esistenza dell'espressione βάλλειν ἔπος sulla base di ἐκβάλλειν ἔπος frequentemente attestato, hanno proposto di collegare insieme ἔπος τι τυγχάνει βαλών e di considerare quindi ἐκκομπάσας come participio congiunto («nell'uccisione del quale, menando vanto, lasciò cadere per caso una parola superba»). Si vedano però le obiezioni di Jebb (n. *ad loc.*) a questa costruzione sintattica.

ἄλλῃ στρατῷ πρὸς οἶκον οὐδ' ἐς Ἴλιον.
Ἀνθ' ὧν, βιασθεὶς πολλὰ κἀντιβάς, μόλις
ἔθυσεν αὐτήν, οὐχὶ Μενέλεω χάριν.
Εἰ δ' οὖν, ἐρῶ γὰρ καὶ τὸ σόν, κεῖνον θέλων
ἐπωφελῆσαι ταῦτ' ἔδρα, τούτου θανεῖν
χρῆν αὐτὸν οὕνεκ' ἐκ σέθεν ; ποίῳ νόμῳ ;
Ὅρα, τιθεῖσα τόνδε τὸν νόμον βροτοῖς
μὴ πῆμα σαυτῇ καὶ μετάγνοιαν τιθῇς·
εἰ γὰρ κτενοῦμεν ἄλλον ἀντ' ἄλλου, σύ τοι
πρώτη θάνοις ἄν, εἰ δίκης γε τυγχάνοις.
Ἀλλ' εἰσόρα μὴ σκῆψιν οὐκ οὖσαν τίθης·
εἰ γὰρ θέλεις, δίδαξον ἀνθ' ὅτου τανῦν
αἴσχιστα πάντων ἔργα δρῶσα τυγχάνεις,
ἥτις ξυνεύδεις τῷ παλαμναίῳ μεθ' οὗ
πατέρα τὸν ἀμὸν πρόσθεν ἐξαπώλεσας,
καὶ παιδοποιεῖς, τοὺς δὲ πρόσθεν εὐσεβεῖς
κἀξ εὐσεβῶν βλαστόντας ἐκβαλοῦσ' ἔχεις.
Πῶς ταῦτ' ἐπαινέσαιμ' ἄν ; ἢ καὶ τοῦτ' ἐρεῖς,
ὡς τῆς θυγατρὸς ἀντίποινα λαμβάνεις ;
Αἰσχρῶς δ', ἐάν περ καὶ λέγῃς· οὐ γὰρ καλὸν
ἐχθροῖς γαμεῖσθαι τῆς θυγατρὸς οὕνεκα.
Ἀλλ' οὐ γὰρ οὐδὲ νουθετεῖν ἔξεστί σε,
ἢ πᾶσαν ἵης γλῶσσαν ὡς τὴν μητέρα
κακοστομοῦμεν. Καί σ' ἔγωγε δεσπότιν
ἢ μητέρ' οὐκ ἔλασσον εἰς ἡμᾶς νέμω,

né per tornare in patria né per la mèta di Ilio. E così, forzato da molte pressioni, dopo aver a lungo resistito, alla fine, riluttante, dovette sacrificarla, e non certo per compiacere a Menelao. Ma se anche avesse agito nell'intento d'aiutare il fratello – voglio accogliere i tuoi argomenti – avrebbe per questo dovuto morire sotto i tuoi colpi? Per quale legge? Bada che volendo imporre agli uomini una tale legge tu non stabilisca rovina e pentimento per te stessa: se uccideremo un uomo in vendetta di un altro uomo, tu, certo, saresti la prima a morire, nel caso che dovessi subire la pena che ti meriti. Guarda piuttosto se quello che adduci non sia un pretesto inconsistente. Spiegami, se credi, per quale motivo[55] ti trovi ora a compiere le azioni tra tutte più vergognose, tu che giaci insieme all'assassino con il quale hai un tempo massacrato mio padre, e gli dai anche dei figli[56], mentre quelli di prima, legittimi e nati da nozze consacrate, li hai allontanati da te. Come potrei approvarti? O sosterrai che anche questo è per vendicare la figlia uccisa? Sarebbe una vergogna se tu arrivassi a dirlo: non è una bella cosa unirsi a dei nemici per amore di una figlia. Non è nemmeno possibile consigliarti, poiché subito vai gridando a gran voce che copriamo di insulti la madre. In verità, io ti considero più padrona che madre nei miei

[55] Nella preposizione ἀντί (v. 585) è probabilmente implicita anche l'idea di ritorsione e di vendetta («come corrispettivo di che cosa», «in cambio di quale colpa»), un motivo frequente in questo discorso di Elettra (cfr. vv. 571 e in part. 582, 592) *[N.d.T.]*.

[56] A quanto sembra, Clitemestra aveva avuto da Egisto dei figli (cfr. anche Eur. *El.* 62), i quali non ricevono altra esplicita menzione nel corso del dramma (anche se Clitemestra li include molto probabilmente nel generico riferimento ai suoi «figli» al v. 653). Abbiamo notizia di una figlia di nome Erigone, accusatrice di Oreste davanti all'Areopago, ricordata da Tzetzes (*ad Lycophr. Alex.* 1374), oppure, secondo una differente versione mitica seguita dal poeta ciclico Cinetone (cfr. Paus. II 18, 6), andata sposa a Oreste stesso; su questo personaggio verteva l'omonima tragedia perduta di Sofocle. Igino (*fab.* 122) invece menziona un figlio di Egisto, di nome Alete, ma senza specificare chi fosse la madre: anche Alete dava il nome a una tragedia perduta attribuita a Sofocle *[N.d.T.]*.

ἢ ζῶ βίον μοχθηρόν, ἔκ τε σοῦ κακοῖς
πολλοῖς ἀεὶ ξυνοῦσα τοῦ τε συννόμου.
Ὁ δ' ἄλλος ἔξω, χεῖρα σὴν μόλις φυγών,
τλήμων Ὀρέστης, δυστυχῆ τρίβει βίον·
ὃν πολλὰ δή με σοὶ τρέφειν μιάστορα
ἐπῃτιάσω· καὶ τόδ', εἴπερ ἔσθενον,
ἔδρων ἄν, εὖ τοῦτ' ἴσθι. Τοῦδέ γ' οὕνεκα
κήρυσσέ μ' εἰς ἅπαντας, εἴτε χρὴ κακήν,
εἴτε στόμαργον, εἴτ' ἀναιδείας πλέαν·
εἰ γὰρ πέφυκα τῶνδε τῶν ἔργων ἴδρις,
σχεδόν τι τὴν σὴν οὐ καταισχύνω φύσιν.
ΧΟ. Ὁρῶ μένος πνέουσαν· εἰ δὲ σὺν δίκῃ
ξύνεστι, τοῦδε φροντίδ' οὐκέτ' εἰσορῶ.
ΚΛ. Ποίας δ' ἐμοὶ δεῖ πρός γε τήνδε φροντίδος,
ἥτις τοιαῦτα τὴν τεκοῦσαν ὕβρισεν,
καὶ ταῦτα τηλικοῦτος; ἆρά σοι δοκεῖ
χωρεῖν ἂν εἰς πᾶν ἔργον αἰσχύνης ἄτερ;
ΗΛ. Εὖ νῦν ἐπίστω τῶνδέ μ' αἰσχύνην ἔχειν,
κεἰ μὴ δοκῶ σοι· μανθάνω δ' ὁθούνεκα
ἔξωρα πράσσω κοὐκ ἐμοὶ προσεικότα.
Ἀλλ' ἡ γὰρ ἐκ σοῦ δυσμένεια καὶ τὰ σὰ
ἔργ' ἐξαναγκάζει με ταῦτα δρᾶν βίᾳ·
αἰσχροῖς γὰρ αἰσχρὰ πράγματ' ἐκδιδάσκεται.
ΚΛ. Ὦ θρέμμ' ἀναιδές, ἦ σ' ἐγὼ καὶ τἄμ' ἔπη
καὶ τἄργα τἀμὰ πόλλ' ἄγαν λέγειν ποεῖ.
ΗΛ. Σύ τοι λέγεις νιν, οὐκ ἐγώ· σὺ γὰρ ποεῖς
τοὔργον, τὰ δ' ἔργα τοὺς λόγους εὑρίσκεται.
ΚΛ. Ἀλλ' οὐ μὰ τὴν δέσποιναν Ἄρτεμιν θράσους
τοῦδ' οὐκ ἀλύξεις, εὖτ' ἂν Αἴγισθος μόλῃ.
ΗΛ. Ὁρᾷς; πρὸς ὀργὴν ἐκφέρῃ, μεθεῖσά μοι

confronti, io che conduco una misera vita, stando in mezzo a mali infiniti per causa tua e dell'uomo che vive con te. E l'altro, l'esule infelice, sfuggito a stento dalle tue mani, consuma tristemente la sua esistenza: quell'Oreste che tante volte mi hai accusato di allevare nello spirito di vendetta contro di te. E sta' certa che lo farei, se ne avessi la forza! Quindi, proclama pure davanti a tutti, se necessario, che sono una malvagia, una svergognata, un'impudente. Se sono per natura esperta di tali arti, forse non reco disonore al tuo sangue.

CORIFEA La vedo spirare furore; ma mi sembra che non si dia più pensiero di avere la giustizia dalla sua parte[57].

CLITEMESTRA E che pensiero dovrei darmi io di costei, che alla sua età rovescia tali insulti su chi l'ha messa al mondo? Non ti pare che possa ormai giungere a tutto, senza vergogna?

ELETTRA Vergogna ne sento, credimi, anche se a te non sembra: so di agire in modo sconveniente alla mia età ed indegno di me. Ma il tuo odio e la tua condotta mi costringono a viva forza a comportarmi così: da opere turpi si apprendono opere turpi.

CLITEMESTRA O essere spudorato, sono dunque io, le mie parole, le mie azioni, a farti parlare troppo!

ELETTRA Tu parli così, non io: poiché tu agisci e le azioni trovano da sé le parole.

CLITEMESTRA In nome di Artemide signora, al ritorno di Egisto sconterai questa tua insolenza!

ELETTRA Lo vedi? Ti lasci trascinare dall'ira. Mi avevi con-

[57] I commentatori interpretano diversamente questo intervento del Coro: alcuni lo riferiscono a Clitemestra (Kaibel, Campbell, Kells, Kamerbeek), altri a Elettra (Jebb, Bruhn, Mazon, Schiassi, Paduano). Nel primo caso le donne di Micene, dopo aver visto le reazioni di rabbia di Clitemestra, espresse evidentemente a livello gestuale, prenderebbero sarcasticamente le distanze dalla pretesa della sovrana di avere Δίκη al suo fianco (cfr. v. 528). Nel secondo caso le coreute, pur essendo convinte della giustezza di fondo della posizione di Elettra, rimprovererebbero alla giovane una veemenza eccessiva (in effetti al v. 611 οὐκέτι, «non più», si spiega bene con la graduale perdita di controllo da parte di Elettra, la quale, dopo aver iniziato la sua requisitoria in modo abbastanza pacato, a poco a poco è trapassata a toni sempre più accesi). Questa seconda interpretazione, che è stata difesa con convincenti argomenti da Jebb (n. *ad loc.*), si accorda, tra l'altro, con la tenden-

λέγειν ἃ χρῄζοιμ', οὐδ' ἐπίστασαι κλύειν.

ΚΛ. Οὔκουν ἐάσεις οὐδ' ὑπ' εὐφήμου βοῆς
θῦσαί μ', ἐπειδὴ σοί γ' ἐφῆκα πᾶν λέγειν;

ΗΛ. Ἐῶ, κελεύω, θῦε· μηδ' ἐπαιτιῶ
τοὐμὸν στόμ', ὡς οὐκ ἂν πέρα λέξαιμ' ἔτι.

ΚΛ. Ἔπαιρε δὴ σὺ θύμαθ' ἡ παροῦσά μοι
πάγκαρπ', ἄνακτι τῷδ' ὅπως λυτηρίους
εὐχὰς ἀνάσχω δειμάτων ἃ νῦν ἔχω.
Κλύοις ἂν ἤδη, Φοῖβε προστατήριε,
κεκρυμμένην μου βάξιν· οὐ γὰρ ἐν φίλοις
ὁ μῦθος, οὐδὲ πᾶν ἀναπτύξαι πρέπει
πρὸς φῶς, παρούσης τῆσδε πλησίας ἐμοί,
μὴ σὺν φθόνῳ τε καὶ πολυγλώσσῳ βοῇ
σπείρῃ ματαίαν βάξιν εἰς πᾶσαν πόλιν·
ἀλλ' ὧδ' ἄκουε· τῇδε γὰρ κἀγὼ φράσω.
Ἃ γὰρ προσεῖδον νυκτὶ τῇδε φάσματα
δισσῶν ὀνείρων, ταῦτά μοι, Λύκει' ἄναξ,
εἰ μὲν πέφηνεν ἐσθλά, δὸς τελεσφόρα,
εἰ δ' ἐχθρά, τοῖς ἐχθροῖσιν ἔμπαλιν μέθες.
Καὶ μή με πλούτου τοῦ παρόντος εἴ τινες
δόλοισι βουλεύουσιν ἐκβαλεῖν, ἐφῇς,
ἀλλ' ὧδέ μ' αἰεὶ ζῶσαν ἀβλαβεῖ βίῳ
δόμους Ἀτρειδῶν σκῆπτρά τ' ἀμφέπειν τάδε,
φίλοισί τε ξυνοῦσαν οἷς ξύνειμι νῦν
εὐημεροῦσαν καὶ τέκνων ὅσων ἐμοὶ
δύσνοια μὴ πρόσεστιν ἢ λύπη πικρά.
Ταῦτ', ὦ Λύκει' Ἄπολλον, ἵλεως κλύων
δὸς πᾶσιν ἡμῖν ὥσπερ ἐξαιτούμεθα·
τὰ δ' ἄλλα πάντα καὶ σιωπώσης ἐμοῦ
ἐπαξιῶ σε δαίμον' ὄντ' ἐξειδέναι·
τοὺς ἐκ Διὸς γὰρ εἰκός ἐστι πάνθ' ὁρᾶν.

cesso di dire ciò che avrei voluto, e ora non sei capace di stare a sentire.

CLITEMESTRA Non mi lascerai nemmeno compiere in silenzio il sacrificio, ora che ti ho permesso di dire tutto?

ELETTRA Ti lascio; anzi, t'invito: sacrifica pure, e non incolpare ancora la mia lingua. Non parlerò più.

CLITEMESTRA (*All'ancella.*) Solleva, tu che mi assisti, queste offerte di molti frutti, perché io innalzi al dio una preghiera che mi liberi dal terrore che ora mi tiene. (*Rivolgendosi alla statua di Apollo.*) Ascolta, o Febo nostro protettore, le mie parole nascoste: io non ti parlo fra persone amiche, e non è bene svelare ogni cosa alla luce, mentre mi è accanto costei, che, io temo, con il suo rancore e la sua lingua sfrenata potrebbe seminare per tutta la città voci insensate. Tu ascoltami, dunque, così come io ti parlerò, accortamente. Le visioni di sogni ambigui che ho avuto in questa notte fa' che arrivino a compimento, o signore Liceo, se mi sono propizie; ma se mi fossero ostili, falle ricadere sui miei nemici. Se dalla ricchezza di ora qualcuno tenta con la frode di allontanarmi, tu non lo permettere, ma concedimi di trascorrere un'esistenza sempre immune da sciagure, e di reggere questo scettro e la casa degli Atridi, vivendo serenamente insieme alle persone care che sono ora al mio fianco e a quei figli che non mi portano odio né amara afflizione. O Apollo Liceo, ascolta benigno questa preghiera e da' a tutti noi quel che chiediamo. Tutto il resto, anche se taccio, ritengo che tu, in quanto dio, lo conosca bene: deve vedere ogni cosa, chi è nato da Zeus[58].

za di questo Coro, evidente fin dalla parodo, a moderare ogni eccesso nell'atteggiamento di Elettra. È invece sicuramente da respingere la soluzione intermedia sostenuta dallo scoliaste, che spezza la battuta in due riferimenti (il soggetto di πνέουσαν e ξύνεστι sarebbe Elettra, mentre φροντίδα si riferirebbe a Clitemestra) *[N.d.T.]*.

[58] L'effetto di questa tremenda preghiera, nella quale Clitemestra tacitamente chiede la morte del figlio, risulta ancor più accentuato se si tien conto del fatto che normalmente i Greci pregavano ad alta voce, e quindi la presenza di persone ostili obbliga Clitemestra a non lasciar trapelare le sue intenzioni, confidando nella capacità del dio di comprendere il suo pensiero nascosto. In contrasto con l'empia invocazione di Clitemestra, ai vv. 1376-1383 si le-

ΠΑ. Ξέναι γυναῖκες, πῶς ἂν εἰδείην σαφῶς
εἰ τοῦ τυράννου δώματ᾽ Αἰγίσθου τάδε ;
ΧΟ. Τάδ᾽ ἐστίν, ὦ ξέν᾽· αὐτὸς εἴκασας καλῶς.
ΠΑ. Ἦ καὶ δάμαρτα τήνδ᾽ ἐπεικάζων κυρῶ
κείνου ; πρέπει γὰρ ὡς τύραννος εἰσορᾶν.
ΧΟ. Μάλιστα πάντων· ἥδε σοι κείνη πάρα.
ΠΑ. Ὦ χαῖρ᾽, ἄνασσα· σοὶ φέρων ἥκω λόγους
ἡδεῖς φίλου παρ᾽ ἀνδρὸς Αἰγίσθῳ θ᾽ ὁμοῦ.
ΚΛ. Ἐδεξάμην τὸ ῥηθέν· εἰδέναι δέ σου
πρώτιστα χρῄζω τίς σ᾽ ἀπέστειλεν βροτῶν.
ΠΑ. Φανοτεὺς ὁ Φωκεύς, πρᾶγμα πορσύνων μέγα.
ΚΛ. Τὸ ποῖον, ὦ ξέν᾽ ; εἰπέ· παρὰ φίλου γὰρ ὢν
ἀνδρός, σάφ᾽ οἶδα, προσφιλεῖς λέξεις λόγους.
ΠΑ. Τέθνηκ᾽ Ὀρέστης· ἐν βραχεῖ ξυνθεὶς λέγω.
ΗΛ. Οἴ ᾽γὼ τάλαιν᾽, ὄλωλα τῇδ᾽ ἐν ἡμέρᾳ.
ΚΛ. Τί φῄς, τί φῄς, ὦ ξεῖνε ; μὴ ταύτης κλύε.
ΠΑ. Θανόντ᾽ Ὀρέστην νῦν τε καὶ πάλαι λέγω.
ΗΛ. Ἀπωλόμην δύστηνος, οὐδέν εἰμ᾽ ἔτι.
ΚΛ. Σὺ μὲν τὰ σαυτῆς πρᾶσσ᾽· ἐμοὶ δὲ σύ, ξένε,
τἀληθὲς εἰπέ· τῷ τρόπῳ διόλλυται ;
ΠΑ. Κἀπεμπόμην πρὸς ταῦτα καὶ τὸ πᾶν φράσω.
Κεῖνος γὰρ ἐλθὼν εἰς τὸ κλεινὸν Ἑλλάδος
πρόσχημ᾽ ἀγῶνος, Δελφικῶν ἄθλων χάριν,
ὅτ᾽ ᾔσθετ᾽ ἀνδρὸς ὀρθίων κηρυγμάτων
δρόμον προκηρύξαντος, οὗ πρώτη κρίσις,

(*Entra il Pedagogo.*)

PEDAGOGO Straniere, potrei sapere con certezza se questo è il palazzo di Egisto, il sovrano?

CORIFEA È questo, o straniero: hai visto bene.

PEDAGOGO E forse colgo ancora nel segno a supporre che questa è la sua consorte? Ha un aspetto regale.

CORIFEA Proprio così: sei in presenza della regina.

PEDAGOGO Salute a te, o signora! Vengo a portare liete notizie a te e ad Egisto, da parte di un amico.

CLITEMESTRA Accolgo l'augurio: ma per prima cosa vorrei sapere chi ti ha mandato.

PEDAGOGO Fanoteo della Focide, affidandomi un compito di grande importanza.

CLITEMESTRA Quale, straniero? Parla: giungendo da parte di un amico, porterai, ne sono certa, gradite parole.

PEDAGOGO È morto Oreste: ecco, in breve, il messaggio.

ELETTRA Ahimè sventurata! Questo è il giorno della mia morte!

CLITEMESTRA Che dici, che dici, straniero? (*Indicando Elettra.*) Non darle retta.

PEDAGOGO È morto Oreste: l'ho detto e lo ripeto.

ELETTRA Sono perduta, me sventurata, non sono più nulla!

CLITEMESTRA (*A Elettra.*) Occupati dei fatti tuoi. (*Al Pedagogo.*) E tu, straniero, dimmi la verità: com'è morto?

PEDAGOGO Sono stato mandato proprio per questo: ti dirò ogni cosa. Giunto a quei celebri giochi che sono vanto dell'Ellade per prender parte agli agoni delfici, quando udì la voce sonora dell'araldo annunciare la corsa, la prima delle gare,

verà la preghiera di Elettra allo stesso Apollo per chiedere il giusto compimento della vendetta, ora che la situazione si è completamente rovesciata (dalla morte di Oreste si è passati infatti alla presenza del fratello tanto invocato). Preghiera lacerante anch'essa, perché chiede aiuto per un atto terribile, ma non assimilabile a quella della madre, poiché Elettra segue vie ben diverse da quelle di Clitemestra e non può essere a lei accomunata nell'accusa di empietà: ella chiede lucidamente, in quanto giusto, anche ciò ch'è terribile.

εἰσῆλθε λαμπρός, πᾶσι τοῖς ἐκεῖ σέβας·
δρόμου δ' ἰσώσας τῇ φύσει τὰ τέρματα,
νίκης ἔχων ἐξῆλθε πάντιμον γέρας.
Χὤπως μὲν ἐν πολλοῖσι παῦρά σοι λέγω
οὐκ οἶδα τοιοῦδ' ἀνδρὸς ἔργα καὶ κράτη·
ἓν δ' ἴσθ' ὅσων γὰρ εἰσεκήρυξαν βραβῆς
† δρόμων, διαύλων, πένταθλ' ἃ νομίζεται †,
τούτων ἐνεγκὼν πάντα τἀπινίκια,
ὠλβίζετ', Ἀργεῖος μὲν ἀνακαλούμενος,
ὄνομα δ' Ὀρέστης, τοῦ τὸ κλεινὸν Ἑλλάδος
Ἀγαμέμνονος στράτευμ' ἀγείραντός ποτε.
Καὶ ταῦτα μὲν τοιαῦθ'· ὅταν δέ τις θεῶν
βλάπτῃ, δύναιτ' ἂν οὐδ' ἂν ἰσχύων φυγεῖν.
Κεῖνος γὰρ ἄλλης ἡμέρας, ὅθ' ἱππικῶν
ἦν ἡλίου τέλλοντος ὠκύπους ἀγών,
εἰσῆλθε πολλῶν ἁρματηλατῶν μέτα.
Εἷς ἦν Ἀχαιός, εἷς ἀπὸ Σπάρτης, δύο
Λίβυες, ζυγωτῶν ἁρμάτων ἐπιστάται·
κἀκεῖνος ἐν τούτοισι θεσσαλὰς ἔχων
ἵππους, ὁ πέμπτος· ἕκτος ἐξ Αἰτωλίας
ξανθαῖσι πώλοις· ἕβδομος Μάγνης ἀνήρ·
ὁ δ' ὄγδοος λεύκιππος, Αἰνιὰν γένος·
ἔνατος Ἀθηνῶν τῶν θεοδμήτων ἄπο·
Βοιωτὸς ἄλλος, δέκατον ἐκπληρῶν ὄχον.
Στάντες δ' ὅθ' αὐτοὺς οἱ τεταγμένοι βραβῆς

egli entrò, fulgido, sul campo e tutti i presenti lo guardarono con ammirazione; e dimostrandosi nell'esito della corsa all'altezza della sua natura, ne uscì con il gloriosissimo premio della vittoria. Non so veramente come citarti, nel loro gran numero, alcune soltanto fra le trionfali imprese di un tale eroe[59]. Sappi che di tutte le gare che gli arbitri bandirono [delle corse, dei diauli, delle cinque di cui si compone il pentathlon][60] egli riportò ogni volta il premio, ed ebbe onori e grida di plauso dalla folla, quando veniva proclamato vincitore: «l'Argivo, di nome Oreste, il figlio di Agamennone, di colui che un giorno adunò il glorioso esercito della Grecia». Così andarono le cose. Ma quando un dio vuole fare del male, nessuno per quanto forte gli può sfuggire. Il giorno seguente, quando al sorgere del sole aveva luogo la corsa veloce dei carri, egli entrò in campo di nuovo, insieme a molti aurighi. Uno era acheo, uno spartano, due libici, guidatori di carri aggiogati; Oreste, con le cavalle tessale, era quinto fra loro, sesto un Etolo con puledre saure, settimo un uomo di Magnesia, ottavo, con i suoi bianchi cavalli, uno della gente enia; il nono proveniva da Atene, la città fondata dagli dèi; guidava, infine, il decimo cocchio un Beotico[61]. Presa posizione dove i

[59] Questa la traduzione secondo il testo di Dain che, insieme ad altri (Masqueray, Schiassi, ecc.), considera χὤπως... λέγω (v. 688) come una interrogativa indiretta dipendente da οὐκ οἶδα, mentre l'aggettivo παῦρα anticiperebbe, come una sorta di apposizione, ἔργα καὶ κράτη. C'è però un'altra possibilità di intendere il passo, accolta da molti editori (Kaibel, Jebb, Kamerbeek, Kells, Paduano), i quali, interpungendo con una virgola alla fine del v. 688, considerano χὤπως... λέγω come una proposizione finale («per parlarti brevemente laddove ci sarebbe molto da dire»), e interpretano la frase successiva nel senso: «io non conosco le imprese e i trionfi di un tale uomo», *i.e.* «non ho mai sentito di gesta trionfali pari alle sue» *[N.d.T.]*.

[60] Il v. 691 è sospetto: il diaulo («doppia corsa», cioè dal punto di partenza alla mèta - καμπτήρ - e viceversa) è una varietà del genere δρόμος, «corsa» e il δρόμος a sua volta è una delle componenti del pentathlon. È probabile che si tratti di una interpolazione, nata forse da una glossa marginale che mirava a definire i tipi di gare disputate da Oreste *[N.d.T.]*.

[61] Nel presentare solennemente la gara dei carri in cui Oreste perde la vita (nella cui descrizione si colgono evidenti reminiscenze dell'omologa gara omerica nei giochi in onore di Paride, narrata in *Il.* XXIII), Sofocle fa sì che vi partecipino rappresentanti di tutto il mondo Greco: dal Peloponneso un

κλήροις ἔπηλαν καὶ κατέστησαν δίφρους,
χαλκῆς ὕπαὶ σάλπιγγος ᾖξαν· οἱ δ' ἅμα
ἵπποις ὁμοκλήσαντες ἡνίας χεροῖν
ἔσεισαν· ἐν δὲ πᾶς ἐμεστώθη δρόμος
κτύπου κροτητῶν ἁρμάτων· κόνις δ' ἄνω
φορεῖθ'· ὁμοῦ δὲ πάντες ἀναμεμιγμένοι
φείδοντο κέντρων οὐδέν, ὡς ὑπερβάλοι
χνόας τις αὐτῶν καὶ φρυάγμαθ' ἱππικά.
Ὁμοῦ γὰρ ἀμφὶ νῶτα καὶ τροχῶν βάσεις
ἤφριζον, εἰσέβαλλον ἱππικαὶ πνοαί.
Κεῖνος δ' ὑπ' αὐτὴν ἐσχάτην στήλην ἔχων
ἔχριμπτ' ἀεὶ σύριγγα, δεξιὸν δ' ἀνεὶς
σειραῖον ἵππον, εἶργε τὸν προσκείμενον.
Καὶ πρὶν μὲν ὀρθοὶ πάντες ἕστασαν δίφροι·
ἔπειτα δ' Αἰνιᾶνος ἀνδρὸς ἄστομοι
πῶλοι βίᾳ φέρουσιν, ἐκ δ' ὑποστροφῆς,
τελοῦντες ἕκτον ἕβδομόν τ' ἤδη δρόμον,
μέτωπα συμπαίουσι βαρκαίοις ὄχοις·
κἀντεῦθεν ἄλλος ἄλλον ἐξ ἑνὸς κακοῦ
ἔθραυε κἀνέπιπτε, πᾶν δ' ἐπίμπλατο
ναυαγίων Κρισαῖον ἱππικῶν πέδον.

giudici tirando a sorte avevano disposto i carri, allo squillo della tromba di bronzo si slanciarono, e incitando i cavalli con alte grida, agitarono le redini nelle loro mani. L'intero stadio si riempì del fragore dei carri strepitanti, la polvere si levava alta, e tutti, confusi insieme, non risparmiavano la sferza, ciascuno nell'intento di superare i mozzi e l'ansito dei cavalli avversari. Sui loro dorsi, sui vortici delle ruote, schiumava e alitava il fiato dei puledri. Ed egli, tenendosi stretto alla mèta[62], la rasentava sempre col mozzo, e mentre allentava la briglia al cavallo di destra frenava quello che la sfiorava. E dapprima tutti i carri si tennero diritti[63]; poi i cavalli dell'auriga eneo, indocili al morso, si sfrenarono violenti e, deviando[64], al termine del sesto giro e all'inizio ormai del settimo, cozzarono la fronte contro i carri barcei[65]. E da allora, per quel solo urto, i cocchi si scontravano, rovinavano l'uno sull'altro, e l'intera pianura di Crisa si riempiva dei loro relitti[66].

abitante dell'Acaia (il termine «Acheo» non va inteso nel senso omerico, ma in quello contemporaneo al poeta di «Acheo del Peloponneso») e uno Spartano; dal mondo coloniale due Libici (cioè due Greci della Cirenaica: i non Greci non erano infatti ammessi ai giochi); dalla Grecia del Nord un Etolo, un Magnete, un Eniano; e infine, un Ateniese e un Beota.

[62] L'ἐσχάτην στήλην (v. 720) è una delle due colonne che segnano l'estremità dello stadio, attorno alle quali l'auriga doveva girare (= νύσσα, καμπτήρ; lat. *meta*). Altri (Kamerbeek, Kells) preferiscono interpretare come «il bordo» o «l'angolo esterno della colonna» *[N.d.T.]*.

[63] Alcuni commentatori intendono «diritti» nel senso di «nella direzione giusta», ma è più probabile che vi si debba vedere un'allusione al fatto che nessun carro si era ancora rovesciato (così intendono Jebb, Kaibel, Masqueray, Mazon, Paduano, Kells); si veda infatti, nei versi seguenti, la descrizione dell'incidente, in part. i vv. 728-729, che già Kaibel metteva in opposizione al v. 723 *[N.d.T.]*.

[64] Ci sono due possibilità di intendere ἐκ δ' ὑποστροφῆς (v. 725): 1) «dopo aver deviato dalla direzione», e quindi «con uno scarto laterale» (Paduano, Schiassi); 2) «nel momento di ritornare sui loro passi», «dopo aver girato la mèta», cioè «nella curva»: concetto, questo, poi ripreso e precisato dal verso immediatamente successivo (Kamerbeek, Kells) *[N.d.T.]*.

[65] Cioè libici, dal nome della città di Barce, che si trovava nella Cirenaica. L'aggettivo è usato in senso generico, e non significa necessariamente che gli aurighi provenissero proprio da quella città.

[66] La metafora marina, implicita nel sostantivo ναυαγίων («i rottami di una nave naufragata», v. 730) prosegue al v. 733 nell'immagine del «flutto equestre che ribolle in mezzo all'arena»; e cfr. anche al v. 732 il ricorrere del

Γνοὺς δ' οὑξ 'Αθηνῶν δεινὸς ἡνιοστρόφος
ἔξω παρασπᾷ κἀνοκωχεύει παρεὶς
κλύδων' ἔφιππον ἐν μέσῳ κυκώμενον.
Ἤλαυνε δ' ἔσχατος μέν, ὑστέρας ἔχων
πώλους 'Ορέστης, τῷ τέλει πίστιν φέρων·
ὅπως δ' ὁρᾷ μόνον νιν ἐλλελειμμένον,
ὀξὺν δι' ὤτων κέλαδον ἐνσείσας θοαῖς
πώλοις διώκει, κἀξισώσαντε ζυγὰ
ἠλαυνέτην, τότ' ἄλλος, ἄλλοθ' ἅτερος
κάρα προβάλλων ἱππικῶν ὀχημάτων.
Καὶ τοὺς μὲν ἄλλους πάντας ἀσφαλεῖς δρόμους
ὠρθοῦθ' ὁ τλήμων ὀρθὸς ἐξ ὀρθῶν δίφρων·
ἔπειτα, λύων ἡνίαν ἀριστερὰν
κάμπτοντος ἵππου, λανθάνει στήλην ἄκραν
παίσας· ἔθραυσε δ' ἄξονος μέσας χνόας,
κἀξ ἀντύγων ὤλισθε· σὺν δ' ἑλίσσεται
τμητοῖς ἱμᾶσι· τοῦ δὲ πίπτοντος πέδῳ
πῶλοι διεσπάρησαν ἐς μέσον δρόμον.
Στρατὸς δ' ὅπως ὁρᾷ νιν ἐκπεπτωκότα
δίφρων, ἀνωλόλυξε τὸν νεανίαν,
οἷ' ἔργα δράσας οἷα λαγχάνει κακά,
φορούμενος πρὸς οὖδας, ἄλλοτ' οὐρανῷ
σκέλη προφαίνων, ἔστε νιν διφρηλάται,
μόλις κατασχεθόντες ἱππικὸν δρόμον,
ἔλυσαν αἱματηρόν, ὥστε μηδένα
γνῶναι φίλων ἰδόντ' ἂν ἄθλιον δέμας.
Καί νιν πυρᾷ κέαντες εὐθὺς ἐν βραχεῖ
χαλκῷ μέγιστον σῶμα δειλαίας σποδοῦ
φέρουσιν ἄνδρες Φωκέων τεταγμένοι,
ὅπως πατρῴας τύμβον ἐκλάχοι χθονός.
Τοιαῦτά σοι ταῦτ' ἐστίν, ὡς μὲν ἐν λόγοις
ἀλγεινά, τοῖς δ' ἰδοῦσιν, οἵπερ εἴδομεν,
μέγιστα πάντων ὧν ὄπωπ' ἐγὼ κακῶν.

Accortosi del pericolo, l'auriga ateniese, abilissimo, tirò verso l'esterno e frenò, schivando quella massa ondeggiante di cavalli che ribolliva nel centro. Ultimo veniva Oreste, che teneva a freno le sue puledre, confidando nello slancio finale. E come vede l'altro rimasto solo, lancia alle veloci cavalle un acuto grido che risuona loro nelle orecchie, e si getta all'inseguimento. Ormai correvano con i gioghi pareggiati, riuscendo ora l'uno ora l'altro a sopravanzare col capo il cocchio dell'avversario. E aveva ormai percorso incolume tutti gli altri giri della pista, diritto sul diritto carro, quando, allentando la briglia sinistra alla cavalla che stava compiendo la curva, l'infelice urtò inavvertitamente l'orlo estremo della stele; spezzò a metà l'asse della ruota e scivolò dalla fiancata, impigliandosi nelle redini ritagliate nel cuoio[67]. E mentre cadeva al suolo, le cavalle si dispersero nel mezzo dello stadio. La folla, come lo vide sbalzato dal cocchio, lanciò un grido di orrore, per quel giovane che dopo gesta così gloriose aveva avuto in sorte una tale sciagura: ora trascinato per terra, ora rilanciato con le gambe al cielo, finché alcuni aurighi frenarono a stento la fuga dei cavalli e lo disciolsero, lordo di sangue al punto che nessuno degli amici, al vedere quel corpo straziato, avrebbe potuto riconoscerlo. Subito dopo l'arsero sul rogo: alcuni Focesi sono stati incaricati di portare, in una piccola urna di bronzo, la misera cenere di quel grandissimo corpo, perché riceva sepoltura nella terra dei suoi avi. Questi i fatti, dolorosi anche a sentirli narrare: ma per chi li vide, come li vidi io, sono lo spettacolo più atroce tra tutti quelli a cui abbia mai assistito.

verbo ἀνοκωχεύω, che in Erodoto e altrove, con l'accusativo νῆα, si trova riferito all'ancoraggio della nave *[N.d.T.]*.

[67] L'epiteto esornativo epico τμητοῖς (cfr. *Il.* X 567; Eur. *Hipp.* 1245; Verg. *Aen.* XI 579 *tereti habena*) indica che le briglie sono state prodotte ritagliando strisce dal cuoio. Altri, in considerazione del contesto in cui l'aggettivo è inserito, ritengono che sia da cogliervi un'allusione ai bordi affilati della briglia, che incidendo le carni producono dolore (cfr. Campbell, Kamerbeek): al v. 863 in effetti l'epiteto sembra avere questo secondo significato *[N.d.T.]*.

ΧΟ. Φεῦ φεῦ· τὸ πᾶν δὴ δεσπόταισι τοῖς πάλαι
πρόρριζον, ὡς ἔοικεν, ἔφθαρται γένος.
ΚΛ. Ὦ Ζεῦ, τί ταῦτα ; πότερον εὐτυχῆ λέγω
ἢ δεινὰ μέν, κέρδη δέ ; λυπηρῶς δ' ἔχει,
εἰ τοῖς ἐμαυτῆς τὸν βίον σῴζω κακοῖς.
ΠΑ. Τί δ' ὧδ' ἀθυμεῖς, ὦ γύναι, τῷ νῦν λόγῳ ;
ΚΛ. Δεινὸν τὸ τίκτειν ἐστίν· οὐδὲ γὰρ κακῶς
πάσχοντι μῖσος ὧν τέκῃ προσγίγνεται.
ΠΑ. Μάτην ἄρ' ἡμεῖς, ὡς ἔοικεν, ἥκομεν.
ΚΛ. Οὔτοι μάτην γε· πῶς γὰρ ἂν μάτην λέγοις ;
εἴ μοι θανόντος πίστ' ἔχων τεκμήρια
προσῆλθες, ὅστις τῆς ἐμῆς ψυχῆς γεγώς,
μαστῶν ἀποστὰς καὶ τροφῆς ἐμῆς, φυγὰς
ἀπεξενοῦτο· καί μ', ἐπεὶ τῆσδε χθονὸς
ἐξῆλθεν, οὐκέτ' εἶδεν· ἐγκαλῶν δέ μοι
φόνους πατρῴους δείν' ἐπηπείλει τελεῖν·
ὥστ' οὔτε νυκτὸς ὕπνον οὔτ' ἐξ ἡμέρας
ἐμὲ στεγάζειν ἡδύν, ἀλλ' ὁ προστατῶν
χρόνος διῆγέ μ' αἰὲν ὡς θανουμένην.
Νῦν δ' — ἡμέρᾳ γὰρ τῇδ' ἀπήλλαγμαι φόβου
πρὸς τῆσδ' ἐκείνου θ'· ἥδε γὰρ μείζων βλάβη
ξύνοικος ἦν μοι, τοὐμὸν ἐκπίνουσ' ἀεὶ

CORIFEA Ahi, ahimè! L'intera stirpe dei nostri antichi sovrani è andata distrutta, a quanto sembra, fin dalle radici.

CLITEMESTRA O Zeus, che significa questo? Devo chiamarlo un bene o un male, terribile, sì, ma utile? È angoscioso che io abbia salva la vita a prezzo dei miei lutti.

PEDAGOGO Perché sei così turbata, o donna, dal mio racconto?

CLITEMESTRA Tremenda cosa l'esser madre! Nemmeno se duramente oltraggiata essa può avere in odio i propri figli[68].

PEDAGOGO Dunque ci siamo mossi invano, a quanto sembra.

CLITEMESTRA No, non invano. Come puoi dire «invano», se sei venuto qui con prove sicure della morte di colui che, nato dalla mia vita, rinnegò il mio seno, le mie cure, e se ne andò lontano, esule: di colui che, da quando è partito da questa terra, non mi ha più rivisto, ma, incolpandomi della morte del padre, minacciava di compiere orribili vendette? E così né di notte né durante il giorno il sonno mi velava, dolce, le palpebre, ma il tempo, attimo dopo attimo[69], mi faceva vivere nell'incessante, angosciosa attesa della morte. Ma ora è finita: in questo giorno mi sono liberata dalla paura del figlio e (*indicando Elettra*) di lei, che era un flagello ancora maggiore, poiché viveva nella mia casa e mi succhiava senza tregua il

[68] Non si deve ritenere un'ipocrisia questo momento di turbamento da parte di Clitemestra alla notizia della morte di Oreste: la madre all'improvviso comprende che la sua sopravvivenza e la possibilità di tornare a una esistenza tranquilla dipendono dalla morte del figlio, e ha un attimo di sgomento di fronte a tale angosciosa consapevolezza. Ma ella ha imboccato una strada in cui le scelte sono obbligate, e subito, provocata dalle parole del Pedagogo, riprende il controllo di sé. Un'interpretazione che voglia far leva su queste parole per ipotizzare una descrizione non del tutto negativa di Clitemestra costituisce dunque una forzatura del testo: cfr. *Introduzione*, pp. 54-56 e n. 59.

[69] L'espressione ὁ προστατῶν (v. 781) è stata variamente interpretata: 1) «che sopraggiungeva», «imminente», e quindi «di momento in momento» (Schol., Jebb, Kells); 2) «che mi stava sempre addosso», come un carceriere (Campbell); 3) «che mi stava davanti», guidandomi per mano (Kaibel). Il verbo διῆγε με non va inteso nel senso «passava su di me» (Kells, Paduano), ma come «mi teneva in vita», «mi faceva vivere»; per esempi di διάγω con valore causativo, cfr. LSJ *s.v.*, III *[N.d.T.]*.

ψυχῆς ἄκρατον αἷμα — νῦν δ' ἕκηλά που
τῶν τῆσδ' ἀπειλῶν οὕνεχ' ἡμερεύσομεν.

ΗΛ. Οἴμοι τάλαινα· νῦν γὰρ οἰμῶξαι πάρα,
'Ορέστα, τὴν σὴν ξυμφοράν, ὅθ' ὧδ' ἔχων
πρὸς τῆσδ' ὑβρίζῃ μητρός· ἆρ' ἔχει καλῶς;

ΚΛ. Οὔτοι σύ· κεῖνος δ', ὡς ἔχει, καλῶς ἔχει.

ΗΛ. Ἄκουε, Νέμεσι τοῦ θανόντος ἀρτίως.

ΚΛ. Ἤκουσεν ὧν δεῖ κἀπεκύρωσεν καλῶς.

ΗΛ. Ὕβριζε· νῦν γὰρ εὐτυχοῦσα τυγχάνεις.

ΚΛ. Οὔκουν 'Ορέστης καὶ σὺ παύσετον τάδε.

ΗΛ. Πεπαύμεθ' ἡμεῖς, οὐχ ὅπως σὲ παύσομεν.

ΚΛ. Πολλῶν ἂν ἥκοις, ὦ ξέν', ἄξιος τυχεῖν,
εἰ τήνδ' ἔπαυσας τῆς πολυγλώσσου βοῆς.

ΠΑ. Οὐκοῦν ἀποστείχοιμ' ἄν, εἰ τάδ' εὖ κυρεῖ.

ΚΛ. Ἥκιστ'· ἐπείπερ οὔτ' ἐμοῦ καταξίως
πράξειας οὔτε τοῦ πορεύσαντος ξένου.
'Αλλ' εἴσιθ' εἴσω· τήνδε δ' ἔκτοθεν βοᾶν
ἔα τά θ' αὐτῆς καὶ τὰ τῶν φίλων κακά.

sangue puro dall'anima. Ora, per quanto riguarda le minacce di costei, potremo forse vivere i nostri giorni in pace.

ELETTRA Ahimè sventurata! Adesso sì, Oreste, è lecito piangere la tua sciagura poiché tu, nella condizione in cui sei, vieni insultato da una tale madre. Non è forse bene così[70]?

CLITEMESTRA Per te no di certo. Ma lui, nello stato in cui si trova[71], sta bene.

ELETTRA Ascolta, o Nemesi[72] di colui che è da poco morto!

CLITEMESTRA Ha già ascoltato chi doveva, e bene ha decretato.

ELETTRA Continua pure ad ingiuriare, ora che godi del favore della sorte!

CLITEMESTRA Dunque, né Oreste né tu potrete distruggere tutto questo.

ELETTRA Distrutti siamo noi. Come potremo distruggere te?

CLITEMESTRA Meriti di ricevere grandi ricompense, straniero, se con la tua venuta hai posto fine alle sue interminabili strida.

PEDAGOGO Posso dunque andarmene, se qui tutto va bene.

CLITEMESTRA Niente affatto: sarebbe trattarti in modo non degno né di me né del nostro alleato che ti ha mandato. Entra, e lascia che costei resti qui fuori a lamentare le sventure proprie e quelle dei suoi cari.

[70] Queste parole amaramente ironiche di Elettra sono state intese come rivolte a Oreste («sei contento ora?», sott. σοι; cfr. Kells *ad loc.*), oppure a se stessa («non devo io esser contenta?», sott. μοι; cfr. Schiassi *ad loc.*). In realtà l'espressione va genericamente riferita alla comune situazione di sventura che li ha colti entrambi (=«non va forse tutto bene?»), come pare confermato dal v. 791. Nella sua risposta, Clitemestra dimostra di cogliere l'allusione ai due fratelli, implicita nelle parole di Elettra, ma introduce un sarcastico *distinguo* fra le loro sorti: paradossalmente la persona felice è il morto, la vera infelice è Elettra *[N.d.T.]*.

[71] L'ὡς ἔχει di Clitemestra (v. 791) riprende polemicamente l'ὧδ' ἔχων di Elettra al v. 789 *[N.d.T.]*.

[72] Nemesi è la divinità che controlla che ogni uomo riceva ciò che gli è dovuto, ed è spesso connessa con il mondo dei morti, in quanto si preoccupa che la morte violenta di un uomo sia ripagata con altra morte (cfr. Aesch. fr. 266 R.). Ad Atene si celebravano dei riti detti *Nemeseia*, in onore dei morti (cfr. Dem. 41, 11).

ΗΛ. Ἆρ᾽ ὑμίν, ὡς ἀλγοῦσα κὠδυνωμένη,
δεινῶς δακρῦσαι κἀπικωκῦσαι δοκεῖ
τὸν υἱὸν ἡ δύστηνος ὧδ᾽ ὀλωλότα,
ἀλλ᾽ ἐγγελῶσα φροῦδος; Ὦ τάλαιν᾽ ἐγώ·
Ὀρέστα φίλταθ᾽, ὥς μ᾽ ἀπώλεσας θανών.
Ἀποσπάσας γὰρ τῆς ἐμῆς οἴχῃ φρενὸς
αἵ μοι μόναι παρῆσαν ἐλπίδων ἔτι,
σὲ πατρὸς ἥξειν ζῶντα τιμωρόν ποτε
κἀμοῦ ταλαίνης. Νῦν δὲ ποῖ με χρὴ μολεῖν;
μόνη γάρ εἰμι, σοῦ τ᾽ ἀπεστερημένη
καὶ πατρός· ἤδη δεῖ με δουλεύειν πάλιν
ἐν τοῖσιν ἐχθίστοισιν ἀνθρώπων ἐμοί,
φονεῦσι πατρός· ἆρά μοι καλῶς ἔχει;
Ἀλλ᾽ οὔ τι μὴν ἔγωγε τοῦ λοιποῦ χρόνου
ξύνοικος εἴσειμ᾽, ἀλλὰ τῇδε πρὸς πύλῃ
παρεῖσ᾽ ἐμαυτὴν ἄφιλος αὐανῶ βίον.
Πρὸς ταῦτα καινέτω τις, εἰ βαρύνεται,
τῶν ἔνδον ὄντων· ὡς χάρις μέν, ἢν κτάνῃ,
λύπη δ᾽, ἐὰν ζῶ· τοῦ βίου δ᾽ οὐδεὶς πόθος.

ΧΟ. Ποῦ ποτε κεραυνοὶ Διός, ἢ ποῦ φαέθων Ἅ- Str. 1.
λιος, εἰ ταῦτ᾽ ἐφορῶν-
τες κρύπτουσιν ἕκηλοι;
ΗΛ. Ἒ ἔ, αἰαῖ. ΧΟ. Ὦ παῖ, τί δακρύεις;
ΗΛ. Φεῦ. ΧΟ. Μηδὲν μέγ᾽ ἀύσῃς.
ΗΛ. Ἀπολεῖς. ΧΟ. Πῶς;
ΗΛ. Εἰ τῶν φανερῶς οἰχομέ-
νων εἰς Ἀΐδαν ἐλπίδ᾽ ὑπ-
οίσεις, κατ᾽ ἐμοῦ τακομέ-
νας μᾶλλον ἐπεμβάσῃ.

(*Clitemestra entra nel palazzo con il Pedagogo.*)

ELETTRA Ha forse l'aria, per voi, di una donna addolorata e afflitta, che abbia disperatamente pianto e gemuto, la disgraziata, sul figlio morto in quel modo? Anzi, se n'è andata con un sorriso di scherno. O me infelice! Oreste carissimo, con il tuo morire come mi hai distrutta! Te ne vai strappando via dal mio cuore le sole speranze che ancora mi restavano: che un giorno, vivo, saresti venuto a vendicare tuo padre e me sventurata. E adesso, dove andare? Sono sola, se non ho più te né il padre, e devo ormai ritornare a vivere come una schiava, in mezzo alle persone che più odio, gli assassini di mio padre. Non è una bella esistenza la mia? Ah, no! Per il tempo che mi resta io non voglio più entrare nella casa per vivere con loro; ma davanti a questa porta mi abbandonerò e lascerò appassire la mia vita, senza il conforto di un affetto. Se poi la mia presenza è di peso per qualcuno della reggia, ebbene, mi uccida pure; mi farà un favore, se mi ucciderà: vivere sarà per me una sofferenza. Della vita non ho nessun desiderio.

CORO Dove sono le folgori di Zeus,
dove il Sole fiammeggiante, se vedendo questi mali
li nascondono, impassibili?
ELETTRA Ahi, ahi, ahimè!
CORO Perché piangi, figlia mia?
ELETTRA Ahimè!
CORO Non levare alcun grido temerario[73]!
ELETTRA Mi farai morire!
CORO E come?
ELETTRA Se cercherai di suscitarmi
una speranza per chi è manifestamente
disceso nell'Ade, su di me moribonda
premerai ancor più il piede.

[73] Come osservava già lo scoliaste, nell'esclamazione precedente Elettra doveva aver alzato le mani e rivolto lo sguardo al cielo. Le donne del Coro interpretano questo gesto come una disperata ribellione nei confronti degli dèi e intervengono per frenare una sua possibile invettiva blasfema *[N.d.T.]*.

ΧΟ. Οἶδα γὰρ ἄνακτ' Ἀμφιάρεων χρυσοδέτοις ἕρ- Ant. 1
κεσι κρυφθέντα γυναι-
κῶν· καὶ νῦν ὑπὸ γαίας —
ΗΛ. Ἒ ἔ, ἰώ. ΧΟ. πάμψυχος ἀνάσσει.
ΗΛ. Φεῦ. ΧΟ. Φεῦ δῆτ'· ὀλοὰ γάρ —
ΗΛ. ἐδάμη. ΧΟ. Ναί.
ΗΛ. Οἶδ' οἶδ'· ἐφάνη γὰρ μελέ-
τωρ ἀμφὶ τὸν ἐν πένθει· ἐ-.
μοὶ δ' οὔτις ἔτ' ἔσθ'· ὃς γὰρ ἔτ'
ἦν, φροῦδος ἀναρπασθείς.

ΧΟ. Δειλαία δειλαίων κυρεῖς. Str. 2.

CORO Pure, io so che il re Anfiarao
fu preso nell'aurea rete
di una donna: ed ora sotto terra...

ELETTRA Ahi, ahi, ahimè!

CORO ... in pieno rigoglio di vita[74]
egli regna.

ELETTRA Ahimè!

CORO Ahimè davvero: poiché la sciagurata[75] ...

ELETTRA Fu domata dalla morte[76].

CORO Sì.

ELETTRA Lo so, lo so: per lui,
che si piangeva spento,
apparve un uomo, suo vendicatore.
Ma io non ho più nessuno:
chi ancora mi restava
è scomparso,
mi è stato strappato via.

CORO Infelice tra le infelici tu sei[77]!

[74] Del composto πάμψυχος (v. 842) sono state date due interpretazioni, entrambe appropriate al contesto, a seconda che a ψυχή si attribuisca il significato di «vita» oppure quello di «mente», «coscienza»; quindi: 1) «con tutta la sua forza vitale» (Jebb, LSJ *s.v.*); 2) «con la sua piena coscienza», ossia conservando le sue capacità profetiche (Kamerbeek) *[N.d.T.]*.

[75] Il Coro crede che l'esclamazione precedente di Elettra esprima commiserazione e orrore per la disgraziata Erifile, e ne adduce quindi la ragione. Un'analisi illuminante dell'articolarsi di questo dialogo lirico fra i due interlocutori e del significato di ciascuna battuta si legge nel commento di Kamerbeek, *ad loc.* *[N.d.T.]*.

[76] Amfiarao, un tempo signore di Argo, partecipò alla spedizione dei Sette contro Tebe dietro insistenza della moglie Erifile, cui Polinice aveva fatto dono, per convincerla ad aiutarlo, della splendida collana di Armonia. Essendo indovino Amfiarao poteva prevedere l'insuccesso della spedizione e la propria morte, ma coraggiosamente non si sottrasse al proprio destino. Il figlio Alcmeone ne vendicò più tardi la morte uccidendo Erifile, come il padre gli aveva chiesto e come gli aveva ordinato l'oracolo delfico. Per questo fu perseguitato dalle Erinni, fino alla purificazione avvenuta presso Fegeo, re di Psofide. Elettra dunque rifiuta il parallelo fra la vicenda di Amfiarao e quella di suo padre, sottolineando l'assenza, nel suo caso, del vendicatore che uccide la madre sciagurata .

[77] È possibile interpretare il genitivo δειλαίων (v. 849) come rivolto a persona («tu sei una povera infelice tra le infelici»), oppure a cosa, in dipendenza da κυρεῖς («tu, sventurata, hai in sorte un misero destino») *[N.d.T.]*.

ΗΛ. Κἀγὼ τοῦδ' ἴστωρ, ὑπερίστωρ,
πανσύρτῳ παμμήνῳ πολλῶν
δεινῶν ⟨τε⟩ στυγνῶν τ' ἀχθῶν.

ΧΟ. Εἴδομεν ἃ θροεῖς.

ΗΛ. Μή μέ νυν μηκέτι
παραγάγῃς, ἵν' οὐ — ΧΟ. Τί φῄς;

ΗΛ. πάρεισιν ἐλπίδων ἔτι κοινοτόκων
εὐπατριδᾶν τ' ἀρωγαί.

ΧΟ. Πᾶσι θνατοῖς ἔφυ μόρος. Ant. 2.

ΗΛ. Ἦ καὶ χαλάργοις ἐν ἁμίλλαις
οὕτως, ὡς κείνῳ δυστάνῳ,
τμητοῖς ὁλκοῖς ἐγκῦρσαι;

ΧΟ. Ἄσκοπος ἁ λώβα.

ΗΛ. Πῶς γὰρ οὔκ; εἰ ξένος
ἄτερ ἐμᾶν χερῶν — ΧΟ. Παπαῖ.

ΗΛ. κέκευθεν, οὔτε του τάφου ἀντιάσας
οὔτε γόων παρ' ἡμῶν.

ΧΡ. Ὑφ' ἡδονῆς τοι, φιλτάτη, διώκομαι
τὸ κόσμιον μεθεῖσα σὺν τάχει μολεῖν·
φέρω γὰρ ἡδονάς τε κἀνάπαυλαν ὧν
πάροιθεν εἶχες καὶ κατέστενες κακῶν.

ELETTRA Anch'io lo so, troppo lo so:
la mia vita[78] è un vortice perenne,
che trascina innumerevoli
e funesti affanni.

CORO Abbiamo visto
quello che dici.

ELETTRA Cessa dunque di distogliermi,
non mi sospingere dove...

CORO Che dici?

ELETTRA ... non vi sono più soccorsi di speranze
da parte di chi nacque,
a me fratello, da un nobile padre.

CORO Destino comune a tutti gli uomini è la morte.

ELETTRA Anche il morire come quell'infelice,
in gare di agili zoccoli,
impigliato nelle redini di cuoio?

CORO Immenso fu lo strazio.

ELETTRA E come potrebbe non esserlo,
se in terra straniera,
lontano dal conforto delle mie mani...

CORO Ahimè!

ELETTRA ... è stato sepolto, senza aver ricevuto da noi
né una tomba né lacrime di compianto?

(*Sopraggiunge correndo Crisotemi.*)

CRISOTEMI La gioia, mia cara, mi spinge a venire di corsa, trascurando ogni decoro: ti porto liete notizie, il sollievo da quei mali che hai dovuto finora subire e piangere[79].

[78] In luogo della correzione ἀχθῶν (v. 852) accolta da Dain, leggo, con Hermann, αἰῶνι, rinunciando pertanto all'integrazione congetturale <τε> (Brunck, Dain). Elettra, come suggerisce il composto πανσύρτῳ, paragona la sua esistenza a un torrente in piena, che «trascina» con sé detriti «d'ogni genere» (lett. «a causa del mio destino di vita trascinatore incessante di molte orribili e funeste cose») *[N.d.T.]*.

[79] Sofocle, è noto, ricorre spesso nei suoi drammi all'ironia, procedimento per il quale il diverso livello di conoscenza tra i personaggi e lo spettatore (o

ΗΛ. Πόθεν δ' ἂν εὕροις τῶν ἐμῶν σὺ πημάτων
ἄρηξιν, οἷς ἴασιν οὐκ ἔνεστ' ἰδεῖν ;

ΧΡ. Πάρεστ' Ὀρέστης ἡμίν, ἴσθι τοῦτ' ἐμοῦ
κλύουσ', ἐναργῶς, ὥσπερ εἰσορᾷς ἐμέ.

ΗΛ. Ἀλλ' ἦ μέμηνας, ὦ τάλαινα, κἀπὶ τοῖς
σαυτῆς κακοῖσι κἀπὶ τοῖς ἐμοῖς γελᾷς ;

ΧΡ. Μὰ τὴν πατρῴαν ἑστίαν, ἀλλ' οὐχ ὕβριν
λέγω τάδ', ἀλλ' ἐκεῖνον ὡς παρόντα νῷν.

ΗΛ. Οἴμοι τάλαινα· καὶ τίνος βροτῶν λόγον
τόνδ' εἰσακούσασ' ὧδε πιστεύεις ἄγαν ;

ΧΡ. Ἐγὼ μὲν ἐξ ἐμοῦ τε κοὐκ ἄλλης, σαφῆ
σημεῖ' ἰδοῦσα, τῷδε πιστεύω λόγῳ.

ΗΛ. Τίν', ὦ τάλαιν', ἰδοῦσα πίστιν ; ἐς τί μοι
βλέψασα θάλπῃ τῷδ' ἀνηκέστῳ πυρί ;

ELETTRA E dove mai avresti trovato un aiuto contro le mie disgrazie, se per esse non si vede possibile rimedio?

CRISOTEMI Oreste è tra noi, apprendilo dalle mie labbra: è certamente qui, com'è vero che mi vedi!

ELETTRA Disgraziata, sei impazzita? Ti fai beffe delle tue e delle mie sciagure?

CRISOTEMI No, giuro sul focolare paterno! Non lo dico per schernirti: sono convinta che egli è qui tra noi.

ELETTRA Ahimè sventurata! E da chi hai udito questa notizia, per credervi così ciecamente?

CRISOTEMI Da me stessa e non da altri: per averne visto chiari segni[80] credo in quel che dico.

ELETTRA Ma quale prova sicura puoi aver visto[81], o infelice? Che cosa hai scoperto, dimmi, per avvampare di così insanabile ardore?

anche tra i personaggi stessi del dramma) crea piani sfalsati di ricezione del testo, con risultati di grande efficacia sul piano delle emozioni. In questa scena il poeta ne porta all'estremo limite le possibilità, mescolando e rovesciando completamente realtà e finzione. Crisotemi, che conosce la verità ed è piena di gioia, viene smentita da Elettra, che per buone ragioni crede Oreste morto e riesce a convincere anche la sorella (il riferimento alle parole del Pedagogo elimina la necessità di confutare le tradizionali prove eschilee del ritorno di Oreste, che vengono semplicemente superate dai fatti). L'inganno di Oreste dunque ha così profondamente coinvolto Elettra da sconfiggere apparentemente la verità stessa e da spingere la giovane alla disperazione estrema. Lo spettatore sa invece che la verità è un'altra, e quando Oreste arriva in scena con l'urna che dovrebbe contenere le sue ceneri, si apprezza in pieno l'effetto della situazione paradossale per cui Elettra raggiunge il massimo della solitudine e del dolore proprio nel momento in cui invece ha davanti il fratello in carne e ossa. E il modulo formale per cui ella rivolge le sue espressioni monologiche a un interlocutore presente solo nel pensiero (Oreste morto) è smentito nei fatti dalla presenza di Oreste vivo che ascolta, così che di fatto si instaura, senza che Elettra ne sia consapevole, un dialogo che porta al riconoscimento (su questi aspetti della scena cfr. Reinhardt, *Sofocle* cit., pp. 173-177).

[80] In risposta a Elettra che le aveva chiesto da chi avesse «udito» la novità (εἰσακούσασα v. 884), Crisotemi insiste sul valore del suo «vedere»: i versi successivi sono particolarmente ricchi di espressioni che riconducono al campo semantico dell'ἰδεῖν (cfr. ἰδοῦσα vv. 886, 887, 897, βλέψασα v. 888, κατειδόμην v. 892, ὁρῶ vv. 894, 900, περισκοπῶ v. 897, ἐδερκόμην v. 899, εἶδον vv. 902, ὄμμα v. 903, ὁρᾶν v. 904) *[N.d.T.]*.

[81] Elettra controbatte alle parole di Crisotemi (cfr. in particolare, di quest'ultima, l'espressione σαφῆ | σημεῖ' ἰδοῦσα ai vv. 885-886, alla quale con-

ΧΡ. Πρός νυν θεῶν ἄκουσον, ὡς μαθοῦσά μου
τὸ λοιπὸν ἢ φρονοῦσαν ἢ μώραν λέγῃς.

ΗΛ. Σὺ δ' οὖν λέγ', εἴ σοι τῷ λόγῳ τις ἡδονή.

ΧΡ. Καὶ δὴ λέγω σοι πᾶν ὅσον κατειδόμην.
Ἐπεὶ γὰρ ἦλθον πατρὸς ἀρχαῖον τάφον,
ὁρῶ κολώνης ἐξ ἄκρας νεορρύτους
πηγὰς γάλακτος, καὶ περιστεφῆ κύκλῳ
πάντων ὅσ' ἔστιν ἀνθέων θήκην πατρός·
ἰδοῦσα δ' ἔσχον θαῦμα, καὶ περισκοπῶ
μή πού τις ἡμῖν ἐγγὺς ἐγχρίμπτῃ βροτῶν.
Ὡς δ' ἐν γαλήνῃ πάντ' ἐδερκόμην τόπον,
τύμβου προσεῖρπον ἆσσον· ἐσχάτης δ' ὁρῶ
πυρᾶς νεώρη βόστρυχον τετμημένον·
κεὐθὺς τάλαιν' ὡς εἶδον, ἐμπαίει τί μοι
ψυχῇ σύνηθες ὄμμα, φιλτάτου βροτῶν
πάντων Ὀρέστου τοῦθ' ὁρᾶν τεκμήριον·
καὶ χερσὶ βαστάσασα δυσφημῶ μὲν οὔ,
χαρᾷ δὲ πίμπλημ' εὐθὺς ὄμμα δακρύων.
Καὶ νῦν θ' ὁμοίως καὶ τότ' ἐξεπίσταμαι
μή του τόδ' ἀγλάϊσμα πλὴν κείνου μολεῖν·
τῷ γὰρ προσήκει πλήν γ' ἐμοῦ καὶ σοῦ τόδε;
Κἀγὼ μὲν οὐκ ἔδρασα, τοῦτ' ἐπίσταμαι,
οὐδ' αὖ σύ· πῶς γάρ; ᾗ γε μηδὲ πρὸς θεοὺς
ἔξεστ' ἀκλαύτῳ τῆσδ' ἀποστῆναι στέγης·
ἀλλ' οὐδὲ μὲν δὴ μητρὸς οὔθ' ὁ νοῦς φιλεῖ
τοιαῦτα πράσσειν οὔτε δρῶσ' ἐλάνθανεν·

CRISOTEMI In nome degli dèi, ascolta: solo dopo aver appreso il resto da me potrai dire se sono in senno o pazza.
ELETTRA Ebbene, parla, se ti fa piacere parlare.
CRISOTEMI Ti dirò tutto quel che ho visto. Giunta all'antico sepolcro del padre, vedo scorrere dall'alto del tumulo rivoli di latte versati da poco e la tomba del padre incoronata all'intorno da fiori di ogni genere. A tale vista sono colta da stupore e volgo lo sguardo in giro, nel dubbio che qualcuno si avvicini a me. Ma poiché mi rendo conto che tutto il luogo è tranquillo, mi accosto di più alla tomba e sull'orlo di questa scorgo una ciocca di capelli tagliata da poco[82]. E subito a quella vista, povera me, mi si imprime nella mente un'immagine familiare: vedo in quel ricciolo il segno di Oreste, l'essere più caro fra tutti gli uomini. E presa la ciocca fra le mani non rompo quel sacro silenzio, e per la gioia gli occhi mi si riempiono all'istante di lacrime. Sono convinta, adesso come allora, che da nessuno quell'offerta proviene se non da lui. A chi, infatti, all'infuori di me e di te, si addice questo genere di offerte? Io non l'ho fatto, questo so con certezza, e nemmeno tu. Come avresti potuto, se nemmeno per pregare gli dèi ti è consentito allontanarti da questa casa impunemente? Tanto meno è propenso a tali riti l'animo di nostra madre, e poi non

feriscono rilievo l'*enjambement* e l'allitterazione dell'aggettivo e del sostantivo), chiedendole chiarimenti sulle sue prove visive. L'ἰδοῦσα πίστιν (v. 887) riprende l'ἰδοῦσα di Crisotemi e riecheggia inoltre il verbo πιστεύω (v. 886) che Crisotemi a sua volta aveva ripreso dall'intervento precedente di Elettra (cfr. πιστεύεις v. 884): il «prestar fede alle parole» (v. 884) diventa «prestar fede a ciò che i propri occhi hanno visto» (v. 885), e appunto su quest'ultimo nesso verbale Elettra si sofferma al v. 887 nella sua domanda iniziale, cui dà rincalzo l'interrogativa immediatamente successiva (vv. 887-888) *[N.d.T.]*.

[82] L'aggettivo νεώρη (v. 901), che ha qui il significato di «recente» (cfr. *O.C.* 730, e si veda anche l'aggettivo νέορτος in *Trach*. 894), equivale in sostanza a un avverbio (νεωστί) che qualifica τετμημένον («un ricciolo tagliato di fresco»). Altri, meno bene, intendono: «una ciocca recisa da una chioma giovanile» (questa seconda interpretazione, di cui c'è traccia negli scolî, è accolta da Kaibel, Mazon, Schiassi): ma in questa *rhēsis* l'accento batte non sull'età dell'offerente, bensì sul fatto che tali doni sono stati offerti da poco: cfr. l'aggettivo νεορρύτους al v. 894 e inoltre i vv. 897-899, nei quali Crisotemi dice di aspettarsi che l'ignoto offerente sia ancora nei paraggi *[N.d.T.]*.

ἀλλ' ἔστ' Ὀρέστου ταῦτα τἀπιτίμια.
Ἀλλ', ὦ φίλη, θάρσυνε· τοῖς αὐτοῖσί τοι
οὐχ αὑτὸς αἰεὶ δαιμόνων παραστατεῖ·
νῷν ἦν τὰ πρόσθε στυγνός; ἡ δὲ νῦν ἴσως
πολλῶν ὑπάρξει κῦρος ἡμέρα καλῶν.

ΗΛ. Φεῦ τῆς ἀνοίας, ὥς σ' ἐποικτίρω πάλαι.

ΧΡ. Τί δ' ἔστιν; οὐ πρὸς ἡδονὴν λέγω τάδε;

ΗΛ. Οὐκ οἶσθ' ὅποι γῆς οὐδ' ὅποι γνώμης φέρῃ.

ΧΡ. Πῶς δ' οὐκ ἐγὼ κάτοιδ' ἅ γ' εἶδον ἐμφανῶς;

ΗΛ. Τέθνηκεν, ὦ τάλαινα· τἀκείνου δέ σοι
σωτήρι' ἔρρει· μηδὲν ἐς κεῖνόν γ' ὅρα.

ΧΡ. Οἴμοι τάλαινα· τοῦ τάδ' ἤκουσας βροτῶν;

ΗΛ. Τοῦ πλησίον παρόντος ἡνίκ' ὤλλυτο.

ΧΡ. Καὶ ποῦ 'στιν οὗτος; θαῦμά τοί μ' ὑπέρχεται.

ΗΛ. Κατ' οἶκον, ἡδὺς οὐδὲ μητρὶ δυσχερής.

ΧΡ. Οἴμοι τάλαινα· τοῦ γὰρ ἀνθρώπων ποτ' ἦν
τὰ πολλὰ πατρὸς πρὸς τάφον κτερίσματα;

ΗΛ. Οἶμαι μάλιστ' ἔγωγε τοῦ τεθνηκότος
μνημεῖ' Ὀρέστου ταῦτα προσθεῖναί τινα.

ΧΡ. Ὦ δυστυχής· ἐγὼ δὲ σὺν χαρᾷ λόγους
τοιούσδ' ἔχουσ' ἔσπευδον, οὐκ εἰδυῖ' ἄρα
ἵν' ἦμεν ἄτης· ἀλλὰ νῦν, ὅθ' ἱκόμην,
τά τ' ὄντα πρόσθεν ἄλλα θ' εὑρίσκω κακά.

ΗΛ. Οὕτως ἔχει σοι ταῦτ'· ἐὰν δέ μοι πίθῃ,
τῆς νῦν παρούσης πημονῆς λύσεις βάρος.

avrebbe potuto farlo inosservata. Quei doni funebri sono dunque di Oreste. Perciò, cara, abbi fiducia: non sempre la stessa divinità si schiera dalla stessa parte; un tempo essa ci fu avversa, ma forse il giorno d'oggi segnerà l'inizio decisivo di molte gioie.

ELETTRA Ahimè, ti compiango da tempo per la tua follia.

CRISOTEMI Come? Non ti dà gioia ciò che dico?

ELETTRA Non sai dove sei né in quale pensiero sei trascinata[83].

CRISOTEMI E come non dovrei sapere quello che ho veduto chiaramente?

ELETTRA È morto, sventurata, e con lui svanisce ogni speranza di salvezza. Non pensare più ad Oreste.

CRISOTEMI Ahimè infelice! Da chi l'hai saputo?

ELETTRA Da un uomo che gli stava accanto nel giorno in cui morì.

CRISOTEMI E dov'è quest'uomo? Sono stupefatta!

ELETTRA In casa: ospite gradito, non certo odioso, a nostra madre.

CRISOTEMI O me infelice! Ma allora di chi erano quelle molte offerte sulla tomba di nostro padre?

ELETTRA Molto probabilmente, credo, qualcuno le avrà portate in memoria del morto Oreste.

CRISOTEMI Povera me! Con gioia mi affrettavo a portarti le mie notizie, senza sapere in che abisso di sventura noi fossimo; e adesso che son giunta, ritrovo i mali di prima e altri ancora.

ELETTRA Così è; ma se mi darai ascolto, ti libererai dal peso di questo dolore.

[83] Elettra accosta qui due nessi entrambi comuni, ποῖ (ὅποι) γῆς (cfr. per esempio Aesch. *Prom.* 565, *Suppl.* 777, Soph. *O.R.* 1308, *Trach.* 984, *Phil.* 1211, Aristoph. *Ach.* 209) e ποῖ (ὅποι) γνώμης con relativi sinonimi (*Trach.* 705, *O.C.* 170, 310, ecc.), in un'espressione a cui conferiscono rilievo l'allitterazione e l'assonanza dei due partitivi, γῆς/γ(νώμ)ης. I commentatori riportano in proposito un proverbio citato da Apostolio (14. 57 in E.L. Leutsch - F.G. Schneidewin, *Corpus Paroemiographorum Graecorum*): ποῦ γῆς ἢ θαλάττης ὑπῆρχες; ἐπὶ τῶν ἀνοήτων *[N.d.T.]*.

ΧΡ. Ἢ τοὺς θανόντας ἐξαναστήσω ποτέ;
ΗΛ. Οὐκ ἔσθ᾽ ὅ γ᾽ εἶπον· οὐ γὰρ ὧδ᾽ ἄφρων ἔφυν.
ΧΡ. Τί γὰρ κελεύεις ὧν ἐγὼ φερέγγυος;
ΗΛ. Τλῆναί σε δρῶσαν ἂν ἐγὼ παραινέσω.
ΧΡ. Ἀλλ᾽ εἴ τις ὠφέλειά γ᾽, οὐκ ἀπώσομαι.
ΗΛ. Ὅρα, πόνου τοι χωρὶς οὐδὲν εὐτυχεῖ.
ΧΡ. Ὁρῶ· ξυνοίσω πᾶν ὅσονπερ ἂν σθένω.
ΗΛ. Ἄκουε δή νυν ᾗ βεβούλευμαι ποεῖν.
Παρουσίαν μὲν οἶσθα καὶ σύ που φίλων
ὡς οὔτις ἡμῖν ἐστιν, ἀλλ᾽ Ἅιδης λαβὼν
ἀπεστέρηκε καὶ μόνα λελείμμεθον·
ἐγὼ δ᾽, ἕως μὲν τὸν κασίγνητον βίῳ
θάλλοντ᾽ ἔτ᾽ εἰσήκουον, εἶχον ἐλπίδας
φόνου ποτ᾽ αὐτὸν πράκτορ᾽ ἵξεσθαι πατρός·
νῦν δ᾽, ἡνίκ᾽ οὐκέτ᾽ ἔστιν, εἰς σὲ δὴ βλέπω,
ὅπως τὸν αὐτόχειρα πατρῴου φόνου
ξὺν τῇδ᾽ ἀδελφῇ μὴ κατοκνήσεις κτανεῖν,
Αἴγισθον· οὐδὲν γάρ σε δεῖ κρύπτειν μ᾽ ἔτι.
Ποῖ γὰρ μενεῖς ῥᾴθυμος ἐς τίν᾽ ἐλπίδων
βλέψασ᾽ ἔτ᾽ ὀρθήν; ᾗ πάρεστι μὲν στένειν
πλούτου πατρῴου κτῆσιν ἐστερημένῃ,

CRISOTEMI Potrò forse far risorgere i morti?
ELETTRA Non è questo che intendevo dire: non sono pazza fino a tal punto.
CRISOTEMI Che cosa mi chiedi, che io sia in grado di fare?
ELETTRA Di avere il coraggio di compiere quello che ti dirò.
CRISOTEMI Se vi è un'utilità, non mi rifiuterò.
ELETTRA Bada: senza fatica, nessuna impresa ha buon esito.
CRISOTEMI Lo so: ti aiuterò per quanto posso.
ELETTRA Ascolta, dunque, che cosa sono decisa a fare. Sai anche tu che non abbiamo più sostegno dai nostri cari: Ade ce li ha rubati e siamo rimaste sole. Finché sapevo che nostro fratello era vivo e fiorente, speravo che un giorno sarebbe tornato a vendicare[84] la morte del padre. Ma ora che egli non è più, a te io guardo, nella speranza che non esiterai[85], con l'aiuto di questa tua sorella, a uccidere l'assassino di nostro padre, Egisto; nulla ormai devo più nasconderti[86]. Fino a quando rimarrai inerte? A quale speranza, che non sia ancora crollata, ti rivolgerai? A te, spogliata delle ricchezze pater-

[84] Πράκτωρ (v. 953) è colui che «esige» la pena di un delitto, il «vendicatore» (cfr. πράττειν, πράττεσθαι nei significati registrati in LSJ, *s.v.*, VI). In Aesch. *Eum.* 319 le Erinni, in quanto vendicatrici del sangue versato, sono le πράκτορες αἵματος. Per un'approfondita analisi di questo termine, cfr. E. Fraenkel, *Aeschylus, Agamemnon*, Oxford 1950, II, 66, n. *ad v.* 111 *[N.d.T.]*.

[85] La costruzione di ὅπως con l'indicativo futuro (vv. 955 ss.), che solitamente si trova in dipendenza dai *verba curandi*, presuppone che alla speranza di Elettra corrisponda l'impegno di Crisotemi a collaborare nell'impresa; come è stato visto da Kamerbeek *ad loc.*, la funzione di ὅπως oscilla qui fra quella di avverbio interrogativo e quella di congiunzione affine alla finale *[N.d.T.]*.

[86] L'espressione τὸν αὐτόχειρα (v. 955), «colui che uccise di propria mano», si pone sulla stessa linea di τὸν αὐτοφόντην al v. 272. Si noti che viene dapprima ricordata la colpa (l'uccisione del padre), quindi, in posizione finale, viene aggiunto il nome proprio del colpevole, Αἴγισθον, il che, come osserva Kamerbeek *ad loc.*, «conferisce alle sue parole una forza sinistra»; all'efficacia di tale menzione contribuisce anche il fatto che Elettra aveva pronunciato il nome di Egisto solo all'inizio della tragedia, nel suo solitario lamento (v. 98), mentre in seguito accennava a questo personaggio solo mediante perifrasi. Il proposito di Elettra di «non nascondere più nulla» va inteso nel senso che già in passato ella aveva pensato di addossarsi il compito della vendetta: ma, confidando nell'arrivo di Oreste, aveva ritenuto più saggio non dare esecuzione al suo piano. Ora che il fratello è morto, non c'è più motivo di tenere segreta la sua intenzione alla sorella *[N.d.T.]*.

πάρεστι δ' ἀλγεῖν ἐς τοσόνδε τοῦ χρόνου
ἄλεκτρα γηράσκουσαν ἀνυμέναιά τε.
Καὶ τῶνδε μέντοι μηκέτ' ἐλπίσῃς ὅπως
τεύξῃ ποτ'· οὐ γὰρ ὧδ' ἄβουλός ἐστ' ἀνὴρ
Αἴγισθος, ὥστε σόν ποτ' ἢ κἀμὸν γένος
βλαστεῖν ἐᾶσαι, πημονὴν αὑτῷ σαφῆ.
'Αλλ' ἢν ἐπίσπῃ τοῖς ἐμοῖς βουλεύμασιν,
πρῶτον μὲν εὐσέβειαν ἐκ πατρὸς κάτω
θανόντος οἴσῃ τοῦ κασιγνήτου θ' ἅμα·
ἔπειτα δ', ὥσπερ ἐξέφυς, ἐλευθέρα
καλῇ τὸ λοιπὸν καὶ γάμων ἐπαξίων
τεύξῃ· φιλεῖ γὰρ πρὸς τὰ χρηστὰ πᾶς ὁρᾶν.
Λόγῳ γε μὴν εὔκλειαν οὐχ ὁρᾷς ὅσην
σαυτῇ τε κἀμοὶ προσβαλεῖς πεισθεῖσ' ἐμοί ;
Τίς γάρ ποτ' ἀστῶν ἢ ξένων ἡμᾶς ἰδὼν
τοιοῖσδ' ἐπαίνοις οὐχὶ δεξιώσεται ;
« Ἴδεσθε τώδε τὼ κασιγνήτω, φίλοι,
ὣ τὸν πατρῷον οἶκον ἐξεσωσάτην,
ὣ τοῖσιν ἐχθροῖς εὖ βεβηκόσιν ποτέ,
ψυχῆς ἀφειδήσαντε, προὐστήτην φόνου·
τούτω φιλεῖν χρή, τώδε χρὴ πάντας σέβειν·
τώδ' ἔν θ' ἑορταῖς ἔν τε πανδήμῳ πόλει
τιμᾶν ἅπαντας οὕνεκ' ἀνδρείας χρεών. »
Τοιαῦτά τοι νὼ πᾶς τις ἐξερεῖ βροτῶν,
ζώσαιν θανούσαιν θ' ὥστε μὴ 'κλιπεῖν κλέος.
'Αλλ', ὦ φίλη, πείσθητι, συμπόνει πατρί,
σύγκαμν' ἀδελφῷ, παῦσον ἐκ κακῶν ἐμέ,

ne[87], rimane soltanto il pianto: non ti resta[88] che soffrire, come fino ad oggi, invecchiando senza sposo, senza nozze. E non sperare mai di ottenere tali gioie: non è così stolto quell'uomo, Egisto, da permettere che germogli una tua o una mia discendenza: sarebbe per lui sicura rovina. Ma se seguirai i miei consigli, riporterai innnazi tutto lode di pietà dal padre spento, sottoterra, e dal fratello; poi sarai per sempre chiamata libera, come tu nascesti, e otterrai nozze degne di te: non c'è uomo che non ammiri la virtù. Non vedi quale fama conseguirai, per te e per me, se presterai ascolto alle mie parole? Chi, fra i cittadini o gli stranieri, vedendoci, non ci accoglierà con tali elogi? «Guardate, amici, queste due sorelle, che riuscirono a salvare la casa paterna e, senza risparmiare la propria vita, si levarono, ministre di morte, contro i loro nemici, un tempo potenti. Tutti le devono amare e riverire; nelle feste religiose, nelle adunanze del popolo, è comune dovere onorarle per il loro coraggio». Questo dirà di noi ogni persona, e così né in vita né in morte la fama ci verrà mai meno. Dunque, cara, dammi retta: aiuta il padre, soccorri tuo fratello[89], libera

[87] Il termine κτῆσιν (v. 960) può essere considerato come complemento oggetto di στένειν (Kamerbeek), oppure, meglio, come accusativo di relazione con ἐστερημένη (Jebb, in proposito, cita a confronto Eur. *Hel.* 95) *[N.d.T.]*.

[88] L'epanafora e il parallelismo della costruzione (πάρεστι μὲν στένειν | πάρεστι δ' ἀλγεῖν + participio, vv. 959 s. e 961 s.) accentuano l'aspetto patetico della sorte che attende Crisotemi; sulla stessa linea si pone il nesso allitterante ἄλεκτρα... ἀνυμέναια, che ricorre frequentemente in tragedia in contesti trenodici (cfr. per esempio il lamento di Antigone in *Ant.* 876). Simili ricercati effetti retorici ricorrono alla fine del discorso di Elettra, ai vv. 986 ss.: cfr. l'anafora di σύν nei composti συμπόνει e σύγκαμνε e il parallelismo nella loro costruzione, la ripetizione enfatica di παῦσον ai vv. 987 s. e la γνώμη finale, con ulteriore poliptoto, a suggello della *peroratio* (v. 989) *[N.d.T.]*.

[89] Il testo greco (vv. 986-987) si presta in questo punto a una duplice interpretazione: 1) il συν- dei verbi composti regge i dativi πατρί e ἀδελφῷ: in questo caso gli spiriti dei defunti, Agamennone e Oreste, sono concepiti da Elettra come attivamente impegnati nel sacro compito della vendetta (Campbell, Kells, Jebb); 2) il συν- sottintende un ἐμοί, e πατρί e ἀδελφῷ sono dativi di interesse (Kaibel, Bruhn, Kamerbeek): «con me sostieni l'opera dolorosa e la fatica e per il padre e pel fratello» (trad. di G. Lombardo-Radice). È più efficace la prima interpretazione, anche in vista dei vv. 454 e 459, nei quali Agamennone viene presentato come vigile alleato e soccorritore nella vendetta *[N.d.T.]*.

παῦσον δὲ σαυτήν, τοῦτο γιγνώσκουσ' ὅτι
ζῆν αἰσχρὸν αἰσχρῶς τοῖς καλῶς πεφυκόσιν.

ΧΟ. Ἐν τοῖς τοιούτοις ἐστὶν ἡ προμηθία
καὶ τῷ λέγοντι καὶ κλύοντι σύμμαχος.

ΧΡ. Καὶ πρίν γε φωνεῖν, ὦ γυναῖκες, εἰ φρενῶν
ἐτύγχαν' αὕτη μὴ κακῶν, ἐσῴζετ' ἂν
τὴν εὐλάβειαν, ὥσπερ οὐχὶ σῴζεται.
Ποῖ γάρ ποτ' ἐμβλέψασα τοιοῦτον θράσος
αὐτή θ' ὁπλίζῃ κἄμ' ὑπηρετεῖν καλεῖς;
Οὐκ εἰσορᾷς; γυνὴ μὲν οὐδ' ἀνὴρ ἔφυς,
σθένεις δ' ἔλασσον τῶν ἐναντίων χερί.
Δαίμων δὲ τοῖς μὲν εὐτυχὴς καθ' ἡμέραν,
ἡμῖν δ' ἀπορρεῖ κἀπὶ μηδὲν ἔρχεται.
Τίς οὖν τοιοῦτον ἄνδρα βουλεύων ἑλεῖν
ἄλυπος ἄτης ἐξαπαλλαχθήσεται;
Ὅρα κακῶς πράσσοντε μὴ μείζω κακὰ
κτησώμεθ', εἴ τις τούσδ' ἀκούσεται λόγους.
Λύει γὰρ ἡμᾶς οὐδὲν οὐδ' ἐπωφελεῖ
βάξιν καλὴν λαβόντε δυσκλεῶς θανεῖν·
οὐ γὰρ θανεῖν ἔχθιστον, ἀλλ' ὅταν θανεῖν
χρῄζων τις εἶτα μηδὲ τοῦτ' ἔχῃ λαβεῖν.
Ἀλλ' ἀντιάζω, πρὶν πανωλέθρους τὸ πᾶν
ἡμᾶς τ' ὀλέσθαι κἀξερημῶσαι γένος,
κατάσχες ὀργήν. Καὶ τὰ μὲν λελεγμένα
ἄρρητ' ἐγώ σοι κἀτελῆ φυλάξομαι,
αὐτὴ δὲ νοῦν σχὲς ἀλλὰ τῷ χρόνῳ ποτέ,
σθένουσα μηδὲν τοῖς κρατοῦσιν εἰκαθεῖν.

me e libera te stessa dalle sventure, nella consapevolezza che per le persone di nobile nascita è viltà vivere vergognosamente[90].

CORIFEA In tali frangenti la prudenza è alleata di chi parla e di chi ascolta.

CRISOTEMI Anche prima di parlare, o donne, se costei non avesse la mente sconvolta, avrebbe conservato quel ritegno che ora non serba[91]. Ma dove fissasti lo sguardo per armarti di un tale ardire e per chiamare me a soccorrerti? Non vedi? Sei nata donna e non uomo, e il tuo braccio è meno forte di quello dei nemici. La fortuna per loro è ogni giorno più favorevole, mentre da noi scorre lontana e finisce nel nulla[92]. Chi mai, congiurando di uccidere un simile uomo, potrà uscire illeso dalla sciagura? Bada che noi, che già viviamo in pena, non ci attiriamo sventure ancora più gravi, se qualcuno udrà questi discorsi. Non ci è di conforto né di vantaggio alcuno acquistare una bella fama, se si deve poi subire una morte infamante. E non è la morte il male peggiore, bensì quando, pur desiderando morire, nemmeno questo si riesce ad ottenere. Ti supplico: prima che precipitiamo nella più completa rovina e sia annientata la nostra stirpe, frena il tuo furore. Io manterrò segreto quanto hai detto, e senza conseguenze. Ma tu abbi finalmente la saggezza di cedere, poiché non hai forza alcuna, ai potenti.

[90] Elettra si esprime secondo il codice dell'etica aristocratica che antepone la salvaguardia dell'onore alla vita stessa, ponendo inevitabilmente l'uomo in conflitto con il mondo che lo circonda. Analogamente Aiace nel suo primo monologo concludeva le sue riflessioni, che individuavano la morte come unica via d'uscita dal disonore, con queste parole: «chi è nato nobile deve o gloriosamente vivere o gloriosamente morire» (*Ai.* 479-480).

[91] Si noti ai vv. 993-994 l'efficace ripetizione del verbo (la forma media σῴζεσθαι significa «conservare per se stesso, nel proprio interesse») *[N.d.T.]*.

[92] Al v. 1000 la sorte mutevole è paragonata allo scorrere di una corrente fluviale (cfr. l'analogo uso del verbo in *Ai.* 523 ἀποῤῥεῖ μνῆστις; lo stesso concetto ricorre in Verg. *Aen.* II 169); a questa immagine si sovrappone quella della luna calante, che infine «a nulla si riduce», come rivelano le strette corrispondenze con il fr. 871, 8 R., in cui Menelao paragona il suo fato al mutevole aspetto dell'astro lunare (πάλιν διαῤῥεῖ κἀπὶ μηδὲν ἔρχεται) *[N.d.T.]*.

ΧΟ. Πείθου· προνοίας οὐδὲν ἀνθρώποις ἔφυ
κέρδος λαβεῖν ἄμεινον, οὐδὲ νοῦ σοφοῦ.

ΗΛ. Ἀπροσδόκητον οὐδὲν εἴρηκας· καλῶς δ'
ᾔδειν σ' ἀπορρίψουσαν ἀπηγγελλόμην.
Ἀλλ' αὐτόχειρί μοι μόνῃ τε δραστέον
τοὔργον τόδ'· οὐ γὰρ δὴ κενόν γ' ἀφήσομεν.

ΧΡ. Φεῦ·
εἴθ' ὤφελες τοιάδε τὴν γνώμην πατρὸς
θνῄσκοντος εἶναι· πάντα γ' ἂν κατειργάσω.

ΗΛ. Ἀλλ' ἦ φύσιν γε, τὸν δὲ νοῦν ἥσσων τότε.

ΧΡ. Ἄσκει τοιαύτη νοῦν δι' αἰῶνος μένειν.

ΗΛ. Ὡς οὐχὶ συνδράσουσα νουθετεῖς τάδε.

ΧΡ. Εἰκὸς γὰρ ἐγχειροῦντα καὶ πράσσειν κακῶς.

ΗΛ. Ζηλῶ σε τοῦ νοῦ, τῆς δὲ δειλίας στυγῶ.

ΧΡ. Ἀνέξομαι κλύουσα χὤταν ⟨μ'⟩ εὖ λέγῃς.

ΗΛ. Ἀλλ' οὔ ποτ' ἐξ ἐμοῦ γε μὴ πάθῃς τόδε.

ΧΡ. Μακρὸς τὸ κρῖναι ταῦτα χὠ λοιπὸς χρόνος.

ΗΛ. Ἄπελθε· σοὶ γὰρ ὠφέλησις οὐκ ἔνι.

ΧΡ. Ἔνεστιν· ἀλλὰ σοὶ μάθησις οὐ πάρα.

ΗΛ. Ἐλθοῦσα μητρὶ ταῦτα πάντ' ἔξειπε σῇ.

ΧΡ. Οὐδ' αὖ τοσοῦτον ἔχθος ἐχθαίρω σ' ἐγώ.

ΗΛ. Ἀλλ' οὖν ἐπίστω γ' οἷ μ' ἀτιμίας ἄγεις.

ΧΡ. Ἀτιμίας μὲν οὔ, προμηθίας δὲ σοῦ.

ΗΛ. Τῷ σῷ δικαίῳ δῆτ' ἐπισπέσθαι με δεῖ ;

ΧΡ. Ὅταν γὰρ εὖ φρονῇς, τόθ' ἡγήσῃ σὺ νῷν.

ΗΛ. Ἦ δεινὸν εὖ λέγουσαν ἐξαμαρτάνειν.

ΧΡ. Εἴρηκας ὀρθῶς ᾧ σὺ πρόσκεισαι κακῷ.

CORIFEA Lasciati convincere: per gli uomini non c'è vantaggio maggiore della prudenza e di una mente saggia.

ELETTRA Non hai detto nulla che non m'attendessi: ben sapevo che avresti respinto quanto proponevo. Ebbene, di mia mano e da sola dovrò compiere quest'impresa: non la lascerò certo irrisolta.

CRISOTEMI Ahimè, se tu fossi stata così ferma nella tua decisione quando il padre moriva! Tutto ormai avresti compiuto.

ELETTRA Non era diversa la mia natura: solo nella mente ero meno forte, allora.

CRISOTEMI Cerca di conservare per tutta la vita quella tua mente d'allora.

ELETTRA Mi dai questi consigli perché non intendi aiutarmi.

CRISOTEMI Certo: chi medita un'azione sconsiderata è destinato a finir male.

ELETTRA Invidio la tua prudenza, ma odio la tua viltà.

CRISOTEMI Ti ascolterò pazientemente anche quando mi darai ragione.

ELETTRA Per parte mia non ti accadrà mai!

CRISOTEMI C'è ancora molto tempo, in futuro, per decidere di questo.

ELETTRA Vattene, non è possibile avere aiuto da te.

CRISOTEMI Sì, è possibile: a te, semmai, manca la volontà di capire.

ELETTRA Va' dunque, racconta tutto a tua madre!

CRISOTEMI Non ti odio fino a questo punto.

ELETTRA Allora cerca di comprendere almeno a quale disonore mi spingi!

CRISOTEMI No, non disonore, ma previdente cura per te!

ELETTRA Dovrei dunque venir dietro alla tua giustizia?

CRISOTEMI Quando sarai savia, farai tu da guida ad entrambe.

ELETTRA È incredibile in quali errori precipiti una che parla così bene!

CRISOTEMI Hai definito con esattezza il male in cui giaci.

ΗΛ. Τί δ'; οὐ δοκῶ σοι ταῦτα σὺν δίκῃ λέγειν;
ΧΡ. Ἀλλ' ἔστιν ἔνθα χἡ δίκη βλάβην φέρει.
ΗΛ. Τούτοις ἐγὼ ζῆν τοῖς νόμοις οὐ βούλομαι.
ΧΡ. Ἀλλ' εἰ ποήσεις ταῦτ', ἐπαινέσεις ἐμέ.
ΗΛ. Καὶ μὴν ποήσω γ', οὐδὲν ἐκπλαγεῖσά σε.
ΧΡ. Καὶ τοῦτ' ἀληθές, οὐδὲ βουλεύσῃ πάλιν;
ΗΛ. Βουλῆς γὰρ οὐδέν ἐστιν ἔχθιον κακῆς.
ΧΡ. Φρονεῖν ἔοικας οὐδὲν ὧν ἐγὼ λέγω.
ΗΛ. Πάλαι δέδοκται ταῦτα κοὐ νεωστί μοι.
ΧΡ. Ἄπειμι τοίνυν· οὔτε γὰρ σὺ τἄμ' ἔπη
τολμᾷς ἐπαινεῖν οὔτ' ἐγὼ τοὺς σοὺς τρόπους.
ΗΛ. Ἀλλ' εἴσιθ'· οὔ σοι μὴ μεθέψομαί ποτε,
οὐδ' ἢν σφόδρ' ἱμείρουσα τυγχάνῃς· ἐπεὶ
πολλῆς ἀνοίας καὶ τὸ θηρᾶσθαι κενά.
ΧΡ. Ἀλλ' εἰ σεαυτῇ τυγχάνεις δοκοῦσά τι
φρονεῖν, φρόνει τοιαῦθ'· ὅταν γὰρ ἐν κακοῖς
ἤδη βεβήκῃς, τἄμ' ἐπαινέσεις ἔπη.
ΧΟ. Τί τοὺς ἄνωθεν φρονιμωτάτους οἰω- Str. 1
νοὺς ἐσορώμενοι τροφᾶς
κηδομένους ἀφ' ὧν τε βλά-
στωσιν ἀφ' ὧν τ' ὄνασιν εὕ-
ρωσι, τάδ' οὐκ ἐπ' ἴσας τελοῦμεν;

ELETTRA Che cosa? Non ti sembra che io parli secondo giustizia?
CRISOTEMI Anche la giustizia, talvolta, porta danno.
ELETTRA Io non voglio vivere con leggi come queste.
CRISOTEMI Ma se farai quello che dici, un giorno mi darai ragione.
ELETTRA Lo farò di certo, e senza lasciarmi intimorire da te.
CRISOTEMI È dunque vero? Non muterai la tua decisione?
ELETTRA No: non c'è nulla di più odioso di una decisione vile.
CRISOTEMI Sembra che tu non rifletta affatto su ciò che dico.
ELETTRA Da molto tempo, e non da ora, ho preso questa risoluzione.
CRISOTEMI Ebbene, me ne vado: tu non puoi approvare le mie parole, né io il tuo comportamento.
ELETTRA Entra pure: non ti seguirò mai, neppure se tu ne avessi il più vivo desiderio. Andare a caccia di vane illusioni è un altro segno di grande stoltezza.
CRISOTEMI Se sei convinta di avere un po' di senno, continua a ragionare così. Quando poi ti troverai nella sventura, apprezzerai le mie parole.

(*Crisotemi entra nella reggia.*)

CORO Perché, vedendo i saggi uccelli dell'aria[93]
provvedere all'alimento
dei padri da cui nacquero,
da cui ricevettero benefici,
perché non dovremmo noi pure
pagare lo stesso tributo?

[93] Il Coro, prendendo spunto dal contrasto fra l'atteggiamento delle due sorelle, si sofferma sull'esempio di *pietas* istintiva verso i genitori che viene offerto dagli uccelli. Si tratta di un motivo topico diffuso nella cultura greca; secondo la testimonianza di Aristoph. *Av.* 1355 ss., Arist. *Hist. An.* IX 615 b 23, Plato *Alc.* I 135 e, soprattutto le cicogne erano ritenute emblema di devozione filiale (per la cicogna come vendicatrice cfr. anche Call. fr. 271 Pf.). Sofocle potrebbe aver avuto anche presente la storia della fenice riportata in Herod. II 73 *[N.d.T.]*.

Ἀλλ' οὐ τὰν Διὸς ἀστραπὰν
καὶ τὰν οὐρανίαν Θέμιν,
δαρὸν οὐκ ἀπόνητοι.

Ὦ χθονία βροτοῖσι Φά-
μα, κατά μοι βόασον οἰκ-
τρὰν ὄπα τοῖς ἔνερθ' Ἀτρεί-
δαις, ἀχόρευτα φέρουσ' ὀνείδη·

ὅτι σφὶν ἤδη τὰ μὲν ἐκ δόμων νοσεῖ- Ant. 1.
ται τὰ δὲ πρὸς τέκνων διπλῆ
φύλοπις οὐκέτ' ἐξισοῦ-
ται φιλοτασίῳ διαί-
τᾳ· πρόδοτος δὲ μόνα σαλεύει

No, per la folgore di Zeus,
per la celeste Temi[94],
non resteranno a lungo impuniti[95]!
O Fama dei mortali
che scendi nel mondo sotterraneo[96],
fa' per me risuonare laggiù
una voce di lamento,
che annunci ai morti Atridi
la desolata, squallida infamia:

che la loro casa è inferma,
che la discordia delle figlie
più non si appiana in convivenza d'affetti.
Tradìta, sola, Elettra

[94] Temi è la divinità che presiede alla legge e all'ordine: viene rappresentata di solito assisa in cielo al fianco di Zeus, che coadiuva nel momento delle decisioni. Per l'epiteto οὐρανία («celeste») cfr. Pind. fr. 30 Sn.-M. τὰν εὔβουλον Θέμιν οὐρανίαν, e anche *Ol.* 8, 21 Διὸς... πάρεδρος... Θέμις.

[95] Come soggetto lo scoliaste integrava «Egisto, Clitemestra e i loro seguaci», e così intendono alcuni critici (Kaibel, Dain, Schiassi). Altri ritengono che Sofocle stia qui più genericamente riferendosi a una categoria di persone che, dimentica dei doveri filiali, agisce in modo simile a Crisotemi (Campbell, Jebb, Kamerbeek). Pare preferibile la prima interpretazione, sia in considerazione del fatto che la violenza dell'invettiva è più appropriata agli esecutori del delitto che non alla passiva Crisotemi (tanto più che l'atteggiamento del Coro nella scena precedente non lasciava trapelare nessuna forma di biasimo evidente contro l'operato di Crisotemi), sia soprattutto perché la formulazione riecheggia in modo piuttosto puntuale altre simili imprecazioni del Coro contro gli esecutori del delitto (per il concetto di θέμις, qui personificato nella divinità omonima, cfr. il v. 127; per l'immagine della folgore di Zeus cfr. i vv. 823 ss., in un contesto in cui si invitava Elettra alla speranza nella giustizia punitrice di Zeus; per la convinzione del Coro che la punizione non tarderà a lungo cfr. il v. 478). Inoltre, l'invettiva contro gli assassini di Agamennone si presta opportunamente a introdurre l'azione della vendetta che si delinea più precisa nell'episodio successivo e alla quale lo stasimo seguente fa riferimento in modo esplicito; per contro, un'imprecazione contro Crisotemi rimarrebbe priva di esito nel corso del dramma. Lo sviluppo del pensiero nello stasimo è dunque il seguente: Crisotemi è venuta meno alla legge che sancisce la *pietas* verso il padre, rifiutandosi di collaborare al sacro dovere della vendetta. Ma nonostante Elettra sia stata lasciata sola nell'impresa disperata, la punizione degli assassini non tarderà a venire *[N.d.T.]*.

[96] La Fama è personificata, e le viene attribuita la capacità di raggiungere i defunti nell'Ade, portando l'annuncio della dolorosa condizione della casa degli Atridi, che dovrebbe indurre Agamennone a intervenire in favore di

Ἠλέκτρα, τὸν ἀεὶ πατρὸς
δειλαία στενάχουσ᾽, ὅπως
ἁ πάνδυρτος ἀηδών,

οὔτε τι τοῦ θανεῖν προμη-
θὴς τό τε μὴ βλέπειν ἑτοί-
μα, διδύμαν ἑλοῦσ᾽ ἐρι-
νύν· τίς ἂν εὔπατρις ὧδε βλάστοι;

Οὐδεὶς τῶν ἀγαθῶν ζῶν κακῶς Str. 2.
εὔκλειαν αἰσχῦναι θέλει
νώνυμος, ὦ παῖ, παῖ·
ὡς καὶ σὺ πάγκλαυτον αἰ-
ῶνα κοινὸν εἵλου,

è in mezzo alla tempesta,
e geme senza posa, l'infelice,
sul padre, come il flebile usignolo[97],
senza timore alcuno della morte,
decisa, anzi, a non vedere più la luce,
quando alla duplice Erinni[98]
abbia inflitto la morte.
Qual più degno germoglio
potrebbe nascere da stirpe d'eroi?

Nessun animo nobile vuole
con una vita disonorevole
macchiare la propria fama
perdendo la gloria del nome,
o figlia, figlia mia!
Allo stesso modo anche tu
hai scelto come compagna[99]

Elettra. Analogamente in Pindaro il compito di annunciare ai defunti le vittorie di un atleta viene assegnato ad Ἀγγελία («l'Annuncio») e ad Ἀχώ («l'Eco») rispettivamente in *Ol.* 8, 81 e 14, 20.

[97] Per l'usignolo cfr. n. 14 al v. 147. È il Coro questa volta che raccoglie l'immagine che Elettra aveva attribuito a se stessa, in un momento di particolare vicinanza all'eroina cui viene riconosciuto animo veramente nobile (εὔπατρις, v. 1081).

[98] L'espressione «la duplice Erinni» (διδύμαν... ἐρινύν) indica naturalmente Egisto e Clitemestra, ed equivale a «i due spiriti del male», «i due genî malefici». L'appellativo Ἐρινύς in riferimento a persone malvagie ricorre anche in *Trach.* 895, Aesch. *Agam.* 749, Eur. *Med.* 1260, Verg. *Aen.* II 573 *[N.d.T.]*.

[99] L'epiteto κοινόν (v. 1086) è stato spiegato anche nei seguenti modi: 1) «una vita di pianto in comune con i cari defunti» (Jebb, Kells); 2) «una vita di pianto comune» nel senso di destinata a molti altri esseri viventi (Campbell): al primo fa difficoltà la mancanza di un riferimento più specifico che indirizzi lo spettatore verso questa interpretazione, il secondo propone uno spunto che risulta più appropriato in contesto consolatorio, come per esempio al v. 138, mentre qui il Coro, anziché equiparare la sorte di Elettra a quella del resto dell'umanità, mira alla sottolineatura della singolarità del suo comportamento. C'è infine chi dubita della genuinità di questa lezione (cfr. per esempio Paduano, n. *ad loc.*), ma questo pare eccessivo: l'aggettivo può essere conservato e interpretato come equivalente a κοινωνόν («compagno»); così propone Kamerbeek, che riporta vari esempi di questa accezione semantica, come *O.R.* 240 *[N.d.T.]*.

τὸ μὴ καλὸν καθοπλίσα-
σα δύο φέρειν ⟨ἐν⟩ ἑνὶ λόγῳ,
σοφά τ' ἀρίστα τε παῖς κεκλῆσθαι.

Ζῴης μοι καθύπερθεν χερὶ Ant. 2.
πλούτῳ τε τῶν ἐχθρῶν, ὅσον
νῦν ὑπόχειρ ναίεις·
ἐπεί σ' ἐφεύρηκα μοί-
ρᾳ μὲν οὐκ ἐν ἐσθλᾷ
βεβῶσαν, ἃ δὲ μέγιστ' ἔβλασ-
τε νόμιμα, τῶνδε φερομέναν
ἄριστα τᾷ Ζηνὸς εὐσεβείᾳ.

ΟΡ. Ἆρ', ὦ γυναῖκες, ὀρθά τ' εἰσηκούσαμεν
ὀρθῶς θ' ὁδοιποροῦμεν ἔνθα χρῄζομεν ;
ΧΟ. Τί δ' ἐξερευνᾷς καὶ τί βουληθεὶς πάρει ;
ΟΡ. Αἴγισθον ἔνθ' ᾤκηκεν ἱστορῶ πάλαι.
ΧΟ. Ἀλλ' εὖ θ' ἱκάνεις χὠ φράσας ἀζήμιος.
ΟΡ. Τίς οὖν ἂν ὑμῶν τοῖς ἔσω φράσειεν ἂν
ἡμῶν ποθεινὴν κοινόπουν παρουσίαν ;
ΧΟ. Ἥδ', εἰ τὸν ἄγχιστόν γε κηρύσσειν χρεών.
ΟΡ. Ἴθ', ὦ γύναι, δήλωσον εἰσελθοῦσ' ὅτι
Φωκῆς ματεύουσ' ἄνδρες Αἴγισθόν τινες.
ΗΛ. Οἴμοι τάλαιν', οὐ δή ποθ' ἧς ἠκούσαμεν
φήμης φέροντες ἐμφανῆ τεκμήρια ;

una vita di pianto
combattendo contro il male
e riportando così due lodi in una sola:
la fama di figlia saggia e di valorosa insieme.

Possa tu vivere al di sopra dei tuoi nemici
per potenza e ricchezza tanto
quanto sei ora da loro oppressa:
poiché ho visto che sei caduta in una sorte indegna,
ma nelle leggi che supreme germogliarono[100]
tu ricevi il premio più alto
per la tua devozione a Zeus.

(*Entrano, non riconosciuti, Oreste e Pilade, seguiti da servitori che portano un'urna cineraria.*)

ORESTE Donne, abbiamo compreso bene e siamo veramente diretti dove intendiamo andare?
CORIFEA Che cosa cerchi e con quale intento sei qui?
ORESTE Da tempo sto cercando dove abita Egisto.
CORIFEA Vi sei giunto: chi ti ha informato non ha mentito.
ORESTE E chi di voi vorrà annunciare a quelli della reggia la nostra tanto attesa presenza[101]?
CORIFEA (*Indicando Elettra.*). Lei, se l'annuncio deve venire dal parente più stretto.
ORESTE Va', o donna, entra e rendi noto che alcuni uomini della Focide cercano Egisto.
ELETTRA Ahimè, infelice! Venite forse a portare la prova manifesta della voce che abbiamo sentita?

[100] Si tratta degli ἄγραπτα κἀσφαλῆ θεῶν νόμιμα dell'*Antigone* (vv. 454 s.) e dei νόμοι ὑψίποδες dell'*Edipo Re* (vv. 865 s.), le leggi eternamente valide, volute dagli dèi e germogliate nel cuore degli uomini, delle quali Elettra osserva soprattutto quelle che impongono il tributo d'onore verso i genitori *[N.d.T.]*.

[101] Il v. 1104 è interamente dedicato a definire l'arrivo dei due forestieri: «la nostra desiderata, duplice presenza». L'aggettivo κοινόπουν, lett. «dal comune piede», cioè «dei due viaggiatori», sembra alludere, per via di risonanza, al passo della vendetta che si avvicina; cfr. gli attributi πολύπους e χαλκόπους riferiti all'Erinni ai vv. 489-491 *[N.d.T.]*.

ΟΡ. Οὐκ οἶδα τὴν σὴν κληδόν᾽· ἀλλά μοι γέρων
ἐφεῖτ᾽ Ὀρέστου Στροφίος ἀγγεῖλαι πέρι.

ΗΛ. Τί δ᾽ ἔστιν, ὦ ξέν᾽; ὥς μ᾽ ὑπέρχεται φόβος.

ΟΡ. Φέροντες αὐτοῦ σμικρὰ λείψαν᾽ ἐν βραχεῖ
τεύχει θανόντος, ὡς ὁρᾷς, κομίζομεν.

ΗΛ. Οἲ ᾽γὼ τάλαινα, τοῦτ᾽ ἐκεῖν᾽, ἤδη σαφὲς
πρόχειρον ἄχθος, ὡς ἔοικε, δέρκομαι.

ΟΡ. Εἴπερ τι κλαίεις τῶν Ὀρεστείων κακῶν,
τόδ᾽ ἄγγος ἴσθι σῶμα τοὐκείνου στέγον.

ΗΛ. Ὦ ξεῖνε, δός νυν, πρὸς θεῶν, εἴπερ τόδε
κέκευθεν αὐτὸν τεῦχος, εἰς χεῖρας λαβεῖν,
ὅπως ἐμαυτὴν καὶ γένος τὸ πᾶν ὁμοῦ
ξὺν τῇδε κλαύσω κἀποδύρωμαι σποδῷ.

ΟΡ. Δόθ᾽ ἥτις ἐστί, προσφέροντες· οὐ γὰρ ὡς
ἐν δυσμενείᾳ γ᾽ οὖσ᾽ ἐπαιτεῖται τόδε,
ἀλλ᾽ ἢ φίλων τις, ἢ πρὸς αἵματος φύσιν.

ΗΛ. Ὦ φιλτάτου μνημεῖον ἀνθρώπων ἐμοὶ
ψυχῆς Ὀρέστου λοιπόν, ὥς ⟨σ᾽⟩ ἀπ᾽ ἐλπίδων

ORESTE Non so di quale voce parli, ma il vecchio Strofio mi ha incaricato di riferire notizie sul conto di Oreste.

ELETTRA E quali, straniero? Che angoscia m'assale!

ORESTE Portiamo, come vedi, in questa piccola urna i miseri resti di lui... del morto[102].

ELETTRA Ahimè sventurata, ecco la prova: vedo chiaramente quel carico doloroso, tangibile[103]!

ORESTE Se piangi le sventure di Oreste, sappi che quest'urna racchiude il suo corpo.

ELETTRA O straniero, in nome degli dèi, se in quell'urna egli è nascosto, concedimi di prenderla fra le mani, perché su queste ceneri io pianga e lamenti me stessa e tutta la mia stirpe.

ORESTE (*Ai servi.*) Portatela qui e dategliela, chiunque sia questa donna: non la chiede certo con animo ostile, ma come persona cara o dello stesso sangue.

ELETTRA[104] (*Stringendo l'urna fra le mani.*) O ricordo del più caro a me fra gli uomini, ultimo avanzo della vita d'Ore-

[102] Oreste insiste con un certo compiacimento, come di chi è estraneo a ciò che dice e sa per contro di portare notizie gradite (cfr. il v. 1104), sugli aspetti luttuosi del suo messaggio: si noti il particolare dell'esiguità dell'urna e delle ceneri, e inoltre il participio θανόντος (v. 1114), a cui dà rilievo la cesura pentemimera, il tutto incorniciato dai due verbi φέροντες e κομίζομεν (lett. «recando ... trasportiamo con cura»; sull'accezione di quest'ultimo cfr. la nota di Kamerbeek), i quali, nel sottolineare il gesto scenico, sembrano conferire maggior veridicità alla notizia della morte *[N.d.T.]*.

[103] Nel termine ἄχθος (v. 1116) il senso concreto di «peso», riferito all'urna, finisce per confondersi con quello figurato di «dolore che opprime» (cfr. v. 120). L'aggettivo πρόχειρον, lett. «a portata di mano», in questo contesto si carica di una molteplicità di significati: può riferirsi al fatto che l'urna è facilmente trasportabile, in quanto piccola (Kells), come pure al fatto che il servo la sta effettivamente reggendo nelle sue mani (Jebb), e che Elettra può a sua volta toccarla (Paduano); la principale funzione dell'aggettivo è comunque quella di sottolineare la presenza concreta sulla scena di questo oggetto che diventa ora il fulcro dell'azione drammatica (πρόχειρον= *quod praesens adest, quasi in manus sumendum*, Ellendt) *[N.d.T.]*.

[104] Aulo Gellio, nelle sue *Noctes Atticae* (VI 5) ci ha conservato memoria di un episodio relativo al grande attore Polo (IV secolo a. C.), che recitò questo commovente brano dell'*Elettra* poco tempo dopo aver perduto un figlio, e volle tenere in mano sulla scena l'urna con le sue ceneri, così che le espressioni di dolore andarono molto al di là della finzione scenica, effondendo il vero e profondo strazio di un padre.

οὐχ ὧνπερ ἐξέπεμπον εἰσεδεξάμην.
Νῦν μὲν γὰρ οὐδὲν ὄντα βαστάζω χεροῖν,
δόμων δέ σ᾽, ὦ παῖ, λαμπρὸν ἐξέπεμψ᾽ ἐγώ·
ὡς ὤφελον πάροιθεν ἐκλιπεῖν βίον,
πρὶν ἐς ξένην σε γαῖαν ἐκπέμψαι χεροῖν
κλέψασα ταῖνδε κἀνασώσασθαι φόνου,
ὅπως θανὼν ἔκεισο τῇ τόθ᾽ ἡμέρᾳ,
τύμβου πατρῴου κοινὸν εἰληχὼς μέρος.
Νῦν δ᾽ ἐκτὸς οἴκων κἀπὶ γῆς ἄλλης φυγὰς
κακῶς ἀπώλου σῆς κασιγνήτης δίχα·
κοὔτ᾽ ἐν φίλαισι χερσὶν ἡ τάλαιν᾽ ἐγὼ
λουτροῖς σ᾽ ἐκόσμησ᾽, οὔτε παμφλέκτου πυρὸς
ἀνειλόμην, ὡς εἰκός, ἄθλιον βάρος·
ἀλλ᾽ ἐν ξένῃσι χερσὶ κηδευθεὶς τάλας
σμικρὸς προσήκεις ὄγκος ἐν σμικρῷ κύτει.
Οἴμοι τάλαινα τῆς ἐμῆς πάλαι τροφῆς
ἀνωφελήτου, τὴν ἐγὼ θάμ᾽ ἀμφὶ σοὶ
πόνῳ γλυκεῖ παρέσχον· οὔτε γάρ ποτε
μητρὸς σύ γ᾽ ἦσθα μᾶλλον ἢ κἀμοῦ φίλος,
οὔθ᾽ οἱ κατ᾽ οἶκον ἦσαν, ἀλλ᾽ ἐγὼ τροφός·
ἐγὼ δ᾽ ἀδελφὴ σοὶ προσηυδώμην ἀεί.
Νῦν δ᾽ ἐκλέλοιπε ταῦτ᾽ ἐν ἡμέρᾳ μιᾷ
θανόντι σὺν σοί· πάντα γὰρ συναρπάσας
θύελλ᾽ ὅπως βέβηκας· οἴχεται πατήρ·
τέθνηκ᾽ ἐγώ σοι· φροῦδος αὐτὸς εἶ θανών·
γελῶσι δ᾽ ἐχθροί· μαίνεται δ᾽ ὑφ᾽ ἡδονῆς
μήτηρ ἀμήτωρ, ἧς ἐμοὶ σὺ πολλάκις

ste[105], quanto diverso dalle speranze con cui ti mandai lontano è questo mio riceverti! Ora tu sei tra le mie mani un nulla, mentre fiorente di vita, figlio mio, io t'allontanai dalla casa. Fossi morta allora, prima di averti sottratto con queste mie mani e salvato dalla strage, prima d'averti inviato in altra terra! Saresti morto in quello stesso giorno, ottenendo la tua parte nella tomba del padre. Ed ora, invece, lontano dalla tua casa, esule in suolo straniero, sei miseramente morto, lontano da tua sorella. Ed io infelice non ho lavato e composto il tuo corpo con tenere mani, né dal rogo ardente l'ho raccolto, misero peso, secondo il rito: mani estranee si presero cura di te, sventurato, e sei giunto qui piccolo mucchio di ceneri in piccola urna. O me infelice per le mie cure d'un tempo spese ad allevarti: cure inutili, che continuamente io ti prodigai, con dolce fatica. Tu eri più caro a me che non alla madre; nessuna nella casa, se non io, ti era nutrice[106]: io, la sorella che sempre chiamavi[107]. Ora con la tua morte in un giorno solo tutto questo è scomparso: trascinando con te ogni cosa, come un turbine ti dileguasti. Nostro padre è morto, con te sono spenta anch'io: e tu per sempre sparisti! Intanto i nemici ridono, smania di gioia la madre snaturata, che[108] tu spesso per segre-

[105] Il pronome personale ἐμοί (v. 1126) è da riferirsi sia a μνημεῖον, come dativo di possesso, sia a φιλτάτου e a λοιπόν, come dativo di termine *[N.d.T.]*.

[106] Per sottolineare l'intenso legame d'affetto tra fratello e sorella, Sofocle elimina la figura della nutrice cui Eschilo aveva affidato nelle *Coefore* le cure del piccolo Oreste, assegnando alla sorella questo ruolo. Il motivo delle inutili cure prestate al bambino, presente nella *rhēsis* della Cilissa eschilea (Aesch. *Cho.* 743 ss.), è comunque recuperato e attribuito, con espressioni assai vicine a quelle del modello, a Elettra.

[107] L'espressione ἐγὼ δ' ἀδελφή («io, la sorella», v. 1148) all'inizio di verso conferisce notevole risalto alla personalità di Elettra. Inoltre la forma tonica ἀδελφὴ σοί in luogo dell'enclitico ἀδελφή σοι sottolinea con maggiore enfasi il pronome e quindi la reciprocità dell'affetto. Si tratta di un rapporto a due, che esclude l'intervento di terzi: Oreste aveva altre sorelle, Crisotemi e Ifianassa (cfr. v. 158), le quali tuttavia non esistono per l'amore del bambino, tutto rivolto a Elettra. In seguito a queste parole Oreste acquista ora consapevolezza della vera identità della donna che gli sta di fronte *[N.d.T.]*.

[108] Il pronome ἧς (v. 1154) dipende ἀπὸ κοινοῦ da φήμας (= περὶ ἧς), da λάθρᾳ («di nascosto dalla quale») e da τιμωρός («vendicatore») come genitivo oggettivo *[N.d.T.]*.

φήμας λάθρᾳ προὔπεμπες ὡς φανούμενος
τιμωρὸς αὐτός. Ἀλλὰ ταῦθ' ὁ δυστυχὴς
δαίμων ὁ σός τε κἀμὸς ἐξαφείλετο,
ὅς σ' ὧδέ μοι προὔπεμψεν, ἀντὶ φιλτάτης
μορφῆς σποδόν τε καὶ σκιὰν ἀνωφελῆ.
Οἴμοι μοι.
Ὦ δέμας οἰκτρόν. Φεῦ, φεῦ.
Ὦ δεινοτάτας, οἴμοι μοι,
πεμφθεὶς κελεύθους, φίλταθ', ὥς μ' ἀπώλεσας·
ἀπώλεσας δῆτ', ὦ κασίγνητον κάρα.
Τοιγὰρ σὺ δέξαι μ' ἐς τὸ σὸν τόδε στέγος,
τὴν μηδὲν εἰς τὸ μηδέν, ὡς σὺν σοὶ κάτω
ναίω τὸ λοιπόν· καὶ γάρ, ἡνίκ' ἦσθ' ἄνω,
ξὺν σοὶ μετεῖχον τῶν ἴσων· καὶ νῦν ποθῶ
τοῦ σοῦ θανοῦσα μὴ ἀπολείπεσθαι τάφου·
τοὺς γὰρ θανόντας οὐχ ὁρῶ λυπουμένους.
ΧΟ. Θνητοῦ πέφυκας πατρός, Ἠλέκτρα, φρόνει·
θνητὸς δ' Ὀρέστης· ὥστε μὴ λίαν στένε·
πᾶσιν γὰρ ἡμῖν τοῦτ' ὀφείλεται παθεῖν.
ΟΡ. Φεῦ φεῦ· τί λέξω; ποῖ λόγων ἀμηχανῶν
ἔλθω; κρατεῖν γὰρ οὐκέτι γλώσσης σθένω.
ΗΛ. Τί δ' ἔσχες ἄλγος; πρὸς τί τοῦτ' εἰπὼν κυρεῖς;
ΟΡ. Ἦ σὸν τὸ κλεινὸν εἶδος Ἠλέκτρας τόδε;
ΗΛ. Τόδ' ἔστ' ἐκεῖνο, καὶ μάλ' ἀθλίως ἔχον.
ΟΡ. Οἴμοι ταλαίνης ἆρα τῆσδε συμφορᾶς.
ΗΛ. Οὐ δή ποτ', ὦ ξέν', ἀμφ' ἐμοὶ στένεις τάδε;

ti messaggi mi dicevi saresti riapparso a punire. Ma il destino maligno, tuo e mio, ci strappò queste speranze, e ora ti manda a me in tale stato: cenere ed ombra vana in luogo delle tue amate sembianze.
Ahimè, ahimè.
O misero corpo, ah! Ah!
O caro, ritornato per una via di dolore, ahimè, come mi hai distrutta! Sì, tu m'hai distrutta, mio amato fratello! Accoglimi in questa tua urna, nulla nel nulla, perché laggiù con te io per sempre dimori. Quand'eri sulla terra, ho condiviso la tua sorte, e anche ora morendo io desidero non essere privata del tuo sepolcro; vedo infatti che i morti non soffrono più[109].

CORIFEA Sei nata da un padre mortale, Elettra, ricordalo, e mortale era Oreste: non abbandonarti a un pianto eccessivo. È un debito, questo, che tutti noi dobbiamo scontare[110].

ORESTE Ahimè, che dire? A quali turbate parole debbo lasciarmi andare? Non riesco più a dominare la mia lingua.

ELETTRA Che dolore t'ha preso? Perché parli così?

ORESTE È dunque la nobile figura di Elettra questa che vedo in te?

ELETTRA Sì, proprio lei, e ridotta in uno stato ben miserevole.

ORESTE Ahimè, che sorte sventurata!

ELETTRA È forse per me, straniero, che ti lamenti così?

[109] Il motivo della tomba in comune, già presente in Omero (cfr. *Il.* XXIII 91 ss.), ricorre frequentemente in tragedia, in contesti in cui si sottolinea l'intensità di un legame affettivo che dura oltre la vita (cfr. in particolare Aesch. *Agam.* 1446, *Cho.* 894 s., 906; Soph. *Ant.* 73, 1240 s.; Eur. *Alc.* 365 ss., *Andr.* 510 ss., *Hec.* 895 ss., *Suppl.* 1006 ss., 1019 ss., 1071, *Hel.* 836 ss., 985 s., *Phoen.* 1659, *Or.* 1054 s.). Sull'ancor più frequente *topos* successivo, quello della cessazione delle sofferenze per i defunti (cfr., limitatamente a Sofocle, i casi di *Ai.* 691 s., *Trach.* 1173, *O.C.* 955), un'ampia documentazione si trova raccolta in M.G. Ciani, *La consolatio nei tragici greci. Elementi di un topos*, «Bollettino dell'Istituto di Filologia Greca dell'Università di Padova» 2, 1975, pp. 93, 96 s., 105 s. *[N.d.T.]*.

[110] Il concetto della vita come debito che va alla fine restituito è un *topos* diffuso in contesti consolatori, soprattutto nelle parti corali, con la funzione di smorzare il *pathos* dell'eroe. Per un'analoga formulazione, adombrata già al v. 860 di questa tragedia, cfr. Eur. *Alc.* 419 e 782 e inoltre i passi citati in Ciani, *La consolatio* cit., pp. 107, 125 *[N.d.T.]*.

ΟΡ. Ὦ σῶμ' ἀτίμως κἀθέως ἐφθαρμένον.
ΗΛ. Οὔτοι ποτ' ἄλλην ἢ 'μὲ δυσφημεῖς, ξένε.
ΟΡ. Φεῦ τῆς ἀνύμφου δυσμόρου τε σῆς τροφῆς.
ΗΛ. Τί μοί ποτ', ὦ ξέν', ὧδ' ἐπισκοπῶν στένεις;
ΟΡ. Ὅσ' οὐκ ἄρ' ᾔδειν τῶν ἐμῶν ἐγὼ κακῶν.
ΗΛ. Ἐν τῷ διέγνως τοῦτο τῶν εἰρημένων;
ΟΡ. Ὁρῶν σε πολλοῖς ἐμπρέπουσαν ἄλγεσιν.
ΗΛ. Καὶ μὴν ὁρᾷς γε παῦρα τῶν ἐμῶν κακῶν.
ΟΡ. Καὶ πῶς γένοιτ' ἂν τῶνδ' ἔτ' ἐχθίω βλέπειν;
ΗΛ. Ὁθούνεκ' εἰμὶ τοῖς φονεῦσι σύντροφος.
ΟΡ. Τοῖς τοῦ; πόθεν τοῦτ' ἐξεσήμηνας κακόν;
ΗΛ. Τοῖς πατρός· εἶτα τοῖσδε δουλεύω βίᾳ.
ΟΡ. Τίς γάρ σ' ἀνάγκῃ τῇδε προτρέπει βροτῶν;
ΗΛ. Μήτηρ καλεῖται. μητρὶ δ' οὐδὲν ἐξισοῖ.
ΟΡ. Τί δρῶσα; πότερα χερσὶν ἢ λύμῃ βίου;
ΗΛ. Καὶ χερσὶ καὶ λύμαισι καὶ πᾶσιν κακοῖς.
ΟΡ. Οὐδ' οὑπαρήξων οὐδ' ὁ κωλύσων πάρα;
ΗΛ. Οὐ δῆθ'· ὃς ἦν γάρ μοι, σὺ προὔθηκας σποδόν.
ΟΡ. Ὦ δύσποτμ', ὡς ὁρῶν σ' ἐποικτίρω πάλαι.
ΗΛ. Μόνος βροτῶν νυν ἴσθ' ἐποικτίρας ποτέ.
ΟΡ. Μόνος γὰρ ἥκω τοῖσι σοῖς ἀλγῶν κακοῖς.
ΗΛ. Οὐ δή ποθ' ἡμῖν ξυγγενὴς ἥκεις ποθέν;
ΟΡ. Ἐγὼ φράσαιμ' ἄν, εἰ τὸ τῶνδ' εὔνουν πάρα.

ORESTE Povero corpo, devastato in modo indegno ed empio!
ELETTRA Allora non compiangi altri che me, o straniero.
ORESTE O desolata esistenza, priva di nozze!
ELETTRA Perché mi guardi così, straniero, e piangi?
ORESTE Non sapevo ancora nulla dei miei mali!
ELETTRA E quale delle mie parole te li ha rivelati?
ORESTE Vedendo in te i segni di tante sofferenze.
ELETTRA Eppure tu non vedi che una piccola parte delle mie disgrazie.
ORESTE E come sarebbe possibile vederne di più dolorose?
ELETTRA Sì, poiché io vivo con gli assassini...
ORESTE Assassini di chi? Chi è il responsabile di questo delitto a cui m'hai accennato?
ELETTRA Gli assassini di mio padre. E sono anche costretta a viva forza a servirli.
ORESTE Chi ti impone questa schiavitù?
ELETTRA Ha il nome di madre, ma ad una madre in nulla è simile.
ORESTE E in che modo? Con le percosse o le umiliazioni?
ELETTRA Con le percosse, le umiliazioni e ogni sorta di soprusi.
ORESTE Ma non c'è nessuno che ti difenda, nessuno che si opponga?
ELETTRA Nessuno. Chi poteva farlo tu me l'hai riportato in cenere.
ORESTE O infelice! Da quanto tempo con immensa pietà ti sto guardando!
ELETTRA Sappi che sei l'unico ad aver provato compassione di me.
ORESTE L'unico, infatti, che s'accosta a te soffrendo i tuoi stessi mali.
ELETTRA Sei forse un nostro congiunto, venuto qui da qualche parte?
ORESTE Te lo direi, (*guardando in direzione del Coro*) se l'animo di queste donne ci fosse amico.

ΗΛ. Ἀλλ᾽ ἔστιν εὔνουν, ὥστε πρὸς πιστὰς ἐρεῖς.
ΟΡ. Μέθες τόδ᾽ ἄγγος νῦν, ὅπως τὸ πᾶν μάθῃς.
ΗΛ. Μὴ δῆτα πρὸς θεῶν τοῦτό μ᾽ ἐργάσῃ, ξένε.
ΟΡ. Πείθου λέγοντι κοὐχ ἁμαρτήσῃ ποτέ.
ΗΛ. Μή, πρὸς γενείου, μὴ 'ξέλῃ τὰ φίλτατα.
ΟΡ. Οὔ φημ᾽ ἐάσειν.
ΗΛ. Ὦ τάλαιν᾽ ἐγὼ σέθεν,
Ὀρέστα, τῆς σῆς εἰ στερήσομαι ταφῆς.
ΟΡ. Εὔφημα φώνει· πρὸς δίκης γὰρ οὐ στένεις.
ΗΛ. Πῶς τὸν θανόντ᾽ ἀδελφὸν οὐ δίκῃ στένω;
ΟΡ. Οὔ σοι προσήκει τήνδε προσφωνεῖν φάτιν.
ΗΛ. Οὕτως ἄτιμός εἰμι τοῦ τεθνηκότος;
ΟΡ. Ἄτιμος οὐδενὸς σύ· τοῦτο δ᾽ οὐχὶ σόν.
ΗΛ. Εἴπερ γ᾽ Ὀρέστου σῶμα βαστάζω τόδε.
ΟΡ. Ἀλλ᾽ οὐκ Ὀρέστου, πλὴν λόγῳ γ᾽ ἠσκημένον.
ΗΛ. Ποῦ δ᾽ ἔστ᾽ ἐκείνου τοῦ ταλαιπώρου τάφος;

ELETTRA Lo è: parlerai davanti a persone fidate[111].

ORESTE Posa quest'urna, ora, e saprai ogni cosa.

ELETTRA No, in nome degli dèi, non farmi questo, straniero!

ORESTE Presta ascolto alle mie parole e non sbaglierai.

ELETTRA Ti supplico, non togliermi quanto ho di più caro!

ORESTE No, ti dico, non te la lascerò.

ELETTRA Quanto sono sventurata per causa tua, Oreste, se verrò privata della tua sepoltura[112]!

ORESTE Non pronunciare parole di cattivo augurio[113]: tu piangi senza ragione.

ELETTRA Come, non ho ragione di piangere mio fratello morto?

ORESTE Non ti si addice proferire questa parola.

ELETTRA Fino a tal punto mi si nega dunque ogni diritto sul morto[114]?

ORESTE Nulla ti viene negato, ma quest'urna non ti appartiene.

ELETTRA È mia, quant'è vero che questo che reggo è il corpo di Oreste.

ORESTE Di Oreste soltanto per un racconto fittizio.

ELETTRA E dov'è allora la tomba di quello sventurato?

[111] Nelle tragedie in cui si sviluppa una trama d'inganno la presenza del Coro crea qualche difficoltà nell'esplicitazione dei piani d'azione, e questa difficoltà viene sottolineata nel testo: è un tratto tipico delle tragedie più tarde di Sofocle ed Euripide, nelle quali il ruolo del Coro si era già notevolmente ridotto e si armonizzava meno bene con lo sviluppo dell'azione drammatica. Cfr. ad esempio Eur. *Or.* 1103-1104, *El.* 272, *I.T.* 1056-1077.

[112] Ossia: «se non ti potrò nemmeno seppellire». Altri erroneamente intendono: «se resterò priva di quest'urna che ti fa da sepolcro», ma il termine ταφῆς («seppellimento») non è esattamente equivalente a τάφου («tomba») *[N.d.T.]*.

[113] Per un vivente esser considerato morto era un presagio funesto; si ricordino, ai vv. 59-60, gli scrupoli di Oreste di fronte all'inganno che prevedeva la finzione della sua morte *[N.d.T.]*.

[114] L'espressione ἄτιμος (v. 1214) equivale qui a «privato di ogni diritto» sul morto, così da non potergli rendere gli onori funebri (LSJ, Kaibel, Bruhn, Mazon, Kamerbeek). Sembra meno corretto intendere, come fanno molti (cfr. per esempio Tournier, Campbell, Masqueray), l'aggettivo nel significato di ἀναξία e tradurre «sono dunque così indegna del morto?», anche in considerazione della battuta successiva di Oreste *[N.d.T.]*.

ΟΡ. Οὐκ ἔστι· τοῦ γὰρ ζῶντος οὐκ ἔστιν τάφος.
ΗΛ. Πῶς εἶπας, ὦ παῖ;
ΟΡ. Ψεῦδος οὐδὲν ὧν λέγω.
ΗΛ. Ἦ ζῇ γὰρ ἀνήρ;
ΟΡ. Εἴπερ ἔμψυχός γ' ἐγώ.
ΗΛ. Ἦ γὰρ σὺ κεῖνος;
ΟΡ. Τήνδε προσβλέψασά μου
σφραγῖδα πατρὸς ἔκμαθ' εἰ σαφῆ λέγω.
ΗΛ. Ὦ φίλτατον φῶς.
ΟΡ. Φίλτατον, ξυμμαρτυρῶ.
ΗΛ. Ὦ φθέγμ', ἀφίκου;
ΟΡ. Μηκέτ' ἄλλοθεν πύθῃ.
ΗΛ. Ἔχω σε χερσίν;
ΟΡ. Ὡς τὰ λοίπ' ἔχοις ἀεί.
ΗΛ. Ὦ φίλταται γυναῖκες, ὦ πολίτιδες,
ὁρᾶτ' Ὀρέστην τόνδε, μηχαναῖσι μὲν
θανόντα, νῦν δὲ μηχαναῖς σεσωσμένον.
ΧΟ. Ὁρῶμεν, ὦ παῖ, κἀπὶ συμφοραῖσί μοι
γεγηθὸς ἕρπει δάκρυον ὀμμάτων ἄπο.
ΗΛ. Ἰὼ γοναί, Str.
γοναὶ σωμάτων ἐμοὶ φιλτάτων,
ἐμόλετ' ἀρτίως,
ἐφεύρετ', ἤλθετ', εἴδεθ' οὓς ἐχρῄζετε.
ΟΡ. Πάρεσμεν· ἀλλὰ σῖγ' ἔχουσα πρόσμενε.

ORESTE Non esiste: non hanno tomba i vivi.

ELETTRA Figlio, che hai detto?

ORESTE Nulla che non sia vero.

ELETTRA Dunque egli vive?

ORESTE Sì, com'è vero che io sono vivo.

ELETTRA Tu sei Oreste?

ORESTE (*Mostrandole il castone di un anello.*) Guarda questo sigillo che era di mio padre, e giudica se dico la verità.

ELETTRA O luce dolcissima!

ORESTE Dolcissima, posso dirlo con te.

ELETTRA O voce amata, sei giunta a me[115]?

ORESTE Non hai più da informarti altrove.

ELETTRA Ti tengo fra le mie braccia[116]?

ORESTE E possa tu ormai per sempre così tenermi!

ELETTRA (*Al Coro.*) O donne carissime, o concittadine, ecco Oreste, guardatelo: morto per inganno, e ora qui, sano e salvo, per quell'inganno!

CORIFEA Lo vediamo, figlia mia, e per l'evento lacrime di gioia ci scorrono dagli occhi.

ELETTRA O figlio,
figlio dell'uomo a me più caro,
sei giunto infine!
Sei tornato, ed ora ritrovi,
rivedi chi desideravi.

ORESTE Sono qui: ma tu aspetta e resta in silenzio.

[115] Si ricordino le parole con cui Filottete, costretto a un lungo isolamento sull'isola deserta, saluta il suono della lingua greca (*Phil.* 234) e cfr. anche, su un piano di minore intensità espressiva, *Ai.* 14. Al v. 1224 il vocativo ὦ φίλτατον φῶς è generalmente inteso nel senso di «o giorno carissimo» (cfr. *Phil.* 530 ὦ φίλτατον μὲν ἦμαρ); non si può tuttavia escludere che esso vada interpretato in senso metaforico, in riferimento alla persona stessa di Oreste (cfr. *infra* v. 1354, con relativa nota) *[N.d.T.]*.

[116] Dopo il riferimento alla percezione visiva (la luce) e a quella auditiva (il suono della voce) è ora la volta del contatto fisico dell'abbraccio. Per le numerose corrispondenze istituibili fra questa scena di riconoscimento e altre analoghe in Euripide, cfr. l'analisi di K. Matthiessen, *Elektra, Taurische Iphigenie und Helena*, Göttingen 1964; le singolarità presenti nella scena sofoclea sono evidenziate invece da Di Benedetto, *Sofocle* cit., p. 188 *[N.d.T.]*.

ΗΛ. Τί δ' ἔστιν;

ΟΡ. Σιγᾶν ἄμεινον, μή τις ἔνδοθεν κλύῃ.

ΗΛ. Οὐ τὰν Ἄρτεμιν τὰν αἰὲν ἀδμήταν,
τόδε μὲν οὔ ποτ' ἀξιώσω τρέσαι
περισσὸν ἄχθος ἔνδον
γυναικῶν ὃν αἰεί.

ΟΡ. Ὅρα γε μὲν δὴ κἀν γυναιξὶν ὡς Ἄρης
ἔνεστιν· εὖ δ' ἔξοισθα πειραθεῖσά που.

ΗΛ. Ὀτοτοτοτοῖ τοτοῖ,
ἀνέφελον ἐνέβαλες οὔ ποτε καταλύσιμον,
οὐδέ ποτε λησόμενον ἁμέτερον
οἷον ἔφυ κακόν.

ΟΡ. Ἔξοιδα καὶ ταῦτ'· ἀλλ' ὅταν παρουσία
φράζῃ, τότ' ἔργων τῶνδε μεμνῆσθαι χρεών.

ΗΛ. Ὁ πᾶς ἐμοί, Ant.
ὁ πᾶς ἂν πρέποι παρὼν ἐννέπειν
τάδε δίκᾳ χρόνος·
μόλις γὰρ ἔσχον νῦν ἐλεύθερον στόμα.

ELETTRA Perché?

ORESTE È meglio tacere, che nessuno nella casa ci oda.

ELETTRA No, in nome d'Artemide, l'eterna vergine[117],
mai più mi degnerò di tremare
per quell'inutile carico di donne[118]
che è sempre là, dentro la casa!

ORESTE Bada che anche nelle donne vive Ares, e tu lo sai bene per averlo sperimentato.

ELETTRA Ahi, ahi, ahimè!
Hai risvegliato in me un limpido ricordo:
il nostro male irreparabile,
che non troverà mai oblio.

ORESTE So anche questo: quando si presenterà l'occasione[119], allora bisognerà ricordarsene.

ELETTRA Ogni attimo per me,
ogni momento che mi sta davanti
è propizio a parlare così,
secondo giustizia.
Ora, finalmente,
posso esprimermi
con libera bocca[120]!

[117] Artemide è la dea eternamente vergine, e perciò protettrice di Elettra. Si ricordi la preghiera delle Danaidi in Aesch. *Suppl.* 144 ss. *[N.d.T.]*.

[118] L'espressione è un calco omerico (cfr. *Il.* XVIII 104 e *Od.* XX 379), utilizzato da Sofocle anche in fr. 945, 3 R. Secondo la maggior parte dei critici, Elettra si sta qui riferendo innanzitutto a Clitemestra e alle sue ancelle (meno probabilmente anche a Crisotemi, come vorrebbe Kells). Poco convincente la proposta di Kamerbeek di intendervi un riferimento a Clitemestra e a Egisto alla luce della caratterizzazione di quest'ultimo personaggio in Eschilo e anche in questa tragedia (cfr. vv. 301-302, e inoltre Aesch. *Cho.* 304-305, *Agam.* 1224-1225, 1625-1627): a questa interpretazione fanno difficoltà il fatto che Egisto, come Elettra sa, non è ora in casa e inoltre la seguente risposta di Oreste (Elettra ai vv. 1194 ss. aveva informato il fratello di maltrattamenti da lei subiti a opera della madre, e appunto a questi ultimi egli sta ora alludendo) *[N.d.T.]*.

[119] Il termine παρουσία (v. 1251) equivale qui a καιρός (cfr. Kamerbeek e Kells *ad loc.*) *[N.d.T.]*.

[120] Lett. «ho ottenuto una libera bocca» (con l'aoristo che esprime l'azione puntuale). Kells e altri intendono invece: «a fatica ho ora trattenuto la mia

ΟΡ. Ξύμφημι κἀγώ· τοιγαροῦν σῴζου τόδε.

ΗΛ. Τί δρῶσα;

ΟΡ. Οὗ μή 'στι καιρός, μὴ μακρὰν βούλου λέγειν.

ΗΛ. Τίς οὖν ἀξίαν σοῦ γε πεφηνότος
μεταβάλοιτ' ἂν ὧδε σιγὰν λόγων;
ἐπεί σε νῦν ἀφράστως
ἀέλπτως τ' ἐσεῖδον.

ΟΡ. Τότ' εἶδες, ὅτε θεοί μ' ∪ – ∪ – ∪ –
∪ – ∪ – ∪ – ∪ ὤτρυναν μολεῖν.

ΗΛ. Ἔφρασας ὑπερτέραν
τᾶς πάρος ἔτι χάριτος, εἴ σε θεὸς ἐπόρισεν
ἁμέτερα πρὸς μέλαθρα· δαιμόνιον
αὐτὸ τίθημ' ἐγώ.

ΟΡ. Τὰ μέν σ' ὀκνῶ χαίρουσαν εἰργαθεῖν, τὰ δὲ
δέδοικα λίαν ἡδονῇ νικωμένην.

ΗΛ. Ἰὼ χρόνῳ μακρῷ φιλτάταν ὁδὸν — Épode.
ἐπαξιώσας ὧδέ μοι φανῆναι,
μή τί με, πολύπονον ὧδ' ἰδὼν —

ΟΡ. Τί μὴ ποήσω;

ORESTE Ne convengo: ma hai il dovere di salvarla.

ELETTRA Facendo che cosa?

ORESTE Rinuncia a parlare troppo quando non è il momento.

ELETTRA Ora che sei apparso
chi troverebbe giusto
mutare in silenzio le mie parole?
Ora che oltre ogni pensiero,
contro ogni mia speranza,
ti rivedo?

ORESTE Mi hai visto quando gli dèi mi.....................
.......................hanno spinto a tornare[121].

ELETTRA Una grazia ancor più grande
della precedente tu mi annunzi,
se è stato un dio
a inviarti nella nostra casa:
riconosco in questo la volontà dei numi.

ORESTE Ho ritegno a frenare la tua gioia, ma temo anche che troppo tu sia vinta dal piacere.

ELETTRA Ah! Dopo lungo tempo,
per una via tanto cara al mio cuore,
ti sei degnato d'apparirmi dinanzi, così:
ed ora che mi hai visto prostrata
da sventure infinite,
non volere, ti prego,...

ORESTE Che cosa?

bocca che è libera», ossia «essendo io solita parlare liberamente, ho durato fatica a non proferire un grido di gioia che avrebbe potuto essere udito all'interno del palazzo». Fa difficoltà a questa interpretazione la presenza di μόλις (v. 1256): questo avverbio è infatti tipico delle scene di riconoscimento in tragedia (cfr. sopra n. 116) per esprimere il concetto di qualcosa di gradito (per esempio l'arrivo inaspettato di una persona cara e le conseguenze che ciò comporta) che si realizza «finalmente, dopo molte sofferenze e stenti» (cfr. in particolare Eur. *Hel.* 652 e *Phoen.* 310) *[N.d.T.]*.

[121] I due versi (1263-1264) sono lacunosi nella parte centrale; tuttavia il senso è completo. Con queste parole Oreste intende giustificare il ritardo del suo arrivo: si è messo in viaggio quando è giunta la sua ora, ossia quando il dio Apollo così ha deciso *[N.d.T.]*.

ΗΛ. μή μ' ἀποστερήσῃς
τῶν σῶν προσώπων ἡδονὰν μεθέσθαι.

ΟΡ. Ἦ κάρτα κἂν ἄλλοισι θυμοίμην ἰδών.

ΗΛ. Ξυναινεῖς;

ΟΡ. Τί μὴν οὔ;

ΗΛ. Ὦ φίλ', ἔκλυον ἂν ἐγὼ οὐδ' ἂν ἤλπισ' αὐδάν·
ἔσχον ὀργὰν ἄναυδον
οὐδὲ σὺν βοᾷ κλύουσ' ἁ τάλαινα.
Νῦν δ' ἔχω σε· προὐφάνης δὲ
φιλτάταν ἔχων πρόσοψιν,
ἂς ἐγὼ οὐδ' ἂν ἐν κακοῖς λαθοίμαν.

ΟΡ. Τὰ μὲν περισσεύοντα τῶν λόγων ἄφες,
καὶ μήτε μήτηρ ὡς κακὴ δίδασκέ με
μήθ' ὡς πατρῴαν κτῆσιν Αἴγισθος δόμων
ἀντλεῖ, τὰ δ' ἐκχεῖ, τὰ δὲ διασπείρει μάτην·
χρόνου γὰρ ἄν σοι καιρὸν ἐξείργοι λόγος.
Ἃ δ' ἁρμόσει μοι τῷ παρόντι νῦν χρόνῳ
σήμαιν', ὅπου φανέντες ἢ κεκρυμμένοι
γελῶντας ἐχθροὺς παύσομεν τῇ νῦν ὁδῷ.
Οὕτω δ' ὅπως μήτηρ σε μὴ 'πιγνώσεται
φαιδρῷ προσώπῳ νῷν ἐπελθόντοιν δόμους·
ἀλλ' ὡς ἐπ' ἄτῃ τῇ μάτην λελεγμένῃ
στέναζ'· ὅταν γὰρ εὐτυχήσωμεν, τότε
χαίρειν παρέσται καὶ γελᾶν ἐλευθέρως.

ΗΛ. Ἀλλ', ὦ κασίγνηθ', ὧδ' ὅπως καὶ σοὶ φίλον,
καὶ τοὐμὸν ἔσται τῇδ'· ἐπεὶ τὰς ἡδονὰς
πρὸς σοῦ λαβοῦσα κοὐκ ἐμὰς ἐκτησάμην.
Κοὐδ' ἄν σε λυπήσασα δεξαίμην βραχὺ
αὐτὴ μέγ' εὑρεῖν κέρδος· οὐ γὰρ ἂν καλῶς
ὑπηρετοίμην τῷ παρόντι δαίμονι.

ELETTRA ... privarmi della gioia della tua presenza,
costringermi a rinunciarvi.
ORESTE Al contrario, mi sdegnerei se vedessi altri volerlo.
ELETTRA Consenti?
ORESTE Come puoi dubitare?
ELETTRA O caro, ho udito la voce[122]
che mai avrei sperato di sentire:
frenando l'emozione
l'ho ascoltata, misera, in silenzio,
senza un grido.
Ma ora tu sei mio,
sei apparso col tuo volto amato
che mai, nemmeno in mezzo al dolore,
io potrei scordare.

ORESTE Tralascia le parole superflue, non mi dire quanto è malvagia nostra madre, né come Egisto dà fondo ai beni della casa paterna, dissipandoli e seminandoli al vento: questi discorsi potrebbero precluderti l'occasione propizia. Dimmi piuttosto cosa è opportuno fare nel momento presente, in quale luogo dobbiamo presentarci o restare nascosti, perché il nostro arrivo in questo giorno metta fine al riso dei nemici. Quando saremo entrati nella reggia, fa' in modo che la madre non capisca ogni cosa dal tuo volto raggiante: ma continua a piangere, come sulla disgrazia falsamente annunciata. Dopo che avremo raggiunto con successo il nostro scopo, allora ci sarà concesso di gioire e ridere liberamente.

ELETTRA Sì, fratello: come a te piace, così sarà il mio comportamento, poiché le gioie di cui godo mi provengono da te, e non sono mie. Non accetterei mai, nemmeno se dovessi riceverne un grande beneficio, di darti il minimo dolore: in questo modo, infatti, non servirei con fedeltà il destino che è

[122] Differenti interpretazioni sono state proposte, a partire già dagli stessi scoliasti, relativamente a questo intervento di Elettra, a seconda del significato che si attribuisce al termine αὐδάν (v. 1281). Alcuni vi vedono un riferimento alla falsa «notizia» della morte di Oreste, all'udire la quale Elettra «frenò in silenzio la sua indignazione» (Campbell, Masqueray e, con alcune

'Αλλ' οἶσθα μὲν τἀνθένδε, πῶς γὰρ οὔ; κλύων
ὁθούνεκ' Αἴγισθος μὲν οὐ κατὰ στέγας,
μήτηρ δ' ἐν οἴκοις· ἣν σὺ μὴ δείσῃς ποθ' ὡς
γέλωτι τοὐμὸν φαιδρὸν ὄψεται κάρα·
μῖσός τε γὰρ παλαιὸν ἐντέτηκέ μοι,
κἀπεί σ' ἐσεῖδον, οὔ ποτ' ἐκλήξω χαρᾶς
δακρυρροοῦσα. Πῶς γὰρ ἂν λήξαιμ' ἐγώ,
ἥτις μιᾷ σε τῇδ' ὁδῷ θανόντα τε
καὶ ζῶντ' ἐσεῖδον; εἴργασαι δέ μ' ἄσκοπα,
ὥστ', εἰ πατήρ μοι ζῶν ἵκοιτο, μηκέτ' ἂν
τέρας νομίζειν αὐτό, πιστεύειν δ' ὁρᾶν.
Ὅτ' οὖν τοιαύτην ἡμὶν ἐξήκεις ὁδόν,
ἄρχ' αὐτὸς ὥς σοι θυμός· ὡς ἐγὼ μόνη
οὐκ ἂν δυοῖν ἥμαρτον· ἢ γὰρ ἂν καλῶς
ἔσωσ' ἐμαυτήν, ἢ καλῶς ἀπωλόμην.

ΟΡ. Σιγᾶν ἐπῄνεσ'· ὡς ἐπ' ἐξόδῳ κλύω
τῶν ἔνδοθεν χωροῦντος.

ΗΛ. Εἴσιτ', ὦ ξένοι,
ἄλλως τε καὶ φέροντες οἷ' ἂν οὔτε τις
δόμων ἀπώσαιτ' οὔτ' ἂν ἡσθείη λαβών.

ΠΑ. Ὦ πλεῖστα μῶροι καὶ φρενῶν τητώμενοι,
πότερα παρ' οὐδὲν τοῦ βίου κήδεσθ' ἔτι;
ἢ νοῦς ἔνεστιν οὔτις ὑμὶν ἐγγενής,
ὅτ' οὐ παρ' αὐτοῖς, ἀλλ' ἐν αὐτοῖσιν κακοῖς
τοῖσιν μεγίστοις ὄντες οὐ γιγνώσκετε;
'Αλλ' εἰ σταθμοῖσι τοῖσδε μὴ 'κύρουν ἐγὼ
πάλαι φυλάσσων, ἦν ἂν ὑμὶν ἐν δόμοις
τὰ δρώμεν' ὑμῶν πρόσθεν ἢ τὰ σώματα·

al nostro fianco. Tu senza dubbio conosci la situazione all'interno della casa: sai che Egisto ora è lontano e nostra madre si trova nella reggia. Non temere che ella veda il mio volto illuminato dal sorriso: un odio antico è radicato in me; ora che ti ho visto non cesserò di piangere di gioia. E come potrei smettere, dopo che ti ho visto, in una volta sola, ritornare morto e vivo? Hai fatto cose così prodigiose che, se il padre mi tornasse vivo, non lo crederei più un miracolo, ma darei fiducia ai miei occhi. Poiché sei giunto a noi per una via così straordinaria, fa' tu da guida, come il cuore ti detta. Sappi però che se fossi rimasta sola non avrei fallito una di queste due mete: o salvarmi con onore o con onore morire[123].

ORESTE Ti consiglio di tacere. Sento muoversi qualcuno dall'interno, come per uscire.

ELETTRA (*A Oreste e Pilade, con un diverso tono di voce.*) Entrate, stranieri! Voi portate quello che nessuno in questa casa potrebbe mai respingere nè ricevere con gioia[124].

(*Entra in scena il Pedagogo, uscendo dalla reggia.*)

PEDAGOGO Pazzi dissennati, non fate più nessun conto della vostra vita? O forse non avete buonsenso innato per capire che vi trovate non già vicino ai più gravi pericoli, ma proprio nel bel mezzo di essi? Se da tempo non fossi rimasto di guardia a questa porta, i vostri propositi sarebbero entrati nella casa prima ancora delle vostre persone; ma per fortuna ho pre-

perplessità, Kamerbeek). Secondo altri (tra i quali, sia pure con alcune variazioni dall'una all'altra posizione, Ellendt, Jebb, Mazon, Kells) si tratta invece della voce (o delle parole) di Oreste stesso; in tal caso il termine ὀργάν (v. 1282) andrebbe interpretato come «impulso» o «forte agitazione». Quest'ultima interpretazione è da preferirsi, anche perché è in linea con i vv. 1225 (per il concetto della «voce») e 1263 (per il riferimento al carattere inaspettato dell'arrivo del fratello) *[N.d.T.]*.

123 Ancora una affermazione legata al codice etico aristocratico, cfr. v. 989.

124 In queste parole di Elettra, ormai anch'essa calata nel piano dell'inganno, è avvertibile una pungente ironia, che ha per destinatario in primo luogo Clitemestra: il riferimento, che in apparenza è all'urna trasportata dagli stranieri, a un livello più profondo coinvolge l'ineluttabile punizione che attende i colpevoli *[N.d.T.]*.

νῦν δ' εὐλάβειαν τῶνδε προὐθέμην ἐγώ.
Καὶ νῦν, ἀπαλλαχθέντε τῶν μακρῶν λόγων
καὶ τῆς ἀπλήστου τῆσδε σὺν χαρᾷ βοῆς,
εἴσω παρέλθεθ'· ὡς τὸ μὲν μέλλειν κακὸν
ἐν τοῖς τοιούτοις ἔστ', ἀπηλλάχθαι δ' ἀκμή.
ΟΡ. Πῶς οὖν ἔχει τἀντεῦθεν εἰσιόντι μοι;
ΠΑ. Καλῶς· ὑπάρχει γάρ σε μὴ γνῶναί τινα.
ΟΡ. Ἤγγειλας, ὡς ἔοικεν, ὡς τεθνηκότα.
ΠΑ. Εἷς τῶν ἐν Ἅιδου μάνθαν' ἐνθάδ' ὢν ἀνήρ.
ΟΡ. Χαίρουσιν ἐν τούτοισιν; ἢ τίνες λόγοι;
ΠΑ. Τελουμένων εἴποιμ' ἄν· ὡς δὲ νῦν ἔχει,
καλῶς τὰ κείνων πάντα, καὶ τὰ μὴ καλῶς.
ΗΛ. Τίς οὗτός ἐστ', ἀδελφέ; πρὸς θεῶν, φράσον.
ΟΡ. Οὐχὶ ξυνίης;
ΗΛ. Οὐδέ γ' ἐς θυμὸν φέρω.
ΟΡ. Οὐκ οἶσθ' ὅτῳ μ' ἔδωκας ἐς χέρας ποτέ;
ΗΛ. Ποίῳ; τί φωνεῖς;
ΟΡ. Οὗ τὸ Φωκέων πέδον
ὑπεξεπέμφθην σῇ προμηθίᾳ χεροῖν.
ΗΛ. Ἦ κεῖνος οὗτος ὅν ποτ' ἐκ πολλῶν ἐγὼ
μόνον προσεῦρον πιστὸν ἐν πατρὸς φόνῳ;
ΟΡ. Ὅδ' ἐστί· μή μ' ἔλεγχε πλείοσιν λόγοις.
ΗΛ. Ὦ φίλτατον φῶς, ὦ μόνος σωτὴρ δόμων
Ἀγαμέμνονος, πῶς ἦλθες; ἦ σὺ κεῖνος εἶ

so questa precauzione. Ed ora ponete fine ai lunghi discorsi, a queste insaziabili grida di gioia, ed entrate. In simili frangenti l'esitazione è pericolosa: è il momento di troncare ogni indugio.

ORESTE Che situazione mi attende una volta entrato?

PEDAGOGO Va tutto bene: è certo che nessuno ti conosce.

ORESTE Avrai annunciato la mia morte, immagino.

PEDAGOGO Sappi che per loro tu sei qui uno dell'Ade.

ORESTE E se ne rallegrano? O che altro dicono?

PEDAGOGO Te lo dirò a fatti compiuti: al momento attuale tutto all'interno va bene, anche ciò che non è bene[125].

ELETTRA Chi è costui, fratello? In nome degli dèi, dimmelo.

ORESTE Non lo riconosci?

ELETTRA Nemmeno l'immagino.

ORESTE Non ricordi l'uomo nelle cui mani mi affidasti un tempo?

ELETTRA Quale uomo? Che stai dicendo?

ORESTE Quello dalle cui mani in terra focese fui portato di nascosto, grazie alla tua previdenza.

ELETTRA Come, costui sarebbe l'uomo che solo, fra tanti, riconobbi fedele quando nostro padre fu ucciso?

ORESTE È proprio lui: ma ora non chiedermi altro.

ELETTRA O luce carissima[126], unico salvatore della casa di Agamennone, come sei giunto qui? Sei proprio tu che salva-

[125] La risposta del Pedagogo, pur nella sua ambiguità, è efficacemente allusiva, grazie alla duplicità semantica dei due καλῶς che incorniciano il v. 1345, il primo dei quali assume il significato di «felicemente», mentre il secondo è da intendersi nell'accezione morale di «bene» (τὰ μὴ καλῶς sono infatti «le turpi azioni» di Clitemestra, la sua gioia per la morte di Oreste e gli insulti al dolore di Elettra). A sua volta, l'espressione καλῶς τὰ κείνων πάντα può sottintendere «per loro» oppure «per noi», e questo accentua la doppiezza della risposta *[N.d.T.]*.

[126] La maggior parte dei commentatori intende il vocativo al v. 1354 nel senso di «o giorno carissimo» (cfr. v. 1224). È tuttavia preferibile riferirlo alla concreta persona del Pedagogo (cfr. per esempio *Od.* XVI 23 «sei giunto, o Telemaco, dolce luce», Anacr. 380 PMG, Pind. *Isth.* II 17, Eur. *Hec.* 841, Verg. *Aen.* II 281), come anche l'allocuzione seguente «o salvatore» induce a ritenere *[N.d.T.]*.

ὅς τόνδε κἄμ᾽ ἔσωσας ἐκ πολλῶν πόνων ;
Ὦ φίλταται μὲν χεῖρες, ἥδιστον δ᾽ ἔχων
ποδῶν ὑπηρέτημα, πῶς οὕτω πάλαι
ξυνών μ᾽ ἔληθες οὐδ᾽ ἔφαινες, ἀλλά με
λόγοις ἀπώλλυς, ἔργ᾽ ἔχων ἥδιστ᾽ ἐμοί;
Χαῖρ᾽, ὦ πάτερ· πατέρα γὰρ εἰσορᾶν δοκῶ·
χαῖρ᾽· ἴσθι δ᾽ ὡς μάλιστά σ᾽ ἀνθρώπων ἐγὼ
ἤχθηρα κἀφίλησ᾽ ἐν ἡμέρᾳ μιᾷ.

ΠΑ. Ἀρκεῖν δοκεῖ μοι· τοὺς γὰρ ἐν μέσῳ λόγους,
πολλαὶ κυκλοῦνται νύκτες ἡμέραι τ᾽ ἴσαι
αἳ ταῦτά σοι δείξουσιν, Ἠλέκτρα, σαφῆ.
Σφῷν δ᾽ ἐννέπω γε τοῖν παρεστώτοιν ὅτι
νῦν καιρὸς ἔρδειν· νῦν Κλυταιμήστρα μόνη,
νῦν οὔτις ἀνδρῶν ἔνδον· εἰ δ᾽ ἐφέξετον,
φροντίζεθ᾽ ὡς τούτοις τε καὶ σοφωτέροις
ἄλλοισι τούτων πλείοσιν μαχούμενοι.

ΟΡ. Οὐκ ἂν μακρῶν ἔθ᾽ ἡμὶν οὐδὲν ἂν λόγων,
Πυλάδη, τόδ᾽ εἴη τοὔργον, ἀλλ᾽ ὅσον τάχος
χωρεῖν ἔσω, πατρῷα προσκύσανθ᾽ ἕδη
θεῶν, ὅσοι⟨περ⟩ πρόπυλα ναίουσιν τάδε.

ΗΛ. Ἄναξ Ἄπολλον, ἵλεως αὐτοῖν κλύε,
ἐμοῦ τε πρὸς τούτοισιν, ἥ σε πολλὰ δὴ
ἀφ᾽ ὧν ἔχοιμι λιπαρεῖ προὔστην χερί.
Νῦν δ᾽, ὦ Λύκει᾽ Ἄπολλον, ἐξ οἵων ἔχω
αἰτῶ, προπίτνω, λίσσομαι, γενοῦ πρόφρων
ἡμῖν ἀρωγὸς τῶνδε τῶν βουλευμάτων,
καὶ δεῖξον ἀνθρώποισι τἀπιτίμια
τῆς δυσσεβείας οἷα δωροῦνται θεοί.

sti mio fratello e me da tanti travagli? O mani carissime, o amico che mi hai reso con i tuoi piedi il più prezioso dei servigi, come hai potuto starmi vicino così a lungo senza che io me ne accorgessi, senza svelarti a me, anzi farmi morire con le tue parole quando dolcissimi erano i fatti che mi serbavi? Salve, o padre, – poiché un padre mi sembra di vedere in te – salve! Sappi che in uno stesso giorno io ti ho odiato e amato più di chiunque altro.

PEDAGOGO Credo che basti: quanto al racconto dei fatti intercorsi, molte notti e altrettanti giorni si avvicenderanno, nel corso dei quali tutto, o Elettra, ti sarà svelato con chiarezza. (*A Oreste e Pilade.*) A voi due, che state qui fermi, dico che questo è il momento di agire: ora Clitemestra è sola e non vi sono uomini nella reggia; ma se tarderete, pensate che dovrete combattere non solo con questi avversari, ma con altri ancora più esperti e numerosi.

ORESTE Pilade, la nostra impresa non richiede lunghi discorsi: entriamo al più presto nella reggia; ma prima veneriamo i simulacri degli dèi paterni che stanno davanti a queste porte[127].

(*Oreste e Pilade entrano nella reggia, seguiti dal Pedagogo.*)

ELETTRA (*Rivolta alla statua di Apollo.*) Apollo Signore, ascoltali benigno, e con loro ascolta anche me, che tante volte con mano supplichevole ti offersi quel poco che avevo. E ora, o Apollo Liceo, con quello che possiedo ti prego, ti scongiuro, t'imploro, soccorrici propizio in questi nostri intenti, e mostra agli uomini quali ricompense gli dèi riservino all'empietà.

(*Elettra entra nella reggia.*)

[127] Nei pressi della soglia o nel vestibolo delle case venivano collocate immagini degli dèi, in particolare di Apollo (cfr. l'Ἀγυιεύς dell'*Agamennone* di Eschilo) e di Hermes. A questa immagine si era rivolta la preghiera di Clitemestra ai vv. 637 ss., ed è evidente l'effetto di contrasto con la preghiera che Elettra pronuncia adesso alla stessa divinità, chiedendo, a differenza della madre, una vendetta che è lecito chiedere .

ΧΟ. Ἴδεθ᾽ ὅπου προνέμεται Str.
τὸ δυσέριστον αἷμα φυσῶν Ἄρης·
βεβᾶσιν ἄρτι δωμάτων ὑπόστεγοι
μετάδρομοι κακῶν πανουργημάτων
ἄφυκτοι κύνες·
ὥστ᾽ οὐ μακρὰν ἔτ᾽ ἀμμενεῖ
τοὐμὸν φρενῶν ὄνειρον αἰωρούμενον.

Παράγεται γὰρ ἐνέρων Ant.
δολιόπους ἀρωγὸς εἴσω στέγας,
ἀρχαιόπλουτα πατρὸς εἰς ἑδώλια,
νεακόνητον αἷμα χειροῖν ἔχων·
ὁ Μαίας δὲ παῖς
Ἑρμῆς σφ᾽ ἄγει δόλον σκότῳ
κρύψας πρὸς αὐτὸ τέρμα κοὐκέτ᾽ ἀμμένει.

ΗΛ. Ὦ φίλταται γυναῖκες, ἄνδρες αὐτίκα
τελοῦσι τοὔργον· ἀλλὰ σῖγα πρόσμενε.
ΧΟ. Πῶς δή; τί νῦν πράσσουσιν;
ΗΛ. Ἡ μὲν ἐς τάφον
λέβητα κοσμεῖ, τὼ δ᾽ ἐφέστατον πέλας.
ΧΟ. Σὺ δ᾽ ἐκτὸς ᾖξας πρὸς τί;
ΗΛ. Φρουρήσουσ᾽ ὅπως
Αἴγισθος ⟨αὖθις⟩ μὴ λάθῃ μολὼν ἔσω.
ΚΛ. Αἰαῖ. Ἰὼ στέγαι
φίλων ἔρημοι, τῶν δ᾽ ἀπολλύντων πλέαι.
ΗΛ. Βοᾷ τις ἔνδον· οὐκ ἀκούετ᾽, ὦ φίλαι;

CORO Vedete dove Ares si spinge
spirando inesorabile strage:
sono già penetrate sotto il tetto della casa,
persecutrici di orrendi misfatti,
le cagne implacabili[128].
Non a lungo ancora rimarrà sospeso
il sogno della mia mente.

Con passo furtivo s'insinua dentro la reggia,
nelle sedi paterne d'antica ricchezza,
il vendicatore dei morti,
stringendo in mano
l'arma di sangue, da poco affilata:
il figlio di Maia, Hermes[129],
che nell'ombra nasconde l'insidia,
lo conduce dritto alla mèta,
e più non indugia.

ELETTRA (*Uscendo dalla reggia.*) O donne carissime, in questo momento gli uomini stanno compiendo la loro opera: attendete in silenzio.
CORIFEA Come? Che fanno ora?
ELETTRA Essa prepara l'urna per il rito funebre, e i due le sono al fianco.
CORIFEA E tu perché ti sei precipitata fuori?
ELETTRA Per sorvegliare che Egisto non rientri a nostra insaputa.
CLITEMESTRA (*Dall'interno.*) Ahimè, o casa vuota d'amici e ricolma d'assassini!
ELETTRA Qualcuno grida nella reggia. Non udite, amiche?

[128] Le cagne implacabili sono evidentemente le Erinni: esse compaiono qui solo in funzione della punizione di Clitemestra e Egisto, e non è legittimo estrapolare un'allusione relativa alla persecuzione di Oreste dopo il matricidio (per il problema in generale cfr. sopra p. 43 e p. 58).

[129] Per due motivi Hermes assiste il piano di Oreste: da una parte egli è il dio χθόνιος, preposto all'accompagnamento delle anime verso il mondo dei morti, e dall'altra è il dio protettore dell'inganno. La protezione di Hermes era già presente nelle *Coefore* di Eschilo, vv. 727 e 812.

ΧΟ. Ἤκουσ' ἀνήκουστα δύστανος, ὥστε φρῖξαι. Str.

ΚΛ. Οἴμοι τάλαιν'· Αἴγισθε, ποῦ ποτ' ὢν κυρεῖς;
ΗΛ. Ἰδοὺ μάλ' αὖ θροεῖ τις.
ΚΛ. Ὦ τέκνον, τέκνον,
οἴκτιρε τὴν τεκοῦσαν.
ΗΛ. Ἀλλ' οὐκ ἐκ σέθεν
ᾠκτίρεθ' οὗτος οὐθ' ὁ γεννήσας πατήρ.
ΧΟ. Ὦ πόλις, ὦ γενεὰ τάλαινα, νῦν σοι
μοῖρα καθαμερία φθίνει, φθίνει.

ΚΛ. Ὤμοι πέπληγμαι.
ΗΛ. Παῖσον, εἰ σθένεις, διπλῆν.
ΚΛ. Ὤμοι μάλ' αὖθις.
ΗΛ. Εἰ γὰρ Αἰγίσθῳ θ' ὁμοῦ.
ΧΟ. Τελοῦσ' ἀραί· ζῶσιν οἱ γᾶς ὕπαι κείμενοι·
παλίρρυτον γὰρ αἷμ' ὑπεξαιροῦσι τῶν
κτανόντων οἱ πάλαι θανόντες.

ΧΟ. Καὶ μὴν πάρεισιν οἵδε· φοινία δὲ χεὶρ
στάζει θυηλῆς Ἄρεος, οὐδ' ἔχω ψέγειν.
ΗΛ. Ὀρέστα, πῶς κυρεῖ⟨τε⟩;

CORO Ho sentito un urlo orribile,
me sventurata,
da far rabbrividire!

CLITEMESTRA (*Dall'interno.*) Ahimè, infelice! Egisto dove sei?

ELETTRA Ecco, qualcuno grida ancora!

CLITEMESTRA (*Dall'interno.*) O figlio, figlio, abbi pietà di chi ti ha dato la vita!

ELETTRA Ma pietà da te non ebbe lui, e neppure il padre che lo aveva generato.

CORO O città, o stirpe sventurata, ora
il destino dei tuoi giorni
perisce, perisce!

CLITEMESTRA (*Dall'interno.*) Ahimè, sono stata colpita!

ELETTRA Vibra, se hai la forza, un altro colpo!

CLITEMESTRA (*Dall'interno.*) Di nuovo, ahimè!

ELETTRA Ah, se fosse anche per Egisto!

CORO Le maledizioni si compiono: vivono
quelli che giacciono sotterra.
I morti d'un tempo
attingono dai loro uccisori
il sangue che dal sangue rifluisce[130].

(*Sulla soglia della reggia appaiono Oreste e Pilade.*)

CORIFEA Eccoli, sono qui: la mano insanguinata gronda del sacrificio di Ares. Io non posso biasimarli.

ELETTRA Oreste! Quali sono gli eventi?

[130] Il doppio grido di Clitemestra morente (vv. 1415 s.) riecheggia quello di Agamennone nell'omonima tragedia eschilea (cfr. *Agam.* 1343 e 1345), a sottolineare la corrispondenza fra la colpa e la punizione. Inoltre vi sono altre forti risonanze del testo eschileo sia a livello verbale («vivono quelli che giacciono sotterra» del v. 1419 ricorda «io dico che i morti uccidono chi è vivo» di *Cho.* 886; e l'immagine dei morti d'un tempo che attingono il sangue dei loro uccisori richiama *Agam.* 1338 ss.) sia a livello di costruzione della scena, con il dialogo fra interno ed esterno (intensificato da Sofocle che fa rispondere Elettra da fuori, in un sussulto di violenza, alle grida angosciate della madre dentro la casa). Si vedano in proposito le osservazioni di Di Benedetto-Medda, *La tragedia sulla scena* cit., pp. 65-68.

ΟΡ. Τἀν δόμοισι μὲν
καλῶς, Ἀπόλλων εἰ καλῶς ἐθέσπισεν.
ΗΛ. Τέθνηκεν ἡ τάλαινα;
ΟΡ. Μηκέτ' ἐκφοβοῦ
μητρῷον ὥς σε λῆμ' ἀτιμάσει ποτέ.
ΗΛ. ∪ – ∪ – ∪ –
∪ – ∪ – ∪ – ∪ – ∪ – ∪ –
ΟΡ. ∪ – ∪ – ∪ – ∪ – ∪ – ∪ –

ΧΟ. Παύσασθε. Λεύσσω γὰρ Αἴγισθον ἐκ προδήλου. Ant.
ΟΡ. ∪ – ∪ – ∪ – ∪ – ∪ – ∪ –
ΗΛ. Ὦ παῖδες, οὐκ ἄψορρον;
ΟΡ. Εἰσορᾶτέ που
τὸν ἄνδρ'; ἐφ' ἡμῖν οὗτος;
ΗΛ. Ἐκ προαστίου
χωρεῖ γεγηθὼς – ∪ – ∪ – ∪ –
ΧΟ. Βᾶτε κατ' ἀντιθύρων ὅσον τάχιστα,
νῦν, τὰ πρὶν εὖ θέμενοι, τάδ' ὡς πάλιν.
ΟΡ. Θάρσει, τελοῦμεν.
ΗΛ. Ἧι νοεῖς ἔπειγέ νυν.
ΟΡ. Καὶ δὴ βέβηκα.
ΗΛ. Τἀνθάδ' ἂν μέλοιτ' ἐμοί.
ΧΟ. Δι' ὠτὸς ἂν παῦρά γ' ὡς ἠπίως ἐννέπειν

ORESTE Nella casa tutto va bene, se bene Apollo ha vaticinato[131].

ELETTRA La sciagurata è morta?

ORESTE Non dovrai più temere che l'arroganza della madre ti rechi oltraggio.

ELETTRA . . . .

ORESTE . . . .

CORIFEA Tacete, vedo Egisto: è sicuramente lui.

ORESTE . . . .

ELETTRA (*A Oreste e Pilade.*) Non ritornate indietro, miei cari?

ORESTE Lo vedete? È diretto verso di noi?

ELETTRA Arriva spensierato dal sobborgo . . . .[132]

CORO Andate al più presto
ad appostarvi nel vestibolo, perché ora
possiate di nuovo compiere quest'impresa
felicemente come la prima!

ORESTE Non temere, lo faremo.

ELETTRA Affrettati dunque a compiere quel che hai in mente.

ORESTE Ecco, mi sono mosso.

ELETTRA Della situazione qui fuori mi occuperò io.

CORO Sarebbe bene sussurrargli all'orecchio
poche parole soltanto,

[131] A questa risposta di Oreste, formulata in modo ambiguo, sono state date differenti interpretazioni. Secondo alcuni Oreste intende dire che quanto il dio ha voluto è un sacro dovere, e non può che essere retto e giusto; pertanto l'εἰ assume qui valore causale, equivalente a ἐπεί (Wilamowitz, Campbell, Jebb, Weinstock, Perrotta, ecc.). Altri ritengono che Oreste senta ora affiorare alla propria coscienza un dubbio sulla moralità dell'azione appena compiuta, per cui l'εἰ conserverebbe tutta la sua forza dubitativa (Kaibel, Kitto, Lesky, Kamerbeek). A quest'ultima interpretazione fa difficoltà il fatto che manchi ogni altro riferimento a un vacillamento o a qualsiasi sorta di rimorso in Oreste, il quale dall'inizio alla fine della tragedia tende a presentarsi come semplice esecutore di un ordine, cui egli ottempera senza porsi molti problemi e tanto meno mettendo in discussione la volontà del dio. Per una corretta valutazione di questi versi cfr. Di Benedetto, *Sofocle* cit., p. 180 *[N.d.T.]*.

[132] I vv. 1427-1432 sono interessati da una vasta lacuna, rivelata dalla metrica. Non siamo in grado di indovinarne il contenuto, ma è bene guardarsi dalla tentazione di ipotizzare che proprio qui si trovassero quelle allusioni al rimorso di Oreste che alcuni critici vorrebbero a ogni costo introdurre nella tragedia.

πρὸς ἄνδρα τόνδε συμφέροι, λαθραῖον ὡς
ὀρούσῃ πρὸς δίκας ἀγῶνα.

ΑΙΓΙΣΘΟΣ

Τίς οἶδεν ὑμῶν ποῦ ποθ' οἱ Φωκῆς ξένοι
οὕς φασ' Ὀρέστην ἡμὶν ἀγγεῖλαι βίον
λελοιπόθ' ἱππικοῖσιν ἐν ναυαγίοις;
Σέ τοι, σὲ κρίνω, ναὶ σὲ τὴν ἐν τῷ πάρος
χρόνῳ θρασεῖαν· ὡς μάλιστά σοι μέλειν
οἶμαι, μάλιστα δ' ἂν κατειδυῖαν φράσαι.

ΗΛ. Ἔξοιδα· πῶς γὰρ οὐχί; συμφορᾶς γὰρ ἂν
ἔξωθεν εἴην τῶν ἐμῶν γε φιλτάτων.

ΑΙ. Ποῦ δῆτ' ἂν εἶεν οἱ ξένοι; δίδασκέ με.

ΗΛ. Ἔνδον· φίλης γὰρ προξένου κατήνυσαν.

ΑΙ. Ἦ καὶ θανόντ' ἤγγειλαν ὡς ἐτητύμως;

ΗΛ. Οὔκ, ἀλλὰ κἀπέδειξαν, οὐ λόγῳ μόνον.

ΑΙ. Πάρεστ' ἄρ' ἡμὶν ὥστε κἀμφανῆ μαθεῖν;

ΗΛ. Πάρεστι δῆτα καὶ μάλ' ἄζηλος θέα.

ΑΙ. Ἦ πολλὰ χαίρειν μ' εἶπας οὐκ εἰωθότως.

ΗΛ. Χαίροις ἄν, εἴ σοι χαρτὰ τυγχάνει τάδε.

ΑΙ. Σιγᾶν ἄνωγα κἀναδεικνύναι πύλας
πᾶσιν Μυκηναίοισιν Ἀργείοις θ' ὁρᾶν,
ὡς εἴ τις αὐτῶν ἐλπίσιν κεναῖς πάρος
ἐξῇρετ' ἀνδρὸς τοῦδε, νῦν ὁρῶν νεκρὸν
στόμια δέχηται τἀμά, μηδὲ πρὸς βίαν
ἐμοῦ κολαστοῦ προστυχὼν φύσῃ φρένας.

ΗΛ. Καὶ δὴ τελεῖται τἀπ' ἐμοῦ· τῷ γὰρ χρόνῳ

con simulata dolcezza,
perché egli precipiti a sua insaputa
nell'occulta lotta con la giustizia.

(*Entra Egisto.*)

EGISTO Chi di voi sa dove si trovano gli stranieri focesi i quali, a quanto si dice, ci annunciano che Oreste ha perso la vita fra i relitti del suo carro? (*A Elettra.*) A te, a te lo chiedo, sì, proprio a te, che fino ad ora ti sei mostrata così arrogante. Immagino che a te, più di tutti, questo fatto interessi, e quindi meglio di chiunque altro ne sarai informata e mi potrai rispondere.
ELETTRA Certo che so. Potrei forse restare estranea alla sorte dei miei più cari?
EGISTO Dove sono gli stranieri? Dimmelo.
ELETTRA Dentro: hanno trovato un'amabile ospite.
EGISTO E hanno veramente annunciato che è morto?
ELETTRA Non solo a parole: l'hanno anche mostrato.
EGISTO È possibile che anch'io me ne accerti direttamente?
ELETTRA Lo puoi, certo, e lo spettacolo è assai poco invidiabile!
EGISTO Contro il tuo solito, mi hai dato una notizia ben lieta.
ELETTRA Gioisci pure, se in essa trovi motivo di gioia.
EGISTO Ordino di fare silenzio e di spalancare le porte, perché tutti i Micenei e gli Argivi possano vedere. E se qualcuno di essi si esaltava in vane speranze riposte in quell'uomo, ora, vedendo il suo cadavere, accetti docile il mio freno e non aspetti a mettere giudizio a viva forza, sotto il mio castigo[133].
ELETTRA Per parte mia, l'ordine è già eseguito[134]: col tempo

[133] La raffigurazione di Egisto in questa tragedia ricorda da vicino i tratti dell'omonimo personaggio eschileo dell'ultima scena dell'*Agamennone* (per l'immagine del giogo dell'animale cfr. in particolare *Agam.* 1624 e 1639-1641) *[N.d.T.]*.

[134] Queste parole sono state interpretate come proclamazione di obbedienza da parte di Elettra all'invito di Egisto a sottomettersi a lui (così per esempio Jebb) oppure al suo ordine di aprire le porte (Kaibel). In considerazione della genericità dell'espressione, è probabile che Elettra intenda esprimere la sua accettazione incondizionata di entrambe le richieste *[N.d.T.]*.

νοῦν ἔσχον, ὥστε συμφέρειν τοῖς κρείσσοσιν.

ΑΙ. Ὦ Ζεῦ, δέδορκα φάσμ᾽ ἄνευ φθόνου μὲν οὐ
πεπτωκός· εἰ δ᾽ ἔπεστι νέμεσις, οὐ λέγω.
Χαλᾶτε πᾶν κάλυμμ᾽ ἀπ᾽ ὀφθαλμῶν, ὅπως
τὸ συγγενές γε κἀπ᾽ ἐμοῦ θρήνων τύχῃ.
ΟΡ. Αὐτὸς σὺ βάσταζ᾽· οὐκ ἐμὸν τόδ᾽, ἀλλὰ σόν,
τὸ ταῦθ᾽ ὁρᾶν τε καὶ προσηγορεῖν φίλους.
ΑΙ. Ἀλλ᾽ εὖ παραινεῖς κἀπιπείσομαι· σὺ δέ,
εἴ που κατ᾽ οἶκόν μοι Κλυταιμήστρα, κάλει.
ΟΡ. Αὕτη πέλας σοῦ· μηκέτ᾽ ἄλλοσε σκόπει.
ΑΙ. Οἴμοι, τί λεύσσω ;
ΟΡ. Τίνα φοβῇ ; τίν᾽ ἀγνοεῖς ;

ho acquistato tanta saggezza da vivere in accordo con i più potenti.

(*Si apre intanto la porta della reggia. Nell'interno si scorge un cadavere coperto di veli, ai cui lati stanno Oreste e Pilade.*)

EGISTO Vedo lo spettro di un uomo caduto non senz'odio degli dèi[135]; ma se la mia parola suscita il loro risentimento, io la ritiro. Toglietegli ogni velo dal volto, perché, come parente, possa ricevere compianto anche da me.
ORESTE Sollevalo tu stesso: non è mio, ma tuo dovere volgere lo sguardo a queste spoglie e salutarle con affetto[136].
EGISTO Il tuo consiglio è saggio, ed io lo seguirò. (*Ad Elettra.*) Tu intanto chiama Clitemestra, se si trova in casa.
ORESTE Ti è vicina: non cercarla altrove.
EGISTO (*Scoprendo il cadavere.*) Ahimè, che vedo!
ORESTE Di chi hai timore? Chi non riconosci[137]?

[135] Il termine φάσμα nei contesti in cui ricorre ha spesso una risonanza negativa, in quanto è utilizzato in riferimento ad apparizioni spettrali, visioni oniriche, prodigi, presagi (in *Trach.* 509 e 837, per esempio, lo si trova riferito al mostruoso aspetto dell'Acheloo e all'Idra; nell'*Elettra*, ai vv. 501 e 644, ricorre a proposito del sogno di Clitemestra). Inoltre il participio perfetto πεπτωκός (v. 1467) richiama, almeno a livello fonico, l'idea di πτῶμα (« cadavere»). La presentazione a Egisto del cadavere di Clitemestra presuppone l'apertura della porta della reggia, un procedimento scenico che non sappiamo esattamente come venisse realizzato. Doveva trattarsi della rimozione di un diaframma che in qualche modo rendeva visibile parzialmente l'interno della *skēnē*: non ci sono ragioni decisive per pensare all'uso della macchina detta ἐκκύκλημα, la cui presenza nella tragedia del V secolo non è affatto sicura (cfr. Di Benedetto-Medda, *La tragedia sulla scena* cit., pp. 22-24) *[N.d.T.]*.

[136] Al v. 1471 in luogo di φίλους, congettura di Purgold accolta da Dain leggo φίλως (L^{ac}, K, Gsl) *[N.d.T.]*.

[137] Si tratta del cadavere di Clitemestra: lo sbigottimento di Egisto davanti ad esso viene con amaro sarcasmo interpretato da Oreste come paura e incapacità di ravvisarvi le sembianze della donna (così interpretano Jebb, Kamerbeek, Mazon). Altri (Campbell, Kells), meno bene, credono che Oreste faccia qui riferimento a se stesso, al quale Egisto avrebbe rivolto lo sguardo. In questo modo, però, l'intervento di Oreste perde l'efficacia di sarcastico commento all'esclamazione di attonito stupore di Egisto *[N.d.T.]*.

ΑΙ. Τίνων ποτ' ἀνδρῶν ἐν μέσοις ἀρκυστάτοις
πέπτωχ' ὁ τλήμων;
ΟΡ. Οὐ γὰρ αἰσθάνῃ πάλαι
ζῶν τοῖς θανοῦσιν οὕνεκ' ἀνταυδᾷς ἴσα;
ΑΙ. Οἴμοι, ξυνῆκα τοὔπος· οὐ γὰρ ἔσθ' ὅπως
ὅδ' οὐκ Ὀρέστης ἔσθ' ὁ προσφωνῶν ἐμέ.
ΟΡ. Καὶ μάντις ὢν ἄριστος ἐσφάλλου πάλαι;
ΑΙ. Ὄλωλα δὴ δείλαιος. Ἀλλά μοι πάρες
κἂν σμικρὸν εἰπεῖν.
ΗΛ. Μὴ πέρα λέγειν ἔα,
πρὸς θεῶν, ἀδελφέ, μηδὲ μηκύνειν λόγους.
Τί γὰρ βροτῶν ἂν σὺν κακοῖς μεμιγμένων
θνῄσκειν ὁ μέλλων τοῦ χρόνου κέρδος φέροι;
Ἀλλ' ὡς τάχιστα κτεῖνε, καὶ κτανὼν πρόθες
ταφεῦσιν ὧν τόνδ' εἰκός ἐστι τυγχάνειν,
ἄποπτον ἡμῶν· ὡς ἐμοὶ τόδ' ἂν κακῶν
μόνον γένοιτο τῶν πάλαι λυτήριον.
ΟΡ. Χωροῖς ἂν εἴσω σὺν τάχει· λόγων γὰρ οὐ
νῦν ἐστιν ἀγών, ἀλλὰ σῆς ψυχῆς πέρι.
ΑΙ. Τί δ' ἐς δόμους ἄγεις με; πῶς, τόδ' εἰ καλὸν
τοὔργον, σκότου δεῖ, κοὐ πρόχειρος εἶ κτανεῖν;
ΟΡ. Μὴ τάσσε· χώρει δ' ἔνθαπερ κατέκτανες
πατέρα τὸν ἀμόν, ὡς ⟨ἂν⟩ ἐν ταὐτῷ θάνῃς.
ΑΙ. Ἦ πᾶσ' ἀνάγκη τήνδε τὴν στέγην ἰδεῖν
τά τ' ὄντα καὶ μέλλοντα Πελοπιδῶν κακά;

EGISTO In mezzo alle reti di quali nemici sono caduto[138], me sventurato?
ORESTE Non ti rendi conto che già da tempo tu, vivo, conversi alla pari con i morti?
EGISTO Ahimè, comprendo l'enigma: chi mi sta parlando non può essere altri che Oreste.
ORESTE Come mai, pur essendo un ottimo indovino, così a lungo ti sei ingannato?
EGISTO Sono perduto, me infelice! Ma concedimi di dire una breve parola almeno.
ELETTRA (*Ad Oreste.*) No! Fratello, in nome degli dèi, non gli permettere di dire altro e dilungarsi in chiacchiere. Che vantaggio potrebbe trarre dal tempo un uomo immerso nei mali e prossimo a morire? Uccidilo al più presto e una volta ucciso abbandonalo a quei becchini[139] che è giusto abbia, lontano dai nostri occhi: questo sarà per me il solo riscatto dalle mie lunghe sofferenze.
ORESTE (*Ad Egisto.*) Entra, allora, ed in fretta. Non è disputa di parole questa: si tratta della tua vita.
EGISTO Perché mi spingi nella reggia? Se quest'azione è giusta che bisogno c'è di compierla nell'ombra? Perché la tua mano non è pronta ad uccidere?
ORESTE Non dare ordini! Avviati là dove uccidesti mio padre, perché in quello stesso luogo tu muoia.
EGISTO È dunque una legge assoluta che questa casa debba vedere i mali presenti e futuri dei Pelopidi[140]?

138 Il perfetto πέπτωκα (v. 1477) è ripreso dal v. 1467: non è dunque Oreste a essere caduto, bensì Clitemestra e lo stesso Egisto. Un altro segnale del capovolgimento creatosi è l'uso del termine τὰ ἀρκύστατα (v. 1476), che rimanda all'immagine della rete più volte presente in Eschilo a proposito dell'agguato teso da Clitemestra ad Agamennone (per l'uso di questo specifico termine, cfr. in particolare *Agam.* 1375) *[N.d.T.]*.

139 Ovvero cani e uccelli (cfr. *Il.* I 4-5 e Aesch. *Sept.* 1020-1021); a questa sorte fa allusione la versione omerica del mito (*Od.* III 259 ss.). Anche in Eur. *El.* 893 ss. Oreste dispone che questo sia il trattamento da riservare a Egisto *[N.d.T.]*.

140 È sbagliato far leva su questa sinistra considerazione di Egisto per ipo-

ΟΡ. Τὰ γοῦν σ'· ἐγώ σοι μάντις εἰμὶ τῶνδ' ἄκρος.
ΑΙ. Ἀλλ' οὐ πατρῴαν τὴν τέχνην ἐκόμπασας.
ΟΡ. Πόλλ' ἀντιφωνεῖς, ἡ δ' ὁδὸς βραδύνεται·
ἀλλ' ἕρφ'.
ΑΙ. Ὑφηγοῦ.
ΟΡ. Σοὶ βαδιστέον πάρος.
ΑΙ. Ἦ μὴ φύγω σε ;
ΟΡ. Μὴ μὲν οὖν καθ' ἡδονὴν
θάνῃς· φυλάξαι δεῖ με τοῦτό σοι πικρόν.
Χρῆν δ' εὐθὺς εἶναι τήνδε τοῖς πᾶσιν δίκην,
ὅστις πέρα πράσσειν γε τῶν νόμων θέλει,
κτείνειν· τὸ γὰρ πανοῦργον οὐκ ἂν ἦν πολύ.
ΧΟ. Ὦ σπέρμ' Ἀτρέως, ὡς πολλὰ παθὸν
δι' ἐλευθερίας μόλις ἐξῆλθες
τῇ νῦν ὁρμῇ τελεωθέν.

ORESTE I tuoi, certamente: di questo sono sicuro profeta.

EGISTO Non l'ebbe però tuo padre l'arte di cui ti sei vantato!

ORESTE Tu replichi troppo, e il passo si fa lento. Avanti, cammina!

EGISTO Fammi strada.

ORESTE Devi tu precedermi.

EGISTO Temi che ti sfugga?

ORESTE Temo che tu muoia a piacer tuo: devo riserbarti una fine amara. Questa punizione, la morte, si dovrebbe immediatamente infliggere a chiunque intende trasgredire le leggi: la delinquenza non sarebbe molta.

CORIFEA O stirpe d'Atreo, dopo quanto soffrire ti sei aperta, con quest'ultimo assalto, un faticoso varco alla tua libertà!

tizzare che Sofocle alluda qui alla persecuzione delle Erinni che Oreste dovrà subire per il matricidio. Egisto allude soltanto genericamente al possibile perpetuarsi della catena di vendette che tormenta la stirpe dei Pelopidi, cui lui stesso appartiene, e Oreste rifiuta questa prospettiva troncando di netto il discorso: per ora la casa vedrà solo la morte di Egisto (τὰ γοῦν σά, con γοῦν asseverativo, non limitativo). Tutto il resto, per quanto oscura possa essere la prospettiva del futuro, rimane fuori campo; e sarebbe davvero strano che Sofocle introducesse nel dramma un motivo rilevante come quello delle Erinni solo per via di una oscura allusione nel finale.

Sommario

5 Introduzione di *Enrico Medda*
77 Giudizi critici
83 Bibliografia
96 Illustrazioni
103 Premessa al testo

115 AIACE
231 ELETTRA

Finito di stampare nel giugno 2010 presso
Grafica Veneta - via Malcanton, 2 - Trebaseleghe (PD)
Printed in Italy

ISBN 978-88-17-17111-3